하워즈 엔드

하워즈 엔드
Howards End

E. M. 포스터 장편소설 고정아 옮김

HOWARDS END
by E. M. FORSTER

Copyright (C) The Provost and Scholars of the King's College of Our Lady and
Saint Nicholas, Cambridge, 1910, 1973
Korean Translation Copyright (C) The Open Books Co., 2006, 2010
All rights reserved.

This edition is published by arrangement with Peters, Fraser and Dunlop Ltd
through Shinwon Agency Co., Ltd.

이 책은 실로 꿰매어 제본하는 정통적인 사철 방식으로 만들어졌습니다.
사철 방식으로 제본된 책은 오랫동안 보관해도 손상되지 않습니다.

단지 연결하라…….

하워즈 엔드
9

부록 루크네스트
445

E. M. 포스터의 「하워즈 엔드」
라이어넬 트릴링/이종인 옮김

463

옮긴이의 말
491

E. M. 포스터 연보
495

1

헬렌이 언니에게 보낸 편지들로 시작하는 게 좋을 것 같다.

하워즈 엔드
화요일

사랑하는 메그,

이 집은 우리가 생각했던 것과는 조금 다른 것 같아. 작고 낡았지만, 전체적으로 매력적인 붉은 벽돌집이야. 지금 있는 사람들만으로도 꽤 비좁은데, 내일 폴(이 집 작은아들)이 오면 어떻게 될지 모르겠어. 현관 입구에서 오른쪽 왼쪽으로 돌면, 각각 식당과 응접실이 나와. 현관 입구도 그 자체로 하나의 방처럼 되어 있어. 현관 입구에 난 또 하나의 문을 열면 터널 같은 계단이 나타나고, 계단을 올라가면 2층이 나와. 2층에는 침실 세 개가 나란히 있고, 그 위에는 또 다락방 세 개가 나란히 있어. 이게 집의 전부는 아니지만, 눈에 보이는 건 이게 다야. 앞쪽 정원에서 올려다보면 아홉 개의 창문이 보이지.

그리고 정원에서 볼 때 왼쪽 방향에 아주 커다란 우산느릅나무[1]가 집 위로 약간 기울어진 채로 정원과 초지의 경계 역할을 하고 있어. 나는 벌써 그 나무가 좋아졌어. 그리고 보통 느릅나무도 있고 떡갈나무도 있고 — 볼품없기가 그냥 다른 떡갈나무들하고 비슷해 — 배나무, 사과나무도 있고, 포도나무도 있어. 하지만 자작나무[2]는 없어. 그건 그렇고 여기 주인 부부에 대해 이야기를 해볼게. 내가 하고 싶은 말은 이 집이 우리 예상하고는 전혀 다르다는 거야. 왜 우리는 윌콕스 씨네 집에 박공이며 곡선 장식들이 가득하고 정원에는 붉은빛 도는 흙길들이 있을 거라고 생각했을까? 아마 우리가 그 사람들을 고급 호텔하고 연관시켜서 그런 것 같아. 긴 복도 위로 아름다운 드레스를 끌고 다니는 윌콕스 부인하고 짐꾼들에게 호통치는 윌콕스 씨 모습 같은 거 말이야. 우리 여자들은 이렇게 어리석다니까.

나는 토요일에 돌아갈게. 몇 시 기차로 갈지는 나중에 알려 줄게. 이 집 식구들은 언니가 오지 못한 걸 나만큼이나 서운해하고 있어. 정말 티비는 골칫거리지 뭐야. 한 달에 한 번씩 죽을 병에 걸리고 말이야. 어떻게 런던에서 건초열에 걸릴 수가 있어? 그럴 수 있다고는 해도 언니가 여기에 같이 오지 못하고 그 녀석 기침 소리나 들어야 한다는 걸 생각하면 정말 속상해. 티비한테 찰스 윌콕스(이 집 큰아들)도 건

---

[1] wych-elm은 학명이 *Ulmus glabra*로 우리말 종명이 없는 것으로 보이며, 대신 그 아종인 *Ulmus glabra camperdownii*가 우산느릅나무라고 불려서 이로 대신함.
[2] *silver birch*는 본디 루테아자작나무.

초열에 걸렸다고 말해 줘. 하지만 그 사람은 씩씩해서 우리가 좀 어떠냐고 물으면 오히려 화를 낸다는 것도 말이야. 여기 윌콕스네 남자들이 티비한테 본보기가 될 수 있을 것 같아. 하지만 언니는 그렇게 생각하지 않을 테니 다른 이야기를 할게.

이야기가 길어지는 건 내가 아침 식사 전에 편지를 쓰고 있기 때문이야. 아, 이 집 포도나무 이파리들은 얼마나 아름다운지 몰라! 집 전체를 한 그루의 포도나무가 덮고 있어. 조금 전에 내다보니까 윌콕스 부인은 벌써 정원에 나가 있었어. 윌콕스 부인은 정말 정원을 사랑하나 봐. 그러니까 가끔 그렇게 피곤한 표정이 될 수밖에. 처음에는 이제 막 피어나는 큼직한 꽃양귀비들을 돌아보다가, 잔디를 건너가 초지로 나갔어. 초지는 여기서 오른쪽 끝만 보여. 긴 드레스를 젖은 풀 위로 슥슥, 스윽 끌고 가더니, 어제 벤 건초용 풀을 두 손 가득 들고 돌아왔어. 계속 냄새를 맡는 걸 보니까 토끼나 뭐 그런 것들한테 주려는 모양이야. 공기는 더없이 상쾌해. 그런 다음에는 크로케를 하는 소리가 들렸어. 밖을 내다보니까 찰스 윌콕스가 연습하고 있었어. 여기 사람들은 운동이라면 다 좋아해. 하지만 찰스는 금방 기침이 나서 그만두었지. 그 다음에는 크리켓 소리가 들렸는데 그건 윌콕스 씨었어. 그런데 윌콕스 씨도 〈에취, 에취〉 하더니 역시 그만두었어. 그런 다음 이비가 나와서 자두나무에 연결해 놓은 장치로 올라가서 미용 체조를 했지(여기 사람들은 모든 걸 남김없이 활용하더라고). 그러더니 이비도 〈에취, 에취〉 하면서 사라졌어. 마지막에 윌콕스 부인이 다시 나타나서 슥슥, 스윽 옷자락을 끌고 또 계속 건초 냄새를 맡으면서 꽃들을 돌아보았어. 내가 이런 이야기를 주절대는 건 언니가 전에, 인생은 때로는 인생이지만 때로는 연극에 불과하니까 두 가지를 잘 구별해야 한다고 말한 게 생각나서 그래. 지금껏 나는 그걸 〈메그식 똑똑한 헛소리〉라고 비웃었거든. 하지만 오늘 아침은 정말로 인생이 아니라 연극인 것만 같아. 윌콕스 가족을 관찰하는 게 얼마나 재미있는지 모르겠어. 지금 윌콕스 부인이 집으로 들어왔어.

나는 [생략]을 입을까 해. 어젯밤에 윌콕스 부인이 [생략]을 입었고, 이비는 [생략]을 입었어. 어쨌건 이곳은 아주 멋대로 지낼 수 있는 곳은 아니고, 눈을 감으면 우리가 예상했던 곡선 가득한 호텔처럼 생각되기도 해. 하지만 눈을 뜨면 달라지지. 들장미가 얼마나 예쁘게 피었는지 몰라. 잔디 건너편에 들장미 산울타리가 있어. 어찌나 높은지 꽃들이 늘어져서 꽃줄을 이룬다니까. 아래쪽은 그다지 빽빽하지 않아서 반대편에 있는 오리들도 보이고 소도 보여. 이 동물들은 농장에서 키우는 건데, 근처에 인가라고는 그 농장 집이 전부야. 아침 식사 종이 울리네. 언니도 잘 지내고, 티비는 얼른 일어나라고 해. 줄리 이모에게도 안부 전해 줘. 이모가 와서 언니 곁에 있어 주는 게 다행이긴 한데, 좀 귀찮긴 할 거야. 이 편지는 태워 버려. 목요일에 다시 편지할게.

헬렌

하워즈 엔드
금요일

사랑하는 메그,

나는 정말 잘 지내고 있어. 이 집 식구들이 모두 마음에 들어. 윌콕스 부인은 독일에서 만났을 때보다 말수는 줄었지만, 예전보다도 더 친절히 대해 줘. 부인처럼 흔들림 없이 자신을 희생하는 사람은 정말 처음 봤어. 그런데 이 집 식구들은 아무도 그런 걸 이용하려고 들지 않으니 더 훌륭하지 뭐야? 윌콕스 가족은 우리가 상상할 수 있는 가장 행복하고 다정한 가족이야. 나도 이 사람들이랑 점점 친해지는 것 같아. 재미있는 건 이 사람들이 나를 바보라고 생각하고 또 그렇게 말한다는 거야(적어도 윌콕스 씨는 그래). 하지만 그래도 아무도 신경을 안 써. 이것만 봐도 알 수 있지 않아? 윌콕스 씨가 여성 참정권에 대해서 험악한 말들을 아주 부드럽게 했어. 그래서 내가 나는 인간의 평등을 믿는다고 하니까 그분이 팔짱을 딱 끼고서 나를 완전히 주저앉혀 버렸어. 메그, 우리는 말을 좀 적게 하는 법을 배워야겠어. 내 평생 그렇게 부끄러운 적은 처음이었어. 나는 사람들이 평등했던 때도 제시하지 못했고, 심지어 평등에 대한 소망이 사람들에게 행복을 가져다준 때도 생각해 내지 못했어. 아무 말도 할 수가 없었어. 나는 그냥 어떤 책을 보면 평등이 좋다고 나오다고만 말했지. 그건 어쩌면 무슨 시였는지도 모르고 아니면 언니가 한 말이었는지도 몰라. 어쨌건 내 말은 그 자리에서 박살 났지만, 정말로 강한 사람들이 본래 그러듯이 윌콕스 씨는 내게 상처를 주지는 않았어. 그리고 참, 나는 그 집 식구들의 건초열을 비웃어 주고 있지. 우리는 아주 호사스럽게 지내고, 찰스는 날마다 우리를 자동차에 태워서 외출시켜 주고 있어. 나무가 자라난 무덤, 은둔자의 집, 머시아 왕국 시절에 닦은 도로에도 가보고, 테니스랑 크리켓 경기도 하고 브리지도 하다가, 밤이 되면 다시 이 사랑스러운 집에 복닥복닥 모여들어. 지금은 이 집 식구들이 모두 모였어. 꼭 토끼 굴 같아. 이비는 참 사랑스러워. 사람들이 나더러 일요일을 지내고 가라고 하는데, 그래도 될 것 같아. 날씨도 너무 좋고 공기도 너무 좋고, 서쪽 고원 쪽으로 난 전망도 좋아. 답장 고마웠고, 이 편지는 태워.

사랑하는 동생
헬렌

하워즈 엔드
일요일

사랑하고 또 사랑하는 메그,
 언니가 뭐라고 할지 모르겠지만, 나는 폴하고 사랑하는 사이가 되었어. 폴은 지난 수요일에 돌아온 이 집 작은 아들이야.

2

마거릿은 여동생의 짤막한 편지를 훑어보고 아침 식탁 맞은편에 앉은 이모에게 밀어 보냈다. 잠시 침묵이 흐른 뒤 말문이 터졌다.
「제가 이모한테 말씀드릴 게 없네요. 이모보다 더 아는 게 없거든요. 제가 만난 건 그 아버지와 어머니뿐이고, 그건 지난봄 외국에서였어요. 그렇게 잘 알게 된 사이도 아니에요. 아들 이름조차 몰랐는걸요. 이건 너무……」 마거릿은 손을 흔들고 약간 웃었다.
「그렇다면 너무 갑작스러운 일이로구나.」
「모르는 일이죠. 누가 알겠어요?」
「하지만 마거릿, 사실을 대할 때는 낭만적인 태도를 버려야 돼. 이건 너무 성급한 일이야, 분명히.」
「아무도 모르는 일이라니까요!」

「하지만 마거릿……」

「헬렌이 보낸 다른 편지들도 찾아봐야겠어요.」 마거릿이 말했다. 「아니, 우선 아침 식사부터 끝내겠어요. 그러고 보니 편지가 남아 있지도 않네요. 우리가 윌콕스 부부를 만난 건 하이델베르크에서 슈파이어까지 갔던 그 끔찍한 여행길에서였어요. 헬렌하고 저는 슈파이어에 유서 깊은 대성당이 있다고 들었거든요. 슈파이어의 대주교가 일곱 선거후 가운데 한 명이었잖아요. 〈슈파이어, 마인츠, 쾰른〉이란 말 아시죠. 옛날에 세 도시의 대주교가 라인 강 계곡을 다스려서 그곳이 〈성직자 거리〉라고 불렸다는 거.」

「그래도 나는 이 일이 몹시 불안하다, 마거릿.」

「기차를 타고 선교(船橋)를 건너면 처음 보이는 광경은 괜찮아요. 하지만 5분만 지나면 더 이상 볼 게 없어요. 성당은 망가졌어요. 완전히 망가졌어요. 복원 공사 때문에요. 원래의 구조는 1인치도 남아 있지 않아요. 하루를 그렇게 낭비하고 공원에 기서 샌드위치를 먹던 중에 윌콕스 부부를 만난 거예요. 그 사람들도 모르고 왔더군요. 게다가 슈파이어에 숙소까지 잡아 놓고 있었어요. 헬렌이 두 분더러 우리랑 같이 하이델베르크로 가자고 조르니까 마음이 움직이는 것 같았어요. 그러더니 이튿날 두 분이 실제로 하이델베르크로 왔죠. 우리하고 같이 몇 군데 돌아다니기도 했어요. 그때 얻은 친분으로 헬렌을 초대한 거예요. 물론 저도 초대했지만 저는 티비가 아픈 바람에 못 갔고, 결국 지난주 월요일에 헬렌 혼자 갔죠. 그게 다예요. 이제 이모도 저만큼 아시는 거예요. 그 청년은 저도 전혀 몰라요. 헬렌은 원래 토요일에 오기로 했는데 이번 주 월요일로 미뤘죠. 그게 아마도…… 모르겠네요.」

마거릿은 말을 멈추고 런던의 아침이 전해 주는 소리를 들었다. 위컴 플레이스에 있는 그들의 집은 앞쪽의 고층 건물들이 대로의 소음을 차단해 주어 조용한 편이었다. 그래서 때로는 정체된 샛강처럼 느껴지기도 하고, 때로는 보이지 않는 바다에서 물이 들어왔다가 고요히 빠져나가는 — 하지만 그 바깥에서는 파도가 끊임없이 부서지는 — 하구처럼 느껴지기도 했다. 고층 건물은 아파트들이었다. 비싸고 현관홀이 동굴처럼 휑한 데다 관리인과 종려나무가 바글거렸지만, 어쨌건 그 건물들은 자기 역할에 충실했고, 뒤편에 있는 낡은 집들에 일정한 평화를 안겨 주었다. 그러나 이 낡은 집들도 언젠가는 철거되고 그 자리에 새로운 고층 건물이 솟아오를 것이다. 인류는 런던의 이 값비싼 흙 위에 스스로를 점점 더 높이 포개 올리고 있었다.

줄리 먼트 부인은 자기 나름의 방식으로 조카딸들을 이해했다. 그녀는 지금 마거릿이 약간 히스테릭해져서, 시간을 벌기 위해 정신없이 말을 퍼붓는다고 생각했다. 그녀는 일단 마거릿의 비위를 맞추어 주어야겠다고 생각해서 함께 슈파이어의 운명을 한탄하고, 자신은 결코 그곳을 찾아가는 실수를 저지르지 않을 거라고 다짐한 뒤, 독일인들은 복원의 원칙을 이해하지 못한다는 자신만의 생각도 덧붙였다. 「독일 사람들은 너무 철저하거든. 그게 어떨 때는 좋지만 어떨 때는 좋지 않지.」

「그래요, 독일인들은 너무 철저해요.」 마거릿의 눈이 살짝 빛났다.

「물론 너희 슐레겔 집안이야 영국인이지.」 먼트 부인이 서둘러 덧붙였다. 「철두철미하게 말이야.」

마거릿은 몸을 앞으로 내밀어 먼트 부인의 손을 쓰다듬었다.

「그러고 보니…… 헬렌의 편지가 생각나네.」

「그래요, 줄리 이모. 저도 헬렌의 편지를 생각하고 있어요……. 제가 일단 거기 가서 헬렌을 만나 보겠어요. 헬렌을 생각해 보니 가봐야겠어요.」

「하지만 계획을 가지고 가야지.」 먼트 부인의 친절한 목소리에 약간의 분노가 배어 있었다. 「마거릿, 내가 끼어들어 보자면 우선 이런 일에 놀라면 안 돼. 윌콕스 가족에 대해 어떻게 생각하니? 우리하고 같은 부류니? 괜찮은 사람들이니? 그 사람들이 헬렌을 이해할 수 있겠니? 내가 볼 때 헬렌은 아주 특별한 아이인데 말이다. 그 사람들이 문학과 예술을 좋아하니? 생각해 보면 그건 아주 중요한 일이야. 문학과 예술. 정말 중요하지. 그 아들이 나이는 어느 정도일 것 같니? 〈작은아들〉이라고 했으니 말이다. 결혼할 만한 처지일까? 그 청년이 헬렌을 행복하게 해줄 수 있을까? 지금껏 네가 파악한 정보로 보면…….」

「제가 파악한 정보란 없어요.」

그들은 동시에 이야기를 하기 시작했다.

「그렇다면 이 경우에는…….」

「이 경우에는 당연히 아무 계획도 세울 수 없죠.」

「아냐, 그 반대야.」

「저는 계획 같은 거 싫어해요. 정해 놓은 대로 행동하는 것 말이에요. 헬렌은 어린아이가 아니에요.」

「그렇다면 이런 경우에 왜 거길 가려는 거니?」

마거릿은 입을 다물었다. 자신이 가려는 이유를 이모가 알아차리지 못한다면, 자신도 이야기해 주지 않을 작정이었다. 〈저는 헬렌을 사랑해요. 그래서 이런 인생의 고비를 맞은 헬렌 곁에 있어야 해요〉라는 말을. 애정은 열정보다 입이 무겁고 표현도 조심스러운 법이다. 만약 마거릿이 남자를 사랑하게 되면, 그녀도 헬렌처럼 지붕 위에 올라가 소리칠 것이다. 하지만 여동생에 대한 사랑을 표현하는 데는 공감이라는 무언의 언어가 필요했다.

「아무튼 너희는 좀 특이해.」 먼트 부인이 다시 말했다. 「물론 둘 다 훌륭한 숙녀고, 여러 면에서 제 나이보다 성숙해 보이는 건 사실이야. 하지만 기분 나쁘게 생각하지 말고 들어 보렴. 솔직히 내가 볼 때 너한테는 이 일을 감당할 능력이 없어. 이런 일에는 좀 연륜 있는 사람이 필요하거든. 얘야, 난 지금 당장 스워니지로 가야 할 일도 없단다.」 그녀는 통통한 두 팔을 벌려 앞으로 내밀었다. 「너희는 나를 얼마든지 쓸 수 있어. 그러니까 너 대신 내가 그 — 이름은 잊었다만 그 집에 가게 해주렴.」

「줄리 이모.」 마거릿이 벌떡 일어나서 이모에게 키스했다. 「하워즈 엔드에는 제가 직접 가야 해요. 그런 말씀을 해주신 건 정말 고맙지만, 이모는 이 사태를 제대로 이해하시지 못해요.」

「당연히 나도 잘 이해한다.」 먼트 부인의 대꾸에 자신감이 넘쳤다. 「일을 훼방 놓자는 게 아니야. 그저 좀 더 탐색해 보려는 거지. 탐색을 해봐야 하지 않겠니? 그래, 아예 툭 터놓고 말해 보마. 너는 분명히 말실수를 할 거다. 안 봐도 뻔해. 헬렌의 행복을 바라는 마음이 너무 간절한 나머지, 설익은 질문을 던져서 윌콕스 집안 사람들의 기분을 상하게 할 거라고……. 물론 그 사람들 기분 상하는 게 중요한 건 아니지만.」

「저는 질문하지 않을 거예요. 헬렌이 편지에 그 집 아들하고 사랑하고 있다고 썼잖아요. 헬렌이 아직도 그렇다면 질문할 게 없죠. 나머지는 하나도 중요하지 않아요. 결혼까지 시간 여유를 좀 둘 수는 있겠죠. 하지만 탐색이라거나 질문이라거나 계획이라거나 그렇게 정해 놓고 하는 행동은 싫어요. 이모, 저는 그런 게 싫어요.」

마거릿은 잘라 말했다. 그 모습은 대단히 아름답지도, 대단히 현명하지도 않았지만, 그 두 가지를 대신하는 어떤 것이 가득했다. 그것은 말하자면 강렬한 생기, 그러니까 인생길에서 마주치는 모든 것들에 계속해서 성실하게 반응하는 태도라고 풀이할 수 있을 것이다.

「헬렌의 상대가 상점 점원이라거나 가난뱅이 사무원이라도……..」

「마거릿, 서재로 들어가서 문을 닫고 얘기하자. 하녀들이 난간을 청소하고 있구나.」

「아니면 그 애가 카터 페터슨 사에 다니는 짐꾼하고 결혼하고 싶어 한다고 해도 저는 똑같이 말했을 거예요.」 그런 뒤 마거릿은 이모에게 그녀가 아주 미치지는 않았음을 확인시켜 주고, 다른 유형의 관찰자들에게는 자신이 공허한 이상주의자가 아님을 알려 주는 한마디를 덧붙였다. 「물론 카터 페터슨 짐꾼의 경우라면, 결혼을 서두르면 안 되겠죠.」

「그래, 그래야지.」 민트 부인이 말했나. 「하지만 나는 네 생각을 좀처럼 따라잡지 못하겠다. 네가 윌콕스 부부에게 그런 말을 한다고 생각해 보렴. 나야 이해하지. 하지만 그 순진한 사람들은 네가 미쳤다고 생각할 거다. 그게 헬렌에게 얼마나 안 좋은 일이겠니! 지금 필요한 건 이런 일을 천천히, 천천히 풀어 갈 수 있는 사람이야. 그리고 현재 상태와 앞으로의 방향을 함께 볼 줄 아는 사람이야.」

마거릿은 그 말이 마음에 들지 않았다.

「지금 말씀은 이 약혼을 깨야 한다는 것처럼 들리네요.」

「내 생각엔 그래. 하지만 천천히 해야지.」

「약혼을 천천히 깬다고요?」 마거릿의 눈빛이 뜨거워졌다. 「약혼이란 게 무엇으로 이루어진다고 생각하세요? 약혼의 재료는 아주 단단해요. 와지끈 동강날 수는 있어도 천천히 깨질 수는 없다고요. 다른 관계들하고는 달라요. 다른 관계들은 늘어나기도 하고 구부러지기도 하죠. 정도의 차이도 인정하고요. 하지만 약혼은 달라요.」

「그래, 네 말이 맞아. 하지만 나를 하워즈 엔드로 보내서 너 대신 그런 불편을 지게 해주지 않겠니? 어깃장 놓는 일 같은 건 절대 없을 거야. 나는 너희 자매가 어떤 걸 원하는지 너무나 잘 알기 때문에, 한번 조용히 살펴보는 것만으로도 충분해.」

마거릿은 다시 한 번 이모에게 고맙다고 키스한 뒤, 위층으로 남동생을 살펴보러 올라갔다.

티비의 상태는 양호하지 않았다.

건초열은 지난밤 내내 그를 괴롭혔다. 머리가 지끈거리고 눈물도 계속 흘러서 점막이 더없이 불쾌한 상태라고 그는 누나에게 알려 주었다. 이 순간 그나마 인생을 견딜 수 있게 해주는 건 마거릿이 시간 날 때마다 월터 새비지 랜더의 『상상 속 대화』를 읽어 주기로 약속했다는 것뿐이었다.

상황이 여의치 않았다. 헬렌도 그냥 둘 수는 없었다. 첫눈에 사랑에 빠지는 게 범죄 행위가 아니라는 걸 확인시켜 주어야 했다. 전보로 이런 내용을 전하는 건 효과도 없고 쉽지도 않고, 직접 찾아가는 것도 생각할수록 불가능해 보였다. 그러더니 의사가 와서 티비의 상태가 몹시 안 좋다고 말했다. 그렇다면 정말 줄리 이모의 친절한 제안대로 이모 편에 편지를 딸려서 하워즈 엔드로 보내는 게 최선일까?

마거릿은 충동적이었다. 그래서 조금 전에 내린 결정을 뒤집고, 서재로 뛰어 내려가서 소리쳤다. 「이모, 생각이 바뀌었어요. 이모가 가주셨으면 좋겠어요.」

킹스 크로스 역에 열한시 기차가 있었다. 티비가 보기 드문 이타심을 발휘해서 역시 반에 잠이 들자, 마거릿은 마차에 이모를 태워 기차역까지 전송 나갈 수 있었다.

「이모, 잘 아시겠지만, 그분들하고 약혼 일을 의논한다든지 하지는 마세요. 헬렌에게 제 편지를 전해 주시고, 그 애한테는 무슨 말이든 하셔도 좋아요. 하지만 다른 사람들하고는 거리를 두세요. 아직 그 사람들 이름도 제대로 모르는데, 그러는 건 예의에도 경우에도 어긋나니까요.」

「예의에 어긋난다고?」 먼트 부인이 마거릿이 한 훌륭한 말을 자신이 이해하지 못한 건 아닌가 걱정이 들어 물었다.

「아, 제가 건방진 말을 썼네요. 제 말은 그러니까 이 일을 오직 헬렌하고만 이야기하시라는 거예요.」

「헬렌하고만.」

「왜냐 하면……」 하지만 사랑이라는 것의 내밀한 본성을 설명하기에는 때가 적절하지 않았다. 마거릿조차 그 일을 포기하고 그저 이모의 손을 쓰다듬은 뒤, 킹스 크로스 역에서 시작될 여행으로 생각을 옮겨 갔다. 분별력과 시심(詩心)이 엇갈려 들었다.

거대한 수도에서 오래 산 사람들이 흔히 그렇듯이, 그녀도 기차역들에 제각각 특별한 감정을 품고 있었다. 기차역은 황홀한 미지의 세계로 나아가는 관문이다. 우리는 기차역을 통해서 모험과 햇빛 속으로 나아갔다가, 슬프게도 다시 돌아온다. 패딩턴 역에서는 콘월 주와 먼 서부 지역을 꿈꿀 수 있다. 리버풀 역의 내리막길 아래로는 습지와 광대한 브로즈[3] 지역이 있다. 스코틀랜드는 유스턴 역의 아치 문을 지나서 이어지고, 웨섹스는 워털루 역의 차분한 혼돈 너머에 있다. 이탈리아인들은 이런 것을 자연스럽게 깨닫는다. 베를린에서 급사로 일하게 된 불운한 이탈리아인들은 안할트 역을 이탈리

---

[3] 얕은 호수와 늪이 가득한 노퍽 주의 한 지역.

아 역이라고 부른다. 그곳을 통해서 고향으로 돌아가야 하기 때문이다. 런던 사람으로 기차역들에 대해 어떤 인간적 감정을 느끼지 못하는 자, 그 감정이 미약하게나마 두려움이나 사랑으로 이어지지 않는 자는 아주 냉담한 사람이라고 해야 할 것이다.

마거릿에게 — 그렇다고 독자 여러분이 마거릿에게 반감을 품지 않기를 바란다 — 킹스 크로스 역은 언제나 무한을 상징했다. 화려한 풍모를 자랑하는 세인트팬크라스 역에서 약간 물러난 곳에 있는 위치 자체가 인생의 물질적 측면에 대해 뭔가를 말해 주는 것 같았다. 우중충하고 무덤덤한 두 개의 거대한 아치가 이렇다 할 것 없는 시계를 지탱하고 선 모습은 영원한 모험 여행의 관문으로 아주 적절했다. 그 모험의 결과가 성공적일 수도 있겠지만, 그것은 흔히 말하는 성공과는 종류가 다를 것이다. 이런 생각이 엉터리라고 여겨진다면, 이 이야기를 하는 게 마거릿이 아니라는 점을 기억해 두기 바란다. 덧붙이자면 이들은 기차 시간에 아주 여유롭게 도착했다. 먼트 부인은 기관실을 마주 보지만 그곳과 지나치게 가깝지는 않은 편안한 좌석에 자리를 잡았다. 그리고 위컴 플레이스로 돌아온 마거릿은 다음과 같은 전보에 맞닥뜨렸다.

다 끝났어. 그냥 없었던 일로 해줘. 아무한테도 말하지 마. — 헬렌.

하지만 줄리 이모는 떠났고, 그 발걸음을 돌릴 힘은 지상의 그 무엇에게도 없었다.

3

먼트 부인은 아주 편안한 마음으로 자신이 할 일을 연습했다. 조카딸들은 독립심이 강했기 때문에, 어지간해서는 자신이 도움을 베풀 기회가 생기지 않았다. 에밀리의 딸들은 여느 처녀들과 달랐다. 두 아이는 티비가 태어났을 때 어머니를 잃었다. 그때 헬렌은 다섯 살, 마거릿은 열세 살이었다. 그때는 〈처형제 결혼법〉[4]이 통과되기 전이었기 때문에, 먼트 부인은 위컴 플레이스에 와서 살림을 돕고 싶다는 제안을 거리낌 없이 할 수 있었다. 하지만 독특한 성격의 독일인 형부는 그 결정을 마거릿에게 넘겼고, 당돌한 마거릿은 자기 식구들끼리도 얼마든지 잘 지낼 수 있다고 말했다. 그로부터 5년 후 슐레겔 씨도 죽자, 먼트 부인은 다시 한 번 같은 제안을 했다. 이제 당돌함과 멀어진 마거릿은 매우 고마워했지만, 대답의 내용은 전과 다르지 않았다. 〈이제 두 번 다시는 조카들 일에 끼어들지 않을 거야.〉 먼트 부인은 그렇게 결심했지만, 물론 다시 끼어들었다. 성년이 된 마거릿이 안전한 투자처에서 돈을 빼내 외국 회사에 투자하고 있다는 걸 알았을 때 부인은 기겁했다. 그것은 파산의 지름길이었다. 이럴 때 침묵하는 것은 죄악이었다. 먼트 부인은 국내 철도에 투자하고 있었고, 마거릿에게도 자신을 따라 할 것을 강력하게 촉구했다. 「우리는 그렇게 같은 길을 밟아야 해.」 마거릿은 예의상 몇백 파운드의 돈을 노팅엄-더비 철도에 투자했고, 외국 회사들이 승승장구하는 동안 노팅엄-더비 철도는 국내 철도만이 유지할 수 있는 견실한 위엄 속에서 힘을 잃어 갔지만, 먼트 부인

---

[4] Deceased Wife's Sister Bill. 아내 사망 후 처제 또는 처형과 결혼하는 것을 합법화한 법으로 1907년에 실행됨.

은 언제나 기뻐하며 말했다. 「어쨌건 나는 해냈어. 외국 회사가 망하면 마거릿은 이 돈에 의지할 수 있겠지.」 올해 성년이 된 헬렌도 역시 똑같은 일을 했다. 그녀도 자신의 돈을 콘솔 공채[5]에서 빼낸 뒤, 별다른 재촉도 받기 전에 미리 그 극히 일부를 노팅엄-더비 철도에 바쳤다. 거기까지는 그런 대로 좋았지만, 사회적 문제에 이르면 줄리 이모는 손도 대지 못했다. 조만간 그들 자매는 〈스스로를 내던지게〉 될 것이다. 지금까지 그러지 않았다 해도 그것은 장래에 더욱 격렬하게 내던지기 위해서일 뿐인지 모른다. 그들은 위컴 플레이스에서 너무 많은 사람을 만났다. 수염이 텁수룩한 음악가들, 거기다 여배우도 한 명 있었고, 독일인 사촌들(외국인들이 어떤지는 뻔하지 않은가)도 드나들었고, 대륙의 호텔에서 알게 된 사람들(그들이 어떤지도 뻔하다)도 뻔질나게 찾아왔다. 그것은 재미있는 일이었고, 먼트 부인도 스워니지에서는 누구 못지않게 문화적 교양을 갖춘 사람이었다. 하지만 그건 위험한 일이기도 했다. 언젠가는 큰 문제가 닥치게끔 되어 있었다. 그녀의 예감이 얼마나 정확했던가! 그리고 그 문제가 닥쳤을 때 자신이 현장에 있었다는 건 얼마나 다행한 일인가!

기차는 수많은 터널을 지나며 북쪽으로 달렸다. 한 시간짜리 여정일 뿐이었지만, 먼트 부인은 쉴 새 없이 창문을 올렸다 내렸다 했다. 사우스웰린 터널을 지나서 잠시 빛을 본 뒤 비극적 명성의 노스웰린 터널[6]로 들어섰다. 그런 뒤에는 광대한 초지와 튜인 강의 나른한 물결 위로 뻗은 거대한 고가 철교를 지났다. 그리고 정치인들의 별장들도 지났다. 이따금

---

[5] 1751년 처음 발행된 영국 정부의 공채. 상환 날짜가 정해지지 않은 대신 영구적으로 이자를 준다.

[6] 1866년 6월에 열차 충돌 사고가 일어남.

북부 대로가 철길과 나란히 달리기도 했다. 철길보다도 더 무한한 느낌을 전해 주는 그 대로는 백 년 동안의 잠에서 깨어나서, 자동차 악취가 실어 오는 인생과 항담즙제 광고판이 암시하는 문화를 향해 달려갔다. 역사에 대해, 비극에 대해, 과거에 대해, 미래에 대해 먼트 부인은 아무런 관심이 없었다. 그녀의 관심은 이번 여행의 목적, 이 어처구니없는 혼란에서 헬렌을 구해 내는 일에 집중되어 있었다.

하워즈 엔드에 가려면 힐튼 역에서 내려야 했다. 힐튼은 북부 대로 변에 줄줄이 붙거진 커다란 시골 마을 중 하나로, 역마차 시절 또는 그 이전 시절에 지금과 같은 크기가 되었다. 런던과 가깝기 때문에 몰락하는 농촌 대열에 합류하지 않았고, 길게 뻗은 하이 스트리트 양쪽으로 주거지가 확산돼 갔다. 먼트 부인의 무관심한 눈 위로 기와지붕과 슬레이트 지붕들이 1마일 가량 지나갔다. 주택의 행렬은 하이 스트리트 길가에 버티고 선 덴마크 군인들의 무덤 여섯 기로 인해 잠시 끊겼다. 하지만 무덤들을 지닌 뒤 주택의 밀도는 너 높아졌고, 기차가 멈춰 선 곳은 거의 소도시라고 불릴 수 있을 만큼 복닥거렸다.

힐튼 역은 주변 풍경처럼 그리고 헬렌의 편지처럼 무언가 어정쩡한 느낌이었다. 이 역을 나서면 어떤 세계가 펼쳐질까? 영국의 시골? 아니면 런던 교외? 신축 건물인 역에는 독립된 승강장들이 있고, 지하도가 있었으며, 사업가들에 의해 강제된 피상적인 안락함이 있었다. 하지만 그러면서도 시골 지역의 인간적인 교감을 전달해 주는 분위기도 있었는데, 그것은 먼트 부인조차 감지할 수 있었다.

「집을 찾고 있는데요.」 부인이 집표원에게 말했다. 「집 이름은 하워즈 로지예요. 혹시 어딘지 아시나요?」

「윌콕스 씨!」 집표원이 불렀다.

두 사람 앞에 서 있던 젊은이가 돌아섰다.

「이 부인이 하워즈 엔드를 찾으시는데요.」

일이 예기치 않게 일사천리로 흘렀지만, 먼트 부인은 몹시 흥분해서 낯선 이를 제대로 쳐다보지도 못했다. 어쨌거나 그녀는 그 집에 형제가 둘이라는 사실을 떠올리고 재치 있게 물었다. 「윌콕스 씨, 실례지만 젊으신 쪽이신가요? 아니면 연장자 쪽?」

「젊은 쪽이죠. 무슨 일로 저희 집을 찾으시나요?」

「아, 네……」 부인은 가슴을 진정시키기가 어려웠다. 「그렇다면 정말 그쪽이? 저는……」 그녀는 집표원에게서 물러나서 목소리를 낮추었다. 「저는 슐레겔 양의 이모랍니다. 제 소개를 해야겠죠? 먼트 부인이라고 해요.」

남자는 모자를 들어 올리고 침착하게 말했다. 「아, 그러세요. 슐레겔 양이 지금 저희 집에 머물고 있죠. 슐레겔 양을 보러 오셨습니까?」

「네……」

「마차를 불러 드리죠. 아니, 잠깐만 기다리세요.」 그는 잠시 생각했다. 「저희 집 자동차가 여기 있거든요. 함께 타고 가시죠.」

「정말 고맙습니다…….」

「뭘요. 하지만 제가 역 사무실에서 소포를 받을 때까지 좀 기다리셔야 합니다. 이쪽으로 오시죠.」

「혹시 조카는 함께 오지 않았나요?」

「아뇨. 저는 아버지하고 같이 나왔습니다. 아버지는 부인께서 타고 오신 기차로 북쪽으로 떠나셨죠. 지금 가면 점심 시간에 맞춰서 슐레겔 양을 만나실 수 있을 겁니다. 함께 점심을 하려고 오신 거죠?」

「네, 오고 싶었어요.」 먼트 부인에게는 식사 따위보다야 헬렌의 애인을 관찰하는 게 더 중요했다. 그는 신사 같았지만, 부산하게 움직이는 통에 제대로 관찰하기가 힘들었다. 그녀는 조심스레 그를 흘끔거렸다. 여자의 눈으로 볼 때 입가가 움푹 팬 것이나 이마가 네모꼴로 각진 것은 아무 문제가 되지 않았다. 가무잡잡한 피부와 깨끗이 면도한 얼굴, 그리고 행동거지는 사람들을 부리는 데 익숙해 보였다.

「앞자리와 뒷자리 중 어디 앉으시겠습니까? 앞에는 바람이 좀 강하게 불 텐데요.」

「앞자리가 좋겠네요. 그래야 이야기를 나눌 수 있을 테니까요.」

「하지만 잠깐 기다리셔야 될 것 같습니다. 도대체 이 사람들이 소포를 가지고 뭘 하는 건지 모르겠네요.」 그는 예약 사무실로 성큼성큼 걸어 들어가더니, 지금까지와는 사뭇 다른 목소리로 외쳤다. 「이봐요! 나더러 하루 종일 기다리라는 거요, 뭐요? 하워즈 엔드의 윌콕스 앞으로 온 소포가 있으니까 빨리 좀 찾아봐요!」 사무실에서 나오자 그의 목소리는 다시 차분해졌다. 「힐튼 역은 행정이 엉망이에요. 내 손에 맡긴다면 이 사람들을 싹 해고해 버릴 겁니다. 타는 걸 도와드리죠.」

「정말 친절하시군요.」 먼트 부인은 그렇게 말하고, 호사스러운 붉은 가죽 좌석에 파묻히듯 앉아서 무릎 덮개와 숄로 몸을 감쌌다. 그녀는 애초의 의도보다 훨씬 공손하게 행동하고 있었지만, 어쨌거나 이 젊은이는 정말로 친절했다. 게다가 그에게서는 약간의 두려움도 느껴졌다. 그의 냉정함은 놀라울 정도였다. 「아주 좋군요, 좋아.」 그런 뒤 그녀가 덧붙였다. 「정말 제가 바라던 대로예요.」

「그렇게 말씀해 주시니 고맙습니다.」 그의 얼굴에 어리둥절한 표정이 미세하게 지나갔다. 하지만 대부분의 미세한 표정이 그렇듯이, 그 또한 먼트 부인에게 관찰되지 않았다. 「저는 그저 아버지를 모셔다 드리려고 나온 것뿐입니다.」

「저기, 오늘 아침에 헬렌한테서 소식 들었거든요.」

윌콕스 청년은 휘발유를 넣고 시동을 걸고, 그 밖에 이 이야기와 아무 상관없는 여러 가지 행동을 했다. 자동차가 흔들리기 시작하자, 사태를 설명하고자 하는 먼트 부인의 몸체가 붉은 쿠션들 틈에서 즐겁게 통통 솟구쳤다. 「어머니도 부인을 보시면 좋아하실 겁니다.」 그가 나직하게 말하더니 다시 소리쳤다. 「이봐요! 소포는 어떻게 된 거요? 하워즈 엔드로 온 소포 말이오. 얼른 좀 가져와요.」

턱수염을 기른 짐꾼이 한 손에는 소포를 다른 손에는 장부를 들고 나타났다. 부릉부릉 거리는 자동차 엔진 소리 사이로 불만 가득한 투덜거림이 들려왔다. 「서명? 서명하라고? 이렇게 번거롭게 굴더니 서명까지 하라고? 거기다 연필도 안 가지고 와서? 이봐요. 또 한 번 이러면 역장에게 항의할 거요. 나는 바쁜 사람이라고. 당신은 한가한 사람인지 모르지만. 그리고 이거.」 이거란 팁이었다.

「정말 죄송합니다. 먼트 부인.」

「아니에요, 윌콕스 씨.」

「그리고 마을을 지나서 가야 하는데 어떠신가요? 조금 돌아가는 건데, 두어 군데 들를 데가 있어서요.」

「마을을 지나간다니 저도 좋네요. 당연한 일이지만 윌콕스 씨와 정말 이야기를 나누고 싶거든요.」

먼트 부인은 약간 죄의식을 느꼈다. 마거릿의 당부를 어기고 있었기 때문이다. 하지만 그건 형식적인 것이었다. 마거릿은 다른 사람들과 이 일을 이야기하지 말라고 했을 뿐이다. 이렇게 우연한 기회가 찾아왔을 때 당사자와 이야기를 하는 건 〈예의에도 경우에도〉 어긋나는 일이 아닐 것이다.

하지만 과묵한 젊은이는 아무런 대꾸도 없었다. 그리고 가만히 옆자리에 올라앉았더니 장갑을 끼고 안경을 쓴 뒤 자동차를 출발시켰다. 그들의 뒷모습을 수염 난 짐꾼이 ― 인생이란 얼마나 불가사의한 것인가 ― 감탄하며 바라보았다.

바람이 얼굴에 부딪쳤고, 먼지가 먼트 부인의 눈으로 들어갔다. 하지만 북부 대로에 들어서기가 무섭게 그녀는 포문을 열었다.「짐작하셨겠지만, 그 소식을 듣고 우리는 아주 놀랐답니다.」

「소식이라뇨?」

「윌콕스 씨.」 그녀는 솔직하게 말했다.「마거릿이 저한테 모든 걸 다 이야기해 줬어요. 모든 걸요. 헬렌이 보낸 편지도 봤어요.」

그는 운전에 집중하느라 먼트 부인을 돌아볼 수가 없었다. 하이 스트리트를 최대 속도로 달리고 있었기 때문이다. 하지만 부인 쪽으로 고개를 기울이고서 말했다.「죄송합니다만, 무슨 말씀이신지 모르겠는데요.」

「헬렌 밀이에요. 당연히 헬렌 이야기죠. 헬렌은 정말 보기 드문 아이예요. 물론 헬렌을 그렇게 생각하고 있으니, 이런 말을 듣는 것도 기분 좋겠죠. 정말로 그 집의 두 자매는 보기 드문 아이들이에요. 제가 끼어들 생각으로 온 건 아니지만, 어쨌건 무척 놀라운 소식이었어요.」

차는 포목점 앞에 멈춰 섰다. 그는 부인의 말에 대꾸하지 않고 몸을 돌려서 그들이 마을 길에 일으킨 자욱한 먼지를 바라보았다. 먼지는 다시 가라앉았지만, 모두 애초의 자리로 되돌아가지는 않았다. 그 가운데 일부는 열린 창문들로 들어갔고, 일부는 길가 정원의 장미꽃과 구스베리 관목 위로 뽀얗게 내려앉았으며, 또 일부는 마을 사람들의 폐 속으로 들어갔다.「언제쯤에나 정신을 차리고 이 도로를 포장할지 모르겠어요.」 그가 말했다. 포목점에서 한 남자가 방수천 한 필을 들고 뛰어나왔고, 그들은 다시 길을 갔다.

「마거릿은 티비 때문에 직접 올 수 없었어요. 그래서 제가 마거릿을 대신해서 이야기를 해보려고 온 거예요.」

「아무래도 제가 둔한 것 같습니다만.」 젊은이는 또 다른 상점 앞에 차를 세우면서 말했다. 「하지만 저는 아직도 무슨 말씀이신지 모르겠습니다.」

「제 조카 헬렌하고 윌콕스 씨 당신 말이에요.」

그는 안경을 위로 올려 쓰고 어리둥절한 표정으로 먼트 부인을 바라보았다. 두려움이 그녀를 엄습했다. 그녀조차도 지금 두 사람이 동문서답을 하고 있으며, 자신이 그 집에 도착하기도 전에 엄청난 실수를 저지른 것 같다는 생각이 들었다.

「슐레겔 양하고 저요?」 그는 그렇게 묻더니 입술을 꽉 다물었다.

「오해할 여지는 없었던 것 같은데.」 먼트 부인이 떨리는 목소리로 말했다. 「편지의 내용은 분명히 그렇게 읽혔으니까.」

「어떻게요?」

「그러니까 그쪽하고 헬렌이······.」 먼트 부인이 말을 멈추고 눈을 아래로 내리깔았다.

「무슨 말씀이신지 대충 알 것 같네요.」 그가 느릿느릿 말했다. 「이런 엄청난 실수를 봤나!」

「그렇다면 그쪽은 전혀······.」 부인은 불에 달군 듯 새빨개진 얼굴로 더듬더듬 말했다. 이 세상에 태어난 게 원망스러운 순간이었다.

「그럴 리 없죠. 저는 다른 여자하고 약혼한 몸인걸요.」 일순간 침묵이 흘렀다. 잠시 후 그가 숨을 멈추고 소리 질렀다. 「혹시! 설마 폴이 이런 바보짓을 한 건 아니겠죠?」

「하지만 그쪽이 폴이잖아요.」

「아니에요.」

「그러면 왜 역에서 그렇다고 말한 거죠?」
「그런 말 한 적 없는데요.」
「죄송하지만 분명히 그렇게 말했습니다.」
「죄송하지만 그런 말 안 했습니다. 제 이름은 찰스입니다.」
〈젊은 쪽〉이라는 말은 형제 중 둘째를 가리킬 수도 있지만, 아버지가 아닌 아들이라는 뜻도 될 수 있다. 이런 일에는 양쪽 다 할 말이 있는 법이고, 이후 두 사람은 제각기 자기 할 말을 했다. 하지만 지금 이들 앞에는 다른 문제가 있었다.

「그렇다면 지금 부인 말로는 폴이……」
먼트 부인은 찰스의 목소리가 마음에 들지 않았다. 그 목소리는 짐꾼을 대하는 것과 같았고, 그녀는 아까 역에서 속았다는 생각에 분노가 솟구쳤다.

「그렇다면 폴하고 슐레겔 양이……」
그러자 먼트 부인은 이제 ― 인간의 본성이 그러한 법이다 ― 두 연인을 옹호하기로 결심했다. 이런 인정머리 없는 젊은이에게 바보 취급당할 이유가 없었다. 「그래요. 두 사람은 지금 서로 좋아하고 있어요. 머지않아 그쪽한테도 이야기할 거예요. 우리는 오늘 아침에 소식을 들었어요.」

그러자 찰스가 주먹을 불끈 쥐고 소리쳤다. 「이 바보 같은 놈! 머저리 같은 녀석!」

먼트 부인은 무릎 덮개를 치우려고 했다. 「그렇게 생각하신다면 저는 내려서 걷는 게 좋겠네요.」

「그러지 마십시오. 금방 집에 닿을 테니까요. 하지만 그건 안 되는 일입니다. 두 사람을 말려야 합니다.」

먼트 부인이 이성을 잃는 경우는 흔치 않았고, 그럴 경우는 언제나 자신이 사랑하는 사람을 보호하고자 할 때뿐이었다. 지금이 바로 그런 경우였다. 「저도 깊이 동감합니다. 절대 안 될 일이죠. 무슨 일이 있어도 이 일을 말릴 거예요. 제 조카딸은 정말로 보기 드문 아이예요. 그 아이가 자기를 알아주지 않는 사람들 속으로 몸을 내던지는 걸 가만히 보고 있지는 않을 겁니다.」

찰스가 턱을 이죽거렸다.

「게다가 헬렌이 그쪽 동생을 만난 게 겨우 지난 수요일이고, 또 윌콕스 부부도 오다가다 호텔에서 만났을 뿐이니⋯⋯.」

「목소리를 좀 낮춰 주세요. 가게 사람이 다 듣겠습니다.」

먼트 부인은 〈*esprit de classe*(계급 정신)〉 — 이런 말이 있다면 — 가 강했다. 그래서 미천한 신분의 사람 하나가 금속 깔때기며 냄비며 물뿌리개를 방수천 곁에 싣는 동안, 분을 주체하지 못하고 몸을 떨었다.

「뒤에 다 실었죠?」

「네.」 그리고 미천한 신분은 먼지 구름 속에 사라졌다.

「미리 주의를 드리자면 폴은 무일푼이에요. 소용없는 일입니다.」

「주의 말씀 같은 건 필요 없습니다. 윌콕스 씨. 주의시킬 쪽은 따로 있으니까요. 우리 조카가 아주 어리석었어요. 단단히 꾸짖고 런던으로 데려가야겠어요.」

「폴은 나이지리아로 갈 겁니다. 당분간은 결혼을 생각할 수가 없어요. 그리고 굳이 결혼한다면 거기 기후를 견딜 수 있는 아가씨여야 하고, 여러 모로 다른 사람이어야 해요 — 왜 나한테 이야기를 안 한 걸까? 물론 부끄러웠겠지. 그게 바보짓이라는 걸 알았으니까. 알면서도 그러다니 바보 천치 녀석.」

먼트 부인의 분노가 점점 끓어올랐다.

「반대로 슐레겔 양은 지체 없이 이 소식을 전했고요.」

「윌콕스 씨, 내가 만약 남자였다면 그 마지막 말에 뺨이라도 올려붙였을 겁니다. 당신은 우리 조카딸의 신발을 닦을 자격도 없고, 그 아이랑 한자리에 있을 자격도 없어요. 그런데 감히 — 이렇게 뻔뻔스럽게 — 당신 같은 사람이랑은 더 이상 이야기하고 싶지 않습니다.」

「제가 아는 건 슐레겔 양은 그 이야기를 했고 폴은 안 했다는 것뿐입니다. 그리고 아버지도 안 계시니 저는…….」

「우리라고 뭐 별 걸 아는 건…….」

「제가 말을 먼저 마치면 안 되겠습니까?」

「안 됩니다.」

찰스는 이를 앙다물고 길 위에서 급회전을 틀었다.

먼트 부인은 비명을 질렀다.

이리하여 그들은 가문 대결로 접어들었다. 그것은 사랑이 인류 가운데 두 사람을 맺어 주려 할 때 늘 벌어지는 게임이었다. 하지만 지금 이 대결은 보기 드문 흥분 상태에서 벌어져서, 슐레겔 집안이 윌콕스 집안보다 낫다, 윌콕스 집안이 슐레겔 집안보다 낫다고 서로 할 말 못할 말 없이 우겨 댔다. 예의범절 같은 것은 날아가 버렸다. 남자는 젊었고 여자는 격분해 있었다. 그리고 두 사람 모두 거친 속성을 내재하고 있었다. 이들의 싸움이 다른 싸움들보다 더 놀라울 건 없었다 (싸움이란 당시에는 불가피하지만, 지나고 나면 어처구니없게 마련이다). 하지만 대개의 싸움과 달리 이 싸움은 지지부진한 결말 이상의 것을 남겼다. 몇 분 후 두 사람은 정신을 차렸다. 자동차가 하워즈 엔드에 멈춰 섰고, 헬렌이 창백한 얼굴로 이모를 맞으러 나왔다.

「줄리 이모, 지금 막 마거릿이 보낸 전보를 받았어요. 오시지 못하게 하려고 했는데. 그게…… 다 끝났거든요.」

이런 결말은 먼트 부인이 감당하기에는 너무 가혹했고, 부인은 울음을 터뜨렸다.

「줄리 이모, 이 집 사람들한테 제 바보짓을 알리지 마세요.

그건 아무것도 아니었어요. 저를 위해서 그렇게 해주세요.」

「폴.」 찰스 윌콕스가 장갑을 벗으며 소리쳤다.

「제발 아무 말도 마세요. 사람들이 알면 안 돼요.」

「이를 어쩌니, 헬렌······.」

「폴! 폴!」

앳된 얼굴의 청년이 집 밖으로 나왔다.

「폴, 이 말이 사실이니?」

「뭐가? 난 아무것도······.」

「그런지 아닌지만 말해. 간단한 질문이니까 간단히 대답해. 슐레겔 양하고······.」

「찰스, 애야.」 정원에서 누군가 말했다. 「찰스, 큰애야, 간단한 질문이란 없단다. 그런 건 이 세상에 없어.」

그들은 말을 잃었다. 윌콕스 부인의 목소리였다.

부인은 헬렌이 편지에 쓴 대로 옷자락을 잔디 위로 조용히 끌면서 정원에서 나왔다. 게다가 손에는 건초도 한 줌 쥐고 있었다. 부인은 젊은이들의 세계, 자동차의 세계에 속하지 않고, 대신 이 집과 그 위에 드리워진 나무의 세계에 속한 것 같았다. 누구라도 그녀가 과거를 존중한다는 것, 그래서 과거만이 부여해 줄 수 있는 지혜를 체득하고 있다는 걸 알았다. 그 지혜는 우리가 서투르게 〈귀족 정신〉이라고 부르는 것이다. 설령 고귀한 태생은 아닐지라도, 그녀는 조상을 존경했고 그들에게서 도움을 받았다. 찰스가 역정을 내고 폴이 겁을 먹고 먼트 부인이 울음을 터뜨렸을 때, 그녀는 조상들의 목소리를 들었다. 〈저 사람들을 떼어 놓아서 서로에게 상처 주지 못하게 해라. 다른 일은 급하지 않다.〉 그래서 그녀는 아무것도 묻지 않았다. 하지만 사교에 능한 부인들처럼 아무 일도 없었다는 듯한 기색을 띠지는 않았다. 「슐레겔 양, 아가씨 방도 좋고 내 방도 좋으니까 어디든지 편한 곳으로 이모님을 모시고 들어가요. 폴, 이비를 찾아서 점심은 여섯 사람 분을 준비하라고 일러라. 하지만 아래층에 여섯 사람이 모두 앉을 수 있을지는 모르겠구나.」 사람들이 흩어지자 그녀는 큰아들을 향해 돌아섰다. 그는 아직도 붕붕거리며 악취를 풍기는 차 안에 서 있었다. 부인은 아들에게 다정히 웃어 보이고 말없이 돌아서서 꽃들이 있는 곳으로 갔다.

「어머니.」 찰스가 불렀다. 「폴이 또 바보짓한 거 알고 계셨어요?」

「걱정할 거 없다, 애야. 약혼은 깨졌으니까.」

「약혼이라고요……!」

「아니면 연애가 끝났다고 할까? 그렇게 말하는 게 더 마음에 든다면.」 윌콕스 부인은 그렇게 말하고 허리를 굽혀 장미꽃의 향기를 맡았다.

4

헬렌과 먼트 부인은 기진맥진해서 위컴 플레이스로 돌아왔고, 한동안 마거릿은 세 사람의 병자를 돌봐야 했다. 먼트 부인은 곧 회복되었다. 그녀는 지난 일을 왜곡하는 놀라운 힘을 지녔고, 며칠 지나지 않아 그 참사에서 자신의 경솔함이 저지른 역할을 말끔히 잊었다. 위기의 한복판에서도 그녀는 〈다행이지 뭐야, 마거릿이 이런 일을 겪게 않게 돼서!〉라고 소리쳤고, 그 생각은 런던으로 돌아오는 길에 〈어차피 누군가 겪어야 하는 일이었어〉로 발전하더니, 다음에는 〈내가 에밀리의 딸들에게 제대로 도움을 준 건 윌콕스네 일뿐이었어〉라는 불변의 진리로 무르익었다. 하지만 헬렌의 상태는 좀 심각했다. 새로운 생각들이 계속해서 천둥처럼 날아들었고, 그 생각들과 그에 따른 반향 때문에 그녀는 좀처럼 기운을 차릴 수가 없었다.

진실을 말하자면 그녀가 사랑에 빠진 대상은 그 집의 한 개인이 아니라 가족 전체였다.

폴이 오기 전에 그녀는 이미 그를 향해 조율되어 있었다. 윌콕스 가족의 에너지에 매혹된 그녀의 섬세한 마음속에는 아름다움에 대한 새로운 이미지들이 만들어졌다. 그들과 함께 하루 종일 야외에서 지내고, 그들의 지붕 아래 함께 잠드는 것은 인생의 지복처럼 여겨졌고, 그 기쁨 속에 그녀는 자신을 버렸다. 그것은 바로 사랑의 전주곡이라 할 만한 것이다. 그녀는 윌콕스 씨에게, 또 이비에게, 또 찰스에게 굴복하는 게 좋았다. 그녀는 인생에 대한 자신의 견해가 너무 순진하거나 이론적이라는 말을 듣는 게 좋았다. 평등이란 헛소리였다. 여성 참정권도 헛소리였고, 사회주의도 헛소리, 인성 함양을 위해서가 아니라면 문학과 예술도 헛소리였다. 슐레겔가의 사람으로서 지녔던 견해들이 하나둘씩 거꾸러졌고, 헬렌은 겉으로는 그것들을 방어하려 애쓰는 척했지만, 속으로는 즐거웠다. 윌콕스 씨가 건전한 사업가 한 명이 사회 개혁가 열두 명보다 세상에 더 보탬이 된다고 말했을 때, 그녀는 단숨에 그 기이한 주장을 받아들이고는 그의 자동차 쿠션들 틈에 호사스럽게 몸을 묻었다. 찰스가 〈하인들한테는 예의를 갖출 필요가 없어요. 잘해 줘도 모른다고요〉라고 말했을 때, 그녀는 슐레겔 사람답게 〈상대방이 모른다 해도 저는 알아요〉 하고 대꾸하지 않았다. 오히려 앞으로는 하인들한테 그렇게 예의를 지키지 말아야겠다고 결심했다. 〈그동안 나는 번지르르한 말에 둘러싸여 살았어.〉 그녀는 생각했다. 〈여기서 그걸 벗어 버리는 것도 좋을 거야.〉 그녀의 모든 생각과 행동과 호흡이 폴의 등장을 조용히 기다리고 있었다. 그것은 당연히 폴이어야 했다. 찰스는 다른 여자에게 넘어가 있었고, 윌콕스 씨는 너무 나이가 많았으며, 이비는 너무 어렸고, 윌콕스 부인은 너무 달랐다. 그녀는 아직 만나지도 못한 작은아들의 머리에 로맨스의 후광을 두르고, 그곳에서 지낸 행복한 나날의 광채를 비추었으며, 그를 통해서 견실한 이상에 다가갈 수 있다고 느꼈다. 두 사람은 나이가 거의 같다고 이비가 말했다. 또 사람들은 대체로 폴이 형보다 인물이 낫다는 의견이었다. 그리고 골프 실력은 별로지만, 사격 실력은 더 뛰어나다고 했다. 그래서 폴이 시험에 통과했다는 자부심과 예쁜 여자라면 아무하고라도 연애를 걸어 볼 마음가짐을 가지고 집에 돌아왔을 때, 헬렌은 그의 앞으로 절반쯤, 아니 어쩌면 절반 이상 다가가서 일요일 저녁에 그를 향해 돌아선 것이다.

그는 나이지리아로 떠날 계획을 이야기했다. 계속 그 이야기를 했다면 헬렌도 흥분 상태에서 깨어났을 것이다. 하지만 그녀의 가슴이 오르내리는 모습에 그가 그만 우쭐해지고 말았다. 열정의 기회가 눈앞에 다가왔고, 그는 열정을 끌어안았다. 깊은 곳에서 무언가가 속삭였다. 〈저 아가씨는 네 키스를 허락할 거야. 다시는 이런 기회가 안 올지도 몰라.〉

일은 그렇게 벌어졌다. 어쨌건 헬렌은 그렇게 설명했다. 게다가 헬렌이 쓴 단어들은 내가 쓴 것들보다도 훨씬 건조했다. 하지만 그 키스에 깃들인 시정(詩情), 그 황홀, 그것이 그 후 오랜 시간 동안 발휘한 마법을 어떻게 말로 설명할 수 있을까? 영국인들은 인간 사이의 이런 우연한 접촉을 쉽게 비웃는 경향이 있다. 그렇게 해서 섬나라다운 냉소주의와 섬나라다운 도덕주의를 함께 살찌운다. 또 〈한때의 지나가는 감정〉이라 말하면서, 그것이 지나가기 전에는 얼마나 뜨거웠는지를 쉽게 잊는다. 비웃고자 하는 욕구, 잊고자 하는 욕구는 근본적으로는 좋은 것이다. 우리는 감정이 전부가 아니라는 걸 안다. 남자와 여자가 순간적 방전(放電)에 머물지 않고 지속적 관계를 이어 나갈 능력이 있는 존재들이라는 것도 안다. 하지만 우리는 그 욕구를 너무 높이 평가한다. 이런 사소한 접촉으로 천국의 문이 열릴 수도 있다는 걸 인정하지 않는다. 어쨌건 헬렌의 인생에서 이렇게 아무런 준비도 없이 불쑥 다가온 그 청년의 포옹만큼 강렬한 것은 아무것도 없었다. 청년은 들킬 위험과 빛이 가득한 집을 벗어나 밖으로 그녀를 데리고 나갔다. 그리고 익숙한 샛길로 들어가서 거대한 우산느릅나무 줄기 아래 섰다. 그녀가 사랑을 갈망하고 있을 때 남자가 어둠 속에서 〈사랑해요〉라고 말했다. 시간이 흐르면서 그가 지닌 빈약한 개성은 흐려졌지만, 그가 만들어 낸 장면은 오래도록 남았다. 그 후로 파란 많은 세월을 보내면서도 그녀는 다시는 그와 같은 경험을 하지 못했다.

「그래 이해해.」 마거릿이 말했다. 「적어도 나는 그런 일에 대해서는 최대한 이해해. 그런데 월요일 아침에는 무슨 일이 있었던 거니?」

「그냥 곧바로 끝났어.」

「어떻게?」

「아침에 옷을 입을 때까지만 해도 계속 행복했어. 하지만 아래층으로 내려가면서 점점 불안해지더니, 식당에 들어섰을 때는 다 소용없다는 걸 깨달았어. 식당에서는 이비가 — 아, 뭐라고 해야 할까? — 찻주전자를 들고 있었고, 윌콕스 씨는 〈더 타임스〉를 읽고 있었어.」

「폴도 있었어?」

「응, 찰스가 폴한테 주식 이야기를 하고 있었는데, 폴은 완전히 겁에 질린 표정이었어.」

두 자매는 이런 미약한 설명으로도 많은 것을 주고받을 수 있었다. 마거릿은 그 장면에 내재된 두려움을 보았기 때문에, 헬렌이 다음과 같이 말했을 때도 놀라지 않았다.

「그런 종류의 남자가 겁에 질린 표정이 되다니 너무 끔찍해. 우리가 겁을 낸다거나 아니면 남자라도 다른 부류라면 괜찮아. 예를 들어서 우리 아버지 같은 사람 말이야. 하지만 그런 남자가 어떻게! 다른 사람들은 다 차분한데 폴만 내가 혹시 무슨 엉뚱한 말이라도 할까 봐 파랗게 질려 있는 걸 보니까, 한순간 윌콕스 가족 전체가 사기처럼 느껴졌어. 그냥 신문과 자동차와 골프채로 만들어진 벽처럼 말이야. 그 벽이 무너지면 그 뒤에는 공포와 허무밖에 없을 것 같았어.」

「나는 그렇게 생각하지 않아. 윌콕스 부부는 진정성이 느껴지는 사람들이었어. 특히 윌콕스 부인은 말이야.」

「그래, 나도 정말로 그렇게 생각하는 건 아냐. 하지만 폴은 어깨가 너무 넓었고, 별의별 이상한 생각들이 사태를 악화시켰어. 어쨌건 나는 그게 끝이라는 걸 알았어. 그래서 아침 식사를 마치고 식구들이 운동하러 나갔을 때 내가 그 사람한테 말했어. 〈우리가 잠시 이성을 잃었던 것 같네요.〉 그러니까 그 사람 표정이 금세 나아지는 거야. 여전히 부끄러움에 싸여 있기는 했지만. 어쨌건 그 사람이 자기는 결혼할 돈이 없다나 어쨌다나 이야기를 꺼내는데, 그런 말을 하는 것 자체가 힘들어 보여서 내가 그만두라고 했지. 그랬더니 이러더군. 〈이 일에 관해 용서를 구합니다, 슐레겔 양. 어젯밤에 제가 어떻게 됐던 건지 모르겠습니다.〉 그래서 내가 말했어. 〈저도 마찬가지예요. 신경 쓰지 마세요.〉 그러고는 끝났어. 그런데 내가 어젯밤에 언니한테 편지를 썼다는 게 생각났지. 그 말을 하니까 그 사람은 다시 기겁했어. 내가 그 사람한테 대신 전보를 쳐달라고 했지. 아무래도 언니가 온다든지 할 것 같아서. 그래서 폴이 자동차를 쓰려고 했는데, 찰스하고 윌콕스 씨가 기차역까지 가야 한다는 거야. 찰스가 자기가 전보를 쳐주겠다고 했어. 그래서 나는 별로 중요한 전보가 아니라고 둘러댔어. 찰스가 전보를 읽을지도 모른다고 폴이 말했거든. 내가 몇 차례나 내용을 고쳐 썼는데도, 폴은 사람들이 의심할지 모른다는 거야. 그래서 결국 폴이 탄약이랑 뭐며 필요한 물건들을 사러 나가는 것처럼 꾸며서 직접 가지고 갔어. 그러다 보니까 우체국에 늦게 도착했고. 정말 끔찍한 아침이었어. 폴은 갈수록 나를 못 견뎌 했고, 이비는 크리켓 애버리지 이야기를 끝도 없이 늘어놓아서 나중에는 소리라도 지르고 싶어질 지경이었어. 그때까지 어떻게 이비를 참고 지냈는지도 모르겠더라고. 마침내 찰스하고 윌콕스 씨가 기차역으로 출발했고, 그런 다음 줄리 이모가 바로 그 기차로 출발했다는 전보가 도착했어. 폴은 — 기가 막히게도 내가 일을 엉망으로 만들었다는 거야. 그런데 윌콕스 부인은 다 알고 있었어.」

「뭘?」

「전부 다. 폴도 나도 한마디도 안 했는데 처음부터 다 알았던 것 같아.」

「우연히 엿듣기라도 했겠지.」

「그런 것 같아. 하지만 그래도 놀라웠어. 찰스하고 줄리 이모가 서로 욕을 해대면서 도착했을 때, 윌콕스 부인이 정원에서 나와서 사태를 진정시켜 주었지. 우! 어쨌거나 한심한 일이었어. 그 생각을 하면……」 헬렌은 한숨을 쉬었다.

「너하고 그 남자하고 잠시 만났다는 사실 때문에 전보와 분노가 난무했던 것 말이니?」 마거릿이 물었다.

헬렌이 고개를 끄덕였다.

「헬렌, 나도 그런 걸 여러 번 생각해 봤어. 그건 정말 흥미로운 주제야. 분명히 이 세상에는 너하고 내가 가본 적 없는 거대한 외부 세계가 있어 — 그 세계에서는 전보와 분노가 중요한 역할을 하지. 우리한테는 인간관계가 최고지만, 거기서는 그렇지 않아. 그 세계에서 사랑이란 재산의 결합이고 죽음은 상속세야. 여기까지는 분명히 알겠어. 하지만 그다음에 어려운 게 있어. 그 외부 세계가 끔찍해 보이지만, 때로는 그게 진짜 같거든. 그 속에는 어떤 거친 힘이 있고, 그건 강한 인간을 만들어 내. 인간관계를 중시하다 보면 결국 인생이 흐느적거리게 되는 건 아닐까?」

「메그, 내 생각이 바로 그랬어. 그렇게 또렷하게 느끼지는 못했지만. 윌콕스 가족은 더없이 유능해 보였고, 모든 수완을 다 갖춘 것 같았어.」

「지금은 어떤데?」

「아침 식사 때의 폴을 잊을 수 없어.」 헬렌이 조용히 말했다. 「그 사람을 잊을 수 없을 거야. 그는 한 군데도 의지할 데가 없는 사람이었어. 지금 보면 역시 인간관계야말로 진정한 인생이야. 언제라도 말이야.」

「아멘!」

그렇게 해서 윌콕스 소동은 달콤함과 참담함으로 버무려진 기억만을 남긴 채 물러갔고, 두 자매는 헬렌이 찬양한 인생을 계속 추구했다. 그들은 자매간에 대화하고 다른 사람들과도 대화했다. 그들은 위컴 플레이스의 높고 좁은 집을 그들이 좋아하는 사람이나 친하게 지낼 만한 사람들로 채웠다. 그들은 공공 집회에도 참석했다. 정치가들이 원하는 방식은 아니었지만, 그들도 나름의 방식으로 정치에 깊이 신경을 썼다. 그들은 겉으로 드러나는 공적 인생은 내면의 좋은 점을 반영해야 한다고 생각했다. 또 절제, 관용, 남녀평등을 향한 외침을 충분히 이해했다. 하지만 이들 자매는 티벳에 대한 무역 촉진 정책에는 제대로 관심을 기울이지 못했고, 때로는 혼미한 — 존경심이 깃들었는지는 모르겠지만 — 한숨을 쉬며 대영 제국 전체를 외면하기도 했다. 그들을 통해서 역사의 위업은 세워지지 않는다. 슐레겔 자매 같은 사람들로만 채워져 있다면 이 세상은 희미한 잿빛 공간이 될 것이다. 하지만 우리 세상은 그렇지 않으므로 이들의 존재는 그 안에서 별처럼 빛난다.

이들의 뿌리를 좀 설명해야겠다. 이들은 줄리 이모가 결연하게 주장하는 것과 달리 〈철두철미 영국인〉은 아니었다. 그렇다고 〈역겨운 부류의 독일인〉도 아니었다. 이들의 아버지는 지금보다 50년 전 독일에서 훨씬 더 많이 볼 수 있는 유형의 사람이었다. 그는 영국의 언론이 애호하는 공격적인 독일인도 아니었고, 또 영국의 농담이 애호하는 가정적인 독일인도 아니었다. 굳이 분류하고자 한다면 헤겔과 칸트와 같은 나라 사람이라고 할 수 있을 것이다. 이상주의자였던 그는 늘 꿈을 꾸었고, 그의 제국주의는 공기의 제국주의였다. 그렇다고 그의 인생이 무기력했던 것은 아니다. 그는 덴마크, 오스트리아, 프랑스에 대항해서 맹렬하게 싸웠다. 하지만 그때는 그 승리의 결과가 어떻게 될지 미처 알지 못했다. 그가 진실을 깨닫기 시작한 것은 스당 전투에서 나폴레옹 3세의 염색한 수염이 희끗희끗하게 변한 걸 본 이후였다. 그 후 파리에 들어가서 튈르리 궁전의 깨진 창문들을 보았을 때 또 한 번의 깨달음이 왔다. 평화가 찾아왔지만 — 그것은 엄청난 평화였다. 독일은 제국이 되었다 —. 그는 알자스-로렌 지방으로는 채워지지 않을 어떤 것이 사라졌음을 깨달았다. 상업 열강이 된 독일, 해군 열강이 된 독일, 여기 식민지를 거느리고 저기 무역 촉진 정책을 펼치며, 그밖의 곳에서는 적법한 방식의 팽창 열망을 추구하는 독일은 다른 사람들에게는 매혹의 대상이 되어 적절한 봉사를 이끌어 낼지도 모른다. 하지만 그는 승리의 열매를 사양하고 영국으로 귀화했다. 일가 중에서 열렬한 이들은 그를 용서하지 않았고, 그의 자녀들이 비록 역겨운 부류의 영국인은 아니라 해도 결코 철두철미 독일인은 되지 않을 것임을 알았다. 그는 지방 대학에 자리를 구했고, 거기서 에밀리 — 독일인들이 볼 때 〈*Die Engländerin*(영국 여자)〉 — 와 결혼했다. 에밀리가 돈이 있었기 때문에 둘은 런던으로 이주했고, 거기서 많은 사람들을 만났다. 하지만 그의 시선은 언제나 바다 건너를 향해 있었다. 조국의 눈을 흐리는 물질주의의 구름이 곧 걷히고 부드러운 지성의 빛이 다시 등장하는 것이 그의 소망이었다. 「그렇다면 에른스트 숙부님은 우리 독일인들이 어리석다고 말씀하시는 건가요?」 오만하고 고상한 조카 하나가 항변했다. 에른스트 숙부가 대답했다. 「내가 생각할 때는 그래. 너희는 지성을 사용하지만 거기 관심을 기울이지는 않아. 내가 볼 때는 그게 바로 어리석음이야.」 오만한 조카가 그 말을 이해하지 못하지 그가 다시 말했다. 「너는 사용 가치가 있는 것들만 좋아하고, 세상일에 순위를 매겨 놓고 있어. 돈, 최고로 유용함. 지성, 약간 유용함. 상상력, 전혀 유용하지 않음. 아니야.」 조카가 반박했기 때문이다. 「네가 말하는 범게르만주의는 이 나라의 제국주의와 마찬가지로 전혀 창조적이지 못해. 크기에 현혹되는 건 저속한 정신의 악덕이지. 천 제곱마일은 1제곱마일보다 천 배 훌륭하고, 백만 제곱마일은 거의 천국과 다름없다고 생각하는 것. 그건 창조적인 게 아니야. 오히려 창조력을 죽이는 거야. 이 나라의 시인들이 크기를 찬양하려고 하면 바로 그 자리에서 죽어 버려. 하지만 독일의 시인들도 죽고 있어. 독일의 철학자, 음악가들. 유럽 세계는 2백 년 동안 그들에게 귀를 기울였지만, 지금은 모든 게 사라졌어. 그들에게 자양분을 공급하던 소박한 궁정과 함께 사라졌어 — 에스테르하지[7]와 바이마르[8]와 함께 사라졌어. 뭐? 뭐라고? 독일의 대학? 아 그래. 독일의 학자들은 영국의 학자들보다는 사실을 더 많이 긁어모으지. 그 사람들은 사실을 모으고 모아서 사실의 제국을 만들어 가고 있어. 하지만 그 가운데 어떤 것이 내면의 빛을 밝혀 줄까?」

마거릿은 이 모든 이야기를 오만한 조카의 무릎에 앉아서 들었다.

어린 소녀들에게는 독특한 교육이었다. 오만한 조카는 그 후 자기보다도 더 오만한 아내와 함께 위컴 플레이스에 들렀는데, 두 사람 다 독일이 이 세계를 다스리도록 신의 위임을 받았다고 철석같이 믿었다. 그다음 날 도착한 줄리 이모는 같은 권위를 통해서 같은 권리를 위임받은 것이 대영제국이라고 철석같이 믿었다. 이 목소리 큰 두 당파의 말은 모두 옳았을까? 어느 날 양쪽이 다시 한 번 만났을 때, 마거릿은 두 손을 깍지 끼고서 자기 보는 앞에서 이 문제를 한번 토론해 달라고 간청했다. 그러자 그들은 얼굴을 붉히고 날씨 이야기를 했다. 「아빠.」 마거릿이 외쳤다. 어린 시절 그녀는 상당히 맹랑했다. 「왜 오빠하고 이모가 이렇게 분명한 주제를 토론하지 않으려고 하는 거죠?」 아버지는 두 당파를 무겁게 살펴보고 모르겠다고 대답했다. 그러자 마거릿은 고개를 삐딱하게 기울이고 말했다. 「제가 볼 때 두 가지 가운데 한 가지는 아주 분명하네요. 신께서 영국이냐 독일이냐 마음을 못 정했든가, 아니면 양쪽이 신의 마음을 모르든가 아니에요?」 그렇게 밉살스러운 아이였지만, 그녀는 열세 살의 나이에 이미 사람들이 〈스스로도 이해하지 못하는 인생〉을 산다는 것을

---

7 하이든을 후원한 후작.

8 18세기 말~19세기 초 독일 문화의 중심지 역할을 한 도시. 괴테와 실러의 주요 활동 무대가 됨.

알아차렸다. 그녀의 지성은 위아래로 돌진했다. 그것은 유연하면서도 강해졌다. 그리고 인간은 그 어떤 유기체보다도 보이지 않는 것들에 더 가까이 있다는 결론을 내렸고, 이 견해는 변하지 않았다.

헬렌도 같은 발전 과정을 걸었지만, 마거릿 같은 책임감은 없었다. 성격은 언니와 비슷했지만, 용모가 예뻤기 때문에 좀 더 쉽게 즐거운 시간들을 누렸다. 사람들은 마거릿보다 헬렌 주변에 더 쉽게 모여들었고, 처음 만난 사람들은 더욱더 그랬다. 그녀는 이런 작은 경배를 기꺼이 즐겼다. 아버지가 돌아가시고 둘이서 위컴 플레이스를 꾸려가기 시작한 뒤, 그녀는 손님들을 독점하는 일이 많았고, 마거릿은 — 두 자매 모두 수다스럽기는 마찬가지였다 — 옆으로 밀려났다. 하지만 둘 중 누구도 이 일에 마음을 쓰지 않았다. 헬렌은 일이 지나간 뒤 사과하는 일이 없었고 마거릿도 그런 걸 원망하지 않았다. 하지만 외모는 성격에 영향을 미치는 법이다. 이럴 때 두 자매는 똑같았지만, 윌콕스 사선이 벌어섰을 무렵에는 차츰 사고방식이 달라지기 시작했다. 헬렌은 사람들을 유혹하는 경향이 있었고, 그들을 유혹하면서 자신도 유혹되었다. 마거릿은 그저 똑바로 걸어 나가면서 이따금 맞닥뜨리는 실패를 게임의 일부로 받아들였다.

티비에 대해서는 해둘 말이 없다. 그는 열여섯 살의 영리한 학생이었지만, 우울하고 성미가 까다로웠다.

5

인간의 귀를 뚫고 들어간 소음들 가운데 베토벤의 「5번 교향곡」이 가장 숭고하다는 말은 많은 사람들의 공감을 얻을 수 있을 것이다. 어떤 부류의 사람도, 또 어떤 처지에 있는 사람도 그 음악을 통해서 만족을 얻을 수 있다. 먼트 부인처럼 음악이 나오면 가볍게 장단을 맞추는 — 물론 다른 사람들을 방해할 정도는 아니지만 — 사람에게도, 헬렌처럼 범람하는 음악의 물결 속에서 영웅과 난파선을 보는 사람에게도, 마거릿처럼 오직 음악만을 보는 사람에게도, 아니면 티비처럼 대위법에 정통하고 무릎 위에 악보를 펼쳐 놓고 있는 사람에게도, 또 이들의 독일인 사촌인 프리다 모제바흐처럼 줄곧 베토벤은 〈진정한 독일인〉이라는 생각에 잠겨 있는 사람에게도, 또 프리다의 약혼자처럼 프리다만 생각하고 있는 사람에게도 우리 인생의 열정은 더욱 생생해지고, 이런 소음을 접하는 데 2실링이라는 돈은 매우 저렴하다는 것을 인정할 수밖에 없게 된다. 음악을 듣는 곳이 런던에서 가장 우울한 음악당인 퀸스 홀이라고 해도 — 물론 이곳은 맨체스터의 자유 무역 회관만큼 우울하지는 않지만 — 역시 저렴하게 느껴진다. 또 우리가 공연장의 맨 왼쪽에 앉아, 쾅쾅 울리는 금관악기 소리에 다른 모든 악기 소리가 묻혀 버린다고 해도 그래도 역시 그것은 저렴한 대가이다.

「지금 마거릿하고 이야기하는 사람이 누구니?」 1악장이 끝났을 때 먼트 부인이 물었다. 부인은 다시 위컴 플레이스 방문차 런던에 와 있었다.

헬렌은 줄을 지어 앉은 일행을 훑어보고는 모르겠다고 대답했다.

「마거릿하고 친한 청년이니?」

「그런 것 같은데요.」 헬렌이 대답했다. 음악에 둘러싸인 그녀는 친한 사람과 아는 사람을 구별할 만한 상태가 아니었다.

「너희들은 참 재주도 좋구나 — 아, 이제 그만 말해야겠다.」

안단테가 시작되었기 때문이다. 2악장은 매우 아름답지

만, 베토벤이 쓴 다른 아름다운 안단테들과 가족 같은 유사성이 있었고, 헬렌에게는 영웅과 난파선이 가득한 1악장과 영웅과 고블린이 가득한 3악장 사이에 낀 조금 어울리지 않는 악장으로 여겨졌다. 그녀는 잠시 음악을 듣다가 딴 생각으로 흘러 들어가 객석을 이리저리 둘러보고 오르간과 음악당의 건축 구조를 살폈다. 퀸스 홀의 천장을 둥글게 감싼 가녀린 큐피드 조각들은 한심하기 짝이 없었다. 누르스름한 바지를 입고서 서로를 향해 맥없이 기울어진 그 조각들 위로 10월의 햇살이 비쳐 들었다.

〈저런 큐피드 같은 남자와 결혼한다면 얼마나 끔찍할까!〉 헬렌은 생각했다. 그때 베토벤의 음악이 장식적 악절로 넘어갔고, 그녀는 다시 연주에 귀를 기울이다가 사촌 프리다에게 방긋 미소를 지었다. 하지만 프리다는 고전 음악을 듣고 있을 때는 아무런 응답을 못했다. 그녀의 약혼자 리제케 씨도 옆에서 야생마가 날뛰어도 모를 듯한 표정이었다. 그의 이마에는 주름이 시고 입술은 벌어졌으며, 코안경은 코 위에 직각으로 얹혀 있었고, 희고 두툼한 두 손은 양 무릎에 놓여 있었다. 그리고 헬렌의 옆에 앉은 줄리 이모는 너무나도 영국인답게 음악에 장단을 맞추고 싶어 했다. 정말 흥미로운 일행이 아닐 수 없었다! 음악은 이들에게 얼마나 다양한 영향을 미치고 있는가! 베토벤은 곧 달콤한 속삭임과 웅얼거림 뒤에 〈헤이호〉라고 말하며 안단테를 끝냈다. 박수가 일었고, 독일인 파견대에서 〈*wunderschön*(훌륭해)〉, 〈*prachtvoll*(아름다워)〉이라는 찬사가 흘러나왔다. 마거릿은 옆자리 청년과 이야기를 시작했다. 헬렌이 이모에게 말했다. 「이제 멋진 악장이 시작될 거예요. 처음에는 고블린들이 나와요. 그다음에는 코끼리 세 마리가 춤을 추면서 나오고요.」 그리고 티비는 사람들에게 이행부의 북소리를 주의 깊게 들어보라고 촉구했다.

「무슨 소리를 들으라고?」

「북소리요, 이모.」

「아니에요. 주의 깊게 들을 건 고블린들이 사라졌나 싶다가 다시 나오는 부분이에요.」 헬렌이 나직이 말했다. 음악이 시작되고 고블린 하나가 천천히 걸어 나와서 우주의 끝에서 끝까지 걸어갔기 때문이다. 다른 고블린들이 그 뒤를 따랐다. 그들은 공격적인 생물이 아니었다. 그래서 헬렌은 그들이 끔찍했다. 그들은 이 세상에 찬란함과 영웅주의 같은 것은 없다고 진술했다. 코끼리들의 춤이 끝나자, 그들은 다시 돌아와서 아까와 같은 진술을 했다. 헬렌은 그들을 반박할 수 없었다. 어쨌거나 그녀도 같은 것을 느꼈고, 젊음이라는 든든한 벽이 무너지는 것을 보았기 때문이다. 공포와 허무! 공포와 허무! 고블린들이 옳았다.

티비가 손가락을 들었다. 북소리가 울리는 이행부였다.

그 부분에서 베토벤은 자신이 조금 지나쳤다는 듯이 고블린들을 붙들고 그들에게 자신이 원하는 것을 시켰다. 베토벤 자신이 직접 음악에 나타났다. 그가 고블린들을 살짝 밀치자, 그들은 단조 대신 장조로 걷기 시작했다. 그러다가 그가 바람을 훅 불자 고블린들은 흩어졌다! 찬란한 질풍, 거대한 칼을 휘두르며 싸우는 신과 반신(半神)들, 전쟁터에 흩어진 색깔과 향기, 눈부신 승리, 눈부신 죽음! 이 모든 것이 헬렌 앞으로 터져 나와서, 그녀는 그것을 만지기라도 할 듯 장갑 낀 두 손을 앞으로 내뻗기까지 했다. 모든 운명은 장엄하다. 모든 항쟁은 위대하다. 정복자와 피정복자는 모두 천상의 별에 기거하는 천사들로부터 갈채를 받을 것이다.

고블린들이 거기 정말 나타난 적이 있던가? 그들은 비겁함과 불신의 유령들이었을 뿐이다. 건강한 인간의 충동이라면 그것들을 몰아낼 수 있지 않을까? 윌콕스네 남자 같은 사람들, 루스벨트 대통령 같은 사람들은 그렇다고 말할 것이다. 베토벤은 그렇게 어리석지 않았다. 고블린들은 조금 전까지 분명히 거기 있었다. 그들은 언제 돌아올지 몰랐고, 실제로 다시 돌아왔다. 그것은 마치 인생의 광휘가 끓어 넘쳐서 증기와 거품으로 사라지는 것 같았다. 그런 소멸의 과정에서 끔찍하고 불길한 음정이 일었고, 고블린은 한층 증대한 악의를 품고 우주의 끝에서 끝까지 조용히 걸어갔다. 공포와 허무! 공포와 허무! 이 세상의 빛나는 성벽들마저 쓰러질 것 같았다.

마지막에 이르러 베토벤은 모든 것을 제자리로 돌렸다. 성벽을 세웠다. 다시 한 번 입김을 불어 고블린들을 흩었다. 그리고 다시 찬란한 질풍, 영웅주의, 젊음, 삶과 죽음의 광휘를 불러들인 뒤, 초인적인 기쁨의 포효 속에서 「5번 교향곡」을 끝냈다. 하지만 고블린들은 없어지지 않았다. 그들은 돌아올 수 있었다. 그는 그것을 용감하게 말했고, 그 때문에 우리는 베도벤의 다른 밀들도 믿을 수 있다.

헬렌은 박수 소리가 울리는 동안 자리에서 벗어났다. 그녀는 혼자 있고 싶었다. 음악은 그녀에게 지금까지 일어난 모든 일을 요약해 주었고, 앞으로 일어날 일도 일러 주었다. 그녀는 그것을 분명한 진술로 읽었으며, 그것은 다른 것과 대체될 수 없었다. 음정들은 그녀에게 이것, 저것을 콕 집어 의미했고, 다른 의미가 될 수 없었다. 그리고 인생 또한 다른 의미가 될 수 없었다. 그녀는 건물 밖으로 나와서 가을 공기를 들이마시며 천천히 계단을 내려온 뒤 집으로 걸어갔다.

「마거릿」 먼트 부인이 말했다. 「헬렌은 괜찮니?」

「아, 네.」

「헬렌은 늘 중간에 나가 버려요.」 티비가 말했다.

「음악에 몹시 감동받은 모양이에요.」 프리다 모제바흐가 말했다.

「죄송한데요.」 마거릿과 이야기하던 청년이 우물쭈물 입을 열었다. 「지금 나가신 분이 실수로 제 우산을 가져가신 것 같습니다.」

「어쩌나! 죄송합니다. 티비, 얼른 헬렌을 쫓아가 봐라.」

「그러면 〈네 곡의 심각한 노래〉를 못 듣잖아.」

「티비, 네가 가야 돼.」

「그렇게 중요한 건 아닙니다.」 하지만 실제로 청년은 우산 때문에 약간 불안했다.

「당연히 중요하죠. 티비! 티비!」

티비는 자리에서 일어나다가 일부러 의자 등받이에 걸렸다. 그가 의자를 접어 올리고 모자를 찾고 악보를 모두 간수했을 때는 이미 헬렌을 쫓아가기에 〈너무 늦었다〉. 〈네 곡의 심각한 노래〉가 시작되었고, 공연 중에는 움직일 수 없었다.

「제 동생이 가끔 정신이 없어요.」 마거릿이 나직이 속삭였다.

「아닙니다.」 청년이 대답했지만, 그 목소리는 기운이 없었다.

「주소를 알려 주시면……」

「아닙니다. 아니에요.」 그는 외투 자락으로 무릎을 덮었다.

마거릿의 귀에는 〈네 곡의 심각한 노래〉가 제대로 들리지 않았다. 브람스는 불평과 불만에 찬 노래들을 쏟아 냈지만, 우산 도둑으로 몰리는 기분은 짐작하지 못했을 것이다. 이 멍청한 청년은 마거릿과 헬렌과 티비가 작당해서 자신을 속였으며, 만약 집 주소를 알려 주면 한밤중에라도 침입해서 그의 지팡이마저 훔쳐 갈 거라고 생각하는 듯했다. 다른 여자들이라면 웃어넘겼겠지만 마거릿은 그러지 못했다. 그 속에서 어떤 누추함을 보았기 때문이다. 사람을 믿는 것은 부자들만이 누릴 수 있는 호사다. 가난한 사람들은 그럴 여유가 없다. 브람스가 불평과 불만을 끝마치자 그녀는 청년에게 명함을 주고 말했다.「저희 집 주소는 여기예요. 원하신다면 연주회가 끝나고 저희 집에 함께 가셔도 좋고요. 하지만 저희 잘못으로 생긴 일인데 그런 번거로움을 끼쳐 드리고 싶지 않군요.」

그는 위컴 플레이스의 주소가 런던 서구인 것을 보고 얼굴이 약간 밝아졌다. 한편으로는 의심에 괴로워하면서도 한편으로는 이 잘 차려입은 일행에 별다른 악의가 없을지도 모른다는 생각에 한껏 무례해지지도 못하는 그의 모습을 보는 것은 슬펐다. 그래서 얼마 후 청년이 〈오늘 연주회는 프로그램이 좋네요〉라고 말했을 때 그녀는 조금 안심했다. 그 말은 우산 문제가 끼어들기 전에 청년이 건넨 말이었기 때문이다.

「베토벤은 좋았어요.」무조건 부추기지만은 않는 성격의 마거릿이 말했다.「하지만 브람스는 싫어요. 맨 처음에 나온 멘델스존도 싫고요 — 아! 다음에 나올 엘가도 싫어요.」

「뭐라고요?」리제케 씨가 그들의 대화를 듣고 끼어들었다.「〈위풍당당 행진곡〉이 별로라고요?」

「마거릿, 참 도움이 안 되는구나!」줄리 이모가 소리쳤다.「지금껏 내가 리제케 씨한테 〈위풍당당 행진곡〉을 마저 듣고 가자고 말하고 있었는데, 네가 내 수고를 망쳐 놓다니. 나는 리제케 씨한테 우리가 음악에서 이룬 성과를 들려주고 싶어. 마거릿, 그렇게 우리 영국 작곡가들을 깎아내리면 안 되지.」

「저는 그 곡을 슈테틴에서 들었어요.」프리다가 말했다.「두 번이나요. 극적인 곡이에요, 약간은요.」

「프리다, 너는 영국 음악을 싫어하지 않니? 분명히 그럴걸. 영국 미술도. 영국 문학도, 셰익스피어만 빼고 말이지. 그리고 셰익스피어도 독일인이라며. 그래, 프리다. 가도 좋아.」

프리다와 애인은 웃고 서로를 바라보았다. 그리고 공통의 충동 속에 자리에서 일어선 뒤 「위풍당당 행진곡」에서 빠져나갔다.

「핀스베리 서커스에 찾아가 뵐 분이 있어요.」 리제케 씨가 그렇게 말하며 그녀 앞을 지나가서 통로에 이르렀고, 그 순간 음악이 시작되었다.

「마거릿.」 줄리 이모가 큰소리로 속삭였다. 「마거릿, 마거릿! 모제바흐 양이 이 예쁜 가방을 두고 갔어!」

줄리 이모 말대로 프리다가 앉았던 자리에는 가방이 놓여 있었다. 주소록과 휴대용 사전과 런던 지도와 돈이 들어 있는 가방이었다.

「귀찮게 이게 뭐람. 도대체 우리 집안사람들은 왜 이런 거죠? 프리 — 프리다!」

「좀 조용히 해주세요!」 엘가의 음악에 불만이 없는 사람들이 일제히 말했다.

「하지만 핀스베리 서커스의 주소도 여기 있는데.」

「제가…… 혹시…….」 의심에 찬 청년이 빨개진 얼굴로 말했다.

「아, 그렇게 해주시면 정말 고맙죠.」

청년은 가방을 받아 들고 — 속에서 돈이 쩔렁거렸다 — 통로를 빠져나갔다. 그런 뒤 독일 처녀에게서 예쁜 미소를 받고, 그녀의 기사에게서는 정중한 인사를 받았다. 그는 자못 의기양양해져서 자리로 돌아왔다. 그들이 보여 준 믿음은 그리 대단한 게 아니었지만, 어쨌건 그를 통해 그는 불신을 거둘 수 있었고, 우산 일로 당하지는 않을 것 같다고 생각하게 되었다. 이 청년은 예전에 〈당한〉 일이 있었고 — 그것도 매우 참담하게 —, 지금 그가 가진 대부분의 에너지는 모르는 사람들로부터 자신을 방어하는 데 쓰였다. 하지만 그날 오후에 — 아마도 음악 때문인지 — 그는 이따금 긴장을 늦출 필요도 있다는 걸 느꼈다. 그렇지 않다면 살아 있는 게 무슨 의미가 있겠는가? 런던 서구의 위컴 플레이스라면 그래도 물론 모험이지만 대체로 안전한 쪽에 속할 테고, 그는 모험을 하기로 했다.

그래서 연주회가 끝난 뒤 마거릿이 〈저희 집이 여기서 가깝거든요. 지금 집으로 바로 갈 건데, 저하고 같이 가셔서 우산을 찾아가시지 않겠어요?〉라고 말했을 때, 그는 조용히 〈고맙습니다〉라고 대답하고 그녀를 따라 퀸스 홀을 나섰다. 그녀는 그가 초조한 나머지 계단을 내려가는 자신의 손을 잡아 주려 하거나 그녀의 손에 들린 프로그램을 들어 주려고 하는 게 마음에 들지 않았다. 청년은 마거릿과 그리 동떨어진 계층이 아니었기 때문에 그런 행동은 그녀를 난처하게 했다. 하지만 전체적으로 마거릿은 그가 흥미로웠고 — 그 무렵 슐레겔 자매는 모든 사람에게 흥미를 느꼈다 — 입으로는 문화 예술 이야기를 하면서 마음속으로는 그를 한번 차 마시는 모임에 초대해야겠다는 계획을 세우고 있었다.

「음악을 듣고 나면 참 피곤해져요!」 그녀가 말했다.

「퀸스 홀의 분위기가 답답하셨나요?」

「네, 끔찍할 정도로요.」

「하지만 코벤트 가든은 이보다 훨씬 더 답답한데요.」

「거기 자주 가시나요?」

「일이 빡빡하지만 않으면, 로열 오페라의 꼭대기 자리에 출석하지요.」

헬렌이 이 말을 들었으면 〈저도 그래요. 저도 꼭대기 자리를 좋아해요〉 하고 소리 질러서 이 청년을 기쁘게 했을 것이다. 헬렌은 그런 일을 할 수 있었다. 하지만 마거릿은 〈비위를 맞추어 주는 일〉이나 〈일이 되게끔 하는 일〉을 거의 병적으로 싫어했다. 그녀도 코벤트 가든에 여러 번 갔지만, 좀 더 비싼 좌석을 좋아했기 때문에 거기 〈출석〉한 적은 없었고, 더군다나 그곳을 좋아하는 일은 더더욱 없었다. 그래서 그녀는 대답하지 않았다.

「올해는 세 번 갔었죠. 〈파우스트〉, 〈토스카〉 그리고……」 〈탄하우저〉였나 〈탄호이저〉였나? 섣불리 입 밖에 내지 않는 편이 좋았다.

마거릿은 「토스카」를 싫어했다. 그리고 이런저런 이유로 「파우스트」도 싫어했기 때문에, 둘은 침묵 속에 길을 걸었다. 그런 두 사람의 곁에서 티비와의 대화가 점점 힘들어진 먼트 부인의 목소리가 울렸다.

「나도 나름대로 그 대목을 기억해, 티비. 하지만 모든 악기가 그렇게 아름답게 연주할 때는 한 가지만 골라서 집중하기가 어려워. 너하고 헬렌이 선택한 이 연주회는 정말 훌륭하구나. 처음부터 끝까지 답답한 소리라고는 없었어. 그 독일 친구들이 끝까지 있기만 했다면 좋았을 텐데.」

「하지만 북이 계속해서 낮은 도 음을 치던 건 기억하죠, 줄리 이모?」 티비의 목소리가 들렸다. 「누구도 그걸 잊을 수는 없어요. 정말로 강렬하다고요.」

「그 시끄러운 부분 말하는 거냐?」 먼트 부인이 과감하게 말했다. 「물론 내가 음악을 잘 아는 사람은 아니지.」 부인이 덧붙였다. 과감한 말은 효과가 없었다. 「나는 그냥 음악을 좋아할 뿐이야. 두 가지는 전혀 다른 일이지. 하지만 그래도 이것만은 말할 거야. 내가 무얼 좋아하고 싫어하는지는 잘 아니까. 어떤 사람들은 그림을 두고 그렇게 생각하겠지. 화랑에 가서 — 콘더 양이 그렇지 — 그림 하나하나마다 자기가 느끼는 걸 그대로 말할 수 있어. 나는 그렇게 못해. 하지만 내가 볼 때 음악은 그림하고는 또 달라. 음악에 이르면 나는 아주 편안함을 느껴. 그리고 너한테 분명히 말한다만 난 아무거나 다 즐거워하는 사람은 아니야. 뭐가 하나 있었는데 — 목신이 어쩌고 하는 프랑스 음악이었는데 — 헬렌은 아주 좋아했지만, 내가 볼 때는 그냥 짤랑거리는 소리만 나는 피상적인 음악이었어. 그래서 그렇다고 말했고, 내 의견을 고수했지.」

「저 말에 동의하세요?」 마거릿이 물었다. 「음악이 그림과 아주 다르다고요?」

「아마…… 그런 것 같습니다.」 그가 대답했다.

「저도 그래요. 하지만 제 여동생은 둘 다 똑같다고 그래요. 그걸 두고 꽤 논쟁을 했어요. 동생은 저더러 둔하대요. 저는 동생더러 마구잡이라고 그러고요.」 이야기가 진척되자 그녀는 소리쳤다. 「그게 말이 되나요? 서로 뒤바뀔 수 있다면 예술이 무슨 소용이에요? 눈으로 봐도 된다면 귀가 굳이 무슨 소용이냐고요. 헬렌은 늘 음악을 미술 언어로, 그리고 그림을 음악 언어로 바꾸려고 해요. 나름대로 독창적인 생각이고, 또 논쟁하는 중에 몇 가지 훌륭한 말도 했어요. 하지만 그래서 뭐가 남을까요? 다 엉터리예요. 근본적으로 틀렸다니까요. 모네가 드뷔시하고 같고 드뷔시가 모네하고 같다면, 양쪽 다 밥값을 못하는 셈 아니에요? 제 생각은 그래요.」

두 자매가 싸운 것은 분명한 사실이었다.

「방금 들은 교향곡을 생각해 보자고요. 동생은 이걸 그냥 두지 않아요. 처음부터 끝까지 의미를 붙여서 문학 작품처럼 만들어 버리죠. 음악은 그저 음악으로 평가받는 그런 날이 돌아올까 생각도 해보지만 모르겠어요. 뒤에 따라오는 애가 제 남동생인데요. 그 애는 음악은 음악으로 평가해요. 하지만 이런! 세상에서 나를 제일 화나게 하는 사람은 바로 저 애죠. 저 애하고는 아예 논쟁할 생각도 안 해요.」

그러니까 재주는 있을지 몰라도 별로 화목한 가족은 아닌 것 같았다.

「하지만 최고의 악당은 바그너예요. 그 사람은 음악을 혼탁하게 만드는 데 19세기 최고의 기여를 했어요. 제가 볼 때 지금 음악은 아주 심각한 상태인 것 같아요. 물론 아주 흥미롭긴 하지만 말이에요. 역사에서는 이따금 바그너 같은 끔찍한 천재가 나타나서 순식간에 생각의 우물을 몽땅 휘저어 버려요. 한순간 그것은 찬란해요. 전에는 그런 물결이 없었으니까요. 하지만 그다음에는 진흙탕만 남죠. 그리고 요즘은 우물들이 너나없이 통해 있어서 어느 하나도 깨끗해지지 않아요. 바그너가 한 일이 바로 그렇다고요.」

마거릿의 말이 그에게서 새 떼처럼 날아갔다. 그 자신이 이렇게 말할 수 있었다면, 그는 세상을 얻었을 것이다. 아, 교양을 얻을 수 있다면! 외국 이름을 제대로 발음할 수 있다면! 많은 걸 배워서 여자가 어떤 이야기를 꺼내도 척척 응답하며 대화할 수 있다면! 하지만 그건 너무 오랜 세월이 필요한 일이다. 점심 한 시간, 그리고 저녁나절의 산만한 몇 시간을 가지고 어떻게 어릴 적부터 꾸준히 책을 읽어 온 이 유한계급 여자를 따라간다는 말인가? 그도 머릿속에 제법 많은 이름이 들어 있고, 어쩌면 모네와 드뷔시의 이름도 들어 본 것 같았다. 문제는 그걸 문장으로 엮어 낼 수 없다는 것, 그러니까 그것을 〈말할〉 수 없다는 것, 그리고 잃어버린 우산 생각을 떨칠 수 없다는 것이었다. 그렇다. 가장 큰 문제는 우산이었다. 모네와 드뷔시가 지나간 뒤에도, 우산은 계속 남아서 꾸준히 북소리를 울리고 있었다. 〈우산은 무사할 거야.〉 그는 생각했다. 〈나는 지금 우산을 걱정하지 않아. 대신 음악을 생각할 거야. 우산은 무사할 거야.〉 연주회가 시작하기 전에는 좌석이 걱정이었다. 2실링을 지불해야 했을까? 그전에도 걱정했다. 〈프로그램을 안 사도 될까?〉 그가 기억하는 한 그에게는 언제나 걱정할 게 있었고, 아름다움의 추구를 방해하는 게 있었다. 그는 아름다움을 추구했기 때문이다. 그래서 마거릿의 말들은 그에게서 새 떼처럼 날아갔다.

마거릿은 이야기하는 중간 중간 〈그렇게 생각하지 않으세요? 제 말을 어떻게 생각하세요?〉 하고 물었다. 한번은 말을 멈추고 〈뭐라고 말 좀 해보세요!〉라고 해서 그를 놀라게 하기도 했다. 그녀는 어떤 두려움을 일으켰을 뿐, 그다지 매력적이지는 않았다. 몸은 앙상하게 여윈 데다 얼굴은 이와 눈밖에 보이지 않았고, 두 동생에 대한 말들은 자애롭지 않았기 때문이다. 똑똑하고 교양은 있었지만, 그녀는 메리 코렐리의 작품에 나오는 주인공처럼 차갑고 신앙 없는 사람인 것 같았다. 그래서 그녀가 불쑥 〈들어와서 차 한 잔 하고 가시는 게 어떻겠어요?〉라고 말했을 때 그는 깜짝(어쩌면 소스라치게) 놀랐다.

「들어와서 차 한 잔 하고 가시는 게 어떻겠어요? 차라도 대접해 드리고 싶네요. 이렇게 번거로운 발걸음을 하시게 했잖아요.」

그들은 이미 위컴 플레이스에 도착해 있었다. 해는 졌고, 깊은 그늘에 잠긴 샛강에는 부드러운 안개가 들어찼다. 오른쪽에는 아파트 꼭대기들의 기이한 윤곽선이 저녁 빛을 등지고 거뭇거뭇하게 솟아 있었다. 왼쪽에는 낡은 집들이 잿빛 하늘 위로 불규칙한 네모꼴 방책을 이루었다. 마거릿이 열쇠를 찾아 더듬었다. 하지만 언제나처럼 그녀는 열쇠를 챙겨 나가지 않았다. 그래서 우산 손잡이를 움켜쥔 채 몸을 굽혀 식당 창문을 두드렸다.

「헬렌! 문 좀 열어 줘!」

「알았어.」

「네가 이 신사 분의 우산을 가져갔어.」

「뭘 가져갔다고?」 헬렌이 그렇게 물으며 문을 열었다. 「뭐라고 그러는 거야? 아, 들어오세요. 안녕하세요.」

「헬렌, 그렇게 멋대로 굴면 어떻게 하니? 네가 퀸스 홀에서 이분 우산을 가지고 갔다니까. 그래서 그걸 찾으러 번거롭게 여기까지 오신 거야.」

「아, 죄송해요!」 머리카락이 사방으로 뻗친 헬렌이 말했다. 그녀는 집에 돌아오자마자 모자를 벗어 던지고 커다란 식당 의자에 털썩 앉아 있었다. 「저는 늘 우산을 훔친답니다. 정말 죄송해요! 들어와서 골라 보세요. 손잡이가 구부러진 건가요? 우둘투둘한 건가요? 제 우산은 우둘투둘해요. 어쨌건 저는 그렇게 생각해요.」

불이 켜지고 사람들이 현관 입구를 탐색하는 동안, 「5번 교향곡」과 급작스레 헤어진 헬렌이 짧고 날카로운 목소리로 정신없이 말했다.

「그러지 마, 메그! 언니도 전에 어느 노신사의 실크 모자를 훔쳤잖아. 줄리 이모, 그랬다니까요. 그건 명백한 사실이에요. 그걸 토시라고 생각한 거예요. 이런! 뭐가 떨어졌네. 프리다는 어디 있어요? 티비, 왜 너는 한 번도 — 아니, 무슨 말을 하려던 건지 잊었다. 그건 아니었지만, 어쨌건 하녀들한테 차를 빨리 준비하라고 그래. 이 우산 아니에요?」

그녀는 우산을 펴보았다. 「이건 아냐. 솔기가 다 터져 있잖아. 모양새가 흉한 걸 보니 내 우산이 분명해.」

하지만 그렇지 않았다.

그는 그녀에게서 우산을 받아 들고 몇 마디 고맙다고 우물거린 뒤 사무원 특유의 바쁜 걸음걸이로 떠났다.

「하지만 조금 있다 가시지⋯⋯.」 마거릿이 소리쳤다. 「헬렌, 넌 왜 그렇게 바보짓을 하니?」

「내가 뭘 어쨌다고?」

「너 때문에 저 남자가 놀라서 달아났잖아? 차라도 대접하려고 했단 말이야. 누가 뭘 훔쳤네, 우산에 구멍이 났네 어쩌고 하는 말은 하지 말았어야지. 그 순진한 눈이 점점 불쌍해지더라. 아냐, 이제 소용없어.」 헬렌이 거리로 뛰쳐나가며 〈가지 마세요!〉 하고 소리쳤기 때문이다.

「차라리 잘된 일이야.」 먼트 부인이 의견을 냈다. 「우리는 그 청년에 대해 아무것도 모르잖니, 마거릿. 그리고 이 집 응접실에는 탐나는 물건들이 가득하고 말이야.」

하지만 헬렌이 소리쳤다. 「줄리 이모, 어떻게 그런 말씀을! 그 말을 들으니까 더 미안해지잖아요. 차라리 그 사람이 정말 도둑이라서 이 12사도 은수저를 몽땅 가져가 버리는 게 더 나았겠어요. 아 — 현관문을 닫아야지. 헬렌 인생에 실수 하나 추가.」

「그래, 12사도 수저를 사용료로 줄 수도 있었어.」 마거릿은 그렇게 말한 뒤, 줄리 이모가 못 알아듣는 걸 보고 덧붙였다. 「〈사용료〉라는 말 생각 안 나요? 아버지가 자주 쓰시던 말인데 — 이상에 대한 사용료, 인간 본성에 대한 신뢰의 사용료. 아버지가 낯선 사람들을 얼마나 잘 믿었는지 기억하시죠. 그런 사람들한테 속고 나면 아버지는 〈의심을 품는 것보다는 속는 게 낫다〉고 말씀하셨어요. 신뢰를 이용하는 건 인간의 일이지만, 신뢰가 없는 걸 이용하는 건 악마의 일이라고요.」

「그런 비슷한 말을 들었던 것도 같다.」 먼트 부인이 약간 쌀쌀맞게 대답하고 얼른 덧붙였다. 「너희 아버지가 돈 있는 여자랑 결혼한 게 다행이지 뭐니.」 그랬더니 너무 매정한 말 같아서 그녀는 다시 덧붙였다. 「하지만 그 사람이 리키츠의 그림을 훔쳐 갔을지도 모르잖니.」

「훔쳐 갔으면 차라리 낫겠어요.」 헬렌이 퉁명스레 말했다.

「아니, 그 경우는 나는 줄리 이모 편이야. 리키츠의 그림을 도난당하느니 의심을 품는 게 낫겠어. 한계가 있는 법이니까.」 마거릿이 말했다.

티비는 이런 일에 흥미를 느끼지 못하고 차에 곁들일 스콘 빵을 찾아 조용히 위층으로 올라갔다. 그는 지나칠 만큼 능숙한 솜씨로 찻주전자를 데운 뒤, 객실 하녀가 준비해 둔 오렌지 페코 홍차를 무시하고 우량 품질의 블렌드를 다섯 스푼 넣었다. 거기다 펄펄 끓는 물을 채워 넣고 이모와 누나들에게 서둘러 오지 않으면 향기를 잃을 거라고 소리쳤다.

「알았어요, 티비 아줌마.」 헬렌이 소리쳤다. 하지만 마거릿은 다시 생각에 잠겨서 말했다. 「우리 집에 제대로 된 남자가 있었으면 좋겠어. 남자들과 잘 어울리는 남자가 말이야. 그러면 사람들을 불러서 대접하는 일이 훨씬 쉬워질 텐데.」

「내 생각도 그래.」 헬렌이 말했다. 「티비가 좋아하는 건 브람스를 노래하는 교양 있는 여자들뿐이지.」 그리고 식구들과 함께 티비에게 올라가서 약간 날카롭게 말했다. 「티비, 네가 그 남자를 좀 맞아들이지 그랬니? 너도 때로는 주인 노릇을 해야 돼. 모자를 받아 들고 안으로 들어오라고 말했어야지. 여자들만 꽥꽥 소리를 질러 대니까 질려서 가버렸잖아.」

티비가 한숨을 쉬고 긴 머리카락 몇 올을 이마 위로 내렸다.

「초연해 보이려고 해봐야 소용없어. 난 진심으로 한 말이야.」

「티비한테 뭐라고 그러지 마!」 마거릿은 티비가 질책당하는 게 싫어서 말했다.

「우리 집은 암탉들만 바글거리는 닭장이야.」 헬렌이 투덜댔다.

「얘 좀 봐! 무슨 그런 끔찍한 말을 하니?」 먼트 부인이 헬렌을 반박했다.「이 집에 얼마나 많은 남자들이 드나드는지 나는 늘 놀라는데 말이다. 무슨 위험한 일이 생긴다면 오히려 그 때문이라고 난 생각한다.」

「하지만 헬렌이 말한 건 제대로 된 남자들이 없다는 거예요.」

「그건 아냐.」헬렌이 지적했다.「제대로 된 남자들이긴 해. 하지만 우리한테 제대로 된 모습을 못 보여 줘. 그건 티비의 잘못이라고 생각해. 우리 집에는 뭔가가 필요해. 그게 뭔지는 모르겠지만.」

「윌 모 씨네 손길 같은 거를 말하는 거니?」

헬렌이 혀를 내밀었다.

「윌 모 씨네가 누구야?」티비가 물었다.

「그건 나하고 메그, 줄리 이모는 알지만 너는 모르는 거지!」

「확실히 우리 집은 여성적이야.」마거릿이 말했다.「그건 인정해야 돼. 아니에요, 이모. 이 십에 여자만 있다는 뜻은 아니고요. 제가 하려는 말은 그보다 좀 더 심오한 거예요. 그러니까 우리 집은 아버지가 살아 계실 때도 확실히 여성적이었어요. 무슨 말인지 아시겠죠? 다른 예를 하나 더 들어 볼게요. 좀 기분 나쁜 예일지 모르지만, 그래도 하겠어요. 빅토리아 여왕이 디너파티를 여는데, 손님이 레이튼, 밀레, 스윈번, 로세티, 메러디스, 피츠제럴드 같은 사람들이라고 생각해 보세요. 그 파티가 예술적인 분위기일 것 같아요? 절대 그렇지 않죠! 그 사람들이 앉은 의자만 예술적일 거예요. 우리 집이 그런 거예요. 우리가 할 수 있는 건 여성적이다 못해서 유약해지는 걸 막는 것뿐이죠. 제가 아는 집 가운데, 어딘지는 말 안 하겠지만, 완전히 남성적인 집이 하나 있어요. 거기 사람들이 할 수 있는 건 그곳이 야수처럼 거칠어지는 걸 막는 것뿐이에요.」

「그 집이 바로 윌 모 씨 집인가 보군.」 티비가 말했다.

「그런다고 네가 윌 모 씨네 이야기를 더 캐낼 수는 없을 테니까, 그런 기대는 하지 마.」 헬렌이 소리쳤다. 「그리고 네가 알아내도 난 상관없으니까 똑똑한 척하지 마. 담배나 한 대 줘.」

「너도 집에 도움이 되는 일을 해라.」 마거릿이 말했다. 「응접실에 담배 냄새가 잔뜩 뱄어.」

「언니도 담배를 피운다면 우리 집이 남성적으로 확 변할지도 모르지. 어쩌면 말이야 분위기라는 건 아주 간단한 문제일 수 있어. 아까 말한 빅토리아 여왕의 디너파티도 무언가 조금 달랐다면, 그러니까 여왕이 붉은 공단 옷 대신 몸에 착 붙는 리버티 다회복을 입고 있었다면……」

「어깨에는 인도산 숄을 두르고……」

「가슴에는 연수정 핀을 꽂고…….」

한 차례 불충한 웃음이 터져 나왔고 — 어쨌건 이들은 절반이 독일인이다 — 마거릿은 생각에 잠겨 말했다. 「왕실 사람들이 예술을 애호한다면 어떻게 될지 상상하기가 어렵구나.」 대화는 계속 흘러갔고, 헬렌의 담배는 어둠 속에서 빨간 점으로 빛났으며, 맞은편 아파트의 창들에는 불이 들어왔다 꺼지기를 반복했다. 그 너머의 대로는 잠재울 수 없는 물결에 휩싸여 아득한 소음을 전해 왔고, 동쪽으로는 워핑의 연기 너머로 보이지 않는 달이 떠오르고 있었다.

「그 말을 들으니까 생각나는구나, 마거릿. 어쨌건 그 청년을 식당으로라도 불러들이는 게 좋았을 것 같다. 저 마욜리카 도자기 접시는 벽 속에 저렇게 단단히 박혀 있으니……. 차도 한 잔 대접 못해서 안타깝구나.」

그 작은 사건은 그렇게 세 여자에게 의외로 큰 인상을 남졌다. 그것은 고블린의 발소리처럼 뒤에 남아서 그들에게 몇 가지 암시를 던져주었다. 가능한 최선의 세계라 해도 그 속의 모든 게 최선은 아니라는 것, 그리고 부와 예술로 빚어진 상층 구조 아래에는 영양 결핍 상태의 한 청년이 우산은 되찾았지만 주소도 이름도 남기지 않은 채 휘적휘적 걸어가고 있다는 것을.

6

우리는 극빈 계층의 사람들에게 신경 쓰지 않는다. 그들은 우리의 생각 범위 바깥에 있고, 그들에게 다가갈 수 있는 건 통계 전문가나 시인들뿐이다. 이 이야기는 신사 계급에 속하는, 아니면 신사 계급인 듯 행동해야 하는 사람들의 이야기다.

그 청년 레너드 바스트는 신사 계급의 가장자리 맨 끝에 있었다. 나락에 빠진 것은 아니지만 그곳에서 그리 멀지 않았고, 때로 그가 아는 사람들이 거기 떨어져서는 다시 돌아오지 못했다. 그는 자신이 가난하다는 걸 알았고 또 쉽게 인정했다. 하지만 부자들보다 자신이 조금이라도 열등하다는 걸 고백하느니 차라리 죽는 편을 택할 것이다. 이 점이 아마도 그의 훌륭한 점일 것이다. 하지만 그는 대부분의 부자들보다 열등했고, 그 점은 의심의 여지가 없다. 그는 평균적인 부자들만큼 예의 바르지 않았고, 똑똑하지도 않았으며, 건강하지도 사랑스럽지도 않았다. 그는 몸과 마음이 모두 영양 부족 상태였고, 그것은 그가 가난했기 때문이다. 그리고 현대인에게는 언제나 더 많은 영양분이 필요한 법이다. 그가 몇 세기 전의 다채로운 문명 속에서 살았다면, 그는 분명한 지위를 얻었을 테고, 그의 신분과 수입은 일치했을 것이다.

하지만 그의 시절은 민주주의의 천사가 나타나서 가죽 날개로 온 계급을 끌어안으며 〈모든 사람은 평등하다 — 적어도 우산이 있는 사람은〉이라고 말해 주었기 때문에, 그는 돌아올 수 없는 나락으로 빠져서 민주주의의 전언들마저 듣지 못하는 사태를 막기 위해 신사 계급처럼 행동해야 했다.

위컴 플레이스를 나와서 길을 걷는 그에게 가장 중요한 과제는 자신이 슐레겔 자매들만큼 훌륭하다는 걸 증명하는 일이었다. 그의 자존심은 미세하게 상처를 입었고, 그 상처를 그들에게 되돌려 주고 싶었다. 슐레겔 자매는 숙녀가 아닐지도 모른다. 진정한 숙녀라면 자신에게 차를 권했을까? 분명히 고약하고 냉혹한 사람들이었다. 한 걸음 한 걸음 발을 내디딜 때마다 그의 우월감은 커졌다. 진정한 숙녀라면 우산을 훔친 일을 그렇게 말했을까? 어쩌면 그들은 정말 도둑인지도 모르고, 그가 집 안에 들어갔다면 클로로포름에 적신 손수건을 얼굴에 씌웠을 것이다. 그는 흡족한 마음이 되어 걸어갔다. 하지만 의사당 앞에 이르자, 허기진 배가 신호를 보내면서 그를 비웃었다.

「안녕하세요, 바스트 씨.」

「안녕하세요, 딜트리 씨.」

「밤공기가 좋네요.」

「네.」

동료 사무원인 딜트리 씨가 지나갔고, 레너드는 1펜스 구간만 전차를 탈까, 그냥 걸어갈까 생각했다. 하지만 유혹에 굴복할 수는 없었고, 퀸스 홀에 바친 돈만 해도 충분했다. 그래서 그는 계속 걸어서 웨스트민스터 다리를 건너고 세인트 토머스 병원을 지난 뒤, 복스홀에 이르러서는 사우스웨스턴 간선 철도 아래를 지나는 거대한 터널 속을 걸었다. 예리한 고통이 그의 머릿속을 지나갔고, 눈구멍의 모양이 그대로 느껴졌다. 그는 꾸준히 1마일을 더 걸어간 뒤 카밀리아 로(路)의 초입에 멈춰 섰다. 그곳에 그의 현재의 집이 있었다.

그는 다시 한 번 멈춰 서서 굴속으로 뛰어들기 전의 토끼처럼 의심스러운 눈길로 오른쪽 왼쪽을 살펴보았다. 엄청나게 허름한 아파트 건물이 양편에 솟아 있었다. 도로 저편 끝에는 아파트가 두 동 더 들어서고 있었고, 그 너머에는 낡은 집 한 채가 새로운 아파트 한 쌍을 위해 철거되고 있었다. 런던 어디를 가든지 흔히 볼 수 있는 장면이었다. 도시의 흙 위로 점점 더 많은 사람들이 밀려듦에 따라, 콘크리트 건물들은 분수처럼 솟았다 무너지기를 반복했다. 카밀리아 로는 곧 요새처럼 우뚝 솟아올라 잠시 동안 너른 전망을 향유할 것이다. 잠시 동안뿐이다. 매그놀리아 로에도 여러 동의 아파트가 세워질 계획이었기 때문이다. 그리고 몇 년 지나지 않아 도로 양편의 아파트가 모두 허물어지고, 그 자리에 지금은 상상도 하지 못하는 거대한 건물들이 솟아오를지도 모른다.

「안녕하세요, 비스트 씨.」

「안녕하세요, 커닝엄 씨.」

「맨체스터의 출생률 감소 문제가 아주 심각해요.」

「네?」

「맨체스터의 출생률 감소 문제가 아주 심각하다고요.」

커닝엄 씨가 다시 한 번 말하며, 그 심각한 문제가 보도된 일요일 신문을 톡톡 두드렸다.

「아, 네.」 레너드가 대답했다. 그는 일요일 신문을 사지 않았다는 사실을 밝힐 생각이 없었다.

「이런 추세가 계속되면 영국 인구는 1960년부터 정체될 거라는군요.」

「설마요.」

「그러니 심각한 문제 아닙니까?」

「안녕히 계세요, 커닝엄 씨.」

「안녕히 가세요, 바스트 씨.」

그런 뒤 레너드는 아파트 B동에 들어가서 위층으로 올라가는 대신 아래층으로, 그러니까 부동산업자들은 〈반 지하〉라고 부르고 다른 사람들은 그냥 지하라고 부르는 곳으로 내려갔다. 그는 문을 열고 런던 사람 특유의 가식적인 상냥함으로 〈안녕!〉 하고 소리쳤다. 대답이 없었다. 「안녕!」 그는 다시 말했다. 전등이 켜져 있었지만 거실에는 아무도 없었다. 그는 안도의 표정을 짓고 안락의자에 몸을 던졌다.

거실에는 안락의자 말고 두 개의 다른 의자와 피아노, 세발 탁자, 그리고 모퉁이용 긴 의자가 있었다. 벽 하나는 창문이 차지하고 있었고, 다른 벽은 큐피드 상들이 여럿 늘어선 벽난로 선반이 있었다. 창문 맞은편에 문이 있고, 문 옆에 책장이 있고, 피아노 위에는 모드 굿맨의 걸작 한 점이 큼직하게 걸려 있었다. 커튼을 내리고 불을 켜고 가스 스토브에 불만 붙이지 않으면 나름대로 사랑스럽고 쾌적한 작은 공간이었다. 하지만 현대적 주거 공간에서 흔히 보이는 경박한 임시변통의 느낌이 났다. 그곳은 쉽게 얻은 만큼 쉽게 포기할 수 있는 집이었다.

레너드는 구두를 벗으려고 발을 흔들다가 세발 탁자를 건드렸고, 그 바람에 그 위에 영예롭게 놓였던 사진틀이 미끄러져서 벽난로 속으로 떨어졌고 결국 깨졌다. 그는 힘없이 욕을 하고 사진을 다시 주워들었다. 사진 속에는 재키라는 이름의 젊은 여자가 있었는데, 그 사진을 찍던 무렵 재키라는 이름의 젊은 여자들은 흔히 그렇게 입을 벌리고 사진을 찍었다. 눈부시게 하얀 이가 재키의 입 안에 위아래로 가지런히 뻗어 있었다. 이가 어찌나 크고 많은지 얼굴이 옆으로 퍼져 보일 지경이었다. 진심으로 말하건대, 그 미소는 몹시 매력적이었다. 공연히 까탈을 떨며 진정한 기쁨은 눈에서 시작한다고 말하는 사람, 재키의 눈은 그 미소와 어울리지 않고 불안과 허기를 보여 준다고 불평하는 사람은 오직 여러분과 나뿐이다.

레너드는 유리 조각을 주우려다가 손가락을 베어서 다시 욕을 내뱉었다. 사진틀에 피 한 방울이 떨어졌고, 또 한 방울이 유리 없이 겉으로 드러난 사진 위로 떨어졌다. 그는 좀 더 거칠게 욕을 하면서 부엌으로 달려가 손을 씻었다. 부엌은 거실과 똑같은 크기였다. 그리고 부엌을 지나면 침실이 있었다. 그것이 그 집의 전부였다. 이 아파트는 가구와 함께 임대한 집이었다. 집 안에 있는 온갖 물건들 가운데 그의 소유물이라고는 그 사진틀, 큐피드 상들, 그리고 책뿐이었다.

「젠장, 빌어먹을!」이런 욕과 더불어서 그는 나이 든 남자들에게서 배운 다른 욕도 함께 내뱉었다. 그런 다음 손을 이마에 대고 말했다.「아 젠장.」하지만 그 말의 의미는 좀 달랐다. 그는 마음을 가라앉혔다. 그리고 위쪽 신반에서 아직도 목숨을 부지하고 있는 차를 조금 마셨다. 그런 뒤 거실로 돌아가서 다시 자리에 앉은 뒤, 러스킨의 책을 읽기 시작했다.

〈베네치아 북쪽으로 7마일 지점……〉

그 유명한 장은 완벽하게 시작했다! 교훈과 시정(詩情)이 더없이 탁월하게 녹아들어 있었다! 부유한 남자 러스킨은 곤돌라에 탄 채 우리에게 이야기한다.

〈베네치아 북쪽으로 7마일 지점, 도시 근처에서는 좀처럼 물 밖으로 고개를 내밀지 않는 모랫둑이 점점 높아지다가, 이곳에 이르면 마침내 염분 소택지 들판으로 섞여 들어가 여기 솟고 저기 뭉텅이져 있는데, 그 사이사이를 좁은 하구들이 누비고 있다.〉

레너드는 러스킨 같은 문체를 구사하려고 노력 중이었다.

그는 러스킨을 영국 산문의 최고 문장가로 여겼다. 그는 계속 책을 읽으면서 이따금 메모를 했다.

〈계속해서 이 특징들을 하나씩 살펴보자. 먼저 (기둥에 대해서는 이미 충분히 이야기가 되었으니) 이 교회의 고유한 특징은 그 환한 밝기이다.〉

이 매끈한 문장에서 배울 수 있는 게 있을까? 이것을 일상의 용도에 적용할 수 있을까? 약간의 수정을 가해서 평신도 예배 집행자인 형에게 편지 쓸 때 이용할 수 있을까? 예를 들면…….

〈계속해서 이 특징들을 하나씩 살펴봅시다. 먼저 (환기가 안 된다는 점에 대해서는 이미 충분히 이야기가 되었으니) 이 아파트의 고유한 특징은 그 어둑어둑함입니다.〉

무언가가 그에게 그런 수정이 별 소용 없을 거라고 말해 주었다. 그리고 그 무언가는 — 그가 알고 있을지 모르지만 — 영국 산문이었다. 〈내가 사는 아파트는 어둡고 답답합니다.〉 그것이 그에게 어울리는 문장이었다.

곤돌라 속의 목소리는 계속 이어지면서 〈노력〉과 〈자기희생〉을 낭랑하게 읊었고, 거기에는 고상한 의지와 아름다움과 심지어 동정심과 인간에 대한 사랑까지 담겨 있었지만, 어떻게 된 건지 레너드 인생의 끈질긴 현실은 모두 비껴가고 있었다. 그것은 더러웠던 적도 없고 배고팠던 적도 없는 사람, 더러움과 허기가 무엇인지 짐작조차 훌륭하게 해본 적 없는 사람의 목소리였기 때문이다.

레너드는 경의에 차서 그 목소리를 들었다. 그것이 자신에게 좋은 일이라고 느꼈고, 지금처럼 끈질기게 러스킨과 퀸스홀 연주회와 와츠의 그림에 매달려 지낸다면, 어느 날 잿빛 바닷물 위로 머리를 내밀고 우주를 볼 수 있을 거라고 느꼈다. 그는 한순간의 변신을 믿었다. 그 믿음이 옳은지 그른지 알 수 없어도, 그것은 덜 성숙한 정신에는 큰 힘을 발휘한다. 그것은 수많은 대중 종교의 토대가 되어, 사업 영역에서는 주식 거래소를 지배하고 〈운〉이라는 이름이 되어 모든 성공과 실패를 설명한다. 〈나에게 운이 좀 있다면 모든 게 제대로 될 텐데……〉〈그 사람은 스트리덤에 고대광실 같은 집이 있고 20마력짜리 피아트 자동차가 있어. 그렇게 운이 좋다니까……〉〈아내가 아직도 안 와서 미안하군. 그 사람은 기차 잡는 운이 도무지 없어서 말이야.〉 레너드는 그런 사람들보다는 우월했다. 그는 노력을 믿었고, 또 성실한 준비를 통해서 원하는 변화를 이룰 수 있다고 믿었다. 하지만 유산이라는 것이 꾸준히 불어나는 것임은 알지 못했다. 그는 신앙 부흥주의자들이 한순간 예수에게 이르기를 소망하듯, 한순간 교양에 이르기를 소망했다. 슐레겔 자매는 거기 이르러 있었다. 그들은 소기의 목적을 이루었고 여러 수단을 갖추었다. 그러는 동안 그의 아파트는 어둡고 답답했다.

곧이어 계단에서 소리가 났다. 그는 마거릿의 명함을 러스킨 책갈피 속에 끼워 넣고 문을 열었다. 여자가 들어왔다. 간단히 말해 그리 존경할 만한 여자는 아니었다. 겉모습은 대단했다. 끈과 줄이 온몸에 출렁거렸고 ― 리본, 사슬, 구슬 목걸이가 뒤엉켜서 쩔렁댔다 ― 목에는 끝이 들쭉날쭉한 하늘색 깃털 목도리가 둘려 있었다. 하얗게 드러난 목덜미에는 진주가 두 줄로 감겼고, 소매는 팔꿈치를 드러냈으며, 싸구려 레이스 안으로 어깨도 비쳐 보였다. 그녀의 꽃모자는 우리가 어린 시절 광주리에 플란넬 천을 깔고 겨자풀과 물냉이를 심었을 때 거기 듬성듬성 싹이 튼 모습과 비슷했다. 그녀는 그걸 뒤통수 쪽에 비껴 쓰고 있었다. 그녀의 머리카락, 아니 머리 가닥은 너무도 복잡해서 뭐라 형용하기가 힘들지만, 그 한 줄기는 등으로 흘러내려 두툼한 뭉치를 이루고 있었고, 다른 한 줄기는 그보다 가벼운 운명을 부여받아 이마 근처에서 찰랑거렸다. 얼굴은 — 하지만 얼굴은 중요하지 않다 — 사진 속 그 얼굴이었지만 그보다 나이가 많았고, 이는 사진만큼 많지 않았으며 그렇게 하얗지도 않았다. 그렇다, 재키는 이제 전성기를 지나 있었다. 전성기가 무엇을 의미하건 간에 말이다. 그녀는 보통 여자들보다 빠른 걸음으로 퇴색을 향해 내려가고 있었고, 그녀의 눈빛도 그것을 고백했다.

「안녕!」 레너드가 활기찬 목소리로 유령 같은 여자를 맞고 깃털 목도리 푸는 걸 도와주었다.

재키가 쉰 목소리로 대답했다. 「안녕!」

「외출했었어?」 그가 물었다. 하나마나한 질문 같지만 그렇지 않았다. 여자가 〈아니〉라고 대답했기 때문이다. 「그냥, 너무 피곤해서.」

「피곤해?」

「응.」

「나도 피곤해」 그가 그렇게 말하며 깃털 목도리를 벽에 걸었다.

「렌, 나는 너무 피곤해.」

「나는 전에 말한 그 연주회에 갔다 왔어.」 레너드가 말했다.

「뭐라고?」

「끝나자마자 온 거야.」

「집에 다른 사람은 안 왔었어?」 재키가 물었다.

「내가 본 사람은 없어. 집 밖에서 커닝엄 씨를 만나서 몇 마디 이야기를 했지.」

「뭐라고? 커닝엄 씨?」

「그래.」

「아, 커닝엄 씨.」

「그래, 커닝엄 씨.」

「난 여자 친구네 집에서 차를 한 잔 마시고 왔어.」

그걸로 자신의 모든 비밀을 밝히고, 여자 친구의 이름도 암시했다는 듯, 재키는 대화라는 힘들고 피곤한 실험에서 비켜섰다. 그녀는 언제고 말이 많은 편이 아니었다. 액자 속 사진을 찍을 무렵에도 그녀는 오직 미소와 몸매에 의지해서 사람들을 끌었을 뿐이다. 게다가 이제 그녀가

좋은 시절은 갔네.
좋은 시절은 갔네.
남자들아, 내 좋은 시절은 다 갔어.

하는 처지에 이르렀으니, 더욱 입을 열 일이 없었다. 아직도 가끔씩 노래들이(예를 들면 위와 같은) 그녀의 입술 밖으로 나오기도 했지만, 말하는 일은 아주 드물었다.

그녀는 레너드의 무릎에 앉아서 그를 어루만졌다. 그녀는 이제 서른세 살의 육중한 여인이라서 그 무게가 그를 짓눌렀지만, 그는 아무런 말도 하지 못했다. 잠시 후 그녀가 〈이거 당신이 읽고 있는 책이야?〉하고 묻자, 그는 〈그냥 책이야〉라고 대답하고 그녀의 저항 없는 손에서 쉽게 책을 빼냈다. 마거릿의 명함이 떨어졌다. 명함의 앞면이 바닥 쪽으로 떨어졌고 그가 중얼거렸다. 「서표(書標)야.」

「렌……」

「왜?」 그는 약간 시큰둥하게 물었다. 그녀가 무릎에 앉았을 때 하는 이야기는 한 가지뿐이었기 때문이다.

「당신 날 사랑해?」

「재키, 그렇다는 거 잘 알잖아. 그런 걸 왜 묻지?」

「하지만 날 사랑하지, 렌?」

「그럼, 당연히 사랑하지.」

잠시 침묵. 아직도 대답해야 할 것이 남아 있었다.

「렌……」

「왜 그래?」

「렌, 그렇게 해주는 거지?」

「다시는 그런 말 하지 마.」 그는 버럭 화를 냈다. 「내가 성년이 되면 당신과 결혼하겠다고 약속했잖아. 그러면 된 거 아냐? 난 약속을 지키는 사람이야. 스물한 살이 되면 곧장 결혼하겠다고 약속했는데, 당신이 자꾸 그렇게 걱정하는 게 싫어. 그것 말고도 걱정할 건 많다고. 약속도 약속이지만, 내가 이렇게까지 돈을 쓴 마당에 이제 와서 어떻게 당신을 저버리겠어? 게다가 나는 영국인이야. 한번 한 말을 뒤집는 일은 없어. 재키, 초조해하지 마. 당연히 난 당신하고 결혼할 거야. 그러니까 그 일로 나를 괴롭히지 말아 줘.」

「렌, 당신 생일이 언제지?」

「벌써 몇 번이나 말했잖아. 이번 11월 11일이라고. 이제 무릎에서 내려가 줘. 누구라도 저녁 준비를 해야 하니까.」

재키는 침실로 들어가서 모자를 손질하기 시작했다. 모자 손질이란 모자에 훅훅 바람을 불어넣는 일이었다. 레너드는 거실을 정리하고 저녁 식사를 준비했다. 그가 가스계량기 구멍에 1펜스 동전을 밀어 넣자, 아파트에는 금속성 연기의 악취가 넘실거렸다. 그는 아무래도 마음을 가라앉힐 수 없었고, 요리를 하면서 계속 투덜거렸다.

「그렇게 나를 못 믿다니 얼마나 기분 나쁜지 알아? 정말 불쾌해. 나는 동네 사람들한테 모두 당신이 내 아내인 것처럼 행동하고 있어. 좋아, 좋아. 당신은 내 아내가 될 거야. 당신한테 반지도 사줬고, 이 아파트도 무리하게 구했잖아. 그래도 만족하지 않다니. 나는 집에 보내는 편지에도 진실을 말한 적이 없어.」 그리고 그는 목소리를 낮추었다. 「못하게 할 테니까.」 그는 두렵다는 듯, 하지만 약간의 즐거움이 느껴지는 목소리로 말을 이었다. 「우리 형이 못하게 할 테니까. 재키, 나는 세상이랑 등을 지게 될 거야. 지금 내가 그래, 재키. 나는 사람들이 하는 말을 전혀 안 듣고 있어. 그냥 돌파해 버리지. 나는 옛날부터 그랬어. 당신이 겪은 겁쟁이들하고는 다르단 말이야. 나는 곤경에 처한 여자를 보고 그냥 지나치지 못해. 그건 내 성격과 맞지 않아. 아냐, 됐어. 고마워. 다른 이야기도 해주지. 나는 문학과 예술 분야에서 교양을 쌓고 싶어. 그래서 시야를 넓히고 싶단 말이야. 사실 당신이 들어왔을 때 나는 러스킨의 『베네치아의 돌들』을 읽고 있었어. 자랑하려는 건 아니야. 다만 당신한테 내가 어떤 사람인지 말해 주고 싶은 것뿐이야. 거기다가 오늘 오후의 연주회도 아주 즐거웠어.」

그가 어떤 기분이건 재키는 무관심했다. 저녁이 준비되자 그녀는 그제서야 침실에서 나와서 말했다. 「하지만 당신 날 사랑하지?」

그들은 레너드가 뜨거운 물에 덩이 재료를 풀어 넣어 만든 수프로 저녁을 시작했다. 그런 다음에는 혀고기 — 위에는 젤리가 얹어고 아래쪽에는 누런 기름이 두껍게 낀 얼룩덜룩한 원통형 고기 — 를 먹었으며, 마지막에는 레너드가 그날 아침에 미리 덩이 재료를 풀어서 만들어둔 파인애플 맛 젤리로 끝냈다. 재키는 만족스럽게 식사를 하면서 이따금 불안한 눈길로 애인을 바라보았다. 그 눈길은 그녀의 겉모습 어디와도 일치하지 않았고, 그래서 마치 그녀의 영혼이 비쳐 올라오는 것 같았다. 레너드는 영양 많은 식사를 했다고 자신의 위장을 납득시켰다.

식사를 마친 뒤 두 사람은 함께 담배를 피우면서 몇 마디 대화를 나누었다. 그녀는 자신의 사진이 깨어진 걸 보았다.

그는 다시 한 번 퀸스 홀의 연주회가 끝난 뒤 곧바로 집으로 왔다고 말했다. 그녀는 다시 그의 무릎에 앉았다. 카멜리아 로의 주민들이 그들 눈높이의 창밖으로 지나 다녔고, 1층에 사는 가족이 「내 마음이여 깨어나라, 주님이시다」를 부르기 시작했다.

「저 노래를 들으면 우울해져.」 레너드가 말했다.

재키는 무슨 뜻인지 이해했지만, 자기한테는 사랑스럽게 들린다고 말했다.

「그렇지 않아. 내가 당신에게 정말 사랑스러운 음악을 들려 주겠어. 잠깐 일어나 봐.」

그는 피아노 앞에 앉아서 그리그의 소품 한 곡을 연주했다. 그의 연주는 서툴고 품위 없었지만 나름대로 효과는 있었다. 재키가 이제 자야겠다고 말했기 때문이다. 그녀가 물러가자 레너드는 새로운 생각들에 사로잡혔고, 그 이상한 슐레겔 양 — 말할 때 얼굴을 이렇게 저렇게 찌푸리던 쪽 — 이 음악에 대해 한 말이 떠올랐다. 그와 함께 마음은 점점 슬픔과 시샘에 사로잡혔다. 자기 우산을 집어 간 헬렌이라는 여자가 있었고, 상냥한 미소를 지어 준 독일 여자가 있었고, 또 독일 남자가 있었고, 이모인가 하는 여자가 있었고, 남동생이 있었다. 그들은 행운을 움켜쥐었다. 그들은 모두 위컴 플레이스의 좁고 호사스러운 계단을 올라서 어떤 널따란 방으로 사라졌고, 그가 하루에 열 시간을 독서에 바친다 해도 거기까지 그들을 따라갈 수는 없었다. 아, 이런 식을 줄 모르는 열망은 아무런 소용이 없었다. 어떤 사람들은 교양을 타고 난다. 그러지 못한 사람들은 그저 자신에게 편한 것을 추구하는 편이 낫다. 인생을 견실히 또 전체적으로 바라보는 것은 그와 같은 부류의 사람들이 할 수 있는 일이 아니었다.

부엌 너머 어둠 속에서 〈렌?〉 하고 부르는 소리가 들렸다.

「벌써 자는 거야?」 그는 이마를 찌푸리며 물었다.

「응.」

「좋아.」

그녀는 곧 다시 그를 불렀다.

「내일 아침 출근하려면 구두를 닦아 둬야 해.」 그가 대답했다.

그녀는 곧 다시 그를 불렀다.

「이 대목까지는 읽고 싶어.」

「뭐?」

그는 못 들은 척했다.

「그게 뭔데?」

「좋아, 재키. 책 읽고 있다고.」

「뭐?」

「뭐?」 그녀가 못 듣는 척한다는 걸 알아채고 그도 똑같이 응수했다.

그녀는 곧 다시 그를 불렀다.

그사이 러스킨은 토르첼로를 방문하고 곤돌라 사공에게 무라노까지 가자고 말하고 있었다. 찰랑대는 바다를 미끄러져 가는 러스킨에게 자연의 힘은 레너드 같은 사람의 어리석음으로 위축되는 것이 아니었고, 또 그 아름다움도 이들의 비참함으로 완전히 손상되는 것이 아니었다.

7

「아, 마거릿.」 이튿날 아침, 줄리 이모가 소리쳤다. 「기절할 만한 일이 일어났어. 이러니 내가 어떻게 너희만 두고 떠나겠니?」

기절할 만한 일이란 실상 그렇게 심각한 것은 아니었다. 맞은편에 있는 화려한 아파트에 윌콕스 일가가 세를 얻었다는 것이다.「분명히 런던 사교계에 드나들려고 오는 걸 거야.」이런 불행한 사실을 먼트 부인이 가장 먼저 발견한 것은 그리 놀라운 일이 아니었다. 그녀는 아파트들에 관심이 많아서 거기 일어나는 변화를 아주 면밀히 관찰했기 때문이다. 부인도 말로는 아파트를 싫어했다. 옛날의 정취를 빼앗아 가고, 햇빛을 가로막으며, 경박한 부류의 사람들을 끌어들인다는 것이었다. 하지만 진실을 말하자면 위컴 맨션스라는 아파트가 들어서면서 부인의 위컴 플레이스 방문은 두 배로 즐거운 일이 되었다. 그녀는 아파트들에 대해서 단 이틀 만에 조카딸들이 두 달 동안, 그리고 티비가 2년 동안 터득할 것보다 더 많은 것을 알게 되었다. 그녀는 슬슬 그쪽으로 건너가서 짐꾼들과 인사를 하고 집세를 물어보며 감탄했다.「뭐라고요? 지하층이 120파운드라고요? 그렇다면 아저씨가 들어가기는 힘들겠네요!」그러면 그들은 〈그래도 노력은 해볼 수 있죠〉하고 대답했다. 거주자용 승강기, 화물용 승강기, 석탄 공급 방식(부정직한 짐꾼에게는 엄청난 유혹이 되는) 같은 일들은 그녀에게는 아주 친숙했고, 어쩌면 슐레겔 자매의 집을 채운 정치적-경제적-미적 분위기에서 한숨을 돌리는 통로가 되기도 했다.

마거릿은 이모가 전해 준 정보를 차분하게 받아들이고, 그 일이 헬렌의 인생에 암운을 드리운다는 데 동의하지 않았다.

「그래요? 하지만 헬렌은 그렇게 한가한 아이가 아니에요. 그것 말고도 생각할 일이 많고 만날 사람도 얼마나 많은데요. 윌콕스 씨네서 안 좋은 일이 있었던 만큼, 그 사람들하고 별로 얽히고 싶지 않은 마음은 우리하고 똑같을 거예요.」

「너처럼 똑똑한 애가 그렇게 바보 같은 말을 하니? 그 사람들이 맞은편에 살게 된 이상, 헬렌은 우리보다 그 사람들하고 더 얽혀 들게 되어 있어. 길에서 폴을 만날지도 모르잖아. 인사도 안 할 수야 없을 거 아냐?」

「물론 인사는 해야죠. 하지만 우선 꽃꽂이부터 마치는 게 좋겠네요. 제가 말하고 싶은 건요, 그 청년에 대한 관심은 이제 사라졌다는 거예요. 그 밖에 뭐가 문제죠? 저는 그 끔찍했던 사건으로 (이모가 참 수고해 주셨지만) 헬렌의 신경 하나가 죽었다고 봐요. 그건 이미 죽었고, 다시는 그걸로 문제를 겪지 않을 거예요. 어떤 일이 문제가 되는 건 사람들이 거기 자꾸 관심을 기울일 때뿐이에요. 인사도 할 수 있고, 심지어 찾아가서 명함을 주고 어쩌면 디너파티까지도 할 수 있어요. 그 사람들이 괜찮다고 한다면요. 하지만 다른 것, 중요한 것, 그건 끝났어요. 그걸 모르겠어요?」

먼트 부인은 그것을 몰랐고, 실제로 마거릿의 말 — 한때 생생하게 솟구쳤던 감정과 관심이 완전히 사라질 수 있다는 — 은 신빙성이 몹시 의심스러운 것이었다.

「또 말씀드리자면 윌콕스 가족은 우리한테 아무 흥미가 없을 거예요. 그때는 말하지 않았는데 — 이모가 화내실까 봐서요. 이모는 그것 말고도 걱정하실 게 많았잖아요 — 제가 그 뒤에 윌콕스 부인에게 편지를 보내서 헬렌이 일으킨 분란을 사과했어요. 그랬더니 답장이 없더라고요.」

「무례하기도 해라!」

「글쎄요. 어쩌면 그게 현명한 일 아니었을까요?」

「그렇지 않아, 마거릿. 그건 정말 무례한 일이야.」

「어느 쪽이건 우리한테는 다행이죠.」

먼트 부인은 한숨을 쉬었다. 그녀는 내일 아침 스워니지로 떠나야 했는데, 지금 조카딸들에게는 또 이토록 자신이 필요했다. 다른 안타까움도 한두 가지가 아니었다. 예를 들어서 찰스하고 마주치면 멋지게 그를 싹 외면하고 돌아설 수 있을 텐데 말이다. 그녀는 이미 찰스를 보았다. 중산모자를 쓰고서 수위에게 명령을 내리는 그의 모습은 평범하기 짝이 없었다. 하지만 불행히도 그가 등을 돌리고 서 있어서, 그녀가 싹 외면하고 돌아서긴 했지만 별로 확실한 모욕이라는 생각이 들지 않았다.

「하지만 조심할 거지?」 그녀가 간곡하게 말했다.

「아, 그럼요. 극도로 조심해야죠.」

「그리고 헬렌도 조심해야 돼.」

「제가 뭘 조심하라고요?」 마침 헬렌이 사촌과 함께 들어오면서 물었다.

「아냐.」 마거릿이 순간적으로 당황해서 대답했다.

「뭘 조심하라는 말이에요, 줄리 이모?」

먼트 부인은 수수께끼처럼 말했다. 「어떤 가족이 있는데, 그 가족 이름을 모르는 건 아니지만, 굳이 말은 안 하겠어. 너도 어제 연주회가 끝난 다음에 그렇게 말했잖니. 어쨌건 그 가족이 맞은편에 있는 매더슨 씨네 아파트에 들어왔어. 발코니에 화단이 있는 집 말이야.」

헬렌은 무언가 웃으면서 대답하려다가 이내 얼굴을 붉혔고 그 모습에 사람들은 당혹했다. 먼트 부인은 너무 당혹한 나머지 큰소리로 외쳤다. 「헬렌, 너는 그 사람들이 와도 신경 안 쓰이겠지?」 헬렌의 얼굴은 더욱 붉어졌다.

「당연히 신경 안 쓰이죠.」 헬렌은 약간 언짢다는 듯 말했다. 「그걸 가지고 언니하고 이모가 그렇게 심각한 거예요? 전혀 심각해할 일이 아니잖아요.」

「난 심각하지 않아.」 마거릿도 약간 언짢은 말투로 말했다.

「하지만 심각해 보이는걸. 안 그러니, 프리다?」

「내 마음은 심각하지 않아. 엉터리로 넘겨짚지 마.」

「그래, 마거릿은 심각하지 않아.」 먼트 부인이 동조했다. 「내가 증언할 수 있어. 마거릿은……」

「잠깐요!」 프리다가 끼어들었다. 「브루노가 현관에 들어온 것 같아요.」

리제케 씨가 헬렌과 프리다를 데리러 위컴 플레이스로 오게 되어 있었다. 그는 현관으로 들어오고 있지 않았다. 실제로 그는 5분이 지난 뒤에야 들어왔다. 하지만 상황이 미묘하다는 걸 간파한 프리다는 마거릿과 먼트 부인이 꽃꽂이를 하는 동안 자신은 헬렌과 함께 아래층에 내려가서 브루노를 기다리겠다고 말했다. 헬렌도 프리다의 뒤를 따랐다. 하지만 그건 결코 미묘한 상황이 아니라는 걸 증명하겠다는 듯 헬렌은 중간에 멈춰 서서 말했다.

「매더슨네 아파트라고 그랬어요, 이모? 대단하시네요! 허리끈을 그렇게 꽉 조이고 다니는 여자 이름이 매더슨인지 저는 여태도 몰랐어요.」

「가자, 헬렌.」 사촌이 말했다.

「가라, 헬렌.」 이모가 말했다. 그러더니 숨도 돌리지 않고 곧바로 마거릿에게 이어 말했다. 「내 눈은 못 속여. 헬렌은 신경 쓰고 있어.」

「조용히!」 마거릿이 소리 죽여 말했다. 「프리다가 듣겠어요. 저 애는 가끔 꽤 피곤하게 굴거든요.」

「신경 쓰고 있다니까.」 먼트 부인은 그렇게 말한 뒤 생각에 잠겨 방을 오락가락하다가 꽃병에서 죽은 국화들을 꺼냈다. 「난 헬렌이 신경 쓸 줄 알았어. 처녀라면 그래야지! 그런 끔찍한 일을 겪었으니! 정말 막돼먹은 사람들이라니까! 나는 너보다 그 사람들을 잘 알아. 만약 찰스의 자동차에 네가 탔더라면 ─ 아, 그랬다면 너는 그 집에 도착했을 때 완전히 기진맥진했을 거야. 마거릿, 너는 지금 이게 어떤 상황인지 몰

라. 그 사람들이 모두 응접실 창가에 모여 있잖니. 저기 윌콕스 부인이 있고 — 나는 벌써 그 여자를 봤어. 폴도 있고, 얌체 같은 이비도 있어. 찰스도 있고 — 내가 제일 먼저 본 게 저 친구야. 그런데 구릿빛 얼굴에 콧수염이 난 중년 남자는 누구지?」

「윌콕스 씨일 거예요.」

「그래, 그래. 윌콕스 씨도 있어.」

「그분 얼굴을 구릿빛이라고 하기는 어려울 것 같은데요.」 마거릿이 가볍게 반박했다. 「그 나이치고는 안색이 좋은 편이에요.」

먼트 부인은 이미 승리감에 젖어 있었기 때문에 윌콕스 씨의 안색에 대해서는 충분히 양보할 수 있었다. 그녀는 이제 두 조카딸이 앞으로 치러야 할 전투 계획으로 대화의 주제를 옮겨 갔다. 마거릿이 부인의 말을 막으려고 했다.

「헬렌이 그 소식을 받아들이는 태도는 제 예상하고는 달랐어요. 하지만 윌콕스 가족과 관련된 신경은 이미 죽었어요. 계획 같은 건 필요 없어요.」

「준비해 두면 좋아.」

「아니에요. 준비 안 해두는 게 좋아요.」

「왜?」

「왜냐 하면……」

그녀의 생각은 아직 어렴풋한 경계 지대에 있었다. 장황한 말로 설명할 수는 없지만, 인생의 위급 상황에 일일이 대비하다 보면 그 대신 기쁨이 희생될 거라는 느낌이 들었다. 물론 시험을 준비하거나 디너파티를 준비하거나 언제 있을지 모르는 주식 가격의 하락에 대비할 필요는 있다. 하지만 인간관계를 맺는 일에는 다른 방법을 채택해야 한다. 그렇지 않으면 실패한다. 「왜냐 하면 저한테는 그냥 부딪쳐 보는 편이 나오니까요.」그녀의 어설픈 결론이었다.

「하지만 저녁 시간들을 생각해 봐.」 먼트 부인이 물뿌리개 주둥이로 맨션스를 가리키며 소리쳤다. 「여기저기 전등을 켜면, 내 집 네 집이 없이 훤히 들여다보이는걸. 어쩌다 그 사람들이 깜박하고 차일을 안 칠 수도 있어. 그러면 여기서 얼마나 잘 보이겠니. 반대로 너희가 차일을 안 치면 그 사람들이 너희를 보겠지. 발코니에 나가 앉는 것도 안 되고, 화초에 물 주는 것도 안 되고, 어쩌면 말하는 것도 힘들어질지 몰라. 너희가 현관을 나서는데, 마침 저 사람들도 집을 나선다고 생각해 보렴. 그런데도 너는 계획이 필요 없다고, 그냥 부딪쳐 보겠다고 말하는 거니?」

「저는 제 인생의 모든 일을 그냥 부딪치고 싶어요.」

「마거릿, 그렇게 위험천만한 말을 하다니.」

「하지만,」 마거릿은 미소 띤 얼굴로 말했다. 「돈이 있으면 이 세상에 그렇게 큰 위험은 없어요.」

「말도 안 돼! 그런 어처구니없는 말이 어디 있니!」

「돈이 있으면 불편한 일들을 무마할 수 있어요. 돈 없는 사람들이 불쌍할 따름이죠.」

「그건 또 새로운 생각이로구나!」 다람쥐가 도토리를 모으듯 새로운 생각을 주워 모으는 먼트 부인이 말했다. 그녀는 특히 간편하게 휴대할 수 있는 생각들을 좋아했다.

「저한테도 새로운 생각이에요. 하지만 지각 있는 사람들은 옛날부터 그걸 알고 있었어요. 이모나 저, 그리고 윌콕스 가족은 돈이라는 섬을 딛고 서 있는 사람들이에요. 그게 우리를 튼튼하게 받쳐 주고 있어서, 때로는 그런 게 있다는 것도 잊고 지낸다고요. 이따금 주변에서 사람들이 비틀거리는 걸 보면 그제야 재산이 얼마나 중요한지를 깨닫죠. 어젯밤에 여기 벽난로 앞에 모여 앉아서 이야기할 때, 저는 이 세상의 영혼 자체가 경제적 성격을 띠고 있다는 걸 깨달았어요. 사람에게 가장 끔찍한 나락은 사랑이 없는 게 아니라 돈이 없는 거예요.」

「그 말은 냉소적으로 들리는구나.」

「저도 그렇게 생각해요. 하지만 헬렌도 그렇고 저도 그렇고 다른 사람들을 비난하고 싶어지면 우리가 돈의 섬을 딛고 서 있다는 사실을 잊지 말아야 돼요. 다른 사람들은 대부분 바닷물 아래 잠겨 있어요. 가난한 사람들은 사랑하고 싶은 사람에게 다가가지도 못하고, 사랑하지 않는 사람한테서 빠져나오지도 못해요. 하지만 우리는 돈이 있으니까 그럴 수 있어요. 만약 헬렌하고 폴 윌콕스가 가난한 사람들이었다면 지난 6월에 어떻게 됐을 것 같아요? 얼른 기차표를 사거나 자동차를 타고 나가서 헤어질 수가 없었다면요?」

「말하는 게 무슨 사회주의자 같구나.」 먼트 부인이 의구심을 보이며 말했다.

「마음대로 생각하세요. 제 생각에 이건 그저 인생을 솔직하게 사는 것뿐이에요. 저는 돈 있는 사람들이 가난한 듯이 굴면서, 자기들을 물 위로 떠받쳐 주는 돈더미를 고상한 척 무시하는 게 보기 싫어요. 저는 연 수입 6백 파운드의 돈더미를 딛고 서 있고, 헬렌도 마찬가지예요. 티비한테는 곧 8백 파운드가 생기고요. 돈이 바다 속으로 부서져 들어가는 대로 또 그만큼이 생겨요. 바다에서 말이에요. 그래요, 바다에서요. 그리고 우리가 하는 생각은 모두 6백 파운드 수입을 가진 사람의 생각이에요. 우리가 하는 말도 마찬가지고요. 우리는 우산을 훔치고 싶어 하지 않기 때문에, 바다 속에서 허우적대는 사람들이 그걸 훔치고 싶어 한다는 걸, 그리고 때로는 정말 훔친다는 걸 잘 모르죠. 여기서는 농담인 것이 거기서는 현실이 된다는 걸……」

「저기 저기 — 모제바흐 양이 가네. 정말 저 아이는 독일인치고는 옷맵시가 좋단 말이야. 아아!」

「왜 그래요?」

「헬렌이 윌콕스네 아파트를 올려다봤어.」

「그러면 뭐 안 돼요?」

「네 말을 막아서 미안하다. 뭐가 현실이 된다고?」

「평소처럼 좀 흥분했네요.」 마거릿이 갑자기 골똘한 표정이 되어 대답했다.

「그러면 대답해 보렴. 너는 부자들 편이냐 가난한 사람들 편이냐?」

「그건 너무 어려운 질문이에요. 다른 질문을 해주세요. 가난한 게 좋으냐, 부유한 게 좋으냐? 부유한 게 좋죠. 돈이 있는 게 좋은 거 아니겠어요!」

「돈이 있는 게 좋지!」 먼트 부인이 드디어 도토리 하나를 확보하고 말했다.

「그래요, 돈이 있는 게 좋아요. 돈은 영원하도다!」

「내 생각도 그래. 그리고 스워니지에 있는 친구들노 다 그렇지. 하지만 네가 우리하고 같은 생각을 하다니 놀랍구나.」

「고마워요, 줄리 이모. 제가 이렇게 수다를 떠는 동안 꽃 정리를 다 마치셨네요.」

「무슨. 나는 이보다 더 중요한 일들에 도움을 주고 싶을 뿐이야.」

「그러면 이건 어때요? 저하고 같이 직업소개소에 안 가실래요? 하녀 한 명이 오겠다고도 안 하고 안 오겠다고도 안 해서요.」

두 사람은 직업소개소에 가는 길에 윌콕스네 아파트를 올려다보았다. 이비가 발코니에 나와서 먼트 부인의 말에 따르자면 〈아주 무례한 눈길로〉 그들을 보고 있었다. 물론 이 일은 번거로운 일이었다. 그건 의심의 여지가 없었다. 헬렌은 오다가다 마주치는 일 정도에는 별문제 없을 것이다. 하지만 마거릿은 자신감이 흔들렸다. 그 가족이 이렇게 지척에 살면 죽어 가던 헬렌의 신경이 살아나는 건 아닐까? 그리고 프리다 모제바흐는 앞으로도 2주일 가량을 그들의 집에서 지낼 예정이었는데, 그녀는 눈치도 기막히게 빠른 데다가 〈너 맞은편 집의 남자를 사랑하는구나〉라는 말도 거침없이 할 성격이었다. 그 말은 진실이 아니지만, 그런 말은 자꾸 하다 보면 진실이 되기도 하는 법이다. 〈영국과 독일은 싸우게 마련이다〉는 말을 하면 할수록 전쟁의 가능성이 조금씩 높아지고, 그래서 두 나라의 쓰레기 언론이 더욱 열심히 그런 말을 반복하는 것처럼 말이다. 개인감정에도 그런 쓰레기 언론이 있을까? 마거릿은 그렇다고 생각했다. 안타깝게도 줄리 이모와 프리다가 바로 그런 표본이었다. 두 사람의 쉴 새 없는 수다에 휘말리면, 헬렌은 6월의 감정을 되풀이해서 겪을 수도 있을 것이다. 감정의 되풀이……. 그 이상은 안 될 것이다. 그들은 헬렌에게 지속적인 사랑을 안겨 줄 수는 없다. 마거릿은 똑똑히 볼 수 있었다. 그들은 언론이었다. 반면에 마거릿의 아버지는 많은 결함과 독단에도 불구하고 문학이었다. 만약 아버지가 지금까지 살아 있다면 자신의 딸도 올바로 설득해 냈을 것이다.

직업소개소는 오전 접수를 받고 있었다. 마차들이 길을 메웠다. 차례를 기다리던 마거릿은 집에 계단이 많다는 이유로 정식 하녀들에게 모두 거절당하고 음습해 보이는 〈임시직〉을 구하는 데 만족해야 했다. 계획이 실패하자 기분이 우울해졌고, 실패를 잊은 뒤에도 우울함은 남았다. 그녀는 집으로 돌아오는 길에 윌콕스 씨네 아파트를 다시 올려다보았고, 헬렌을 만나서는 자못 근엄한 태도로 그 일을 이야기했다.

「헬렌, 이 일이 걱정된다면 나한테 솔직히 말해 줘.」

「뭐가?」 헬렌이 점심을 먹기 위해 손을 씻으며 물었다.
「윌 모 씨네가 오는 거.」
「아니, 그럴 리 없지.」
「정말?」
「정말이야.」 그러더니 헬렌은 윌콕스 부인은 조금 마음이 쓰인다고 했다. 윌콕스 부인은 깊은 감정을 지닌 사람이라서, 다른 식구들은 아무렇지도 않아 하는 일로 혼자 고통받을지도 모르겠다며. 「어느 날 폴이 우리 집을 가리키면서〈저 집에 사는 여자 애가 옛날에 나를 꼬시려고 했다〉고 말해도 상관없어. 하지만 윌콕스 부인은 좀 달라.」

「그거라도 걱정된다면 새로운 방도를 찾는 게 좋지 않을까? 피차 불편한 사람들끼리 가까이 살 필요는 없잖아. 다행히 우리는 돈이 있으니 말이야. 잠시 동안 다른 데 가서 지내도 좋을 것 같아.」

「어차피 나는 곧 여길 떠나. 프리다가 같이 슈테틴에 가자고 했거든. 내년이나 되어야 올 거야. 그러면 괜찮겠어? 아니면 아예 이 나라를 떠버릴까? 도대체 메그, 왜 별것도 아닌 일로 법석을 떠는 거야?」

「아, 나도 늙어 가는 모양이야. 나도 별 상관없다고 생각했는데, 그래도…… 만약 네가 그 남자랑 또 다시 사랑에 빠진다면…….」 그녀는 목을 가다듬었다. 「오늘 아침 줄리 이모가 말했을 때 네 얼굴이 빨개졌잖아. 그렇지 않았다면 나도 이런 말 안 했을 거야.」

하지만 헬렌은 진정함이 느껴지는 웃음을 터뜨리더니, 비누 묻은 손을 치켜들고 자기가 다시 윌콕스네 사람하고 — 그들의 사돈의 팔촌이라 해도 — 사랑에 빠지는 일은 절대, 결코, 없을 거라고 맹세했다.

8

 그토록 순식간에 생겨나서 그토록 이상한 결말로 이어진 마거릿과 윌콕스 부인의 우정은 본디 그해 봄 슈파이어에서 생겨났다고 할 수 있다. 어쩌면 부인은 그 불그죽죽하고 볼품없는 성당에서 헬렌과 남편이 이야기를 나누는 동안, 미모가 떨어지는 그 언니 쪽이 좀 더 깊은 이해력과 건실한 판단력을 지녔음을 감지했는지도 모른다. 그녀는 그런 것들을 잘 감지했다. 어쩌면 슐레겔 자매를 하워즈 엔드로 초대하고자 했던 건 윌콕스 부인이고, 그녀가 좀 더 기다린 건 마거릿이었는지도 모른다. 이 모든 것은 추측이다. 윌콕스 부인은 이렇다 할 증거를 남기지 않았다. 어쨌거나 부인은 2주일 뒤에 ─ 그러니까 헬렌이 사촌 프리다와 함께 슈테틴으로 떠나기로 되어 있던 날 ─ 위컴 플레이스를 방문했다.

「헬렌!」 프리다가 놀란 목소리로 외쳤다(헬렌은 이미 사촌에게 비밀을 털어놓은 상태였다). 「그 남자 어머니가 너를 용서한 거야!」

 하지만 영국에서는 새로 이사 온 사람이 이웃들의 방문을 받기 전에 먼저 다른 집을 찾아갈 수 없다는 사실을 알자, 놀라움은 비난으로 변했고 윌콕스 부인은 〈*Keine Dame*(숙녀답지 않은 사람)〉라는 결론을 내렸다.

「그 집 식구들은 다 왜 그러는 거지?」 마거릿이 내뱉었다. 「헬렌, 그런 식으로 웃으면서 장난치지 말고 가서 짐이나 마저 꾸려. 왜 그 부인은 우리를 그냥 두지 못하는 거지?」

「도대체 언니하고는 어떻게 해야 할지 모르겠어.」 헬렌이 계단에 털썩 주저앉으며 말했다. 「머릿속에는 윌콕스하고 짐 상자뿐이니 말이야. 메그, 메그, 나는 그 남자를 사랑하지 않아. 그 남자를 사랑하지 않는다니까. 더 이상 간단하게 말할 수 있겠어?」

「헬렌의 사랑은 이제 죽었어요.」 프리다도 거들었다.

「그야 그렇지, 프리다. 하지만 어쨌거나 내가 답방을 가면, 그 집 식구들하고 피곤해질 거 아냐.」

그러자 헬렌이 우는 시늉을 했고, 프리다도 신이 나서 헬렌을 따라 했다. 「어쩌면 좋아! 메그가 답방을 간대요. 그런데 나는 갈 수가 없어요. 왜냐고? 나는 독일에 가니까.」

「독일에 가려면 얼른 짐이나 싸. 안 갈 거면 나 대신 네가 윌콕스 씨네 집에 찾아가든가.」

「하지만 메그, 메그. 나는 그 남자를 사랑하지 않아. 나는 그 남자를 ─ 이런, 계단을 내려오는 게 누구지? 맹세컨대 우리 남동생이리라. 아, 이를 어쩔까!」

남자가 나타났다는 사실은 ─ 그 남자가 비록 티비라 하더라도 ─ 그런 장난을 멈추게 하기에 충분했다. 남녀의 장벽은 문명화된 사람들 사이에서 점차 낮아지고는 있지만 그래도 여전히 높았고 특히 여자 편에서 볼 때는 더욱 높았다. 헬렌은 마거릿에게는 폴의 일을 모두 말할 수 있었고, 프리다에게도 상당 부분 말할 수 있었지만, 티비에게는 한마디도 하지 않았다. 점잔을 빼는 것은 아니었다. 헬렌은 이제 〈윌콕스네 이상〉을 거침없이 비웃고 때로는 좀 지나친 모습까지 보일 정도니까. 조심하느라 그런 것도 아니었다. 티비는 자신과 관련되지 않은 일은 어디 가서도 전하는 법이 없었다. 그것은 남자들의 진영에 비밀을 누설한다는 느낌에 더 가까웠다. 이쪽 진영에서는 아무리 사소한 일이라도 장벽을 넘어가면 중요한 일이 될 것 같다는 느낌이었다. 그래서 그녀는 장난을 멈추었다. 아니 다른 주제로 장난치기 시작했다. 결국 참다 못한 마거릿과 티비가 헬렌을 위층으로 올려 보냈다. 프리다가 헬렌의 뒤를 미적미적 따라가다가 난간 너머로 마거릿에게 자못 심각하게 말했다. 「괜찮아요. 헬렌은 그 남자를 사랑하지 않아요 — 그 남자는 그럴 만한 가치가 없어요.」

「나도 알아, 고맙다.」

「이렇게 말씀드리는 게 좋을 것 같아서요.」

「그래, 고맙다니까.」

「뭐가?」 티비가 물었다. 하지만 아무도 대답해 주지 않자 그는 엘바스 자두를 먹으러 식당으로 갔다.

그날 저녁 마거릿은 결심을 행동으로 옮겼다. 집은 조용했고, 어느새 11월로 접어들어 안개가 추방당한 유령처럼 창문에 들러붙어 있었다. 프리다와 헬렌과 여행 짐은 모두 떠났다. 티비는 몸이 좋지 않아 난롯가의 소파에 누워 있었다. 마거릿은 티비 옆에 앉아 생각했다. 마음속에 온갖 충동이 솟았다. 마침내 그녀는 그것들을 모두 정렬해 놓고 검토해 보았다. 지금 순간 필요한 것만 알 뿐 다른 것은 거의 모르는 실제적인 부류의 사람에게는 그녀의 우유부단함이 한심해 보일 것이다. 하지만 그녀의 마음은 이런 식으로 움직였다. 그리고 그녀가 마침내 결심을 하고 그걸 행동으로 옮길 때면 누구도 우유부단하다고 비난할 수 없었다. 오히려 막무가내로 보일 정도로 맹렬하게 움직였기 때문이다. 그녀가 윌콕스 부인에게 쓴 편지는 〈결의의 색조〉로 빛났다. 마거릿을 덮은 〈창백한 사색의 그림자〉는 얼룩이 아니라 숨결 — 지우고 나면 그 밑에 가려졌던 색깔들이 훨씬 또렷하게 드러나는 — 이었다.

친애하는 윌콕스 부인.

무례한 편지를 드려야겠습니다. 부인의 가족과 저희는 만나지 않는 편이 좋을 것 같습니다. 제 여동생과 이모님이 모두 부인의 가족께 불쾌한 일을 저질렀습니다. 그리고 여동생의 경우, 그 불쾌함의 이유는 재발할 수도 있습니다. 제가 아는 한 동생의 마음에는 아드님에 대한 생각이 없어졌습니다. 하지만 두 사람이 다시 만나는 것은 제 동생에게도 부인께도 그리 좋은 일이 아닐 것 같습니다. 그렇기 때문에 즐겁게 시작되었던 우리의 우정도 여기서 끝내는 게 옳지 않을까 합니다.

어쩌면 부인께서 이런 제 생각을 못마땅하게 여기실까 봐 걱정되고, 실제로 그러실 것 같습니다. 부인께서는 저희 집을 직접 찾아 주실 만큼 친절을 베푸셨으니까요. 그저 제 직감 때문이고, 물론 어리석은 직감입니다. 제 여동생도 이게 틀렸다는 걸 알 거예요. 그 아이에게 알리지 않고 드리는 편지입니다. 그러니 이런 무례가 그 아이 때문이라고는 생각하지 말아 주시기 바랍니다.

진심을 담아
M. J. 슐레겔

마거릿은 편지를 우편으로 발송했다. 그리고 이튿날 아침 인편으로 이런 답장을 받았다.

친애하는 슐레겔 양.
그런 편지는 쓰지 않아도 좋았는데 그랬어요. 내가 그 집에 찾아갔던 건 폴이 외국으로 떠나고 없다는 말을 해주려고 그랬던 거였으니까요.

루스 윌콕스

마거릿은 얼굴이 화끈거렸다. 도저히 아침 식사를 마칠 수가 없었다. 수치심 때문에 불길 위에 올라앉은 느낌이었다.

헬렌에게서 그 청년이 영국을 떠난다는 말을 들었지만, 더 중요해 보이는 일들에 신경 쓰느라 그만 그 사실을 잊었던 것이다. 공연한 걱정이 모두 박살 나면서, 윌콕스 부인에게 너무 무례했다는 자책이 그 자리를 채웠다. 무례함이 마거릿의 입에 쓴맛을 일으켰다. 그것은 인생의 독이었다. 때로는 무례함이 필요할 때도 있지만, 아무 필요 없이 무례를 휘두르는 사람들은 벌을 받아 마땅하다. 그녀는 가난한 여자처럼 단숨에 모자를 쓰고 숄을 두른 뒤 아직도 거리를 메운 안개 속으로 뛰어들었다. 입을 꼭 다물고 손에는 편지를 든 채 길을 건넜고, 아파트 건물의 대리석 현관 홀로 들어선 뒤 관리인들을 피해 3층까지 계단을 뛰어 올라갔다.

자신의 이름을 알려 주자, 그녀는 놀랍게도 곧장 윌콕스 부인의 침실로 안내되었다.

「윌콕스 부인, 제가 정말 큰 실수를 저질렀어요. 뭐라고 말씀드리지 못할 만큼 부끄럽고 죄송해요.」

윌콕스 부인은 무겁게 인사했다. 그녀는 마음이 상했고 그렇지 않은 척하지 않았다. 그녀는 침대에 앉은 채 환자용 탁자를 무릎에 펼쳐놓고 편지를 쓰고 있었다. 식사 쟁반은 옆에 있는 다른 탁자에 놓여 있었다. 난로의 불빛, 창문에서 들어오는 햇빛, 그리고 부인의 손 주변에 흔들리는 원광을 만들어 내는 촛불 빛이 모두 합해져서 무언가 풀어져 내리는 듯한 낯선 분위기를 만들어 냈다.

「아드님이 11월에 인도에 간다는 말을 들었는데, 그만 잊어버렸어요.」

「17일에 아프리카에 있는 나이지리아로 떠났어요.」

「아 ─ 그렇군요. 처음부터 제가 너무 바보 같았어요. 정말 부끄럽기 짝이 없습니다.」

윌콕스 부인은 대답하지 않았다.

「뭐라고 드릴 말씀이 없을 만큼 죄송합니다. 부인의 용서를 바랄 뿐이에요.」

「그런 건 중요하지 않아요. 슐레겔 양. 이렇게 얼른 와줘서 고마워요.」

「어떻게 그게 중요하지 않을 수 있나요?」 마거릿이 소리쳤다. 「제가 그렇게 무례를 저질렀는데요. 게다가 동생은 지금 집에 있지도 않아요. 그러니까 그것도 핑계가 안 되는 거였어요.」

「정말이에요?」

「독일로 갔어요.」

「헬렌도 떠났군요.」 부인이 나직하게 말했다. 「그러면 이제 정말 문제없네요 — 아무 문제 없어요.」

「부인도 걱정하셨군요!」 마거릿이 소리쳤다. 그녀는 흥분해서 앉으라는 말도 없었는데 그냥 의자에 앉았다. 「정말 신기해요! 부인도 걱정하셨군요. 저하고 똑같이 말이에요. 헬렌이 아드님을 다시 만나면 안 된다고요.」

「나도 그게 가장 좋다고 생각했어요.」

「어째서죠?」

「어려운 질문이네요.」 윌콕스 부인이 미소 지었다. 부인의 표정이 약간 누그러들었다. 「슐레겔 양이 편지에 적절하게 표현한 거 같아요. 직감이죠. 틀렸을 수도 있지만.」

「설마 아드님이 아직…….」

「아니에요. 그 아이는 자주 — 아시겠지만 우리 폴은 아직 어려요.」

「그러면 뭔가요?」

그녀는 다시 말했다.

「틀렸을지도 모르는 직감이에요.」

「다른 말로 하면 두 사람은 쉽게 사랑에 빠지지만 함께 살 수는 없는 유형이에요. 그럴 가능성이 아주 높아요. 그러니까 자연이 이끄는 방향과 인간 본성이 이끄는 방향이 다른 거죠.」

「그건 정말 〈다른 말〉이네요.」 윌콕스 부인이 말했다. 「나는 그렇게 또박또박 생각하는 사람이 아니에요. 나는 우리 아들이 헬렌 양을 좋아한다는 걸 알았을 때 그저 놀랐을 뿐이에요.」

「참, 그건 전부터 묻고 싶었던 거예요. 그걸 어떻게 아셨나요? 이모님이 거기 가셨을 때 헬렌이 너무 놀라 쩔쩔매는데, 부인께서 나오셔서 모든 일을 정리해 주셨죠. 폴이 말했나요?」

「지금 그런 이야기를 해봐야 소용없을 것 같네요.」 윌콕스 부인이 잠시 가만히 있다가 말했다.

「윌콕스 부인, 지난 6월에 저희 일로 기분이 많이 상하셨나요? 제가 보낸 편지에 답장하지 않으셨잖아요.」

「나는 매더슨 씨 아파트를 얻는 데 반대했어요. 슐레겔 양 집의 맞은편에 있다는 걸 알았으니까요.」

「하지만 지금은 괜찮으신가요?」

「그런 것 같아요.」

「그런 것 같다고요? 분명한 건 아니고요? 저는 이런 어정쩡한 상태를 매듭짓고 싶어요.」

「그렇다면 분명해요.」 윌콕스 부인은 이불 밑에서 불안스레 움직이며 말했다. 「나는 언제나 분명치 않게 말해요. 그게 내 말버릇이죠.」

「괜찮아요. 그리고 저도 분명해요.」

그때 하녀가 식사 쟁반을 치우려고 들어왔다. 그들은 말을 멈추었고, 다시 대화가 시작되었을 때는 아까보다 정상적인 말이 오갔다.

「저는 이만 가 봐야겠네요. 일어나셔야 될 테니까요.」

「아뇨. 더 있다 가요. 오늘은 그냥 침대에서 지낼 거예요. 나는 이따금 그래요.」

「아침 일찍 일어나시는 분이라고 생각했는데요.」

「하워즈 엔드에서는 그래요. 하지만 런던에서는 일어나 봐야 할 일이 없으니까요.」

「일어나 봐야 할 일이 없다고요?」 마거릿이 깜짝 놀라서 말했다. 「가을 전시회가 얼마나 많은데요. 오늘 오후에도 이자이의 바이올린 연주회가 있고요! 사람들을 만나자면 더 말할 것도 없죠.」

「사실 나는 지금 좀 피곤해요. 결혼식이 있었고, 그런 다음 폴이 떠났고, 그리고 어제도 쉬지 못하고 여러 집에 인사를 가야 했거든요.」

「결혼식이라고요?」

「네, 큰아들 찰스가 결혼했어요.」

「그렇군요!」

「이 아파트를 얻은 것도 그게 가장 큰 이유예요. 또 폴이 아프리카로 갈 준비를 갖추기 위해서이기도 했고요. 이 아파트 주인이 남편의 친척이거든요. 그분이 친절하게도 여길 쓰라고 빌려 주었어요. 그래서 결혼식을 치르기 전에 돌리네 식구들도 만날 수 있었죠.」

마거릿은 돌리네 식구들이 어떤 사람들이냐고 물었다.

「성은 퍼셀이에요. 아버지는 인도 육군에 있다가 퇴역했어요. 오빠도 군대에 있고, 어머니는 돌아가셨어요.」

지난번에 헬렌이 창문 너머로 보았다고 한 〈턱이 없고 볕에 검게 탄 남자들〉이 바로 그들인지도 몰랐다. 마거릿은 윌콕스 가족의 행보에 약간의 흥미를 갖고 있었다. 이런 버릇은 헬렌을 위해 생겨난 것인데, 그때까지도 사라지지 않고 남아 있었다. 그녀가 처녀 시절의 돌리에 대해서 몇 가지를 묻자, 별다른 감정이 실리지 않은 차분한 대답이 돌아왔다. 윌콕스 부인의 목소리는 나긋나긋하고 매력적이었지만, 감정이 거의 드러나지 않았다. 그 목소리는 그림이나 연주회, 사람 같은 것은 별로 중요하지 않다고 말하는 것 같았다. 단 한 번 그녀의 목소리가 빨라졌는데, 그것은 바로 하워즈 엔드에 대해서 말할 때였다.

「찰스하고 앨버트 퍼셀하고는 전부터 알고 지낸 사이였어요. 같은 클럽에 속해 있고 둘 다 골프를 좋아하죠. 돌리도 실력은 좀 처지겠지만 골프를 쳐요. 두 사람은 혼성 4인조 경기에서 처음 만났어요. 우리는 모두 돌리를 좋아하고, 한 식구가 된 걸 기뻐해요. 결혼식은 이달 11일이었어요. 폴이 떠나기 며칠 전이었죠. 찰스가 동생을 신랑 들러리로 세우고 싶어 해서 11일에 결혼한 거예요. 퍼셀 집안 사람들은 크리스마스가 지난 다음에 하기를 바랐지만 양해해 주었어요. 돌리의 사진도 있어요. 거기 두 개가 연결된 사진틀에.」

「정말로 제가 여기 있는 게 불편하지 않으세요, 윌콕스 부인?」

「그럼요.」

「그러면 좀 더 있다가 가겠어요. 부인과 함께 있는 게 즐겁네요.」

마거릿은 돌리의 사진을 보았다. 사진에는 〈사랑하는 미스 에게〉라고 쓰여 있었다. 윌콕스 부인이 미스란 〈돌리가 나를 부를 때 쓰기로 찰스 부부가 결정한 이름〉이라고 설명해 주었다. 돌리는 멍청해 보였고, 건장한 남성들이 흔히 매혹되는 삼각형 얼굴을 하고 있었다. 어쨌건 그녀는 매우 예뻤다. 마거릿은 사진틀 반대편을 채운 찰스에게 눈길을 돌렸다. 그리고 두 사람을 하늘이 갈라놓을 때까지 끌어당긴 힘을 찬찬히 살펴보았다. 그리고 잠시 그들이 행복하기를 바랐다.

「둘은 나폴리로 신혼여행을 갔어요.」

「좋겠네요!」

「찰스가 이탈리아에 있는 모습이 상상이 안 돼요.」

「아드님이 여행을 좋아하지 않나요?」

「좋아해요. 하지만 외국 사람을 믿지 않아서요. 그 아이가 가장 좋아하는 건 자동차로 영국을 여행하는 거예요. 날씨가 이렇게 나쁘지 않았다면 그쪽을 선택했을 거예요. 남편이 아들한테 결혼 선물로 자동차를 사주었거든요. 지금 그 차는 하워즈 엔드에 있어요.」

「그러면 거기에 차고도 있겠네요.」

「맞아요. 남편이 지난달에 집 서쪽에 조그만 차고를 하나 지었어요. 우산느릅나무에서 그리 멀지 않고, 원래는 우리 집 조랑말이 놀던 마당이지요.」

마지막 말이 무어라 형용하기 힘든 느낌을 불러왔다.

「그러면 그 조랑말은 어디 갔나요?」 마거릿이 잠시 가만있다가 물었다.

「조랑말요? 아, 죽었어요. 아주 오래전에요.」

「우산느릅나무는 저도 생각나네요. 헬렌이 아주 멋진 나무라고 말했거든요.」

「하트퍼드셔에서 가장 멋진 우산느릅나무예요. 동생이 이빨 이야기도 했나요?」

「아뇨.」

「한번 들어 봐요, 나름대로 재미있어요. 그 나무줄기에는 돼지 이빨들이 박혀 있어요. 4피트 정도 높이에 말이에요. 마을 사람들이 오래전에 박아 놓은 건데, 그 나무껍질을 씹으면 치통이 사라진다고 하더라고요. 하지만 지금은 그 위로 껍질이 덮여서 아무도 찾아오지 않아요.」

「저라면 가보겠어요. 저는 민간요법도 좋아하고 엉터리없는 미신도 좋아해요.」

「그러면 정말로 그 나무가 치통을 치료했다고 생각해요? 그렇게 믿기만 하면?」

「그럼요. 나무는 모든 걸 치료했을 거예요 — 옛날에는요.」

「물론 정말로 그런 사례들을 듣기도 했어요. 나는 하워즈 엔드에서 아주 오래 살았으니까요. 남편보다 훨씬 먼저 말이에요. 나는 거기서 태어났어요.」

대화의 주제가 다시 한 번 옮겨졌다. 그것은 그냥 별다른 목적 없는 잡담처럼만 여겨졌다. 윌콕스 부인이 하워즈 엔드가 자신의 재산이라고 말할 때 마거릿은 흥미로웠다. 하지만 퍼셀 가족에 대해, 나폴리에 대한 찰스의 걱정에 대해, 윌콕스 씨와 이비의 요크셔 자동차 여행에 대한 이야기를 지나치게 자세히 듣다 보니 지루해졌다. 그래서 그녀는 주의가 산만해졌고, 사진틀을 만지작거리다가 떨어뜨려서 돌리 부분의 유리를 깼고, 미안하다고 사과했고, 용서받았고, 손가락을 베었고, 걱정의 말을 들었고, 마침내 이제는 가야겠다고 말했다. 집에 할 일들이 있었고, 티비의 승마 교사와 면담도 해야 했다.

그때 다시 기이한 분위기가 느껴졌다.

「잘 가요, 슐레겔 양. 와줘서 고마워요. 기분이 한결 나아졌어요.」

「다행이네요!」

「저기…… 슐레겔 양은 자기 생각을 하는 일이 있는지 궁금하군요.」

「저는 그것밖에는 생각하지 않는걸요.」 마거릿은 얼굴을 붉혔지만, 그녀의 손은 여전히 부인의 손에 잡혀 있었다.

「아뇨, 그런 것 같지 않아요. 난 하이델베르크에서도 그런 생각을 했어요.」

「아니라니까요!」

「나는 잠깐……」

「네?」 한동안 긴 침묵이 이어져서 마거릿이 물었다. 그 침묵은 난롯불의 깜박임과도 비슷했고, 그들의 손에 떨어지는 램프 빛의 떨림과도 비슷했고, 또 창문에서 비쳐 드는 뿌연 얼룩과도 비슷했다. 그것은 변화하면서도 영원한 그림자의 침묵이었다.

「나는 잠깐 슐레겔 양이 자기가 젊은 처녀라는 걸 잊지는 않았나 하는 생각까지 들었어요.」

마거릿은 놀랐고 약간 기분이 상했다. 「저는 스물아홉이에요. 한창 처녀다울 때는 지났죠.」

윌콕스 부인이 미소를 지었다.

「왜 그런 말씀을 하시나요? 제가 너무 어수룩하고 무례했다는 뜻인가요?」

부인은 고개를 저었다. 「내 말은 그저, 내가 쉰한 살이라는 거예요. 그리고 나한테는 슐레겔 자매 두 사람 다 — 책에선가 읽었는데 — 정확히 말을 못하겠네요.」

「알겠어요. 미숙하다는 말씀이시죠? 제가 헬렌보다 별로 나을 게 없는데도 헬렌을 가르치려 한다고요.」

「그래, 맞아요. 바로 그 말이에요. 미숙함.」

「미숙함.」 마거릿이 심각하면서도 경쾌한 말투로 윌콕스 부인의 말을 따라 했다. 「물론 저는 아직도 배울 게 너무나 많아요. 모든 걸 배워야 하죠. 헬렌하고 똑같이 말이에요. 인생은 너무나 어렵고 예측 불가능하니까요. 어쨌거나 저도 거기까지는 터득했어요. 겸손하고 친절하게 행동하기, 꿋꿋이 앞으로 걸어가기, 동정보다 사랑을 주기, 어려움 속에 사는 사람들을 잊지 않기. 불행히도 이런 일을 한꺼번에 할 수는 없어요. 서로 상충되니까요. 하지만 중용이라는 게 있어요. 중용에 따라 사는 것. 처음부터 중용으로 시작할 수는 없어요. 그건 잘난 척하는 사람들이나 하는 일이에요. 중용은 마지막 수단이 되어야 해요. 더 좋은 방법들이 실패했을 때, 막다른 골목에 다다랐을 때 — 이런, 제가 무슨 설교를 하고 있네요.」

「아니에요. 인생의 어려움을 아주 멋지게 설명했어요.」 윌콕스 부인이 손을 빼내서 더 깊은 그림자 속에 담그며 말했다. 「내가 직접 하고 싶었던 그런 말이에요.」

9

윌콕스 부인이 마거릿에게 인생에 대해 많은 것을 일러 주었다고 할 수는 없다. 또한 마거릿도 겸손한 모습을 보였고, 실제로 자신이 느끼는 것과 달리 미숙한 듯한 시늉을 했다. 그녀는 10년도 넘게 한 가정을 꾸려 왔다. 그녀의 손님 접대 솜씨는 뛰어나다고까지 말할 수 있었다. 매력적인 여동생을 키워 냈고, 지금은 남동생을 키우고 있었다. 경험이라는 게 달성의 대상이라면, 그녀는 이미 그것을 달성한 셈이었다.

하지만 그녀가 윌콕스 부인을 위해서 마련한 점심 모임은 그리 성공적이지 못했다. 부인은 마거릿이 그녀에게 소개하려고 초대한 〈유쾌한 사람들 몇 명〉과 잘 어울리지 못했고, 분위기는 점잖은 당혹이라 할 만한 것이었다. 부인은 취향이 단순하고 문화적 소양이 미미했으며, 〈뉴잉글리시 아트 클럽〉에 아무 관심이 없었다. 대화의 방향을 틀어 보려고 제시된 저널리즘과 문학의 경계라는 새로운 화제에 대해서도 마찬가지였다. 유쾌한 사람들은 마거릿의 주도 아래 즐거운 탄

성을 지르며 열을 올리다가, 식사가 반쯤 끝나 갈 무렵에야 그날의 주빈이 전혀 거기 동참하지 않고 있다는 사실을 깨달 았다. 공통되는 주제가 없었다. 남편과 자식들을 위해서 평생을 보낸 윌콕스 부인은 자신과 같은 경험도 없고 나이도 절반밖에 되지 않는 낯선 이들에게 할 말이 없었다. 지성적 대화는 그녀를 질겁케 했고, 그녀의 섬세한 상상력을 주눅 들게 했다. 그것은 자동차와 마찬가지로 이해할 수 없는 경련의 세계였고, 그에 반해 그녀는 건초 한 줌, 꽃 한 송이였다. 두 번인가 그녀는 날씨에 대해 불평했고, 두 번인가 북부 철도의 객실 서비스를 비난했다. 사람들은 열렬히 거기 동의한 뒤 다시 자신들의 이야기로 돌아갔고, 부인이 헬렌에게서 새로운 소식이 없느냐고 물었을 때 마거릿은 로슨스타인에 대한 평가에 골몰해서 미처 대답하지 못했다. 부인이 다시 질문했다. 「헬렌 양이 지금쯤이면 독일에 적응했겠죠?」 마거릿은 정신이 번쩍 들어서 대답했다. 「네, 고맙습니다. 화요일에 연락을 받았어요.」 하지만 열렬한 토론에 휘말려 있던 그녀는 곧장 다른 이야기를 향해 달려 나갔다.

「화요일에야 연락이 왔어요. 지금 슈테틴에서 지내고 있거든요. 슈테틴에 아는 사람 있으세요?」

「없어요.」 윌콕스 부인이 무겁게 말했다. 그러자 교육부의 말직으로 근무하는 젊은이가 슈테틴에 사는 사람들은 어떻게 생겨야 하는지에 대해 이야기를 시작했다. 〈슈테틴스러움〉 같은 게 있단 말이에요? 마거릿이 물었다.

「슈테틴 사람들은 창고를 강 위로 돌출시켜서 지어 놓고, 거기서 배 위로 물건을 던져 넣어요. 적어도 우리 친척들은 그래요. 그렇다고 그 사람들이 그렇게 부유한 건 아니에요. 도시 자체는 그다지 흥미로울 게 없어요. 눈을 데굴데굴 굴리는 시계하고 오데르 강의 경치만 빼면요. 그 경치는 정말 훌륭해요. 윌콕스 부인도 한번 보시면 반할 거예요! 그 강은, 아니 강들이라고 하는 게 옳겠죠. 강줄기가 여남은 개는 되니까 — 모두 짙은 파랑색이고, 그게 흐르는 들판은 짙은 초록색이에요.」

「말씀만 들어도 정말 아름다운 경치 같네요, 슐레겔 양.」

「저도 그렇게 생각해요. 하지만 헬렌은 그것도 자기 멋대로 뒤섞어서 경치가 아니라 음악이라고 말하죠. 오데르 강의 흐름은 음악 같대요. 그걸 보면 교향시가 떠오른다나요. 선착장 옆은 나단조라고 했던 것 같아요. 그리고 하류로 내려가면서 모든 게 어지럽게 엉긴대요. 여러 음조가 뒤얽힌 진창 같은 주제는 진흙 더미들이래요. 또 운하를 나타내는 주제도 있고, 발트 해로 나가는 대목은 올림 다장조 피아니시모라는군요.」

「그 돌출된 창고는 거기서 무슨 역할을 합니까?」 젊은 남자가 웃으며 물었다.

「많은 역할을 하죠.」 마거릿은 그렇게 대답하고 다시 새 주제를 발견해서 그리 뛰어들었다. 「제가 볼 때 오데르 강을 음악에 비유하는 건 현학적인 태도 같아요. 다른 분들도 그렇게 생각하시죠? 하지만 슈테틴의 돌출 창고들은 아름다움을 진지하게 받아들여요. 우리는 그러지 않죠. 평균적인 영국인은 그러지 않아요. 게다가 그러는 사람을 경멸하기까지 해요. 그러니까 〈독일인은 취향이 없다〉고 말하지 마세요. 물론 독일인은 취향이 없어요. 하지만 — 하지만 — 이건 아주 강력한 〈하지만〉이에요! 그 사람들은 시를 진지하게 받아들여요. 시를 진지하게 받아들인다고요.」

「그런 일이 인생에 도움이 되나요?」

「그럼요. 독일인들은 언제나 아름다움을 찾아요. 어리석어서 그걸 놓치기도 하고 또 오해하기도 하지만, 언제나 자기 인생 속으로 아름다움을 끌어들이려고 해요. 그러다 보면 결국 그걸 얻을 거예요. 하이델베르크에서 만난 뚱보 수의사가 제 앞에서 시를 좀 읊어 보였는데, 흐느끼느라 제대로 읊지도 못했어요. 그걸 보면서 웃기야 쉬웠죠. 저는 좋은 시건 나쁜 시건 시를 읊는 사람이 아니니까요. 가슴을 뛰게 하는 시 구절 하나 기억하는 게 없어요. 그래요, 저도 반은 독일 사람이니까 어쩌면 애국심인지도 모르겠지만, 영국 사람들이 튜턴적인 것들을 잘난 척 경멸하는 말을 들으면, 그게 뵈클린 이야기건 아니면 아까 말한 수의사 이야기건 화가 나요. 사람들은 말하죠. 〈아, 뵈클린. 그래, 아름다움을 위해 좀 무리하지. 그 사람은 자연 속에다 신들을 너무 의식적으로 집어넣고 있어.〉 물론 뵈클린은 무리해요. 왜냐 하면 그 사람은 무언가 원하니까 — 아름다움이라든가 그 밖에 이 세상을 떠도는 손에 잡히지 않는 모든 것을 말이에요. 그래서 그 사람의 풍경화는 성공하지 못하고, 리더의 풍경화는 성공하는 거예요.」

「글쎄요, 선뜻 동의하기는 어렵군요. 부인 생각은 어떠신가요?」 젊은 남자가 윌콕스 부인을 돌아보며 물었다.

그녀가 대답했다. 「슐레겔 양은 모든 걸 참 멋지게 설명하네요.」

좌중에 찬물이 끼얹어진 것 같았다.

「윌콕스 부인, 그렇게 말씀하시면 곤란해요. 제가 모든 걸 멋지게 설명하다니, 꼭 놀리는 말씀처럼 들려요.」

「놀리는 말이 아니에요. 슐레겔 양이 방금 한 말은 아주 흥미로웠어요. 사람들은 대체로 독일에 대해서 안 좋게 말하잖아요. 오래전부터 반대편의 이야기를 듣고 싶었어요.」

「반대편이라고요? 그러면 부인도 저하고 생각이 다르시다는 말씀인가요? 부인은 어느 편이신데요?」

「저는 아무 편도 아니에요. 하지만 남편은……」 그녀의 목소리가 부드러워졌고, 좌중의 썰렁함은 커졌다. 「대륙의 나라들을 별로 믿지 않아요. 우리 아이들도 모두 남편하고 같은 생각이고요.」

「그런 근거는 뭐죠? 대륙 나라들의 방식이 옳지 않다고 생각하시는 건가요?」

윌콕스 부인은 몰랐다. 그녀는 근거 같은 것에는 별로 관심을 기울이지 않았다. 그녀는 지적이지 않았고 예민하지도 않았다. 그런데도 그녀에게서 어떤 대단한 분위기가 풍긴다는 것 자체가 신기한 일이었다. 마거릿은 친구들과 함께 사상과 예술 사이를 정신없이 거닐면서도, 그런 그들의 품성과 행동을 왜소해 보이게 하는 강한 품성이 자신들 곁에 함께하고 있는 걸 인식했다. 윌콕스 부인에게 신랄함이란 없었다. 비판이란 것도 없었다. 그녀는 사랑스러운 사람이었고, 무례하거나 차가운 말은 한마디도 그녀의 입술을 통과하지 않았다. 하지만 부인과 일상생활은 서로 초점이 맞지 않았다. 이쪽 아니면 저쪽이 흐릿해질 수밖에 없었다. 그날의 모임에서 그녀는 평소보다 더 흐릿해 보였고, 일상생활과 중요한 어떤 생활 사이의 경계선에 더 다가간 것 같았다.

「하지만 대륙은 ─ 〈대륙〉이라는 말을 쓰는 것 자체가 좀 웃기지만, 어쨌건 대륙은 그 어느 부분도 영국과는 다르죠. 영국은 독특해요. 젤리 한 접시 더 드세요. 제가 말하려던 건 대륙은 좋건 나쁘건 간에 관념들에 관심을 갖고 있다는 거예요. 대륙의 문학과 예술에는 이른바 보이지 않는 세계에 대한 집착이라고 할 만한 게 있고, 그건 데카당스나 현학을 거치고도 살아남아요. 영국은 행동의 자유가 많지만, 사상의 자유를 찾으려면 관료주의의 나라 프로이센으로 가야 돼요. 그곳 사람들은 우리들이 결코 손대고 싶어 하지 않는 중요한 문제들을 겸허하게 토론하거든요.」

「나는 프로이센으로는 가고 싶지 않아요.」 윌콕스 부인이 말했다. 「거기 가면 슐레겔 양이 말하는 그 흥미로운 경치를 볼 수 있다고 해도 말이에요. 그리고 겸허하게 토론하는 문제는, 그러기에는 나는 너무 나이가 많아요. 하워즈 엔드에서는 아무도 토론하지 않아요.」

「그러면 하셔야죠!」 마거릿이 말했다. 「토론은 집 안에 활기를 불어넣는 법이에요. 집을 이루는 게 벽돌과 모르타르만은 아니에요.」

「하지만 그게 없으면 집이 이루어지지 않죠.」 윌콕스 부인이 의외로 대화 속으로 뛰어들었고, 유쾌한 사람들의 가슴에 처음이자 마지막으로 미약한 희망을 지폈다. 「그런 게 없으면 안 돼요. 그리고 나는 가끔…… 하지만 젊은 분들은 이런 생각에 동의하지 않을 거예요. 내 딸도 나랑 생각이 다르거든요.」

「그런 건 신경 쓰지 마시고, 부인의 생각을 말씀해 보세요!」

「나는 가끔 행동이나 토론 같은 건 남자들한테 맡기는 게 더 좋다고 생각해요.」

잠시 침묵이 흘렀다. 맞은편에 앉은 젊은 여자가 몸을 앞으로 굽혀 빵을 찢으면서 말했다.

「어쨌건 여성 참정권에 대한 반대 여론이 만만치 않은 건 사실이죠.」

「그래요? 나는 그런 여론은 전혀 몰라요. 그저 내가 투표를 안 해도 된다는 게 감사할 뿐이에요.」

「그건 투표에 국한된 문제가 아니에요.」 마거릿이 끼어들었다. 「윌콕스 부인, 지금 우리는 훨씬 큰 문제에 관해 의견이 다른 것 같아요. 여자가 역사의 여명기부터 떠맡았던 역할을 계속 유지해야 하는가, 아니면 남자가 이만큼 발전했으니까 여자도 조금은 발전할 것인가 하는 문제죠. 제 경우는 발전할 거라고 생각해요. 나아가서 저는 생물학적 변화도 있을 거라고 생각해요.」

「모르겠네요. 저는 모르겠어요.」

「저는 이만 제 돌출 창고로 돌아가 봐야겠네요.」 젊은 남자가 말했다.「요즘 사람들이 피곤할 만큼 엄격해져서요.」

윌콕스 부인도 일어섰다.

「위층에 잠깐 들렀다 가시지 그래요? 퀘스티드 양이 피아노를 연주하거든요. 맥도웰 곡 좋아하시나요? 두 가지 소리밖에 안 쓰는 작곡가지만, 그게 싫지 않으시다면요. 정말로 가셔야 한다면 문 앞까지 배웅해 드리죠. 커피도 안 드시겠어요?」

사람들은 식당을 나와서 문을 닫았고, 윌콕스 부인은 외투 단추를 잠그며 말했다.「런던 사람들은 참 재미있게 사는군요!」

「아뇨, 그렇지 않아요.」 마거릿이 말했다. 갑자기 그런 생활에 염증이 느껴졌다.「그저 원숭이 무리처럼 끽끽대면서 살 뿐이에요. 윌콕스 부인, 저희도 내면에는 조용하고 차분한 면이 있답니다. 정말이에요. 제 친구들도 모두 그래요. 오늘 모임이 재미있었다고 말씀하시지 마세요. 안 그랬던 것 잘 아니까요. 하지만 부디 혼자 저희 집에 와주시거나 저를 부인의 집으로 불러 주세요.」

「나는 젊은 사람들한테 익숙해요.」 윌콕스 부인이 말했다. 부인이 말을 한마디 한마디 할 때마다 익숙한 사물들의 경계가 흐려졌다.「우리 집에서도 많은 이야기를 들어요. 우리도 슐레겔 양 집처럼 손님을 많이 치르니까요. 우리 집에서 하는 이야기는 주로 스포츠하고 정치 이야기죠. 어쨌거나 ─

오늘 점심은 즐거웠어요, 슐레겔 양. 거짓말이 아니에요. 내가 좀 더 많이 참여할 수 있었으면 좋았겠다는 생각은 들어요. 하지만 나는 오늘 몸이 썩 좋지 않아요. 그리고 젊은 사람들은 워낙 빠르니까 나한테는 좀 어지럽죠. 찰스도 그렇고 돌리도 그래요. 하지만 나이야 어떻건 우리는 모두 한 배를 타고 가는 처지잖아요. 난 그걸 잊지 않아요.」

두 사람은 잠시 가만히 있었다. 그런 뒤 새로운 감정에 휩싸여 악수를 했다. 마거릿이 식당으로 들어오자 대화가 뚝 끊겼다. 젊은 친구들이 마거릿의 새 친구 이야기를 하고 있었는데, 재미없는 사람이라는 데 의견 일치를 보았기 때문이다.

10

며칠이 지나갔다.

윌콕스 부인은 친밀한 관계를 맺을 듯이 다가오나가 금세 물러나는 — 실제로 그런 사람들이 적지 않다 — 그런 변변치 못한 사람들 가운데 한 명이었을까? 그런 사람들은 우리의 관심과 호의를 이끌어 내고, 우리의 정신생활을 자기 주변으로 끌어들인다. 그런 다음 물러난다. 육체적 열정이 결부되면 그런 행동은 〈치근거림〉이라는 명확한 이름을 얻으며, 그게 일정한 선을 넘으면 법으로도 처벌받는다. 하지만 어떤 법도 — 그리고 사람들의 인식도 — 우정을 가지고 희롱하는 사람을 처벌하지는 않는다. 그렇다고 그런 일이 안겨 주는 고통과 정성을 낭비했다는 허탈감, 그리고 깊은 피로감은 그리 작은 것이 아니다. 그녀는 그런 유형의 사람이었을까?

마거릿은 처음에는 그렇다고 생각했다. 성미 급한 런던 사람으로서 모든 걸 빨리 결정짓고 싶었다. 그녀는 진정한 성장에 필요한 고요의 시기를 믿지 않았다. 그저 윌콕스 부인을 당장 친구 목록에 등재하고 싶다는 열망에 휩싸여서, 말하자면 손에 연필을 든 채 달려들었다. 마침 다른 윌콕스 가족이 모두 집을 떠나 있던지라 기회도 좋아 보였다. 하지만 부인은 서두르지 않았다. 그녀는 위컴 플레이스의 모임들에 참가하기를 거부했고, 마거릿이 당장의 효과를 노리고 헬렌과 폴의 일을 거론했을 때도 그에 대해 말하기를 거부했다. 그녀는 시간을 보냈고, 아니면 시간에 자신을 맡겼고, 결정적 순간이 닥쳤을 때는 모든 것이 준비되어 있었다.

결정적 시기는 윌콕스 부인이 마거릿에게 함께 쇼핑을 가지 않겠느냐는 전갈을 보내면서 시작되었다. 크리스마스가 다가왔고 윌콕스 부인은 이제 선물 사는 일을 미룰 수 없다고 생각했다. 며칠 동안 침대에만 누워 지냈기 때문에, 잃어버린 시간을 벌충해야 했다. 마거릿이 그 제안을 받아들여서, 두 사람은 어느 쓸쓸한 아침 열한시, 함께 사륜마차를 타고 나갔다.

「먼저,」 마거릿이 입을 열었다. 「목록을 만든 다음에 선물을 사는 대로 이름을 지우세요. 저희 이모님이 늘 그런 식으로 하시죠. 안개가 언제 짙어질지 모르잖아요. 어디로 가실 건가요?」

「해로즈 백화점이나 헤이마켓 스토어스에 가는 게 좋을 것 같아요.」 윌콕스 부인은 기운 없이 말했다. 「거기 가면 모든 게 다 있지 않을까요? 나는 쇼핑을 잘 못해요. 시끄러운 곳에 가면 정신이 없어지거든요. 그리고 이모님 방식이 좋네요. 목록을 만들어야겠어요. 여기 수첩이 있으니까, 맨 위에 슐레겔 양 이름을 적어요.」

「정말요!」 마거릿이 수첩에 이름을 쓰며 말했다. 「저를 목록 맨 위에 놓아 주시다니 고맙습니다!」

하지만 그녀는 비싼 선물을 받고 싶은 생각이 없었다. 두 사람은 친밀하다기보다는 독특한 관계였고, 윌콕스 가족은 외부인에게 돈 쓰는 걸 싫어할 것 같았다. 관계가 촘촘한 가족일수록 그런 법이다. 그녀는 헬렌처럼 남자를 낚지 못하면 선물이라도 낚아채려는 사람으로 보이고 싶지 않았고, 줄리 이모처럼 찰스의 모욕을 받고 싶지도 않았다. 어느 정도 행동의 절제가 필요했다. 「저는 크리스마스 선물을 그리 바라지는 않아요. 사실 안 받는 쪽이 더 좋아요.」

「왜요?」

「왜냐 하면 저는 크리스마스에 대해 좀 다르게 생각하거든요. 또 돈으로 살 수 있는 건 다 갖고 있어요. 저는 물건보다는 사람을 원해요.」

「하지만 나는 우리의 만남에 값하는 선물을 주고 싶어요, 슐레겔 양. 내가 지난 2주 동안 외롭게 지낼 때 많은 친절을 베풀어 주었잖아요. 어쩌다 보니 식구들이 다 여기저기 떠나고 나 혼자 남았는데, 마거릿이 있어서 괜한 걱정에 빠지지 않을 수 있었어요. 나는 자주 그러거든요.」

「제가 저도 모르는 사이 부인께 무슨 도움이 되었다고 해도, 그 보상을 눈에 보이는 물건으로 받을 수는 없어요.」

「알아요. 하지만 난 주고 싶어요. 이제 돌아다니면서 무얼 할지 생각해 보겠어요.」

마거릿의 이름은 목록 맨 위에 남아 있었지만, 그 옆에는 아무것도 적히지 않았다. 두 사람은 마차를 타고서 가게들을 옮겨 다녔다. 공기는 하얬고, 마차에서 내릴 때마다 입속에 차가운 동전 맛이 느껴졌다. 때로는 잿빛 덩어리 속을 지나가기도 했다. 윌콕스 부인의 상태가 그리 좋지 않았기 때문에, 마거릿이 나서서 이 아이에게는 장난감 말을, 저 아이에게는 못난이 인형을, 목사의 아내에게는 청동 가열기를 결정했다. 「하인들한테는 돈을 주는 게 관례예요.」 「그래요, 그게 훨씬 편하죠.」 마거릿은 그렇게 대답했지만, 보이지 않는 세계가 보이는 세계에 미치는 기이한 영향력을 느꼈고, 잊힌 베들레헴의 말구유에서 동전과 장난감이 쏟아져 나오는 걸 보았다. 사방에 저속함이 가득했다. 술집들의 벽에는 금주 운동에 반대하는 일상적인 항의문에 덧붙여서, 회비에 따라 진 한두 병을 내걸고 〈크리스마스 거위 클럽에 참여하세요〉라는 광고문이 붙어 있었다. 타이츠를 입은 여자의 포스터가 크리스마스 팬터마임을 광고했고, 꼬마 붉은 악마들이 다시 유행을 타고 크리스마스카드 위로 넘쳐났다. 마거릿은 대책 없는 이상주의자는 아니었다. 그래서 이런 상업적 법석이나 자기 광고에 눈살을 찌푸리지는 않았다. 그럼에도 이 일은 해마다 그녀에게 놀라움을 안겨 주었다. 고민하는 쇼핑객들과 피곤한 점원들 가운데 얼마나 많은 사람이 이런 북새통의 신성한 기원을 이해할까? 그녀는 이런 일들의 바깥에 물러서 있었지만, 그걸 이해했다. 그녀는 일반적 의미의 기독교인이 아니었고, 신이 우리 세계에 젊은 목수로 와서 일했다는 걸 믿지 않았다. 하지만 어쨌건 이 거리의 사람들은 대부분 그걸 믿었고, 누군가 물어본다면 그렇다고 자신 있게 대답할 것이다. 하지만 이들의 믿음을 드러내 보여 주는 것은 리전트 거리 또는 드루리 레인 극장, 발에 묻어 다니는 얼마간의 흙, 지불되는 얼마간의 돈, 요리되어 먹히고 잊히는 얼마간의 음식이었다. 부적절했다. 하지만 사람들 앞에서 어느 누가 보이지 않는 세계를 적절하게 표현할 것인가? 무한을 향해 거울을 비추는 것은 개인적 생활이며, 일상적 시야 너머의 존재를 암시해 주는 것은 오직 개인적 교류뿐이다.

「아뇨, 저는 크리스마스를 좋아하는 편이에요.」 그녀가 말했다. 「방식은 어설프지만, 어쨌건 크리스마스는 평화와 선의를 지향하니까요. 하지만 해마다 그 방식은 더 어설퍼지는 것 같아요.」

「그래요? 나는 시골의 크리스마스밖에는 몰라요.」

「저희는 주로 런던에서 지내면서 열심히 크리스마스에 참여해요. 웨스트민스터 사원에서 캐럴을 부르고, 어설픈 점심을 먹고, 하녀들한테 어설픈 식사를 대접하고, 그다음에는 크리스마스트리를 만들고, 가난한 아이들을 불러다 춤을 추게 해요. 헬렌은 노래를 부르고요. 저희 집 응접실은 그런 일을 하기에 적당해요. 벽장 속에 나무를 세우고 촛불을 켠 다음에 그 뒤에 거울을 놓고서 커튼을 치면 아주 근사해져요. 다음에 살 집에도 그런 벽장이 있었으면 좋겠어요. 물론 큰 나무는 안 되고 또 선물을 걸어 둘 수도 없죠. 아뇨, 선물은 구긴 종이로 바위 언덕처럼 만든 장식물 위에 올려놓아요.」

「〈다음에 살 집〉이라고요? 그러면 위컴 플레이스를 떠난다는 말인가요?」

「네, 2~3년 후에 임대 계약이 만료되거든요. 그러면 떠나야 돼요.」

「그 집에 얼마 동안 살았죠?」

「평생 동안 살았죠.」

「그런 집을 떠난다면 서운하겠네요.」

「그렇겠죠. 하지만 아직 별로 실감이 안 나요. 아버지는……」 그녀는 멈추었다. 헤이마켓 스토어스의 문구 매장에 이르렀고, 윌콕스 부인이 크리스마스카드를 주문하고 싶어 했기 때문이다.

「가능하다면, 좀 색다른 걸로……」 부인은 한숨 쉬듯 말했다. 그런데 판매대에서 그녀는 역시 같은 목적으로 나온 친구를 만나서, 이런저런 시시한 이야기를 나누느라 한참 동안 시간을 낭비했다. 「남편이랑 딸은 자동차 여행을 떠났어요.」 「버사도 그렇다고요? 정말 우연의 일치네요.」 마거릿은 실제적인 사람이 아니었지만, 이런 자리에서 쩔쩔매는 편은 아니었다. 그래서 두 사람이 이야기하는 동안 카드 견본 책을 훑어보고 그중 하나를 윌콕스 부인에게 추천했다. 윌콕스 부인은 기뻐했다. 카드는 독특했고 쓰인 문구도 다정했다. 그녀는 그걸 100장 주문하겠다며 마거릿에게 거듭거듭 고마워했다. 그런데 점원이 주문을 접수하려는 순간 다시 말했다. 「잠깐요, 조금 있다 결정하겠어요. 생각해 보니까 아직 시간이 많네요. 이비의 의견도 물어보는 게 좋을 것 같아요.」

두 사람은 구불구불한 샛길들을 빠져 나와 마차로 돌아갔다. 마차에 올라타자 부인이 말했다. 「하지만 재계약할 수도 있지 않나요?」

「네? 무슨 말씀이신지?」 마거릿이 물었다.

「집 문제 말이에요.」

「아, 집! 계속 그 생각을 하신 거예요? 자상하기도 하셔라!」

「찾아보면 해결책이 있을 거예요.」

「아뇨, 부동산 가치가 엄청나게 뛰어서 말이에요. 주인은 위컴 플레이스를 철거하고 위컴 맨션스 같은 아파트 건물을 지으려고 해요.」

「너무 끔찍한 일이로군요!」

「집주인들이 다 그렇죠.」

그러자 부인이 맹렬한 기세로 말했다. 「그건 추악한 일이에요, 슐레겔 양. 잘못된 일이고요. 슐레겔 양에게 그런 문제가 닥쳤다고는 생각도 못했어요. 진심으로 위로를 드립니다. 자기 집과 헤어진다는 것, 아버지와 함께 살던 집을 떠난다는 것 — 그런 일은 일어나면 안 돼요. 그건 죽는 것보다도 더 끔찍한 일이에요. 저라면 차라리 죽어 버리겠어요. 아, 너무 안타까워요! 사람이 자기가 태어난 방에서 죽지도 못한다면, 문명이라는 게 도대체 무슨 의미가 있는 거죠? 정말 가슴이 아파서……」

마거릿은 뭐라 말해야 할지 몰랐다. 윌콕스 부인은 쇼핑에 지친 나머지 평정을 잃은 것 같았다.

「하워즈 엔드도 한 번 철거될 뻔했어요. 나는 정말 죽는 줄 알았어요.」

「하워즈 엔드하고 저희 집은 다르죠. 물론 저희도 지금 사는 집을 좋아하지만, 집 자체가 특별할 건 없으니까요. 보셔서 알겠지만 그냥 런던에 흔한 집이에요. 쉽게 다른 집을 구할 수 있을 거예요.」

「그렇지 않아요.」

「역시 제가 미숙한 모양이네요!」 마거릿은 그런 말로 대화의 방향을 바꾸었다. 「부인께서 그렇게 말씀하시면 저는 아무 말도 못하겠어요. 저도 부인께서 저를 보시듯 저 자신을 볼 수 있었으면 좋겠어요. 한마디로 〈*backfisch*(철부지 소녀)〉라는 거죠. 천둥벌거숭이라고 할까요? 유쾌한 편이고 나이에 비하면 책도 많이 읽었지만 무능력해요.」

하지만 윌콕스 부인은 그런 말로 물러설 태세가 아니었다. 「나랑 같이 지금 하워즈 엔드로 가요.」 부인의 목소리가 전에 없이 강력했다. 「보여 주고 싶어요. 아직 우리 집 본 적 없죠? 슐레겔 양이 우리 집에 대해서 뭐라고 말하는지 듣고 싶어요. 슐레겔 양은 모든 걸 멋지게 설명하니까요.」

마거릿은 험악한 바깥 공기를 바라보다가, 다시 윌콕스 부인의 지친 얼굴로 눈길을 돌렸다. 「저도 정말 가보고 싶지만 다음에 가면 안 될까요? 지금은 날씨도 좀 그렇고, 나중에 피곤하지 않을 때 가는 게 좋을 것 같아요. 지금 그 집도 잠겨 있지 않나요?」

마거릿은 대답을 듣지 못했다. 윌콕스 부인의 기분이 상한 것 같았다.

「다음에 가면 안 될까요?」

윌콕스 부인은 몸을 앞으로 굽히고 유리창을 두드렸다. 「위컴 플레이스로 가요!」 그녀가 마부에게 명령했다. 마거릿은 무시당했다.

「슐레겔 양, 오늘 도와준 것 정말 고마워요.」

「별말씀을요.」

「선물 걱정을 덜어 내고 나니 마음이 얼마나 편한지 모르겠네요. 특히 크리스마스카드가요. 마거릿의 선택은 훌륭했어요.」

이번에는 윌콕스 부인이 대답을 듣지 못했다. 이번에는 마거릿이 기분이 상했다.

「남편이랑 이비는 내일모레 돌아와요. 그래서 내가 오늘 슐레겔 양을 데리고 쇼핑을 나온 거예요. 내가 여기 남아 있던 가장 큰 이유가 쇼핑 때문인데, 정작 아무것도 못 샀으니까요. 그런데 남편이 여행을 단축시키겠다는 편지를 보냈어요. 날씨가 너무 나쁘고, 경찰의 감시는 지독하고 — 거의 서리 주만큼이나 지독하대요. 우리 집 운전사는 아주 신중한 사람이거든요. 그런데도 난폭 운전자 취급을 당하는 걸 참을 수 없나 봐요.」

「왜요?」

「그이는 천성적으로…… 난폭 운전자가 아니거든요.」

「하지만 속도위반을 했으니까 걸리는 것 아닐까요? 그렇다면 응분의 처벌을 받아야겠죠.」

윌콕스 부인은 입을 다물었다. 두 사람은 증대하는 불편함 속에서 집으로 마차를 몰았다. 도시는 잔혹해 보였고, 좁은 길들은 광산의 갱도처럼 숨을 조였다. 높은 곳에서 출렁거리는 안개는 쇼핑에 아무런 지장을 주지 않았고, 불 밝힌 상점 유리창들은 손님들로 바글거렸다. 어두워지는 것은 오히려 영혼 쪽이었다. 영혼이 스스로를 돌아보니 그 안에 더 큰 어둠이 있었던 것이다. 마거릿은 뭐라고 말을 해보려고 했지만, 목이 짓눌리는 느낌이었다. 자신이 옹졸하고 거북살스럽게 느껴졌고, 크리스마스에 대한 견해는 더욱 냉소적으로 변했다. 평화? 다른 선물은 넘쳐 난다 해도, 과연 크리스마스를 평화롭게 보내는 런던 사람이 하나라도 있을까? 자극과 화려함에 대한 열망은 평화라는 축복을 짓뭉개 왔다. 선의? 떼 지어 다니는 쇼핑객들 틈에서 선의의 사례를 하나라도 보았는가? 아니면 마거릿 자신은 어땠는가? 약간 황당하고 공상적이라는 이유만으로 윌콕스 부인의 초대를 거절하지 않았는가. 상상력을 키우는 게 그녀가 타고난 권리였는데 말이다! 〈다음에 가면 안 될까요?〉라고 차갑게 말하는 것보다는 그 초대를 받아들이고 피곤해도 그곳을 방문하는 편이 나았다. 냉소주의가 그녀를 떠났다. 다음이란 없을 것이다. 이 그림자 여인은 다시는 그런 부탁을 하지 않을 것이다.

그들은 맨션스 앞에서 헤어졌다. 윌콕스 부인은 정중히 인사한 뒤 안으로 들어갔고, 마거릿은 그녀의 길고 쓸쓸한 몸이 현관홀을 지나 승강기로 다가가는 모습을 지켜보았다. 승강기 유리문이 닫히자, 그녀는 감옥에 갇힌 것 같은 모습이 되었다. 머프에 싸인 아름다운 머리가 먼저 사라졌고, 긴 치맛자락이 그 뒤를 따랐다. 뭐라 말할 수 없는 희귀함을 지닌 여인이 병 속의 표본처럼 천국을 향해 올라갔다. 그런데 그 천국의 하늘은 — 지옥처럼 검댕이 가득하고, 실제로 거기서 검댕이 떨어졌다!

점심 식사 때 티비는 누나가 침묵에 잠긴 것을 보고 자꾸 말을 걸려고 했다. 티비는 모가 난 성품은 아니었지만, 어쩐지 어릴 때부터 사람들이 별로 좋아하지 않거나 예상하지 못하는 일을 악착같이 하는 경향이 있었다. 그는 자신이 드문드문 다니는 주간 학교 이야기를 장황하게 늘어놓았다. 이야기는 재미있었고, 전에 마거릿은 티비에게 그 이야기를 해달라고 여러 번 졸랐지만, 지금은 귀에 들어오지 않았다. 보이지 않는 세계에 마음을 집중하고 있었기 때문이다. 그녀는 윌콕스 부인이 자애로운 아내이자 어머니지만 일생의 열정은 오직 하나, 집뿐이라는 걸 인식했고, 그런 열정을 함께하고자 친구를 초대한 것은 매우 엄숙한 일이었음을 깨달았다. 〈다음에〉 어쩌고 하는 건 바보 같은 대답이었다. 벽돌과 모르타르는 〈다음에〉 보아도 좋을 것이다. 하지만 하워즈 엔드가 구현하고 있는 지극한 신성함은 그럴 수 없었다. 그녀는 하워즈 엔드에 특별한 호기심은 없었다. 지난여름에 너무 많은 이야기를 들었기 때문이다. 아홉 개의 창문, 포도나무, 우산느릅나무는 그리 유쾌한 연상의 대상은 아니었고, 차라리 연주회에 가서 한나절을 보내는 게 더 나았다. 하지만 상상력이 승리했다. 티비의 장광설이 이어지는 동안, 그녀는 어떻게 해서라도 윌콕스 부인을 설득해서 그곳에 가야겠다는 결심을 굳혔다. 그리고 식사를 마친 뒤 아파트로 걸음을 옮겼다.

하지만 윌콕스 부인은 막 기차역으로 떠났다고 했다.

마거릿은 별일 아니라고 말하고 허겁지겁 계단을 내려온 뒤, 영업용 마차를 잡아타고 킹스 크로스 역으로 달려갔다. 이유는 몰라도 이 탈주가 중요하다는 확신이 들었다. 이것은 감금과 탈주의 문제였고, 그녀는 열차 시각도 모르면서 세인트팬크라스 역의 시계를 보려고 눈을 찌푸렸다.

그때 킹스 크로스 역의 시계가 지옥 하늘에 뜬 달처럼 그녀의 시야에 나타났고, 마차가 역 앞에 멈춰 섰다. 힐튼행 기차는 5분 후에 출발이었다. 그녀는 흥분한 상태에서 편도 표를 끊었다. 그때 차분하지만 기쁨에 찬 목소리가 그녀를 맞으며 고맙다고 말했다.

「아직도 괜찮다면 가겠어요.」 마거릿이 어색하게 웃으며 말했다.

「가서 우리 집에서 자요. 우리 집은 아침이 제일 아름다워요. 우리 집에서 자요. 해뜰 녘이 아니면 우리 집 초지를 제대로 보여 줄 수가 없어요. 이 안개는……」 그녀는 기차역의 지붕을 가리켰다. 「멀리 뻗지 않아요. 하트퍼드셔에서는 모두 햇볕을 즐기고 있을 거예요. 절대 후회하지 않을 거예요.」

「부인과 함께 가는 일을 절대 후회하지 않을 거예요.」

「나도 그래요.」

두 사람은 긴 승강장을 걷기 시작했다. 승강장 끝에 기차가 바깥의 어둠을 가슴으로 밀치고 서 있었다. 둘은 거기 함께 이르지 못했다. 상상력이 승리하기 전에 〈엄마! 엄마!〉 하는 외침 소리가 들리더니, 짙은 눈썹의 소녀가 외투 보관소에서 튀어나와 윌콕스 부인의 팔을 잡았다.

「이비!」 윌콕스 부인이 놀라 소리쳤다. 「이비!」

이비가 소리쳤다. 「아빠! 여기예요! 여기 누가 있는지 보세요.」

「이비, 왜 요크셔에 안 있고?」

「자동차 사고가 있었어요. 계획을 변경했죠. 저기 아빠도 오세요.」

「루스!」 윌콕스 씨가 모녀에게 다가오며 소리쳤다. 「이런 반가울 데가! 당신 여기서 뭘 하고 있던 거요?」

윌콕스 부인은 흥분을 가라앉혔다.

「헨리! 정말 놀라워요 — 그런데 여기 이 친구부터 소개해야겠네요. 슐레겔 양 알죠?」

「아, 물론 알지.」 그는 별 관심 없는 목소리로 대답하고 다시 물었다. 「하지만 당신 건강은 좀 어떻소, 루스?」
「이렇게 탱탱해요.」 부인이 밝은 목소리로 대답했다.
「우리도 좋소. 우리 차도 그랬고. 리펀까지 최고의 상태로 달렸는데, 짐마차 한 대가 나타나서 그 바보 같은 마부가······.」
「슐레겔 양, 우리는 다음에 다시 약속해야겠네요.」
「그 바보 같은 마부가, 경찰도 인정했듯이······.」
「다음에요, 윌콕스 부인. 그럼요.」
「······하지만 우리는 제삼자 사고도 보험으로 처리되니까 큰 문제는 아니지만······.」
「······짐마차하고 자동차가 거의 직각이 돼서······.」
행복한 가족의 목소리가 낭랑하게 울렸다. 마거릿은 혼자 남았다. 아무도 그녀를 원하지 않았다. 윌콕스 부인은 남편과 딸을 양옆에 끼고 두 사람의 이야기를 한꺼번에 들으면서 킹스 크로스 역을 빠져나갔다.

11

장례식이 끝났다. 마차들이 부드러운 진흙 위를 덜컹거리며 사라지자, 남은 것은 가난한 사람들뿐이었다. 그들은 무덤 앞으로 다가가서, 이제 한 삽, 두 삽 퍼부어진 흙에 거의 가려진 관을 마지막으로 바라보았다. 그들의 순간이었다. 그들 대부분은 죽은 여인과 한 마을에 사는 아낙들로, 윌콕스 씨가 나누어 준 검은 옷을 입고 있었다. 순전히 호기심 때문에 온 사람들도 있었다. 그들은 죽음, 그것도 갑작스러운 죽음에 대한 흥분에 싸여서, 삼삼오오 무리를 지은 채 잉크 방울처럼 무덤들 틈에 서 있거나 묘지 곳곳을 거닐었다. 그중

한 사람의 아들인 나무꾼이 사람들 머리 위 높직한 곳에 걸터앉아서 교회 묘지 느릅나무들의 가지를 치고 있었다. 그곳에서는 북부 대로 한 편에 불거져 나온 힐튼 마을과 거기 딸린 교외의 주택가가 잘 보였다. 그 너머로는 진홍빛과 주황빛이 어우러진 노을이 잿빛 눈썹 아래로 그에게 눈을 깜박거렸고, 교회와 농원들이 있었다. 그의 뒤편으로는 훼손되지 않은 시골 들판과 농장들이 있었다. 하지만 그의 입속에도 이 사건에 대해 할 말들이 가득 굴러다녔다. 그는 관이 다가오는 걸 보고 느낀 것들을 아래쪽에 있는 어머니에게 말해 주려 했다. 그렇다고 일을 안 할 수는 없었지만, 어쨌거나 하고 싶지는 않았다는 것을, 기분이 몹시 좋지 않아서 나무에서 떨어질 뻔했다는 것을, 까마귀들이 깍깍댔는데 — 당연히 까마귀들도 알고 있는 것 같았다는 것을. 그의 어머니는 자기 예감이 틀리지 않았다고, 한동안 윌콕스 부인에게서 심상치 않은 기색을 보았다고 말했다. 런던이 나쁜 영향을 미친 거야. 다른 사람들은 말했다. 부인은 친절했어. 부인의 할머니도 그랬지. 할머니 쪽이 인물은 좀 떨어졌지만, 어쨌건 친절하긴 마찬가지였어. 아, 옛사람들이 이렇게 사라지는군! 윌콕스 씨는 친절한 신사야. 그들이 이 일을 되풀이해서 거론하는 방식은 우둔했지만 열광적이었다. 그들이 느끼는 부자의 죽음은 교육받은 사람들이 느끼는 알케스티스[9] 또는 오필리아의 죽음과 같았다. 그것은 예술이었고, 인생의 반대편에서 인생의 가치를 높여 주는 것이었다. 그래서 그들은 이 장례식을 뜨거운 관심을 갖고 지켜보았다.

불만 속에서 묵묵히 일하던 묘지 인부들은 — 그들은 찰

---

9 그리스 신화 속의 인물. 테살리아의 왕 아드메토스의 아내로 남편을 대신해 죽음을 맞았는데, 헤라클레스가 사신과 격투를 벌여 묘지에 있던 알케스티스를 다시 살려 냈다.

스를 싫어했다. 이런 말을 할 만한 때는 아니지만, 어쨌건 그들은 찰스 윌콕스를 싫어했다 — 일을 마치고 무덤 위에 화환과 십자가들을 쌓았다. 힐튼 너머로 해가 졌다. 저녁의 잿빛 눈썹이 잠시 붉게 상기되었다가, 진홍빛 주름살 한 줄기에 쪼개졌다. 조문객들은 슬픈 대화 속에 교회 묘지의 문을 나선 뒤 밤나무 길들을 지나 마을로 사라졌다. 뒤에 남은 젊은 나무꾼은 침묵을 타고 앉아 박자를 맞춰 몸을 흔들었다. 마침내 그의 톱 밑에서 큰 가지가 떨어졌다. 그는 툴툴거리며 나무에서 내려왔다. 이제 그의 생각은 죽음을 떠나 사랑을 향해 움직였다. 애인이 있었기 때문이다. 그는 새 무덤 앞을 지나다가 멈춰 섰다. 황갈색 국화 한 다발이 눈길을 끌었다. 〈색깔 있는 꽃은 장례식에 들여오는 게 아니건만.〉 그렇게 생각하고 몇 발짝을 옮기다가 그는 다시 멈춰 서서 땅거미 속을 조심조심 살펴보고는 무덤으로 되돌아갔다. 그리고 꽃다발에서 국화 한 송이를 빼낸 뒤 주머니 속에 보이지 않게 넣었다.

그가 떠난 뒤에는 완전한 침묵만이 남았다. 교회 묘지 옆의 오두막은 비어 있었고, 근처에 다른 집은 없었다. 몇 시간이 지나도록 죽은 이의 매장지에는 누구의 눈길도 닿지 않았다. 구름이 서쪽에서 흘러와서 묘지 위를 떠갔다. 어쩌면 교회가 한 척의 배가 되어 뱃머리를 높이 쳐든 채 자기 안에 깃들인 모든 사람을 품고 영원을 향해 가는지도 몰랐다. 아침이 다가오자 공기는 차가워지고 하늘은 맑아졌으며, 누운 망자들 위로 덮인 흙은 딱딱해진 채 서리로 반짝였다. 나무꾼은 기쁨의 밤을 보내고 돌아와 생각했다. 〈백합도 이렇게 많고 국화도 많았는데, 모두 가져갈걸 그랬어.〉

하워즈 엔드에서는 식구들이 아침 식사를 시도하고 있었다. 찰스와 이비와 돌리는 식당에 있었다. 이들의 아버지는 사람 얼굴을 보는 것 자체가 힘들어서 위층에서 식사를 했다. 그의 고통은 격심했다. 경련이 되어 밀어닥치는 고통은 육체적 통증과 다르지 않았고, 식사를 하려 해도 자꾸만 눈물이 차올라서 음식을 입에 댈 수 없었다.

그는 30년 동안 굴절 없이 지속된 아내의 선량함을 기억했다. 하지만 그가 기억하는 것은 연애 시절이나 신혼 초의 기쁨 같은 구체적인 일들이 아니라 오직 그녀의 흔들림 없던 태도였다. 그가 볼 때 여자의 가장 고귀한 품성은 바로 그것이었다. 너무나 많은 여자들이 변덕에 휩싸여서 무모하고 경솔한 언행을 일삼았다. 아내는 그러지 않았다. 달이 가고 해가 가도, 여름이 오고 겨울이 와도, 신부로서도 어머니로서도 그녀는 한결같았고 그는 언제나 그녀를 믿었다. 아내의 다정함! 아내의 순수함! 그 순수함은 진정 신께서 주신 선물이었다. 루스는 정원의 꽃들이나 들판의 풀들만큼이나 이 세상의 사악함과 지혜에 대해 아는 것이 없었다. 그녀가 생각하던 사업 — 〈여보, 왜 먹고살 만한 사람들이 돈을 더 벌려고 그러는 거죠?〉 그리고 그녀가 생각하던 정치 — 〈여러 나라 어머니들이 함께 만날 수 있다면, 전쟁 같은 건 없어질 거예요.〉 그녀가 생각하던 종교 — 아, 이것은 약간 어두운 구름이었지만, 그 구름은 곧 지나갔다. 그녀의 집안은 퀘이커 교도였고, 윌콕스 씨와 그 가족은 한때 비국교도였다가 국교회로 개종했다. 처음에 교구 목사의 설교를 들었을 때 그녀는 반감을 느끼고 자신은 〈좀 더 내면적인 빛〉을 원한다면서 〈나보다 오히려 우리 아기(찰스)를 위한 것〉이라고 덧붙였다. 그런데 그녀는 내면의 빛을 얻었던 모양이다. 그 후로는 그런 불평을 한 적이 없으니 말이다. 그들은 아무런 다툼 없이 세 아이를 키웠다. 두 사람은 다투지 않았다.

아내는 지금 흙 속에 누워 있다. 그녀는 떠났고, 그 사실을 더욱 비참하게 만들어 주는 것은 이 일에 무언가 아내답지 않은 불가사의가 깃들어 있다는 것이었다. 「왜 알고 있다고 말하지 않았소?」 그가 한탄하며 물었다. 「말하고 싶지 않았어요……. 잘못된 생각이었는지 모르지만…… 병을 좋아하는 사람은 없으니까요.」 그는 그 기막힌 소식을 아내가 자신이 부재중에 진료받았던 낯선 의사에게서 들었다. 이럴 수 있는 일인가? 그녀는 납득할 만한 설명을 남기지 않고 죽었다. 물론 이건 그녀의 잘못이지만 — 그의 눈에 눈물이 차올랐다 — 그 얼마나 사소한 잘못인가! 30년의 세월 동안 그녀가 그를 속인 건 그때뿐이었다.

그는 자리에서 일어나 창밖을 내다보았다. 이비가 편지들을 가지고 들어왔기 때문이다. 그는 다른 사람의 눈을 볼 수 없었다. 그래…… 좋은 여자였어……. 정말 확고했지. 그는 공들여 어휘를 골랐다. 그에게 확고하다는 것은 세상의 모든 칭송을 아우르는 말이었다.

겨울이 내린 정원을 내다보는 그 자신도 겉모습은 확고한 사람이다. 그의 얼굴은 아들처럼 네모지지 않았고, 턱은 윤곽이 뚜렷했지만 약간 들어갔으며, 분명치 않은 입술은 턱수염으로 내리덮여 있었다. 그 얼굴 어디에도 허약함의 징표 같은 건 없었다. 그의 눈은 친절과 우정을 발휘할 능력이 있었고, 또 지금 순간 눈물로 붉어지긴 했지만, 외부의 어떤 것에 휘둘릴 그런 눈이 아니었다. 그는 이마도 찰스와 비슷했다. 넓고 반듯하고 가무스름한 윤기가 흐르는 그 이마는 관자놀이와 정수리로 곧바로 이어져서 마치 이 세상의 공격에서 머리를 보호하는 요새 같은 느낌을 주었다. 때로 그것은 텅 빈 벽 같은 모습을 보이기도 했다. 그는 그 벽 뒤에서 다치지 않고 행복하게 50년을 거주했다.

「우편물이에요, 아빠.」 이비가 어색하게 말했다.

「고맙다. 내려놔라.」

「식사 좀 하셨어요?」

「그래, 고맙다.」

그녀는 아버지를 보고 조심스레 음식을 보았다. 어찌 해야 할지 알 수 없었다.

「찰스 오빠가 아빠한테 〈더 타임스〉를 읽고 싶으신지 물어보라고 그랬어요.」

「아니, 나중에 읽으마.」

「필요하신 거 있으면 바로 부르세요. 네?」

「필요한 거 없다.」

그녀는 정기 우편물과 편지들을 분류해 놓은 뒤, 식당으로 돌아갔다.

「하나도 안 드셨어.」 그녀가 눈썹을 찌푸리고 찻주전자 앞에 앉으며 말했다.

찰스는 대답하지 않았다. 그러다가 곧 위층으로 달려 올라가서 문을 열고 말했다. 「아버지, 식사하셔야죠.」 그리고 기다렸지만 아무 대답도 돌아오지 않자 조용히 내려가서 어물어물 말했다. 「먼저 편지부터 읽으실 생각인가 봐. 그다음에는 분명히 식사를 하실 거야.」 그는 「더 타임스」를 집어 들었고, 잠시 동안 식당에 울리는 소리라고는 찻잔과 나이프가 달그락거리는 소리뿐이었다.

침묵하는 가족 사이에 끼여 앉은 가엾은 돌리는 얼떨떨함과 지루함을 동시에 느끼고 있었다. 그녀는 시시한 여자였고, 자신도 그걸 잘 알았다. 느닷없는 전보 한 통이 그녀를 나폴리의 신혼 여행지에서 몇 번 보지도 않은 여인의 임종 자리로 끌고 왔다. 그런 뒤 남편의 말 한마디로 상복을 입게 되었다. 그녀도 애도하는 마음을 품고 싶었다. 하지만 이왕 죽을 바에야 결혼식 전에 죽는 게 더 좋았을 거라는 생각을 떨칠 수 없었다. 그러면 자신에게 닥치는 짐이 좀 줄었을 테니까. 그녀는 차마 버터를 집어 달라고 말할 수가 없어서 토스트를 부서뜨리기만 할 뿐 거의 꼼짝도 않고 앉아 있었다. 그나마 시아버지가 위층에서 식사를 하는 게 다행이었다.

마침내 찰스가 이비에게 말을 건넸다. 「어제 거기서 느릅나무 가지를 치다니, 잘못된 일 아냐?」

「맞아.」

「기억해 둬야겠어.」 그가 말을 이었다. 「교구 목사가 그걸 허락했다니 기가 막히는군.」

「하지만 목사가 관할하는 일이 아닐지도 몰라.」

「그러면 누가 관할해?」

「지주.」

「말도 안 돼.」

「버터 줄까요, 언니?」

「고마워, 이비. 찰스······.」

「왜?」

「난 느릅나무도 가지를 치는 건지 몰랐어요. 버드나무만 가지를 치는 줄 알았지.」

「아냐, 느릅나무도 가지를 쳐.」

「그러면 교회 묘지의 느릅나무 가지를 치는 게 무슨 문제죠?」 찰스는 살짝 인상을 쓰고는 다시 여동생에게 고개를 돌렸다.

「어쨌건 초클리한테 말해야겠어.」

「그래. 초클리한테 항의해.」

「일꾼들이 자기 관할이 아니라고 발뺌해 봐야 소용없어. 그 사람 관할이니까.」

「그래, 맞아.」

윌콕스 남매가 냉혹한 것은 아니었다. 그들이 이런 말을 하는 건 초클리가 목사직을 제대로 수행하기를 바라는 나름대로 건강한 소망 때문이기도 했고, 또 인간적 분위기를 피하고 싶기 때문이기도 했다. 윌콕스 가족은 모두 그랬다. 인간적 분위기는 그들에게 별로 중요한 것이 아니었다. 어쩌면 헬렌이 말한 대로 그 중요성은 알지만, 두려워하는 건지도 몰랐다. 한 꺼풀만 벗기면 공포와 허무를 볼 수 있을 것이다. 무정하지 않은 그들은 아픈 가슴을 안고 식탁을 떠났다. 어머니는 식당에서 아침 식사를 한 적이 없다. 그래서 그녀의 부재는 다른 방들에 있을 때 더욱 실감났고, 특히 정원에 나갔을 때 가장 절절했다. 차고로 나가는 찰스의 걸음걸음마다 자기를 그토록 사랑해 준 여인, 자신 또한 이 세상 누구와도 바꾸지 않을 여인이 눈에 밟혔다. 그동안 자신은 어머니의 부드러운 보수주의에 반대해서 얼마나 싸웠던가! 그토록 개선을 싫어하던 어머니, 하지만 일단 개선을 하고 나면 너무도 충실하게 그것을 받아들이던 어머니! 자신과 아버지는 이 차고를 만들기 위해 얼마나 애를 먹었던가! 차고를 짓기 위해 조랑말 마당을 내어 달라고 설득하는 일은 얼마나 힘들었던가! 어머니는 조랑말 마당을 정원보다도 더 사랑했다. 그리고 포도나무 — 포도나무만은 어머니 차지였다. 그래서 열매 맺지 못하는 그 가지들은 아직도 집의 남쪽 벽을 덮고 있었다. 요리사와 이야기를 하는 이비도 찰스와 같은 것을 느꼈다. 남자들이 바깥일에 그렇듯이, 어머니가 하던 집안일은 자신이 떠맡을 수 있었지만, 자신의 인생에서 고유한 어떤 것이 떨어져 나갔다는 느낌은 피할 수 없었다. 그들의 슬픔은 아버지의 슬픔처럼 통렬하지 않았지만, 그 뿌리는 더 깊었다. 아내는 대체될 수 있지만, 어머니는 그럴 수 없기 때문이다.

찰스는 회사로 돌아갈 생각이었다. 하워즈 엔드에서는 할 일이 없었다. 어머니의 유언 내용은 오래전부터 가족에게 잘 알려져 있었다. 이따금 죽은 자가 산 자들의 세상에 법석을 일으키는, 유산이나 연금 같은 것은 없었다. 어머니는 남편을 깊이 믿었기 때문에 모든 것을 남편에게 고스란히 맡겼다. 어머니의 재산은 많지 않았다. 지참금이라고는 하워즈 엔드가 전부였고, 그 집은 시간이 지나면 찰스에게 돌아올 것이다. 어머니가 소장했던 수채화들은 폴에게 남겨 주자는 게 아버지의 뜻이었고, 이비는 보석과 레이스 같은 것들을 가질 것이다. 이렇게 간단하게 이 세상을 빠져나가다니! 어쨌건 찰스 자신은 그럴 의향이 없다 해도, 어머니의 행동은 칭송할 만한 것이라고 생각했다. 하지만 마거릿이라면 그토록 속세의 평판에 무관심한 것은 거의 질책받을 만한 일이라고 생각했을 것이다. 냉소주의 — 빈정대고 조롱하는 겉치레의 냉소주의가 아니라 정중하고 친절한 냉소주의 — 가 윌콕스 부인의 유언의 분위기였다. 그녀는 사람들을 괴롭히고 싶지 않았다. 그 소망이 이루어진다면 영원토록 얼어붙은 흙 속에 누워 있어도 좋았다.

그러므로 찰스가 기다릴 건 아무것도 없었다. 그렇다고 신혼여행을 다시 갈 수도 없었기 때문에, 런던으로 가서 일을 해야 했다. 그는 어물쩡거리는 걸 견디지 못했다. 아버지가 이비하고 시골에서 조용히 지내는 동안 그는 돌리하고 런던의 아파트에서 지낼 것이다. 그러면 서리 주 교외 지역에 있는 자기 소유의 작은 집도 감시할 수 있었다. 그 집은 지금 페인트칠과 마지막 장식이 진행 중이며, 크리스마스가 지나면 곧 그 집에 들어가 살 예정이었다. 점심을 먹은 뒤 자신은 새로 산 자동차로 돌아가고, 장례식 때문에 내려온 런던의 하인들은 기차를 타고 올라가면 될 것이다.

차고에는 아버지의 운전사가 있었다. 찰스는 그의 얼굴도 보지 않고 〈안녕〉 한 뒤, 차 위로 몸을 굽히고 말했다. 「이봐! 누가 내 새 차를 벌써 끌고 나갔었나 본데!」

「정말입니까?」

「그래.」 찰스는 얼굴이 붉어졌다. 「그리고 어떤 놈이 끌고 나갔는지 세차도 제대로 안 해놨잖아. 차축에 흙이 묻었어. 당장 닦아 내.」

운전사는 대꾸 한마디 없이 걸레를 찾아 나섰다. 그는 지독히 못생긴 남자였지만, 그런 것은 찰스에게 불만이 아니었다. 오히려 그는 남자의 매력적 용모를 한심하게 여겼기 때문에, 처음에 고용했던 자그마한 이탈리아 남자는 곧 해고시켰다.

「찰스······.」 그의 신부가 서리를 밟고 그를 따라와 있었다. 검은색의 아담한 기둥 같은 그녀의 몸체 위로 작은 얼굴과 정교한 상복 모자가 기둥머리를 이루고 있었다.

「잠깐만, 지금 좀 바빠. 크레인, 도대체 누가 차를 끌고 나간 거지?」

「모르겠는데요. 제가 돌아온 뒤로는 누구도 이 차를 쓰지 않았습니다. 그런데 아시겠지만 저는 2주일 동안 요크셔에서 다른 차를 운전하고 있었으니까 그때 혹시.」

진흙은 쉽게 닦였다.

「찰스, 아버님이 내려오셨어요. 무슨 일이 있는 모양이에요. 아버님이 당장 집으로 들어오래요. 찰스!」

「기다려, 잠깐 기다리라니까. 크레인, 당신이 없는 동안 누가 차고 열쇠를 갖고 있었지?」

「정원사였죠.」

「그러면 지금 나더러 페니 할아범이 자동차를 운전할 수 있다고 말하는 거야?」

「아닙니다. 아무도 차를 끌고 나가지 않았다니까요.」

「그러면 차축의 진흙은 어떻게 된 거지?」

「저도 제가 요크셔에 있을 때 벌어진 일은 모릅니다. 그리고 이제 진흙이 없습니다.」

찰스는 부아가 치밀었다. 운전사는 그를 바보 취급하고 있었다. 지금 그의 가슴이 이렇게 무겁지 않았다면, 아버지에게 이 일을 고해 바쳤을 것이다. 하지만 그날 아침은 그런 일을 가지고 불평할 계제가 아니었다. 점심 먹고 떠날 테니 차를 준비해 놓으라고 명령한 뒤, 그는 편지가 어쩌고 슐레겔 양이 어쩌고 하는 이야기를 앞뒤 없이 떠들고 있는 아내에게 돌아섰다.

「그래, 돌리. 이제 당신 얘기를 들을게. 슐레겔 양? 그 여자가 뭘 원하는데?」

편지가 왔다는 말을 들으면 찰스는 언제나 그 사람이 뭘 원하느냐고 물었다. 그에게는 〈원하는 것〉이 유일한 행동의 근거였다. 그리고 이 경우 질문은 맞아떨어졌다. 그의 아내가 대답했다. 「하워즈 엔드요.」

「하워즈 엔드를? 이봐 크레인, 예비 타이어 갖춰 놓는 것 잊지 마.」

「알겠습니다.」

「절대 잊지 마, 금방 올 테니까 — 당신, 이리 와.」 운전사의 시야에서 벗어나자 그는 아내의 허리에 팔을 두르고 그녀를 끌어안았다. 그의 사랑 전체와 관심의 절반 — 두 사람의 행복한 결혼 생활 동안 그가 그녀에게 준 것은 바로 그것이었다.

「하지만 내 말을 듣지도 않고서, 찰스…….」

「뭐가 문제야?」

「아까부터 말했잖아요 — 하워즈 엔드라니까. 이 집이 슐레겔 양의 소유가 되었어요.」

「뭐?」찰스는 팔을 풀었다. 「무슨 빌어먹을 소리를 하는 거야 지금?」

「찰스, 그런 나쁜 말 안 하기로 약속해 놓고선……」

「나 지금 장난칠 기분 아니야. 그럴 때도 아니고.」

「몇 번을 말해야 알겠어요. 슐레겔 양이 ― 이 집을 가졌다고요 ― 어머님이 그 여자한테 집을 물려줬어요 ― 우리 모두 나가야 해요!」

「하워즈 엔드를?」

「하워즈 엔드를!」그녀는 그를 흉내 내서 소리쳤다. 그때 이비가 덤불숲에서 뛰어나왔다.

「돌리, 얼른 안 들어오고 뭐 해요! 아빠가 화가 많이 났어요. 찰스.」 ― 그녀는 자기 몸을 후려쳤다. ―「아빠한테 당장 가봐. 너무 황당한 편지를 받았어.」

찰스는 잠시 뛰어가다가 자갈길 위에서 속도를 늦추고 무겁게 걸어갔다. 그들의 집 ― 아홉 개의 창문과 열매 맺지 못하는 포도나무. 「슐레겔 사람들이 왜 또 끼어드는 거야!」그가 소리치자 돌리가 혼란을 심화시키며 말했다. 「그게 아니에요, 병원의 간호부장이 어머님 대신 편지를 보냈어요.」

「어서 들어오너라, 너희 셋 모두!」아버지가 무기력을 완전히 떨치고 소리쳤다. 「돌리, 너는 왜 내 말을 듣지 않는 거냐?」

「아, 아버님……」

「차고에 나가지 말라고 그랬지. 정원에서 떠드는 거 다 들었다. 이제 그만 하고 어서 들어와라.」

손에 편지를 들고 현관 앞에 서 있는 그는 조금 전과는 전혀 다른 모습이었다.

「모두 식당으로 들어오너라. 하인들 앞에서 이런 일을 떠들 수는 없으니까. 찰스, 이 편지들을 읽어 봐라. 그리고 너는 어떻게 생각하는지 설명 좀 해봐라.」

찰스는 두 통의 편지를 받아 들고 집 안으로 들어가면서 읽었다. 첫 편지는 간호부장이 쓴 것이었다. 윌콕스 부인이 장례식이 끝나면 동봉된 편지를 집으로 보내 달라고 부탁했다는 내용이었다. 그리고 동봉된 편지는 어머니가 직접 쓴 것이었다. 그 내용은 이랬다. 〈남편에게: 하워즈 엔드를 슐레겔 양(마거릿)에게 물려주고 싶습니다.〉

「이건 이야기를 해봐야 하는 문제로군요.」 그가 기이할 만큼 차분한 목소리로 말했다.

「당연히 그래야지. 내가 너를 부르러 나가려는데 돌리가 그만…….」

「자, 자리에 앉죠.」

「이리 와라, 이비. 꾸물대지 말고 어서 앉아라.」

사람들은 모두 입을 다물고 식탁에 앉았다. 어제의 사건들 — 실제로는 오늘 아침의 사건들 — 은 삽시간에 머나먼 과거의 일이 되어서, 그런 시간을 살았나 싶기까지 했다. 숨소리가 거칠게 울렸다. 그들은 마음을 가라앉히기 위해 노력했다. 찰스는 분위기를 좀 더 진정시키기 위해서 동봉된 편지를 다시 한 번 소리내어 읽었다. 「필체는 어머니 필체고, 받는 사람은 아버지로 되어 있고, 봉인도 되었어요. 안에는 〈남편에게: 하워즈 엔드를 슐레겔 양(마거릿)에게 물려주고 싶습니다〉. 날짜도 없고 서명도 없어요. 병원의 간호부장이 전달해 주었고. 그러니까 문제는…….」

돌리가 그의 말을 가로막았다. 「하지만 제가 볼 때 이건 적법한 문서가 아니에요. 집과 관련된 사안은 변호사가 처리해야 한다고요.」

그녀의 남편은 턱을 크게 이죽거렸다. 귀 앞쪽에 작은 멍울들이 솟아올랐다. 그녀는 아직 그것이 조심해야 한다는 신호인 줄 모르고, 편지를 봐도 되냐고 물었다. 찰스는 아버지를 바라보고 허락을 구했다. 아버지는 멍한 표정으로 말했다. 「보여 주렴.」 그녀는 편지를 움켜쥐고 바로 소리를 쳤다. 「뭐야, 연필로 쓴 거잖아요! 아까 말했죠. 연필로 쓴 건 효력이 없어요.」

「이게 법적 구속력이 없다는 건 다 알고 있다.」 윌콕스 씨가 자신의 요새 안에 들어가서 말했다. 「모두 잘 알고 있어. 법적 효력만 생각하면, 이 자리에서 이걸 찢어서 불 속에 넣어야 할 거다. 우리는 물론 모두 너를 한가족으로 생각한다만, 네가 잘 이해하지 못하는 일에는 끼어들지 않는 게 좋겠구나.」

찰스는 아버지와 아내에게 모두 화가 나서 좀 전에 한 말을 되풀이했다. 「그러니까 문제는……」 그는 식탁보 위에 그림을 그리기 위해 접시와 나이프들을 옆으로 치웠다. 「문제는 슐레겔 양이 우리가 모두 어머니 곁을 떠나 있던 2주일 동안 그러니끼 어떤 부당한……」 그는 거기서 멈추났다.

「그렇게 생각하지는 않는다.」 아버지가 말했다. 아버지는 아들보다 고결한 성품이었다.

「그렇게 생각하지 않으시다니요?」

「네 어머니가 이걸…… 그러니까 어떤 부당한 영향력이 있었을 거라는 것 말이다. 내 생각에 문제는 네 어머니가 이걸 썼을 때 정신적으로 어떤 상태에 있었나 하는 거야.」

「아버지, 전문가와 상의해 보세요. 저는 이걸 어머니 필체로 인정할 수 없어요.」

「방금 전엔 어머니 필체가 맞다고 그랬잖아요!」 돌리가 소리쳤다.

「그랬건 말건 상관없어!」 그가 불을 뿜었다. 「입 다물고 가만있어!」

가련한 아내는 얼굴이 빨개지더니 주머니에서 손수건을 꺼내서 눈물을 훔쳤다. 하지만 아무도 돌리에게 신경을 쓰지 않았다. 이비는 성난 소년 같은 표정이었다. 윌콕스 부자의 태도는 차츰 위원회라도 진행하는 것처럼 되어 갔다. 그들은 위원회에 있을 때 가장 훌륭했다. 그들은 인간사를 덩어리로 취급하는 실수를 저지르지 않고, 항목별로 하나하나 분류해서 깔끔하게 처리했다. 현재 대두한 항목은 필적의 문제였고, 그들은 그에 대해 훈련된 두뇌를 가동시켰다. 찰스는 약간의 이의를 제기한 끝에 결국 필적은 맞다는 걸 인정하고 다음 단계로 넘어갔다. 그것은 감정의 개입을 막는 최선의 방법이고, 아마도 유일한 길이기도 할 것이다. 그들은 평균적 인간 개체들이었고, 그 편지를 통째로 받아들였다면, 아마 너무도 비참해지거나 미쳐 버렸을지도 모른다. 항목별 접근법을 통해 감정적 내용이 최소화되고, 모든 것이 순탄하게 진전되었다. 시계는 똑딱거렸고, 타오르는 석탄 불길은 창문 밖에서 쏟아져 들어오는 흰 빛과 밝기를 겨루었다. 모두의 무관심 속에 태양은 하늘에 떠 있었고, 서리 내린 잔디 위로 드리워진 나무 그림자들은 보랏빛 도랑이라도 패인 것처럼 단단해 보였다. 눈부신 겨울 아침이었다. 흰 개라고 말해도 좋을 이비의 폭스테리어가 지저분한 잿빛으로 보일 만큼 주변의 순수함은 강렬했다. 녀석의 위신은 추락했지만, 녀석이 쫓는 검정지빠귀들은 아라비아 말 같은 찬란한 검정색을 뽐냈다. 인생의 익숙한 색채가 모두 변해 있었다. 집 안에서 시계가 묵직하고 자신감 있는 소리로 열시를 알렸다. 그러자 다른 시계들이 그것을 확인해 주었고, 의논은 마무리를 향해 나아갔다.

그 과정을 일일이 설명할 필요는 없을 것이다. 대신 해설자가 한발 앞으로 나서 볼까 한다. 윌콕스 가족이 자기 집을 마거릿에게 넘겨주어야 했을까? 나는 그렇게 생각하지 않는다. 유언의 근거가 너무 빈약했다. 그것은 적법하지도 않았다. 병중에 쓰였고, 또 갑자기 싹튼 우정의 마법 아래서 쓰였다. 그것은 죽은 부인이 예전에 지녔던 의도는 물론, 그녀의 본성과도 상충했다. 물론 그 의도나 본성이란 그들이 이해하는 것이었다. 그들에게 하워즈 엔드는 집이었다. 부인에게 하워즈 엔드는 영혼이었고, 그래서 영적 후계자를 찾았다는 걸 그들은 몰랐다. 그리고 — 이 안개 속으로 한 걸음 더 밀고 들어간다 해도 — 그들은 애초에 생각한 것보다 훨씬 훌륭한 결정을 내린 게 아니었을까? 영혼의 소유물이 양도될 수 있는가? 영혼에도 자손이 있는가? 우산느릅나무, 포도나무, 이슬 얹힌 건초 한 줌 — 이런 것에 대한 열정이 피 한 방울 섞이지 않은 곳으로 전달될 수 있는가? 그러므로 윌콕스 가족을 탓할 수는 없다. 이 문제는 너무도 거대해서 그들은 그게 문제라는 것도 인식할 수 없었다. 그러므로 그들이 적절한 토론 끝에 편지를 찢어서 식당 난로에 던져 넣은 것도 자연스럽고 합당한 것이었다. 실제적 도덕주의자는 이들을 완전히 용서할 것이다. 좀 더 깊은 곳을 보려는 사람도 이들을 용서할지 모르지만, 그것은 완전하지 않을 것이다. 한 가지 냉정한 사실은 남기 때문이다. 그들은 인간적인 부탁을 외면했다. 죽은 여인이 그들에게 〈이것을 해달라〉고 했는데 〈그럴 수 없어〉라고 대답한 것이다.

이 사건은 그들에게 고통스러운 자국을 남겼다. 슬픔은 머리로 올라가서 그곳을 불안하게 휘저었다. 어제 그들은 한탄했다. 〈다정한 어머니였어. 진실한 아내였어. 우리가 자리를 비운 사이 건강을 돌보지 않다가 죽었어.〉 오늘은 이렇게 생각했다. 〈우리 생각만큼 진실하지도 다정하지도 않았어.〉

내적인 빛에 대한 갈망이 마침내 표현되고, 보이지 않는 세계가 보이는 세계에 충격을 가했을 때, 그들이 할 수 있는 말은 〈배신〉이라는 한마디뿐이었다. 윌콕스 부인은 가족을 배신했고, 소유권에 대한 법률을 배신했고, 자신이 직접 써 둔 말을 배신했다. 그녀는 하워즈 엔드가 슐레겔 양에게 어떻게 양도될 거라고 생각했을까? 하워즈 엔드의 법적 소유주인 남편이 무상 증여한다? 그 슐레겔 양에게 종신 소유권을 준다? 아니면 완전한 소유권을 준다? 차고라든가 그 밖에 그들이 장래에 집을 소유할 거라는 전제 아래 개선한 것들에는 아무런 보상이 없는가? 배신이었다! 배신이고 몰상식이었다! 망자가 배신과 몰상식을 행했다고 생각하면 이별을 받아들이기가 쉬워지는 법이다. 연필로 쓴 그 편지, 간호부장을 통해서 전달된 그 편지는 잔인하고 부적절했으며, 편지를 쓴 여인의 가치를 일거에 무너뜨렸다.

윌콕스 씨가 일어서면서 말했다. 「아! 이런 일이 있을 줄은 몰랐구나.」

「엄마가 진심으로 그러셨을 리 없어요.」 이비가 여전히 얼굴을 찡그린 채 말했다.

「그래, 그럴 리가 없지.」

「엄마가 뿌리를 얼마나 중요하게 여기셨는데요. 가치를 몰라 주는 외부인에게 무언가를 넘겨준다는 건 엄마답지 않아요.」

「처음부터 끝까지 네 어머니답지 않아.」 그가 말했다. 「슐레겔 양이 가난해서 집이 없다면 내가 조금이나마 이해하겠다. 하지만 멀쩡히 자기 집이 있는데, 무엇 때문에 집을 준다는 거냐? 하워즈 엔드를 줘도 슐레겔 양에게는 아무 소용 없을 거야.」

「그건 시간이 지나 보면 알겠죠.」 찰스가 웅얼거렸다.

「어떻게?」 이비가 물었다.

「아마도 슐레겔 양은 알 것 같아. 어머니한테 이야기를 들어서 말이지. 슐레겔 양은 병원에 두세 번 찾아갔어. 지금쯤은 아마도 일이 어떻게 되어 가나 기다리고 있을 것 같아.」

「정말 가증스러운 여자로군요!」 그 사이 기운을 차린 돌리가 소리쳤다. 「그러면 우리를 내쫓으려고 여기 올지도 모르겠네요!」

찰스가 그 말에 동의하고, 험악한 어조로 말했다. 「그랬으면 좋겠어. 그러면 그 여자랑 협상을 해볼 수 있겠지.」

「나도 협상할 수 있다.」 약간 소외감을 느끼던 아버지가 아들의 말을 받았다. 착한 아들 찰스는 장례식을 잘 맡아서 치르고 또 그에게 아침 식사를 먹으라는 말까지 해주었지만, 어딘가 독재적인 면이 좀 있어서 언제나 자신이 좌중의 의장이 된 것처럼 행동했다. 「나도 그럴 수 있다. 만약 그 처녀가 온다면 말이지. 하지만 오지 않을 거다. 너희들은 모두 슐레겔 양에게 좀 가혹하구나.」

「어쨌거나 폴하고의 일은 어처구니없었죠.」

「그때도 말했지만 폴 일은 더 이상 언급하지 않으면 좋겠다, 찰스. 그리고 그거랑 이거랑은 상관없는 일이야. 마거릿 슐레겔은 이번 주에는 자꾸 우리 일에 끼어들어서 귀찮게 굴었다만, 내가 볼 때 사심은 없는 사람 같다. 간호부장이랑 결탁했을 가능성은 없어. 그 점은 확신한다. 그렇다고 의사하고 일을 꾸민 것도 아닐 거야. 그 점도 확신한다. 우리한테 숨기는 건 전혀 없어. 바로 그날 오후에도 우리만큼이나 아무것도 몰랐잖니? 그 아가씨도 우리처럼 속은 게 분명해……」 그러다가 그는 잠시 멈추었다. 「찰스, 네 어머니는 그렇게 아프면서도 우리를 모두 엉뚱하게 만들었어. 미리 알았더라면 폴은 영국을 떠나지 않았을 테고, 너는 이탈리아 여행을 가지 않았겠지. 이비와 나도 요크셔로 가지 않았을 거다. 슐레겔 양도 엉뚱하게 당한 건 마찬가지였어. 종합해 보면, 나쁜 생각은 없던 게 분명해.」

이비가 말했다.「하지만 국화꽃을 생각해 보세요…….」

「게다가 장례식에도 왔고요.」돌리가 이비를 거들었다.

「슐레겔 양이 장례식에 온 게 뭐가 잘못이라는 거냐? 충분히 올 만하니까 왔던 거야. 그리고 마을 여자들 틈에 조용히 섞여 있었잖니. 그리고 꽃 문제는 ─ 물론 그런 꽃은 장례식에 맞지 않는다만, 그 친구는 그게 잘못인지 몰랐을 수도 있지. 혹시 독일의 관습인지도 모르고.」

「아, 맞아. 그 여자는 영국 사람이 아니지.」이비가 소리쳤다.「이제 좀 이해가 되네요.」

「코즈모폴리턴이지.」찰스가 시계를 보면서 말했다.「나는 코즈모폴리턴이 달갑지 않아. 물론 내 편견이지만, 어쨌거나 그런 사람들을 참을 수가 없어. 거기다 독일계 코즈모폴리턴이라면 더 할 말이 없어. 이제 이야기가 다 된 거죠? 저는 초클리한테 가봐야겠어요. 자전거로 다녀오려고요. 그런데 아버지가 크레인한테 따끔하게 한마디 해주세요. 그놈이 새 자동차를 끌고 나갔던 게 분명해요.」

「차가 어디 망가졌니?」

「아뇨.」

「그렇다면 나는 그냥 두겠다. 공연히 소란 일으킬 필요 없어.」

찰스와 아버지는 이렇듯 때로 의견이 갈렸다. 하지만 그럴 때마다 서로에 대한 존중은 더 커졌고, 감정적 문제를 지나쳐 항해해야 할 때 서로에게 그보다 더 강인한 동맹은 필요 없었다. 그렇게 해서 율리시즈의 선원들은 서로의 귀를 숨으로 틀어막고 사이렌들의 섬을 지나갔다.

12

 찰스는 걱정할 필요가 없었다. 슐레겔 양은 윌콕스 부인의 기이한 소망을 전혀 몰랐기 때문이다. 그녀가 그 이야기를 들은 것은 오랜 시간이 지나 그녀의 인생이 새롭게 구축된 뒤였고, 그때는 이미 그 일이 모퉁이의 머릿돌처럼 그녀의 처지와 들어맞게 되어 있었다. 지금 그녀의 마음은 다른 문제들에 기울어져 있었고, 만약 그런 이야기를 들었다 해도 아픈 사람의 공상으로 치부하고 말았을 것이다.

 그녀는 윌콕스 가족과 두 번째 이별을 하는 중이었다. 폴과 그의 어머니는 잔물결과 큰 파도로 그녀의 인생에 밀려들었다가 영원히 밀려 나갔다. 잔물결은 아무런 흔적을 남기지 않았다. 하지만 파도는 그녀의 발 앞에 모르는 세계에서 온 부서진 조각들을 잔뜩 뿌려 놓았다. 탐구심이 가득한 마거릿은 극히 과묵하지만 그래도 약간의 진실을 말해 주는 바다 앞에 서서, 마지막 조수가 밀려 나가는 모습을 지켜보았다. 친구는 고통 속에 사라졌지만, 거기 어떤 추락은 없었다고 그녀는 생각했다. 그녀의 물러남은 질병과 고통 외에 다른 것들도 암시했다. 어떤 사람들은 눈물 속에 세상을 떠나고, 어떤 사람들은 무시무시한 냉담함 속에 떠난다. 윌콕스 부인은 중간의 길을 선택했다. 그런 길을 선택할 수 있는 사람은 드문 법이다. 그녀는 중용을 지켰다. 그녀는 친구들에게 어두운 비밀을 약간 털어놓았지만, 많은 것은 말하지 않았다. 그녀는 가슴을 닫았지만, 완전히 닫지는 않았다. 죽는 데 어떤 법도가 있다면 우리는 그렇게 죽어야 한다. 희생자도 아니고 광신도도 아닌 항해자가 되어, 자신이 나아가는 깊은 바다와 떠나가는 해변을 똑같은 눈으로 바라보면서 말이다.

 마지막 결론 — 그게 무엇이었건 간에 — 은 힐튼 교회 묘지에서 이루어지지 않았다. 그녀는 그곳에서 죽지 않았다. 장례는 죽음이 아니다. 세례가 탄생이 아니고, 결혼식이 결합이 아닌 것처럼. 때로는 너무 늦고 때로는 너무 일찍 일어나는 그 세 가지는 이 사회가 인간의 바쁜 행동을 기록해 두는 서툰 장치일 뿐이다. 마거릿의 눈에 윌콕스 부인은 그런 기록에서 벗어나 있었다. 그녀는 자기 나름의 방식으로 생생하게 인생을 벗어났다. 이 세상의 가장 진정한 먼지는 엄숙하게 땅속에 내려간 무거운 관 속의 진토(塵土)이고, 가장 철저하게 낭비한 꽃은 아침이 되기도 전에 서리에 시들어 버릴 국화였다. 마거릿은 한때 〈미신을 좋아한다〉고 말했다. 그것은 사실이 아니었다. 마거릿만큼 우리 몸과 마음을 감싼 장식물을 정직하게 꿰뚫어 보려고 한 여자는 많지 않았다. 윌콕스 부인의 죽음이 그 일을 도와주었다. 그 후로 그녀는 인간이란 어떤 존재인지 또 어떤 상태를 열망하는지를 지금까지보다 좀 더 뚜렷하게 보았다. 더욱 진정한 관계가 어슴푸레 빛을 냈다. 아마도 마지막 결론은 희망일 것이다 — 무덤 너머에서도 찾을 수 있는 희망.

그런 한편 그녀는 유가족들에게도 관심을 가질 수 있었다. 크리스마스를 치르고 남동생을 돌보느라 분주한 가운데도, 윌콕스 가족은 그녀의 머릿속에서 상당히 큰 부분을 차지했다. 장례식이 있던 일주일 동안 그녀는 그 가족과 꽤 자주 만났다. 그들은 〈그녀의 부류〉가 아니었다. 그들은 의심 많고 어리석었으며, 그녀가 뛰어난 부분에 무능했다. 하지만 그들과의 부딪침은 자극이 되었고, 그런 관심은 그들에 대한 호감으로 이어져서, 그녀는 심지어 찰스까지 좋아하게 되었다. 그녀는 그들을 보호해 주고 싶었고, 그녀가 무능한 부분에 뛰어난 그들이 자신을 보호해 줄 거라고도 느꼈다. 감정의 파도를 넘고 나면 그들은 무엇을 해야 하는지, 누구에게 말해야 하는지를 너무도 잘 알았다. 그들은 모든 요령을 알았고, 담대함과 끈기가 있었다. 그녀는 담대함을 아주 높이 평가했다. 그들은 그녀가 얻을 수 없는 〈전보와 분노〉가 가득한 외부 세계였다. 그것은 지난 6월 헬렌과 폴이 서로를 안았을 때 폭발했고, 장례식이 있던 주에 다시 한 번 폭발했다. 마거릿에게 그런 인생은 진정한 힘으로 여겨졌다. 헬렌과 티비는 그것을 경멸하는 듯했지만, 그녀는 그럴 수 없었다. 그것은 단정함, 결단, 순종 같은 미덕을 키워 냈다. 물론 2급의 미덕들이지만, 그것들이 우리 문명을 형성했음은 분명하다. 그것이 강인한 인격도 키운다는 것을 마거릿은 의심할 수 없었다. 그것은 영혼이 흐느적거림에 빠지는 것을 막아 준다. 슐레겔 가족이 어떻게 윌콕스 가족을 경멸할 수 있겠는가? 온갖 부류의 사람이 모여서 이 세상을 이루는 것인데.

그녀는 헬렌에게 편지를 썼다. 〈보이는 세계보다 보이지 않는 세계가 우월하다는 데 너무 몰두하지 마. 그건 사실이지만, 거기 몰두하는 건 중세적인 일이야. 우리가 할 일은 그 두 가지를 대립시키는 게 아니라 조화시키는 거니까.〉

헬렌은 그런 재미없는 문제에 몰두할 의사가 없다고 답장했다. 언니는 나를 어떻게 생각하는 거야? 날씨가 너무 좋았다. 헬렌은 모제바흐 가족과 함께 포메라니아 지방이 자랑하는 유일한 언덕에서 썰매를 탔다. 재미있었지만 포메라니아 사람들이 다 나온 것처럼 엄청 붐볐다. 헬렌은 시골을 좋아했고, 그녀의 편지는 몸으로 즐기는 놀이와 시로 빛을 뿜었다. 그녀는 고요하면서 장엄한 풍경을 전했고, 사슴들이 뛰어다니는 눈 덮인 들판을 전했다. 기이한 모양을 이루어 발트 해로 흘러 들어가는 강물, 높이가 300피트밖에 되지 않아서 썰매를 타면 삽시간에 포메라니아 평원으로 내려와 버리는 오데르 산, 하지만 오데르 산은 솔숲과 개울과 완전한 전망을 갖춘 진정한 산이라고 했다. 〈크기보다 더 중요한 건 그 안의 구조와 배치야.〉 한 대목에서 그녀는 윌콕스 부인에게 애도의 뜻도 전했지만, 그 소식은 그녀에게 별다른 충격이 아니었다. 그녀는 죽음에 덧입혀지는 부속물들을 몰랐기 때문이다. 어떻게 보면 죽음 자체보다 기억에 더 깊이 새겨지는 건 바로 그것들이었다. 마음의 준비를 해두라는 말, 그에 대한 반박의 말, 그 가운데서 고통에 사로잡혀 더욱 생생해지는 인간의 육체, 그 몸이 힐튼 교회 묘지에 눕는 마지막 모습, 희망 비슷한 어떤 것이 일상적 유쾌함과 대조되어 생생해지는 일 — 이 모든 것을 헬렌은 알 수 없었다. 헬렌이 느끼는 것은 그저 상냥하던 부인이 이제 더는 상냥함을 보일 수 없다는 것뿐이었다. 그녀는 자기 생각을 가득 안고 — 또 한 번 청혼을 받았다 — 위컴 플레이스로 돌아왔고, 마거릿은 잠시 그런 헬렌을 탓하려다가 그냥 불만을 품지 않기로 했다.

청혼은 그리 진지한 것은 아니었다. 그것은 프리다 모제바흐가 꾸며 낸 것으로, 그녀는 결혼을 통해서 사촌들을 아버지의 나라로 불러들이려는 원대하고도 애국적인 계획을 품었다. 영국은 폴 윌콕스를 상대시켰지만 그 경기는 패배했다. 독일은 산림 감독관을 상대시켰지만, 헬렌은 그 사람의 이름을 기억하지 못했다. 숲 속에 사는 산림 감독관은 오데르 산꼭대기에서 헬렌에게 자기 집을, 아니 자기 집이 자리 잡은 솔숲 한 귀퉁이를 가리켜 보였다. 헬렌은 소리쳤다. 「정말 멋지네요! 제가 살면 딱 좋겠어요!」 저녁이 되자 프리다가 헬렌의 방에 들어왔다. 「헬렌, 너한테 전할 말이 있어.」 그녀는 헬렌에게 말을 전했고, 헬렌이 웃어도 나무라지 않았다. 프리다는 헬렌을 이해하고 — 숲 한가운데라니 너무 쓸쓸하고 축축할 것이다 — 그녀의 생각에 동의했지만, 산림 감독관은 그와 반대되는 확신을 품고 있었다. 독일이 패배했지만 분위기는 나쁘지 않았다. 세상의 남자다운 남자가 모두 자기 손안에 있으니 독일은 이길 수밖에 없다는 것이었다.
「티비하고 어울릴 만한 사람도 있을 거야.」 헬렌이 결론 내렸다. 「티비, 생각해 봐. 프리다가 너하고 맞을 만한 아가씨를 찾아 놓았어. 머리는 한 갈래로 땋고 다리에는 흰색 소모사 스타킹을 신었는데, 스타킹 발 부분이 분홍색이라서 꼭 딸기를 밟은 것 같아. 아, 말을 너무 많이 했어. 머리가 다 아프다. 이제 네가 이야기해 봐.」

티비는 순순히 이야기를 시작했다. 그 역시 많은 일을 겪었다. 옥스퍼드 대학에서 장학생 입학시험을 보았기 때문이다. 방학이라 학교는 비어 있었고, 여러 칼리지에 분산 수용된 지원자들은 커다란 식당에 모여 함께 식사를 했다. 티비는 아름다움에 민감했고, 그 일은 새로운 경험이라서, 티비의 이야기는 빛을 뿜다시피했다. 웅장하고 유서 깊은 대학, 천 년 동안 서구 세계의 풍부한 지성을 흡수해 온 대학에 티비는 곧장 매혹되었다. 그것은 그가 이해할 수 있는 종류의 일이었고, 게다가 대학이 비어 있었기 때문에 이해하기가 더 쉬웠다. 옥스퍼드는 케임브리지와 달리 젊은이들을 담아 두는 용기 이상이었다. 그곳은 그 안의 거주자들이 서로를 사랑하기보다 옥스퍼드를 더 사랑하라고 말하는 것 같았다. 어쨌거나 티비가 받은 인상은 그랬다. 누나들이 동생을 거기 보낸 것은 친구를 사귀라는 목적에서였다. 티비는 학교를 듬성듬성 다녀서, 다른 남자들과 만날 기회가 없었기 때문이다. 티비는 친구를 사귀지 않았다. 그의 옥스퍼드는 끝까지 텅 빈 옥스퍼드였고, 그가 인생에 받아들인 것은 광휘의 기억이 아니라 색채 배합의 기억이었다.

마거릿은 두 동생의 대화를 듣는 것이 흐뭇했다. 둘은 그렇게 사이가 좋은 편이 아니었다. 그러고 있자니 잠시 동안 마거릿은 자신이 인자한 노부인이 된 듯한 느낌이 들었다. 그때 갑자기 생각이 나서 그녀가 끼어들었다.

「헬렌, 내가 너한테 윌콕스 부인 이야기 했지? 그 슬픈 일 말이야.」

「응.」

「그 집 아들이 나한테 연락을 했는데, 자기들은 지금 어머니 유산을 정리 중이라면서 자기 어머니가 나한테 무얼 주겠다는 말 없었느냐고 묻더라. 정말 친절한 일 아니니? 내가 부인이랑 얼마나 아는 사이라고 말이야. 그래서 예전에 크리스마스 선물을 주겠다고 말한 적이 있다고 했지. 하지만 그 후로 둘 다 잊어버렸다고.」

「그래서 찰스가 대신 선물을 보냈어?」

「응, 그런 뒤 윌콕스 씨가 편지를 보냈는데, 내가 부인에게 베푼 그 약소한 친절이 고맙다면서, 부인이 쓰던 은제 비네그레트[10]를 보내 줬어. 정말 보기 드문 마음 씀씀이 같아. 그래서 나는 그분도 아주 좋아졌어. 우리 인연이 끊이지 않았으면 좋겠다며, 너하고 나한테 나중에 자기 집에 놀러 와서 이비하고 같이 자고 가라고 하더라. 윌콕스 씨도 참 좋은 분이야. 새 사업도 시작하고. 고무 회사인데 규모가 꽤 크대. 지금 막 시작하는 모양이야. 찰스도 같은 회사에서 일한대. 찰스는 결혼했어. 부인은 예쁘긴 하지만 별로 똑똑한 것 같진 않더라. 찰스 부부가 아파트를 떠맡았다가 지금은 따로 집을 구해서 나갔어.」

헬렌은 잠시 동안 가만 기다린 뒤 다시 슈테틴 이야기를 시작했다. 상황이란 얼마나 빨리 변하는가! 지난 6월에 그녀

---

10 정신이 들게 하는 약 등을 넣어서 냄새를 맡는 작은 병.

는 위기에 빠졌다. 11월까지도 그 이야기만 나오면 얼굴을 붉히고 어색해했다. 이제 1월이 되니 모든 것이 잊혔다. 지난 6개월을 돌아보며, 마거릿은 우리 일상의 혼란된 속성을 깨달았다. 그것은 역사가들이 빚어내는 정돈된 배열과는 다르다. 우리의 생활은 아무 곳에도 이르지 못하는 잘못된 단서와 푯말들로 가득하다. 우리는 엄청난 노력과 용기를 기울여서 오지도 않을 위기에 대비한다. 가장 성공한 인생은 산이라도 옮길 만한 힘을 낭비한 인생일 것이다. 그리고 가장 성공하지 못한 인생은 준비 없이 기습당하는 인생이 아니라, 준비하고 있는데 기습이 닥치지 않는 인생이다. 이런 종류의 비극에 대해 우리 영국의 도덕은 당연히 침묵을 지킨다. 위험을 대비하는 것은 그 자체로 좋은 것이고, 사람이건 국가건 완전 군장을 갖춘 채 비틀거리며 살아 나가는 편이 더 좋다고 생각한다. 준비된 인생의 비극은 그리스인들을 빼고는 제대로 다룬 자들이 없다. 인생은 진실로 위험하지만, 도덕이 말하는 방식의 위험은 아니다. 인생은 진실로 버거운 내상이시만, 그 본질은 전투가 아니다. 인생이 버거운 이유는 그것이 로맨스이기 때문이고, 그 본질은 낭만적 아름다움이다.

마거릿은 앞으로 과거보다 주의를 덜 기울이며 — 더 기울이는 게 아니라 — 살게 되기를 희망했다.

13

그 뒤로 2년 이상이 흘러갔고, 슐레겔 가족은 전과 다름없이 런던의 잿빛 물결 속을 우아하게 헤엄치며, 교양 있고 안락하지만 한심하지는 않은 생활을 영위했다. 연주회와 연극들이 쉴 새 없이 지나갔고, 돈이 소비되고 생겨났으며, 명성들이 생겨났다 사라졌다 했다. 또 그들 인생의 표상이 되는 도시 자체도 끊임없는 물결 속에 차올랐다 가라앉기를 반복하며 그 물결을 차츰 멀리까지 퍼뜨려 서리 주의 언덕과 하트퍼드셔의 평원에까지 이르렀다. 지금 솟아오른 이 유명한 건물은 언젠가는 무너질 운명이었다. 오늘은 화이트홀이 변했다. 내일은 리전트 거리의 차례다. 달이 갈수록 도로들은 휘발유 냄새가 강해졌고, 건너기는 어려워졌다. 사람들이 서로의 이야기를 듣기가 힘들어졌으며, 숨 쉴 공기는 희박해지고, 바라볼 하늘은 좁아졌다. 자연은 물러섰다. 나뭇잎은 한여름에 떨어졌고, 태양은 먼지들 틈새로 놀랍도록 희뿌연 빛을 쏟아 냈다.

런던을 비난하는 것은 이제 유행을 지난 일이다. 흙은 이미 예술적 경배 대상으로서의 지위를 잃었고, 가까운 미래에 문학은 농촌을 외면하고 도시에서 영감을 찾을 것이다. 그런 반발은 이해할 수 있다. 대중은 목신 판과 자연의 힘에 대해 너무 많은 이야기를 들었고 — 런던이 조지 왕 시대를 산다면, 대중은 빅토리아 여왕 시대에 있는 것 같다 — 진심으로 땅을 아끼는 자들은 세상의 진자가 다시 자연으로 돌아갈 때까지 오랜 시간을 기다려야 할지도 모른다. 런던은 분명 매력적이다. 그것은 흔들리는 잿빛 지대로 보인다. 목적 없는 지성이자 사랑 없는 흥분이고, 기록되기도 전에 변해 버리는 정신이며, 꿈틀거리긴 하지만 인간적 박동이 없는 심장이다. 그것은 모든 것 너머에 있다. 자연은 때로 몹시 가혹하지만 그럼에도 불구하고 이 인간 군중보다 우리에게 더 가까이 다가온다. 친구는 스스로를 설명한다. 그리고 땅도 설명할 수 있는 존재다(우리는 그곳에서 왔고, 그곳으로 돌아가야 한다). 하지만 누가 아침 — 도시가 들숨을 쉬는 — 의 웨스트민스터 브리지 도로나 리버풀 거리를 설명할 수 있을까? 아니면 저녁나절 — 도시가 날숨을 쉬는 — 의 그 거리들을? 우리는 절망에 빠져 안개 너머 별들 너머 우주의 무한 공간을 뒤지며 이 괴물을 정당화할 근거를 찾고, 거기에 인간의 얼굴을 찍어 놓는다. 런던은 종교에 훌륭한 기회를 주지만, 그것은 신학자들이 말하는 근엄한 종교가 아니라, 인간화되고 조야한 종교다. 그렇다, 우리 같은 어떤 이 — 오만하고 눈물 많은 자가 아니라 — 가 하늘 위에서 우리를 걱정한다면 이런 끊임없는 물결도 참을 만할 것이다.

런던 사람들은 도시의 물결이 그들을 정박지에서 밀어낼 때야 비로소 그곳을 이해하게 되고, 마거릿도 위컴 플레이스 계약 만료일이 다가오자 비로소 눈을 떴다. 그녀는 계약이 만료되는 걸 잘 알고 있었지만, 그 사실을 실감한 건 아홉 달 전부터였다. 집은 갑자기 비애에 잠겼다. 그토록 많은 행복을 지켜본 집이었다. 그것이 왜 사라져야 하는가? 그녀는 런던 거리에서 처음으로 조급한 건축을 보았고, 거주자들의 입에서 조급한 언어 — 살려 나간 단어늘, 형체 없는 문장들, 승인 또는 거부의 간략한 표현들 — 를 들었다. 달이 갈수록 모든 것의 발걸음이 가벼워졌지만, 도대체 무슨 목적으로? 인구는 계속 늘었지만, 태어나는 자들의 자질은 어떠한가? 위컴 플레이스 자리에 바빌론 같은 호화 아파트를 지으려는 그 백만장자는 무슨 권리로 런던이라는 흔들리는 젤리의 이토록 큰 부분을 휘저으려 하는 것인가? 그는 바보가 아니었지만 — 그녀는 그가 사회주의를 비판하는 말을 들었다 — 진정한 지혜는 그의 지성이 끝나는 곳에서 시작되었고, 사람들은 백만장자가 대개 그렇다는 걸 잘 알았다. 그런 자들이 무슨 권리로……. 하지만 마거릿은 거기서 멈추었다. 거기 골몰하다가는 미치는 길밖에 없다. 그녀는 그저 자신에게 돈이 있어서 새집을 살 수 있다는 사실에 감사했다.

옥스퍼드 대학에서 2년째를 보내는 티비가 부활절 방학을 맞아 집에 돌아왔고, 마거릿은 이 기회에 동생과 진지한 대화를 나누어 보려고 했다. 너는 어디 살고 싶은지 생각해 봤니? 티비는 자신이 생각해 봤는지 알지 못했다. 네가 무얼 하고 싶은지는 생각해 봤니? 그것 역시 불분명하긴 마찬가지였지만, 마거릿이 재촉하자 별다른 직업 없이 지내고 싶다고 대답했다. 마거릿은 충격 받지 않았지만, 잠시 바느질을 더한 뒤에 대답했다.

「바이스 씨가 생각나는구나. 내 눈에는 그 사람이 그렇게 행복해 보이지 않던데.」

「아…… 그래.」 티비는 그렇게 대답하더니 입을 기묘하게 벌리고 떨었다. 마치 자신도 바이스 씨를 생각하고, 전후좌우로 샅샅이 살펴보고, 그 무게를 재고 분류한 뒤, 최종적으로 그가 이 대화와 아무 상관이 없다고 판단했다는 듯한 태도였다. 티비의 이런 한심한 버릇은 헬렌을 격분시켰다. 하지만 헬렌은 지금 식당에서 정치 경제학에 대한 연설을 준비하고 있었다. 이따금 헬렌의 낭랑한 목소리가 위층까지 들려왔다.

「하지만 바이스 씨는 뭐랄까 조금 비참하고 우스워 보이지 않니? 그리고 가이도 있지. 그건 정말 어처구니없는 일이었어. 게다가…….」 그녀는 일반적인 결론을 내렸다. 「사람은 규칙적인 일을 하는 게 좋아.」

끄응, 하는 소리.

「내가 그렇게 생각한다는 거야.」 마거릿은 미소를 띠고 말했다. 「너를 가르치려 드는 게 아니고, 그냥 진심으로 나는 그렇게 생각한다는 거지. 지난 한 세기 동안 사람들은 일하려는 욕망을 키웠고, 그건 죽어서는 안 된다고 생각해. 그건 새로운 욕망이야. 거기에는 나쁜 것도 많이 딸려 있지만 그 자체로는 좋은 거야. 그리고 머지않아 여자들도 〈일하지 않는〉 게 백 년 전에 〈결혼하지 않는〉 것만큼이나 놀라운 일이 되었으면 좋겠어.」

「나는 누나가 말하는 그런 심오한 욕망을 겪지 못했어.」 티비가 말했다.

「그러면 네가 그런 경험을 할 때까지 이런 이야기는 그만두자. 너를 들볶을 생각은 없으니까. 서두르지 마. 그냥 네가 좋아하는 사람들의 인생을 깊이 생각해 보고, 그 사람들이 인생을 꾸려 가는 방식을 잘 살펴봐.」

「나는 가이랑 바이스 씨가 가장 좋아.」 티비가 힘없이 말하고, 의자 뒤로 몸을 눕혀서 무릎에서 목까지 거의 수평선이 되게 했다.

「내가 남들처럼 훈계는 하지 않지만 그렇다고 가볍게 말하는 건 아냐. 돈을 벌어야 한다느니, 네 앞에 놓인 기회를 잡아야 한다느니 어쩌느니 하는 말들 말이야. 그런 건 모두 들으나 마나 한 말들이니까.」 그녀는 바느질을 계속했다. 「나는 그저 네 누나일 뿐이야. 내가 너한테 무슨 권위를 행사하겠니? 그러고 싶은 마음도 없어. 그냥 내가 진실이라고 생각하는 걸 네게 전해 줄 뿐이지.」 그녀는 최근에 쓰기 시작한 코안경을 벗었다. 「몇 년만 더 지나면 우리 나이 차이는 아무 의미도 없어질 거고, 그러면 나는 너한테 도움을 바라게 될 거야. 남자가 여자보다 훨씬 나으니까.」

「그런 이상한 생각을 하면서 누나는 왜 결혼하지 않는 거야?」

「나도 기회가 있으면 결혼할까 하는 생각도 들어.」

「청혼한 사람이 없었어?」

「다 바보 멍청이들뿐이었어.」

「헬렌은?」

「수없이 많았고.」
「그 사람들 얘기 좀 해줘.」
「안 돼.」
「그러면 누나한테 청혼한 바보 멍청이들 이야기를 해줘.」
「그것밖에는 할 게 없는 남자들이었어.」 마거릿은 자신에게 이런 평가를 내릴 자격이 있다고 느끼며 말했다. 「그러니까 내 말을 들어. 넌 일을 해야 돼. 아니면 나처럼 일하는 척이라도 하든지. 네 영혼과 육체를 구하고 싶으면 일하고 일하고 또 일해. 그건 필수적이야. 윌콕스 가족을 봐. 펨브로크 씨를 봐. 기질과 이해심에 많은 결함이 있지만, 나는 다른 잘난 사람들보다 그런 사람들을 보는 게 더 좋아. 이유는 그 사람들이 규칙적으로 성실하게 일하기 때문이야.」
「윌콕스 가족은 좀 빼줘.」 그가 투덜거렸다.
「아니, 그 가족이야말로 올바른 사람들이야.」
「제발, 메그!」 그가 참을 수 없다는 표정으로 벌떡 일어나 앉으며 소리쳤다. 티비는 많은 결함이 있지만, 진정한 성품을 지녔다.
「그 사람들은 네가 상상할 수 있는 최고로 올바른 사람들에 가까워.」
「아냐 — 절대 아냐!」
「그 집 작은아들 있지. 나도 한때는 그 남자를 바보 멍청이라고 생각했어. 하지만 나이지리아에서 병에 걸려 돌아오더니 금방 또 가버렸잖아. 이비 윌콕스가 말해 줬어. 의무를 다하기 위해서라고.」
〈의무〉란 티비에게 한숨만을 일으키는 말이었다.
「돈 때문에 그런 게 아니야. 일을 하기 위해서지. 그게 추잡한 일일지라도 말이야……. 아무 재미없는 나라, 믿을 수 없는 현지인들, 신선한 물도 음식도 얼마나 귀할 텐데. 그런 부류의 남자를 키워 내는 나라라면 자부심을 가져도 좋아. 그러니까 영국이 제국이 된 거지.」

「제국이라고!」

「그 결과에 대해서는 뭐라고 말하기 어렵지만.」 마거릿이 약간 슬픈 기색을 띠고 말했다. 「그건 내게는 너무 어려운 일이야. 나는 그저 사람들을 관찰할 뿐이야. 제국이란 내게 한심해 보이지만, 그걸 만든 영웅주의는 인정할 수 있어. 런던도 내게 한심하지만, 수천, 수만의 훌륭한 사람들이 런던을 만들기 위해 수고하고…….」

「결과가 이런데도 말이야.」 그가 코웃음을 쳤다.

「불행히도 결과는 이렇게 되었지. 내가 원하는 건 문명 없는 활동이야. 참 말도 안 되는 이야기지! 그래도 천국에 가면 그런 걸 찾을 수 있지 않을까 생각해.」

「내가 원하는 건 활동 없는 문명이야. 그리고 천국의 반대편에 가면 그런 걸 찾을 수 있지 않을까 생각해.」 티비가 말했다.

「그걸 찾으려고 굳이 거기까지 갈 필요는 없어, 티비. 옥스퍼드에도 얼마든지 있으니까.」

「엉터리야…….」

「내 말이 엉터리라면 다시 집 문제로 돌아가 보자. 네가 원한다면 나는 옥스퍼드에서 살 수도 있어. 옥스퍼드 북부에 말이야. 본머스, 토키와 첼트넘만 빼면 나는 어디든 괜찮아. 아, 일프러쿰, 스위니지, 턴브리지 웰스, 서비턴하고 베드퍼드도 빼야겠네. 그곳들은 안 돼.」

「그러면 런던으로 해.」

「좋아, 하지만 헬렌은 런던을 벗어나고 싶어 해. 그렇다고 우리가 시골에 집을 구하고 런던에 아파트를 한 채 마련하지 말란 법은 없지. 우리 셋이 힘을 합해서 돈을 분담하면 말이야. 어쨌건 말이 장황해지는데, 정말로 가난한 사람들을 생각해 봐. 그 사람들은 어떻게 살까? 자기 살 곳도 마음대로 정하지 못한다면 나는 죽어 버릴 거야.」

그때 문이 활짝 열리고, 헬렌이 흥분해서 뛰어 들어왔다.

「이것 좀 봐! 황당하고 웃기는 일이 생겼어. 어떤 여자가 우리 집에 자기 남편을 찾으러 왔어. 세상에, 누구를 찾는다고(헬렌은 자기 말에 자기가 놀라는 걸 좋아했다)? 그래, 남편을 찾아 왔다니까. 정말이야.」

「혹시 브래크널을 찾아온 거니?」 마거릿이 최근에 브래크널이란 실업자에게 나이프와 구두 닦는 일을 시킨 것을 떠올리며 물었다.

「나도 남편 이름이 브래크널이냐고 물었는데 아니래. 혹시 티비냐고 물었더니 그것도 아니라더군. (기운 내, 티비!) 우리는 모르는 사람이었어. 내가 말했지. 〈찾아보세요, 부인. 구석구석 살펴봐요. 식탁 밑도 보고 굴뚝 안도 보세요. 의자 덮개도 들어 봐요. 여보? 여보? 하고 말이에요.〉 그 여자는 옷차림이 대단했고, 장신구가 샹들리에처럼 쩔렁거렸어.」

「헬렌, 무슨 일이 있었는데?」

「방금 말한 대로야. 연설 준비를 하고 있었거든. 그런데 입을 막 벌린 순간 애니가 어물어물 문을 열더니, 그 여자를 내게 데리고 왔어. 우리는 아주 예의 바르게 이야기를 시작했지. 〈남편을 찾으러 왔어요. 여기 있을 거라는 생각이 들어서요.〉 세상에, 기가 막혀. 물건이 아니라 사람을 찾으러 우리 집에 왔다는 거야. 절대 착각한 게 아니래. 그래서 내가 〈남편 분 성함이 어떻게 되는데요?〉 하고 물었더니, 〈랜〉이라고 대답했어.」

「랜?」

「랜 아니면 렌이야. 모음은 정확하지 않았어. 아마 래널린 정도 아닐까.」

「하지만 이런 황당한 일이…….」

「내가 말했지. 〈래널린 부인, 무언가 오해가 있으신 것 같군요. 제가 비록 아름답지만, 저한테는 아름다움보다 정숙함이 더 큰 미덕이랍니다. 저는 래널린 씨의 눈길 한번 받아 본 적이 없는걸요.〉」

「재미있었나 보네.」 티비가 말했다.

「그럼, 엄청 재미있었지.」 헬렌이 소리쳤다. 「래널린 부인은 어찌나 순진한지, 남편을 찾는다면서 하는 말이 꼭 우산을 찾는 사람 같았어. 토요일 오후부터 어디 갔는지 보이지 않았다나 ─ 그러고 나서 한동안은 별 걱정 없었대. 하지만 밤이 지나고 오늘 오전도 다 지나가니까 걱정이 커졌대. 아침 식사 때도 허전하고, 점심때는 더 걱정되어서 결국 분실물을 발견할 가능성이 가장 높다고 여겨지는 위컴 플레이스 2번지를 찾아온 거래.」

「도대체 어떻게…….」

「〈도대체〉라는 말은 안 통해. 그 여자는 계속 〈전 알아요〉라고 말했어. 나름대로 공손했지만 목소리는 아주 우울했어. 내가 뭘 아느냐고 물어도 소용없었어. 어떤 사람은 알고 어떤 사람은 모르는 건데, 모르는 사람은 계속 조심하는 게 좋다나. 그렇게 답답한 소리만 하더라니까! 얼굴은 누에 같았고, 식당엔 아직도 향수 냄새가 진동해. 잠시 그 여자랑 남편이란 인간들에 대해 수다를 떨다가, 어쨌거나 나도 그 여자 남편 일이 궁금해져서 경찰서에 가보라고 했지. 여자는 고맙다고 했어. 우리는 래널린 씨가 참 나쁜 사람이라고, 이런 장난을 치면 안 된다고 의견을 모았지. 하지만 그 여자는 끝까지 나를 의심하는 것 같았어. 줄리 이모한테 보내는 편지에 이 이야기를 써야 되겠어. 메그, 잊지 마. 이 이야기는 내가 쓸 거야.」

「그렇게 하렴.」 마거릿이 바느질감을 내려놓으며 중얼거렸다. 「그게 그렇게 재미있는 일인지는 모르겠다, 헬렌. 아주 끔찍한 일과 연관된 건 아닐까?」

「난 그렇게 생각 안 해. 그 여자는 크게 걱정하는 것 같지도 않았어. 그렇게 번쩍이는 여자는 비극에 안 어울려.」

「그 남편은 그런지도 모르잖아.」 마거릿이 창문을 향해 걸어가며 말했다.

「그렇지 않을걸. 비극에 어울리는 사람이 래널린 부인과 결혼했을 리가 없어.」

「예쁘게 생겼던?」

「옛날에는 예뻤을 것 같아.」

그들의 집 밖으로 내다보이는 유일한 전망인 아파트들이 마거릿과 혼돈의 런던 사이에 화려한 장막처럼 걸려 있었다. 그녀의 생각은 슬프게도 다시 집을 구하는 일로 돌아갔다. 위컴 플레이스는 매우 안전했다. 그녀는 그들 삼 남매가 이제 번잡함과 누추함 속으로, 지금 헬렌이 말한 것 같은 일들과 가까운 곳을 향해 움직이고 있는 건 아닌가 하는 공상에 두려움을 느꼈다.

「티비하고 나는 올 9월에 우리가 어디로 이사해야 할지를 이야기하고 있었어.」 그녀가 마침내 입을 열었다.

「티비는 자기가 뭘 할지부터 생각하는 게 좋을걸.」

헬렌이 대꾸했다. 이야기가 애초의 주제로 돌아갔지만, 재개된 대화는 순탄치 않았다. 그런 뒤 차가 나왔고, 차를 마신 뒤 헬렌은 연설을 준비하러 갔다. 마거릿도 연설을 준비했다. 두 사람은 다음 날 토론 모임에 함께 가기로 되어 있었다. 하지만 그녀의 생각은 혼탁해졌다. 래널린 부인은 희미한 향취처럼 또 고블린의 발소리처럼, 심연에서 솟아올라 사랑도 미움도 모두 쇠락해 버린 인생을 이야기해 주는 것 같았다.

14

그 미스터리는 다른 많은 미스터리와 마찬가지로 곧 설명되었다. 이튿날 저녁 그들이 식사를 하러 외출하려는 참에, 바스트 씨라는 사람이 찾아왔다. 그는 포피리언 화재 보험 회사의 사무원이었다. 어쨌건 명함에 적히기로는 그랬다. 그는 〈어제 찾아온 부인〉 때문에 왔다고 했다. 어쨌건 그를 식당으로 데리고 들어온 애니가 전하기로는 그랬다.

「여길 봐요, 여러분! 문제의 래널린 씨가 왔어요!」 헬렌이 소리쳤다.

티비마저 흥미를 느꼈다. 셋은 서둘러 아래층으로 내려갔지만, 그들이 맞닥뜨린 건 멋쟁이 바람둥이가 아니라 무색무취한 한 젊은이였다. 처진 콧수염 위로 드러난 기운 없는 눈은 런던에 흔하디흔할 뿐 아니라, 원망하는 유령처럼 도시의 어떤 거리들을 배회하는 것이기도 했다. 그는 이른바 제3세대라고 할 수 있었다. 문명의 힘이 도시로 빨아올린 양치기 또는 농부의 손자, 육체의 삶을 잃고 영혼의 삶에 이르는 데 실패한 수많은 사람들 가운데 하나였다. 건장함의 흔적은 본래의 준수했던 듯한 용모보다 더 뚜렷하게 남아 있었고, 마거릿은 남자의 더 꼿꼿할 수 있었던 척추와 더 넓을 수 있었던 가슴을 인식하고는, 연미복과 한두 가지 관념을 위해서 눈부신 동물성을 포기하는 게 과연 사람에게 보탬이 되는 일일까 하는 생각을 했다. 마거릿은 문화와 잘 어울린 경우였지만, 지난 몇 주일 동안 그녀는 과연 문화가 다수 인류를 인간답게 했는지 의심에 싸여 지냈다. 자연적 인간과 철학적

인간 사이에 놓인 심연은 나날이 그 폭이 넓어져서, 너무나 많은 선량한 사람들이 그것을 건너뛰려다 난파한다. 그녀는 이런 유형의 사람을 잘 알았다. 막연한 열망, 정신적 허영, 책 껍데기들과의 친숙함. 그녀는 그가 어떤 어조로 말을 걸어올지도 짐작할 수 있었다. 하지만 미처 짐작하지 못한 것이 있었으니, 그것은 그가 내민 마거릿 자신의 명함이었다.

「슐레겔 양은 제게 이걸 준 걸 기억 못하시겠죠?」 그는 불안하고도 친숙한 태도로 말했다.

「네, 기억 안 나는데요.」

「어쨌건 이것 때문에 그런 일이 일어난 겁니다.」

「우리가 어디서 만났던가요, 바스트 씨? 얼른 생각이 안 나는데요.」

「퀸스 홀에서 열린 연주회에서였어요.」 그리고 그는 자못 의기양양하게 덧붙였다. 「그날 연주 목록에 베토벤의 〈5번 교향곡〉도 있었다고 말씀드리면 아마 기억하시지 않을지?」

「우리는 〈5번 교향곡〉이 연주될 때마다 거의 매번 듣는 걸요. 아직도 잘 모르겠어요. 너는 생각나니, 헬렌?」

「그때 혹시 누런 고양이가 연주회장 난간을 돌아다녔나요?」

그는 아니라고 했다.

「그러면 생각 안 나요. 제가 특별히 기억하는 베토벤 연주회는 그때뿐이거든요.」

「그때 슐레겔 양은 제 우산을 가져가셨죠. 물론 실수였지만요.」

「그랬을 수 있어요.」 헬렌이 웃었다. 「저는 베토벤을 듣는 것보다 남의 우산 훔치는 일이 더 많거든요. 우산은 찾으셨나요?」

「네, 덕분에요.」

「그러면 이 착오는 제 명함 때문에 생긴 거로군요.」 마거릿이 끼어들었다.

「네, 착오가 생겼지요 — 착오였어요.」

「어제 여기 온 부인은 바스트 씨도 여기 오셨다고 생각했어요. 그러니까 여기서 당신을 찾을 수 있을 거라고요.」 그녀가 그를 추궁했다. 뭔가 설명하려고 의도하는 것 같았지만, 그럴 능력이 없어 보였기 때문이다.

「그래요, 저도 여기 왔다고…… 착오였죠.」

「왜요……?」 헬렌이 물었지만, 마거릿이 헬렌의 팔에 손을 얹었다.

남자의 말이 조금 빨라졌다. 「그날 제가 아내에게 친구들을 찾아가 볼 일이 있다고 말했죠. 아내는 저더러 가라고 했어요. 하지만 하필 제가 집에 없을 때 중요한 일이 생겨서 저를 찾아야 했는데, 이 명함을 보고 제가 여기 있을 거라고 생각했던 거예요. 그래서 저희가 본의 아니게 두 분께 폐를 끼친 데 대해 사과드리려고 이렇게 왔습니다.」

「폐랄 건 없었어요. 하지만 아직도 이해가 안 되네요.」 헬렌이 말했다.

바스트 씨는 무언가 회피하는 것 같았다. 그가 다시 한 번 설명했지만 그건 명백히 거짓말이었고, 헬렌은 그 정도로 그를 놓아주고 싶지 않았다. 그녀에게는 젊은이 특유의 잔인함이 있었다. 마거릿의 만류를 무시하고 그녀는 말했다. 「그래도 저는 이해가 안 돼요. 그때가 언제였나요?」

「그때라고요? 어느 때 말씀인가요?」 그는 황당한 질문이라는 듯 그녀를 바라보며 물었다. 그것은 대답할 말을 찾지 못한 사람들이 즐겨 쓰는 장치였다.

「그날 오후, 친구들을 찾아간다고 한 때 말이에요.」

「아 물론 오후였죠!」 그는 이렇게 대답하고 이 재치 있는 응답이 통했는지를 알아보려고 티비를 바라보았다. 하지만 역시 그런 응답에 명수인 티비는 별다른 표정 없이 물었다.
「토요일 오후요? 아니면 일요일 오후?」

「토, 토요일이오.」

「정말이에요!」 헬렌이 말했다. 「그런데 일요일까지 친구들을 만나고 있었단 말이네요. 바스트 부인이 여기 온 그날 말이에요. 정말로 오랜 만남이었군요.」

「그건 잘못 생각하신 겁니다.」 바스트 씨의 얼굴이 달아올라서 아주 멋져 보였다. 그의 눈 속에 투지가 서렸다. 「무슨 말씀이신지 알겠습니다만, 그렇지 않습니다.」

「아, 이제 그만두자.」 마거릿이 다시 한 번 심연에서 올라오는 향취에 비위가 상해서 말했다.

「그건 다른 거였어요.」 그가 다시 말했다. 조심스러운 태도가 조금씩 무너졌다. 「저는 다른 곳에 있었습니다.」

「이렇게 찾아와서 설명해 주신 것 고맙습니다. 나머지 일은 저희가 상관할 일이 아닌 것 같네요.」

「그렇지만 저는…… 혹시 『리처드 피버릴의 시련』이라는 책을 읽어 보셨나요?」

마거릿이 고개를 끄덕였다.

「아름다운 책이에요. 저는 땅으로 돌아가고 싶었어요. 리처드가 마지막에 그런 것처럼 말이에요. 스티븐슨의 『오토 왕자』는 읽어 보셨나요?」

헬렌과 티비가 낮은 신음을 뱉었다.

「그것도 아름다운 책이죠. 그 책에서도 땅으로 돌아가죠. 제가 원했던 건……」 그는 짐짓 과장되게 꾸며 말했다. 그런 뒤 문화적 교양의 안개를 뚫고 돌멩이처럼 단단한 사실이 하나 나왔다. 「토요일 밤새 걸었습니다.」 레너드가 말했다. 두 자매 사이에 공감의 전율이 흘렀다. 하지만 다시 한 번 문화가 포위했다. 그는 그들에게 E. V. 루카스의 『열린 길』을 읽었느냐고 물었다.

헬렌이 대답했다. 「그것도 당연히 아름다운 책이겠군요. 하지만 그보다는 바스트 씨가 걸었던 길 이야기를 듣고 싶은걸요.」

「저는 그냥 걸었을 뿐이에요.」

「어디까지요?」

「모르겠어요. 몇 시간 동안 걸었는지도 몰라요. 너무 어두워서 시계도 보이지 않았어요.」

「그러면 혼자서 걸었나요?」

「네.」 그는 몸을 곧추 세우며 대답했다. 「하지만 전에 사무실 사람들하고 여러 번 이야기를 했어요. 요즘 사무실에서 그런 일을 많이 이야기하거든요. 사무실 사람들은 북극성을 지표 삼아서 길을 찾는다고 하더군요. 그래서 천체도에서 북극성을 봐두었는데, 밖으로 나오니까 모든 게 뒤죽박죽돼서……」

「북극성 이야기는 하지 마세요.」 헬렌이 흥미를 느끼고 말을 잘랐다. 「저도 그 별의 움직임은 알아요. 북극성은 돌고 돌죠. 그걸 따라가면 우리도 돌고 돌게 돼요.」

「저는 그 별을 놓쳤어요. 처음에는 가로등 때문에, 그다음에는 나무들 때문에, 그러다가 새벽이 가까워지니까 날씨가 흐려져서요.」

희석된 희극을 좋아하지 않는 티비는 이쯤에서 방을 나갔다. 그는 이 남자가 시의 경지에 이르지 못할 것을 알았고, 거기 이르고자 노력하는 이야기도 듣고 싶지 않았다. 마거릿과 헬렌은 남았다. 남동생의 영향력은 생각보다 컸다. 동생이 자리를 비우자 두 자매는 좀 더 쉽게 열광적인 자세가 될 수 있었다.

「어디서부터 걷기 시작했나요?」 마거릿이 소리쳐 물었다. 「자세히 얘기해 줘요.」

「먼저 지하철을 타고 윔블던에 갔어요. 사무실을 나오면서 저는 이따금 산책을 해야겠다고 생각했어요. 지금 하지 않으면 앞으로도 평생 하지 못할 것 같았죠. 그래서 윔블던에서 저녁을 먹고, 그다음에……」

「거긴 진정한 시골이라고는 할 수 없을걸요.」

「가로등이 몇 시간 동안 계속 나타났어요. 그래도 밤은 어두웠고, 그렇게 밖에 있는 게 좋았어요. 그리고 얼마 지나지 않아서 숲으로 들어갔어요.」

「네, 그다음은요?」 헬렌이 재촉했다.

「어두울 때 울퉁불퉁한 땅을 걷기가 얼마나 힘든지 모르실 거예요.」

「정말로 길이 없는 곳으로 들어갔다는 말인가요?」

「네, 저는 처음부터 길이 없는 곳으로 가려고 했어요. 하지만 그러다 보니 갈 길을 찾기가 어렵다는 고약한 문제가 생기더군요.」

「바스트 씨는 타고난 모험가시네요.」 마거릿이 웃으며 말했다. 「직업적 운동선수도 바스트 씨 같은 일을 시도하지 않았을 거예요. 그런 험한 산책을 하고도 목이 부러지지 않은 게 놀랍군요. 부인이 뭐라고 하던가요?」

「직업적 운동선수는 손전등이나 나침반 없이는 나서지 않죠.」 헬렌이 말했다. 「또 걷지도 않아요. 그러면 너무 피곤해진다나. 그다음에는요?」

「저는 스티븐슨이 된 것 같았어요. 『젊은이를 위하여』를 읽어 보셨죠?」

「네, 하지만 숲 이야기를 해주세요. 거기서 어떻게 나오셨나요?」

「숲 하나를 지났더니 맞은편에 경사가 꽤 급한 오르막길이 나타났어요. 저는 그게 북부 구릉 지대라고 생각했어요. 길이 풀밭으로 사라졌거든요. 그래서 다른 숲으로 들어갔죠. 정말 끔찍했어요. 가시금작화 덤불투성이였으니까요. 그래서 후회를 거듭하고 있는데, 어떤 나무 밑을 지났더니 갑자기 주변이 환해졌어요. 그런 뒤 기차역까지 이어지는 길을 발견해서, 첫 기차를 타고 런던으로 돌아왔습니다.」

「하지만 새벽은 멋지지 않았나요?」 헬렌이 물었다.

그러자 그는 잊을 수 없을 만큼 진실한 태도로 대답했다. 「아뇨.」 그 말은 새총으로 쏜 돌멩이처럼 공중을 가르고 날아갔다. 그가 말한 모든 한심하고 문학적인 것들이 쓰러졌고, 피곤한 스티븐슨과 〈땅에 대한 사랑〉과 그의 실크 중산모자가 쓰러졌다. 두 여자 앞에서 레너드는 자신을 얻고, 그때까지 스스로도 몰랐던 거침없고도 열정적인 말투로 이야기했다.

「새벽은 그냥 잿빛이었어요. 별로 말할 만한 게 없었어요.」

「저녁의 잿빛을 뒤집어 놓은 거란 말씀이로군요. 맞아요.」

「그리고 저는 너무 피곤해서 하늘을 바라볼 힘도 없었어요. 춥기도 했고요. 지금은 그 일을 잘했다고 생각하지만 그때는 말할 수 없이 지루했어요. 또 믿어 주실지 모르겠지만 배도 무척 고팠죠. 윔블던에서 저녁을 먹을 때는 다른 때처럼 한 끼 저녁으로 온밤을 지탱할 줄 알았어요. 그런데 길을 걸으니까 전혀 달라지더군요. 산책을 하다 보면 아침, 점심, 다과가 다 필요해요. 그런데 저한테 있는 거라곤 담배 한 갑뿐이었으니, 그 기분을 뭐라고 해야 할지! 돌아보면 그건 즐거움과는 거리가 멀었어요. 매달리는 것에 좀 더 가까웠어요. 저는 매달렸어요. 악착같이 말이에요. 도대체! 방 안에서만 사는 게 무슨 의미가 있느냐는 거예요. 사람들은 날마다 똑같은 일을 하고 똑같은 길을 다니고, 그러다가 그만 세상에 다른 길도 있다는 걸 잊어버려요. 이따금 바깥에 무슨 일이 일어나는지 봐야 해요. 결국 특별할 게 없다고 밝혀지더라도 말이죠.」

「제 생각도 그래요.」 헬렌이 식탁 가장자리에 걸터앉으며 말했다.

숙녀의 목소리가 들리자 그는 진실함에서 깨어나서 말했다. 「신기하게도 이게 다 리처드 제프리스의 글을 읽고 나서 생겨났어요.」

「죄송합니다만 바스트 씨, 틀리신 것 같네요. 그건 그보다 훨씬 위대한 것에서 비롯된 거예요.」

하지만 그녀는 그를 막지 못했다. 제프리스에 이어 보로가 튀어나왔고, 보로는 소로로 이어졌다. 그리하여 스티븐슨까지 나옴으로써 그의 열변은 책의 홍수 속에 끝이 났다. 이런 위대한 사람들의 이름에 누를 끼칠 생각은 없다. 잘못은 그들이 아니라 우리에게 있다. 그들은 자신들이 이정표가 되기를 원한다. 그러니 어리석은 우리가 이정표를 목적지 표지로 착각한다고 해서 그들을 탓할 수는 없다. 그리고 레너드는 목적지에 도착했다. 그는 온갖 안락함이 어둠 속에 덮이고, 아늑한 별장들이 고대의 밤 속에 묻힌 서리 주를 다녀왔다. 열두 시간마다 이런 기적이 반복되지만, 그는 수고스럽게도 직접 가서 그것을 확인했다. 그의 옹색한 마음속에는 제프리스의 책들보다 위대한 것, 그러니까 제프리스로 하여금 책을 쓰게 만든 정신이 거주했다. 새벽은 그에게 무미건조함밖에 보여 주지 않았지만, 그 새벽은 조지 보로에게 스톤헨지를 보여 준 영원한 일출의 일부였다.

「두 분은 제가 어리석었다고 생각하시지 않나요?」 그는 애초에 자연이 의도했던 순진하고 다정한 청년으로 돌아가서 말했다.

「당연하죠!」 마거릿이 대답했다.

「그렇게 생각할 리가 없어요!」 헬렌도 대답했다.

「그렇게 말씀해 주시니 기쁩니다. 하지만 제 아내는 절대 이해하지 못할 거예요. 제가 몇 날 며칠을 설명한다고 해도 말이에요.」

「아니에요. 어리석은 일이 아니었어요!」 헬렌이 타오르는 눈길로 소리쳤다. 「바스트 씨는 경계를 밀고 나간 거예요. 그건 정말 멋진 일이에요.」

「우리는 그저 꿈꾸는 것에 만족하는데…….」

「우리도 산책은 하지만…….」

「위층에 보여 드리고 싶은 그림이 하나 있어요.」

이때 초인종이 울렸다. 그들을 디너파티에 데려갈 이륜마차가 도착했다.

「이런, 귀찮을 데가 ― 저녁 약속에 나가려던 참이었는데 깜빡 잊었군요. 하지만 나음에 꼭 다시 저희 집에 와주세요. 좀 더 이야기를 나누고 싶어요.」

「네, 꼭 다시 오세요.」 마거릿도 말했다.

레너드는 크게 흥분해서 대답했다. 「아뇨, 다시 오지 않겠습니다. 이대로가 더 좋아요.」

「왜 그렇죠?」 마거릿이 물었다.

「두 번 만나지 않는 편이 더 좋아요. 저는 두 분과 함께한 이 시간을 제 인생 최고의 순간 가운데 하나로 평생토록 기억하겠습니다. 정말입니다. 이런 일을 두 번 반복할 수는 없습니다. 저한테는 아주 큰 기쁨이었고, 이대로 남겨 두는 편이 좋아요.」

「하지만 그건 좀 서글픈 견해로군요.」

「잦은 접촉은 가치를 손상시키니까요.」

「저도 잘 알아요.」 헬렌이 재빨리 끼어들었다. 「하지만 사람은 그렇지 않아요.」

그는 이 말을 이해하지 못했다. 그는 계속해서 진정한 상상력과 거짓된 상상력을 뒤섞었다. 그의 말이 틀린 건 아니지만, 그렇다고 옳은 것도 아니었고, 틀린 음정이 귀에 거슬렸다. 조금만 더 비틀면 악기가 잘 조율될 것 같다는 느낌이 그들에게 들었다. 하지만 조금만 더 조이면 악기는 영원히 소리를 낼 수 없을지도 몰랐다. 그는 두 자매에게 깊은 감사를 표시했지만 그러나 다시 오지는 않을 거라고 했다. 어색한 한순간이 흐른 뒤 헬렌이 말했다. 「그러면 가세요. 바스트 씨가 제일 잘 알겠죠. 하지만 제프리스보다는 바스트 씨가 더 낫다는 걸 잊지 마세요.」 그리고 그는 갔다. 이륜마차는 모퉁이를 돌아가는 그에게 손을 흔들어 준 뒤, 교양 있는 두 승객과 함께 저녁 속으로 사라졌다.

런던이 밤을 배경으로 빛나기 시작했다. 큰 가도들에는 전깃불이 지글거렸고, 골목길에는 가스등이 샛노란색이나 녹색으로 아른거렸다. 봄 하늘은 진홍빛 전쟁터를 이루었지만, 런던은 조금도 두려워하지 않았다. 런던의 연기는 노을의 광채를 덜어 주었고, 옥스퍼드 거리에 걸린 구름들은 섬세한 장식의 천장이 되었다. 화려하긴 했지만 마음을 사로잡을 정도는 아니었다. 런던은 그보다 더 순수하고 또렷한 공기의 집단을 알지 못했다. 붉게 물든 런던의 골목을 서둘러 걸어가는 레너드는 이미 그림의 한 부분이 되어 있었다. 그의 인생은 잿빛이었고, 거기 빛을 주기 위해서 그는 로맨스를 위한 모퉁이들을 따로 마련해 두었다. 슐레겔 자매는, 아니 정확히 말해서 그들과 나눈 이야기는 그런 모퉁이를 채우는 일이었고, 그가 낯선 사람과 친밀하게 이야기를 나눈 것도 그때가 처음은 아니었다. 그 버릇은 방탕에 비견될 만한 것이었고, 억누를 수 없는 본능을 발산하는 가장 나쁜 배출구였다. 그는 이 버릇에 압도되어 의구심과 신중함 같은 것을 모두 누르고, 초면과 마찬가지인 사람들에게 자기 비밀을 털어놓고는 했다. 그로 인해 그는 수많은 걱정과 몇 가지 즐거운 기억을 얻었다. 아마도 그에게 가장 행복한 기억은 기차를 타고 케임브리지까지 간 일이었을 것이다. 기차 안에서 얌전한 대학생이 그에게 말을 걸었다. 그들은 대화를 시작했고, 레너드는 점차 과묵함을 떨치고 자신이 겪는 가정 문제의 일부를 이야기했으며 많은 부분을 암시했다. 그러자 대학생이 그와 친구가 될 수 있을 거라는 생각에 〈점심 식사 후 커피〉를 함께 하자고 했다. 그는 그러겠다고 했지만, 그 뒤 소심함이 발동해서 자신이 묵는 싸구려 호텔에서 일어나지 않았다. 그는 로맨스가 포피리언과 충돌하는 걸 원치 않았고, 재키와 충돌하는 건 더더욱 원치 않았다. 충만하고 행복한 삶을 사는 사람들은 이런 걸 쉽게 이해하지 못한다. 슐레겔 자매는 대학생과 마찬가지로 그에게 흥미를 느꼈고, 또 다시 만나고 싶어 했다. 하지만 그에게 그들은 따로 마련된 모퉁이에 머물러야 하는 로맨스 나라의 주민이었고, 액자에서 걸어 나오면 안 되는 그림이었다.

그가 마거릿의 명함을 두고 벌인 행동도 매우 전형적인 것이었다. 그의 결혼 생활은 비극과는 거리가 멀었다. 돈이 없고 폭력적 성향이 없는 곳에서는 비극이 발생할 수 없다. 그는 아내를 떠날 수 없었고 아내를 때리고픈 마음도 없었다. 까다로운 성미와 불결함만으로도 충분했다. 여기 〈그 명함〉이 끼어들었다. 레너드는 비밀이 많았지만 그다지 깔끔하지 않았기 때문에 바닥에 떨어진 명함을 건사하지 않았다. 재키가 그걸 발견하고 물었다. 「이 명함은 뭐야?」 「보면 알 거 아냐?」 「렌, 슐레겔 양이 누구야?」 등등. 그렇게 몇 달이 지났고, 명함은 때로는 가볍고 때로는 심각한 다툼의 원인이 되었으며, 그런 다툼은 갈수록 지저분해졌다. 카밀리아 로를 떠나 틸스힐로 이사한 뒤에도 명함은 그들을 따라왔다. 그것은 다른 사람들에게도 보였다. 몇 인치짜리 판지에 불과한 그 명함은 레너드의 영혼과 아내의 영혼이 겨루는 전쟁터가 되었다. 왜 그는 간단하게 〈어떤 여자가 내 우산을 가져갔는데, 다른 여자가 이걸 주면서 우산을 찾으러 오라고 했어〉라고 말하지 않았을까? 재키가 믿지 않을까 봐서? 부분적으로는 그렇기도 했을 것이다. 하지만 가장 큰 원인은 그가 품은 감상 때문이었다. 명함에 어떤 애정을 가진 건 아니었지만, 그것은 교양 있는 세계를 상징했고, 그 세계는 재키가 건드려서는 안 되는 영역이었다. 그는 밤마다 생각했다. 〈어쨌거나 재키는 명함의 진실을 모르잖아. 그래! 내가 이긴 거야!〉

불쌍한 재키! 그녀는 나쁜 여자가 아니었고, 많은 것을 참으며 살았다. 그녀는 나름의 결론을 내렸고 — 그녀는 한 가지 결론밖에 내릴 수 없었다 —, 시간이 무르익자 그 결론에 의거해서 행동했다. 금요일에 레너드는 하루 종일 그녀와 한마디도 말을 하지 않았고, 저녁 내내 별만 바라보았다. 토요일에 그는 평소처럼 시내로 나갔지만 저녁이 되어도 돌아오지 않았고, 일요일 아침에도 일요일 오후에도 돌아오지 않았다. 걱정과 불안이 참을 수 있는 한도를 넘어서자, 외출도 드물고 여자들을 멀리하는 버릇을 들인 그녀였지만 위컴 플레이스를 찾아간 것이다. 레너드는 그녀가 집을 비운 사이 돌아왔다. 명함, 그 치명적인 명함이 러스킨의 책갈피에서 사라졌을 때, 그는 무슨 일이 일어났는지 짐작했다.

「나는 당신이 어디 갔는지 알지만, 당신은 내가 어디 갔는지 몰라.」 그는 요란하게 웃으며 소리쳤다.

재키가 한숨을 쉬며 말했다. 「렌, 당신이 설명해 주면 좋겠어.」 그리고 그녀는 다시 외출 없는 생활을 재개했다.
 이런 단계에서 그걸 설명하기란 어려운 일이었고, 레너드는 철이 없었다. 아니면 그런 걸 시도하기에는 너무 건전한 친구라고 말하고 싶다. 그의 과묵함은 경제 세계가 조장하는 거짓된 과묵함, 그러니까 별것도 아닌 걸 대단한 양 포장하고 「데일리 텔레그라프」의 뒤로 숨어 버리는 그런 과묵함만은 아니었다. 모험가도 과묵한 법이고, 사무원이 어둠 속을 몇 시간 걷는다는 것은 모험이다. 남아프리카 초원 지대에서 라이플총 같은 온갖 모험 장치를 옆에 두고 잔 경험이 있는 사람이라면 그를 비웃을지 모른다. 또 모험이란 어리석은 일이라고 생각하는 사람도 역시 그를 비웃을지 모른다. 하지만 레너드가 그런 사람을 만나기 싫어한다는 건 그리 놀라운 일이 아닐 것이다. 또 그 이야기를 듣게 된 게 재키가 아니라 슐레겔 자매라는 것도.
 슐레겔 자매가 그를 어리석다고 생각하지 않았다는 사실은 영원한 기쁨이 되었다. 그는 그들을 생각할 때 최상의 존재가 되었다. 그가 희미해져 가는 하늘 아래 집으로 돌아갈 때, 그 사실은 그의 기운을 북돋아 주었다. 어떻게 해서인지 부의 장벽이 무너졌고, 정확한 표현을 찾기 어려웠지만 이 세상의 경이로움에 대한 공통의 교감이 있었다. 신비주의자는 〈다른 사람이 믿어 주는 순간 나의 신념은 무한해진다〉고 말한다. 그리고 그들은 일상의 잿빛 너머에 무언가가 있다는 데 동의했다. 그는 모자를 벗어서 골똘히 매만졌다. 지금까지 그에게 미지의 세계란 책의 세계, 문학과 지성적 대화, 교양의 세계였다. 사람은 공부를 해서 자신을 향상시키고, 세상을 앞설 수 있다고 생각했다. 하지만 그 짧은 만남은 그에게 새로운 깨달음을 주었다. 어둠에 잠긴 교외의 언덕을 걸은 게 〈그 무엇〉이었을까?

그는 자신이 모자도 쓰지 않고 리전트 거리를 걷고 있음을 깨달았다. 런던이 다시 밀물져 돌아왔다. 이 시간에 사람은 별로 없었지만, 지나가는 사람은 모두 그에게 적의에 찬 눈길을 보냈는데, 인상적인 것은 그 눈길들이 무의식적이었다는 점이다. 그는 모자를 썼다. 모자는 너무 컸다. 그의 머리는 푸딩이 그릇 속에 잠기듯 사라졌다. 둥글게 휜 테두리에 눌려 두 귀가 바깥으로 구부려졌다. 그는 모자를 약간 뒤로 기울여 썼다. 그러자 그의 얼굴이 훨씬 더 길어졌고, 눈과 콧수염 사이의 거리가 더 두드러졌다. 그런 차림을 갖추자 그는 비난의 화살을 피할 수 있었다. 그가 빠르게 박동하는 인간의 심장을 가슴에 담고서 보도 위를 뛰어갈 때 아무도 불안함을 느끼지 않았다.

15

슐레겔 자매는 모험심을 가득 안고서 저녁 식사를 하러 나갔고, 그들이 같은 주제를 안고 있을 때 그들에게 맞설 만한 디너파티란 거의 없었다. 여자들만으로 이루어진 그날 밤의 파티는 대부분의 파티보다 반발력이 있었지만, 그래도 얼마간의 저항 끝에 무너졌다. 식탁 한쪽에 앉은 헬렌과 반대편에 앉은 마거릿은 오직 바스트 씨 이야기만 했고, 앙트레[11]를 먹던 어느 순간 둘의 독백이 충돌해서 부서진 뒤 그것은 모든 이의 공유 재산이 되었다. 그뿐이 아니었다. 그 디너파티는 느슨한 토론 모임이라서 식사 후에 응접실에 가서 커피 잔과 웃음 속에 논문 한 편을 읽었다. 하지만 토론은 나름대

---

11 수프, 전채 다음에 먹는 전식(前食).

로 진지했고, 그 주제는 많은 사람의 관심을 끄는 것들로 선택되었다. 논문을 읽고 토론이 시작되자, 바스트 씨도 토론에 등장했는데, 그는 토론자의 성향에 따라 문명의 밝은 지점이 되기도 하고 어두운 지점이 되기도 했다. 논문의 주제는 〈자신의 재산을 어떻게 처분해야 하는가?〉였다. 낭독자는 죽음이 임박한 백만장자로, 전 재산을 지역 미술관 설립 사업에 기증하려고 생각 중이었지만, 설득력 있는 제안이 있다면 다시 생각해 볼 수도 있다고 했다. 사전에 역할들이 배정되어 있었고, 몇몇 사람은 흥미로운 연설을 했다. 파티를 주최한 부인이 〈백만장자의 장남〉이라는 달갑지 않은 역할을 맡아서, 죽어 가는 어머니에게 그 많은 재산을 가족 밖으로 돌려서 사회를 혼란스럽게 하지 말라고 간청했다. 돈이란 자기희생의 열매고, 2세대는 1세대의 희생으로 덕을 볼 권리가 있었다. 〈바스트 씨〉가 무슨 권리로 거기서 덕을 보려고 하는가? 그와 같은 사람들에게는 내셔널 갤러리면 충분했다. 이렇게 해서 소유권이 자기주장을 한 뒤 — 당연히 듣기 좋은 이야기는 아니었다 —, 다양한 박애주의자들이 앞으로 나섰다. 〈바스트 씨〉에게도 무언가 해주어야 한다. 개인의 독립성을 훼손시키지 않는 한도 내에게 그의 환경은 개선되어야 한다. 그는 무료로 책을 빌리거나 무료로 테니스를 칠 수 있어야 한다. 집세도 그가 눈치 챌 수 없는 방식으로 다른 사람들이 내주어야 한다. 그가 지방 수비대에 들어가도 문제없도록 해주어야 한다. 그는 별로 도움이 되지 않는 아내와 강제로라도 헤어져야 하고, 아내에게는 보상금을 지불해야 한다. 그에게 이른바 〈트윈 스타〉, 그러니까 유한계급 가운데 그를 끊임없이 돌봐 줄 어떤 사람이 배정되어야 한다(이 대목에서 헬렌이 신음 소리를 냈다). 그 사람에게 식량은 줘야 하지만 옷은 안 된다. 옷은 줘도 식량은 안 된다. 베네치아에 다녀올

3등 왕복 차표를 주되, 거기 도착한 다음에는 식량도 옷도 주면 안 된다. 요컨대 돈만 빼고 모든 걸 주어야 한다.

그때 마거릿이 반박했다.

「가만, 가만, 슐레겔 양!」 그날의 낭독자가 말했다. 「슐레겔 양은 내게 〈역사 자연 명소 보존 협회〉의 입장을 설득해야 돼요. 맡은 역할에서 벗어나면 안 돼요. 내 머리가 헷갈리니까, 그리고 내가 병이 깊다는 걸 잊은 것 같군요.」

「잘 들어 보면 헷갈리지 않으실 거예요.」 마거릿이 말했다. 「왜 그 사람에게 돈을 주지 않는 거죠? 부인은 연 수입이 3만 파운드라고 알고 있는데요.」

「그래요? 나는 백만 파운드인 줄 알았는데?」

「백만 파운드는 전 재산 아니었나요? 이 문제를 분명히 해둬야겠군요. 하지만 그건 중요하지 않아요. 재산이 얼마건 간에, 저는 되도록 많은 가난한 사람들에게 1년에 3백 파운드씩 주어야 한다고 생각해요.」

「하지만 그건 그 사람들을 빈민 취급하는 일 아닐까요?」 슐레겔 자매를 좋아하지만 때로는 그들이 좀 세속적이라고 생각하는 열렬한 처녀의 말이었다.

「그만한 돈을 준다면 그렇지 않죠. 큰 시혜를 베푸는 건 빈민 취급하는 일이 아니에요. 하지만 너무 많은 사람한테 돈을 찔끔찔끔 흘려주는 건 해로운 결과만 낳아요. 돈에는 교육적인 기능이 있어요. 돈으로 사는 물건들보다 돈 자체가 훨씬 더 교육적이죠.」 그에 대한 반론이 일어났다. 「어떤 의미에서 보면 그렇다는 거죠.」 마거릿이 덧붙였지만, 반론은 이어졌다. 「그 사람이 자기 수입을 적절하게 사용할 수 있도록 해주는 건 아주 품위 있는 일이 아닐까요?」

「두 분이 말하는 바스트 씨는 그럴 수 없어요.」

「사람들에게 기회를 줘봐요. 그리고 돈을 줘요. 시집이나 기차표를 주는 건 어린아이 취급을 하는 거예요. 대신 그 사람들이 직접 그런 걸 살 수 있는 수단을 주세요. 사회주의가 된다면 이야기가 달라지겠죠. 그러면 우리는 현금 대신 물건으로 생각해야 될 테니까요. 그렇게 되기 전까지는 돈을 주세요. 돈은 문명의 날실이에요. 문명의 씨실이 무언지는 몰라도 말이죠. 우리는 돈을 중심으로 상상력을 펼치고 그걸 실현시켜야 해요. 왜냐 하면 돈은 — 세상에서 두 번째로 중요한 거니까요. 하지만 사람들이 그 사실을 얼버무리고 또 그런 논의를 막아 버리니까 명확한 생각을 하기가 힘들어지는 거예요. 아, 물론 정치 경제학이 있기는 하지만, 우리는 자신의 수입마저 명확하게 생각하지 못하고, 독립적 사고란 십중팔구 독립적 수입의 결과라는 것도 잘 인정하지 않아요. 돈이 중요해요. 바스트 씨에게 돈을 주세요. 그가 품은 이상 같은 건 신경 쓰지 마세요. 그건 그 사람이 알아서 할 일이니까요.」

그녀는 의자 등받이에 몸을 기댔고, 열렬한 모임 참가자들은 그녀를 곡해하기 시작했다. 여자들은 일상생활에서는 잔인할 만큼 실제적이지만, 대화에서 이상주의가 무시당하는 건 견디지 못한다. 사람들은 마거릿에게 어쩌면 그렇게 끔찍한 말을 하느냐고, 온 세상을 얻어도 영혼을 잃는다면 바스트 씨에게 무슨 이득이 되겠느냐고 물었다. 그녀는 아무 이득도 안 된다고, 하지만 영혼을 얻으려면 먼저 세상의 것을 조금이라도 얻어야 한다고 대답했다. 그러자 다른 사람들은 아니라고, 그런 말은 받아들일 수 없다고 입을 모았고, 그녀는 격무에 시달리는 사무원이 저 세상에서는 실제 성과보다 노력을 높이 평가받아서 영혼이 구원받을지도 모른다는 걸 인정했다. 하지만 그가 이 세상에서 정신적 자원을 탐구한다거나 육체가 지닌 희귀한 즐거움을 깨닫는다거나 동료들과 강렬한 교류를 나눌 수 있다는 데는 반대했다. 다른 사람들은 재산이나 이자 같은 사회 구조를 공격했다. 반대로 마거릿은 소수의 사람들에게 시선을 고정한 채 현 상태에서 어떻게 그들이 좀 더 행복해질 수 있을까를 생각했다. 인류를 상대로 펼치는 선행은 소용이 없다. 그러한 노력들은 아름다운 색채를 띠고 있지만, 너무 넓은 영역에 얇은 막처럼 펼쳐지기 때문에 전체적으로 잿빛이 되고 만다. 한 사람에게, 또는 지금의 경우처럼 소수의 사람에게 선행을 베푸는 것이 그녀가 희망할 수 있는 최상의 것이었다.

이상주의자들과 정치 경제론자들 사이에서 마거릿은 상당한 괴로움을 겪었다. 그들은 다른 데서는 의견이 갈렸지만, 마거릿과 생각이 다르다는 점과 백만장자의 돈을 자기들 손으로 관리해야 한다고 주장하는 점에서는 의견이 일치했다. 열렬한 처녀는 〈개인적 관리 감독과 상호 협조〉라는 계획을 내놓았다. 그 계획의 목표는 빈민들을 변화시켜서 그렇게 가난하지 않은 사람들과 완전히 똑같은 상태로 만드는 것이었다. 파티를 주최한 부인은 자신은 장남인 만큼 분명히 얼마간의 유산을 받아야 한다는 온당한 주장을 했다. 마거릿은 힘없이 그 주장을 인정했는데, 헬렌이 즉시 다른 주장을 들고 나왔다. 즉 자신은 백만장자의 집에서 과식과 저임금에 시달리며 40년 넘게 일한 하녀인데, 뚱뚱하고 가난한 자신에게는 아무것도 돌아오는 게 없느냐는 거였다. 마침내 백만장자가 전 재산을 재무부 장관에게 물려주겠다는 마지막 유서를 읽었다. 그리고 그녀는 죽었다. 이 토론은 장난스러운 대목보다는 진지한 대목들이 더 훌륭했는데 — 남자들의 토론은 대체로 그 반대든가? — 그것만으로도 모임은 즐겁게 끝났고, 열두 명의 여자들은 유쾌하게 각자의 집으로 흩어졌다.

헬렌과 마거릿은 열렬한 처녀와 함께 토론을 계속하면서

배터시 브리지 역까지 걸어갔다. 처녀와 헤어지자 그들은 홀가분한 마음으로 저녁의 아름다움을 느꼈다. 둘은 오클리 거리 쪽으로 돌아섰다. 템스 강 제방을 따라 늘어선 가로등과 플라타너스들이 영국의 도시에서는 찾아보기 힘든 위엄을 풍겼다. 제방의 의자들은 거의 비어 있었지만, 상쾌한 공기를 마시고 차오르는 조수의 속삭임을 듣기 위해 뒤편의 집들에서 나온 정장 차림의 사람들이 여기저기 드문드문 앉아 있었다. 첼시 제방에는 무언가 대륙적인 것이 있었다. 너른 공간을 이토록 적절하게 사용하는 사례는 영국보다는 독일에서 더 흔히 만날 수 있는 축복이다. 마거릿과 헬렌이 의자에 앉자, 눈앞의 도시가 끝없는 3부작을 상연하는 오페라 하우스처럼 보였고, 두 사람은 2막의 일부를 좀 못 본다 해도 별로 개의치 않는 관객이 된 것 같았다.

「춥니?」

「아니.」

「피곤해?」

「괜찮아.」

열렬한 처녀를 실은 기차가 다리 위로 우릉우릉 지나갔다.

「있잖아, 헬렌······.」

「뭐?」

「우리가 계속 바스트 씨를 만나야 하는 걸까?」

「몰라.」

「그러면 안 될 것 같아.」

「그야 언니 마음대로지.」

「부질없는 일이야. 네가 정말로 사람들을 알고 싶은 게 아니라면 말이지. 오늘 토론이 마음 깊이 와닿았어. 그때는 서로 흥분해서 모두 즐거웠지. 하지만 제대로 교류를 한다고 생각해 봐. 우정을 가지고 장난쳐서는 안 돼. 모두 부질없는 일이야.」

「래널린 부인도 있어.」 헬렌이 하품했다. 「그 여자는 정말 따분해.」

「맞아, 그리고 따분한 것보다 더 나빠질 수도 있어.」

「그런데 그 사람이 어떻게 언니 명함을 갖게 된 거지?」

「그 사람 말로는 — 연주회가 어쩌고 우산이 어쩌고 했잖니.」

「그 명함이 부인을 본 거고…….」[12]

「헬렌, 집에 가서 자자.」

「아니, 조금 더 있다가 가. 너무 아름다운 밤이야. 그런데 아까 언니가 돈은 이 세상의 날실이라고 그랬지?」

「응.」

「그러면 씨실은 뭐야?」

「그거야 사람들이 선택하기 나름이지. 돈이 아닌 어떤 것, 그 이상은 알 수 없어.」

「밤에 산책하는 것?」

「그럴 수도 있고.」

「티비한테는 옥스퍼드?」

「그럴 것 같다.」

「언니한테는?」

「이제 위컴 플레이스를 떠나야 하니까, 나는 집을 꼽고 싶어. 윌콕스 부인한테 그건 분명히 하워즈 엔드였을 거야.」

자기 이름은 먼 거리에서도 잘 들리는 법이다. 거기서 꽤 떨어진 의자에 친구들과 함께 앉아 있던 윌콕스 씨가 자리에서 일어나 두 사람을 향해 걸어갔다.

---

[12] 헬렌의 졸린 상태를 암시하기 위해 일부러 말을 틀리게 쓴 것으로 추정.

「그런데 사람보다 집이 더 중요하다는 건 어쩐지 슬픈 일인 것 같다.」 마거릿이 말을 이었다.

「그게 왜? 집은 사람보다 훨씬 좋아. 포메라니아 숲에 있는 집을 생각하면, 거기 사는 뚱뚱한 산림 감독관보다 그 집이 훨씬 좋은걸.」

「우리는 점점 사람들한테 신경을 덜 쓰게 될 것 같아. 많은 사람을 알수록 대체할 사람을 찾기가 쉬워지니 말이야. 런던에서 사는 불행 가운데 하나지. 나는 집을 가장 소중히 여기면서 인생을 마치게 될 것 같아.」

이때 윌콕스 씨가 그들에게 다가왔다. 그들이 마지막으로 만난 뒤로 몇 주 만이었다.

「안녕하시오?」 윌콕스 씨가 말했다. 「목소리가 귀에 익더군요. 여기서 무얼 하고 있는 건가요?」

그의 목소리는 그들을 보호해 주겠다는 듯한 분위기를 풍겼다. 남자 없이 첼시 제방에 나와 앉으면 안 된다는 투였다. 헬렌은 분개했지만, 마거릿은 선량한 남자가 지니는 태도로 자연스럽게 받아들였다.

「정말 오랜만이네요, 윌콕스 씨. 얼마 전에 지하철에서 이비를 만나긴 했지만요. 아드님 일은 잘 되었나요?」

「폴 말입니까?」 윌콕스 씨가 그렇게 말하면서 담뱃불을 끄고 두 사람 사이에 앉았다. 「폴 일은 잘됐습니다. 마데이라에서 보낸 편지를 받았어요. 지금쯤은 다시 일하고 있을 겁니다.」

「으 —」 헬렌이 여러 가지 이유로 몸을 떨었다.

「무슨 뜻인지?」

「나이지리아의 기후는 견디기 힘들지 않은가요?」

「누군가는 가야 해요.」 윌콕스 씨가 간단히 대답했다. 「누군가 희생하지 않으면 영국은 해외 교역을 유지하지 못할 겁니다. 우리가 서아프리카에 기반을 다져 놓지 못하면 독일이, 아니 복잡한 문제들이 생겨날 수 있어요. 그나저나 슐레겔 양들은 어떻게 지내고 있습니까?」

「저희는 지금 아주 즐거운 모임을 끝내고 돌아가는 길이에요.」방문자가 있으면 언제나 생기를 되찾는 헬렌이 소리쳤다.「논문을 읽는 모임에 나가거든요, 언니랑 저랑 — 전부 여자지만, 논문을 읽고 토론도 해요. 오늘 저녁에는 사람이 자기 재산을 누구에게 남겨 주어야 하느냐가 주제였어요. 가족에게 물려주느냐, 가난한 사람들에게 주느냐, 그렇다면 그 방법은 어때야 하느냐, 정말 재미있었어요.」

사업가 윌콕스 씨는 웃었다. 아내가 죽은 뒤 그는 수입이 두 배 가까이 불었다. 마침내 그는 사업계의 중요 인물이 되어서, 그의 이름만으로도 사업 계획서들이 신뢰를 얻었고, 인생은 매우 순조로웠다. 바다에서 내륙으로 밀려드는 템스 강의 물결 소리를 듣는 지금, 세상은 그의 손아귀에 있는 것 같았다. 마거릿과 헬렌에게 그렇게도 큰 감탄을 일으키는 이 강도 그에게는 별다른 신비가 아니었다. 그는 테딩턴 수문을 만드는 데 투자함으로써 조수의 흐름을 줄이는 데 기여했고, 만약 그를 비롯한 여러 자본가들이 마음만 먹으면 언젠가 그 흐름은 더 줄어들 수도 있다. 저녁을 잘 먹고 나서 이렇게 상냥함과 똑똑함을 겸비한 처녀들 사이에 앉아 있자니, 그는 모든 것을 움켜쥔 듯 으쓱해져서 이 세상에 자신이 모르는 게 있다면 그건 알 필요가 없는 것이라는 생각까지 들었다.

「참 독창적인 놀이로군요!」그가 유쾌한 웃음을 터뜨리며 말했다.「이비도 그런 모임에 나가 보면 좋으련만. 하지만 시간이 없지. 그 애는 애버딘테리어 몇 마리를 기르느라 정신이 없어서....... 하여간 아주 귀여운 개들입니다.」

「저희도 그런 일을 하는 게 더 좋을지 몰라요.」

「저희는 공연히 정신을 수양하는 척하는 거예요.」 헬렌이 약간 냉랭하게 말했다. 윌콕스 가족의 매혹은 두 번 느낄 수 있는 것이 아니었고, 그녀는 윌콕스 씨가 지금 한 것 같은 말에 매혹되었던 날에 대한 쓰린 기억이 있었다. 「2주일에 한 번씩 이렇게 토론하며 시간을 보내는 것도 좋은 거 같아요. 하지만 언니 말대로 개를 키우는 게 더 나을지도 모르죠.」

「아뇨, 나는 언니의 말에 동의하지 않습니다. 순발력을 키우는 데는 토론만한 게 없거든요. 때로는 나도 젊었을 때 그런 모임에 다녀 볼걸 그랬다는 생각이 들어요. 그랬으면 지금 말할 수 없이 큰 도움을 받았을 겁니다.」

「순발력이라고요?」

「그래요, 토론할 때의 순발력. 상대방이 가진 말재주에 당한 적이 한두 번이 아니거든요. 아, 나는 토론은 좋은 거라고 생각해요.」

아버지뻘 되는 사람이다 보니 이렇게 으스대는 말투도 마거릿에게는 별로 거부감이 느껴지시 않았다. 그녀는 전부터 윌콕스 씨는 매력 있는 사람이라고 주장했다. 슬픔이나 격렬한 감정에 휩싸였을 때 그가 보여 주는 대책 없는 모습은 딱하기 짝이 없었다. 하지만 지금 그의 이야기를 듣는 것도 좋았고, 그의 숱 많은 갈색 콧수염과 넓은 이마가 별들을 마주하고 있는 모습도 보기 좋았다. 하지만 헬렌은 심기가 불편해져서, 자신이 생각하는 토론의 목표는 〈진실〉이라는 뜻을 내비쳤다.

「그래요, 그러니까 토론 주제는 무엇이 돼도 상관없지요.」 그가 말했다.

마거릿이 웃고 말했다. 「지금 우리 대화가 아까 토론보다 더 재미있어지겠네요.」 헬렌도 마음을 추스르고 웃었다. 「그 이야기는 그만할래요.」 그녀가 말했다. 「대신 저희가 알고 있는 특별 사례를 윌콕스 씨께 말씀드리고 싶어요.」

「바스트 씨 말이니? 그래, 이야기하렴. 특별 사례라면 좀 더 관대하게 봐주실 거야.」

「하지만 윌콕스 씨, 먼저 담배라도 피우세요. 제가 드릴 말씀은, 저희가 어떤 젊은이를 한 명 알게 됐거든요. 몹시 가난한 것 같지만, 어쨌거나 아주 재미……」

「직업이 뭡니까?」

「사무원이에요.」

「어느 회사죠?」

「언니는 기억해?」

「포피리언 화재 보험 회사.」

「아 맞아. 줄리 이모한테 벽난로 앞 깔개를 준 회사지. 하여간 그 사람은 여러 가지로 재미있어서, 자꾸 도와주고 싶은 마음이 들어요. 결혼은 했는데, 부인을 썩 좋아하는 것 같지는 않아요. 책을 좋아하고 흔히 모험이라고 하는 것도 좋아해요. 그리고 기회가 된다면 — 하지만 너무 가난해요. 돈을 번다고 해봐야 자질구레한 것들과 옷 좀 사면 끝이에요. 그 사람이 가혹한 환경에 휘말려서 주저앉을까 봐 걱정돼요. 오늘 토론에 그 사람 이야기가 나왔거든요. 그게 주제는 아니었지만, 어쨌든 관계가 있었어요. 백만장자가 죽으면서 그런 사람한테 돈을 주려 한다고 생각해 보세요. 어떻게 해야 그런 사람을 도울 수 있을까요? 그냥 1년에 3백 파운드씩 주면 될까요? 그게 언니 생각이에요. 하지만 다른 사람들은 대부분 그건 그 사람을 빈민으로 만들어버릴 거래요. 그러면 그런 사람들이 무료로 책방을 이용할 수 있게 해야 할까요? 저는 〈안 된다!〉고 했어요. 그 사람은 책을 많이 읽고 싶어 하지 않고 제대로 읽고 싶어 해요. 제 생각은 해마다 여름휴가 직전에 무언가를 주는 거예요. 하지만 아내도 있다 보니, 사람들은 아내도 같이 데리고 갈 수 있게 해야 한대요. 쓸 만한 의견이 없었어요! 윌콕스 씨는 어떻게 생각하세요? 윌콕스 씨가 백만장자인데 가난한 사람을 돕고 싶다면 어떻게 하시겠어요?」

재산 상태가 방금 가정한 사람과 크게 차이 나지 않는 윌콕스 씨는 호탕하게 웃었다. 「슐레겔 양, 나는 여자 분들이 가지 않은 곳에 갈 생각이 없습니다. 이미 제시된 훌륭한 제안들에 다른 제안을 덧붙이고 싶지 않군요. 내가 보탤 말은 이것뿐입니다. 두 분이 알고 계신 그 젊은이에게 되도록 빨리 포피리언 화재 보험 회사에서 나오라고 전하십시오.」

「왜요?」 마거릿이 물었다.

그가 목소리를 낮추었다. 「아직 비밀에 속하는 이야기인데, 그 회사는 크리스마스 전에 관리인단의 손에 넘어갈 겁니다. 그러니까 파산한다는 얘기예요.」 그는 그녀가 못 알아들었을 거라는 생각에 마지막 말을 덧붙였다.

「어머나, 헬렌. 들었지? 그렇게 되면 다른 직장을 찾아야겠네요.」

「그렇게 되면이라고요? 배가 가라앉기 전에 떠나야 돼요. 지금 당장 새 직장을 알아보라고 해요.」

「어떻게 될지 기다리지 말고요?」

「그럼요.」

「왜 그렇죠?」

윌콕스 씨는 다시 근엄하게 웃음을 터뜨리고 목소리를 낮추었다. 「직장이 있는 사람이 그렇지 않은 사람보다 새 직장을 찾기가 유리한 법입니다. 그편이 더 능력 있어 보이니까요. 내 경험상 (이건 중대한 비밀이지만) 그 사실은 고용주들에게 크게 영향을 미쳐요. 인간 본성이라고나 할까요?」

「그런 생각은 못해 봤네요.」 마거릿이 중얼거리는 가운데,

헬렌이 말했다. 「우리 인간 본성은 그 반대 같네요. 우리는 직장이 없는 사람을 고용하거든요. 예를 들면 지금 우리 집에 구두 닦아 주는 사람이 그렇죠.」

「그 사람이 구두를 잘 닦나요?」

「별로 그렇진 않아요.」 마거릿이 솔직하게 말했다.

「거봐요!」

「그러면 윌콕스 씨 조언은 우리가 미리 그 젊은이한테 말을 해주는 편이……?」

「난 아무것도 조언하지 않습니다.」 그가 말을 자르고는, 누가 그 부주의한 말을 듣지 않았나 싶어 제방 주변을 훑어보았다. 「말하지 않는 편이 좋았을 것 같군요. 하지만 우연히 알게 됐습니다. 이렇게 저렇게 관련이 있다 보니까요. 포피리언은 문제가 많은 회사예요. 하지만 내가 그렇게 말했다고는 하지 마요. 그 회사는 협정에도 가입을 안 했으니까.」

「말 안 하겠어요. 사실 지금 하신 말씀이 잘 이해가 안 돼요.」

「보험 회사는 안 망하는 줄 알았어요.」 헬렌이 덧붙였다. 「다른 회사들이 나서서 구제해 주려고 하지 않나요?」

「재보험 말이군요.」 윌콕스가 차분히 설명했다. 「바로 그 점이 포피리언 사의 취약 지점입니다. 보험 가격을 계속 낮추었고, 소규모 화재가 쉴 새 없이 발생하는 바람에 재보험에 가입할 여력이 없었어요. 기업들이 서로 사랑해서 구제해 주는 일은 없습니다.」

「〈인간 본성〉이죠.」 헬렌이 다시 말했고, 그는 웃으며 헬렌의 말에 동의했다. 마거릿이 요즘 같은 때 사무원이 직장을 잡기는 극히 어려울 것 같다고 하자, 그는 〈그래요, 극히 어렵습니다〉라고 대답하고는 친구들에게 돌아가려고 일어섰다. 그의 회사에도 어쩌다 빈자리가 나면 수백 명의 지원자가 몰려들었고, 지금은 빈자리도 없다고 했다.

「지금 하워즈 엔드는 어떻게 되었나요?」 마거릿이 다른 이야기로 대화를 마무리하려고 물었다. 윌콕스 씨는 다른 사람들은 모두 자신에게 부탁할 게 있다고 생각하는 것 같았다.

「세주었습니다.」

「그렇군요. 그러면 윌콕스 씨는 지금 집도 없이 장발의 예술가들이 넘쳐 나는 첼시를 헤매고 계신 건가요? 그럴 줄은 몰랐는데요!」

「가구는 빼냈습니다. 우리는 이사했어요.」

「저는 두 분이 하워즈 엔드에서 영원히 살 거라고 생각했어요. 이비가 그런 말을 안 해줬거든요.」

「슐레겔 양이 이비를 만났을 때는 일이 확정되지 않았을 겁니다. 이사한 지 일주일밖에 안 됐으니까요. 폴이 그 집에 애정이 좀 있어서 그 아이 휴가 동안 그곳에서 함께 머물렀지만, 그 집은 숨 막힐 만큼 좁고 또 불편한 점이 한두 가지가 아니에요. 가본 적이 있던가요?」

「가보지는 않았어요.」

「하워즈 엔드는 말하자면 농장 주택을 개조한 거예요. 아무리 돈을 들여도 제대로 된 집이 안 됩니다. 우산느릅나무 뿌리들 틈에 차고를 짓느라고 얼마나 애를 먹었는지 몰라요. 작년에는 초지 한 구석에 바위 정원을 만들려고 했죠. 이비가 고산 식물들을 좋아하거든요. 하지만 실패했어요. 마거릿 양, 아니 헬렌 양은 아마 기억할 겁니다. 흉측한 뿔닭들을 키우는 농장이 있는데, 그 집 할멈이 산울타리를 제대로 돌보지 않아서 아래쪽이 휑해졌어요. 또 집 안을 보면 들보들도 튀어나와 있고, 계단도 문을 열고 다녀야 되고, 보기에는 좋지만 사람이 살기는 적절치 않아요.」 그는 즐거운 표정으로 난간 너머를 바라보았다. 「만조로군요. 그리고 위치도 적절하지 않아요. 동네가 점점 교외 지역처럼 되고 있으니까요. 런던에 들어와 살든지 아예 멀리 벗어나든지 하는 게 좋아요. 그래서 우리는 듀시 거리에 집을 구했어요. 슬론 거리 쪽으로요. 그리고 슈롭셔에도 집을 한 채 마련했습니다. 어니턴 그레인지라고 하죠. 어니턴을 압니까? 한번 놀러 와요. 그 집은 세상하고 뚝 떨어져 있어요. 웨일스 가는 길에 있습니다.」

「정말 많은 게 변했네요!」 마거릿이 말했다. 하지만 변한 것은 그녀의 목소리였다. 그 목소리에 깊은 슬픔이 담겼다. 「윌콕스 가족 없는 하워즈 엔드나 힐튼은 상상이 되지 않네요.」

「모두가 힐튼을 떠난 건 아니에요.」 그가 대답했다. 「찰스가 아직 거기 있으니까.」

「아직이라고요?」 최근 찰스 가족의 소식을 듣지 못한 마거릿이 물었다. 「아드님은 아직 엡섬에 있는 줄 알았는데요. 어느 해던가 크리스마스에 집에 가구를 들이고 있었어요. 정말 모든 게 바뀌었네요! 창밖으로 찰스 부인을 보면서 얼마나 감탄했는데요. 엡섬 아니었나요?」

「엡섬 맞습니다. 하지만 18개월 전에 이사했어요. 찰스는 좋은 녀석이죠.」 그의 목소리가 가라앉았다. 「내가 외로울 거라고 생각한 거예요. 오지 말라고 그랬는데도, 굳이 내려와서 힐튼의 반대편 끝 식스힐스 쪽에 집을 구했습니다. 그 애도 자동차가 있으니까. 거기서 식구들하고 잘 살고 있습니다. 돌리하고 또 손자 손녀하고요.」

「저는 주제넘게 다른 사람들 일을 잘 챙기는 편이에요.」 마거릿이 악수를 하며 말했다. 「윌콕스 씨가 하워즈 엔드에서 나온다는 걸 알았더라면 찰스 윌콕스 씨에게 거기 들어가 살라고 했을 거예요. 그렇게 훌륭한 집을 다른 사람에게 넘기다니 안타깝네요.」

「물론 훌륭한 집이죠.」 그가 대답했다. 「하지만 그 집을 판건 아니고, 앞으로도 그럴 생각은 없습니다.」

「하지만 윌콕스 가족은 모두 떠났잖아요.」

「그래도 세입자가 훌륭한 사람이에요. 하마 브라이스라고 병약자죠. 만약 찰스가 그 집을 원한다면 — 하지만 안 그럴 겁니다. 돌리가 현대식 생활에 길들여져 있어서요. 결국 모두 하워즈 엔드를 떠나기로 할 수밖에 없었어요. 우리도 나름대로 그 집을 좋아하지만, 그 집은 이것도 아니고 저것도 아니에요. 집은 이것 아니면 저것이라고 할 만한 게 있어야죠.」

「두 가지가 다 있는 행운아들도 있죠. 윌콕스 씨는 복을 누리시네요. 축하드립니다.」

「저도 축하드려요.」 헬렌이 덧붙였다.

「이비한테 한번 놀러 오라고 전해 주세요. 위컴 플레이스 2번지예요. 저희도 거길 곧 떠나야 되거든요.」

「슐레겔 양들도 떠난다고요?」

「돌아오는 9월에요.」 마거릿이 한숨을 쉬었다.

「모두가 떠나는군요! 그럼 이만 안녕히.」

조수가 썰물이 되어 밀려 나가기 시작했다. 마거릿은 난간 위로 몸을 내밀고 슬픈 얼굴로 강물을 내려다보았다. 윌콕스 씨는 아내를 잊었고, 헬렌은 옛사랑을 잊었다. 마거릿 자신도 무언가를 잊어 가고 있을 것이다. 모두가 떠난다. 사람들의 심장에도 저와 같은 물결이 끊임없이 밀려 들어오고 밀려 나간다면, 과거를 되새기는 일이 가치가 있는 걸까?

헬렌의 말이 마거릿의 정신을 깨웠다. 「윌콕스 씨는 잘나가는 속물이 되었군! 나 같은 건 그 사람한테 아무 소용없겠어. 어쨌거나 포피리언 이야기를 해준 건 고마운데. 집에 가자마자 바스트 씨한테 편지를 써서 당장 회사를 나오라고 말해 줘야겠어.」

「그래, 그러자. 그러는 게 좋을 거야.」

「그리고 우리 집에 와서 차도 한 잔 마시자고.」

16

레너드는 다음 토요일에 초대를 받아들였다. 하지만 그의 생각이 옳았다. 그 만남은 완전한 실패였다.

「설탕?」 마거릿이 말했다.

「케이크?」 헬렌이 말했다. 「큰 케이크를 줄까요? 아니면 조그만 걸로? 편지 받고 좀 이상하게 생각하셨을지 모르겠네요. 하지만 이제 말씀드릴게요. 우리가 괜히 이상한 짓을 한 건 아니고요, 또 잘난 척하는 것도 아니에요. 우리는 언제나 좀 말이 많을 뿐이죠. 그게 다예요.」

레너드는 여자들의 귀염둥이가 될 능력이 부족했다. 그는 이탈리아인이 아니었고, 핏줄 속에 재치 있는 농담과 우아한 언변이 흐르는 프랑스인은 더더욱 아니었다. 그가 가진 재치란 상상력과 아무 상관 없는 가난한 런던 사람의 재치일 뿐이라서, 헬렌은 〈여자 분은 말씀을 많이 하실수록 좋지요〉라는 그의 어설픈 익살에 잠시 할 말을 잃었다.

「아, 네.」 헬렌이 간신히 대답했다.

「여자 분들은 주변을 밝히는······」

「네, 알아요. 여자는 꾸준한 햇살 같은 존재들이죠. 접시 받으세요.」

「지금 하시는 일은 괜찮은가요?」 마거릿이 끼어들었다.

그도 할 말을 잃었다. 그는 이 여자들에게 자기 일에 관한 이야기를 하고 싶지 않았다. 그들은 로맨스의 세계였다. 자신이 마침내 진입한 이 방 — 벽에 기이한 나신 스케치들이 걸린 — 도 그랬고, 가장자리에 산딸기 문양이 박힌 이 찻잔도 그랬다. 그는 로맨스가 자기 삶 속으로 밀고 들어오는 것을 원하지 않았다. 그것은 몹시 곤란한 일이다.

「네, 좋아하죠.」 그가 대답했다.

「회사가 포피리언 맞죠?」

「네, 그렇습니다.」 그는 약간 기분이 상했다. 「세상일이 이렇게 알려지는 게 좀 웃기네요.」

「왜 웃기다는 거죠?」 헬렌이 그의 복잡한 마음을 간파하지 못하고 물었다. 「바스트 씨가 준 명함에 큼직하게 써 있었는걸요. 그리고 우리가 거기로 편지를 보냈고, 당신이 답장을 보낸 종이에도 회사 이름이 찍혀 있었는데……」

「포피리언이 규모가 큰 보험 회사인가요?」 마거릿이 물었다.

「어떤 걸 크다고 보느냐에 달렸습니다.」

「제가 크다고 하는 건 튼튼하고 안정적인 회사냐 하는 거예요. 직원들의 장래를 무난히 보장해 주는.」

「모르겠네요 — 어떤 사람은 이렇게 말할 데고, 다른 사람은 또 다르게 말할 테니 말이에요.」 레너드의 목소리가 불안했다. 「제 경우에는……」 그는 고개를 저었다. 「사람들의 말을 절반만 믿습니다. 어쩌면 그만큼도 안 믿어요. 그러는 편이 안전하죠. 똑똑하게 말하는 사람들이 더 큰 곤란에 부딪히는 걸 많이 봤습니다. 주의할수록 좋은 법이에요.」

그는 차를 마시고 콧수염을 닦았다. 수염이 자꾸 찻잔 속으로 빠졌다. 그러니까 장점보다는 불편함이 많은 수염이었고, 그렇다고 별로 멋있어 보이는 것도 아니었다.

「저도 그렇게 생각해요. 그래서 알고 싶은 거예요. 거기가 튼튼하고 안정적인 회사인가요?」

레너드는 알 수 없었다. 그가 아는 건 자신이 맡은 모퉁이의 일뿐 그 이상은 전혀 몰랐다. 그는 안다고 말하고 싶지도 않았고 모른다고 말하고 싶지도 않아서, 가장 안전해 보이는 방법에 따라 머리를 다시 한 번 저어 보였다. 영국 대중에게 그렇듯이 그에게도 포피리언은 광고에 나오는 대로 주름이 풍성한 고전 시대 복장을 한 채 한 손에 횃불을 들고, 다른 손으로는 세인트폴 성당과 원저 성을 가리키는 거인이었다. 광고 아래쪽에는 엄청난 액수의 돈이 적혀 있었고, 사람들은 그걸 보고 저마다 나름의 판단을 내렸다. 그 거인의 명령에 따라 레너드는 계산서와 공문을 작성하고, 신규 고객에게 보험 약관을 설명했으며, 기존 고객에게는 같은 것을 재차 설명했다. 그 거인의 품행이 충동적이라는 것은 누구나 알았다. 그는 먼트 부인에게 여봐란 듯 떠벌이며 재깍 벽난로 깔개를 선물했고, 대규모 보험금 청구들을 조용히 거부했으며, 쉴 새 없이 소송이라는 전투를 치러 나갔다. 하지만 그 거인의 진정한 실력과 경력, 그가 기업계의 다른 신들과 벌이는 연애, 이 모든 것은 제우스의 행각처럼 평범한 인간들에게는 오리무중이었다. 신들이 막강한 시절에는 그들에 대해 알기가 매우 힘들다. 그들이 쇠락하기 시작하면 그때 비로소 강력한 빛줄기가 하늘을 뚫고 들어간다.

「포피리언 회사가 망해 간다는 말을 들었어요.」 헬렌이 불쑥 말했다. 「그 말을 해드리고 싶었어요. 그래서 편지를 쓴 거예요.」

「우리가 아는 친구 분이 그 회사는 재보험 상태가 안 좋다고 말씀하시더군요.」 마거릿이 말했다.

이제 레너드는 자신이 할 일을 깨달았다. 그는 포피리언을 옹호해야 했다. 「그러면 그 친구 분에게 전해 주세요. 틀리셨다고요.」

「그거 다행이네요!」

젊은이는 얼굴을 약간 붉혔다. 그의 세계에서 틀린다는 건 치명적인 일이었다. 그런데 슐레겔 자매는 틀리는 일에 개의치 않았다. 그들은 자신들이 잘못 알았다는 사실을 아주 기뻐했다. 그들에게 치명적인 것이란 오직 악행뿐이었다.

그가 덧붙였다. 「말하자면 틀린 거지요.」

「말하자면이라니요?」

「그러니까 전적으로 옳지는 않다는 말이에요.」

이것은 실수였다. 「그러면 부분적으로는 옳다는 말이네요.」 마거릿이 번개처럼 빨리 말했다.

레너드는 그런 걸 따지자면 누구라도 부분적으로는 옳다고 대꾸했다.

「바스트 씨, 저는 경제 쪽은 잘 몰라요. 그래서 바보 같은 질문이 될 수도 있겠지만, 회사가 〈옳은〉 게 뭐고 〈그른〉 게 뭔지 말해 줄 수 있나요?」

레너드는 한숨을 쉬며 의자에 몸을 깊이 묻었다.

「우리 친구 분도 사업가예요. 그분이 분명하게 장담했어요. 크리스마스가 되기 전에……」

「그리고 당신이 회사를 나오는 게 좋다고 했어요.」 헬렌이 말했다. 「하지만 그분이 어떻게 해서 바스트 씨보다 더 잘 아는지는 모르겠어요.」

레너드는 손을 비볐다. 자신이 그 일을 전혀 모른다는 걸 고백하고 싶어질 지경이었다. 하지만 직업적 훈련이 그 일을 저지했다. 그는 회사가 나쁘다고 말할 수 없었다. 그건 비밀을 누설하는 일이었으니까. 그렇다고 좋다고 말할 수도 없었다. 그것 또한 마찬가지 일이었으니까. 그는 회사가 그 중간 어디쯤에 있으며, 양쪽 어느 방향으로도 갈 수 있다고 말하고 싶어졌다. 하지만 자신을 바라보는 네 개의 진실한 눈동자 앞에서는 그런 말도 할 수 없었다. 그때까지 그는 두 자매를 잘 구별하지 못했다. 한쪽이 더 아름답고 쾌활하다는 건 알았지만, 그에게 〈슐레겔 자매〉란 인도의 혼성 신처럼 팔이 여러 개 달리고 서로 모순되는 말을 한다 해도 기본 정신은 하나인 존재였다.

「알 수 없죠.」 그가 말했다. 「입센이 말했듯이 〈사건은 일어나는 법〉이니까요.」 그는 책 이야기를 하고 싶었다. 그렇게 해서 이 시간을 로맨스로 채우고 싶었다. 이 여인들이 어설픈 지식으로 재보험 문제를 말하고, 누군지 모르는 친구를 칭찬하는 동안 아까운 시간이 일 분 일 분 흘러갔다. 레너드는 언짢아졌고, 어쩌면 그건 당연했다. 그는 자신이 남들의 입방아에 오르내리는 걸 꺼린다는 말로 슬쩍 그런 심기를 내보였지만, 두 자매는 눈치 채지 못했다. 남자들이라면 좀 더 용의주도했을지 모른다. 하지만 여자들은 다른 일은 요령 있게 잘해 내면서도 이런 일에는 둔하다. 그들은 자신의 수입이나 장래의 전망을 감추어야 할 이유를 알지 못한다. 「지금 가지고 계신 건 정확히 얼마나 되나요? 그게 6월이면 얼마나 될까요?」 그리고 지금 이 여자들은 돈에 대해 침묵하는 게 어리석다는 견해를 갖고 있었다. 사람들이 자신이 디디고 선 황금 섬의 크기를 정확히 말하면, 그러니까 돈이 아닌 씨실을 걸어 둘 날실의 길이를 정확히 말한다면, 인생이 더욱 진실해질 거라는 게 이들의 생각이었다. 그렇지 않고서 어떻게 직물을 평가할 수 있겠는가?

그렇게 소중한 시간이 흘러가면서, 재키와 함께할 누추한 시간이 다가왔다. 더 이상 참을 수 없어진 그는 두 사람이 하는 말을 자르고 자신이 읽은 책의 제목을 맹렬하게 늘어놓기 시작했다. 마거릿이 〈칼라일을 좋아하시나 봐요〉라고 말했을 때 그는 잠시 짜릿한 기쁨을 느꼈지만, 그 순간 문이 열리고 〈윌콕스 씨와 따님이 오셨어요〉라는 말이 들리더니, 강아지 두 마리가 안으로 뛰어 들어왔다.

「어머나 세상에! 이비, 이렇게 귀여울 수가!」 헬렌이 바닥에 털썩 주저앉으며 소리쳤다.

「이 녀석들도 데리고 왔습니다.」 윌콕스 씨가 말했다.

「제가 직접 기르는 거예요.」

「정말요? 바스트 씨, 이리 와서 이 강아지들 좀 봐요.」

「저는 가봐야 될 것 같네요.」 레너드가 부루퉁해져서 말했다.

「하지만 강아지들하고 좀 놀다 가세요.」

「이 녀석은 〈에이허브〉이고 저 녀석은 〈제제벨〉[13]이에요.」 이비가 말했다. 그녀는 성서에 나오는 인기 없는 인물들을 골라서 동물 이름 짓는 걸 좋아했다.

「저는 가봐야겠습니다.」

헬렌은 온 정신이 강아지한테 쏠려서, 그에게 신경 쓸 겨를이 없었다.

「윌콕스 씨, 아 바스…… 정말 가시려고요? 안녕히 가세요!」

「또 오세요.」 헬렌이 바닥에서 말했다.

레너드는 심사가 뒤틀렸다. 왜 여기 또 와야 한다는 말인가? 그래 봐야 무슨 소용이란 말인가? 그는 잘라 말했다. 「아뇨, 안 올 겁니다. 처음부터 오지 않는 편이 좋다는 걸 알았어요.」

다른 사람들 같으면 그냥 떠나보냈을 것이다. 〈그건 실수였어. 다른 계층의 사람을 이해해 보려고 했지만 불가능한 일이야〉 하고. 하지만 슐레겔 자매에게 인생은 그렇게 가벼운 것이 아니었다. 그들이 우정을 시도했으니 그 결과도 받

---

13 에이허브는 성서의 「열왕기」에 나오는 이스라엘 왕 〈아합〉의 영어식 이름이고, 제제벨은 아합 왕을 꾀어 이스라엘에 바알 신앙을 보급한 왕비 〈이세벨〉이다.

아들여야 했다. 헬렌이 쏘아붙였다.「정말 무례한 말씀이로군요. 그런 말로 저를 화나게 해서 어쩌시려고요?」갑자기 응접실은 품위 없는 소동의 현장이 되었다.

「왜 화나게 하느냐고 물어보시는 거예요?」

「네.」

「저를 왜 불렀습니까?」

「당신을 도우려고 부른 거죠, 그걸 몰라요?」헬렌이 소리쳤다.「그리고 소리 지르지 마세요.」

「당신들의 도움 바라지 않습니다. 차 대접도 바라지 않고요. 나는 나름대로 즐겁게 사는 사람이었어요. 나를 흔들어서 어쩌겠다는 겁니까?」그는 윌콕스 씨에게 돌아섰다.「여기 이 신사 분께 여쭙죠. 제가 이렇게 추궁당해야겠습니까?」

윌콕스 씨는 마거릿을 돌아보며 유머러스한 힘이 섞인 말투로 물었다.「우리가 실례한 건가요? 도와드려야 할지, 아니면 그냥 가야 할지?」

하지만 마거릿은 대꾸하지 않았다.

「선생님, 저는 큰 보험 회사에 다니고 있습니다. 저는 이곳에 한번 와달라는 연락을 받고 그걸 초대라고 생각하고 왔습니다. 이 — 숙녀 분들한테 말입니다(그는 숙녀 분이라는 말을 길게 잡아 뺐다). 그런데 와서 이렇게 엉뚱한 추궁만 받고 있습니다. 이럴 수가 있습니까?」

「그럴 수는 없습니다.」윌콕스 씨의 말에 이비가 놀라 움찔했다. 그건 아버지가 위험해지고 있다는 신호였다.

「들었어요? 그럴 수 없다고 이분이 말씀하시잖아요.」그런 뒤 그는 마거릿을 가리키며 말했다.「발뺌할 생각 마세요.」그의 목소리가 점점 커져서, 재키하고 있을 때 같은 언성이 되었다.「하지만 내가 쓸모 있다는 걸 알게 되자, 전혀 달라졌어요.〈그래. 그 사람을 부르자. 한번 심문해 봐. 추궁해 보자고.〉 그래요, 다 쑤셔 봐요. 나는 선량한 사람이고, 법을 어기는 일도 없어요. 이런 불쾌한 일을 당할 이유가 없다고요. 하지만 나는…… 나는…….」

「당신은…….」 마거릿이 말했다. 「당신은…… 당신은…….」

그러자 이비는 그게 재치 있는 대답이라도 되는 듯 웃음을 터뜨렸다.

「당신은 북극성을 보고 길을 걸었던 사람이잖아요.」

웃음이 커졌다.

「해돋이도 보고요.」

다시 웃음.

「우리 모두의 숨을 틀어막은 안개에서 벗어나려고 했잖아요. 책과 집들의 세계를 떠나 진실을 향해서 말이에요. 당신은 진정한 집을 찾고 있었잖아요.」

「그게 이거랑 무슨 상관입니까?」 어리석은 분노로 흥분한 레너드가 말했다.

「제가 봐도 그렇군요.」 잠시 동안의 침묵 후에 다시 밀이 이어졌다. 「당신은 지난 일요일에 우리 집에 왔고, 오늘 또 왔어요. 바스트 씨! 저는 동생하고 당신 이야기를 했어요. 우리는 당신을 돕고 싶었고, 또 당신에게서 도움을 받을 수 있다고 생각했어요. 물론 자비심이 넘쳐서 당신을 부른 건 아니에요. 우리는 그런 거 싫어해요. 하지만 우리는 지난주 일요일과 다른 날들이 관계가 있을 거라고 생각해서 당신을 불렀어요. 우리 일상 속으로 들어오지 않는다면, 당신이 말한 별들과 나무와 해돋이와 바람 같은 것들이 다 무슨 소용이죠? 그런 것들이 우리에겐 들어온 적 없지만, 당신한테는 들어왔다고 우리는 생각했어요. 우리는 모두 싸워야 하지 않나요? 일상의 무미건조함에 맞서서, 지리멸렬함에 맞서서, 기계적인 유쾌함과 의심에 맞서서 말이에요. 내가 그런 일을 하는 방법은 친구들을 기억하는 거예요. 내가 아는 다른 사람들은 그걸 위해서 장소를 기억해요. 사랑하는 집이라든가 나무라든가. 우리는 당신도 그런 사람이라고 생각했어요.」

「무슨 오해가 있었다고 해도.」 레너드가 우물거렸다. 「제가 할 수 있는 건 떠나는 일뿐입니다. 하지만 어쨌거나……」 그는 말을 멈추었다. 에이허브와 제제벨이 그의 구두 앞에서 춤을 추는 통에 그의 모습이 아주 우스꽝스러워졌다. 「두 분은 제게서 회사 관련 정보를 추궁했습니다. 증명할 수도 있습니다. 저는……」 그는 코를 풀고 떠났다.

「좀 도와드릴까요?」 윌콕스 씨가 마거릿을 돌아보며 말했다. 「복도에 나가서 저 사람이랑 조용히 이야기를 해볼까요?」

「헬렌, 바스트 씨를 따라가. 가서 무슨 말이든 해, 무슨 말이든. 저 바보가 알아듣도록 말이야.」

헬렌이 망설였다.

「하지만 굳이……」 윌콕스 씨가 말했다. 「헬렌 양이 갈 필요가?」

헬렌이 얼른 나갔다.

그가 다시 말했다. 「내가 끼어들고 싶었지만, 두 분이 직접 처리할 수 있을 것 같아서 가만히 있었습니다. 잘했어요, 슐레겔 양. 정말 잘했어요. 진심입니다. 저런 사람을 다룰 수 있는 여자는 드문 법입니다.」

「아, 네.」 마거릿은 건성으로 대답했다.

「그렇게 긴 문장으로 폭격을 퍼붓다니, 멋졌어요.」 이비가 소리쳤다.

「정말 그랬습니다.」 그녀의 아버지가 웃으며 말했다. 「특히 〈기계적인 유쾌함〉이라고 한 부분 — 아, 훌륭했어요!」

「죄송합니다.」 마거릿이 정신을 되찾고 말했다. 「좋은 친구예요. 왜 저렇게 화를 내는지 모르겠군요. 불쾌하셨죠.」

「아뇨, 그렇지 않았습니다.」 그는 분위기를 바꾸어서 친구로서 한마디 해줘도 되겠냐고 물었다. 마거릿이 허락하자 그가 말했다. 「좀 더 신중하게 행동해야 하지 않을까 합니다.」

마거릿이 웃었다. 그녀의 생각은 아직도 밖에 나간 헬렌에게 가 있었다. 「이 일이 모두 윌콕스 씨 때문인 거 아세요?」

「나 때문이라고요?」

「그 사람이 바로 포피리언에 다니는 사람이에요. 우리는 그 사람한테 회사 상태에 대해 알려 줘야겠다고 생각했죠. 그런데 이렇게 되었네요!」

윌콕스 씨는 기분이 상했다. 「결론이 그리 합리적으로 보이지 않는군요.」

「맞아요, 합리적이지 않아요.」 마거릿이 말했다. 「그냥 모든 게 너무 뒤죽박죽이라는 생각에 한 말이에요. 저희 잘못이죠. 윌콕스 씨 잘못도 아니고, 그 사람 잘못도 아니고.」

「그 사람 잘못도 아니라고요?」

「그럼요.」

「슐레겔 양, 마음이 참 넓군요.」

「정말 그래요.」 이비가 약간 한심하다는 듯이 고개를 끄덕였다.

「당신은 사람들한테 너무 잘해 줘요. 그러면 사람들이 당신을 만만하게 보게 돼요. 나는 세상을 알고, 저런 유형의 남자도 잘 알아요. 내가 여기 들어온 순간 당신 자매가 그 남자를 제대로 다루지 못한다는 걸 알았어요. 저런 사람은 멀찌감치 거리를 두고 다뤄야 돼요. 안 그러면 분수를 잊어요. 슬픈 일이지만 사실입니다. 우리하고는 부류가 달라요. 사실을 직시해요.」

「네에.」

「만약 저 사람이 신사였다면 이런 소동은 없었을 겁니다. 그건 인정하죠?」

「네, 인정해요.」 마거릿이 응접실을 이리저리 거닐면서 대답했다. 「신사라면 자기 의구심을 저렇게 드러내지는 않았겠죠.」

윌콕스 씨는 무언가 불안한 표정으로 마거릿을 바라보았다. 「그 사람이 무얼 의심했다는 겁니까?」

「자기를 이용해서 돈을 벌려고 한다고요.」

「저런 불손한 짐승을 봤나! 두 분이 어떻게 그런 일을 한다고!」

「맞아요. 정말 기가 막힌 일이에요! 끔찍하고 암담한 의심이에요. 한 번만 더 생각해 보거나 호의를 지니고 보면 그런 생각은 하지 않았을 텐데 말이에요. 분별없는 두려움이 사람들을 불손한 짐승으로 만드는 것 같아요.」

「아까 한 말을 또 하겠습니다. 좀 더 신중해야 돼요, 슐레겔 양. 하인들한테 그런 사람을 들이지 말라고 일러둬요.」

그녀가 그에게 돌아서서 말했다. 「저희가 왜 이 남자를 좋아하고 자꾸 보고 싶어 하는지 말씀드릴게요.」

「말씀이 재미있군요. 저는 그게 정말로 좋아하는 거라고는 생각하지 않습니다.」

「정말로 좋아해요. 왜냐하면 먼저 그 사람이 육체적 모험을 좋아하기 때문이에요. 윌콕스 씨하고 마찬가지로 말이에요. 윌콕스 씨는 자동차 여행과 사냥을 좋아하시잖아요. 그 사람은 야영하는 걸 좋아해요. 그리고 두 번째로 그 사람은 모험을 하면서 무언가 특별한 걸 찾아요. 생각나는 대로 말하자면 그 특별한 건 시라고 할 수 있을 거예요.」

「아, 작가 나부랭이로군요.」

「아뇨, 아니에요! 어쩌면 그럴지도 모르지만, 그렇다면 끔찍할 거예요. 그 사람의 머리는 책과 교양의 껍데기로 가득 차 있어요. 끔찍하죠. 우리는 그 사람이 그런 머릿속을 씻어 내고 진실한 것을 찾아 가기를 원해요. 이 세상에 충분히 맞설 수 있다는 걸 알려 주고 싶어요. 아까 말씀드렸다시피 친구들 또는……」 그녀는 잠시 망설였다. 「일상의 무미건조함을 덜기 위해서는 사랑하는 사람이나 사랑하는 장소가 필요한 것 같아요. 또 일상이 무미건조하다는 걸 보여 주기 위해서도요. 가능하다면 두 가지가 다 있어야겠죠.」

그녀가 한 말의 일부는 윌콕스 씨의 이해력을 벗어났다. 그는 상관하지 않았다. 하지만 그 가운데 일부는 잡아채서 명확하게 비판했다.

「슐레겔 양의 실수는 이거예요. 물론 그건 흔한 실수긴 합니다만. 그 버릇없는 젊은이에게도 자기 인생이 있다는 겁니다. 슐레겔 양이 무슨 권리로 그 인생에 문제가 있다고 결론 내릴 수 있습니까? 아니면 아까 한 말마따나 〈무미건조〉하다고 말입니까?」

「왜냐 하면……」

「잠깐만. 슐레겔 양은 그 남자에 대해 아무것도 몰라요. 그 사람에게도 자신만의 즐거움과 관심사들이 있을 거예요. 아내와 아이들이 있고, 아늑한 집이 있지요. 바로 그런 점 때문에 우리 같은 실제적인 사람들이……」 그는 웃었다. 「슐레겔 양 같은 지성인들보다 좀 더 관용을 발휘하는 겁니다. 우리는 〈너는 너대로 나는 나대로〉 살면서, 다른 사람들도 나름대로 잘 살아갈 거라고 생각하고, 평범하고 보잘것없는 남자라도 자기 일은 자기가 처리할 수 있다고 믿어요. 우리 회사 사무원들을 봐도 표정은 다들 지루하지만, 속으로 무슨 생각을 하고 있는지는 몰라요. 그런데 런던도 마찬가지일 거예요. 슐레겔 양이 런던을 싫어한다는 말을 들었습니다. 우습게 들릴지 모르겠지만, 그 말을 듣고 나는 무척 화가 났어요. 런던에 대해서 무얼 압니까? 곁에서 바라본 문명밖에 없지 않습니까? 슐레겔 양의 경우는 그러지 않겠지만, 그런 태도는 병적 우울, 불만족, 사회주의로 이어지기 십상이에요.」

상상력을 짓밟는 주장이긴 했지만 마거릿은 그 말에 일리가 있음을 인정했다. 그가 말하는 동안 시와 보편적 공감의 전진 기지들이 무너졌고, 그녀는 스스로 〈2선〉이라고 이름 붙인 곳으로 후퇴했다. 그것은 이 사례와 관련된 특정 사실들을 끄집어내는 것이었다.

「그 남자의 아내는 답답한 여자예요.」 마거릿이 말했다. 「지난 토요일에 그 사람은 혼자 있고 싶어서 집에 가지 않았어요. 그랬더니 여자는 그 사람이 우리 집에 와 있다고 생각했어요.」

「이 집에?」

「네.」 이비가 킥킥거렸다. 「그 사람 집은 윌콕스 씨 생각만큼 아늑하지 않아요. 그러니까 자꾸 외부로 관심을 돌리는 거죠.」

「엉큼한 사람!」 이비가 소리쳤다.

「엉큼하다고요?」 엉큼한 것을 죄악보다도 더 싫어하는 마거릿이 말했다. 「이비, 만약 당신이 결혼하면 집 밖의 일에는 관심을 끊을 건가요?」

「그 사람은 찾던 걸 이미 얻은 것 같군요.」 윌콕스 씨가 슬며시 끼어들었다.

「맞아요, 아빠.」

「그 사람은 서리 주를 떠돌았어요. 그걸 말씀하시는 거라면.」 마거릿이 기분이 약간 상해서 그에게서 물러나면서 말했다.

「당연히 그랬겠죠!」

「윌콕스 양, 정말이에요!」

「음……!」 윌콕스 씨는 생각에 잠겼다. 이 일은 아슬아슬한 재미가 느껴졌다. 다른 여자들하고라면 이런 이야기를 하지 않았을 것이다. 하지만 그는 마거릿이 깨인 여자라는 점을 생각했다.

「그 사람이 직접 말했어요. 그런 걸 거짓말할 사람이 아니에요.」

두 사람이 함께 웃음을 터뜨렸다.

「그 점에서 저는 두 분과 생각이 달라요. 남자들은 직장이나 장래의 전망에 대해서는 거짓말을 하지만, 그런 일에 대해서는 안 그래요.」

그는 고개를 저었다. 「슐레겔 양, 미안합니다만 나는 그런 유형을 압니다.」

「아까 말씀드렸지만, 그는 어떤 유형이 아니에요. 그는 모험을 좋아해요. 그는 우리 같은 사람들의 번지르르한 생활이 전부가 아니라는 걸 알아요. 그 사람은 통속적이고 감정적이고 또 책벌레죠. 하지만 그걸로 그 사람을 간단히 요약할 수는 없어요. 그는 남자다운 면모도 있어요. 맞아요, 그게 제가 하려던 말이에요. 그 사람은 진정한 남자예요.」

이 말을 할 때 두 사람의 눈이 마주쳤고, 일순간 윌콕스 씨의 방어벽이 흔들렸다. 그녀는 부지불식간에 그의 깊은 감정을 건드렸다. 한 여자와 두 남자. 그것은 마법의 삼각관계를 이루었고, 여자가 다른 남자에게 이끌리는 걸 본 남자는 질투에 휘말렸다. 금욕주의자들에 따르면, 사랑이란 우리가 짐승과 가진 수치스러운 연관성을 드러낸다. 그렇다고 치자. 그건 참을 수 있다. 하지만 진정으로 수치스러운 건 질투다. 사랑이 아니라 질투가 우리를 축사의 세계와 연결해 주고, 성난 수탉 두 마리와 뿌듯한 암탉 한 마리가 있는 장면을 떠올리게 해준다. 마거릿은 교양이 있었기 때문에 그런 뿌듯함을 짓눌렀다. 윌콕스 씨는 교양이 없었기 때문에, 방어벽을 재구축해서 다시금 세상을 향해 성채를 내민 다음에도 계속 분노를 유지했다.

「슐레겔 자매는 정말 따뜻한 분들이에요. 하지만 이 냉정한 세상을 살 때는 좀 더 신중해야 해요. 남동생은 아무 말 안 하나요?」

「글쎄요.」

「뭐라고 말은 하지요?」

「제 기억이 맞다면 그냥 웃어요.」

「아주 똑똑한 사람이에요.」 옥스퍼드에서 티비를 만난 뒤 그를 경멸하는 이비가 말했다.

「네, 똑똑하죠. 하지만 도대체 헬렌이 뭘 하는 건지 궁금하네요.」

「이런 일을 맡기에 헬렌 양은 너무 젊은 것 같군요.」 윌콕스 씨가 말했다.

마거릿은 계단 앞으로 나가 보았다. 아무 소리도 들리지 않았다. 바스트 씨의 모자도 현관에 보이지 않았다.

「헬렌!」 마거릿이 소리쳤다.

「응!」 서재에서 대답 소리가 났다.

「너 거기 있는 거니?」

「응, 그 사람은 아까 갔어.」

마거릿은 헬렌에게 갔다. 「너 혼자 있구나.」

「응, 괜찮아, 메그. 그 사람 너무 불쌍해.」

「우선 응접실에 가서 손님들 접대를 조금 한 다음에 이야기하자. 윌콕스 씨가 걱정을 많이 하는구나. 조금 재미있어 하는 것도 같고.」

「아, 참을 수 없어. 나는 그 사람이 정말 싫어. 불쌍한 바스트 씨! 그 사람은 문학 이야기를 하고 싶어 했는데, 우리는 회사 이야기만 했으니. 머릿속이 뒤엉켜 있지만, 그걸 견뎌 줄 만한 가치가 있는 사람인데. 난 그 사람이 아주 좋아.」

「그래, 좋아.」 마거릿이 그녀에게 키스하며 말했다. 「하지만 지금은 응접실로 가자. 그리고 윌콕스 부녀 앞에서 그 사람 이야기는 하지 마. 그냥 명랑하게 행동해.」

헬렌이 돌아와 유쾌하게 행동했고, 윌콕스 씨는 기분이 좋아졌다. 어쨌건 이 암탉은 그의 마음에 끌리는 쪽이 아니었다.

「제가 달래서 보냈어요.」 헬렌이 말했다. 「이제는 강아지들하고 놀아야지.」

집을 떠나면서 윌콕스 씨가 딸에게 말했다.

「저 아가씨들의 생활이 걱정이구나. 똑똑하기는 한데 실제적이지 못해. 하나님! 저러다가는 어느 날 선을 넘어 버릴 거다. 런던에서 저런 처녀 둘이 외따로 살다니. 결혼할 때까지는 돌봐 줄 사람이 필요할 텐데 말이다. 그러니까 우리라도 자주 들여다보자꾸나. 아무도 없는 것보다야 그게 낫지 않겠니? 너도 그 자매를 좋아하지, 이비?」

이비가 대답했다. 「헬렌은 좋아요. 하지만 이빨밖에 안 보이는 그 언니 쪽은 참을 수 없어요. 그리고 둘 다 아가씨라고 할 나이는 지난 것 같아요.」

이비는 아름다운 처녀로 자라 있었다. 검은 눈과 햇볕에 그을린 탱탱한 피부, 탄탄한 몸매와 굳은 입술은 윌콕스 집안에서 만들어질 수 있는 최고의 여성적 아름다움을 지니고 있었다. 지금 그녀는 강아지들과 아버지만을 사랑했지만, 그녀를 위한 결혼의 그물은 이미 준비되고 있었다. 며칠 후 그녀는 찰스 부인의 숙부인 퍼시 캐힐 씨에게 끌렸고, 그 또한 그녀에게 끌렸다.

17

 사유 재산의 시대는 재산 소유자에게도 괴로운 순간을 던져 준다. 이사가 임박하자 가구를 처치하는 게 골칫거리가 되어서, 마거릿은 밤마다 9월이 되면 이 가구들과 세간을 어디로 옮겨야 하나 하는 생각에 늦도록 잠을 못 이루었다. 세대에서 세대로 굴러 내려온 의자들, 탁자들, 그림들, 책들은 다시 쓰레기 더미를 이루어 세대에서 세대로 굴러 내려가야 했고, 그녀는 그것들을 확 바다로 밀어 넣고 싶다는 생각까지 들었다. 하지만 거기엔 아버지의 책들이 있었다. 슐레겔 자매는 그 책들을 읽지 않았지만, 그래도 그건 아버지의 책들이므로 보존되어야 했다. 꼭대기에 대리석이 덮인 좁은 서랍장은 어머니가 아끼던 것인데, 슐레겔 자매는 그 이유를 기억하지 못했다. 집 안의 손잡이 하나, 쿠션 하나마다 정취가 서려 있었고, 그 정취는 개인적인 것이기도 했지만, 그보다는 망자들에 대한 희미한 공경심, 그러니까 무덤에서 끝났을 의식들의 연장 행위 같았다.

 생각해 보면 부조리한 일이었다. 헬렌과 티비는 그런 생각을 할 겨를이 있었지만, 마거릿은 부동산 업자들을 만나러 다니느라 바빴다. 중세 시절의 토지 소유는 위엄을 가져다주었지만, 현대적 동산 소유는 우리를 다시 유목민의 무리로 강등시키고 있다. 우리는 짐을 진 문명으로 회귀하고 있고, 후세의 사가들은 중간 계급이 지상에 뿌리 내리지도 못한 채 살림을 늘려 간 일들을 기록할 것이다. 그리고 그들의 상상력이 그토록 빈곤한 이유를 거기서 발견할지도 모른다. 슐레겔 남매의 상상력은 위컴 플레이스를 잃은 뒤 확실히 더 빈곤해졌다. 그 집은 그들 삶의 균형추이자 거의 조언자에 가까운 역할을 했다. 그렇다고 그들의 집주인이 영적으로 더 부유한 것은 아니다. 그는 그 자리에 아파트를 지었고, 점점 더 빠른 자동차를 샀으며, 사회주의에 대한 비판은 더욱 날카로워졌다. 하지만 그는 세월이 증류된 소중한 액체를 땅에 흘렸고, 어떤 화학적 방법도 그것을 사회에 돌려줄 수 없다.

마거릿은 우울해졌다. 그녀는 집 문제를 말끔히 해결한 뒤 동생들과 함께 먼트 부인을 만나러 스워니지로 가고 싶었다. 그녀는 1년에 한 번씩 있는 이 스워니지 방문을 좋아했고, 그곳에 가기 전에 마음속의 걱정을 덜어 내고 싶었다. 스워니지는 답답하지만 한결같았고, 올해 마거릿은 다른 어느 때보다 그곳의 신선한 공기와 북쪽을 지키는 멋진 언덕들이 그리웠다. 하지만 런던은 그녀를 좌절시켰다. 런던의 공기 속에서는 집중할 수가 없었다. 런던은 그저 자극할 뿐, 지탱할 줄은 모른다. 그리고 자기가 어떤 집을 원하는지도 모르면서 런던의 표면을 분주히 누비고 다니는 마거릿은 지난날 누린 감각적 즐거움의 대가를 치르고 있었다. 그녀는 문화적 교양을 끊을 수 없었기 때문에, 놓쳐서는 안 될 연주회와 거절해서는 안 될 초대에 많은 시간을 소모했다. 그러다 마침내 절박한 상황에 다다르자, 이제 새집을 구하기 전에는 아무 데도 가지 않고 아무도 만나지 않겠다고 결심했지만, 그 결심은 30분 만에 깨졌다.

언젠가 그녀는 스트랜드 거리의 심슨스 레스토랑에 못 가 본 게 한스럽다는 농담을 한 적이 있다. 그런데 이비 윌콕스가 거기서 점심을 함께하자는 전갈을 보냈다. 거기서 자기가 캐힐 씨를 만날 예정인데, 셋이서 즐겁게 수다를 떨다가 히포드롬 극장에라도 가자고 했다. 마거릿은 이비를 그리 좋아하지 않았고, 그녀의 약혼자까지 만나고픈 마음은 더더욱 없었다. 게다가 심슨스 레스토랑에 대해 자기보다 훨씬 더 웃기는 말을 한 헬렌을 초대하지 않았다는 것도 이상했다. 하지만 편지의 친근한 어조에 마음이 움직였다. 아마도 자신과 이비 윌콕스가 생각보다 친한 모양이라고 결론을 내리고 그녀는 초대를 받아들였다.

하지만 심슨스 레스토랑 입구에서 이비가 운동하는 여자 특유의 맹렬한 시선으로 허공을 살피는 걸 보니, 마거릿은 기운이 빠졌다. 이비 윌콕스는 약혼 이후 눈에 띄게 변해 있었다. 목소리는 더 거칠어지고 행동은 더 뻔뻔해졌으며, 대책 없는 처녀임이 분명한 마거릿에게 주저 없이 우월감을 내보였다. 어리석게도 마거릿은 그런 이비에게서 상처를 받았다. 고립감 속에 침울해진 마거릿은 집과 가구들뿐 아니라 인생이라는 배 자체도 이비나 캐힐 씨 같은 사람들만을 태우고 자기 곁을 스쳐 지나간다는 느낌을 받았다.

미덕과 지혜가 아무 소용없는 순간들이 있는데, 마거릿에게는 스트랜드 거리의 심슨스 레스토랑에 들어선 순간이 바로 그랬다. 카펫이 두껍게 깔린 좁은 계단을 올라 식사실로 들어간 뒤, 기대감에 찬 성직자들 앞으로 양고기 등심이 수레에 실려 다가가는 모습을 보고, 그녀는 착각일지언정 자신의 무용함을 뼈저리게 느꼈고, 자신의 고요한 샛강에서 나온 것을 깊이 후회했다. 그곳에서는 예술과 문학 말고는 아무 일도 일어나지 않았고, 결혼하는 사람도 약혼을 지속하는 사람도 없었다. 그때 이비가 예상치 못한 말을 했다. 어쩌면 아버지도 오실지 몰라요. 벌써 와 계시네요. 마거릿은 다정한 미소를 짓고 그에게 다가가서 인사를 했다. 그러자 외로운 느낌이 사라졌다.

「가능하면 오려고 했습니다.」 그가 말했다. 「이비한테서 오늘 약속 이야기를 듣고, 슬쩍 와서 자리를 잡아 두었지요. 미리 자리를 잡아 두지 않으면 안 되니까요. 이비, 늙은 애비 옆에 앉고 싶지 않은 것 다 아니까 공연히 아닌 척하지 마라.

「슐레겔 양, 나를 불쌍히 여긴다면 내 옆자리에 앉아 주시죠. 그런데 아주 피곤해 보이는군요! 그 젊은 사무원들 때문인가요?」

「아뇨, 집 문제 때문이에요.」 마거릿이 윌콕스 씨 옆을 지나 자리에 앉으면서 말했다. 「그리고 피곤한 게 아니라 배가 고파요. 잔뜩 먹고 싶어요.」

「좋아요. 무얼 먹겠습니까?」

「생선 파이요.」 마거릿이 메뉴를 보면서 대답했다.

「생선 파이! 생선 파이를 먹으러 심슨스 레스토랑에 오다니. 이 집은 그런 걸 먹으러 오는 데가 아니에요.」

「그러면 다른 걸 먹죠.」 마거릿은 장갑을 벗으면서 말했다. 기분이 조금씩 좋아졌다. 그가 레너드 바스트를 언급한 것이 신기하게도 마음에 따뜻한 느낌을 전해 주었다.

「양고기 등심.」 그가 한동안 고민한 뒤 말했다. 「그리고 음료는 사과주. 그게 여기서 어울려요. 나는 이따금 기분 전환 삼아 이 집에 오는 걸 좋아합니다. 옛날 영국 분위기가 물씬하니까요. 그렇지 않나요?」

「네, 그러네요.」 마거릿은 그렇지 않다고 생각하면서 대답했다. 식사 주문을 하고 고깃덩이가 구워지자, 종업원이 윌콕스 씨의 명령에 따라 즙 많은 부위의 고기를 잘라서 접시마다 수북이 쌓아올렸다. 캐힐 씨는 설로인[14]을 고집했는데, 나중에 그게 실수였음을 인정했다. 잠시 후 그와 이비는 〈난 안 그랬어. 당신이 그랬어〉 하는 식의 대화 — 당사자들에게는 중요할지라도, 다른 사람들은 전혀 고려하지 않고 또 다른 사람들이 고려해 줄 가치도 없는 — 로 빠져 들었다.

「고기를 써는 종업원에게는 팁을 주는 게 중요해요. 어디

---

14 허리 윗부분의 살코기.

서나 팁을 주라는 게 내 좌우명입니다.」

「그러는 게 좀 더 인간적이겠네요.」

「그러면 종업원들이 다음에 나를 기억해 주거든요. 특히 동쪽 나라들에서는 팁을 주면 1년 내내 기억해 줍니다.」

「동양에 가보셨나요?」

「그리스하고 지중해 동부 지역에요. 키프로스에는 휴가차, 사업차 자주 다녔고요. 거기 군인 사회 같은 데가 있거든요. 몇 피아스터만 제대로 뿌려 줘도 잘 기억해 줘요. 하지만 슐레겔 양에겐 이런 일이 한심하게 여겨지겠죠? 토론 모임은 어떻게 되고 있습니까? 요즘 새로 떠오른 유토피아는 없나요?」

「아뇨, 좀 전에 말씀드린 대로 저는 집을 구하고 있어요, 윌콕스 씨. 혹시 어디 괜찮은 집 알고 계신 데 없나요?」

「안타깝게도 없는 것 같군요.」

「그렇게도 실제적이신 분이 괴로움에 빠진 두 여자에게 집 한 채 못 구해 주시나요? 우리가 원하는 건 그냥 조그만 집이에요. 넓은 방이 많은.」

「이비, 이런 세상에! 슐레겔 양이 나더러 부동산 중개업자가 되라는구나!」

「무슨 말씀이세요, 아빠?」

「9월에 이사 갈 새집을 구해야 해요. 하지만 저한테는 힘드네요.」

「퍼시, 당신이 그런 일 좀 알아요?」

「그런 것 같지 않은데.」 캐힐 씨가 말했다.

「당신답네요! 당신은 아무 데도 쓸데가 없어.」

「아무 데도 쓸데가 없다고. 어떻게 그런 말을! 아무 데도 쓸데가 없다고. 이비, 그러지 좀 마!」

「하지만 그건 사실인걸요. 슐레겔 양, 그렇죠?」

두 사람의 요란스러운 사랑의 물결이 마거릿에게도 마구 물방울을 튀긴 뒤, 다시 본래의 행로로 물러갔다. 그녀는 이제 그것을 따뜻하게 바라보았다. 약간의 편안함을 느끼는 것만으로도 친절한 성품을 회복할 수 있었다. 말하는 것도 즐거웠고 침묵하는 것도 즐거웠다. 그리고 윌콕스 씨가 종업원에게 치즈에 대해 몇 가지 질문을 하는 동안, 그녀의 눈은 레스토랑을 훑어보며 능숙하게 재현된 과거의 견고함에 감탄했다. 그곳은 키플링의 작품만큼이나 옛 영국과 거리가 있었지만, 옛날 물품들을 배치한 솜씨는 그녀가 비판의 눈을 감아 줄 만큼 훌륭했고, 또 그 식당에서 영양을 공급받아 제국의 영광을 위해 일하는 사람들도 겉모습이 애덤스 목사나 톰 존스를 닮았다. 그들이 나누는 대화의 단편들이 기이하게 귀에 거슬렸다. 「맞아! 오늘 저녁에 우간다로 전보를 쳐야겠어.」 뒤쪽 테이블에서 누군가 말했다. 「그 나라 황제가 전쟁을 원해요. 할 테면 하라죠 뭐.」 한 성직자가 말했다. 그녀는 그런 기이한 주장에 가만히 웃음 짓고, 윌콕스 씨에게 말했다. 「다음에는 제가 유스티스 마일스 레스토랑에서 점심을 대접할게요.」

「기쁘게 받아들이겠소.」

「아니에요, 마음에 안 드실 거예요.」 그녀가 잔을 내밀어 사과주를 더 청하며 말했다. 「그 식당에는 단백질이며 뭐며 건강 요리들밖에 없거든요. 사람들이 와서 이렇게 말할 거예요. 죄송합니다만 손님께는 너무나 아름다운 영기(靈氣)가 있군요, 하고요.」

「뭐가 있다고요?」

「영기라는 말 못 들어보셨어요? 정말 행복한 분이군요! 저는 영기를 닦느라 아주 많은 시간을 보내죠. 영계(靈界)란 말도 못 들어 보셨나요?」

영계는 들어 보았지만, 그는 그런 말을 비난했다.

「맞아요. 다행히 그 아름답다는 영기는 제가 아니라 헬렌의 것이었어요. 헬렌은 영기를 잃지 않고 예의를 다해야 했죠. 저는 그저 그 남자가 갈 때까지 입에 손수건만 대고 앉아 있었지만요.」

「두 분은 참 재미있는 경험을 하시는군요. 아무도 나한테는 그런 ─ 뭐라고 했죠? 그런 걸 물은 적이 없어요. 아마 나한테는 없는지도 모르겠습니다.」

「분명히 있을 거예요. 하지만 그게 너무 끔찍한 빛깔이라서 사람들이 차마 말을 못할 수도 있죠.」

「슐레겔 양, 당신은 정말로 그런 초자연적인 것들을 믿습니까?」

「너무 어려운 질문이에요.」

「그게 왜 어렵죠? 그뤼예르 치즈, 아니면 스틸튼 치즈?」

「그뤼예르로 하겠어요.」

「스틸튼이 나을 텐데.」

「그러면 스틸튼요. 왜냐 하면 저는 영기를 믿지 않고 또 신지학(神智學)도 일종의 정거장일 뿐이라고 생각하지만……」

「그래도 그 안에 뭐가 있을지 모른다는 겁니까?」 그가 인상을 쓰며 결론을 내렸다.

「그런 것도 아니에요. 어쩌면 저는 절반쯤 잘못된 방향으로 들어서 있는지도 모르죠. 잘 설명하지 못하겠어요. 저는 이런 유행에 휩쓸리지 않지만, 믿는다고도 말하기 싫고 안 믿는다고도 말하기 싫어요.」

그는 별로 만족스럽지 않다는 표정이었다. 「그래서 영체(靈體)니 뭐니 하는 것들을 인정하지 않는다고 확언하지 않는 겁니까?」

마거릿은 이런 이야기가 그에게 의미를 지닌다는 사실에

놀라서 말했다.「확언할 수 있어요. 그리고 확언할 거예요. 아까 제가 제 영기를 닦느니 어쩌니 한 건 그냥 재미로 해본 말이에요. 그런데 왜 이 일을 그렇게 확인하고 싶어 하시나요?」

「모르겠습니다.」

「윌콕스 씨, 알고 계실 텐데요.」

〈그래.〉〈안 그래.〉 맞은편에 앉은 연인들에게서 들려오는 소리였다. 마거릿은 잠시 가만히 있다가 화제를 바꾸었다.

「집은 어떤가요?」

「거의 지난주에 슐레겔 양이 찾아 주었을 때 그대로입니다.」

「듀시 거리의 집 말고요, 당연히 하워즈 엔드를 물어본 거예요.」

「왜 〈당연히〉입니까?」

「지금 그 집에 세든 분을 내보내고 저희한테 세주시지 않겠어요? 저희는 지금 거의 미칠 지경이에요.」

「나도 도움을 줄 수 있으면 좋겠고요. 하지만 슐레겔 양들은 런던에서 살고 싶어 한다고 생각했습니다. 조언을 하나 할까요? 먼저 지역을 결정해요. 그다음에 가격을 결정해요. 그다음에는 흔들리지 마요. 나는 그렇게 해서 듀시 거리의 집과 어니턴을 구했어요. 〈딱 여기 살아야겠다〉고 생각하니까 그렇게 됐어요. 어니턴은 천재일우였습니다.」

「하지만 저는 자꾸 흔들려요. 남자 분들은 집에 최면이라도 거는 것 같아요. 눈빛으로 딱 제압하면 집이 덜덜 떨면서 다가오잖아요. 여자들은 그렇게 못해요. 반대로 제가 집에 최면을 당하죠. 저는 생기 넘치는 것들을 잘 다루지 못해요. 집들은 살아 있잖아요.」

「그렇게 이해하기 쉬운 말은 아니군요. 그 사무원에게도 그렇게 말했나요?」

「아마…… 이 비슷하게 말했을 거예요. 저는 모든 사람에게 똑같이 말하니까요. 적어도 그러려고 하니까요.」

「그러면 그 사람이 슐레겔 양 말을 얼마나 이해했을 거라고 생각합니까?」

「그거야 그 사람한테 달린 거죠. 저는 사람에 따라서 대화 방식을 바꿔야 한다고 생각하지 않아요. 물론 경우에 따라 잘 통하는 방법이 있을 수 있죠. 하지만 그런 건 돈이 음식이 아닌 것처럼 진정한 게 아니에요. 그 안에는 영양분이 없어요. 우리가 하층 계급 사람들과 그런 대화를 하면, 그 사람들 역시 그런 대화로 응답해요. 사람들은 그걸 〈사회적 교류〉라거나 〈공동의 노력〉이라고 부르죠. 하지만 그건 공동의 위선일 뿐이에요. 첼시에서 만나는 친구들은 이런 걸 몰라요. 그 친구들은 우리가 무슨 수를 써서라도 자기 생각을 이해시켜야 한다고 말해요. 그리고 희생해야 한다고…….」

「하층 계급 사람들이라.」 윌콕스 씨가 그녀의 말속으로 손이라도 쑥 내밀 듯이 끼어들었다. 「어쨌건 슐레겔 양도 세상이 부자와 빈자로 이루어졌다는 건 인정하는군요. 그건 중요한 거예요.」

마거릿은 대답할 수 없었다. 이 사람은 어처구니없을 만큼 어리석은 것일까? 아니면 마거릿 자신보다 마거릿을 더 잘 이해하는 걸까?

「세상 사람들에게 부를 균등하게 분배해 주어도 몇 년 지나지 않아서 빈부의 차이가 그대로 생겨날 거라는 걸 인정하는 거지요? 열심히 일하는 사람은 상층으로 올라가고 게으름뱅이들은 아래로 가라앉을 거예요.」

「그건 누구나 인정하죠.」

「슐레겔 양이 만나는 사회주의자들은 인정하지 않아요.」

「제가 아는 사회주의자들은 인정해요. 윌콕스 씨가 아는 사회주의자들이 안 그렇다고 해도요. 하지만 제가 볼 때 윌콕스 씨의 사회주의자들은 여흥을 위해 만들어 놓은 장난감들 같아요. 살아 있는 사람들이 그렇게 쉽게 쓰러질 리가 없잖아요.」

마거릿이 여자가 아니었다면 그는 크게 성을 냈을 것이다. 하지만 여자는 어떤 말을 해도 상관없다는 게 그의 신성한 믿음 가운데 하나였다. 그래서 그는 미소를 지으며 대답했다. 「어떻든 상관없습니다. 슐레겔 양은 두 가지 불리한 사실을 인정했고, 나는 두 가지 모두 진심으로 동의합니다.」

점심 식사는 곧 끝났고, 마거릿은 히포드롬 극장에 가지 않겠다고 양해를 구하고 자리를 떴다. 이비는 식사 중 마거릿에게 말도 몇 번 걸지 않아서, 그녀는 그 자리를 마련한 게 아버지인 것 같다는 의구심을 품었다. 윌콕스 씨와 마거릿은 차츰 각자의 가족들 앞으로 걸어 나와서 친밀한 사이가 되어 가고 있었다. 그것은 이미 오래전에 시작된 일이었다. 그녀는 그의 아내의 친구였고, 그런 까닭에 그는 그녀에게 은제 비네그레트를 기념품으로 주었다. 비네그레트 선물은 너무도 아름다운 일이었고, 그는 대부분의 남자들과 달리 처음부터 헬렌보다 마거릿에게 끌렸다. 하지만 최근 들어 그의 접근 속도는 놀라울 정도였다. 그들은 일주일 동안에 지난 2년 동안 한 것보다 많은 일을 했으며, 서로를 진정으로 알아 가기 시작했다.

그녀는 유스티스 마일스를 경험해 보겠다는 그의 약속을 잊지 않았고, 티비에게서 그 자리에 동석해 주겠다는 약속을 받아 내자마자 그를 초대했다. 그는 초대에 응했고, 겸손히 건강 요리들에 동참했다.

이튿날 아침, 슐레겔 남매는 스워니지로 떠났다. 그때까지도 그들은 새집을 찾는 일에 성공하지 못했다.

18

그들이 줄리 이모의 집 〈더 베이즈〉의 아침 식탁에 앉아서 이모의 과도한 친절을 이리저리 피하며 바닷가의 풍경을 즐기는 동안, 마거릿에게 혼란스러운 편지 한 통이 도착했다. 윌콕스 씨가 보낸 편지였다. 그의 계획에 〈중대한 변화〉가 생겼다고 했다. 이비가 결혼하게 됨에 따라, 그는 듀시 거리의 집을 포기하고 마거릿에게 연간 계약으로 세줄 의향이 있다는 것이었다. 편지는 사무적이었고, 그가 해줄 수 있는 것과 해줄 수 없는 것들이 솔직하게 적혀 있었다. 그리고 집세에 대해서도. 만약 이 제안에 관심이 있으면 마거릿이 당장 올라와서 — 〈당장〉이란 단어에 밑줄이 쳐져 있었다. 여자들하고 일을 할 때는 그런 게 필요하다 — 자신과 함께 집을 살펴보자고 했다. 그리고 이 제안이 마음에 들지 않으면 전보를 쳐달라고 했다. 그러면 일을 부동산 업자에게 넘기겠다고.

마거릿이 편지에 혼란을 느낀 것은 그 속뜻을 알 수 없었기 때문이다. 만약 그가 그녀를 좋아하는 거라면, 심슨스 레스토랑의 일이 자신을 만나기 위한 작전이었다면, 이 편지는 그녀를 런던으로 불러서 청혼하려는 작전이 아닐까? 그녀는 이 문제를 최대한 허술하게 받아들였다. 그리고 자신의 이성이 〈말도 안 돼. 그런 바보 같은 생각 집어치워!〉 하고 소리쳐 주기를 바랐다. 하지만 그녀의 이성은 잠깐 흥분으로 파르르 떨다가 침묵에 잠겼고, 그녀는 한동안 바다의 잔물결을 내다보며 다른 사람들에게는 이 소식이 어떻게 들릴까를 생각했다.

하지만 말을 하기 시작하자, 그녀 자신의 목소리가 스스로를 안심시켰다. 사람들은 편지 내용에 별것이 없다는 듯 예사로운 반응을 보였고, 대화의 물결 속에 그녀의 걱정은 사라졌다.

「갈 필요 없어.」줄리 이모가 말했다.

「갈 필요는 없지만 그래도 가는 게 좋지 않을까요? 문제가 제법 심각해지고 있다고요. 괜찮은 기회도 많이 놓쳤고요. 이러다가는 짐을 싸들고 거리로 나앉게 생겼어요. 그런데 아직도 어떤 집이 우리한테 좋을지 결정을 못 내리고 있으니 그게 정말 문제예요.」

「그래, 우리는 매인 데가 없으니까.」헬렌이 토스트를 먹으며 말했다.

「오늘 런던에 올라가서 최소한의 수준만 되면 그 집을 얻기로 하고, 내일 오후 기차로 다시 돌아오는 게 어떨까요? 이 일이 해결되지 않으면 저는 놀아도 노는 것 같지 않고, 휴가 분위기만 망칠 거예요.」

「하지만 서두르지는 마라, 마거릿.」

「서두를 게 전혀 없어요.」

「윌콕스 가족은 어떤 사람들이야?」티비가 물었다. 바보 같은 질문이었지만, 아주 교묘한 질문이기도 했다. 줄리 이모는 거기 대답하려다가 새삼 옛날의 고통을 느껴야 했다. 「나로서는 상대하기 어려운 가족이다. 우리하고 어디가 맞는지도 모르겠고 말이야.」

「나도 그래요.」헬렌이 동의했다.「그 가족이 아직도 우리 곁에 있다는 게 신기해. 우리가 호텔에서 만난 사람들이 한둘이 아닌데 그 가운데 지금껏 만나는 건 윌콕스 씨뿐이잖아. 그게 벌써 3년도 더 전의 일이고, 그 가족보다 훨씬 더 재미있는 사람들하고도 연락이 끊겼는데 말이야.」

「재미있는 사람들은 집을 구해 주지 않잖아.」

「언니, 만약 언니가 영국인의 기질로 살고자 한다면, 이 당밀을 끼얹어 주겠어.」

「코즈모폴리턴 기질보다는 그편이 나아.」마거릿이 일어서며 말했다. 「애들아, 어떻게 할까? 너희도 듀시 거리의 집 알지? 좋다고 말할까? 싫다고 말할까? 티비, 어떻게 할까? 나는 너희한테 빨리 안정적인 공간을 마련해 주고 싶어.」

「아까 말한 〈수준〉이라는 것에 어떤 의미를 다느냐에 달렸지.」

「그런 종류의 것은 아냐. 그러면 좋다고 말한다.」

「싫다고 그래.」

그러자 마거릿의 목소리가 심각해졌다. 「우리는 퇴보하고 있는 게 분명해. 이런 일조차 결정을 못 내리잖아. 그러니 큰일이 닥치면 어쩌겠니?」

「그런 일이야 간단하지.」 헬렌이 대꾸했다.

「아버지 생각이 난다. 아버지는 어떻게 독일을 떠날 결심을 하셨을까? 젊은 시절에 목숨 바쳐 싸운 나라를 말이야. 아버지의 정서도 친구도 모두 프로이센에 있었잖아. 어떻게 애국심을 잘라 버리고 다른 것을 지향하실 수 있었을까? 나라면 고민하다가 죽어 버렸을 거야. 아버지는 마흔이 다 된 나이에 국적을 바꾸고 이상도 바꾸셨어. 그런데 우리는 이 나이에 집도 바꾸지 못하잖아. 부끄러운 일이야.」

「너희 아버지는 국적을 바꿀 수 있었다만.」 먼트 부인이 무뚝뚝하게 말했다. 「그게 좋은 일인지 나쁜 일인지는 모르겠다. 어쨌건 아버지도 집을 바꾸는 데는 너희보다 나을 게 없었어. 아니 훨씬 못했지. 맨체스터를 떠나 이사 갈 때 불쌍한 에밀리가 겪은 고통을 나는 절대 잊지 못한다.」

「저도 그 이야기 알아요.」 헬렌이 소리쳤다. 「아까 제가 말했잖아요. 사람들은 작은 일 앞에서 헤맨다고요. 크고 중요한 일은 막상 닥치면 별것 아니에요.」

「헤맨다고! 너는 너무 어려서 아무것도 기억 못할걸. 아니, 너는 그때 태어나지도 않았어. 어쨌거나 가구들이 이삿짐 차에 실려서 떠날 때, 아직 위컴 플레이스는 계약도 안 된 상태였어! 에밀리는 아기를 데리고 — 그 아기가 마거릿이야 — 거기다 작은 짐들까지 들고 기차를 탔어. 어디서 살게 될지도 모르면서 말이야. 너희가 지금 그 집을 떠나는 게 힘들지 모르지만, 그 집에 들어갈 때 겪은 어려움에 비하면 아무것도 아니야.」

헬렌이 입 안에 먹을 것을 가득 넣고 소리쳤다.

「그 사람이 바로 오스트리아, 덴마크, 프랑스인을 모두 이기고, 자기 안의 독일인도 물리친 사람이라니까. 우리도 아버지를 닮은 거야.」

「그건 누나 생각이지.」 티비가 말했다. 「나는 어쨌건 코즈모폴리턴이야.」

「헬렌이 옳을지도 몰라.」

「물론 헬렌이 옳지요.」 헬렌이 말했다.

헬렌이 옳을지도 몰랐지만 그녀는 런던에 가지 않았다. 마거릿이 갔다. 휴가기 방해받는 긴 사소한 번거로움 가운데는 최악의 것이고, 사무적 편지 때문에 바다와 식구들 곁을 떠날 때 우울해지는 건 그리 나무랄 일도 아닐 것이다. 그녀는 아버지가 자신과 똑같은 기분을 느꼈을 거라고는 생각되지 않았다. 그녀는 최근 눈이 불편해서 기차 안에서 아무것도 읽을 수 없었고, 어제 한 번 본 창밖 풍경을 다시 보는 것은 지루했다. 사우샘프턴에서 그녀는 프리다에게 〈손을 흔들었다〉. 프리다는 그들과 합류하기 위해 스워니지로 가는 길이었고, 먼트 부인은 두 사람의 기차가 마주칠 거라고 말했다. 하지만 프리다는 다른 쪽을 보고 있었고, 마거릿은 외로운 노처녀의 심정으로 런던을 향해 갔다. 윌콕스 씨가 자신에게 청혼한다는 건 얼마나 노처녀다운 공상인가! 예전에 그녀는 가난하고 멍청하고 매력도 없는 한 노처녀를 만났는데, 그녀는 자기 곁에 다가오는 모든 남자가 자기를 사랑한다는 망상에 빠져 있었다. 마거릿은 그 여자의 미혹에 얼마나 안타까워했던가! 얼마나 그 여자를 타이르고 설득하고 그러다 결국 안타까이 포기했던가! 〈그 부목사는 착각이었을지 몰라요. 하지만 정오에 우편물을 배달하는 젊은이는 정말 나를 좋아해요. 실제로……〉 그녀가 볼 때 바로 그런 점이 나이 드는 일의 가장 볼썽사나운 측면 같았지만, 어쩌면 그것은 동정(童貞)이라는 것이 주는 압박에서 기인하는지도 몰랐다.

윌콕스 씨는 워털루 역까지 몸소 나와 있었다. 그녀는 그가 평소와 다르다는 것을 분명히 느꼈다. 한 예로 그는 그녀가 하는 말마다 성을 냈다.

「정말로 친절하신 제안입니다만.」 그녀가 말했다. 「일이 그렇게 잘 될 것 같지는 않네요. 그 집은 슐레겔 가족에게 맞게 지어지지 않았으니까요.」

「뭐요? 그러면 당신은 지금 거절할 생각으로 올라온 거요?」

「딱히 그런 건 아니에요.」

「딱히 그런 건 아니라고? 그러면 일단 가봅시다.」

그녀는 잠시 걸음을 늦추고 자동차를 칭찬했다. 그 자동차는 새 자동차였고, 3년 전 줄리 이모를 참담한 상황으로 몰고 간 거대한 주홍색 자동차에 비해 훨씬 모양새가 좋았다.

「아주 멋지네요.」 그녀가 말했다. 「크레인, 당신 생각은 어때요?」

「일단 가봅시다.」 윌콕스 씨가 말했다. 「그런데 운전사 이름이 크레인이란 건 어떻게 알았소?」

「전부터 알았어요. 전에 한번 이비하고 드라이브를 나간 적이 있거든요. 윌콕스가에 밀턴이라는 하녀가 있는 것도 알아요. 저는 여러 가지를 알아요.」

「이비!」그가 언짢은 듯 말했다.「지금은 이비를 만날 수 없소. 이비는 캐힐 씨하고 나갔으니까. 이렇게 혼자 남아 있는 건 별로 유쾌한 일이 아니오. 하루 종일 일을 하고서 — 사실 일이 너무 많은 편이오 — 저녁에 집에 오면 견딜 수가 없어요.」

「저도 나름대로 외로워요.」마거릿이 대답했다.「정든 집을 떠난다는 건 가슴 아픈 일이죠. 저는 위컴 플레이스 전의 일은 거의 기억하지 못하거든요. 헬렌하고 티비는 그 집에서 태어났죠. 헬렌은……」

「슐레겔 양도 외로워요?」

「아주 많이 외롭죠. 아, 의사당이 보이네요!」

윌콕스는 의사당 쪽으로 경멸에 찬 시선을 힐끗 던졌다. 인생의 중요한 과제는 그곳에 있지 않았다.「다시 회기가 시작되었소. 하지만 아까 하려던 말이……」

「가구들에 대한 넋두리일 뿐이에요. 헬렌은 사람도 집도 다 사라져도 가구는 남는다고 말하거든요. 이 세상은 결국 의자와 소파로 이루어진 사막이 될 거래요. 한번 상상해 보세요! 앉은 사람 한 명 없이 저희들끼리 굴러다니는 의자와 소파 더미를 말이에요.」

「헬렌 양은 그런 농담을 잘하는군요.」

「헬렌은 듀시 거리의 집을 좋다고 그러고 남동생은 싫대요. 미리 말씀드리지만 저희를 도와주시는 건 그리 재미있는 일이 아닐 거예요.」

「당신은 말하는 것만큼 현실 감각이 없지 않소. 나는 그런 말을 믿지 않을 거요.」

마거릿은 웃었다. 하지만 그녀는 — 정말로 현실 감각이 없었다. 그녀는 세부 사항에 집중할 수가 없었다. 의회, 템스 강, 대답 없는 운전사 등이 집을 찾는 이 여정에 불쑥불쑥 끼어들어서 말을 걸었고, 그녀는 그 모든 것에 일일이 반응해 주어야 했다. 현대 생활을 집중해서 바라보면서 동시에 전체적으로 바라보는 것은 불가능한 일이었고, 그녀는 전체적으로 보는 쪽을 택했다. 윌콕스 씨는 집중해서 바라보았다. 그는 알 수 없는 일이나 사람들의 개인사에 마음을 쓰지 않았다. 템스 강은 바닷물이 역류하는 강인지도 모른다. 또 운전사는 꺼칠한 피부 속에 엄청난 열정과 철학을 감추고 있는지도 모른다. 그러거나 말거나 그들은 그들대로 살고, 그는 그대로 살면 되는 일이었다.

어쨌건 그녀는 그와 함께 있는 게 좋았다. 그는 질책이 아니라 자극을 주었고 병적인 우울함을 몰아내 주었다. 그녀보다 스무 살이나 연상이었지만, 그녀 자신도 벌써 잃어버린 듯한 장점을 간직하고 있었다. 그것은 젊음의 창조적 능력이 아니라 자신감과 낙관주의였다. 그는 이 세상이 즐거운 곳임을 확신했다. 그의 안색은 건강했고, 이마는 벗어졌지만 머리카락은 성글지 않았고, 콧수염이 짙었으며 헬렌이 브랜디 사탕에 비유한 두 눈은 유쾌한 위협을 — 그 위협이 빈민가를 향한 것인지 별을 향한 것인지는 알 수 없었지만 — 담고 있었다. 새 천 년의 어느 날이 되면 그 같은 유형의 사람이 필요 없어질지 모른다. 하지만 현재로서는 스스로 우월감을 느끼는 사람들, 그리고 실제로 우월할 가능성이 있는 사람들에게 경의를 바쳐야 한다.

「어쨌거나 당신은 내 전보에 빠르게 응답해 주었소.」 그가 말했다.

「저도 좋은 점은 알아보니까요.」

「당신이 이 세상의 좋은 점들을 경멸하지 않아서 다행이오.」

「경멸이라니요! 그런 건 바보나 위선자들이 하는 일이에요.」

「다행이오, 정말 다행이야.」 그 말에 기분이 좋아진 듯 그는 누그러진 태도로 그녀를 돌아보면서 말했다.「지식인이라는 자들의 무리에는 헛소리가 너무 많소. 당신이 그런 생각에 동의하지 않아서 다행이오. 자기부정은 인격 수양에는 좋은 수단이오. 하지만 생활의 안락함을 헐뜯는 자들은 참을 수가 없소. 그 사람들은 가슴에 쉴 새 없이 갈아야 하는 도끼라도 품은 것 같소. 당신 생각은 어떻소?」

「안락함에는 두 가지 종류가 있지요.」마거릿이 차분히 대답했다.「하나는 난롯불, 날씨, 음악처럼 다른 사람들과 함께 나눌 수 있는 거고요, 또 하나는 음식처럼 나눌 수 없는 거예요. 경우에 따라 달라요.」

「나는 당연히 적당한 안락함을 말한 거요. 나는 당신이……」그러면서 그가 그녀를 향해 몸을 굽혔다. 그는 말을 맺지 않았다. 마거릿은 일순 눈앞이 아찔해졌고, 머릿속이 등대 불빛처럼 정신없이 돌기 시작했다. 그는 키스하지 않았다. 열두시 반이었고, 자동차는 버킹검 궁전 마구간 앞을 지나고 있었기 때문이다. 하지만 대기가 뜨거운 감정으로 부풀어 올라 세상 모든 사람이 다 그녀를 위해 존재하는 것 같았고, 크레인이 그걸 눈치 채고 돌아보지 않는 게 놀라울 정도였다. 그녀가 바보 같았다 해도, 확실히 윌콕스 씨는 평소보다 훨씬 — 뭐라고 해야 할까? — 감정에 휩싸여 있었다. 그는 사업적 목적으로 사람을 판단하는 데 능숙했지만, 그날 오후에는 그 눈을 넓혀서 단정함, 순종, 결단력 바깥에 있는 특성들도 바라보게 된 것 같았다.

「집 전체를 둘러보고 싶어요.」집 앞에 도착하자 그녀가 말했다.「내일 오후에 스워니지에 돌아가자마자 동생들하고 의논해서, 가타부타 전보를 띄워 드릴게요.」

「그렇게 해요. 여긴 식당이오.」둘은 집 안을 살펴보기 시작했다.

213

식당은 넓었지만 가구가 너무 많았다. 첼시의 친구들이라면 요란스레 불만에 찬 한숨을 토했으리라. 윌콕스 씨는 절제하고 누그러뜨리고 삼가며, 안락과 호사를 희생해서 아름다움을 이루는 장식법을 외면했다. 그토록 오랫동안 화려한 채색과 과시를 피해 살아온 마거릿은 이 호사스러운 징두리판벽과 소벽(小壁), 그리고 앵무새가 나무에 앉아 노래하는 모습이 그려진 금박 벽지들을 편안한 마음으로 바라보았다. 이런 모습은 그녀의 가구들과는 전혀 어울리지 않겠지만, 저 무거운 의자들, 그리고 큰 접시들이 들어찬 찬장은 남자들처럼 방의 무게를 버텨 주고 있었다. 그 방은 남성적이었고, 현대 자본가는 과거의 전사 또는 사냥꾼의 후손이라고 생각하는 마거릿에게는 마치 고대 군주가 근위병들을 거느리고 앉아서 식사를 하는 접객실처럼 느껴졌다. 성서 — 찰스가 보어 전쟁에 참전했을 때 가져온 네덜란드어 성서 — 도 방과 잘 어울렸다. 이런 방에는 약탈물도 허용되는 법이다.

「이제 현관 입구로 가봅시다.」

현관 입구에는 매끈한 돌이 깔려 있었다.

「우리는 여기서 담배를 피운다오.」

담배를 피운다는 곳은 적갈색 가죽 의자들이었다. 그것은 마치 자동차가 낳은 것 같았다. 「아, 좋네요!」 마거릿이 의자 한 곳에 앉으며 말했다.

「마음에 드오?」 그는 그를 올려다보는 그녀의 얼굴에 시선을 고정하고 물었다. 그의 목소리에서는 친밀함이라고 해야 할 어조가 분명히 담겨 있었다. 「사람을 안락하게 해주지 못하는 건 모두 쓰레기요.」

「네에. 쓰레기에 가깝겠죠. 저건 크룩섕크의 작품들인가요?」

「길레이요. 위층으로 올라가 보겠소?」

「이 가구가 모두 하워즈 엔드에서 온 건가요?」

「하워즈 엔드의 가구는 모두 어니턴으로 갔소.」

「그러면 — 하지만 중요한 건 가구가 아니라 집이에요. 이 흡연실은 크기가 얼마나 되나요?」

「가로세로 30, 15피트요. 잠깐, 15피트 반이구려.」

「그런데 윌콕스 씨, 우리 같은 중간 계급 사람들이 집 문제에 이렇게 골치를 썩는 게 우습지 않나요?」

그들은 응접실로 나아갔다. 여기는 첼시 분위기와 가까웠다. 색깔도 희미했고 눈에 띄는 것도 없었다. 남편들이 아래층에서 담배를 피우며 인생의 당면 과제들을 논할 때 부인들이 이곳으로 물러나는 모습이 눈앞에 선하게 떠올랐다. 하워즈 엔드에 있는 윌콕스 부인의 응접실도 이랬을 것인가? 마거릿이 막 그런 생각을 하고 있을 때, 윌콕스 씨가 그녀에게 아내가 되어 달라고 말했다. 자신의 짐작이 옳았다는 생각에 압도되어서 그녀는 거의 정신을 잃을 지경이었다.

하지만 청혼 자체는 그리 손꼽힐 만한 사랑의 명장면은 아니었다.

「슐레겔 양.」 그의 목소리가 굳었다. 「내가 당신을 부른 건 집 때문이 아니었소. 나는 당신에게 집보다 훨씬 더 중요한 이야기를 하고 싶소.」

마거릿은 하마터면 〈알아요〉라고 대답할 뻔했다.

「그러니까 나와 함께…… 가능하다면…….」

「윌콕스 씨!」 그녀가 피아노를 잡고 시선을 피하며 그의 말을 잘랐다. 「알아요, 알겠습니다. 시간이 나는 대로 제가 나중에 편지를 드릴게요.」

그가 말을 더듬었다. 「슐레겔 양…… 마거릿…… 당신은 아직 몰라요.」

「아니에요! 알아요!」 마거릿이 말했다.

「나는 지금 당신에게 내 아내가 되어 달라는 거요.」

그녀는 그 말을 익히 짐작했지만, 그가 〈내 아내가 되어 달라는 거요〉라고 했을 때 약간 움찔했다. 그가 예상하는 대로 행동하려면 그녀는 놀라는 모습을 보여 주어야 했다. 커다란 기쁨이 밀려들었다. 그것은 뭐라고 형언할 수 없었다. 그것은 인간애와는 관련이 없었고, 맑은 날씨가 세상에 뿌리는 충만한 기쁨과 좀 더 비슷했다. 맑은 날씨는 태양에서 기인하는 것이지만, 마거릿은 이 빛의 근원을 알 수 없었다. 응접실에 서 있는 그녀는 행복했고, 행복을 주고 싶다는 열망으로 넘쳤다. 그의 곁을 떠난 뒤 그녀는 곧 그 빛의 근원이 사랑이라는 걸 깨달았다.

「슐레겔 양, 기분 나빴소?」

「제가 어떻게 기분 나쁠 수 있겠어요?」

잠시 침묵이 이어졌다. 그는 그녀가 얼른 가주길 바랐고, 그녀도 그걸 잘 알았다. 그녀는 직관에 충만한 나머지 그가 돈으로 살 수 없는 것들을 얻으려고 고투하는 모습을 쳐다볼 수가 없었다. 그는 동료애와 애정을 갈망하면서도 두려워했고, 오래전부터 갈망만을 익히고 그런 고투에 아름다움의 옷을 덧입히는 법을 알았던 그녀는 가만히 물러서서 그와 함께 어물거렸다.

「안녕히 계세요.」 그녀가 말했다. 「제가 편지 드릴게요. 저는 내일 스위니지로 돌아가요.」

「고맙소.」

「안녕히. 고마워해야 하는 건 저예요.」

「내 자동차로 태워 줘도 되겠소?」

「그러면 정말 고맙고 기쁠 거예요.」

「편지를 쓰는 편이 나았겠다는 생각이 드는구려. 편지가 좋았겠소?」

「아니에요.」

「한 가지만 물어보겠소.」

그녀는 고개를 저었다. 그는 약간 당황했고, 그들은 헤어졌다.

그들은 악수도 하지 않았다. 그녀는 그를 위해서 그와 함께 있는 동안 잿빛 같은 차분함을 유지했다. 하지만 집에 도착했을 때 그녀는 행복에 전율하고 있었다. 과거에도 몇몇 사람이 그녀를 사랑했다(그들의 스쳐가는 욕망에 사랑이라는 진지한 용어를 붙여 준다면). 하지만 그들은 모두 바보 멍청이들로, 할 일이 없는 젊은이나 대안이 없는 늙은이들뿐이었다. 그리고 그녀 또한 여러 차례 〈사랑〉을 했다. 하지만 그것은 그저 남녀의 차이에서 기인하는 남성적인 것에 대한 열망일 뿐이었기 때문에, 미소 속에 가볍게 버려졌다. 그녀의 인격이 접촉된 적은 한 번도 없었다. 그녀는 그리 젊지 않았고 그리 부유하지도 않았다. 그래서 상당한 지위의 남자가 자신을 진지하게 생각한다는 사실 자체가 놀라웠다. 아름다운 그림과 고귀한 책들이 가득한 빈 집에 혼자 앉아서 가계부를 정리하는데, 열정이 조수가 되어 밤공기를 가르고 밀려오는 듯 뜨거운 감정의 파도가 부서졌다. 그녀는 고개를 젓고 정신을 집중해 보려 했지만 마음대로 되지 않았다. 그녀는 헛되이 되뇌었다. 〈이런 일은 이미 겪은 적이 있어.〉 하지만 그녀는 그런 일을 겪은 적이 없었다. 지금 움직이기 시작한 건 그런 작은 장치가 아니라 거대한 장치였고, 그녀는 윌콕스 씨가 자신을 사랑한다는 생각에 압도되어서 결국 그를 사랑하게 되었다.

그녀는 아직 결정을 내리지 않을 것이다. 〈아, 이건 너무 갑작스러운 일이네요.〉 이런 새침 떠는 말이 바로 지금의 그녀를 가장 정확하게 표현하는 말이었다. 예감은 준비가 아니었다. 그녀는 자신과 그의 본성을 좀 더 면밀히 검토해야 했다. 헬렌과도 이 일을 냉정하게 이야기해야 했다. 그의 청혼 장면은 어색했다. 처음부터 끝까지 빛의 근원은 무시되었다. 만약 그녀라면 〈*Ich liebe dich*(당신을 사랑해요)〉라고 말했겠지만, 그런 식으로 마음을 여는 것은 아마 그의 습성이 아닐 것이다. 그녀가 채근했다면 의무감에서 그렇게 했을지도 모른다. 영국은 모든 남자가 자신의 마음을 한 번은 꼭 열리라 기대한다. 하지만 그런 노력은 그를 불편하게 했을 테고, 그녀는 가능하다면 그가 이 세상에 대항해서 둘러친 방어벽을 잃지 않기를 바랐다. 애정 어린 대화나 공감의 표현으로 그를 괴롭히는 건 안 될 일이었다. 그는 이제 초로의 사내고, 그를 교정하려 드는 건 무용하고도 무례한 일이 될 것이다.

윌콕스 부인이 조용히 다가와서 주변을 살펴보았다. 그녀는 언제나 반가운 유령이었고, 자신에게 단 한 점의 적의도 품지 않았다고 마거릿은 생각했다.

19

외국인에게 영국을 보여 주고 싶으면, 가장 훌륭한 코스는 퍼벡 언덕 지대 끝자락으로 데리고 가서, 코프 동쪽으로 몇 마일 지점에 있는 최고봉 마루에 세우는 것이다. 그러면 영국이라는 섬을 이루는 온갖 지역이 발밑에서 차례로 물결칠 것이다. 바로 아래쪽에는 프롬 강 계곡이 있고, 도체스터에서 구불구불 내려오는 황무지는 풀 평원의 가시금작화 덤불처럼 검은색과 황금색으로 출렁거린다. 그 건너편 계곡을 흐르는 스투어 강은 블랜드포드에서는 더럽고 윔번에서는 맑은 기이한 흐름으로 기름진 들판을 미끄러져 나간 뒤, 크라이스트처치 탑 아래에서 에이번 강과 합쳐진다. 에이번 강 계곡은 보이지 않지만, 눈이 예리한 사람은 북쪽 멀리 그것을 지켜 주는 클리어베리 링 언덕을 보기도 하고, 상상력이 풍부한 사람은 그 너머 솔즈베리 평야 자체와 평야 너머에 있는 중부 잉글랜드의 영광스러운 언덕 지대를 떠올리기도 한다. 교외 지대도 빠지지 않는다. 본머스의 볼품없는 해안이 오른쪽으로 우물쭈물 사라지면서 솔즈숲이 나타나는데, 솔숲은 그 자체의 아름다움에도 불구하고 붉은 집들과 증권 거래소를 예고하며 곧바로 런던의 문들로 이어진다. 런던이라는 도시의 꼬리가 이렇게도 길게 끌리는 것이다! 하지만 프레시워터 절벽까지는 미치지 못할 것이다. 그리고 와이트 섬의 순수함도 세상 끝 날까지 보존될 것이다. 서쪽에서 보면 와이트 섬은 모든 미의 법칙을 뛰어넘는 아름다움을 보여 준다. 마치 영국의 한 조각이 외국인을 맞으러 물 위로 튀어나간 것 같다. 백악(白堊) 중의 백악, 잔디 중의 잔디인 이 섬은 곧이어 등장할 영국의 축소판이다. 이 조각 니미로 열방(列邦)을 맞이하는 사우샘프턴이 있고, 숨죽인 불 포츠머스가 있으며, 그 주변에는 바다가 조수와 이중, 삼중 충돌을 일으키며 소용돌이친다. 이곳에 서면 이렇듯 많은 마을을 한눈에 볼 수 있다! 또 수많은 성을! 무너지고 혹은 승리한 수많은 교회를! 수많은 선박, 철도, 도로를! 이 빛나는 하늘 밑을 놀라울 만큼 다양한 사람들이 끝까지 채우고 일하는 것을! 이성은 스워니지 해변에 다가온 물결처럼 힘을 잃고 물러간다. 대신 상상력이 부풀어 오르고 퍼지고 깊어져서는, 마침내 지리적 형태를 띠고 영국을 감싸 안는다.

이제 리제케 건축가의 부인이자 남편의 아기의 어머니가 된 프리다 모제바흐가 그렇게 이 언덕들에 올라서 감동을 받았고, 그 풍경을 한참 동안 내다본 뒤 이곳 언덕들이 포메라니아보다 더 높이 융기해 있다고 말했는데, 그것은 사실이었지만 먼트 부인에게는 그리 적절한 표현으로 여겨지지 않았다. 물이 빠진 풀 항구를 보고 프리다는 뤼겐에 있는 프리드리히 빌헬름 바트 해변에는 개흙이 없다고 자랑했다. 거기서는 너도밤나무들이 조수 간만이 없는 발트 해로 가지를 드리우며, 암소들이 짠 바닷물을 들여다보기도 한다는 것이다. 그러자 먼트 부인은 물은 움직여야 깨끗해지니까 그러면 위생에 문제가 있을 거라고 생각했다.

「그렇다면 빈더미어, 그래스미어 같은 영국 호수들도 비위생적인가요?」

「그렇지 않아요, 리제케 부인. 그건 민물이니까요. 하지만 해수는 조수 간만에 따라서 많이 오르락내리락 해야 돼요. 안 그러면 냄새가 나죠. 예를 들면 해수 수족관을 봐요.」

「수족관요! 아 먼트 부인, 그러면 민물 수족관은 해수 수족관보다 지린내가 덜 난다는 말씀인가요? 제 시동생 빅터가 올챙이를 수도 없이 잡아서……」

「〈지린내〉라는 말을 쓰면 안 돼.」 헬렌이 끼어들었다. 「아니면 농담하는 것처럼 말하든가.」

「그러면 〈냄새〉라고 할게. 저기 풀 항구의 갯벌은 — 냄새가 안 나나요? 아니 〈지린내〉라고 해도 되나요? 하하하.」

「풀 항구는 옛날부터 갯벌이 있었어요.」 먼트 부인이 약간 얼굴을 찌푸리고 말했다. 「강물이 개흙을 끌고 내려오죠. 그 덕분에 값비싼 굴 채취 산업이 이루어지고 있어요.」

「네, 그렇군요.」 프리다가 인정함으로써 또 한 차례의 국제 분쟁이 마무리되었다.

먼트 부인이 아주 마음에 들어 하는 그 지역의 속담 하나를 읊었다. 「〈본머스는 현재고, 풀은 과거고, 스워니지는 미래다. 모든 도시 중 으뜸이자 셋 가운데 최고가 되는.〉 리제케 부인. 나는 부인에게 본머스를 보여 주었고 또 풀을 보여 주었어요. 이제 약간만 되돌아가서 다시 스워니지를 봐요.」

「줄리 이모, 저거 메그가 탄 기차 아니에요?」

아까부터 희미한 연기 한 줄기가 항구 위를 맴돌았는데, 이제 그것이 검은색과 황금색의 들판을 지나 그들이 있는 남쪽으로 다가오고 있었다.

「착한 마거릿, 너무 지치지 않았으면 좋겠다.」

「정말 궁금해요. 언니가 그 집을 선택했을까?」

「서두르지 않았으면 좋으련만.」

「제 생각도 그래요. 제 생각도요.」

「그 집도 위컴 플레이스만큼 멋있어?」 프리다가 물었다.

「당연하지. 윌콕스 씨가 자존심에 손해가 되는 일을 할 리가 없어. 듀시 거리의 집들은 다 현대적인 멋을 갖추었던데, 왜 그 집을 내놓는 건지 모르겠어. 하긴 원래 이비 때문에 그 집을 산 거고, 이제 이비가 결혼할 거니까……」

「아!」

「프리다, 너는 이비 윌콕스를 본 적도 없잖아. 결혼 이야기만 나오면 귀가 번쩍 뜨이니?」

「그 폴의 여동생 아냐?」

「맞아.」

「그리고 그 찰스의 여동생이기도 하지.」 먼트 부인이 상당한 감정을 담아 말했다. 「아, 헬렌, 헬렌. 그때 얼마나 끔찍했니!」

헬렌이 웃었다. 「언니하고 저는 그렇게 마음이 여리지 않아요. 싼값에 구할 수만 있다면 그 집도 상관없어요.」

「리제케 부인, 마거릿이 탄 기차를 좀 봐요. 이쪽으로 오고 있지요? 계속 오고 있어요. 코프에 닿으면, 그다음에는 우리가 서 있는 이 언덕들 사이를 뚫고 지나갈 거예요. 그러니까 아까 내가 말한 대로 스워니지가 보이는 곳까지 가면, 기차가 반대편으로 나오는 게 보일 거예요. 같이 가지 않겠어요?」

프리다가 좋다고 하자, 잠시 후 그들은 언덕마루를 넘어 넓은 전망을 버리고 좁은 전망으로 들어섰다. 아래쪽에는 밋밋한 계곡이 뻗어 있었고, 그 뒤쪽에는 해변 언덕 지대의 경사면이 솟아 있었다. 그들은 퍼벡 섬 너머 이제 모든 도시 중 으뜸이 되고, 셋 가운데 가장 못난 곳이 될 스워니지를 바라보았다. 마거릿의 기차가 아니나 다를까 언덕 반대편에 다시 나타나자, 줄리 이모는 아주 흡족해했다. 기차는 풍경의 중간쯤 되는 곳에 멈춰 섰다. 티비가 역으로 그녀를 마중 나갔다가 차 바구니를 들고 그들이 있는 곳에 데려오기로 약속이 돼 있었다.

헬렌이 사촌에게 말했다.「윌콕스 가족은 네 시동생 빅터가 올챙이를 모으는 것처럼 집을 수집해. 첫 번째 집은 듀시 거리에 있고, 두 번째 집은 내가 소동을 벌인 하워즈 엔드라는 집이고, 세 번째 집은 슈롭셔에 있는 시골 별장이고, 네 번째 집은 찰스가 사는 힐튼의 집, 다섯 번째는 역시 찰스가 사는 엡섬 근처의 집, 이비가 결혼하면 새집을 구할 테니까 그 집은 여섯 번째, 거기다 아마 시골에 별장도 마련할 테니까 그건 일곱 번째 집이지. 그리고 맞아, 폴의 아프리카 오두막까지 합하면 모두 여덟 채야. 나는 하워즈 엔드에 살았으면 좋겠어. 그 집은 아담하고 정겨운 집이었는데! 이모는 그렇게 생각 안 해요?」

「너무 경황이 없어서 집을 볼 겨를이 없었다.」먼트 부인이 차분히 위엄을 지키며 말했다.「난리법석도 잠재워야지, 사람들한테 설명도 해야지, 거기다 찰스 윌콕스까지 혼내야 했으니, 내가 뭘 기억하겠니? 네 방에서 점심 먹던 것 외에는 아무것도 생각 안 난다.」

「저도 그래요. 하지만 세상에, 지금은 모든 게 죽어 버린 것 같네요! 그 가을에 폴 반대 운동이 벌어졌잖아요. 이모도 프리다도 메그도 윌콕스 부인도 모두 내가 폴이랑 결혼할지도 모른다고 생각해서.」

「그건 아직도 모르지.」 프리다가 걱정스럽게 말했다.

헬렌은 고개를 저었다. 「윌콕스 대재난은 이제 완전히 끝났어. 내가 확신할 수 있는 일이 있다면 바로 그거야.」

「사람이 확신할 수 있는 건 자기 감정의 진실성뿐이야.」

그 말이 대화를 일순 잠재웠다. 하지만 헬렌은 그 말을 한 사촌이 왠지 사랑스러워서 그녀의 허리에 한 팔을 감았다. 독창적인 말도 아니고, 프리다가 특별히 진지하게 언급한 것도 아니었다. 그녀는 철학적 정신보다는 애국심이 더 강했기 때문이다. 그래도 그 말은 평균적 튜턴인에게는 있되 평균적 영국인에게는 없는 보편성에 대한 관심을 보여 주었다. 아무리 비논리적이라 해도 그것은 영국인들의 위신, 외양, 효용과 반대되는 보편적 진선미와 연결되었다. 그것은 리더의 풍경화 곁에 놓인 뵈클린의 풍경화처럼, 야난스럽고 어지러운 가운데 초자연적 생명력을 전달해 주었다. 그것은 이상주의를 북돋고 영혼을 흔들었다. 하지만 그 말은 다음에 벌어질 상황에 대해서는 별로 적절하지 않았다.

「저기 보렴!」 줄리 이모가 추상적인 이야기에서 도망쳐 나가 좁은 언덕 마루를 내려갔다. 「나 있는 데서는 조랑말 마차가 오는 게 보여. 조랑말 마차가 오고 있어.」

그들은 모두 일어서서 조랑말 마차가 오는 것을 보았다. 곧 거기 탄 마거릿과 티비의 모습도 보였다. 마차는 스워니지 외곽을 지나 꽃들이 피어나는 좁은 길을 잠깐 지난 뒤 오르막길로 들어섰다.

「집 어떻게 하기로 했어?」 그들은 마거릿이 들을 수도 없는 먼 거리에서 소리쳤다.

헬렌이 언니를 만나러 뛰어갔다. 두 봉우리 사이에 큰길이 있었고, 거기에 언덕 능선을 따라 직각 방향으로 또 한 개의 길이 뻗어 있었다.

「집 어떻게 하기로 했어?」

마거릿이 손을 저었다.

「뭐야! 그러면 또 그대로라는 거야?」

「꼭 그런 건 아니야.」

마차에서 내리는 그녀는 피곤해 보였다.

「뭔가 수수께끼가 있어.」 티비가 말했다. 「곧 밝혀 주겠대.」

마거릿은 헬렌에게 다가가서 윌콕스 씨가 자신에게 청혼했다고 귓속말을 했다.

헬렌은 재미있다는 표정이 되었다. 그녀는 티비의 마차가 지나갈 수 있도록 언덕으로 통하는 길의 문을 열었다. 「정말 홀아비답군. 그렇게 뻔뻔하다니까. 그러고는 별 수 없이 첫 부인의 친구를 고른단 말이야.」

마거릿의 얼굴이 잠시 어두워졌다.

「그런 유형은……」 그러다가 헬렌이 놀라 소리쳤다. 「메그, 무슨 일 있어?」

「잠깐만.」 마거릿이 여전히 조그맣게 말했다.

「하지만 언니가 설마…… 설마……」 그녀는 곧 정신을 차렸다. 「티비, 빨랑빨랑 해. 내가 언제까지 이렇게 문을 잡고 있을 수는 없잖아. 줄리 이모! 줄리 이모, 차를 준비해 주세요. 프리다, 나는 언니랑 집 얘기를 좀 해야겠어. 조금 있다 갈게.」 그러더니 헬렌은 언니에게 고개를 돌리고 울음을 터뜨렸다.

마거릿은 깜짝 놀랐다. 그리고 자신도 모르게 〈도대체 왜……〉라고 말했다. 헬렌의 떨리는 손이 그녀에게 닿았다.

「그러지 마, 제발.」 헬렌이 흐느꼈다. 「그러지 마, 메그, 제발!」그녀는 그 말밖에 모르는 것 같았다. 마거릿도 몸을 떨면서 헬렌을 데리고 길 앞쪽으로 간 뒤 다른 문을 통해 언덕 마루로 나갔다.

「제발, 그러지 마! 부탁할게. 하지 마! 난 알아. 하지 마!」
「무얼 안다는 거야?」
「거긴 공포와 허무밖에 없을 거야.」헬렌이 흐느끼며 대답했다.「그러니까 하지 마!」

마거릿은 생각했다.〈헬렌은 약간 이기적인 데가 있어. 여태껏 이 아이에게 결혼 이야기가 있을 때 나는 한 번도 이렇게 행동하지 않았는데 말이야.〉그녀는 말했다.「그렇지만 우리는 계속 자주 만날 거야. 그리고 너는…….」

「그런 게 아니야.」헬렌은 흐느꼈다. 그러더니 마거릿 곁을 떠나서 정신없이 길을 올라갔다. 두 손을 앞으로 내뻗은 채 그녀는 울음을 그치지 않았다.

「왜 그러니?」마거릿이 언덕의 북쪽 사면에 모여드는 해질녘의 바람을 뚫고 헬렌을 따라가며 소리쳤다.「바보같이 왜 그래?」그러자 갑자기 그녀도 바보가 된 것 같았고, 눈앞의 거대한 풍경이 뿌예졌다. 하지만 헬렌은 돌아섰다.

「메그…….」

마거릿이 눈을 훔치며 말했다.「우리 둘이 왜 이렇게 된 건지 모르겠다. 둘 다 정신이 나간 모양이야.」그러자 헬렌도 눈을 훔쳤다. 그들은 잠시 웃기도 했다.

「헬렌, 여기 앉아.」
「좋아, 언니가 앉으면 나도 앉을게.」
「그래. (키스.) 이제 말해 봐, 도대체 왜 그러니?」
「말했잖아. 하지 마. 그건 안 될 일이야.」
「헬렌, 무조건 하지 말라니! 그런 바보 같은 말이 어딨어? 아직도 머리가 맑아지지 않은 모양이구나. 〈하지 마〉라는 건 아마 바스트 부인이 바스트 씨한테 하루 종일 하는 말일 거야.」

헬렌은 대답이 없었다.

「말 좀 해봐.」

「언니가 먼저 말해 줘. 그러면 내 머리가 맑아질지도 몰라.」

「그래, 그렇게 하자. 어디서 시작할까? 워털루 역에 도착하니까 — 아니, 그전부터 이야기하는 게 좋겠다. 왜냐 하면 너한테는 처음부터 모든 걸 말해 주고 싶으니까. 〈처음〉은 열흘쯤 전이었어. 바스트 씨가 우리 집에 차를 마시러 왔다가 화를 내고 간 날이지. 내가 그 사람을 옹호하니까, 윌콕스 씨가 희미했지만 질투를 하더구나. 하지만 나는 그냥 부지불식간에 일어난 일이라고 생각했어. 남자들도 우리만큼이나 그런 일에 약하니까. 적어도 내 경우는 알지. 남자가 나한테 〈아무개 양이 예쁘다〉고 말하면, 순간적으로 그 여자가 미워지면서 귀라도 잡아당기고 싶어지거든. 피곤한 감정이지만 중요한 건 아니니까 그냥 쉽게 흘려보내지. 하지만 윌콕스 씨의 경우는 그런 게 아니었어, 지금 보니까.」

「그러면 언니는 그 남자를 사랑한다는 거야?」

마거릿은 잠시 생각한 뒤 말했다. 「진정한 남자가 나를 아껴 준다는 건 기분 좋은 일이잖아. 그 사실 자체만도 굉장하게 느껴져. 너도 알다시피 그 사람하고 알고 지낸 게 벌써 3년 가까이 되고 또 계속 호감을 가졌으니까.」

「하지만 전부터 사랑했어?」

마거릿은 과거를 들여다보았다. 감정이 사회적 관계의 피륙에 얽혀들지 않고 오직 순수한 감정뿐인 시절을 돌아보는 것은 즐거운 일이다. 그녀는 헬렌에게 한 팔을 두르고 풍경을 둘러보며 — 마치 이 주(州) 혹은 저 주가 그녀 마음의 비밀을 드러내 줄 수 있다는 듯이 — 정직한 명상을 하고 나서 대답했다.「아니.」
 「하지만 앞으로 사랑할 거야?」
 「응, 그건 분명해. 사실 그 사람이 말한 순간 이미 그러기 시작했어.」
 「그리고 결혼하기로 결심했어?」
 「그래, 하지만 너랑 그 이야기를 자세히 하고 싶다. 왜 그 사람을 반대하는 거니, 헬렌? 설명 좀 해주렴.」
 이번에는 헬렌이 풍경을 내다보았다.「폴 사건 때부터였어.」
 「하지만 윌콕스 씨가 폴이랑 무슨 상관이야?」
 「그 사람도 거기 있었으니까. 그날 아침 식구들이 모여 있는데, 내가 식사하러 내려갔다가 폴이 겁에 질려 있는 걸 보았어. 날 사랑했던 남자가 겁에 질려서 완전히 기가 죽어 있었어. 그래서 나는 이게 안 되는 일이라는 걸 알았어. 세상에서 가장 중요한 건 인간관계니까. 전보와 분노가 가득한 외부 세계가 아니고 말이야.」
 헬렌은 숨도 안 쉬고 말했지만, 마거릿은 이해했다. 둘에게 익숙한 이야기였기 때문이다.
 「그건 바보 같은 생각이야. 먼저, 나는 외부 세계에 대해 동의하지 않아. 글쎄, 우리는 그걸 두고 논쟁도 많이 했지. 중요한 점은 내 사랑법과 네 사랑법 사이에 아주 넓은 골짜기가 패어 있다는 거야. 네 사랑법은 로맨스지만, 내 사랑은 산문이라고나 할까. 나를 비하하는 건 아냐. 많은 생각을 통해 만들어진 훌륭한 산문이라고 생각하니까. 예를 들어 나는 윌콕스 씨의 단점을 모두 알아. 그 사람은 감정을 두려워해. 성공에 너무 연연하고 지난날은 너무 무시해. 그 사람이 보여주는 공감에는 시가 없고, 그러니 진정한 공감이라고 할 수도 없지. 또 그 사람은……」그녀는 반짝이는 석호를 바라보았다.「정신적으로 나만큼 정직하지도 않아. 이 정도면 마음에 드니?」

「아니.」 헬렌이 말했다. 「들을수록 더 기분 나빠. 언니는 미쳤어.」

마거릿은 기분이 상한 듯 몸을 움직였다.

「나는 그 사람뿐 아니라 어떤 남자도 여자도 내 인생의 전부로 삼을 생각이 없어. 절대로! 내 안에는 그 사람이 지금도 앞으로도 결코 이해 못할 것들이 가득해.」

결혼식이 있기 전에, 육체적 결합이 있기 전에, 부부와 이 세상을 갈라놓는 경이로운 유리 장막이 내려오기 전에 그녀는 그렇게 말했다. 그리고 결혼 후에도 그녀는 지금까지 살았던 대부분의 여자들보다 많은 독립성을 유지했다. 결혼은 그녀의 성격보다는 그녀의 환경에 더 큰 영향을 미쳤고, 그녀가 장래의 남편을 이해한다고 자랑한 것도 크게 틀린 것은 아니었다. 하지만 그는 그녀의 성격도 〈약간〉 변화시켰다. 예상치 못한 놀라운 사건이 있었고, 인생의 바람과 향취들이 멎었으며, 그녀에게 부부로서 생각할 것을 강요하는 사회적 압력이 있었다.

「그건 그 사람도 마찬가지야.」 그녀가 계속 말했다. 「그 사람 안에는 앞으로도 내가 영원히 못 볼 것들이 가득해. 특히 그 사람이 하는 일들이 그렇지. 그 사람이 가진 사회적 성격들은 너는 몹시 싫어하지만, 이 모든 걸 가능하게 하는 것이고······.」 그녀는 모든 것을 긍정해 주는 풍경을 향해 손을 흔들었다. 「윌콕스 씨 같은 사람들이 영국에서 수천 년 동안 일하지 않았다면, 너하고 나는 목숨을 부지하고 여기 앉아 있지도 못했을 거야. 기차도 없었을 테고, 문학적 인간들을 태워 나를 배도 없었을 테고, 어쩌면 밭조차 없었을지 몰라. 있는 거라곤 오직 야만뿐이지. 아니 어쩌면 그것조차 안 될지 몰라. 그들의 정신이 없었다면 인생은 원형질 상태에서 한

발짝도 못 움직였을 거야. 내 몫의 수입은 챙기면서 그걸 만들어 주는 사람들을 조롱하는 일은 이제 점점 더 싫어져. 때로 내가 보면……」

「나도 그렇게 봤어. 여자들은 다 그래. 그래서 폴에게 키스했어.」

「너무 심한 말 아니니?」 마거릿이 말했다. 「이건 전혀 경우가 달라. 나는 깊이 생각해 봤어.」

「깊이 생각한다고 달라지는 건 없어. 결과는 똑같잖아.」

「그만 해!」

오랫동안 침묵이 이어졌고, 그러는 사이 조수가 풀 항구로 밀려들었다. 「무언가 잃고 말 거야.」 헬렌이 혼잣말처럼 중얼거렸다. 물은 갯벌을 기어올라 가시금작화와 검은 히스 덤불 쪽으로 다가갔다. 브랭크시 섬은 광대한 갯벌을 잃고, 무성한 나무에 싸인 어두운 덩어리가 되었다. 프롬 강은 도체스터를 향해, 스투어 강은 웜번을 향해, 에이번 강은 솔즈베리를 향해 내륙으로 밀려가야 했고, 태양은 이런 대이동을 위풍당당하게 감독하면서 휴식을 위한 퇴각을 준비했다. 영국은 살아 있었고, 모든 하구 속에 고동쳤으며, 모든 갈매기들의 입으로 기쁨을 외쳤다. 북풍은 부풀어 오르는 바다에 더욱 사납게 맞부딪쳤다. 이것은 무슨 의미인가? 영국의 복잡한 아름다움, 다양한 토질, 구불구불한 해안선은 무엇을 위한 것인가? 그것은 영국을 빚고 이 나라를 세상이 두려워하는 열강으로 만든 사람들에게 속해 있는가? 아니면 영국에 아무 힘도 보태지 않았지만 그것을 은빛 바다에 뜬 보석으로 여긴 사람들, 그것이 영혼의 배가 되어 이 세상 모든 용감한 선단과 함께 영원을 향해 나아간다고 여긴 사람들에게 속해 있는가?

20

 마거릿은 전부터 이 세상의 바다가 사랑이라는 작은 조약돌에 출렁이는 모습을 신기하게 여겼다. 사랑이 관여하는 대상이 사랑하고 사랑받는 당사자 말고 누가 있다는 말인가? 하지만 그 영향력은 수백 곳의 해변에 해일을 일으키며 밀려든다. 물론 이러한 물결의 본질은 새로운 세대를 만듦으로써, 세상 모든 바다를 움켜쥔 〈궁극적 운명〉에 맞서고자 하는 정신이다. 하지만 사랑은 이것을 이해하지 못한다. 사랑은 오직 자신의 무궁성만을 인식할 뿐, 다른 것의 무궁성을 깨닫지 못한다. 그것은 뻗어 가는 햇빛, 떨어지는 장미, 복잡하게 얽힌 시공간 아래로 조용히 낙하하고자 하는 조약돌이다. 사랑은 알고 있다. 자신이 끝까지 살아남을 것을, 그리고 운명이 자신을 흙 속의 보석처럼 건져 내서 신들의 탁자에 감탄하며 건넬 것을. 〈인간이 이것을 만들었다.〉 신들은 그렇게 말하면서, 인간에게 불멸성을 줄 것이다. 하지만 그런 일이 있기까지 얼마나 많은 법석이 따르는가! 재산과 예의범절이라는 쌍둥이 바위가 거대하게 드러나고, 가문의 자존심이 만족을 거부한 채 수면으로 떠올라 요란스레 숨을 헐떡인다. 신학은 희미한 금욕주의로 몸을 감싼 채 스스로의 힘을 과시하기를 주저하지 않는다. 그런 뒤 법률가라는 냉혈 동물들이 굴속에서 기어 나온다. 그들은 자기 본연의 일을 한다. 즉 재산과 예의범절을 정돈하고, 가문의 자존심과 신학을 달랜다. 출렁이는 바다 위로 금화들이 뿌려지고, 법률가들이 자기 굴로 돌아가며, 그 과정에 별탈이 생기지 않으면 사랑은 한 남자와 여자를 결혼으로 엮어 준다.
 마거릿은 이미 그런 법석을 예상했기 때문에 그에 흔들리지 않았다. 예민한 여성치고는 드물게도 그녀의 정신은 강건

했고, 모순과 부조리를 견디는 힘이 있었다. 게다가 그녀의 연애에 과도한 것이라고는 없었다. 그녀와 윌콕스 씨 ─ 앞으로 이 사람을 헨리라 부르겠다 ─ 가 맺은 관계는 편안함이 주조였다. 헨리는 로맨스를 북돋지 않았고, 그녀는 그것에 안달하는 소녀가 아니었다. 친지로 지내던 사람이 애인이 되었고 그 사람은 앞으로 남편이 될 테지만, 그런 뒤에도 친지 시절에 알고 있던 모든 특징을 그대로 간직할 것이다. 사랑은 새로운 관계를 이루는 게 아니라 옛 관계를 확인하는 것이어야 했다.

이런 마음 상태로 그녀는 그에게 결혼을 약속했다.

그는 다음 날 아침 약혼반지를 가지고 스워니지에 갔다. 그들은 서로를 진심으로 반겼고, 그 모습은 줄리 이모를 감동시켰다. 헨리는 더 베이즈에서 저녁을 먹었지만, 이미 스워니지 최고 호텔에 객실을 잡아 둔 상태였다. 그는 본능적으로 최고 호텔을 아는 남자 가운데 한 명이었다. 저녁을 먹고 그는 마거릿에게 함께 해변 도로를 산책하자고 제안했다. 그녀는 승낙했고, 약간의 떨림을 누를 수 없었다. 그것은 그녀가 처음으로 경험하는 진정한 연애 장면이 될 것이다. 모자를 쓰다가 그녀는 웃음을 터뜨렸다. 사랑은 책에 나오는 것과 너무도 달랐다. 기쁨도 ─ 진정했지만 ─ 달랐고, 그 신비도 예기치 못한 신비였다. 우선 윌콕스 씨는 아직도 낯선 사람 같았다.

한동안 그들은 반지 이야기를 했다. 그런 뒤 그녀가 말했다.

「첼시의 제방 생각나세요? 그날부터 오늘까지 열흘도 안 지났다니 믿기지 않아요.」

「나도 그렇소.」 그가 웃으며 대답했다. 「당신과 헬렌이 좀 엉뚱한 계획을 꾸미고 있었지. 아, 그랬어!」

「그때는 정말 몰랐어요. 당신은요?」

「난 잘 모르겠소. 말하기 어렵소.」

「그러면 더 전부터였어요?」 그녀가 소리쳤다. 「그전부터 나를 이렇게 생각했어요? 헨리, 정말 재미있네요! 말해 줘요.」

하지만 헨리는 말하고 싶지 않았다. 어쩌면 말할 수 없었을 것이다. 그의 심리 상태는 그 순간이 지나면 바로 희미해졌기 때문이다. 그는 〈재미있다〉는 말 자체를 싫어했다. 그 말은 그에게 낭비된 노력과 병적인 상태를 연상시켰다. 그는 건조한 사실들만으로도 충분했다.

「저는 생각 못했어요.」 그녀는 계속 말했다. 「당신이 응접실에서 말했을 때, 그때 처음 안 거나 마찬가지예요. 예상했던 것과는 모든 게 너무나 달랐죠. 연극이나 책에서 보면 청혼은…… 뭐라고 할까? ……무언가 화려하게 빛나는 일이잖아요. 꽃다발처럼 말이에요. 본래의 의미는 사라지고요. 하지만 실제 인생의 청혼은 정말 청혼이에요.」

「그런데…….」

「……그러니까 말 그대로 제안이고, 씨앗이죠.」 그녀가 결론 내렸다. 그리고 그 생각은 어둠 속으로 날아갔다.

「내 생각인데, 당신이 개의치 않는다면 오늘 저녁은 앞으로 할 일을 의논하며 보냈으면 하오. 결정해야 할 게 너무나 많으니까.」

「저도 그렇게 생각해요. 먼저 말해 주세요. 티비하고는 어땠어요?」

「남동생 말이오?」

「네, 아까 같이 담배 피웠잖아요.」

「아, 좋았소.」

「잘됐네요.」 그녀는 약간 놀라서 대답했다. 「무슨 이야기를 했어요? 아마 제 이야기였겠죠?」

「그리고 그리스 이야기도 했소.」

「그리스라니 정말 좋은 화제였네요. 티비는 아직 어린애라서, 다른 사람이 할 이야기를 찾아 줘야 해요. 잘하셨어요.」

「내가 칼라마타 근처의 커런트[15] 농장 주식을 갖고 있다고 했소.」

「그런 멋진 곳의 주식이 있다는 말이에요? 그러면 거기로 신혼여행을 갈까요?」

「가서 무엇을 하려고?」

「커런트를 먹으면 되죠. 거기 경치는 멋지지 않은가요?」

「어느 정도는, 하지만 숙녀를 모시고 갈 만한 곳은 아니오.」

「왜요?」

「호텔이 없으니까.」

「호텔이 없어도 상관없는 숙녀들도 있어요. 헬렌하고 제가 단 둘이서 짐을 짊어지고 아펜니노 산맥을 넘었다는 거 알아요?」

「몰랐소. 그리고 내가 곁에 있는 한 앞으로는 절대 그런 일을 할 수 없소.」

그녀의 목소리가 심각해졌다. 「아직 헬렌이랑 아무 말 못 나눴죠?」

「못했소.」

「그러면 가기 전에 꼭 얘기를 나누세요. 두 사람이 친해졌으면 좋겠어요.」

「헬렌과 나는 항상 잘 지냈소.」 그는 건성으로 대답했다. 「하지만 자꾸 딴 이야기로 흐르는구려. 다시 시작합시다. 알다시피 이비가 곧 퍼시 캐힐과 결혼을 하오.」

「돌리의 숙부 말씀이죠?」

「맞소. 이비는 지금 그 친구한테 푹 빠져 있소. 좋은 친구

---

15 검은 건포도.

고, 당연히 이비가 납득할 만한 혼수를 해오기 바라고 있소. 그리고 두 번째로 당신도 잘 알겠지만 찰스가 있소. 여기 오기 전에 나는 찰스에게 소상한 편지를 보냈소. 식구가 늘고 돈 쓸 데는 많아지는데, 지금 회사는 발전 가능성은 있지만 아직 이렇다 할 게 없어서.」

「안됐군요.」 마거릿이 바다를 내다보며 중얼거렸다. 헨리의 말을 이해할 수 없었다.

「찰스는 맏아들이고 앞으로 하워즈 엔드를 갖게 될 거요. 하지만 나 자신이 이런 행복을 누릴 때 다른 아이들에게도 공평한 대접을 해주고 싶소.」

「당연히 그래야죠.」 그녀는 그렇게 대답했다가 조그맣게 소리를 질렀다. 「돈 문제를 말하는 거로군요. 이렇게 둔할 수가! 당연히 그래야죠!」

기이하게도 그는 그 말에 몸을 움찔했다. 「당신이 솔직하게 말하니, 그렇소 돈이오. 나는 모두에게 공평하게 해주기로 결심했소. 당신한테도 아이들한테도. 아이들이 나한테 불만을 품지 않게 할 생각이오.」

「자녀 분들한테 최대한 너그럽게 하세요.」 그녀가 딱 부러지게 말했다. 「공평하게 하시고요!」

「이미 그렇게 결심했고…… 찰스에게는 편지까지 보냈으니…….」

「그런데 얼마나 되나요?」

「뭐라고?」

「연 수입이 얼마나 되냐고요? 저는 6백 파운드예요.」

「내 수입 말이오?」

「네, 당신 수입을 알아야 찰스에게 얼마를 줄지 결정할 수 있잖아요. 공평함도 너그러움도 다 거기 달려 있죠.」

「당신은 아주 거침이 없구려.」 그는 그녀의 팔을 두드리며 약간 웃었다.「그런 걸 다 묻다니!」

「수입이 얼만지 몰라요? 아니면 말하고 싶지 않은 거예요?」

「나는……」

「좋아요.」 이번에는 그녀가 그를 두드렸다.「말하지 마세요. 몰라도 돼요. 그냥 비율만 가지고도 이야기할 수 있으니까요. 당신 수입을 열 로 나누세요. 그중 얼마를 이비에게 주고, 찰스하고 폴한테는 얼마를 줄 생각인가요?」

「하지만 당신한테 그렇게 구체적으로 이야기할 마음은 없었소. 나는 그저 당신이 — 그러니까 다른 사람들한테도 돌아가는 부분이 있다는 걸 알아 달라는 뜻으로 이야기를 꺼낸 거고, 그 점은 당신도 충분히 이해한 것 같으니까, 이제 다음 이야기로 넘어갑시다.」

「좋아요, 그건 결정됐어요.」 마거릿은 그의 얼버무림에도 흔들리지 않았다.「줄 수 있는 만큼 주세요. 저한테는 6백 파운드가 있으니까요. 이만 한 돈이 있다는 게 다행이지 뭐예요!」

「우리는 사실 별로 재산이 없소. 분명히 말하는데, 당신은 가난한 남편을 고른 거요.」

「헬렌은 이 점에서 저하고 달라요. 물론 그 애도 돈이 있으니까 부자들을 욕하지는 못하지만 그러고 싶어 해요. 이해하기 어려운 게, 헬렌은 가난이〈실제 현실〉이라고 생각한다는 거예요. 그 아이는 세상의 모든 조직을 싫어하고, 아마도 부 자체와 부를 이루는 기술을 혼동하는 것 같아요. 양말 속에 금화를 넣는 건 괜찮지만, 그게 수표라면 싫어하죠. 헬렌은 도무지 여유가 없어요. 그런 오만한 태도로는 이 세상을 살기가 힘들죠.」

「한 가지 이야기만 더 하고, 나는 호텔로 가서 편지들을 써야겠소. 이제 듀시 거리의 집은 어떻게 하는 게 좋겠소?」

「계속 갖고 계세요. 어쨌건 그건 나중에 결정할 수 있어요. 결혼은 언제 할까요?」

그녀는 평소처럼 목소리가 커졌고, 주변에서 함께 밤공기를 들이마시던 젊은이들이 그 소리를 들었다. 「저기 뜨거워지네.」 누군가 말했다. 윌콕스 씨가 그들을 돌아보고 날카롭게 말했다. 「이봐요!」 젊은이들은 조용해졌다. 「피곤하게 하면 경찰에 신고할 거요.」 그들은 조용히 물러갔지만 그저 때를 기다릴 뿐이었다. 그들의 대화 속으로 자꾸만 낄낄거리는 웃음소리가 끼어들었다.

헨리는 목소리를 낮추고, 약간 질책의 어조까지 담아서 말했다. 「이비가 9월에 결혼할 거요. 우리는 그전에는 안 되오.」

「빨리 할수록 좋아요, 헨리. 여자가 이런 말 하면 안 된다고들 하지만, 빠를수록 좋아요.」

「그러면 우리도 9월에 하는 게 어떻소?」 그가 밋밋한 말투로 물었다.

「좋아요. 그러면 우리가 9월에 직접 듀시 스트리트[16]로 들어가는 건 어때요? 아니면 헬렌과 티비를 그리 들여보낼까요? 이건 그냥 떠오른 생각이에요. 하지만 그 아이들은 도무지 현실 감각이 없어서, 잘 설득하면 무슨 일이든 시킬 수 있어요. 그래요. 게 좋겠네요. 그리고 우리는 하워즈 엔드나 슈롭셔에 사는 거예요.」

그는 두 뺨을 부풀렸다. 「이런! 여자들은 어쩌면 그렇게 많은 걸 한꺼번에 생각하는지! 머리가 뒤죽박죽이 되는구려. 하나씩 따져 봅시다, 마거릿. 하워즈 엔드는 안 돼요. 지

---

16 원문에서 이전까지는 이 집을 The House in Ducie Street라고 하다가 여기서부터 Ducie Street로만 표기한다.

난 3월에 하마 브라이스에게 3년 계약으로 세를 놓았잖소. 그리고 어니턴이 있소. 하지만 그 집은 너무 멀어서 거기에만 의존하고 살 수는 없소. 기분 전환을 위해 얼마간 내려가 지낼 수는 있을 거요. 우리 집은 런던에 쉽게 다닐 수 있는 곳에 있어야 하는데, 듀시 스트리트에는 엄청난 단점이 하나 있소. 뒤쪽에 마구간이 있다는 거요.」

마거릿은 웃음을 참을 수 없었다. 듀시 스트리트 뒤쪽에 마구간이 있다는 말은 처음이었다. 그녀가 집을 구하는 입장에서 갔을 때 그 사실은 드러나지 않았다. 물론 일부러 그랬다기보다는 자동적으로 이루어진 일이었다. 윌콕스 가족의 활기찬 태도에는 진정성은 있었지만, 진실에 이르는 데 꼭 필요한 명징한 시각이 결여되어 있었다. 듀시 스트리트에 사는 동안 헨리는 마구간을 잘 알았다. 그러나 그 집을 세놓아야겠다고 생각했을 때는 그 사실을 잊었다. 만약 누군가 거기 마구간이 있느니 없느니 따졌다면, 그는 화가 나서 그 사람을 시시콜콜한 인간이라고 비난했을 것이다. 내가 설태나[17]의 품질에 불만을 표시할 때마다 우리 동네 식품점 주인이 나를 그렇게 비난한다. 그는 자기 집 건포도는 최상품이고, 하지만 그 가격으로는 최상품 건포도를 살 수 없다는 말을 안색 하나 바꾸지 않고 한다. 사업하는 사람들은 본디 그런 법이니, 마거릿이 그런 사람들이 영국에 베푼 혜택을 생각해서 날카롭게 반응하지 않은 것은 훌륭한 처신이었다.

「그렇소. 특히 여름이 되면 마구간은 아주 골칫거리요. 흡연실도 끔찍하고. 거기다 맞은편 집에 오페라를 하는 사람들이 들어왔소. 내 생각이지만 듀시 거리는 곧 허물어질 거요.」

「그것 참 안됐네요. 아주 예쁜 집들이고, 지은 지 몇 년 안

---

17 흰 건포도.

된 것 같던데.」

「세상이 그렇게 변하는 거요. 사업에는 좋은 일이지.」

「저는 런던이 이렇게 쉴 새 없이 변하는 게 싫어요. 이건 우리가 가진 최악의 모습인 영원한 혼돈을 상징하는 것 같아요. 좋은 것도 나쁜 것도 그저 그런 것도 흘러가 버려요. 영원히 흐르고 흐르죠. 그래서 두려워요. 나는 강을 믿지 않아요. 풍경 속에 있는 강도 말이죠. 바다가……」

「밀물이 드는구려.」

「밀물이래.」 산책하는 젊은이들이 외쳤다.

「저런 자들에게도 선거권을 주다니.」 윌콕스 씨가 말했다. 그런 자들이 자기 회사에서 사무원으로 일한다는 사실과 그들에게 맡겨진 일이 인격의 성장에 거의 도움이 되지 않는다는 사실은 생략되었다. 「어쨌건 저자들도 자기 인생이 있고 관심사가 있겠지. 계속합시다.」

그는 말하면서 몸을 돌려서 그녀를 더 베이즈까지 바래다 줄 준비를 했다. 이야기는 끝났다. 그의 호텔은 반대 방향이었고, 그녀를 바래다준다면 편지를 배달 시간에 맞춰 쓸 수 없을 것이다. 그래서 그녀는 바래다주지 말라고 했지만, 그는 한사코 고집했다.

「오늘 처음 이모님을 만났는데, 혼자 돌아온 당신을 보면 이모님이 나를 어떻게 생각하시겠소?」

「하지만 저는 언제나 혼자 다니는걸요. 아펜니노 산맥도 걸어서 넘었으니 이 정도야 아무것도 아니죠. 바래다주면 오히려 화가 날 거예요. 저는 그런 게 예의라고 생각하지 않아요.」

그는 웃고 시가에 불을 붙였다. 「예의 때문에 그런 게 아니오. 당신을 어둠 속에 혼자 보낼 수 없기 때문이오. 저런 작자들도 그렇고! 위험해요.」

「제가 저 자신도 돌보지 못한다는 말인가요? 제발 부탁드려요……」

「이리 와요, 마거릿. 그런 말 그만 하고.」

젊은 여자라면 그가 그런 식으로 남편 행세를 하려는 데 분개했을지도 모르지만, 마거릿의 인생 방식은 그런 걸로 소란을 떨기에는 너무나 굳건했다. 그녀 또한 나름대로 노련했다. 그가 요새라면 그녀는 산봉우리였다. 그 산은 모든 사람이 밟고 다니지만, 눈이 내릴 때마다 순결하게 거듭났다. 요란스러운 의장을 거부하고 잘 흥분하며 수다스럽고 산만하고 고집 센 그녀는 이모에게 그랬듯 애인에게도 자신에 대한 잘못된 판단을 심어 주었다. 그는 그녀의 비옥함을 약점으로 착각했다. 그녀가 제법 똑똑하다고는 생각했지만, 실제로 그녀가 그의 영혼 깊은 곳을 들여다보고 그 안의 것을 긍정하고 있다는 것은 알지 못했다.

그러므로 세상에 필요한 게 통찰력뿐이라면, 내면생활이 인생의 전체라면, 그들은 행복이 보장되었다고 할 수 있었다.

그들은 빠른 걸음으로 걸었다. 해변 도로와 그에 잇닿은 도로는 가로등이 환했지만, 줄리 이모의 정원은 어두웠다. 철쭉 덤불을 뚫고 샛길을 올라가던 중 앞서 걷던 윌콕스 씨가 약간 쉰 목소리로 〈마거릿〉 하고 부르더니 시가를 떨어뜨리고 그녀를 끌어안았다.

그녀는 깜짝 놀랐고 자칫하면 소리도 지를 뻔했지만, 곧 정신을 차리고 그녀에게 닿은 입술에 진정한 사랑을 담아 키스했다. 그것은 두 사람의 첫 키스였고, 키스가 끝나자 그는 그녀를 문 앞까지 데리고 가서 초인종을 울린 뒤, 하녀가 나타나기 전에 어둠 속으로 사라졌다. 그것은 그녀에게 불쾌감을 주었다. 너무도 뜬금없는 일이었기 때문이다. 이전에 나눈 대화 중에 그 일을 예고한 것은 아무것도 없었다. 하지만 더욱 나쁜 것은 그 후에도 아무런 다정함이 뒤따르지 않았다는 것이다. 열정으로 오르는 길은 모른다 해도 열정에서 내려오는 길을 모르는 사람은 없는 법이다. 그녀는 자신의 다정한 응답에 뒤이어 따뜻한 몇 마디 말이 이어질 것을 기대했다. 하지만 그는 부끄러운 듯 허둥지둥 사라졌고, 그녀는 순간 헬렌과 폴의 일이 떠올랐다.

21

 찰스는 돌리를 질책하고 있었다. 그녀는 질책받을 만한 일을 했기 때문에 잠자코 있었지만, 완고한 머리는 수그러들지 않았고, 그의 천둥소리가 차츰 물러나기 시작하자 그녀의 짹짹거림이 조금씩 높아졌다.
「아기를 깨웠잖아요. 그럴 줄 알았지. (그래그래, 착하지!) 퍼시 숙부님이건 누구건 다른 사람이 한 행동에 나는 아무런 책임이 없어요!」
「내가 없는 사이 그 사람을 부른 게 누구야? 누가 그 사람을 이비한테 소개해 줬냐고? 누가 두 사람을 날마다 자동차에 태워 보냈어?」
「찰스, 그 말은 꼭 무슨 시 같네요.」
「시라고? 그렇다면 우리는 이제 곧 다른 장단에 맞춰 춤을 추게 될 거야. 슐레겔 양이 우리를 가지고 놀았어.」
「내가 그 여자를 얼마나 싫어하는데. 그게 내 잘못이라는 건 정말 억울한 말이에요.」
「당신 잘못이지. 5분 전에는 인정했잖아.」
「안 했어요.」
「했어.」

「그래, 아장아장 잘도 걷네!」 돌리가 갑자기 관심을 아이에게 돌려 소리쳤다.

「잘도 말을 돌리는군. 하지만 이비가 집에 남아서 아버지를 돌봐 드릴 수 있었다면 아버지는 결혼할 생각을 안 하셨을 거야. 그런데 당신이 중매쟁이 역할을 한 거라고. 게다가 캐힐은 너무 나이가 많아.」

「당신이 자꾸 그렇게 퍼시 숙부님에 대해 무례하게 말할 거면…….」

「슐레겔 양은 예전부터 하워즈 엔드에 눈독을 들였어. 그리고 이제 당신 덕분에 그걸 차지하게 됐잖아.」

「이야기를 그렇게 엮어 붙이다니 정말 어처구니가 없군요. 내가 다른 남자에게 수작을 걸다가 들켰어도 이렇게까지 심하게는 못했을 거야. 그렇지, 아가야?」

「우리는 궁지에 몰렸어. 어떻게든 반전의 기회를 마련해야 돼. 아버지의 편지에는 공손하게 답장을 보내겠어. 아버지는 품위를 잃고 싶어 하지 않으시니까. 하지만 슐레겔네들은 잊지 않을 거야. 그 인간들이 행실을 조심하는 한 — 돌리, 내 말 듣는 거야? — 우리도 조심해야지. 하지만 오만하게 나온다거나 아버지를 독점하거나 잘 모시지 못하거나 또 예술이 어쩌고 하는 그 헛소리로 아버지를 괴롭히면 절대 가만있지 않을 거야. 그럴 수 없지. 우리 어머니 자리를 차지하다니! 불쌍한 폴, 이 소식을 들으면 뭐라고 말할까?」

막간극은 그렇게 끝난다. 무대는 힐튼에 있는 찰스의 집 정원이다. 그와 돌리는 야외 의자에 앉아 있고, 그들의 자동차는 잔디 건너편의 차고에서 차분히 그들을 바라보고 있다. 유아용 원피스를 입은 찰스의 닮은꼴도 그들을 차분히 바라본다. 유모차에 앉은 닮은꼴은 빽빽 소리를 지른다. 세 번째 닮은꼴은 곧 태어날 것이다. 자연은 이 평화로운 땅 위에 월콕스들을 번식시켜서, 그들이 땅을 차지하도록 하고 있다.

22

 이튿날 아침, 마거릿은 각별히 다정한 태도로 미래의 남편을 만났다. 그는 성숙한 사람이었지만, 그가 무지개다리를 놓아 우리 안의 산문과 열정을 연결하는 데는 아직 그녀의 도움이 필요할지 몰랐다. 그 다리가 없으면 우리는 모두 의미 없는 조각들, 절반은 수도승이고 절반은 짐승인 채 인간으로 연결되지 못하는 부서진 아치들일 뿐이다. 그것이 있으면 사랑이 태어나서 다리의 둥근 꼭대기에 내려앉는다. 그것은 잿빛에 맞서 광채를 발하고, 불길에 맞서 차분한 이성을 발한다. 이 다리 양 끝의 영광을 모두 볼 수 있는 사람은 행복하다. 그런 사람들의 영혼의 길은 곧게 뻗어 있고, 그 자신도 그의 친구들도 그 길을 걷는 데 어려움이 없을 것이다.

 윌콕스 씨의 길을 걷는 것은 어려웠다. 어린 시절부터 그는 그 길들을 무시했다. 〈나는 내면 따위에 신경 쓰는 사람이 아냐.〉 겉에서 볼 때 그는 유쾌하고 믿음직했으며 용감했다. 하지만 안에서 볼 때는 모든 게 반대였다. 그는 혼돈스러웠고, 그것을 약간이나마 다스릴 수 있는 건 어설픈 금욕주의뿐이었다. 소년 시절에도, 아내가 있었을 때도, 아내를 잃은 뒤에도 그는 육체적 열정은 나쁜 것이라는 은밀한 믿음이 있었는데, 이런 믿음은 철저하게 추구할 때에만 의미가 있는 것이었다. 종교가 이런 믿음을 강화시켜 주었다. 그를 비롯한 여러 존경받을 만한 사람들이 일요일에 교회에서 듣는 말은 오랜 옛날 성 카타리나와 성 프란체스코의 영혼 속에 육체에 대한 강렬한 증오를 심어 준 말들이었다. 그는 그들처럼 성인이 되어서 거룩한 열정으로 창조주를 사랑할 수는 없었지만, 아내를 사랑하는 것을 약간 부끄러워할 수는 있었다. 〈*Amabat; amare timebat*(그는 사랑했지만 사랑하는 걸 두려워했다).〉 그리고 마거릿은 이 지점에서 그를 돕고자 했다.

그 일은 그리 어려워 보이지 않았다. 자신의 장점으로 그를 괴롭힐 필요는 없었다. 그저 그의 영혼에, 그리고 모든 사람의 영혼에 잠재해 있는 구원의 가능성을 보여 주기만 하면 되었다. 단지 연결하라! 그녀의 설교는 그게 전부였다. 산문과 열정을 연결하라. 그러면 그 양쪽이 모두 고양되고, 인간의 사랑은 정점에 이르게 될 것이다. 다시는 조각난 삶을 살지 마라. 단지 연결하라. 그러면 고립을 먹고 사는 짐승과 수도승은 생명줄을 잃고 죽을 것이다.

이런 메시지를 전달하는 것도 어렵지 않았다. 〈진지한 이야기〉가 필요한 것도 아니었다. 조용히 알려 주는 일만으로도 다리는 세워지고 그들의 인생은 아름다움으로 뻗어 갈 것이다.

하지만 그녀는 실패했다. 헨리에게는 그녀가 속으로 아무리 되뇌어도 대비할 수 없는 특성이 있었기 때문이다. 그것은 그의 둔감함이었다. 그는 모르는 것은 계속 몰랐고, 그런 상황에서는 어떤 말도 소용이 없었다. 그는 헬렌과 프리다가 자신을 적대하는 것도 몰랐고, 티비가 커런트 농장에 관심 없는 것도 몰랐다. 가장 재미없는 대화 속에도 비쳐 드는 빛과 그림자를 몰랐고, 도표(道標), 이정표, 충돌, 무한한 전망을 알아차리지 못했다. 한번은 — 그날은 아니었지만 — 그녀가 이 일로 그를 질책했다. 그는 어리둥절해하다가 껄껄 웃으며 대답했다. 「내 좌우명은 〈집중하라〉요. 나는 그런 일에 힘을 낭비하고 싶지 않소.」 그녀가 반박했다. 「그건 힘을 낭비하는 게 아니에요. 힘을 발휘할 공간을 넓히는 거예요.」

그가 대답했다.「당신은 총명한 여자요. 하지만 내 좌우명은 〈집중하라〉요.」그리고 그날 아침 그는 맹렬하게 집중했다.

그들은 어제의 철쭉 덤불에서 만났다. 낮에 본 덤불은 시시했고, 길은 아침 햇살에 환하게 드러났다. 그녀는 헬렌과 함께 있었는데, 헬렌은 약혼이 확정된 뒤로 음울한 침묵에 잠겨 있었다.「여기 있어요!」그녀가 소리치고는 양손을 벌려 각각 그와 헬렌의 손을 잡았다.

「그렇구려. 안녕하시오, 헬렌?」

헬렌이 대답했다.「안녕하세요, 윌콕스 씨.」

「헨리, 헬렌은 그때 화내고 갔던 특이한 남자한테서 기쁜 편지를 받았어요. 그 남자 생각나요? 콧수염이 처졌지만, 머리 뒷모습은 젊어 보이는 남자요.」

「나도 편지를 한 통 받았소. 그런데 그리 기쁜 편지는 아니오. 당신하고 그 이야기를 하고 싶소.」그녀가 결혼을 약속한 이상 레너드 바스트는 그에게 아무것도 아니었다. 삼각관계는 이미 깨졌다.

「조언해 주신 것 고마워요. 그 친구가 포피리언을 그만둔대요.」

「포피리언은 괜찮은 회사지.」그는 건성으로 말하고, 주머니에서 자신이 받은 편지를 꺼냈다.

「괜찮은 회사라고요……」그녀가 그의 손을 떨구며 소리쳤다.「그때 첼시 제방에서는 분명히……」

「여주인께서 나오시는군. 안녕하십니까, 먼트 부인. 철쭉이 보기 좋군요. 안녕하시오, 리제케 부인. 영국에서도 이렇게 꽃이 핀답니다.」

「괜찮은 회사라니요?」

「그렇소. 내가 받은 편지는 하워즈 엔드에 대한 거요. 브라이스가 외국에 나가게 되었다고 그 집을 자기가 다른 사람에게 다시 임대하고 싶다고 하오. 그런 일을 허락해야 할지 얼른 판단이 안 되오. 계약서에 그런 조항도 없고. 내 생각에 이중 임대를 하는 건 잘못 같소. 그 사람이 적절한 세입자를 구해 주면 내가 계약 자체를 취소할 수도 있소. 잘 잤소, 슐레겔 양? 그게 이중 임대보다 나을 것 같지 않소?」

헬렌은 이미 손을 떨구었고, 그는 마거릿을 데리고 사람들 앞을 지나 바다가 보이는 쪽으로 갔다. 두 사람의 발아래로 펼쳐진 별 볼 일 없는 작은 만은 수 세기 동안 스워니지 같은 휴양 도시가 들어서기를 소망했을 것이다. 파도는 아무 색깔이 없었고, 거기에 선착장에 들어오며 소풍객들에게 요란스레 경적을 울리는 본머스 증기선이 무미건조한 느낌을 더해 주었다.

「만약 이중 임대를 하게 되면 내 생각에는……」

「미안해요, 하지만 포피리언 이야기는 어떻게 된 건가요. 마음이 편치 않네요. 좀 물어봐도 되겠지요, 헨리?」

그녀의 태도가 워낙 신가해서 그는 하던 말을 멈추고 뭐가 문제냐고 약간 딱딱한 말투로 물었다.

「첼시 제방에서 분명히 그 회사가 나쁜 회사라고 했잖아요. 그래서 우리는 그 남자에게 회사를 그만두라고 했고요. 그 남자가 오늘 아침에 편지를 보냈어요. 우리 조언대로 회사를 그만두었다고요. 그런데 이제 와서 나쁜 회사가 아니라니요.」

「좋은 회사건 나쁜 회사건 새 직장도 알아보지 않고 그만두는 사람은 바보요. 그런 자는 조금도 동정하지 않소.」

「그러지 않았어요. 캠든 타운에 있는 은행으로 가게 될 거래요. 봉급이 훨씬 박하지만 견뎌 보겠다고 했어요. 뎀스터 은행의 지점이라는데, 거기는 괜찮은 곳인가요?」

「뎀스터 은행이라! 좋지, 좋고말고.」

「포피리언보다 좋은 곳인가요?」

「그렇소. 아주 튼튼하지, 튼튼해.」

「아, 고마워요. 미안해요. 만약 이중 임대를 하면……?」

「만약 그 사람이 이중 임대를 하면, 내가 지금처럼 그곳을 관리할 수 없게 되지 않겠소? 원칙적으로 세입자들은 하워즈 엔드에 흠을 내면 안 되지만, 실제로는 흠이 나게 되어 있소. 돈으로는 절대 복구할 수 없는 피해들 말이오. 예를 들어서 그 우산느릅나무가 상할지 어떻게 알겠소? 나는 그런 일을 원치 않소. 그 나무는 — 마거릿, 우리 언제 같이 그 집을 보러 갑시다. 나름대로 예쁜 집이오. 같이 자동차를 타고 가서 찰스네 집에서 점심을 먹읍시다.」

「네, 저도 바라는 일이에요.」 마거릿이 힘을 내서 말했다.

「다음 주 수요일은 어떻소?」

「수요일요? 그날은 별로 안 좋네요. 이모님은 우리가 앞으로 일주일은 더 머물다 갈 걸로 알고 계시거든요.」

「하지만 당신만 원한다면 돌아갈 수 있잖소?」

「어, 안 돼요.」 마거릿이 잠시 생각하고 대답했다.

「그러면 좋소. 내가 직접 이모님께 말하리다.」

「이맘때 이모님을 찾아오는 일은 아주 중요한 행사예요. 이모님은 해마다 이때만을 기다리시죠. 우리를 위해서 집을 확 뒤집어 놓다시피 하세요. 우리하고 친한 사람들도 함께 부르시고요. 이모님은 프리다를 거의 모르세요. 프리다를 이모님 손에 맡겨 두고 떠날 순 없죠. 저는 벌써 하루를 빼먹었어요. 제가 열흘을 채우지 못하고 떠난다면 이모님은 크게 상심하실 거예요.」

「하지만 내가 말한다니까. 당신은 신경 쓸 것 없어요.」

「헨리, 나는 안 가요. 그렇게 우격다짐하지 마세요.」

「그 집을 보고 싶지 않소?」

「저도 아주 보고 싶어요. 이렇게 저렇게 이야기도 많이 들었으니까요. 우산느릅나무에 돼지 이빨도 있죠?」

「돼지 이빨?」

「치통이 생기면 그 나무껍질을 씹는다고 하던데요.」

「말도 안 되는 소리! 그런 일은 없소!」

「제가 다른 나무랑 착각했나 보네요. 영국에는 아직도 신성한 나무들이 많은 것 같아요.」

그때 저쪽에서 먼트 부인의 목소리가 들리자, 그는 부인에게 말을 하려고 마거릿의 곁을 떠났지만, 도중에 헬렌에게 저지당했다.

「윌콕스 씨, 포피리언 얘기는 어떻게 된 거죠?」 헬렌이 온통 붉게 상기된 얼굴로 물었다.

「괜찮아.」 마거릿이 다가오며 소리쳤다. 「뎀스터 은행이 더 좋대.」

「하지만 우리한테는 포피리언 회사가 나쁘다고 말했잖아요. 크리스마스 전에 파산할 거라고요.」

「그때는 그 회사가 협정에 가입을 안 했기 때문에 아주 불리한 위치였소. 하지만 최근에 가입을 해서 ― 지금은 아주 튼튼하오.」

「다시 말하면, 바스트 씨가 회사를 그만둘 필요가 없었다는 말이네요.」

「맞소. 그럴 필요 없었소.」

「그리고 엄청나게 줄어든 봉급으로 인생을 새로 시작할 필요도 없었고요.」

「편지에는 그냥 〈줄었다〉고만 쓰여 있었어.」 마거릿이 말썽이 벌어질 것을 예감하며 헬렌의 말을 정정했다.

「그렇게 가난한 사람한테는 조금만 줄어도 엄청나게 줄어든 거야. 우리가 잔혹한 비극을 안겼어.」

먼트 부인에게 이야기하려고 앞으로 걸어가던 윌콕스 씨의 귀에 마지막 말이 걸렸다. 「뭐라고 했소? 그 말이 무슨 뜻이지? 내 책임이란 말인가?」

「헬렌, 어리석은 짓 그만둬.」

「지금 그 말은……」 그러더니 그는 시계를 보았다. 「내 설명을 들어 봐요. 이런 거요. 헬렌은 기업체가 미묘한 협상을 할 때 그 정보를 세상에 일일이 공개해야 한다고 생각하는 것 같소. 헬렌의 생각에 따르면 포피리언은 이렇게 말해야 했던 거지. 〈우리는 협정에 가입하려고 노력하고 있습니다. 성공할지는 알 수 없지만, 파산하지 않으려면 그 길밖에 없습니다. 우리는 어쨌건 노력하고 있어요〉라고 말이오. 헬렌.」

「그게 윌콕스 씨의 설명인가요? 그렇다면 제 설명은 가난한 사람이 더 가난해졌다는 거예요.」

「그 친구 일은 나도 안타깝소. 하지만 그건 그렇게 특별한 일도 아니오. 인생이라는 전투의 일부일 뿐이지.」

「가난한 사람이 더 가난해졌어요. 우리 때문에요. 이런 상황에서 어떻게 〈인생이라는 전투〉 같은 말을 하실 수가 있죠?」

「이제 그만!」 그가 다정하게 나무랐다. 「헬렌 잘못은 아니니까. 이건 누구 잘못도 아니오.」

「아무도 잘못이 없다고요?」

「꼭 그렇다고 할 수는 없겠지만, 헬렌은 그걸 너무 심각하게 받아들이고 있소. 그런데 그 친구가 도대체 누구요?」

「우리는 벌써 그 사람에 대해 두 번이나 말씀드렸어요.」 헬렌이 말했다. 「게다가 윌콕스 씨는 그를 만나기도 했어요. 그 사람은 가난하고 그의 아내는 방종하고 멍청해요. 그렇게 살기 아까운 사람이고, 우리는 ─ 상층 계급으로서 얻은 우월한 정보를 가지고 그 사람을 도울 수 있다고 생각했어요. 그런데 이게 그 결과예요!」

그가 손가락을 들었다. 「내가 조언 한마디 하겠소.」

「이제 조언 같은 거 안 받겠어요.」

「한마디만 들어요. 가난한 사람들을 그렇게 감상적으로 보는 건 좋지 않아요. 안 그렇소, 마거릿? 가난한 사람들은 가난한 사람들일뿐, 더 이상 어쩔 수 없소. 문명이 발전하다 보면 피치 못하게 멍드는 곳이 생기기 마련이오. 거기에 대해 누가 개인적으로 책임을 져야 한다고 우기는 건 어리석은 일이오. 헬렌도 나도, 내게 정보를 준 사람도, 또 그 사람에게 정보를 준 사람도, 포피리언의 간부들도 모두 그 사무원의 봉급 감소에 아무런 책임이 없소. 그냥 거기 멍이 든 거요. 누구도 피할 수 없는 일이오. 어쩌면 그보다 더 나빠졌을 수도 있었을 거요.」

헬렌은 분노로 몸을 떨었다.

「자선 단체에 기부해요. 가능한 한 후하게. 하지만 사회 개혁 같은 꿈에는 빠지지 마요. 나는 세상 뒤편에서 일어나는 일을 많이 알고 있지만, 내가 볼 때 사회 문제 같은 건 없소. 물론 시시한 저널리스트들이야 사회 문제를 들먹여서 먹고 살아야 하니까 그런 게 있다고 해야겠지만. 그냥 부자가 있고 가난한 사람이 있는 거요. 이 구분은 예전에도 있었고, 앞으로도 사라지지 않을 거요. 역사상 사람이 평등했던 적이 있었는지 말해 봐요.」

「내 말은 그런……」

「말해 봐요. 평등에 대한 소망이 인간을 더 행복하게 만들어 준 적이 있는지. 없소. 그런 적은 없었소. 부자와 빈자의 구분은 언제나 있었소. 나는 숙명론자는 아니오, 절대로! 하지만 우리 문명은 인간 너머에 있는 어떤 힘들에 의해 형성되어 왔소.」 그의 목소리에 흡족함이 담겼다. 개인적인 성격이 제거된 일을 이야기할 때면 그는 언제나 그랬다.「부자와 빈자의 구분은 언제나 있었소. 그걸 부정할 수는 없소.」그의 목소리가 정중해졌다.「부정할 수 없는 게 또 하나 있소. 그럼에도 불구하고 문명이 전체적으로는 발전한다는 거요.」

「신께서 도우시니 그럴 수밖에요.」헬렌이 쏘아붙였다.

그는 그녀를 빤히 바라보았다.

「윌콕스 씨가 돈을 움켜쥐면, 나머지는 신께서 다 알아서 해주시죠.」

헬렌이 이렇게 과민하게 신까지 거론하기 시작하면 누구도 그녀를 말릴 수가 없다. 그는 끝까지 예의를 잃지 않고, 헬렌 곁을 떠나 먼트 부인과 좀 더 조용한 이야기를 나누러 갔다. 그러면서 속으로 〈헬렌은 돌리하고 좀 비슷하군〉하고 생각했다.

헬렌은 바다를 내다보았다.

「헨리하고 정치 경제 이야기를 하지 마.」마거릿이 헬렌을 달랬다.「결국은 악만 쓰게 될 거야.」

「윌콕스 씨는 과학과 종교를 뒤섞는 그런 사람들 중 한 명이야.」헬렌이 천천히 말했다.「나는 그런 사람들이 싫어. 말로는 과학을 안다고 하지. 적자생존 법칙이 어쩌고 하면서 직원들 봉급이나 깎고, 자기들의 안락에 방해가 될 만한 사람들은 싹을 잘라 버리고, 그러면서 어떻게든 — 〈어떻게든〉이라니 그렇게 흐리멍덩한 말이 어디 있어? — 좋은 결과가 나올 거라고 말하지. 현재의 바스트 씨가 고통을 겪으면 장래의 바스트 씨가 덕을 볼 거라고 말이야.」

「이치가 그렇다는 거지. 헬렌, 그냥 이치를 말하는 거야!」

「이치라고? 메그, 무슨 이치가 그래?」

「헬렌, 왜 이렇게 모질게 구는 거니?」

「노처녀라서 그래.」헬렌이 입술을 깨물며 말했다.「내가 왜 이러는지 나도 모르겠어.」

그녀는 마거릿의 손을 떨치고 집으로 들어갔다. 마거릿은 아침이 이렇게 시작됐다는 데 상심해서 바닷길을 가는 본머스 기선을 바라보았다. 바스트 씨의 불운한 사건으로 인한 헬렌의 격분은 예의를 따질 수 있는 선을 넘어 버렸다. 언제 더 무서운 폭발이 일지 몰랐고, 그러면 헨리조차 눈치를 챌 것이다. 헨리를 여기 둘 수 없었다.

「마거릿!」 줄리 이모가 불렀다. 「마거릿! 윌콕스 씨 말이 정말이니? 네가 다음 주 초에 여길 떠나고 싶어 한다는 게?」

「떠나고 싶어 하는 건 아니에요.」 마거릿이 재빨리 대답했다. 「하지만 할 일이 너무 많고, 또 찰스 가족도 보러 가야 할 것 같아요.」

「하지만 웨이머스에도 안 가보고, 럴워스도 안 가보겠다는 거냐?」 먼트 부인이 다가오며 물었다. 「나인 배로스 언덕에도 한 번 더 안 가보고?」

「그래야 될 것 같네요.」

윌콕스 씨가 마거릿에게 다가오며 말했다. 「다행이오! 내가 겨우 말씀을 드렸소.」

따뜻한 물결이 그녀에게 밀려들었다. 그녀는 그의 양쪽 어깨에 손을 얹고, 검고 빛나는 두 눈을 깊이 들여다보았다. 자신만만한 그 눈 속에 무엇이 있는지, 그녀는 알았지만 흔들리지 않았다.

23

마거릿은 상황을 대충 넘길 의사가 없었다. 그래서 스워니지를 떠나기 전날 밤 헬렌을 강하게 꾸짖었다. 그것은 헬렌이 약혼에 반대해서가 아니라 반대하는 이유가 모호했기 때문이다. 헬렌도 역시 솔직했다. 「맞아.」 그녀는 내면을 들여다보는 듯한 기색으로 말했다. 「모호해. 어쩔 수 없어. 내 잘못이 아냐. 인생이 원래 그러니까.」 그 무렵 헬렌은 잠재의식에 과도하게 열중해 있었다. 그녀는 우리 인생이 갖는 〈펀치와 주디〉[18] 같은 측면을 지나치게 부풀렸고, 인간이란 모두 보이지 않는 조종자의 손놀림에 따라 사랑도 하고 전쟁도 벌이는 꼭두각시라고 주장했다. 마거릿은, 계속 그런 생각에 빠져 지낸다면, 그녀 또한 인간적인 면들을 놓치게 될 것이라고 지적했다. 헬렌은 잠시 가만히 있다가 뜻밖의 말을 했고, 그로써 분위기는 풀렸다. 「그래, 그 사람이랑 결혼해. 언니는 훌륭해. 언니라면 잘해 낼 수 있을 거야.」 마거릿이 〈잘해 내는〉 일 같은 건 없다고 했지만, 헬렌은 주장을 꺾지 않았다. 「그런 일은 있어. 나는 폴하고 그러지 못했으니까. 나는 쉬운 것만 할 수 있어. 유혹하고 유혹당하는 것 말이야. 힘든 관계 같은 거 나는 시도하지도 못하고 하지도 않을 거야. 만약 내가 결혼한다면 상대는 나를 멋대로 휘두를 사람이거나 아니면 내가 멋대로 휘두를 사람일 거야. 그런 사람은 없으니까 나는 결혼 안 할 거야. 혹시 누가 나랑 결혼한다면 하늘이여, 그를 도우소서. 나는 눈 깜짝할 사이에 달아나고 말 테니까. 그래! 나는 교양이 부족해. 하지만 언니는 달라. 언니는 영웅이야.」

「내가 그렇다고, 헬렌? 헨리도 그렇게 생각할까? 그 사람에겐 끔찍한 일일 텐데.」

「언니는 중용을 지키려고 하잖아. 그건 영웅적이고 그리스적인 거지. 언니가 그런 일을 못해 낼 이유가 없어. 윌콕스 씨

18 익살 인형극.

랑 결혼해서 싸우고 또 도와줘. 하지만 나한테 도움을 부탁하지는 말고, 또 내가 언니에게 공감해 줄 거라는 기대도 하지 마. 이제부터 나는 내 길을 갈 거야. 나는 굽히지 않을 거야. 그건 쉬운 일이니까. 나는 언니 남편을 싫어할 거고, 그렇다고 대놓고 말할 거야. 티비한테도 양보하지 않을 거야. 티비가 나랑 같이 살겠다면, 이런 나를 그대로 받아들여야 해. 언니를 더욱더 사랑하겠어. 정말이야. 언니하고 나는 순수하게 정신적이라서 진실한 어떤 것을 쌓아 왔잖아. 우리 사이에 모호함이란 없어. 비현실성과 모호함은 육체가 관계될 때 생겨나는 거야. 사람들은 흔히 그 반대로 생각하지만 말이야. 우리가 골치를 앓는 건 늘 돈이나 남편이나 집 같은 눈에 보이는 것들이지. 하지만 그런 문제는 알아서 해결될 거야.」

마거릿은 이러한 애정 표현에 고마움을 느끼고 〈그럴지도 몰라〉라고 대답했다. 모든 현상이 보이지 않는 세계로 다가간다. 그건 의심의 여지가 없다. 하지만 헬렌은 자기 식으로 너무 빨리 결론을 내렸다. 이야기 대목마다 흰실과 절내성이 튀어나왔다. 어쩌면 마거릿이 형이상학을 고민하기에는 너무 나이가 들었는지도 모르고, 또 어쩌면 헨리가 그녀를 그런 것들에서 떼어 내고 있는지도 몰랐다. 하지만 보이는 세계를 그토록 쉽게 찢어 헤치는 것은 어딘가 균형이 맞지 않는 일이라는 생각이 들었다. 지금의 삶이 전부라고 생각하는 사업가나 그것은 아무것도 아니라고 주장하는 신비주의자는 모두 진실에 이르지 못한다. 〈그래, 언제나 중간쯤에 있지.〉 예전에 줄리 이모가 신조로 삼았던 말이다. 하지만 그렇지 않다. 진실은 살아 있는 것이며, 그 어느 것의 중간에 있는 것이 아니다. 그것은 양쪽 영역으로 부지런히 드나든 결과로 얻을 수 있는 것이고, 중용이 최종적 비책이라 해도 처음부터 중용을 취하는 것은 불모의 길이다.

헬렌은 마거릿의 말에 동의도 하고 반대도 하면서 밤늦게까지 이야기하고 싶어 했지만, 짐을 싸야 하는 마거릿은 대화의 주제를 헨리로 집중했다. 등 뒤에서는 헨리를 욕하더라도 눈앞에서는 공손하게 대해줄 수 없겠니?「나는 그 사람이 정말 싫어.」헬렌이 말했다.「하지만 최선을 다할게. 대신 언니도 내 친구들한테 그렇게 해줘.」

이 대화를 나누고 나자 마거릿은 편안해졌다. 두 사람은 내면생활이 워낙 견고했기 때문에, 외적인 것들과는 쉽게 타협할 수 있었다. 그것은 줄리 이모로서는 믿기지 않는 방식이었고, 티비나 찰스에게는 불가능한 방식이었다. 내면생활이 실제로 〈도움이 되는〉 순간들이 있다. 그럴 때는 특별한 동기 없이 수년 동안 순수하게 행한 자기 성찰이 불현듯 실제적 쓰임을 갖게 된다. 그런 순간은 서양에서는 아직 매우 드물지만, 어쨌거나 그렇게 될 수 있다면 서양의 장래는 좀 더 밝을 것이다. 마거릿은 헬렌을 이해할 수 없었지만, 둘의 관계가 서먹해질 일은 없다고 확신하고 좀 더 평화로운 마음으로 런던에 돌아갔다.

이튿날 아침 열한시에 그녀는 〈제국 서아프리카 고무 회사〉에 갔다. 그녀는 기뻤다. 헨리가 지금껏 자신의 일에 대해 정확한 설명을 해주지 않았고, 그의 부의 주요 원천에는 아프리카 하면 연상되는 어수선하고 불분명한 느낌만이 떠돌았기 때문이다. 회사에 한번 가본 것으로 모든 걸 분명하게 알 수는 없었다. 그곳에는 그저 지저분한 장부들과 반짝반짝 닦은 계산대들과 알 수 없는 이유로 군데군데 끊어진 놋쇠 난간들과 전구가 세 개씩 달린 전등들과 유리 또는 철망이 쳐진 토끼장 같은 작업실들이 있었을 뿐이다. 안쪽으로 들어가 보아도 평범한 탁자와 터키 양탄자밖에 눈에 띄는 것이 없었다. 벽난로 위에 걸린 지도가 서아프리카의 한 뭉텅이를 보여 주었지만, 그것도 평범한 지도였다. 맞은편 벽에 걸린 아프리카 대륙 전체의 지도는 기름을 잘라내려고 이리저리 금을 그어 놓은 고래 같았다. 그 옆에 문이 있었는데, 닫힌 문 안쪽에서 헨리가 〈강한〉 편지를 받아쓰게 하는 소리가 들렸다. 이곳은 포피리언 회사나 뎀스터 은행, 또는 그녀가 자주 가는 포도주 상점과 다를 바 없었다. 오늘날은 모든 것이 다 똑같아 보인다. 하지만 어쩌면 그녀는 회사의 〈서아프리카적〉 측면보다 〈제국적〉 측면을 더 보는지도 몰랐고, 제국주의는 그녀가 어려움을 느끼는 대상들 가운데 하나였다.

「잠깐만!」 그녀의 이름을 전해 들은 윌콕스 씨가 소리쳤다. 그는 종을 울렸고, 그러자 찰스가 나왔다.

찰스는 이미 아버지에게 답장을 보냈는데, 그 편지는 성마른 분노로 고동치는 이비의 편지에 비하면 훨씬 점잖았다. 그리고 그는 장래의 새어머니에게도 공손하게 인사했다.

「제 아내가 ─ 안녕하십니까? ─ 흥잡히지 않게 식사를 준비해 놓기를 바랍니다. 제가 지시는 하고 나왔습니다만, 저희가 워낙 경황없이 살아서요. 아내는 두 분께서 하워즈 엔드를 돌아보신 다음에 다시 오셔서 차도 함께 마셨으면 하고 있습니다. 그곳을 어떻게 생각하실지 모르겠네요. 저는 별로 가까이 하고 싶지 않거든요. 앉으시죠! 그저 보잘것없는 집이에요.」

「저는 보고 싶어요.」 마거릿이 처음으로 수줍음을 느끼며 말했다.

「게다가 가장 안 좋은 모습을 보시게 됐어요. 브라이스가 지난 월요일에 외국으로 떠났는데, 뒷정리할 청소부 하나 불러 두지 않았거든요. 그렇게 어수선한 꼴은 처음 봤습니다. 기가 막힐 정도예요. 그 사람은 집에 한 달도 살지 않았는데 말이에요.」

「브라이스하고는 할 말이 많다.」 헨리가 안쪽에서 말했다.

「그 사람 왜 그렇게 갑자기 떠났나요?」

「병 때문이에요. 잠을 못 잔대요.」

「안됐군요!」

「한심한 친구지!」 윌콕스 씨가 밖으로 나오며 말했다. 「뻔뻔하게도 우리한테는 한마디 의논도 없이 집을 세놓는다고 광고판을 세워 두었잖아. 찰스가 치웠지만.」

「당연히 치웠죠.」 찰스가 차분하게 말했다.

「내가 그 사람한테 전보를 쳐서 아주 세게 몰아붙였지. 앞으로 3년 동안 그 집을 유지할 책임이 있는 건 바로 그 사람이야.」

「열쇠는 농장에 맡겨 두었어요. 우리가 받아 두지 않으려고요.」

「그래야지.」

「돌리가 그걸 가져올 뻔했어요. 하지만 다행히 제가 집에 있었죠.」

「브라이스 씨는 어떤 분이에요?」 마거릿이 물었다.

하지만 아무도 그런 데는 관심이 없었다. 브라이스 씨는 이중 임대를 할 권리가 없는 세입자일 뿐이었다. 그 이상으로 그를 설명하는 것은 시간 낭비였다. 그들이 그의 잘못에 대해 한참 동안 합창을 하는데, 여직원이 강한 편지를 타이핑해서 가지고 오자, 윌콕스 씨가 밑에 서명을 하며 말했다. 「이제 갑시다.」

마거릿이 몹시 싫어하는 자동차 여행이 그녀를 기다렸다. 찰스가 끝까지 공손한 태도를 유지하며 그들을 배웅했고, 순식간에 제국 서아프리카 고무 회사가 눈앞에서 사라졌다. 하지만 그리 인상적인 여행은 아니었다. 아마도 우울한 구름이 두껍게 깔린 잿빛 날씨 탓이었는지도 모른다. 아니면 하트퍼드셔가 자동차 횡단 여행에는 어울리지 않아서였는지도 모른다. 어떤 사람은 자동차로 달리다 보니 웨스트멀랜드 주가 너무 빨리 지나가서 아무것도 보지 못했다고 말하지 않았는가? 웨스트멀랜드 주가 그렇게 지나간다면, 더욱 차분한 눈이 필요한 하트퍼드셔의 섬세한 구조 속을 제대로 여행하기란 어려운 일이다. 하트퍼드셔는 가장 고요한 영국이다. 강물도 언덕도 뚜렷하지 않다. 그곳은 명상하는 영국이다. 드레이튼이 다시 살아서 그 비길 데 없는 시를 새로 쓴다면, 하트퍼드셔의 요정들은 형체가 희미하고 런던의 연기에 머리카락이 흐려진 모습으로 그려질 것이다. 그들의 눈은 슬플 것이고, 그 시선은 그들에게 닥칠 운명을 피해 북부의 늪지대를 바라볼 것이며, 그들을 이끄는 것은 아이시스 강도 아니고 사브리나 강도 아니고 느릿느릿 흐르는 리 강일 것이다. 화려한 의상도 없고 바삐 돌아가는 춤도 없겠지만, 그래도 그들은 진정한 요정일 것이다.

운전사는 생각만큼 차를 빨리 몰 수 없었다. 북부 대로가 부활절 인파로 붐볐기 때문이다. 하지만 심약한 마거릿에게는 그것도 빠르게 느껴졌고, 병아리며 어린아이들에 대한 걱정을 머리에서 떨칠 수 없었다.

「괜찮소.」 윌콕스 씨가 말했다. 「저 아이들도 이제 익숙해질 거요. 제비가 전신선에 익숙해지듯이 말이오.」

「하지만 아직은 모르잖아요.」

「자동차는 막을 수 없는 흐름이니 적응해야 하오. 저기 멋진 교회가 있구려. 이런, 저런 걸 놓치다니. 잘 봐요. 그리고 도로 위가 자꾸 걱정되면 먼 풍경에 시선을 고정하구려.」

그녀는 풍경을 바라보았다. 풍경은 죽처럼 끓어올랐다 사그라들었다를 반복하더니, 얼마 지나지 않아 얼어붙었다. 목적지에 도착했다.

찰스의 집은 왼쪽에 있었다. 오른쪽에는 여섯 무덤으로 이루어진 식스힐스가 울끈불끈 솟아 있었다. 그 모습에 그녀는 놀랐다. 식스힐스는 힐튼 쪽으로 갈수록 점점 빽빽해지는 집들의 물결을 가로막고 서 있었다. 그 너머에는 초지와 숲이 보였고, 그녀는 식스힐스에 묻힌 자들은 가장 훌륭한 군인일 거라고 혼자 생각했다. 그녀는 전쟁을 혐오했지만 군인들은 좋아했는데, 그것은 그녀의 사랑스러운 모순 가운데 하나였다.

돌리가 한껏 멋을 낸 차림으로 문 앞에 나타나서 그들을 맞았고, 곧 빗방울이 떨어졌다. 그들은 유쾌하게 집 안으로 뛰어 들어갔고, 응접실에서 한참 기다린 끝에 경황없는 점심을 먹었다. 음식들은 하나같이 크림을 속에 감추거나 겉에 바르고 있었다. 식탁의 주요 화제는 브라이스 씨였다. 돌리가 그가 열쇠를 갖고 찾아온 일을 설명하자, 윌콕스 씨는 그녀를 놀리면서 그녀가 한 말을 모조리 반박했다. 돌리를 놀리는 것은 그들에게 익숙한 일인 것 같았다. 그는 마거릿도 놀렸고, 생각에서 깨어난 마거릿은 즐거이 헨리를 되받아 놀렸다. 돌리는 놀란 듯 흥미로운 표정으로 마거릿을 바라보았다. 점심이 끝나자 두 아이가 내려왔다. 마거릿은 아기들을 싫어했지만, 두 살배기하고는 그럭저럭 어울릴 수 있었다. 마거릿이 두 살배기 아이한테 성인한테 하듯 대화를 시도하는 모습을 보고 돌리는 웃음을 참지 못했다. 「이제 아이들한테 키스를 해주고 갑시다.」 윌콕스 씨가 말했다. 그녀는 일어섰지만, 키스는 아이들에게 너무 심한 일이니 안 하겠다고 했다. 돌리가 〈땅꼬마〉와 〈투실이〉를 번갈아 마거릿 앞에 내밀었지만, 그녀는 뜻을 굽히지 않았다.

빗줄기가 제법 굵어져 있었다. 자동차가 덮개를 씌운 채 나타났고, 그녀는 다시 한 번 공간 감각을 잃었다. 잠시 후 자

자동차가 멈춰 서더니, 크레인이 문을 열어 주었다.

「무슨 일이에요?」 마거릿이 물었다.

「무슨 일일 것 같소?」 헨리가 말했다.

작은 현관 지붕이 눈앞에 다가와 있었다.

「벌써 도착한 거예요?」

「그렇소.」

「이럴 수가! 전에는 그렇게 멀게만 느껴졌는데요.」

그녀는 웃었지만, 약간 실망 속에서 차에서 뛰어내렸고, 그 기세로 곧장 현관 앞까지 뛰어갔다. 마거릿이 현관문을 열려고 하자 헨리가 말했다. 「소용없소. 잠겨 있으니까. 열쇠는 누가 갖고 있지?」

그가 중간에 농장에서 열쇠를 찾아오는 걸 잊은 것이다. 아무도 대답하지 않았다. 그는 누가 대문을 열어 놓았는지도 알 수 없었다. 마당에 길 잃은 암소가 한 마리 들어와서 크로케 잔디를 망가뜨리고 있었기 때문이다. 그는 약간 짜증나는 듯 말했다. 「마거릿, 당신은 비가 안 드는 데서 기다려요. 내가 가서 열쇠를 가져오리다. 농장까지는 백 야드도 안 되오.」

「저도 가면 안 될까요?」

「아니, 금방 돌아올 거요.」

자동차가 떠나자 마치 커튼이 걷힌 것 같았다. 그녀는 그날 두 번째로 땅을 보았다.

예전에 헬렌이 말한 자두나무들이 있었다. 한쪽에는 테니스 잔디가 있고, 또 한쪽에는 6월이면 들장미가 아름답게 피어날 것 같은 산울타리가 있었지만, 지금은 모든 게 검은색과 희미한 초록색에 싸여 있었다. 아래쪽의 움푹한 땅에는 좀 더 선명한 색들이 깨어나고 있었고, 그 가장자리에는 나팔수선화들이 보초를 서거나 풀밭 위로 행군하고 있었다. 튤립들은 보석함처럼 펼쳐져 있었다. 우산느릅나무는 보이지 않았지만, 그 유명한 포도나무는 벨벳 같은 움들을 촘촘히 달고서 현관 지붕을 덮고 있었다. 그녀는 토질의 비옥함에 놀랐다. 꽃들이 그토록 건강해 보이는 정원은 별로 본 적이 없었다. 그녀가 현관 앞에서 멍하게 잡아 뜯은 잡초들조차 싱싱한 초록색으로 빛났다. 왜 브라이스 씨는 이 아름다운 것들을 두고 허둥지둥 떠난 것일까? 그녀는 이미 그 집이 아름답다고 판정을 내렸다.

「나쁜 녀석! 어서 나가지 못해!」 마거릿이 소에게 소리쳤지만, 거기 분노는 없었다.

바람 없는 하늘에서 비가 점점 거세졌고, 찰스가 잔디 위에 던져 놓은 부동산 업자의 광고판들 위로 물방울이 튀어올랐다. 마거릿은 다른 세계의 찰스를 만난 것만 같았다. 사람이 정말로 만나서 이야기하는 세계의 찰스를. 이런 말을 하면 헬렌이 얼마나 재미있어 할까! 찰스가 죽고, 다른 사람도 모두 죽고, 살아남는 건 집과 정원뿐이다. 명백한 것은 모두 죽고 막연한 것만이 살아남아, 둘 사이에 어떤 것도 연결되지 않는다! 마거릿은 웃었다. 자신의 생각도 그처럼 또렷하다면! 이 세상을 그토록 오만하게 대할 수 있다면! 미소와 한숨 속에 그녀는 문에 손을 얹었다. 문이 열렸다. 집은 잠겨 있지 않았다.

그녀는 망설였다. 헨리가 올 때까지 기다려야 할 것인가? 재산에 대한 집착이 강한 그는 직접 집을 구경시켜 주고 싶어 할 것이다. 하지만 또 한편 그는 비가 들지 않는 곳에서 기다리라고 했는데, 현관 지붕 아래는 어느덧 빗물이 들고 있었다. 그래서 그녀는 들어갔다. 그러자 안쪽에서 바람이 혹 불어와 현관문이 쾅 하고 닫혔다.

황량한 풍경이 그녀를 맞았다. 현관 입구의 창문에는 더러운 손자국이 가득했고, 청소하지 않은 바닥에는 먼지 더

미와 쓰레기가 널려 있었다. 문명의 짐이 한 달 동안 머물다가 철수한 흔적이었다. 오른쪽과 왼쪽의 식당과 응접실은 벽지를 보고서야 정체를 짐작할 수 있었다. 그곳은 그저 사람이 비를 피해 잠시 머무는 장소밖에 되지 않았다. 각방 천장마다 커다란 들보가 가로놓여 있었다. 식당과 현관 입구의 들보는 겉으로 드러났지만, 응접실의 들보는 짜맞춘 판자로 가려져 있었다. 인생의 진실은 여자들에게는 감춰져야 하기 때문인가? 응접실, 식당, 현관 입구 — 정말로 어울리지 않는 이름들! 여기는 그저 아이들이 뛰어놀고 친구들이 비를 피해 머물 세 개의 방이 있을 뿐이었다. 그렇다, 그 방들은 아름다웠다.

맞은편에 있는 두 개의 문 가운데 하나를 열어 보니, 벽지 대신 석회를 바른 벽들이 나타났다. 그녀는 미처 몰랐지만 그곳은 하인들의 거처였다. 그 방들 역시 친구들이 머물 만한 곳이었다. 뒤뜰에 가득한 벚나무와 자두나무들에 꽃들이 활짝 피어 있었다. 뒤쪽 멀리로는 초지와 검은 솔숲이 어렴풋이 보였다. 그렇다, 초지는 아름다웠다.

황량한 날씨 때문에 집 안에 갇힌 그녀는 자동차에게 빼앗길 뻔한 공간 감각을 되찾았다. 그녀는 다시 한 번 10제곱마일은 1제곱마일보다 열 배로 훌륭한 것도, 천 제곱마일이 거의 천국과 같은 것도 아님을 상기했다. 그녀가 하워즈 엔드의 현관 입구에서 부엌으로 나아가며 지붕 양쪽 사면으로 흘러내리는 빗물 소리를 들을 때 런던이 부추기는 거대함의 유령은 영원히 가라앉았다.

헬렌이 떠올랐다. 퍼벡 언덕 꼭대기에서 웨섹스의 절반을 굽어보며 〈언니는 무언가 잃고 말 거야〉라고 말하던 헬렌. 그녀는 종잡을 수 없었다. 문을 열면 그 뒤에 감춰진 계단이 드러나면서 그녀의 왕국이 두 배가 될지 어떻게 알겠는가?

그런 다음 아프리카의 지도가 떠올랐다. 그리고 제국들과 아버지와 두 개의 열강이. 두 열강의 흐름이 그녀의 핏속에서 뜨겁게 엉켰지만, 그 덕분에 그녀의 머리는 차가워졌다. 그녀가 다시 현관 입구로 돌아갔을 때 집에서 무언가 울렸다.

「당신이에요, 헨리?」 그녀가 불렀다.

대답은 없었지만, 집이 다시 울렸다.

「헨리, 안에 들어왔어요?」

하지만 울리는 것은 집의 심장이었다. 그 울림은 처음에는 미약했지만 점점 크고 거세졌다. 빗소리마저 거기 압도되었다.

두려움은 풍요로운 상상력이 아니라 굶주린 상상력에서 생겨나는 법이다. 그녀는 계단으로 통하는 문을 열어젖혔다. 북을 치는 듯 요란한 소리가 귀를 난타했다. 한 노파가 꼿꼿한 자세와 무표정한 얼굴로 내려와 입술을 약간 달싹이며 건조하게 말했다.

「이런! 나는 루스 윌콕스인 줄 알았네.」

마거릿이 당황해서 더듬거렸다. 「저를 — 윌콕스 부인으로요……?」

「아, 착각이지 — 착각이야. 걷는 모습이 똑같구려. 잘 있어요.」 그리고 노파는 그녀를 지나쳐 빗속으로 나갔다.

24

「마거릿이 어찌나 놀랐는지.」 차를 마시러 돌아가서 윌콕스 씨가 돌리에게 그 사건을 설명했다. 「여자들은 하나같이 담력이 없어. 내가 금방 설명을 해서 진정시켜 주었지만, 어쨌건 그 바보 같은 에이버리 할멈한테 놀란 건 맞지 않소, 마거릇? 당신은 마당에서 뜯은 잡초까지 움켜쥐고 서 있더군. 할멈이 그 어처구니없는 보닛 차림으로 계단을 내려오기 전에 뭐라고 말이라도 하던지. 내가 집에 막 들어가는데 할멈이 나왔어. 그 모양새가 자동차도 기겁할 정도더군. 에이버리 할멈은 괴짜로 살기로 작심한 모양이야. 처녀로 늙은 할망구들 중에 그런 사람들이 있지.」그는 담배에 불을 붙였다. 「달리 마음 쓸 데가 있어야 말이지. 거기서 그 할멈이 무슨 짓을 하고 있었는지 모르지만, 그건 내 소관이 아니라 브라이스 소관이지.」

「저는 그렇게 겁먹지 않았어요.」마거릿이 말했다. 「제가 그 할머니를 보고 놀란 건 집이 너무 조용했기 때문이에요.」

「유령인 줄 아셨어요?」돌리가 물었다. 돌리에게 보이지 않는 세계란 〈유령〉과 〈교회 가는 일〉밖에 없었다.

「딱히 그런 건 아니었어요.」

「그 할멈은 당신을 놀라게 했소.」여자들의 겁 많은 성품을 싫어하지 않는 헨리가 말했다. 「불쌍한 미거릿! 그렇지만 당연하지. 못 배운 사람들은 그렇게 어리석다니까!」

「에이버리 할머니가 못 배운 사람인가요?」마거릿이 물었다. 그녀는 자신도 모르게 돌리의 집 응접실 장식을 유심히 살펴보고 있었다.

「그 여자는 그냥 농장 일꾼 중 한 명이오. 그런 사람들은 모든 일을 넘겨짚으며 살지. 아마 당신이 자기를 알 거라고 넘겨짚었을 거요. 하워즈 엔드의 열쇠를 모두 현관에 두고 갔더군. 그것도 다 넘겨짚고 그런 거요. 당신이 들어오면서 그걸 볼 거라고, 그런 다음에는 당신이 알아서 문을 잠그고 자기한테 도로 열쇠를 갖고 올 거라고 말이오. 그런데 농장에서는 할멈의 조카딸이 열쇠를 찾아 사방을 쑤시고 다녔으니. 배우지 못한 사람들은 그렇게 생각이 없다니까. 힐튼은 한때 에이버리 할멈 같은 여자들이 가득했소.」

「저 같으면 그걸 싫어하지는 않았을 것 같아요.」

「에이버리 할머니는 저한테 결혼 선물도 줬어요.」 돌리가 말했다.

뜬금없는 말이었지만 재미있었다. 마거릿은 돌리에게서 많은 걸 배울 것 같았다.

「게다가 찰스는 저더러 싫은 기색을 보이지 말라고 했어요. 그 할머니가 찰스의 외할머니하고 알았다고요.」

「넌 늘 이야기를 뒤죽박죽으로 만드는구나, 돌리.」

「정확히 말하면 외증조할머니 — 윌콕스 부인한테 그 집을 물려준 분 말이에요. 하워즈 엔드가 농장이었을 때 두 분은 에이버리 할머니랑 친하시지 않았나요?」

시아버지가 연기를 길게 내뿜었다. 죽은 아내에 대한 그의 태도는 조금 묘한 데가 있었다. 그는 때로 그녀를 넌지시 암시했고, 사람들이 이야기하는 것도 가만히 들었지만, 직접 그녀의 이름을 언급하는 일은 없었다. 게다가 그는 희미해진 목가적 과거에는 관심이 없었다. 하지만 돌리는 관심이 있었는데, 그건 다음의 이유 때문이었다.

「그때 돌아가신 어머님께 남자 형제가 있지 않았나요? 그러니까 외숙부님 말이에요. 그분이 에이버리 할머니한테 청혼했는데 할머니가 거절했대요. 생각해 보세요. 만약 할머니가 청혼을 받아들였으면 찰스의 숙모님이 되셨을 거 아니에요. (아, 재미있네요! 〈찰리의 숙모〉[19]라니 말이에요! 저녁에 찰스를 놀려 줘야겠어요.) 그런데 그분이 그만 어딜 갔다가 돌아가셨죠. 이번에는 뒤죽박죽된 게 없을 거에요. 톰 하워드 — 그분이 하워드 집안의 마지막 남자였죠.」

---

19 브랜든 토머스의 희극 제목.

「그럴 거다.」 윌콕스 씨가 관심 없다는 듯 말했다.

「하워즈 엔드 — 하워드 가문이 끝났다!」 돌리가 소리쳤다. 「오늘 저녁에는 저도 이야기가 잘 되네요!」

「그렇다면 나가서 크레인은 안 끝났는지 물어봐 주렴.」

「아버님, 어떻게 그런 말씀을?」

「왜냐 하면 크레인이 차를 다 마셨으면 우리는 가야 하니까……」 그는 말을 이었다. 「돌리는 좋은 여자요. 하지만 때로는 좀 지나칠 때가 있어. 누가 돈을 준다 해도 가까이 살고 싶지 않소.」

마거릿은 웃었다. 외부에 대해서는 굳건한 모습을 보였지만, 윌콕스가의 사람들은 서로의 근처뿐 아니라 그 소유지 근처에서도 살 수 없었다. 그들은 식민 정신을 지녔기에, 백인이 혼자서 짐을 지고 낯선 곳으로 들어가듯이 살았다. 그러므로 아들 부부가 힐튼에 자리 잡은 이상 하워즈 엔드는 불가능했다. 그가 그 집에 사는 걸 반대하는 이유가 대낮처럼 환해졌다.

차를 다 마신 크레인은 차고로 갔다. 차고에서는 그들의 자동차에서 떨어져 내린 흙탕물이 찰스의 자동차로 번져 있었다. 폭우는 이제 식스힐스 안에도 스며들어서, 불안한 우리 문명의 소식을 전해 주었을 것이다. 「신기한 언덕이오.」 헨리가 말했다. 「하지만 우선 차에 타요. 구경은 나중에 합시다.」 그는 일곱시까지 런던에 돌아가야 했고, 가능하면 여섯시 반까지 가는 게 더 좋았다. 다시 한 번 그녀는 공간 감각을 잃었다. 다시 한 번 나무와 집과 사람과 동물과 언덕들이 한 개의 진흙 덩이로 엉겨들었고, 그녀는 위컴 플레이스로 돌아왔다.

그날 저녁은 평온했다. 1년 내내 그녀를 괴롭히던 흔들리는 느낌이 잠시 사라졌다. 그녀는 짐을 잊고 자동차를 잊고,

많은 것을 알지만 아무것도 연결할 줄 모르는 성급한 사람들을 잊었다. 그녀는 지상의 아름다움의 토대인 공간 감각을 되찾았고, 하워즈 엔드에서 시작해서 영국 전체를 이해하려고 시도했다. 그리고 실패했다. 비전이란 시도를 통해서 올 수 있지만, 시도하는 순간 얻을 수 있는 것이 아니다. 하지만 그녀의 마음속에는 이 섬나라에 대한 예기치 않은 사랑이 생겨나서, 이쪽에 있는 육체의 기쁨들과 저쪽에 있는 불가지(不可知)한 것들을 연결했다. 헬렌과 아버지는 이 사랑을 알았고, 가련한 레너드 바스트는 그것을 찾아 헤맸다. 하지만 그날 오후까지 마거릿은 그것을 몰랐다. 그것은 하워즈 엔드와 에이버리 할멈을 통해서 왔다. 그 둘을 〈통해서〉라는 생각이 그녀의 머리를 떠나지 않았다. 그녀의 정신은 무지한 사람들만이 말로 표출해 온 결론을 향해서 떨리며 나아갔다. 그런 뒤 따뜻함 쪽으로 방향을 바꾸어서 붉은 벽돌과 꽃 핀 자두나무, 그리고 봄이 주는 모든 생생한 기쁨을 생각했다.

그날 오후, 헨리는 흥분한 그녀를 달랜 뒤 집안 이곳저곳을 데리고 다니며 방들의 쓰임과 크기를 설명했다. 그리고 이 작은 저택의 역사도 간략하게 설명했다.

「50년 전에.」 그의 독백이 시작되었다. 「여기다 돈을 제대로 쓰지 못했다는 게 두고두고 안타깝소. 그때는 대지가 지금의 네 배, 아니 다섯 배였지. 적어도 30에이커는 됐을 테니, 그 정도 규모면 무언가 할 수 있었을 거요. 작은 공원이라든지 아니면 관목 숲 정도라도. 그리고 집은 도로에서 멀찍이 떨어진 곳에 옮겨 지을 수 있었겠지. 지금 와서는 아무것도 할 수가 없소. 내가 여기 처음 왔을 때 남은 건 초지뿐이었고 그것조차 무겁게 저당 잡혀 있었으니……. 집도 그랬고, 정말 한심하기 짝이 없었소.」 그의 말을 듣는 동안 그녀의 눈앞에 두 여자가 떠올랐다. 한 사람은 나이가 들었고 한 사람은 젊었는데, 두 여자는 물려받은 재산이 사라지려는 걸 보고 있었다. 「관리를 제대로 못한 거요. 게다가 소농장들의 시대는 이제 끝났소. 집약적 경작이 아니라면 수지를 맞출 수가 없으니까. 소농들이여, 땅으로 돌아가라고? 환상에 사로잡힌 헛소리지. 이제 소규모로는 아무것도 할 수 없소. 지금 당신이 보는 땅 대부분은(두 사람은 2층의 유일한 서향 창 앞에 서 있었다) 파크 대저택 사람들의 소유요. 그 사람들은 구리 사업으로 돈을 벌었지. 훌륭한 사람들이오. 에이버리의 농장이랑 저기 죽은 떡갈나무가 서 있는 사이시의 농장 — 지금은 공유지가 되었소만 — 이 모두 차례로 넘어갔고 이 집도 그렇게 될 뻔했소.」 하지만 헨리는 집을 살려 냈다. 세련된 감정도 깊은 안목도 없었지만, 어쨌건 그는 집을 살려 냈고, 그녀는 그의 그런 행동을 사랑했다. 「여기를 관리할 수 있게 된 다음에 나는 내가 할 수 있는 일들을 했소. 가축들을 팔고 병 걸린 조랑말이랑 낡은 농기구도 팔았소. 딴채를 허물고 배수 시설을 만들고, 불두화나무 덤불하고 딱총나무는 얼마나 베어 냈는지 헤아릴 수도 없소. 집 안에서는 부엌을 현관 입구로 개조하고, 우유 가공실 뒤에 부엌을 새로 만들었소. 차고 같은 건 그다음에 생겨났지. 하지만 그래도 낡은 농장집이긴 마찬가지요. 예술을 좋아하는 당신 친구들이 좋아할 만한 집은 아니지.」 물론 아니었다. 헨리가 그곳을 이해하지 못한다면, 예술을 좋아하는 친구들은 더욱 이해하지 못할 것이다. 그곳은 영국 땅이며, 창밖에 내다보이는 우산느릅나무는 영국의 나무였다. 그동안 들은 어떤 이야기도 이 특정한 아름다움을 말해 주지 않았다. 나무는 전사도 아니고 연인도 아니고 신도 아니었다. 영국은 이 세 가지 역할 어디에도 뛰어나지 않다. 그것은 집을 향해서 몸을 굽힌 동료였다. 뿌리에는 힘과 모험이 있었지만, 하늘 높이 솟은 손가락들에는 부드러움이 가득했고, 열두 사람으로도 다 두르지 못할 줄기는 위로 갈수록 가늘어져서, 옅은 빛깔 움들은 허공에 떠 있는 것 같았다. 그것은 동료였다. 집과 나무는 남녀를 빗댄 어떤 비유도 초월했다. 마거릿은 지금 그것들을 생각했다. 그리고 그 후로도 바람 부는 밤이나 런던의 낮을 보낼 때면 그것들을 생각했다. 하지만 그것들을 남자나 여자로 생각하려 하면 언제나 시야가 답답해졌다. 그래도 그것들은 여전히 인간 한계 속에 있었다. 그들이 주는 메시지는 영원에 속한 것이 아니라, 무덤 이쪽 세상의 희망에 대한 것이었다. 그녀가 집 안에 서서 나무를 바라볼 때, 더욱 진정한 관계들이 어슴푸레 빛을 냈다.

그날의 일 가운데 마지막으로 한 가지 더 말할 것이 있다. 그들이 잠시 정원으로 나갔는데, 윌콕스 씨는 그녀의 말이 옳다는 걸 발견하고 깜짝 놀랐다. 우산느릅나무 껍질 속에 돼지 이빨들이 보였다. 이빨들은 끝 부분만 살짝 드러나 있었다.

「정말 신기하군!」 그가 소리쳤다. 「누구한테 그런 이야기를 들었소?」

「어느 겨울 런던에서 들었어요.」

그녀가 대답했다. 그녀 또한 윌콕스 부인의 이름이 언급되는 걸 피했다.

25

이비는 테니스 시합을 하던 도중에 아버지의 약혼 소식을 들었고, 경기는 엉망이 되었다. 그녀가 결혼해서 아버지 곁을 떠나는 건 당연한 일이었다. 하지만 혼자 남은 아버지가 자신과 똑같은 일을 하는 건 배신이었다. 게다가 찰스하고 돌리는 이 모두가 이비의 잘못이라고 책망했다.「하지만 그런 일이 있을 줄은 꿈에도 몰랐어.」이비가 투덜댔다.「아빠는 몇 번인가 나를 그 집에 데려갔고, 한번은 나를 시켜서 그 여자를 심슨스 레스토랑으로 불러내기도 했지. 나도 이제 아빠한테 신경 안 쓸래.」그것은 어머니의 추억에 대한 모욕이기도 했다. 그들은 그 점에 의견 일치를 보았고, 이비는 〈항의 표시〉로 자신이 물려받은 어머니의 레이스와 장신구를 아버지에게 돌려주는 건 어떻겠느냐고 했다. 무엇에 대한 항의인지는 불분명했지만, 이제 겨우 열여덟 살이다 보니 무언가 포기한다는 생각은 상당히 매력적으로 여겨졌다. 게다가 그녀는 장신구나 레이스를 별로 좋아하지 않았기 때문에 더욱 그랬다. 그러자 돌리가 이비와 퍼시 삼촌의 약혼이 깨어진 척하면, 윌콕스 씨가 슐레겔 양과 헤어지지 않겠느냐고 말했다. 아니면 폴에게 전보를 치자고도 했다. 하지만 이 지점에서 찰스가 두 사람에게 헛소리 좀 그만 하라고 소리쳤다. 그래서 이비는 되도록 빨리 결혼하기로 결정되었다. 슐레겔 자매들이 옆에 얼쩡거리는데 꾸물거릴 이유가 없었다. 그래서 그녀의 결혼 날짜는 9월에서 8월로 당겨졌고, 답지하는 선물에 취해서 그녀는 본래의 유쾌한 성품을 상당 부분 되찾았다.

마거릿은 이 일에서 자신에게 어떤 역할, 그것도 큰 역할이 기대된다는 걸 깨달았다. 헨리는 그녀가 그의 환경을 알게 될 좋은 기회라고 말했다. 제임스 비더 경이 올 테고, 캐힐 가족과 퍼셀 가족도 올 것이며, 그의 계수인 워링턴 윌콕스 부인도 마침 세계 일주 여행을 마치고 돌아와 있었다. 그녀는 헨리를 사랑했지만, 그의 주변 사람들은 그럴 수 있을 것 같지 않았다. 그는 주변에 좋은 사람들을 두는 재주가 없었다. 그렇게 많은 능력과 미덕을 지닌 사람이 그런 식의 선택밖에 할 수 없었다는 것은 몹시 불행한 일이다. 그에게는 그저 그런 사람들을 선호하는 것 말고는 이렇다 할 교제의 원칙이 없었다. 그는 사람의 인생에서 이토록 중요한 일을 별다른 아쉬움 없이 우연에 내맡겼고, 그래서 그의 투자가 옳은 선택을 거듭하는 동안, 인간관계는 잘못된 선택을 거듭했다. 그 후 그녀가 헨리에게서 〈아무개는 엄청나게 좋은 친구요〉라는 말을 듣고서 만난 아무개들은 대부분 무뢰한 아니면 멍청이들이었다. 헨리가 그들에게 진정한 애정을 보였다면 그녀는 이해했을 것이다. 애정은 모든 걸 설명하기 때문이다. 하지만 그런 것 같지도 않았다. 〈엄청나게 좋은 친구〉는 언제라도 〈여태껏 내게 별로 유용하지 않았고, 지금은 더욱 유용하지 않은 친구〉로 변할 수 있었고, 아무런 가책 없이 망각 속으로 던져 넣을 수 있었다. 마거릿도 여학생 시절에는 그랬다. 하지만 지금은 한때라도 좋아했던 사람들은 절대 잊지 않고 연락했다. 그것이 쓰라린 결과로 이어진다 해도 흔들리지 않았다. 그리고 그녀는 헨리도 앞으로 자신처럼 하기를 바랐다.

이비는 듀시 스트리트에서 결혼하지 않을 예정이었다. 그녀는 시골에서 하는 결혼식을 좋아했으며, 게다가 그때는 런던에 있을 사람도 없었다. 그래서 그녀는 자기 짐을 몇 주 동안 어니턴 그레인지에 옮겨다 놓았다. 교구 교회가 결혼 예고의 종을 울렸고, 붉은 언덕들 사이에서 졸고 있던 소도시는 이틀 동안 현대 문명이 밀려드는 요란스러운 소리에 깨어나서 지나가는 자동차들에 길을 비켜 주었다. 어니턴은 윌콕스 씨가 찾아낸 곳이었지만, 그는 이 발견을 그리 자랑스러워하지 않았다. 처음에는 그곳이 웨일스 경계선에 근접해서 접근이 쉽지 않은 만큼 아주 특별한 가치가 있을 거라고 생각했다. 그곳에는 무너진 성채가 있었다. 하지만 거기 도착해서 할 수 있는 게 없었다. 사냥을 하기도 나빴고 낚시도 별 것 없었고 여자들 말에 따르면 경치도 대단치 않았다. 결국 그곳은 슈롭셔 가운데서도 특히 변변치 않은 지역으로 드러났고, 자기 입으로 자기 재산을 헐뜯는 일이 없는 그는 그저 그 집이 조용히 자기 손을 벗어나서 어딘가로 날아가 주기만을 기다리고 있었다. 이비의 결혼식이 마지막 공개 현장이었다. 세입자가 나타난 순간 그 집은 그에게 별다른 쓰임을 잃었고, 지금은 더욱 쓰임이 적어져서 하워즈 엔드처럼 망각의 구렁 속으로 사라져 갔다.

하지만 마거릿은 어니턴에 깊은 인상을 받을 준비를 하고 있었다. 그녀는 그곳을 장래의 집으로 여겼기 때문에, 가자 마자 마을 목사 등을 만날 생각이었고, 가능하다면 마을 일도 살펴보고 싶어 했다. 그곳은 작기는 했지만, 나름대로 시장 도시로서 오랜 세월 그 외딴 골짜기에 봉사했으며, 켈트족과 맞서는 잉글랜드의 행군을 보호해 주었다. 이비의 결혼식에도 불구하고, 또 패딩턴 역에서 선세 객자에 올랐을 때 그녀를 맞이한 야단법석에도 불구하고, 그녀의 감각은 날카로움을 잃지 않고 모든 걸 관찰했으며, 어니턴은 결국 그녀에게 훌륭한 출발이 되지 못했지만 그녀는 그곳을 잊지 않았고 그곳에서 일어난 일들도 잊지 않았다.

런던에서 떠난 사람은 모두 여덟 명뿐이었다. 퍼셀 부자, 인도에서 돌아온 플린리먼 부인과 에드서 부인, 워링턴 윌콕스 부인과 그녀의 딸, 그리고 마지막으로 결혼식마다 볼 수 있는 총명하고 조용한 모습의 소녀가 한 명이었는데, 그 소녀는 신부 당선자인 마거릿을 주의 깊게 관찰했다. 돌리는 오지 않았다. 출산이라는 가정사가 그녀를 힐튼에 묶어 놓았다. 폴은 재미있는 축전을 보냈다. 찰스가 슈루스베리에서 자동차 석 대로 그들을 맞을 예정이었다. 헬렌은 초대를 거절했다. 티비는 응답하지 않았다. 헨리가 주관하는 모든 일이 그렇듯이 준비는 훌륭했다. 사람들은 그의 현명하고 너그러운 두뇌가 이 모든 일을 차질 없이 작동시키고 있음을 알았다. 사람들은 기차에 탄 순간부터 그의 손님이 되었다. 그들의 짐에는 특별 꼬리표가 붙었다. 안내원이 있었고, 특별 점심이 있었다. 사람들이 할 일은 그저 즐거워 보이는 것, 그리고 가능하면 아름다워 보이는 것뿐이었다. 마거릿은 암담한 마음으로 자신의 결혼식을 생각했다. 아마도 그 결혼식은 티비가 주관하게 될 것이다. 〈시어볼드 슐레겔과 헬렌 슐레겔이 슐레겔가의 장녀 마거릿의 결혼식에 플린리먼 부인을 초대하오니, 부디 참석하시어 자리를 빛내 주시기 바랍니다.〉 이런 기막힌 문구를 머지않아 인쇄하고 배달해야 했으며, 비록 위컴 플레이스가 어니턴과 겨룰 필요는 없다 해도, 어쨌건 거기서도 손님을 적절히 대접하고 의자도 충분히 제공해야 했다. 그녀의 결혼식은 대충 치러지거나 남들하고 다를 바 없이 치러지거나 둘 중의 하나라고 생각했다. 그녀는 후자를 희망했다. 지금처럼 거의 아름답게까지 여겨지는 능숙한 일처리는 그녀와 그녀 주변 사람들의 능력 바깥에 있었다.

서부 철도 특급 열차의 낮고 두터운 엔진 소리는 대화에 심각한 장애가 되지 않았고, 여행은 유쾌하게 지나갔다. 두 남자의 친절을 능가하는 일은 아무것도 일어나지 않았다. 그들은 이 여자들에게 창문을 올려 주고, 저 여자들에게는 내려 주었으며, 종을 울려 하인을 불러 주고, 기차가 옥스퍼드 대학 근처를 지나갈 때 사람들에게 거기 속한 칼리지들을 소개해 주었으며, 바닥으로 떨어지는 책과 가방들을 잡아 주었다. 그러면서도 그런 태도에는 전혀 지나쳐 보이는 게 없었다. 그것은 명문 사립학교 같은 분위기를 풍겼고 꼼꼼하면서도 남성적이었다. 우리의 학교들은 워털루 전투 아닌 곳에서도 승리를 이룬 것이다. 마거릿은 이런 친절이 전적으로 마음에 드는 건 아니었지만, 어쨌건 고개를 숙여 받아들였으며, 옥스퍼드 칼리지들의 이름이 틀려도 아무 말 하지 않았다. 〈하나님이 남자와 여자를 창조하셨도다.〉 슈루스베리까지 가는 길은 이 의심스러운 말을 확인해 주었고, 승객들을 이렇게 간편하고 안락하게 싣고 가는 긴 유리 객차는 남녀의 차이에 대한 관념을 속성 재배하는 온실이 되었다.

슈루스베리에 도착하니 신선한 공기가 코로 느껴졌다. 마거릿은 그곳을 구경하고 싶었기 때문에 다른 사람들이 레이븐 호텔에서 차를 마시는 동안 자동차 한 대를 이용해서 이 놀라운 도시로 들어갔다. 충성스러운 크레인이 아니라 이탈리아인이었던 운전사는 즐거운 마음으로 그녀의 귀환을 지체시켰다. 찰스는 시계를 손에 들고 호텔 앞에 서 있었지만 표정은 차분했다. 그는 걱정할 것 없다고, 아직 준비 안 된 사람들이 또 있다고 말했다. 그러더니 곧장 호텔 안 커피점으로 뛰어 들어갔고, 마거릿은 그의 목소리를 들었다. 「제발 여자 분들 좀 재촉해 주세요. 이러다 언제 출발합니까?」 그러자 앨버트 퍼셀이 대답했다. 「나한테 뭐라고 하지 마. 내 할 도리는 다했어.」 퍼셀 대령은 여자들이 눈부시게 화장하는 중일 거라는 의견을 냈다. 잠시 후 마이어라(워링턴 부인의 딸)가 나타났는데, 그녀가 사촌이었기 때문에 찰스는 마이어라에게 잔소리를 했다. 그녀는 멋진 여행 모자를 멋진 자동차용 모자로 바꾸어 쓰느라 바빴다고 했다. 그런 뒤 워링턴 부인이 조용한 소녀를 데리고 나타났다. 인도에서 온 두 부인이 언제나 마지막이었다. 하녀들과 안내인과 큰 짐은 모두 지선 철도를 통해 어니턴 근처의 역으로 가 있었지만, 그래도 모자 통 다섯 개와 화장품 가방 네 개를 챙겨야 했고, 또 다섯 벌의 먼지막이 옷을 입었다가 찰스가 필요 없다고 말하는 바람에 마지막 순간 도로 벗어야 했다. 남자들은 모든 일을 사근사근하게 통솔했다. 다섯시 반이 되자 준비가 갖추어졌고, 일행은 웰시 다리를 통해 슈루스베리를 빠져나갔다.

슈롭셔는 하트퍼드셔 같은 고요함이 없었다. 자동차의 빠른 속도에 그 매력의 절반을 빼앗겼지만, 그래도 언덕들이 울끈불끈 솟은 모습은 감지할 수 있었다. 그들은 세번 강을 동쪽으로 밀어붙여서 잉글랜드의 강으로 만든 댐을 향해 달려갔고, 웨일스의 망루 너머로 떨어지는 해가 그들의 눈에 빛을 쏘았다. 중간에 또 한 명의 손님을 태운 뒤 자동차는 산악 지대를 피해 남쪽으로 돌아갔다. 그래도 이따금 둥글고 유순한 언덕들을 지나는 것은 알 수 있었는데, 그 언덕들은 낮은 땅과 색깔이 달랐지만 지형 자체는 매우 완만했다. 구불구불한 지평선 저편에서는 신비 의식이 진행되고 있었다. 물러나는 서쪽 하늘의 비밀은 그리 대단한 게 아닐지 모르지만, 실제적인 남자는 평생 발견하지 못할 비밀이기도 했다.

그들은 관세법 개정에 대한 이야기를 했다.

워링턴 부인은 식민지에서 돌아온 지 얼마 안 되었다. 제국을 비판하려던 많은 사람들이 그렇듯이, 그녀의 입도 음식으로 틀어막혔고, 그녀는 그저 자신이 거기서 받은 환대에 감탄하며, 식민 모국이 식민지의 젊은 거인들을 화나게 해서는 안 된다고 경고했을 뿐이다. 「그 사람들은 영국과 관계를 끊겠다고 협박하고 있어요.」 그녀가 소리쳤다. 「그러면 우리는 어디로 가야 하죠? 슐레겔 양, 헨리한테 관세법 개정을 잘 이해시켜 줘요. 그게 우리의 마지막 희망이에요.」

마거릿은 자기 생각은 반대라는 사실을 농담조로 털어놓았고, 그들이 각자 어디선가 읽고 들은 말을 늘어놓기 시작했을 때, 자동차는 언덕 지대 안쪽으로 더욱 깊이 들어갔다. 언덕들은 윤곽 자체에 아름다운 요소가 없어서 멋지다기보다는 특이했다. 언덕 꼭대기의 붉게 물든 평탄면들은 거인이 말리려고 널어놓은 손수건 같았다. 이따금 바위들이 드러나고, 이따금 작은 숲도 보이고, 이따금 사냥 가능한 〈산림지〉도 보였지만, 말이 산림지일 뿐 나무도 없이 갈색이 주조를 이루었다. 이런 풍경들은 이제 곧 황량한 땅이 나타날 것을 예고했지만, 아직도 전체적으로는 시골다운 푸른빛에 싸여 있었다. 공기가 차가워졌다. 마지막 언덕에 오르자 발밑에 어니턴이 보였다. 어니턴은 교회와 사방으로 뻗은 주택가와 성채를 품은 채 강물에 둘러싸여 반도를 이루고 있었다. 성 근처에는 우둔하지만 따뜻해 보이는 잿빛 저택이 한 채 있었는데, 그 저택이 반도의 목 부분을 가로지르고 있었다. 지난 세기 초, 건축이 아직은 국민적 특성을 표현할 때 영국 전역에 세워진 유형의 저택이었다. 저게 그레인지입니다, 앨버트가 뒤를 돌아보고 말했다. 그러더니 허겁지겁 브레이크를 밟았고, 자동차는 속도를 늦추고 멈춰 섰다. 「미안합니다.」 그가 돌아보며 말했다. 「잠깐 내려주세요. 오른쪽 문으로요. 조심하고요!」

「무슨 일이에요?」 워링턴 부인이 물었다.

뒤따라오던 차가 멈춰 섰고 찰스의 목소리가 들렸다. 「여자 분들을 모두 내려 드려.」 남자들이 집합했고, 마거릿과 일행은 앞 차에서 내려져서 뒤 차로 옮겨졌다. 무슨 일이지? 자동차가 다시 출발하는데, 길가 오두막에서 문이 열리고 한 소녀가 그들에게 사납게 악을 썼다.

「무슨 일이에요?」 여자들이 큰 소리로 물었다.

찰스는 아무 대답 없이 백 야드를 달린 뒤에 말했다. 「별일 아니에요. 앞 차가 개를 좀 건드렸어요.」

「멈춰요!」 마거릿이 깜짝 놀라 소리쳤다.

「안 다쳤어요.」

「정말로 안 다쳤어요?」 마이어라가 물었다.

「안 다쳤어요.」

「제발 멈춰요!」 마거릿이 몸을 앞으로 굽히고 말했다. 그녀는 차 안에서 일어섰고, 다른 여자들은 그녀가 넘어지지 않도록 무릎을 붙잡았다. 「가봐야 해요, 제발.」

찰스는 모르는 척했다.

「퍼셀 씨가 뒤에 남았어요.」 다른 사람이 말했다. 「안젤로하고 크레인도요.」

「하지만 여자가 없잖아요.」

「내 생각엔……」 워링턴 부인이 손바닥을 긁으며 말했다. 「우리 중 누가 가는 것보다는 그쪽에서 해결하는 게 더 좋을 것 같아요.」

「보험 회사에서 알아서 해줄 거예요.」 찰스가 말했다. 「그리고 앨버트가 충분히 이야기할 거고요.」

「그래도 가봐야겠어요, 내려 줘요!」 마거릿의 목소리에 분노가 차올랐다.

찰스는 모르는 척했다. 자동차는 도망자들을 태운 채 언덕 아래로 천천히 내려갔다.

다른 사람들이 합창했다. 「남자들이 있잖아요. 남자들이 해결할 거예요.」

「남자들은 못해요! 어처구니가 없군요! 찰스, 좀 세우라니까요.」

「세워 봐야 소용없어요.」 찰스가 느릿느릿 말했다.

「소용없다고요?」 마거릿이 그렇게 말하면서 차에서 훌쩍 뛰어내렸다.

그녀는 땅에 무릎을 찧었다. 장갑이 찢어지고, 모자가 귀옆으로 기울어졌다. 뒤쪽에서 비명 소리들이 들렸다.

「다쳤어요?」 찰스가 소리치며 뒤따라 내렸다.

「그럼 다쳤죠.」 그녀가 쏘아붙였다.

「아, 도대체 왜…….」

「그걸 몰라서 묻는 건가요?」 마거릿이 말했다.

「손에서 피가 나잖아요.」

「알아요.」

「아버지한테서 무슨 소리를 들을지 걱정이군요.」

「미리 좀 생각하지 그랬어요.」

찰스는 이런 상황을 겪은 적이 없었다. 그에게서 절뚝거리며 멀어지는 저 여자는 반항하는 여자였다. 그 모습이 너무 낯설어서 그는 화도 나지 않았다. 다른 여자들이 나오자 그는 정신을 차렸다. 그들 같은 부류는 이해할 수 있었다. 그는 그들에게 차로 돌아가라고 했다.

앨버트 퍼셀이 그들을 향해 걸어오고 있었다.

「괜찮아!」 그가 소리쳤다. 「개가 아니었어. 고양이였어.」

「거봐요!」 찰스가 의기양양해졌다. 「별 볼 일 없는 고양이 한 마리라잖아요.」

「차 안에 내가 앉을 자리도 있겠지? 개가 아니라는 걸 알고 그냥 왔어. 운전사들이 여자 애하고 이야기하고 있어.」

하지만 마거릿은 계속 갔다. 왜 운전사들이 이야기해야 하는가? 여자들은 남자들 뒤로 숨고, 남자들은 하인들 뒤로 숨는다 — 전체적으로 잘못됐다. 가만히 있을 수가 없었다.

「슐레겔 양! 제발, 손을 다쳤잖아요.」

「가서 봐야겠어요.」 마거릿이 말했다. 「기다리지 마세요, 퍼셀 씨.」

두 번째 차가 모퉁이를 돌아 나타났다. 「괜찮아요, 사모님.」 이번에는 크레인이 말했다. 그는 그녀를 사모님이라 부르기 시작했다.

「뭐가 괜찮아요? 고양이가?」

「네, 사모님. 배상금을 줄 거예요.」

「계집애가 어찌나 무례한지.」 세 번째 차에서 안젤로가 툴툴거렸다.

「당신 같으면 무례하게 굴지 않겠어요?」

그러자 이탈리아인은 두 손을 펼쳐 보였다. 무례하게 구는 경우를 생각해 보지 않았지만, 마거릿이 원한다면 한번 해보이겠다는 표시였다. 상황이 이상해졌다. 신사들이 다시 마거릿을 둘러싸고 서로 돕겠다고 떠들었으며, 에드서 부인이 그녀의 손에 붕대를 감기 시작했다. 그녀는 포기했다. 그래서 약간의 사과를 덧붙이면서 차로 돌아갔다. 풍경이 움직임을 재개하고, 외딴 오두막이 사라지고, 성채가 잔디 위로 우람하게 솟아오르더니 그들은 도착했다. 그녀가 위신 잃을 짓을 한 것은 분명했다. 하지만 그녀는 런던에서 출발한 그날의 여정 전체가 비현실적으로 느껴졌다. 그들은 땅에도 땅 위의 감정들에도 참여하지 않았다. 그들은 먼지이자 악취였고 코즈모폴리턴한 잡담들이었다. 그들보다는 고양이를 잃은 소녀가 더욱 깊은 인생을 살고 있었다.

「아, 헨리.」 그녀가 소리쳤다. 「제가 바보 같은 짓을 했어요.」 그녀는 자신이 먼저 말을 하기로 결심했다. 「오는 길에 고양이를 치었어요. 찰스가 나더러 나가지 말라고 했는데 그냥 뛰어나갔어요. 그래서 이것 좀 봐요!」 그녀가 붕대 감긴 손을 내밀었다. 「바보 같은 메그가 그만 풀쩍 뛰어내렸어요.」

윌콕스 씨는 어리둥절한 표정이 되었다. 그는 정장 차림으로 현관 입구에 서서 손님들을 맞고 있었다.

「처음에는 개인 줄 알았거든요.」 워링턴 부인이 덧붙였다.

「개는 사람의 친구지!」 퍼셀 대령도 한마디 거들었다. 「개는 주인을 잊지 않으니까.」

「그래서 다쳤소, 마거릿?」

「별로 대단한 건 아니에요. 그리고 왼손이에요.」

「얼른 옷부터 갈아입구려.」

그녀는 그의 말에 따랐고, 다른 사람들도 그랬다. 그런 뒤 윌콕스 씨가 아들에게 돌아섰다.

「찰스, 도대체 무슨 일이 있었던 거냐?」

찰스는 더없이 정직했다. 그래서 자신이 믿고 있는 사건의 전말을 설명했다. 앨버트가 고양이를 치었다. 그러자 슐레겔 양이 여자로서 당연히 겁을 먹고 어쩔 줄 몰라 했다. 그녀는 안전하게 다른 차에 옮겨졌지만, 차가 움직이기 시작하자 사람들이 말리는 데도 뛰어내렸다. 그런 뒤 길을 조금 걷다 보니 마음이 진정되어서 사람들에게 미안하다고 사과했다. 윌콕스 씨는 그 설명을 받아들였다. 두 사람 중 누구도 마거릿이 그렇게 해석되도록 꾸몄다는 사실을 알아차리지 못했다. 그것은 그들이 생각하는 여자의 본성과 너무도 잘 들어맞았다. 저녁 식사가 끝난 뒤 대령은 흡연실에서 슐레겔 양이 차에서 뛰어내린 건 조금 고약한 장난에 해당한다는 견해를 내놓았다. 그는 젊은 시절 지브롤터 항구에서 한 처녀가 — 게다가 아주 아름다운 처녀가 — 내기 끝에 배에서 바다로 뛰어든 일을 기억했다. 그러자 온 젊은이가 그녀를 따라 바다로 뛰어들었다고 했다. 하지만 찰스와 윌콕스 씨는 슐레겔 양의 경우는 겁을 먹은 쪽에 가깝다는 데 의견을 일치시켰다. 찰스는 우울했다. 그 여자는 잠자코 있는 여자가 아니었다. 그녀는 자신들에게 저지른 것보다 더 기막힌 일을 아버지에게 저지를 것이다. 그는 성채가 솟은 언덕으로 올라가면서 그 문제를 곰곰 생각했다. 저녁은 아름다웠다. 주변을 삼면으로 둘러싸고 흐르는 강물이 서쪽에서 가지고 온 소식을 속삭여 주었다. 머리 위에는 부서진 성채의 유적이 하늘에 무늬를 새기고 있었다. 지금껏 슐레겔 가족과 겪은 일들을 하나하나 되새겨 보니, 그는 헬렌과 마거릿과 줄리 이모가 치밀한 음모를 꾸미고 있다는 생각까지 들었다. 부정(父情)은 그에게 의심을 불어넣었다. 그는 이미 아이가 둘이었고, 앞으로도 더 태어날 것이다. 그런데 그 아이들이 부자로 자라날 가능성은 갈수록 적어지는 것 같았다.

〈아버지가 그러셨지.〉그는 생각했다.〈모두에게 공평하게 하겠지만, 완벽한 공평함은 있을 수 없다고. 돈은 고무줄이 아니야. 이비가 아이들을 낳으면 어떻게 되는 거지? 그러고 보니 아버지한테도 아이가 생길지 모르잖아. 결국 우리는 돈이 부족하게 될 거야. 돌리도 퍼시도 이렇다 할 수입이 없으니까. 이런 젠장!〉그는 부러운 눈길로 그레인지를 내려다보았다. 창문들이 빛과 웃음소리를 쏟아 내고 있었다. 이 결혼식도 아마 상당한 비용을 들여서 치러질 것이다. 여자 두 명이 천천히 정원을 거닐고 있었다. 〈제국주의〉어쩌고 하는 말이 들려서 한 명이 숙모일 거라고 짐작했다. 만약 숙모에게 부양가족이 없다면, 숙모가 자신을 도왔을지도 모른다. 〈자기 할 도리는 자기가 해야지.〉그는 예전에 자신에게 힘을 돋우어 주던 격언을 되새겼지만, 어니턴의 폐허 앞에서 그 말은 오히려 어두운 기운을 전해 줄 뿐이었다. 그는 아버지 같은 사업 수완이 없었기 때문에, 돈에 대한 존경심은 아버지보다도 훨씬 컸다. 아버지에게서 많은 돈을 상속받지 못하면, 아이들에게 가난을 물려주게 될 것이 그의 걱정이었다.

그가 이런 생각을 하는 동안, 두 여자 가운데 한 명이 정원을 나와서 초지로 걸어 들어왔다. 팔에서 빛나는 흰 붕대를 보고 마거릿이라는 걸 깨닫자, 그는 자신이 있다는 걸 드러내지 않으려고 시가의 불을 껐다. 그녀는 언덕을 구불구불 올랐고, 이따금 잔디를 어루만지는 듯 허리를 굽혔다. 어처구니없이 들리겠지만, 한순간 찰스는 그녀가 자신을 사랑해서 유혹하려고 나왔다고 생각했다. 찰스는 요부의 존재를 믿었고 — 실제로 요부는 강한 남자의 필수 부속품이다 —, 유머 감각이 없기 때문에 그 생각을 가볍게 웃어넘기지 못했다. 아버지의 약혼녀이자 누이동생의 결혼식 손님인 마거릿은 그를 알아차리지 못하고 계속 걸어갔고, 그는 자신이 착각했다는 걸 인정했다. 하지만 도대체 뭘 하는 거지? 뭐 하러 이 허물어진 돌더미 틈을 비틀거리며 가시덤불에 옷을 긁히고 있는 걸까? 그녀가 성채 주변을 거닐다가 바람결에 담배 냄새를 맡은 모양이었다. 〈거기 누구세요?〉 하고 소리쳐 물었기 때문이다.

찰스는 대답하지 않았다.

「색슨인이에요? 켈트인이에요?」 마거릿이 묻더니 어둠 속에서 웃으며 말을 이었다. 「하지만 그건 중요하지 않아요. 누구신지 모르겠지만, 제 말을 들어 주세요. 저는 이 집이 좋아요. 슈롭셔도 좋고요. 저는 런던이 싫거든요. 여기가 제 집이 된다는 게 기뻐요. 정말이에요.」 그녀는 이제 집을 향해 돌아서서 걸어갔다. 「머물 곳에 도착했다는 건 참 편안한 일이에요!」

〈저 여자는 분명 무슨 일을 저지르고 말 거야.〉 찰스는 그렇게 생각하고 입술을 꼭 다물었다. 잠시 후 땅이 축축해져서 그도 그녀를 뒤따라 집으로 돌아갔다. 강에서 안개가 피어올라 강의 모습은 차츰 가려졌지만, 강물 소리는 더욱 커졌다. 웨일스 언덕들에 폭우가 쏟아졌기 때문이다.

26

이튿날 아침, 미세한 안개가 반도를 덮었다. 맑은 날씨가 예상되었고. 성채 언덕은 마거릿이 가만 바라보고 있는 동안에도 시시각각 윤곽이 또렷해졌다. 곧이어 성채가 드러났고, 태양이 돌 더미들을 황금색으로 물들이더니 희뿌연 하늘에 파란색을 채우기 시작했다. 집 그림자가 몸을 점점 낮추다가 정원으로 쓰러졌다. 고양이 한 마리가 창가에 선 그녀를 올려다보고 야옹 하고 울었다. 마지막으로 강이 모습을 드러냈지만, 강둑과 그 위에 드리워진 오리나무들은 여전히 안개에 붙들려 있었고, 그것도 상류 쪽의 언덕에 가려 보이지 않았다.

마거릿은 어니턴에 매혹되었다. 그녀는 그곳이 몹시 마음에 든다고 말했지만, 실제로 그녀를 사로잡은 것은 거기 깃들인 낭만적 긴장이었다. 오는 길에 본 둥근 드루이드[20]들, 그곳에서 흘러내려 잉글랜드로 흘러가는 강물들, 아무렇게나 빚어진 낮은 언덕들은 그녀에게 시적 정취를 불어넣었다. 집 자체는 별것 없었지만, 그곳의 전망은 영원한 기쁨이 될 것 같았다. 그녀는 그곳으로 초대할 친구들을 생각했고, 시골 생활을 좋아하게 될 헨리를 생각했다. 지역의 사교 생활도 나쁘지 않을 것 같았다. 어젯밤 교구 목사가 그들과 함께 식사를 했는데, 그는 마침 마거릿 아버지의 친구였던지라 마거릿에게 어떤 걸 기대해야 할지 잘 알았다. 그녀는 그가 마음에 들었다. 그가 그녀를 마을 사람들에게 소개시켜 주기로 했다. 맞은편에 앉았던 제임스 비더 경은 마거릿이 한마디만 하면 20마일 근방의 유력 가문 인사들을 모두 불러오겠다고 거듭 강조했다. 원예 회사 사장인 제임스 경이 정말 지킬 수 있는 약속을 하는 것 같지는 않았지만, 헨리가 그들을 유력 가문 사람들로 착각해 주기만 한다면 그녀에게는 만족이었다.

20 웨일스의 언덕.

찰스와 앨버트 퍼셀이 잔디 위를 걸어갔다. 아침 수영을 하러 가는 길이었다. 하인 한 명이 수영복을 들고 두 사람을 뒤따랐다. 그녀는 아침 식사 전에 산책을 하려고 했지만, 이 시각은 아직 남자들에게 바쳐진 시간이라는 걸 깨닫고, 그들의 사소한 고난을 지켜보는 걸로 여흥을 대신했다. 먼저 그들은 강변 탈의실의 열쇠를 찾지 못했다. 찰스는 참담한 표정으로 팔짱을 낀 채 강가에 서 있었고, 하인이 집을 향해 뭐라고 소리를 질렀지만, 정원에 있던 하인은 그 소리를 제대로 알아듣지 못했다. 곧이어 도약판을 둘러싼 법석이 벌어지고, 세 사람은 명령과 명령 취소와 비난과 사과 속에 초지를 정신없이 뛰어다녔다. 자동차에서 뛰어내려야겠다고 생각했을 때 마거릿은 뛰어내렸다. 얕은 물을 걷는 게 발목에 좋다고 생각했을 때 티비는 얕은 물을 걸었다. 모험에 대한 갈망이 들끓었을 때 가난한 사무원은 어둠 속을 걸었다. 하지만 이 운동으로 다져진 건장한 남자들은 온몸이 마비된 듯 아무것도 하지 못했다. 아침 해가 인사하고 칠링대는 강물 위로 마지막 안개가 걷히는데도, 그들은 장비를 갖추지 못해 수영을 하지 못했다. 이들이 육체의 삶을 발견했다고 말할 수 있을까? 그들이 약골이라며 경멸하는 이들이 자기 영토로 찾아온다 해도 과연 이길 수 있을까?

그녀는 앞으로 여기 살게 되면 자신은 하인을 괴롭히지도 않고 상식 이상의 장비를 찾지도 않고 그냥 헤엄치리라고 생각했다. 그러다가 마거릿은 조용한 소녀를 발견했다. 소녀는 고양이에게 말을 걸러 나왔다가 마거릿이 남자들을 지켜보는 모습을 보고 있었다.

그녀가 약간 날카로운 목소리로 〈안녕, 잘 잤니?〉 하고 말했다. 그녀의 목소리가 주변을 뒤흔들었다. 찰스가 돌아보더니 진청색 수영복을 완전히 갖춰 입고 있으면서도 오두막으로 뛰어 들어가서 더는 모습을 보이지 않았다.

「윌콕스 양이 일어났어요.」 소녀가 속삭이더니, 뭐라고 알아들을 수 없는 말을 웅얼거렸다.

「뭐라고?」

〈어깨심〉이 어쩌고 뭐가 〈늘어지고〉 하는 말이 들렸다.

「잘 안 들리는데?」

「침대에…… 포장지…….」

마거릿은 웨딩드레스가 공개되고 있으니 가보는 게 좋지 않겠느냐는 뜻으로 해석하고, 이비의 방으로 갔다. 그곳은 유쾌한 법석의 현장이었다. 이비는 페티코트 바람으로 인도에서 온 부인 한 명과 춤을 추고 있었고, 다른 부인은 길게 늘어진 흰 공단 드레스에 감탄하고 있었다. 여자들이 소리 지르고 깔깔거리고 노래 부르는 틈바구니에서 개도 짖었다.

마거릿도 함께 소리를 좀 질렀지만 그들과 썩 어울리지는 못했다. 그녀는 결혼식이 그렇게 신나는 것인지 알 수 없었다. 아마도 자신에게는 무언가 부족한 것 같았다.

이비가 한숨을 쉬었다. 「돌리는 나빠. 여기 함께 있어 주지 않다니! 그러면 얼마나 더 떠들고 놀 수 있었을까?」 잠시 후 마거릿은 아침을 먹으러 아래층으로 내려갔다.

헨리는 벌써 식탁에 앉아 있었다. 그는 천천히 식사를 했고 말도 거의 없었다. 마거릿이 볼 때 거기 모인 사람들 가운데 감정에 휘말리지 않은 건 그가 유일한 것 같았다. 딸을 보내는 일이나 장래의 아내와 함께 있는 일에 그가 무덤덤하다고만은 할 수 없었다. 그래도 그는 전과 다름없는 태도로 이따금 명령을 내릴 뿐이었고, 그 명령은 손님들을 편안하게 해주기 위한 것이었다. 그는 그녀에게 손은 어떤지 물었다. 그런 뒤 그녀에게는 커피를, 워링턴 부인에게는 차를 따르게 했다. 이비가 내려오자 잠시 분위기가 어색해졌고, 두 여자가 자리를 비우려고 일어나자 헨리가 소리쳤다. 「버튼! 찬장에서 차하고 커피 좀 내오게!」 그것은 진정한 해결책은 아니었지만 일종의 해결책이기는 했다. 그 유용함은 진정한 것에 맞먹었고, 특히 간부 회의에서 요긴하게 쓰이는 것이었다. 헨리는 결혼식도 장례식처럼 하나하나 개별 항목을 충실하게 처리할 뿐 전체 덩어리에는 눈길 한 번 주지 않았다. 그 모습을 보고 어떤 이는 〈죽음이여, 그대의 고통은 어디 있는가? 사랑이여, 그대의 승리는 어디 있는가?〉라고 소리칠 수도 있을 것이다.

아침 식사를 마친 뒤 그녀는 그에게 짧은 대화를 요구했다. 그에게는 언제나 공식적으로 접근하는 게 좋았다. 대화를 청한 이유는 그가 내일 들꿩 사냥을 가고, 자신은 런던에 있는 헬렌에게 돌아갈 예정이었기 때문이다.

「그러시오.」 그가 말했다. 「물론 시간이 있소. 그래, 무슨 일이 있소?」

「그런 건 없어요.」

「뭔가 잘못된 줄 알았소.」

「아니에요, 제가 하고 싶은 말은 없어요. 하지만 당신 말을 듣고 싶어요.」

그는 시계를 들여다보며 교회 묘지 문 앞에서 길이 고약하게 휘었다는 말을 했다. 그녀는 그 이야기를 흥미롭게 들었다. 마음 깊은 곳에서 아무리 그를 돕고 싶은 열망이 솟을지라도 그녀는 겉으로는 아무 내색 없이 조용히 반응할 수 있었다. 그녀는 이미 모든 행동 계획을 버렸다. 사랑이야말로 최선이며, 그녀가 그를 깊이 사랑할수록 그가 영혼을 정돈할 가능성도 높아졌다. 이렇게 맑은 하늘 아래 그와 함께 장래에 살 집의 정원에 앉아 있자니 순간순간이 너무도 달콤해서, 그 달콤함은 그에게도 반드시 전해질 것 같았다. 그가 눈을 한 번씩 들 때마다, 수염에 덮인 윗입술과 수염이 없는 아랫입술을 한 번씩 뗄 때마다, 수도승과 짐승을 한 번에 날려 버릴 부드러움이 배어 나와야 했다. 이미 수백 번 실망한 터였지만 그녀는 여전히 희망을 가졌다. 그녀의 사랑은 너무도 시야가 선명했기에 그의 흐릿함에 겁먹지 않았다. 그가 오늘처럼 사소한 일을 중얼거리건 다른 어느 날처럼 해질 녘에 갑자기 키스를 하건, 그녀는 그를 용서하고 그에 맞추어 반응할 수 있었다.

「거기가 고약하게 휘었다면.」 그녀가 제안했다. 「교회까지 걸어갈 수는 없나요? 물론 당신하고 이비는 안 되겠죠. 하지만 다른 사람들은 미리 떠나면 되잖아요. 그렇게 하면 마차 수를 줄일 수 있을 거예요.」

「숙녀 분들이 마을 광장을 걸어가게 할 수는 없소. 퍼셀 부자가 좋아하지 않을 거요. 찰스의 결혼식 때 엄청나게 까탈을 떨었소. 집사 — 아니 우리 중 한 명이 자기는 걸어가고 싶다고 했고, 교회도 바로 근처라서 나도 괜찮다고 했는데, 대령이 악착같이 마차를 태웠다니까.」

「남자 분들의 그런 기사도 정신은 좋지 않아요.」 마거릿이 심각한 얼굴로 말했다.

「왜 안 좋다는 거요?」

그녀는 이유를 알았지만 모르겠다고 대답했다. 그러자 그는 특별히 할 말이 없으면 포도주 저장고에 가봐야겠다고 했고, 둘은 함께 버튼을 찾아 나섰다. 무언가 어설퍼 보이고 불편한 점도 있었지만, 어니턴은 진정한 시골집이었다. 그들은 포석이 깔린 길을 오가며 이 방 저 방 고개를 들이밀어서 무언지 알 수 없는 일을 하는 낯선 하녀들을 놀라게 했다. 교회에서 돌아올 무렵이면 결혼 피로연이 준비되어 있을 테고, 차 대접은 정원에서 이루어질 것이다. 그렇게 많은 사람들이 한껏 들뜬 채 열심히 일하는 모습을 보고 마거릿은 슬며시 웃었지만, 곧 그들은 열심히 일함으로써 돈을 벌고, 들뜸으로써 즐거움을 누린다는 생각이 들었다. 이들이 바로 이비를 결혼의 환희 속으로 던져 올릴 기계 밑의 바퀴들이었다. 한 소년이 양동이를 든 채 길을 막고 있었다. 소년은 그들이 누구인지 모르고 말했다. 「좀 비켜 주세요.」 그러자 헨리는 아이에게 버튼이 어디 있느냐고 물었다. 하지만 하인들은 거의 대부분 신참이어서 서로의 이름을 잘 몰랐다. 식품 저장실에는 악사들이 앉아 있었다. 그들은 연주료의 일부로 샴페인을 제공받기로 되어 있었는데, 벌써부터 맥주를 마시고 있었다. 부엌에서는 아라비아풍 향료 냄새에 비명 소리가 섞여 나왔다. 마거릿은 무슨 일인지 알았다. 위컴 플레이스에서도 그런 일이 있었다. 요리 하나가 끓어 넘쳤고, 요리사가 냄새를 감추려고 삼나무 대팻밥을 뿌리고 있었다. 마침내 그들은 집사를 찾았다. 헨리는 그에게 열쇠 꾸러미를 건네주고, 마거릿과 함께 지하실로 내려갔다. 버든이 두 개의 문을 열었다. 집에 간직된 포도주라고는 벽장 바닥에 있는 게 전부인 마거릿은 눈앞에 펼쳐진 광경에 깜짝 놀랐다. 「이걸 언제 다 먹어요?」 그녀가 소리치자, 두 남자는 갑작스럽게 형제애를 느끼는 듯 서로 미소를 주고받았다. 그녀는 다시 한 번 달리는 자동차에서 뛰어내린 듯한 느낌이 들었다.

분명히 어니턴은 얼마간의 소화 과정이 필요할 것이다. 그녀가 스스로를 유지하면서 그만한 집을 융화시키는 건 결코 작은 일이 아니리라. 하지만 그녀는 자기를 위해서만이 아니라 남편을 위해서도 스스로를 유지해야 했다. 그림자 같은 아내는 동반하는 남편의 품위마저 떨구기 때문이다. 그리고 그녀는 세상에 정직하기 위해서도 그곳에 융화해야 했다. 누군가와 결혼하면서 그 사람을 불편하게 만들 권리는 없기 때문이다. 그녀의 유일한 동맹은 집이 갖는 힘이었다. 위컴 플레이스는 소유했던 시절보다 상실할 시절에 즈음해서 그녀에게 더 많은 걸 가르쳐 주었다. 하워즈 엔드도 그 교훈을 반복해 일렀다. 그녀는 이 언덕들 틈에 가정이라는 새로운 성소를 만들기로 결의를 다졌다.

포도주 저장소에 다녀온 뒤 그녀는 옷을 갈아입었고, 곧이어 결혼식이 시작되었다. 준비 과정에 비하면 결혼식 자체는 사소해 보였고, 모든 것이 일사천리로 진행되었다. 어디선가 홀연히 나타난 캐힐 씨가 교회 문 앞에서 신부를 기다렸다. 아무도 반지를 떨어뜨리거나 대답을 잘못하거나 이비의 드레스 자락을 밟는다거나 울음을 터뜨리거나 하지 않았다. 몇 분 만에 성직자들이 임무를 완수하고, 결혼 등록서에 서명까지 이루어지자, 신랑 신부는 다시 마차에 올라타고서 교회 묘지 문 앞의 고약하게 휜 길을 뚫고 나갔다. 마거릿에게 이것은 도저히 결혼식으로 여겨지지 않았고, 노르만 양식의 이 교회도 내내 다른 일에 몰두하고 있던 것 같았다.

집으로 돌아가서 몇 가지 서류에 더 서명을 했고, 아침을 먹었다. 그런 뒤 원유회가 벌어지자 손님들이 조금 더 찾아왔다. 결혼식 초대를 거절한 사람이 많았던 데다 원래도 그리 큰 결혼식은 아니었다. 나중에 치러질 마거릿의 결혼식이 더욱 성대할 것이다. 그녀는 외면적으로는 헨리의 위신이 상하지 않도록 음식들과 붉은 양탄자 등에 신경을 썼다. 하지만 내면적으로는 이렇게 일요일 예배 후에 여우 사냥을 떠나는 듯한 모순된 결합이 안타까웠다. 누군가 화라도 냈으면! 하지만 결혼식은 너무도 무사히 잘 치러졌다. 에드서 부인이 〈인도 궁정 잔치〉와 비슷하다고 말했을 때, 그녀는 그 말에 전적으로 동의했다.

이렇게 헛된 하루가 무겁게 지나고, 신랑과 신부가 정신없는 웃음 속에 자동차를 타고 떠나자, 다시 한 번 태양이 웨일스 언덕들 쪽으로 물러갔다. 생각보다 더 피로해진 헨리가 성채 앞 초지로 마거릿을 찾아와서, 전에 없이 부드러운 목소리로 모든 것이 잘 치러져서 기쁘다고 말했다. 그녀는 그 말속에 자신에 대한 칭찬이 담겨 있음을 느끼고 얼굴을 붉혔다. 그녀는 다루기 힘든 그의 친지들에게 최선을 다했고, 나아가 남자들에게 굽실거려 주기까지 했다. 친지들은 그날 저녁 철수할 예정이었다. 하루를 더 묵을 예정인 워링턴 모녀와 조용한 소녀만 빼고, 다른 사람들은 벌써 짐을 꾸리기 위해 하나 둘 집으로 들어가고 있었다. 「제 생각에도 잘 치러진 것 같아요.」 그녀가 동의했다. 「자동차에서 뛰어내릴 때 왼손으로 떨어진 게 다행이지 뭐예요. 저도 아주 기뻐요, 헨리. 우리 결혼식에 온 손님들이 이 반만큼이라도 편안함을 느꼈으면 좋겠어요. 우리 식구들 중 실제적인 사람은 이모님뿐인데, 이모님은 이런 큰 잔치에는 익숙하지 않으시거든요.」

「나도 알고 있소.」 그가 진지하게 말했다. 「이런 상황에서는 해로즈나 화이틀리즈 같은 백화점에 모든 걸 맡기는 게 나을 수도 있지. 아니면 호텔에 가거나.」

「당신은 호텔이 괜찮다고 생각해요?」

「그렇소. 왜냐 하면 ─ 우선 당신을 괴롭히고 싶지 않아서요. 물론 당신은 정든 옛집에서 결혼하고 싶겠지만.」

「정든 옛집은 곧 사라질 거예요, 헨리. 지금 저는 그저 새집을 원할 뿐이에요. 저녁이 참 아름답네요…….」

「알렉산드리아나 호텔이 괜찮다면…….」

「알렉산드리아나 호텔…….」 그녀가 중얼거렸지만, 마음은 집집의 굴뚝을 빠져나와 노을 진 언덕 기슭에 잿빛 평행선을 그리는 연기 줄기들에 더 쏠려 있었다.

「커즌 거리에 있소.」

「그래요? 그러면 커즌 거리에서 결혼해요.」

그런 뒤 그녀는 서쪽을 향해 돌아서서 소용돌이치는 황금빛을 응시했다. 강물이 언덕을 돌아 나오는 지점에 태양이 그 황금빛을 걸어놓고 있었다. 요정의 나라는 저 구비 너머 있는 게 분명했다. 그곳의 청량한 물이 찰스의 강변 탈의실을 지나 그들이 있는 곳으로 쏟아져 내려왔다. 그 모습을 한참 바라보았더니 눈이 어지러워져서, 집 쪽으로 눈길을 돌렸을 때 집 밖으로 나오는 사람들의 얼굴을 알아볼 수 없었다. 하녀 한 명이 그들을 데리고 나오고 있었다.

「저 사람들이 누구예요?」 그녀가 물었다.

「손님들이로군!」 헨리가 소리쳤다. 「손님들은 이제 늦었는데.」

「결혼 선물을 보러 온 마을 사람들인지도 모르죠.」

「난 아직 마을 사람들을 잘 몰라서.」

「그러면 여기 가만히 계세요. 제가 가서 처리해 볼게요.」

그는 고맙다고 말했다.

마거릿이 품위 있는 미소를 짓고 앞으로 나갔다. 때에 못 맞춰 온 손님들이라면 자신이 나서도 될 것 같았다. 이비와 찰스는 떠났고 헨리는 피곤한 데다 다른 사람들은 모두 방으로 흩어졌기 때문이다. 그녀는 여주인답게 행동하려고 했지만 그럴 수 없었다. 일행 중 한 명이 헬렌이었기 때문이다. 헬렌은 가진 옷 중에 가장 낡은 옷을 입고, 어린 시절 그렇게도 사람들을 괴롭히던 사나운 흥분에 싸여 있었다.

「왜 그래?」 그녀가 물었다. 「무슨 일이야? 티비가 아프니?」

헬렌이 일행에게 뭐라고 이야기하자, 두 사람이 물러섰다. 그러더니 그녀가 분노한 얼굴로 다가섰다.

「이 사람들 굶어 죽고 있어!」 헬렌이 소리쳤다. 「굶어 죽어

간다고!」

「누가? 너 여기 왜 온 거야?」

「바스트 씨 부부 말이야.」

「헬렌!」 마거릿의 입에서 신음이 새어 나왔다. 「너 도대체 지금 무슨 짓을 하고 있는 거니?」

「바스트 씨가 직장에서 쫓겨났어. 은행에서 해고됐단 말이야. 끝장난 거야. 우리 상층 계급 사람들이 이 사람을 망쳐 놨어. 언니는 그게 인생의 전투라고 말하겠지. 굶어 죽는 일이 말이야. 부인도 병에 걸렸는데, 같이 굶어 죽고 있어. 바스트 부인은 기차 안에서 기절했어.」

「헬렌, 너 미쳤니?」

「그런지도 몰라. 언니 마음에 든다면 미쳤다고 해두지. 내가 이 사람들을 데리고 왔어. 나는 더 이상 이런 불공정함 못 참아. 이 호사스러운 생활, 이 비인간적인 힘에 대한 대화들, 우리가 미처 하지 못하는 일들을 신이 한다 어쩐다 하는 헛소리들 뒤에 어떤 비참힘이 있는지 보여 주겠어.」

「그래서 굶주린 두 사람을 런던에서 슈롭셔까지 데려온 거야, 헬렌?」

헬렌은 움찔했다. 그것은 미처 생각하지 못한 일이었고, 그녀는 히스테리를 약간 누그러뜨린 채 말했다. 「기차에 식당차가 있었어.」

「말도 안 되는 소리 하지 마. 저 사람들이 정말 굶어 죽는 게 아니라는 건 너도 잘 알잖아. 처음부터 다시 말해 보자. 별 것도 아닌 걸 연극처럼 부풀리는 건 난 싫어. 어쩌면 이렇게 뻔뻔하니!」 마거릿은 분노가 치밀었다. 「어쩌면 이렇게 황당한 방식으로 이비의 결혼식에 찾아올 수 있니? 기가 막혀! 너는 박애주의를 잘못 이해하고 있어. 저기 좀 봐!」 그녀는 집을 가리켰다. 「하인들하고 손님들이 여길 내다보고 있어.

무슨 한심한 소동이 벌어졌다고 생각하겠지. 내가 가서 이렇게 설명해야 돼. 〈아니에요, 소리 지르는 건 제 동생이고요, 다른 두 사람은 우리한테 빌붙은 사람들인데, 동생이 별 이유도 없이 여기 데려왔네요〉 하고 말이야.」

「빌붙은 사람들이라는 말은 취소해 줬으면 고맙겠어.」 헬렌의 차분한 말투가 오히려 불길한 느낌을 주었다.

「그래.」 마거릿이 물러섰다. 격분해 있었지만, 그녀는 헬렌과 심각한 싸움은 하지 않기로 결심했다.

「나도 두 사람 일은 안타까워. 하지만 저 사람들을 왜 여기까지 데리고 왔는지 이해가 안 돼. 또 네가 여기 온 것도!」

「윌콕스 씨를 볼 마지막 기회잖아.」

이 말에 마거릿은 집 쪽으로 걸어갔다. 그녀는 헨리를 걱정시키지 않기로 결심했다.

「윌콕스 씨는 스코틀랜드로 갈 예정이지. 그렇다는 거 알고 있어. 좀 만나야겠어.」

「그래, 내일 떠나.」

「그러니까 오늘이 마지막 기회야.」

「안녕하세요, 바스트 씨?」 마거릿이 목소리를 누그러뜨리려고 애쓰며 인사했다. 「좀 기이하게 됐네요. 이 일을 어떻게 생각하세요?」

「바스트 부인도 있어.」 헬렌이 끼어들었다.

재키도 악수를 했다. 그녀도 남편과 마찬가지로 수줍었고, 거기다 병을 앓았으며, 거기다 너무나 멍청해서 지금 무슨 일이 일어나는지 전혀 파악하지 못했다. 그녀가 아는 건 그저 어젯밤에 어떤 숙녀가 바람처럼 들이닥치더니 집세를 내주고 전당 잡힌 가구들을 찾아 주고 저녁과 아침 식사를 해결해 주더니, 다음 날 아침 패딩턴 역에서 만나자고 했다는 것뿐이다. 레너드는 숙녀에게 미약하게 반박했고, 다음 날 아침이 되자 가지 말자고 했다. 하지만 절반쯤 넋이 나가 있던 그녀는 그럴 수 없다고, 그 숙녀의 말이니 따라야 한다고 했다. 그에 따라 그들의 침실 겸 거실은 패딩턴 역으로 바뀌었고, 패딩턴 역은 기차 객실로 바뀌어서 흔들리고 더워지고 추워지고 하다가 한순간 깜박 하고 눈앞에서 사라졌고, 얼마 후 값비싼 향수의 물결 속에서 다시 나타났다. 「정신이 좀 드나요.」 숙녀가 놀란 목소리로 말했다. 「바깥바람을 쐬면 좀 나을 거예요.」 그 말은 맞는 것 같았다. 정원의 꽃들에 둘러싸인 지금은 훨씬 견딜 만했다.

「폐를 끼치고 싶지는 않지만.」 레너드가 마거릿의 질문에 대답하려고 입을 열었다. 「지난번에 제게 친절하게 포피리언 일을 경고해 주셨으니…… 제가 여쭙고 싶은 건…….」

「이 사람을 다시 포피리언 회사에 복직시킬 수 없는가 하는 거야.」 헬렌이 거들었다. 「메그, 우리는 좋은 일을 하려고 했잖아. 그날 밤 첼시 제방의 일을 생각해 봐.」

마거릿은 고개를 젓고 바스트 씨에게 돌아섰다.

「저는 이해하지 못하겠어요. 바스트 씨는 우리가 포피리언 회사가 사정이 안 좋다고 해서 회사를 그만두셨죠?」

「맞습니다.」

「그리고 은행에 들어가셨죠?」

「아까 다 말했잖아.」 헬렌이 다시 끼어들었다. 「들어간 지 한 달 만에 회사에서 인원을 감축했어. 이제 바스트 씨는 무일푼이야. 우리하고 우리한테 그 말을 해준 사람이 직접 책임을 져야 한다고 생각해.」

「저도 이런 게 싫습니다.」 레너드가 중얼거렸다.

「당연히 그러시겠죠, 바스트 씨. 하지만 저는 얼버무리지 않겠어요. 여기 오신다고 해결되는 건 아무것도 없어요. 윌콕스 씨한테 따질 생각이라면, 그리고 그 사람에게 왜 그런 말을 했는지 설명하라고 하면 그건 엄청난 실수가 될 거예요.」

「내가 데려온 거야. 다 내가 한 일이야.」 헬렌이 소리쳤다.

「저는 지금 당장 돌아가시라고 말씀드려야겠네요. 제 동생이 두 분을 곤란하게 만들었고, 그렇게밖에는 말할 수 없습니다. 런던으로 돌아가기에는 너무 늦었으니까, 어니턴에서 편안한 호텔을 하나 구해서 부인을 쉬게 하세요. 제 손님으로 모시겠습니다.」

「그건 제가 원하는 게 아닙니다.」 레너드가 말했다. 「슐레겔 양은 친절하시고, 또 저는 지금 분명히 곤란한 처지죠. 하지만 슐레겔 양의 말을 들으니 제가 너무 비참해집니다. 저는 아무 소용도 없는 것 같습니다.」

「이 사람은 직장을 원해.」 헬렌이 설명했다. 「모르겠어?」

그가 말했다. 「재키, 갑시다. 우리는 폐만 되는 것 같아. 이분들은 우리한테 직장을 구해 주기 위해 벌써 많은 돈을 썼지만, 그렇다고 직장을 구할 수는 없을 거야. 우리가 할 수 있는 일은 없어.」

「우리는 바스트 씨가 직장을 찾기를 원해요.」 마거릿이 약간 상투적인 어조로 말했다. 「저도 제 동생과 같은 마음이에요. 지금 바스트 씨는 불운한 시기를 지나고 있을 뿐이에요. 호텔로 가서 아침까지 쉬세요. 그리고 원하신다면 숙박비는 나중에 갚으세요.」

하지만 레너드는 이미 나락 가까이에 와 있었고, 그런 순간 사람의 통찰력은 뚜렷해지는 법이다. 「슐레겔 양은 지금 자신이 하는 말을 모르시는 것 같네요. 저는 다시 직장을 구하지 못할 겁니다. 돈 있는 사람들은 한 가지 직업에 실패해도 다른 걸 시도할 수 있죠. 전 아니에요. 저는 제가 구르던 홈에서 튕겨져 나왔어요. 저는 어떤 특정한 회사에서 어떤 특정한 보험 업무는 받는 봉급만큼 수행할 수 있었지만 그게 전부예요. 시는 아무것도 아닙니다. 온갖 사상도 아무것도 아니에요. 두 분의 돈도 아무것도 아니에요. 이 말을 이해하실지는 모르겠습니다만. 어쨌건 제 말은 남자가 스무 살이 넘고, 자기가 가졌던 특정한 직업을 잃으면 그 사람은 끝이라는 겁니다. 다른 사람들에게 그런 일이 일어나는 걸 여러 번 봤어요. 처음에는 친구들이 돈을 좀 주지만, 결국은 벼랑 아래로 떨어지고 맙니다. 아무 소용없어요. 세상이 본래 그런걸요. 세상에는 언제나 부자와 빈자가 있는 법입니다.」

그는 말을 멈추었다. 「뭘 좀 드시겠어요?」 마거릿이 말했다. 「뭘 해야 좋을지 모르겠네요. 제 집이 아니다 보니, 그리고 다른 때 찾아오시면 윌콕스 씨도 반갑게 맞을 거예요. 뭘 어째야 할지 모르겠지만, 할 수 있는 건 해드릴게요. 헬렌, 두 분한테 먹을 걸 갖다 드리렴. 바스트 부인, 샌드위치라도 좀 드세요.」

그들은 아직도 하인 한 명이 서 있는 긴 탁자로 갔다. 시럽을 입힌 케이크와 샌드위치가 가득했고, 커피, 클리레 적포도주, 샴페인도 거의 손대지 않은 채 남아 있었다. 다른 음식으로 이미 배를 불린 손님들은 그것들까지는 어쩔 수 없었다. 레너드는 거절했다. 재키는 조금 먹을 수 있다고 말했다. 마거릿은 두 사람이 속삭이는 모습을 뒤로 하고 헬렌에게 다가갔다.

그녀가 말했다. 「헬렌, 나도 바스트 씨를 좋아해. 그를 도와야 한다는 데도 동의해. 우리한테 직접적 책임이 있다는 데도 동의해.」

「아니, 간접적 책임이지. 윌콕스 씨를 통한 일이었으니까.」

「분명히 말하는데 네가 그런 식으로 나오면 나는 아무것도 안 할 거야. 논리적으로는 물론 네 말이 다 맞아. 그리고 네가 헨리를 욕하는 것도 충분히 납득할 수 있어. 하지만 내가 싫어. 그러니까 선택해.」

헬렌은 지는 태양을 바라보았다.

「네가 두 사람을 조용히 조지 호텔로 데리고 가면, 내가 헨리한테 이야기를 해볼게. 물론 내 식으로 말할 거야. 이런 식으로 공정함이 어쩌고 하면서 소리 지르지 않고 말이지. 나는 공정함 같은 거 필요 없어. 문제가 돈뿐이라면 우리끼리도 해결할 수 있어. 하지만 저 사람이 원하는 건 직장이고, 그건 우리는 못 구해도 헨리는 구해 줄 수 있을지 모르니까.」

「그건 그 사람의 의무야.」 헬렌이 퉁명스럽게 내뱉었다.

「나는 의무에도 관심 없어. 내가 관심 있는 건 우리가 아는 이런저런 사람들의 개성적인 특징들, 그리고 어떻게 하면 지금의 상황을 좀 더 나아지게 할 수 있을까 하는 것뿐이야. 윌콕스 씨는 청탁받는 거 아주 싫어해. 사업하는 사람들은 다 그래. 어쨌거나 거절할지도 모르지만 내가 한번 부탁해 볼게. 왜냐하면 상황을 좀 나아지게 하고 싶으니까.」

「좋아. 시키는 대로 할게. 언니가 잘할 거라고 생각해.」

「두 사람을 조지 호텔로 데리고 가. 그러면 내가 말해 볼게! 불쌍한 사람들! 정말 피곤해 보이는구나.」 그리고 헬렌과 헤어질 때 그녀가 덧붙였다. 「너한테는 할 말이 남았어, 헬렌. 이건 너무 앞뒤 없는 행동이었어. 그냥 넘어갈 수 없어. 너는 어떻게 나이가 들수록 자제력이 없어지니. 잘 생각해 보고 앞으로 다르게 행동했으면 좋겠어. 그렇지 않으면 우리 사이는 행복해질 수 없을 거야.」

그녀는 헨리에게 돌아갔다. 다행히 그는 계속 앉아 있었다. 이런 물리적 사실은 중요했다. 「마을 사람들이었소?」 그가 다정한 미소로 그녀를 맞으며 물었다.

「황당한 일이 있었어요.」 마거릿이 그의 옆에 앉으며 말했다. 「하지만 이제 괜찮아요. 제 여동생이었어요.」

「헬렌이 여기에?」 그가 자리에서 일어나려고 하며 말했다. 「헬렌은 초대도 거절하지 않았소? 결혼식 같은 거 싫어하는 줄 알았는데.」

「일어나지 마세요. 결혼식 때문에 온 거 아니에요. 제가 조지 호텔로 보냈어요.」

손님 접대를 중시하는 그가 그럴 수 없다고 했다.

「아뇨, 헬렌은 자기가 돌봐 주는 사람 둘을 데리고 왔어요. 그 사람들이랑 같이 있어야 돼요.」

「그러면 다 같이 오면 되잖소.」

「헨리, 그 사람들 봤어요?」

「갈색 옷을 입은 여자는 언뜻 봤소만.」

「갈색 옷은 헬렌이에요. 하지만 바다색 옷이랑 연어색 옷은 못 봤나요?」

「뭐라고? 소풍이라도 나온 거요?」

「아뇨, 할 말이 있어서 왔어요. 나를 보러 온 거예요. 이따가 이야기할게요.」

그녀는 자신의 능숙한 수완이 부끄러웠다. 윌콕스 집안의 사람을 다룰 때면 동등한 관계에서 미끄러져 나와서 그들이 원하는 유의 여자 행세를 하고 싶다는 유혹이 어찌나 큰지! 헨리는 즉시 미끼를 물었다. 「왜 이따가 이야기한다는 거요? 지금 말해요. 지금만 한 때는 없소.」

「그래도 될까요?」

「긴 이야기만 아니라면.」

「5분도 안 걸려요. 하지만 결론이 껄끄러워요. 왜냐 하면 제가 어떤 사람을 당신 회사에 취직시켜 달라고 부탁하고 싶으니까요.」

「어떤 능력을 갖고 있소?」

「모르겠어요. 사무원이에요.」

「나이는?」

「스물다섯쯤?」

「이름은?」

「바스트요.」 그리고 마거릿은 두 사람이 위컴 플레이스에서 만난 적이 있다고 말하려다가 그만두었다. 별로 좋은 기억이 아니었기 때문이다.

「전에 있던 직장은?」

「뎀스터 은행요.」

「왜 그만두었소?」 그는 아직도 그를 떠올리지 못했다.

「인원을 감축했대요.」

「한번 만나 보리다.」

그것은 그날 하루 그녀가 발휘한 요령과 헌신에 대한 보상이었다. 이제 그녀는 왜 일부 여자들이 독자적인 권리 대신 남편에 대한 영향력 쪽을 선택하는지 이해했다. 플린리먼 부인은 여성 참정권 운동을 비난하면서 말했다. 〈남편을 구슬려서 자기가 원하는 곳에 투표시키지 못하는 여자는 부끄러운 줄 알아야 돼.〉 마거릿은 그 말에 불쾌함을 느꼈지만, 지금 자신이 헨리에게 그런 일을 하고 있었다. 이 작은 승리에 기쁨을 느낀 것도 사실이지만, 그 승리가 하렘의 방식으로 얻어진 것임을 잘 알았다.

「그 사람을 받아들여 준다면 정말 기쁠 거예요.」 그녀가 말했다. 「하지만 그 사람이 그만한 능력이 되는지는 모르겠어요.」

「가능하다면 되는 쪽으로 해보겠지만, 이걸 선례로 생각해선 안 되오.」

「그럼요, 당연하죠 — 당연하죠.」

「당신이 돌봐 주는 사람들을 늘 거둘 수는 없소. 그러다간 사업이 결판날 테니까.」

「그 사람이 마지막이라고 약속할게요. 그 사람은 — 좀 특별한 경우예요.」

「도움을 바라는 사람은 언제나 있기 마련이오.」

그녀는 가만히 있었다. 그는 조금 더 만족스러워진 얼굴로 자리에서 일어나더니, 그녀에게 잡고 일어나라며 손을 내밀었다. 이런 헨리의 모습과 헬렌이 요구하는 헨리의 모습 사이에는 얼마나 넓은 골짜기가 가로놓여 있는가! 그리고 마거릿 자신은 — 언제나처럼 둘 사이를 떠돌면서 때로는 남자들을 있는 그대로 받아들이고 때로는 헬렌과 함께 진실을 갈망했다. 사랑과 진실 — 둘 사이의 전쟁은 영원한 것 같다. 어쩌면 눈에 보이는 세계 전체가 그 대립에 달려 있는지도 모른다. 만약 이 둘이 하나라면 우리 인생은 프로스페로[21]가 동생과 화해할 때 사라지는 요정들처럼, 공기 속으로, 희박한 공기 속으로 사라질지 모르는 일이다.

「그 실직자 때문에 우리가 늦었구려.」 그가 말했다. 「퍼셀 부자가 곧 떠날 거요.」

그녀는 대체로 남자들의 있는 그대로의 모습을 긍정했다. 헬렌과 친구들은 구원의 윤리학을 놓고 토론을 벌이지만, 헨리는 예전에 하워즈 엔드를 구했듯이 이제 바스트 부부를 구해 줄 것이다. 그는 저돌적으로 사는 사람이었지만, 세상은 그런 저돌성 위에 건설되었고, 산과 강과 노을의 아름다움은 미숙한 직공이 이음새를 감추려고 덧칠하는 광택제에 지나지 않는지도 모른다. 어니턴은 그녀와 마찬가지로 완벽하지 않았다. 사과나무들은 발육이 부진했고, 성채는 무너져 있었다. 어니턴 또한 앵글로색슨족과 켈트족의 경계 분쟁으로,

---

[21] 셰익스피어의 작품 『폭풍우』의 주인공. 동생의 음모로 밀라노 공작 지위를 잃고 외딴섬으로 쫓겨 가 살았다.

그러니까 현재 상태와 그래야 하는 상태 사이의 분쟁으로 고통을 겪었다. 다시 한 번 서쪽이 물러갔고, 다시 한 번 질서정연한 별들이 동쪽 하늘에 점점이 떠올랐다. 우리에게 지상에서의 휴식이란 없다. 하지만 행복은 있다. 약혼자의 부축을 받으며 언덕을 내려오는 동안 마거릿은 자기 몫의 행복을 느꼈다.

그런데 내려가 보니 어처구니없게도 바스트 부인이 아직도 정원에 남아 있었다. 바스트 씨와 헬렌은 그녀가 식사를 하는 동안 방을 구하러 떠났다. 마거릿은 이 여자에게 거부감이 들었다. 아까 그녀와 악수할 때도 강렬한 수치심을 느꼈다. 그녀가 처음에 위컴 플레이스에 찾아왔던 이유를 떠올리자 다시 한 번 심연에서 올라오는 어떤 향취가 느껴졌다. 그게 더욱 마음에 거슬리는 건 그게 의도된 냄새가 아니었기 때문이다. 재키는 악의가 있는 사람이 아니었다. 그녀는 그저 한 손에는 케이크 조각을, 다른 손에는 빈 샴페인 잔을 들고 앉아서 아무도 괴롭히지 않고 있었다.

「저 여자 분은 몹시 지쳤어요.」 마거릿이 속삭였다.

헨리가 말했다. 「그뿐이 아닌걸. 이러면 안 되지. 저런 상태로 이 정원에 계속 둘 수는 없소.」

「지금 저 여자는······.」 마거릿은 〈취했다〉는 말을 할까 말까 망설였다. 약혼한 뒤로 그는 까다로워졌다. 그는 이제 노골적인 대화도 마음에 들어 하지 않았다.

헨리가 여자에게 다가갔다. 여자가 얼굴을 들었다. 저녁빛 속에 여자의 얼굴이 말불버섯처럼 허옇게 빛났다.

「부인, 호텔에 가서 쉬는 게 더 편할 텐데요.」 그가 딱딱하게 말했다.

재키가 말했다. 「헨 아냐?」

마거릿이 사과하듯 말했다. 「*Ne crois pas que le mari lui*

ressemble. Il est tout à fait différent(남편이 저 여자랑 비슷하다고 생각하지 마요. 남자 쪽은 전혀 달라요).」

「헨리!」 이번에는 여자의 말소리가 아주 분명했다.

윌콕스 씨는 얼굴이 일그러졌다. 「나는 당신이 돌봐 주는 사람들이 별로 반갑지 않군.」

「헨, 가지 마. 당신 날 사랑하잖아. 안 그래?」

「세상에, 어쩌면 저럴까!」 마거릿이 치맛자락을 움켜쥐고 한숨을 쉬었다.

재키는 케이크를 들어 헨리를 가리켰다. 「당신은 멋진 남자야, 정말.」 그리고 하품했다. 「사랑해, 당신.」

「헨리, 정말 너무 미안해요.」

「당신이 왜 미안하다는 거지?」 그가 물었다. 그녀를 쏘아보는 눈길이 어찌나 강렬한지 그가 아픈 건 아닌지 걱정될 정도였다. 그는 재키의 무례에 필요 이상으로 크게 화가 난 것 같았다.

「당신한테 이런 일을 겪게 해서.」

「사과할 거 없소.」

여자의 목소리가 계속 이어졌다.

「그런데 저 여자가 왜 당신을〈헨〉이라고 부르는 거죠?」 마거릿이 의아해서 물었다. 「전에 만난 적이 있나요?」

「헨을 만난 적이 있냐고요?」 재키가 말했다. 「그럼, 만났고 말고요! 지금 당신한테 하는 것처럼 나한테도 그랬는걸요. 남자들은 다 그래! 하지만...... 그래도 나는 남자가 좋아.」

「이제 만족하오?」 헨리가 물었다.

마거릿에게 두려움이 밀려들었다. 「도대체 무슨 영문인지 모르겠어요. 안으로 들어가요.」

그는 마거릿이 모르는 척한다고 생각했다. 이건 덫이었다. 그의 모든 인생이 무너져 내리는 것 같았다.

「정말 모르는 거요?」 그가 거칠게 말했다. 「나는 알겠소. 당신의 계획이 멋지게 성공한 걸 축하해 주지.」

「헬렌이 데려온 거예요. 저는 아무것도 몰라요.」

「당신이 왜 바스트 씨에게 관심을 가졌는지 이제 알겠군. 정말 멋진 계획이야. 그 용의주도함에 감탄하겠어, 마거릿. 당신이 옳아. 이런 일이 필요했겠지. 나는 남자고, 남자의 과거를 살았어. 이제 명예롭게 당신을 약혼에서 해방시켜 주겠어.」

그녀는 아직도 상황을 종잡을 수 없었다. 그녀에게 인생의 어두운 곳에서 벌어지는 일들은 그저 이론일 뿐 현실로 이해되지 않았다. 재키의 말, 모호함도 없고 부정의 여지도 없는 말을 더 들어야 했다.

「그렇다면……」 그녀는 그렇게 말하면서 안으로 들어갔다. 하지만 마저 하려던 말을 참아야 했다.

「뭐가 그렇다면이라는 겁니까?」 현관 입구에서 떠날 준비를 하던 퍼셀 대령이 물었다.

「저희끼리 하던 얘기예요. 헨리하고 제가 심하게 다투었거든요. 제가 하던 말은……」 그녀는 하인이 들고 있던 대령의 모피 코트를 건네받고, 그에게 입혀 주겠다고 했다. 그가 사양했고 잠깐 유쾌한 법석이 벌어졌다.

「아니, 내가 도와주겠소.」 헨리가 뒤따라 들어와서 말했다.

「고마워요! 보세요, 헨리가 저를 용서했나 보네요!」

그러자 대령이 씩씩하게 말했다. 「별로 용서할 것도 없었을 것 같습니다.」

그는 자동차에 올랐다. 잠시 후 여자들이 나와서 그의 뒤를 따랐다. 하녀들, 안내인, 그리고 큰 짐들은 이미 지선 철도를 통해 보낸 상태였다. 쉴 새 없이 떠들고 쉴 새 없이 집 주인에게 감사 인사를 하고 쉴 새 없이 장래의 여주인에게 잘난 척을 하면서, 손님들은 차에 실려 떠났다.

마거릿이 대화를 이었다. 「그렇다면 그 여자가 당신의 정부였군요.」

「당신답게 분명하게 표현하는군.」 그가 대답했다.

「언제였어요?」

「그건 왜?」

「언제였어요?」

「10년 전이었소.」

그녀는 아무 말도 하지 않고 그의 곁을 떠났다. 그것은 그녀의 비극이 아니었기 때문이다. 그것은 윌콕스 부인의 비극이었다.

27

헬렌은 자신이 왜 8파운드나 되는 돈을 써가며 이 사람을 아프게 하고 저 사람을 화나게 했는지 의아해졌다. 흥분의 물결이 지나가고, 바스트 씨와 바스트 부인을 슈롭셔의 한 호텔에 투숙시킨 뒤, 그녀는 도대체 무슨 힘이 그런 물결을 일으켰는지 생각해 보았다. 어쨌건 피해를 입은 사람은 없었다. 마거릿은 지금 자신이 할 일을 잘하고 있을 것이다. 마거릿의 방식이 마음에 들지는 않았지만, 결국 그것이 바스트 부부에게 도움이 될 것은 분명했다.

「윌콕스 씨는 말이 안 통해요!」 그녀가 레너드에게 말했다. 레너드는 아내를 재운 뒤 사람 없는 호텔 구내 커피점에 헬렌과 함께 앉아 있었다. 「그 사람한테 당신을 받아들일 의무가 있다고 말하면 거절할지도 몰라요. 제대로 배운 사람이 아니거든요. 괜히 당신한테 그 사람 악담을 하고 싶지는 않지만, 바스트 씨도 견디기 힘들 거예요.」

「슐레겔 양, 정말 뭐라고 감사의 말을 드려야 할지 모르겠습니다.」 레너드가 할 수 있는 말은 그게 전부였다.

「나는 인간적인 책임이 중요하다고 생각해요. 바스트 씨는 안 그런가요? 또 인간적인 모든 게 다 중요해요. 정말 싫은 게…… 이렇게 말하면 안 되겠지만…… 하지만 윌콕스 가족은 정말 생각이 잘못됐어요. 어쩌면 그 사람들 잘못이 아닐지도 몰라요. 그냥 그 사람들 머릿속에 〈나〉라고 말하는 작은 장치가 결여된 것뿐인지도 모르죠. 그렇다면 그 사람들을 비난하는 건 시간 낭비일 뿐이에요. 암담한 이론을 하나 들었어요. 장래에 인류를 지배할 특별한 인종은 〈나〉라고 말하는 작은 장치가 결여되어 있다는 거죠. 그런 이야기 들어 봤어요?」

「요즘은 책 읽을 시간이 통 없어서요.」

「그러면 그런 생각은 해봤나요? 세상에는 두 종류의 사람이 있다는 거 말이에요. 우리처럼 머리 한복판을 통해서 사는 사람들과 그러지 못하는 사람들요. 그 사람들 머리는 〈한복판〉이라고 할 만한 게 없거든요. 그 사람들은 〈나〉라는 말을 못해요. 그러니까 존재하지도 않는 거고, 결국 초인들인 셈이죠. 피어폰트 모건[22]은 한 번도 〈나〉라는 말을 한 적이 없어요.」

레너드는 정신을 바짝 차렸다. 은혜를 베푼 여인이 지적인 대화를 원한다면 거기 맞춰 주어야 했다. 그녀는 그의 망가진 과거보다 중요했다. 「저는 니체를 읽은 적이 없습니다.」 그가 말했다. 「하지만 전부터 그 초인이란 흔히 말하는 이기주의자라고 생각했습니다.」

「아니에요, 그건 틀렸어요.」 헬렌이 대답했다. 「초인은

---

22 미국의 금융 재벌.

〈나는 원한다〉는 말을 하지 않아요. 〈나는 원한다〉는 건 〈나는 누구인가?〉라는 질문으로 이어지고, 거기서 다시 〈연민〉과 〈정의〉로 나아가니까요. 초인은 그냥 〈원한다〉고만 말해요. 나폴레옹이라면 〈유럽을 원한다〉고 말하겠죠. 푸른 수염이라면 〈아내들을 원한다〉고 할 테고요, 피어폰트 모건이라면 〈보티첼리를 원한다〉고 할 거예요. 〈나〉는 없어요. 초인을 들여다보면 그 한복판에 공포와 허무가 있다는 걸 알 수 있어요.」

레너드는 잠시 침묵했다가 입을 열었다. 「슐레겔 양, 당신과 나는 모두 〈나〉라고 말하는 부류로 생각해도 되겠습니까?」

「물론이죠.」

「슐레겔 양의 언니도?」

「물론이에요.」 헬렌이 약간 날카롭게 말했다. 그녀는 마거릿에게 불만이 있었지만, 그런 일을 이야기하고 싶지는 않았다.

「교양 있는 사람은 모두가 〈나〉라는 말을 해요.」

「하지만 윌콕스 씨는…… 그 사람은 아마도…….」

「윌콕스 씨 이야기도 하지 않는 게 좋을 것 같네요.」

「아 그렇죠, 그래요.」 그가 동의했다. 그녀는 자신이 왜 그를 윽박질렀을까 의문을 품었다. 그날 하루 동안 그녀는 두어 번 그에게 비판적 의견을 청해 놓고는 그가 말을 하려고 하면 가로막았다. 그가 우쭐해지는 게 두려운 걸까? 그렇다면 역겨운 일이다.

하지만 그는 그런 윽박지름을 자연스럽게 여겼다. 그녀가 하는 일은 모두 자연스러웠고, 그 때문에 마음을 상하는 일은 있을 수 없었다. 함께 있을 때의 슐레겔 자매는 별로 인간처럼 느껴지지 않았다. 어지럽게 설교를 뿜어 대는 회전판 같다고나 할까. 하지만 한 사람씩 따로 보면 달랐다. 결혼하지 않은 슐레겔 양 헬렌과 결혼을 앞둔 슐레겔 양 마거릿은 서로 겹쳐지지 않았다. 마침내 비쳐 든 빛줄기로 부유한 상류 사회를 들여다본 그는 그 안에 가득한 남녀들 가운데 일부는 자신에게 좀 더 친절하다는 걸 깨달았다. 헬렌은 〈그의〉 슐레겔 양이 되었다. 그녀는 그를 꾸짖었고, 그에게 연락을 취했으며, 어제는 자기 집에 들이닥쳐 맹렬하게 도움을 주었다. 마거릿도 나름대로 친절했지만 엄격하고 거리감이 느껴졌다. 그가 그녀를 도와준다는 건 생각할 수도 없는 일이다. 그는 그녀를 처음부터 좋아하지 않았고, 애초에 느낀 대로 헬렌도 자기 언니를 그렇게 좋아하지 않을 거라고 생각하기 시작했다. 헬렌은 외로웠다. 그렇게 많은 것을 베풀면서 받는 것은 너무 적었다. 레너드는 자신이 입을 다물고 윌콕스 씨 일을 감춤으로써 헬렌의 분노 하나를 잠재울 수 있다는 사실이 기뻤다. 재키는 아까 그를 따라 정원에서 나오면서 자신이 발견한 사실을 일러 주었다. 최초의 충격이 지나가자 그 자신은 별로 신경이 쓰이지 않았다. 그는 이제 아내에게 아무런 환상이 없었고, 그것은 한 번도 순수했던 적 없는 사랑의 얼굴에 새로운 얼룩이 하나 더해진 것뿐이었다. 완벽한 것을 완벽하게 유지하는 것, 미래가 그에게 이상을 가질 시간을 허락한다면 그의 이상은 바로 그것이 되어야 했다. 헬렌도 마거릿도 헬렌을 위해서 그 일을 몰라야 했다.

그런데 헬렌은 당황스럽게도 아내에 대한 이야기를 꺼내 들었다. 「바스트 부인은 〈나〉라는 말을 하나요?」 그녀는 농담처럼 묻더니 이어 말했다. 「몹시 피곤한가 봐요.」

「방에서 쉬는 게 좋을 거예요.」

「제가 곁에 가서 있어 줄까요?」

「고맙지만 그럴 필요 없습니다.」

「바스트 씨, 부인은 어떤 분이세요?」

레너드의 얼굴이 눈 부근까지 새빨개졌다.

「제가 원래 이런 식인 건 아시죠? 불쾌한 질문인가요?」

「아, 아뇨, 슐레겔 양, 아닙니다.」

「저는 솔직한 걸 좋아하거든요. 결혼 생활이 행복한 것처럼 꾸미실 필요 없어요. 두 분에게 공통점이 없다는 거 잘 아니까요.」

그는 부인하지 않고, 머뭇머뭇 말했다.「그건 분명한 일이죠. 하지만 재키가 남에게 의도적으로 피해를 준 적은 없습니다. 일들이 어긋났을 때 또는 내가 어떤 이야기를 들었을 때, 전에는 그게 다 재키 잘못이라고 생각했어요. 하지만 돌아보면 오히려 제 잘못입니다. 재키와 꼭 결혼할 필요는 없었지만, 어쨌거나 결혼했으니 지켜 줘야 해요.」

「결혼한 지 얼마나 됐죠?」

「3년이 다 되어 가네요.」

「집에서는 뭐라고 그래요?」

「식구들은 아무 말 안 합니다. 결혼 소식이 전해졌을 때 가족 회의 같은 게 열렸고, 그 후로 저와 인연을 끊었거든요.」

헬렌은 방을 천천히 거닐기 시작했다.「그런 일이 있다니!」 그녀가 부드럽게 말했다.「바스트 씨 가족은 어떤 분들이에요?」

이 질문에는 대답할 수 있었다. 돌아가신 부모님은 장사를 했고, 누이들은 행상들과 결혼했으며 형은 평신도 예배 집행자였다.

「조부모님들은요?」

레너드는 지금껏 부끄럽게 여기던 비밀을 털어놓았다.「그저 미미한 분들이셨어요. 농장 일꾼 같은.」

「그래요! 어느 지역에서요?」

「대부분 링컨셔에서였죠. 하지만 외할아버지는 특이하게 이 근처 출신이십니다.」

「슈롭셔 출신이라고요. 정말 특이하군요. 저희 외갓집 식구들은 랭카셔 출신이에요. 그런데 바스트 씨 형제 분들은 왜 부인을 반대했나요?」

「모르겠어요.」

「죄송하지만 알고 계실 텐데요. 저는 어린애가 아니에요. 바스트 씨가 무슨 말을 해도 놀라지 않을 거고, 또 많은 걸 알려 주실수록 제가 도와드리기가 쉽잖아요. 그분들이 부인에 대해 나쁜 말이라도 들은 건가요?」

그는 말이 없었다.

「제 짐작이 맞는 것 같군요.」 헬렌이 심각하게 말했다.

「아닐 겁니다, 슐레겔 양. 그 짐작이 틀리기를 바랍니다.」

「우리는 솔직해야 돼요. 이런 일들에 대해서도요. 저는 짐작했어요. 진심으로 안타깝지만 그런 건 중요한 일이 아니에요. 두 분에 대한 제 마음은 변함없을 거예요. 이런 일들로 비난받아야 하는 건 부인이 아니라 남자들이에요.」

레너드는 그대로 두었다. 그 남자가 누구인지만 짐작하지 못한다면 상관없었다. 그녀는 창가에 서서 천천히 차일을 걷어 올렸다. 어두운 광장이 굽어보였다. 안개가 깔려 들고 있었다. 그를 향해 돌아서는 그녀의 두 눈이 반짝거렸다.

「걱정 마세요.」 그가 말했다. 「저는 참을 수 있어요. 제가 직장만 구하면 괜찮을 거예요. 제가 직장만 구하면 — 꾸준한 그런 직장을요. 그러면 다시는 그렇게 나빠지지 않을 거예요. 저는 전처럼 책을 좇지 않아요. 제대로 된 직장만 구하면 우리는 다시 안정될 거예요. 그러면 생각 자체를 안 하게 되겠죠.」

「어떻게 안정된다는 거예요?」

「그냥 안정되는 거죠.」

「인생이 본래 그렇다는 건가요?」 헬렌이 목이 멘 듯 말했다. 「어떻게 그럴 수 있죠? 우리가 봐주고 해주기를 기다리는 아름다운 일들이 얼마나 많은데…… 음악이 있고…… 밤길의 산책이 있고…….」

「직장 있는 남자한테는 밤길 산책도 좋죠.」 그가 대답했다. 「아, 전에 제가 헛소리를 너무 많이 했어요. 하지만 집에 집행관이 한 번만 들이닥쳐 보면, 그런 생각은 확실하게 떨칠 수 있습니다. 집행관이 제가 읽던 러스킨과 스티븐슨의 책들을 뒤적이는 걸 본 순간, 저는 인생을 똑바로 보게 되었어요. 별로 아름다운 인생은 아니지요. 책들은 슐레겔 양 덕분에 다시 돌아왔지만, 그 의미는 예전과 다를 겁니다. 그리고 이제 다시는 밤중에 숲을 걷는 일을 멋있다고 생각하지 않을 거예요.」

「왜요?」 헬렌이 창문을 열어젖히며 물었다.

「왜냐 하면 사람은 돈이 있어야 하니까요.」

「그렇다면 틀렸어요.」

「틀렸으면 좋겠습니다. 하지만 성직자도 재산이 있거나 봉급을 받죠. 시인이나 음악가들도 마찬가지예요. 떠돌이도 다르지 않아요. 떠돌이는 결국 구빈원에 가서 다른 사람들의 돈을 받으니까요. 슐레겔 양, 이 세상에서 진정한 것은 돈이에요. 나머지는 모두 꿈입니다.」

「아직도 틀렸어요. 당신은 죽음을 잊었어요.」

레너드는 무슨 뜻인지 이해하지 못했다.

「우리가 영원토록 산다면 당신 말이 옳을 거예요. 하지만 우리는 모두 죽어야 돼요. 얼마 후에는 인생을 떠나야 한다고요. 우리가 영원히 산다면 부정과 탐욕이 진정한 거라고 할 수 있어요. 하지만 우리는 다른 것에 매달려야 해요. 왜냐

하면 죽음이 오고 있으니까. 나는 죽음을 좋아해요. 병적인 선호가 아니라 죽음이 모든 걸 설명해 주니까요. 죽음은 돈의 공허함을 설명해 줘요. 그러니까 영원한 적은 죽음과 삶이 아니라 죽음과 돈이에요. 죽음 저편에 무엇이 있건 그건 상관없어요, 바스트 씨. 어쨌거나 그곳에서 시인과 음악가와 떠돌이는 〈나는 나다〉라고 말하지 못하는 사람보다는 분명히 더 행복할 거예요.」

「글쎄요.」

「우리는 모두 안개 속에 있어요. 하지만 가장 깊은 안개 속에 있는 건 윌콕스 부자 같은 사람들이에요. 아주 멀쩡하고 번듯한 영국인이죠! 제국을 건설하고, 온 세상을 자기들이 생각하는 상식 속으로 우겨넣는 사람들 말이에요. 그런 사람들한테 죽음 이야기를 하면 화낼 거예요. 왜냐 하면 죽음이야말로 진정한 제국이니까. 죽음이 영원토록 그들에게 반대를 외칠 거니까요.」

「저도 죽음이 두렵긴 마찬가지예요.」

「하지만 죽음에 대한 관념을 두려워하진 않죠.」

「둘이 뭐가 다른데요?」

「엄청난 차이가 있죠.」 헬렌이 더욱 심각해진 목소리로 말했다.

레너드는 의아한 눈길로 그녀를 바라보았다. 그리고 어떤 위대한 것들이 어둠에 싸인 밤을 뚫고 나오는 것을 느꼈다. 하지만 그는 그걸 받아들일 수 없었다. 그의 마음에는 아직 사소한 것들이 가득했기 때문이다. 우산을 잃고서 퀸스 홀 연주회가 엉망이 되었듯이, 직장을 잃은 그는 더욱 신성한 하모니를 제대로 들을 수 없었다. 죽음, 삶, 물질주의 같은 것은 모두 훌륭한 말이다. 하지만 윌콕스 씨는 자신을 취직시켜 줄 것인가? 지금 그의 마음속에는 윌콕스 씨가 세상의 왕이고, 자기 나름의 도덕을 갖춘 채 구름을 향해 솟은 초인이었다.

「제가 어리석었네요.」 그가 사과하듯 말했다.

그러는 동안 헬렌에게는 그 역설이 더욱더 분명해졌다. 「죽음은 사람을 파괴해요. 하지만 죽음에 대한 관념은 사람을 구원해요.」 통속적 정신이 집착하는 관과 해골 뒤에 아주 거대한 것, 매우 거대해서 우리 안에 있는 모든 위대한 것이 응답하는 것이 놓여 있다. 세속의 사람들은 언젠가 들어갈 납골당을 두려워할지 몰라도, 사랑은 그렇게 어리석지 않다. 죽음은 사랑의 원수지만 그렇게 무서운 상대는 아니며, 둘의 오랜 쟁투 끝에 사랑은 근력도 강해지고 시야도 밝아져서, 결국 거기 대적할 것은 이 세상에 아무것도 없게 된다.

「굴복하지 마세요.」 헬렌이 다시 말했다. 그리고 보이지 않는 세계가 보이는 세계를 고발한다는, 모호하지만 어딘가 신빙성 있는 말을 자꾸 반복했다. 레너드를 지상에 묶어 두는 밧줄을 자르려고 노력하는 동안 그녀의 흥분은 점점 거졌다. 그 밧줄은 쓰라린 경험으로 만들어졌기에 그녀의 힘으로는 쉽사리 끊어지지 않았다. 얼마 후 여종업원이 들어와서 헬렌에게 마거릿이 보낸 편지를 전달했다. 레너드에게 전해 주라는 편지도 동봉되어 있었다. 두 사람은 함께 편지를 읽으며, 흘러가는 강물의 속삭임을 들었다.

28

몇 시간 동안 마거릿은 아무것도 하지 않았다. 그런 뒤 정신을 차리고 편지를 썼다. 마음의 상처가 너무 커서 헨리에게는 아무 말도 할 수 없었다. 그를 동정할 수도 있었고, 결혼하겠다고 결심할 수도 있었지만, 그런 것은 마음속 너무 깊은 곳에 있어서 말이 되어 나오지 않았다. 표면을 덮은 것은 그의 부도덕성에 대한 절감이었다. 그녀는 말도 할 수 없었고 얼굴도 마주할 수 없었으며, 종이 위에 힘들여 쓰는 점잖은 말조차 다른 사람에게서 나오는 것 같았다.

〈친애하는 당신. 이 편지는 헤어지자는 게 아니에요. 그 일은 모든 것일 수도 있고 아무것도 아닐 수 있어요. 그리고 저는 아무것도 아닌 걸로 하고 싶어요. 그건 우리가 만나기 훨씬 전의 일이고, 행여 만난 후의 일이라 해도 저는 아마, 희망컨대, 똑같은 편지를 썼을 거예요. 다 이해합니다.〉

하지만 그녀는 〈다 이해합니다〉라는 문장을 지웠다. 어울리지 않는 것 같았다. 헨리는 남에게 이해받는 걸 경멸한다. 〈모든 것일 수도 있고 아무것도 아닐 수 있다〉는 문장도 지웠다. 헨리는 상황을 이토록 확고하게 파악하는 걸 견디지 못할 것이다. 그녀는 아무런 논평도 하지 말아야 했다. 논평은 여성적인 일이 아니다.

〈이 정도면 되겠지.〉 그녀는 생각했다.

그러고 났더니 그의 부도덕성이 그녀의 목을 조였다. 그가 과연 이런 낭패까지도 감수할 가치가 있는 사람일까? 그런 부류의 여자에게 굴복했다는 사실은 분명히 중요한 일이었다. 그녀는 그의 아내가 될 수 없었다. 그가 받은 유혹을 자신의 언어로 옮기려다 보니, 그녀는 머리가 어지러워졌다. 남자들은 그런 유혹에도 기꺼이 굴복한다는 점에서 달랐다. 동료애에 대한 믿음이 비틀거렸고, 세상은 서부 철도의 유리 객차에서 내다본 것처럼 남녀 모두 신선한 공기에서 차단되어 있는 것 같았다. 남자와 여자는 정말로 서로 다른 도덕관을 가진 각각의 인종일까? 남녀가 서로 사랑하는 것은 세상을 유지하려는 자연의 장치일 뿐인가? 인간관계에서 체면을 빼면 이런 수준이 되고 마는가? 그녀의 판단력은 아니라고 대답했다. 인류는 자연의 장치를 통해 빚어 낸 마법으로 스스로의 불멸성을 확보했다. 하지만 이성에 대한 매혹보다 훨씬 더 신비로운 것은 우리가 그런 매혹에 대해 넣는 다정한 마음이다. 우리와 가축 사이에 놓인 골짜기는 가축과 여물 사이에 놓인 골짜기보다 훨씬 넓다. 우리는 과학적 측정과 신학적 기도(企圖)를 벗어난 방식으로 진화하고 있다. 〈어쨌건 인간은 하나의 보석을 만들었다.〉 신들은 그렇게 말하며 우리에게 불멸성을 줄 것이다. 마거릿은 이 모든 걸 알았다. 하지만 지금 이 순간은 그것을 느낄 수 없었고, 이비와 캐힐 씨의 결혼도 바보들의 사육제로 여겨졌다. 그리고 자신의 결혼은....... 그 생각을 하니 너무 참담해져서 그녀는 편지를 찢고 다른 편지를 썼다.

친애하는 바스트 씨.
약속한 대로 윌콕스 씨에게 이야기를 드렸습니다만, 안타깝게도 바스트 씨가 들어올 만한 빈자리가 없다고 하네요. 죄송합니다.

M. J. 슐레겔

그런 뒤 그녀는 헬렌에게도 편지를 썼는데, 그 편지는 좀 더 신중하게 쓰는 편이 좋았겠지만 머리가 너무 아파서 단어를 세심하게 고를 여력이 없었다.

사랑하는 헬렌.
동봉한 편지를 바스트 씨에게 전하렴. 그리고 그 부부한테 신경 쓰지 마. 헨리가 왔을 때 그 여자는 술에 취해 있었어.

네가 묵을 방을 준비해 둘 테니까 편지 받는 대로 이리로 와. 바스트 씨 부부는 우리가 마음 써줄 만한 사람들이 아냐. 아침에 내가 직접 호텔로 찾아가서 적절하게 처리해 줄게.

M

 편지를 쓰며 마거릿은 자신이 실제적이라고 생각했다. 바스트 씨 부부에게는 나중에 무슨 도움을 줄 수도 있을 것이다. 하지만 지금 이 순간 그들은 입을 다물어야 했다. 그녀는 그 여자와 헬렌이 서로 대화하는 일이 없기를 바랐다. 하인을 부르는 종을 울렸지만, 아무도 오지 않았다. 윌콕스 씨와 워링턴 모녀는 잠자리에 들었고 부엌에서는 떠들썩한 잔치가 벌어지고 있었다. 결국 그녀는 직접 조지 호텔로 갔다. 하지만 무슨 말을 하기가 두려워서, 호텔에 들어가는 대신 여종업원에게 중요한 것이니 꼭 전해 달라고 편지를 맡겼다. 광장을 다시 건너는 마거릿의 눈에 커피점 창밖을 내다보는 헬렌과 바스트 씨가 보였고, 그녀는 너무 늦은 게 아닐까 하는 걱정이 들었다. 아직 할 일이 더 있었다. 헨리에게 이 일을 이야기해야 했다.

 그건 어렵지 않았다. 헨리가 현관 입구에 서 있었기 때문이다. 밤바람이 벽에 걸린 그림들을 흔들었고, 그 소리에 그가 깨어난 것이다.

「누구요?」 그가 집주인답게 소리쳤다.

 마거릿이 들어와서 그의 옆을 지나쳐 갔다.

「헬렌한테 여기 와서 자라고 했어요.」 그녀가 말했다. 「여기 있는 게 좋아요. 그러니까 현관을 잠그지 마세요.」

「나는 누가 벌써 들어온 줄 알았소.」 헨리가 말했다.

「그리고 그 남자한테도 우리가 해줄 수 있는 게 없다고 말했어요. 나중에는 어떨지 모르지만, 지금 그 사람들은 얼른 떠나는 게 좋아요.」

「그러면 헬렌이 여기 와서 잘 거라는 거요?」

「아마 그럴 거예요.」

「그러면 당신의 방으로 데려다 줘야 하는 거요?」

「그 아이하고는 할 말이 없어요. 저는 그냥 자겠어요. 하인들한테 헬렌 이야기를 해주세요. 그리고 호텔로도 짐꾼을 보내 주고요.」

그는 하인들을 소집하려는 용도로 구입한 조그만 징을 울렸다.

「더 크게 소리 내지 않으면 하인들이 듣지 못할 거예요.」

헨리는 문을 열었다. 복도 아래쪽에서 요란한 웃음소리가 들렸다. 「저렇게 시끄럽게 떠들다니.」 그가 그렇게 말하고 그쪽으로 성큼성큼 걸어갔다. 마거릿은 위층으로 올라갔다. 헨리와 마주친 게 다행인지 어쩐지도 알 수 없었다. 두 사람은 마치 아무 일도 없던 것처럼 행동했고, 그녀의 깊은 직감에 따르면 그것은 잘못이었다. 스스로를 위해서라도 그는 무언가 설명해야 했다.

하지만 — 설명이 그녀에게 무엇을 말해 줄 수 있다는 말인가? 때와 장소, 몇 가지 세부 사항, 그런 건 설명 없이도 충분히 생생하게 떠올릴 수 있었다. 최초의 충격이 가시고 나자, 그녀는 헨리의 인생에 바스트 부인 같은 여자가 게재된 것이 하등 이상할 게 없다는 걸 알았다. 헨리의 내면생활은 오래전부터 그녀에게 드러나 있었다. 지적인 혼란, 인간적 영향력에 대한 둔감함, 강하지만 은밀한 욕정. 그의 외적 생활이 거기 상응한다고 그를 거부해야 할 것인가? 그럴지도 몰랐다. 이런 배신이 그녀 자신에게 행해졌다면 그럴지도 몰랐다. 하지만 그것은 그녀를 알기 훨씬 전에 벌어진 일이었다. 그녀는 감정과 싸웠다. 윌콕스 부인에게 저지른 잘못은 자신에게 저지른 잘못이라고 생각했다. 하지만 그녀는 공허한 이론가가 아니었다. 옷을 갈아입는 동안 분노도 죽은 이에 대한 안타까움도 소동을 벌이고픈 욕망도 모두 가라앉았다. 헨리가 원하는 대로 해야 했다. 그녀는 그를 사랑하니까. 그리고 앞으로 그 사랑으로 그를 더 나은 사람으로 만들 거니까.

이 위기를 지나는 동안 그녀의 행동의 바탕을 이룬 것은 연민이었다. 일반화해서 말하면 연민은 여자들의 바탕에 있다. 남자가 사람을 좋아하는 건 그 사람의 훌륭한 특성 때문이다. 그들의 애정이 아무리 따뜻하다 해도, 상대가 무가치해지면 남자는 그를 조용히 놓아 버린다. 하지만 무가치함은 여자를 자극한다. 그것은 여자들의 깊은 본성을 — 좋은 것이건 나쁜 것이건 — 끌어낸다.

그게 핵심이었다. 헨리는 용서받아야 하고, 사랑으로 거듭나야 했다. 다른 것은 아무것도 중요하지 않았다. 윌콕스 부인, 그 불안하고 친절한 유령은 배신당한 상태로 남겨 둘 수밖에 없었다. 그녀에게는 지금 모든 것이 균형 잡혀 있었다. 그리고 그녀도 그들 두 사람의 인생에 걸쳐 실수를 저지른 남자에게 연민을 보일 것이다. 윌콕스 부인도 남편의 외도를 알았을까? 자못 흥미로운 질문이었지만 마거릿은 잠이 들었다. 애정이 그녀를 속박했고, 밤새 웨일스에서 내려온 강물의 속삭임이 그녀를 다독였다. 그녀는 미래의 집과 일체감을 느꼈다. 집과 그녀는 서로를 물들이는 것 같았다. 그리고 아침에 일어났을 때 그녀는 다시 한 번 어니턴 성채가 아침 안개를 물리치는 것을 보았다.

29

「헨리……」 그녀가 부드럽게 인사했다.

그는 아침 식사를 마친 뒤 「더 타임스」를 펼쳐 들고 있었다. 워링턴 부인은 짐을 싸고 있었다. 그녀는 그의 옆에 무릎을 꿇고 앉아 그가 들고 있는 신문을 빼냈다. 신문이 유난히 무겁고 두껍게 느껴졌다. 그리고 신문이 있던 자리에 자기 얼굴을 들이밀어 그의 눈을 바라보았다.

「헨리, 나 좀 봐요. 그렇게 외면하지 말고요. 나를 봐요. 그래요. 그렇게 하면 되잖아요.」

「어젯밤 일을 말하는 거 알고 있소.」 그가 까칠한 목소리로 말했다. 「나는 이미 당신을 약혼의 굴레에서 놓아 주었소. 변명할 수도 있지만 안 하겠소. 천 번을 물어도 그런 일은 안 할 거요. 나는 나쁜 남자고 더는 어쩔 수 없소.」

옛 요새에서 추방당한 윌콕스 씨는 새로운 요새를 짓고 있었다. 그는 더 이상 그녀에게 고고한 모습을 보일 수 없었고, 그래서 추악한 과거 속으로 들어가 자신을 방어했다. 그것은 진정한 참회가 아니었다.

「신경 쓰지 마요. 그것 때문에 우리 관계가 흔들리는 일은 없어요. 진심으로 하는 말이에요. 달라지는 건 없어요.」

「달라지는 게 없다고?」 그가 물었다. 「내가 당신이 생각했던 그런 남자가 아니라는 게 드러났는데도 달라지는 게 없다고?」 그는 이런 마거릿에게 화가 났다. 그는 차라리 그녀가 충격에 뻗어 버리거나 아니면 분노로 날뛰는 편이 더 나았다. 자신의 죄는 죄지만, 어쨌건 마거릿은 그리 여자답지 않다는 느낌이 들었다. 그녀의 눈빛은 너무도 담담했다. 그 두 눈은 남자에게만 적절한 책을 많이 읽었다. 그는 소동을 피우고 싶지 않았고 그녀 또한 그럴 생각이 전혀 없었지만, 그래도 소동은 있었다. 그것은 피할 수 없었다.

「나는 당신에게 어울리지 않는 남자요.」 그가 다시 말했다. 「그렇지 않았다면 당신을 그렇게 쉽게 놓아주지 않았을 거요. 진심으로 하는 말이오. 이런 이야기를 하는 것 자체를 견딜 수 없소. 그냥 끝냅시다.」

그녀는 그의 손에 입을 맞췄다. 그는 움찔하며 손을 빼내고 자리에서 일어나 말했다. 「당신은 편안한 울타리 안에서 세련된 취미와 책, 친구들에 둘러싸여 살았소. 당신, 당신 여동생, 당신 같은 여자들 — 당신이 어떻게 남자의 인생길에 놓인 유혹을 짐작할 수 있겠소?」

「어려운 일이긴 해요.」 마거릿이 말했다. 「하지만 우리가 결혼할 만한 사이라면, 노력은 해야죠.」

「친숙한 사회와 가족에게서 떨어져 낯선 나라에서 지내는 수천 명의 젊은이에게 무슨 일이 일어날 것 같소? 고립감. 외로움. 나는 쓰라린 경험을 통해서 알고 있소. 그런데도 달라지는 게 없다고?」

「저한테는 그래요.」

그는 쓴웃음을 지었다. 마거릿은 찬장으로 다가가서 아침 식사 요리 하나를 집어 들었다. 그녀가 마지막이었기 때문에, 음식을 데워 주던 알코올램프를 껐다. 그녀의 행동은 부드러웠지만 무게가 있었다. 그는 자기 영혼을 털어놓지 않고 대신 남자와 여자의 영혼 사이에 놓인 골짜기만을 지적했다. 그녀는 그런 말은 듣고 싶지 않았다.

「헬렌이 왔나요?」 그녀가 물었다.

그는 고개를 저었다.

「그러면 안 되는데! 그 애가 바스트 부인이랑 수다라도 떨면 곤란해지잖아요.」

「곤란하지!」 그가 갑자기 자연스러운 말투로 소리쳤다. 그러더니 곧 본래의 태도로 돌아가서 말했다.「두 사람이 수다를 떨건 말건 무슨 상관이오? 나는 이제 끝났소. 당신의 따뜻한 마음만은 정말로 고맙소. 내가 고맙다고 하는 게 별 가치는 없겠지만.」

「그 아이가 편지나 그런 것도 안 보냈어요?」

「그렇다는 말 못 들었소.」

「종을 좀 울려 주시겠어요?」

「무얼 하려고?」

「물어보려고요.」

그는 비극의 주인공 같은 과장된 몸짓으로 걸어가서 종을 울렸다. 마거릿은 커피를 좀 따랐다. 집사가 와서 자신이 들은 바로는 슐레겔 양은 조지 호텔에서 잤다고 전했다. 제가 지금 조지 호텔로 갈까요?

「제가 가겠어요, 고마워요.」 마거릿은 그렇게 말하고 그를 돌려보냈다.

「소용없소.」 헨리가 말했다. 「그런 일은 새어 나가기 마련이오. 뚜껑이 이미 열렸으니 이야기를 막을 길은 없소. 다른 남자들의 경우를 여러 번 보았소. 한때 나는 그런 사람들을 경멸했지. 나만은 다르다고 생각하면서, 나는 유혹받지 않을 거라고 생각하면서. 아, 마거릿……」 그가 그녀의 옆에 와서 앉더니 갑자기 감정을 쏟아 냈다. 그녀는 그의 말을 듣는 게 몹시 거북했다. 「우리 모두는 평생 한 번 그런 곤란을 겪게 되오. 믿어 주겠소? 아무리 강한 남자라고 해도…… 〈서 있는 자는 쓰러질 것을 조심하라〉는 말이 있잖소. 그건 사실이오. 모든 걸 알면 당신은 아마 용서해 줄 거요. 그때 내 환경은 좋은 영향력과는 거리가 멀었고 — 영국으로부터도 너무 멀리 있었소. 나는 너무 외로웠고, 여자의 목소리가 그리웠소. 이만하면 됐소. 당신에게 용서받기에는 나는 이미 너무 많은 말을 했소.」

「네, 그만하면 됐어요.」

「나는…….」 그의 목소리가 가라앉았다. 「이미 지옥에 다녀왔소.」

그녀는 이 말을 찬찬히 되새겨 보았다. 정말 그랬을까? 그가 정말로 회한의 고통을 겪은 것일까? 아니면 〈됐어! 이제 끝났어! 이제 다시 고고한 생활로 돌아갈 거야!〉 하는 식이 된 것인가? 그녀가 제대로 읽었다면 후자가 옳았다. 지옥에 다녀온 남자가 자신의 남성성을 자랑할 수는 없다. 그런 사람은 겸허해져서, 설령 남성성이 남아 있다 해도 조용히 감춘다. 죄인이 깊이 참회하지만 너무 대단한 매력을 지녀서 불가항력적인 힘으로 순진한 여자를 정복한다는 건 전설에나 나오는 이야기다. 헨리는 그런 대단한 매력을 갖고 싶어 했지만 그런 건 그에게 없었다. 그는 그저 평균적인 영국인이고 기꺼이 실수를 저질렀을 뿐이다. 그의 진정한 죄 — 윌콕스 부인에 대한 배신 — 는 그에게 별로 큰 괴로움을 주는 것 같지 않았다. 그녀는 윌콕스 부인을 언급하고 싶어졌다.

그녀는 조금씩 사태의 진상을 전해 들었다. 간단한 이야기였다. 때는 10년 전이었고, 장소는 키프로스의 한 주둔지였다. 이야기 중간 중간 그는 계속해서 자신을 용서할 수 있느냐고 물었고, 그녀는 〈이미 용서했어요, 헨리〉라고 대답했다. 그녀는 신중한 말로 그를 공황 상태에서 구해 냈다. 그녀가 순진한 처녀 행세를 하는 동안, 그는 다시 요새를 세우고 그 안에 자기 영혼을 숨길 수 있었다. 집사가 식탁을 치우러 들어왔을 때 헨리의 상태는 완전히 달라져 있었다. 그는 집사에게 무엇 때문에 그렇게 서두르느냐고 묻고, 지난밤 하인들이 지나치게 법석을 피운 일을 질타했다. 마거릿은 집사를 유심히 살펴보았다. 그는 잘생긴 젊은이였고, 남자로서의 매력이 희미하게 느껴졌다. 사실 너무 희미해서 감지하기도 힘들 정도의 매력이었다. 하지만 그녀가 헨리에게 그 사실을 말한다면 당장이라도 하늘이 무너져 내릴 것이다.

그녀가 조지 호텔에서 돌아왔을 때 요새 건설은 완료되었고, 헨리는 전과 다름없이 자신만만하고 냉소적이며 친절한 모습으로 돌아와 있었다. 그는 가슴속 이야기를 모두 털어냈고 용서받았다. 이제 중요한 것은 실패의 기억을 지우고, 실패한 투자를 털 듯 그 기억을 멀리 떠나보내는 일이었다. 재키는 하워즈 엔드, 듀시 스트리트, 주홍색 자동차, 아르헨티나의 은화, 그 밖에 지금까지 그에게 별 쓸모없었고, 지금은 더욱 쓸모없어진 많은 사물과 사람들 틈으로 들어갔다. 그런 것들을 기억하는 것은 마음의 짐이었다. 그는 마거릿의 이야기를 제대로 듣지 못했다. 그녀는 조지 호텔에서 심란한 소식을 가지고 돌아왔다. 헬렌과 두 사람이 떠나고 없다는 것이었다.

「가버렸으면 그냥 두시오. 그러니까 그 남자랑 아내 말이오. 헬렌이야 앞으로 자주 볼 테니까.」

「하지만 따로 떠났대요. 헬렌은 아주 일찍 떠났고, 바스트 씨 부부는 제가 도착하기 직전에 떠났대요. 편지나 쪽지도 남기지 않았어요. 어제 제가 전한 편지에도 답장을 안 했잖아요. 도대체 무슨 일인지 모르겠네요.」

「당신의 편지에는 뭐라고 썼소?」

「어젯밤에 말씀드렸잖아요.」

「아 — 어 — 그랬지! 정원을 한 바퀴 산책하는 건 어떻소?」

마거릿은 그의 팔을 잡았다. 아름다운 날씨가 그녀의 마음을 달래 주었다. 하지만 이비의 결혼식을 움직인 바퀴가 계속 작동하며, 능숙하게 불러들인 손님들을 능숙하게 밀어냈기 때문에. 그녀는 오랫동안 그와 함께 있을 수가 없었다. 그들은 모두 자동차로 슈루스베리까지 갔다가, 거기서 그는 북쪽으로 가고 그녀는 워링턴 모녀와 함께 런던으로 갈 계획이었다. 아주 잠깐 그녀는 행복했다. 그런 뒤 그녀는 다시 머리를 가동시켰다.

「조지 호텔에서 무슨 이야기를 들은 건 아닌지 걱정스럽네요. 그렇지 않다면 헬렌이 그렇게 떠났을 리가 없어요. 내가 너무 서툴게 대응했어요. 이를 어쩔까요. 헬렌을 그 여자한테서 떼어 놓아야 했는데.」

「마거릿!」 그가 그녀의 팔을 지그시 놓으며 소리쳤다.

「네, 왜요, 헨리?」

「나는 성인군자가 아니오. 오히려 그 반대라고 할 수 있지. 하지만 어쨌건 당신은 나를 받아들였소. 지나간 건 지나간 거요. 용서한다고 하지 않았소. 마거릿, 약속은 약속이오. 다시는 그 여자 이야기를 꺼내지 말아 주시오.」

「실제적인 이유로 필요한 경우만 빼고 그 밖에는 절대 말하지 않을게요.」

「실제적! 실제적이라고 했소?」

「네, 저는 실제적이에요.」 그녀는 그렇게 중얼거리며 풀 베는 기계 위로 허리를 굽혀서, 풀 조각들을 모래처럼 손가락 사이로 떨어뜨렸다.

그녀의 입은 다물게 했지만, 그녀의 걱정은 그를 불안하게 했다. 그는 전에도 공갈을 당한 적이 있다. 그는 부유했고 도덕적인 사람으로 여겨졌다. 그가 실제로는 그렇지 않다는 걸 아는 바스트 부부는 그 사실을 이용해서 이익을 취하려고 할지도 몰랐다.

「어쨌건 당신은 걱정할 것 없소.」 그가 말했다. 「이건 남자들 일이니까.」 그리고 그는 골똘히 생각했다. 「무슨 일이 있어도 이 일을 다른 사람한테 말하지 않길 바라오.」

마거릿은 그런 초보적 충고에 얼굴이 붉어졌다. 하지만 실제로 그는 사실을 은폐하기 위한 기초 작업을 시작한 것이었다. 헨리는 필요하다면 바스트 부인을 알았다는 사실조차 부인할 것이고, 명예 훼손으로 고소할 생각까지 있었다. 어쩌면 그는 정말 그 여자를 만난 적이 없는지도 몰랐다. 여기 마거릿도 그런 일이 없었다는 듯 행동하지 않는가. 저기에 집도 있었다. 주변에서는 대여섯 명의 정원사가 이비의 결혼식 뒤처리를 하고 있었다. 모든 것이 너무도 단정하고 깔끔해서, 과거 같은 것은 용수철 달린 차일처럼 눈앞에서 휙 걷혀 버렸고, 이제 이곳에 남은 시간은 5분뿐이었다.

이런 결론 속에 그는 5분 후에 자동차가 도착한다는 걸 생각하고 행동에 돌입했다. 징이 연방 울리고 갖가지 명령이 떨어졌다. 마거릿은 옷을 갈아입으러 들어가야 했고, 그녀가 현관 입구에 줄줄 떨어뜨리고 간 풀 이파리들은 하녀가 청소해야 했다. 우주와 비교할 때 인간이 그러하듯이, 이떤 사람들의 정신과 비교할 때 윌콕스 씨의 정신은 좁은 곳에 집중된 빛이었고, 자신만의 힘으로 정해진 세월을 뚫고 지나가는 짧은 〈10분〉이었다. 그는 현재를 위해 사는 이교도는 아니었지만, 어쩌면 모든 철학자들보다 더 현명했다. 그는 지난 5분을 위해 살았고, 앞으로 올 5분을 위해 살았다. 그는 사업가의 정신을 지녔다.

어니턴을 빠져나온 자동차가 크고 둥근 언덕들을 가슴으로 밀고 지나갈 때 그는 어떤 상태였을까? 마거릿은 좋지 않은 소문을 들었지만 그건 문제없었다. 그녀는 고맙게도 그를 용서했고, 그로 인해 그는 더욱 남자다워진 것 같은 느낌이 들었다. 찰스와 이비는 이 일을 모르고, 몰라야 했다. 폴도 마찬가지였다. 그는 자식들에게 따뜻한 마음을 품고 있었지만,

그 근원을 따져 본 적은 없었다. 윌콕스 부인은 그의 인생에서 아주 먼 뒷전으로 물러났다. 이비를 향한 사랑에서 고통이 느껴지는 것을 그는 윌콕스 부인과 연결해서 생각하지 않았다. 불쌍한 이비! 그는 캐힐이 좋은 남편이 되어 주기를 바랐다.

그리고 마거릿은? 마거릿은 어떤 상태였을까?

몇 가지 사소한 걱정이 있었다. 헬렌이 무슨 이야기를 들은 게 분명했다. 런던에서 헬렌을 만날 게 두려웠다. 레너드도 걱정이었다. 자신들은 그 사람 일에 분명히 책임이 있었으니까. 바스트 부인을 굶주리게 내버려 둘 수도 없었다. 하지만 중요한 점은 변하지 않았다. 그녀는 여전히 헨리를 사랑했다. 그녀를 실망시킨 건 그의 기질이 아니라 그의 행동이었고, 그런 것은 참을 수 있었다. 그리고 그녀는 그들이 앞으로 살 집을 사랑했다. 이틀 전에 자동차를 박차고 나간 그 지점 근처에 이르자, 그녀는 자리에서 일어서서 뜨거운 마음으로 어니턴을 돌아보았다. 그레인지와 성채 외에 교회도 보였고, 조지 호텔의 검고 흰 박공도 보였다. 다리도 있었고, 강물이 푸른 반도를 찰랑거리며 감돌았다. 강변 탈의실도 보였는데, 찰스의 새 도약판을 찾아보려는 순간, 언덕 하나가 튀어나와서 모든 풍경을 가렸다.

그녀는 다시는 그 모습을 보지 못했다. 강물은 밤낮 없이 잉글랜드로 흘러들고, 태양은 날마다 웨일스의 산속으로 물러가고, 교회 종탑은 〈보아라, 승리의 용사〉를 울린다. 하지만 윌콕스 일가는 그곳의 일부가 아니다. 그들은 어느 곳의 일부도 아니다. 교구 등록부에 반복해서 기록되는 건 그들의 이름이 아니다. 저녁나절에 오리나무 숲에서 한숨짓는 건 그들의 유령이 아니다. 그들은 그 골짜기로 바람처럼 밀려 들어왔다 바람처럼 빠져나갔고, 그 뒤에 남은 것은 약간의 먼지와 약간의 돈뿐이었다.

30

티비는 이제 옥스퍼드에서의 마지막 1년을 앞두고 있었다. 학교 밖으로 이사를 나온 그는 롱월의 안락한 하숙집에 앉아서 우주를, 아니면 그가 관심 갖는 우주의 일부를 숙고했다. 그의 관심 영역은 그리 넓지는 않았다. 젊은이가 열정에 휩쓸리지 않고 세상의 여론에도 꾸준히 무관심하다면, 그의 시야는 제한되게 마련이다. 티비는 부자들의 힘을 강화해 주고 싶지도 않았고, 가난한 사람들의 생활을 개선해 주고 싶지도 않았기 때문에, 맥덜린 칼리지의 성벽 비슷한 방책 너머에서 고개를 까딱이는 느릅나무들을 보는 것만으로도 만족했다. 세상에는 더 형편없이 사는 사람들도 있다. 그는 이기적이었지만 잔인하지는 않았다. 담백하지는 않았지만 허세를 부리지도 않았다. 마거릿과 마찬가지로 그도 요란스러운 외장을 싫어했고, 남자들은 티비를 여러 번 만나본 뒤에야 비로소 그에게 품성과 지성이 있음을 알았다. 그는 1차 졸업 시험에서 좋은 성적을 거둠으로써 강의에 출석하고 운동도 적절히 하던 사람들을 놀라게 했고, 〈학생 통역관〉 자격이라도 갖춰 볼까 하는 생각에 중국어를 띄엄띄엄 들여다보고 있었다. 이렇게 바쁜 티비에게 헬렌이 찾아왔다. 전보가 그녀의 방문을 예고했다.

그는 어렴풋하지만 누나가 어딘가 달라졌다는 걸 눈치 챘다. 그는 언제나 헬렌이 너무 격렬하다고 생각했고, 지금처럼 애처롭고도 기품이 서린 매력적인 모습은 본 적이 없었다. 그녀는 마치 바다에서 모든 걸 잃고 돌아온 선원 같았다.

「어니턴에서 오는 길이야.」 헬렌이 말했다. 「거기서 많은 일이 벌어졌어.」

「점심은 어떻게 할 거야?」 티비가 난롯가에서 데워진 클라레 적포도주를 집어 들며 말했다. 헬렌은 순순히 식탁에 앉았다. 「왜 그렇게 서둘러 나왔어?」 티비가 물었다.

「해도 일찍 떴고 해서. 최대한 일찍 나온 거야.」

「그런 것 같았어. 그런데 왜?」

「어떻게 해야 할지 모르겠어, 티비. 메그하고 관련된 이야기를 듣고 울화통이 치밀었어. 이제 메그 얼굴을 보고 싶지도 않고, 위컴 플레이스로 돌아가지도 않을 거야. 너한테 이 말을 전하려고 들렀어.」

하숙집 주인 여자가 커틀릿 요리를 가지고 들어왔다. 티비는 중국어 문법책에 서표를 꽂고 두 사람을 도왔다. 바깥에서는 옥스퍼드가 — 방학 중의 옥스퍼드가 — 꿈을 꾸며 바스락거렸고, 방 안에서는 약하게 타오르는 난롯불이 햇빛 속에 잿빛을 덧입었다. 헬렌은 계속 이상한 이야기를 했다.

「메그한테 안부 전해 주고 또 내가 혼자 있고 싶어 한다고 말해 줘. 나는 뮌헨으로 가거나 아니면 본으로 갈 생각이야.」

「말 전하는 거야 어렵지 않지.」

「위컴 플레이스하고 내 가구들은 너하고 메그 둘이서 마음대로 처리해. 내 생각에는 그냥 다 팔아 치우는 것도 좋을 것 같아. 먼지 낀 경제학 책들이 다 무슨 소용이니? 그걸로 세상을 개선할 수도 없는데? 또 어머니의 흉물스러운 서랍장도 마찬가지고. 그리고 너한테 부탁할 게 하나 더 있어. 편지를 한 통 좀 전해 줘.」 그녀는 일어났다. 「그 편지는 아직 안 썼어. 아니 그냥 내가 우편으로 부쳐도 되겠다.」 그녀는 다시 앉았다. 「머릿속이 엉망이야. 네 친구들이 들어오지 않았으면 좋겠다.」

티비가 문을 잠갔다. 티비는 방문을 종종 잠갔다. 그런 뒤 그는 이비의 결혼식에서 무슨 일이 있었느냐고 물었다.

「거기서 생긴 일은 아니야.」 그렇게 말하고 헬렌은 갑자기 눈물을 쏟았다.

 티비는 헬렌이 히스테릭하다는 걸 알았고, 그런 그녀의 특성에 아무런 관심이 없었지만, 이 눈물은 평소와 달리 그의 마음을 움직였다. 그 눈물은 그가 관심 갖는 것들, 예를 들면 음악 같은 것에 가까웠다. 그는 나이프를 내려놓고 그녀를 유심히 바라보았다. 하지만 그녀가 흐느끼기 시작하자 다시 식사를 했다.

 후식 들어올 때가 되었는데도 그녀는 계속 울었다. 그날의 후식인 사과 푸딩은 식으면 맛이 없었다. 「마틀릿 부인이 들어와도 괜찮겠어?」 그가 물었다. 「아니면 내가 나가서 직접 후식을 가져올까?」

「눈 좀 닦아도 되겠니, 티비?」

 그는 그녀를 침실로 데려다 준 뒤 푸딩을 가지고 왔다. 자기 몫을 다 먹고 나서는 헬렌의 몫을 난롯가에 두어서 식지 않게 했다. 그리고 다시 문법책으로 손을 뻗었다. 그는 책장을 넘기며 눈썹을 찌푸렸는데, 그게 인간의 본성을 향해서 그런 건지 중국어를 향해서 그런 건지는 알 수 없었다. 이렇게 바쁜 티비에게 헬렌이 돌아왔다. 그녀는 침착함을 되찾았지만, 두 눈에서 풍기는 어두운 매력은 아직도 가시지 않았다.

「이제 설명해 줄게.」 헬렌이 입을 열었다. 「이 이야기부터 하는 게 좋았을걸 그랬다. 윌콕스 씨에 대한 이야기를 하나 들었어. 그 사람이 저지른 아주 큰 잘못을. 그 사람은 두 사람의 인생을 망쳤어. 그 모든 사실을 어젯밤 갑자기 알게 됐어. 나는 화가 나서 미치겠고, 어떻게 해야 할지 모르겠어. 바스트 부인이……」

「아, 그 사람들!」

그러자 헬렌은 말문을 잃은 듯했다.

「다시 문을 잠글까?」

「아니, 괜찮아, 티비. 친절하게 대해 줘서 고맙다. 어쨌건 외국으로 가기 전에 너한테 알려 주고 싶어. 이야기를 듣고서 어떻게 할지는 네가 결정해. 아까 가구들처럼 말이야. 메그는 아직 그 사실을 몰라. 하지만 나는 메그를 보면서 언니가 결혼하려는 남자가 추악한 짓을 저질렀다는 말을 해줄 수가 없어. 사실 메그한테 그 일을 알려야 하는지도 모르겠어. 메그는 내가 그 남자를 싫어하는 걸 아니까 두 사람의 결혼을 방해하려고 거짓말을 한다고 생각할 거야. 나는 정말 이런 경우 어찌 해야 할지를 모르겠어. 네 판단력을 믿어 볼게. 너라면 어떻게 하겠니?」

「그 남자한테 정부가 있었나 보군.」 티비가 말했다.

헬렌은 수치와 분노로 얼굴이 새빨개졌다. 「그리고 두 사람의 인생을 망쳤어. 그러면서 개인적 행동은 아무것도 아니라니, 세상에는 부자와 빈자가 있게 마련이라니. 그 사람은 부를 좇아 키프로스에 나갔다가 그 여자를 만났어. 그 사람을 실제보다 더 악한으로 만들 생각은 없어. 여자가 가만히 있는데도 그런 일이 벌어진 건 아니겠지. 하지만 어쨌건 두 사람은 만났어. 그런 다음 남자는 남자의 길을 가고, 여자는 여자의 길을 가지. 그런 여자들이 결국엔 어떻게 될 것 같니?」

그는 어쨌건 안 좋은 일이라고 대답했다.

「결국엔 두 가지 길뿐이야. 하나는 추락을 거듭해서 정신병자 수용소나 구빈원을 가득 채우는 길이야. 그러면 윌콕스 씨가 신문에 글을 써 보내서 영국의 도덕적 타락을 개탄하겠지. 아니면 더 늦기 전에 순진한 청년을 꾀어서 결혼하는 거야. 그 여자는…… 나는 그 여자를 비난할 수 없어.」

「하지만 그게 다가 아니야.」 그녀는 한참 후에 말을 이었다. 그사이에 주인 여자가 그들에게 커피를 가져다주었기 때문이다. 「이제 우리가 왜 어니턴에 갔는지부터 이야기해 줄게. 우리 셋이 다 갔어. 윌콕스 씨가 조언이라고 해준 말 때문에 그 남자는 안정된 직장을 버리고 허술한 직장으로 옮겼다가 거기서 해고됐어. 물론 변명의 여지는 있지만, 어쨌거나 그렇게 된 건 윌콕스 씨 잘못이야. 메그도 그건 인정했어. 윌콕스 씨가 그 사람을 고용해야 하는 건 당연한 거 아냐? 하지만 그 남자는 그 여자를 봤고, 그러자 더러운 본성을 드러내서 우리 요구를 거부하고 그 사람들을 내쫓으려고 했어. 그리고 메그를 시켜서 편지를 쓰게 했지. 어젯밤 늦게 메그한테서 두 통의 편지가 왔어. 한 통은 나한테, 한 통은 레너드한테 쓴 거였는데, 이유도 없이 그 사람을 떠나보내라는 거야. 나는 도대체 이해가 안 됐지. 그러다가 우리가 방을 구하러 나간 사이에 바스트 부인이 정원에서 윌콕스 씨를 민났다는 걸 알게 됐어. 레너드는 처음부터 다 알았고 말이야. 그 사람은 자기 인생이 그렇게 두 번이나 망가지는 것도 당연하다고 생각해. 그게 어떻게 당연한 일이니! 너라면 참을 수 있겠어?」

「어쨌거나 아주 안 좋은 일이야.」 티비가 말했다.

그 대답이 헬렌을 안정시키는 것 같았다. 「나는 혹시 내가 문제를 부풀려서 보는 건 아닐까 두려웠어. 하지만 너는 바깥에 있는 사람이니까 잘 알겠지. 하루나 이틀 — 아니 일주일도 좋아. 잠깐 시간을 두었다가 네가 볼 때 적당하다고 생각되는 조치를 취해 줘. 네 손에 모두 맡길게.」

그녀는 그렇게 고발을 마쳤다.

「메그하고 관련된 이야기는 이제 다 했어.」 그녀가 덧붙였고 티비는 한숨을 쉬었다. 자신이 사건에 관련되지 않았다는 이유로 배심원 역할을 해야 한다는 게 가혹하다고 느꼈다. 그는 인간에게 관심을 가져 본 적이 없었다. 물론 그것은 비난받아 마땅한 일이었지만, 그는 위컴 플레이스에서 넘친다 싶을 만큼 많은 사람을 겪었다. 어떤 사람들은 책 이야기가 나오면 관심을 잃듯이, 티비는 〈인간관계〉가 주제가 되면 관심을 돌렸다. 바스트 부부가 알고 있다고 헬렌이 알고 있는 걸 마거릿이 알아야 할까? 어린 시절부터 티비는 그런 문제들이 질색이었고, 옥스퍼드에 와서는 인간의 중요성이 전문가들에 의해 과대평가되고 있다고 말하는 법을 배웠다. 1880년대의 냄새를 풍기는 그 말은 기실 아무 의미도 없었다. 하지만 헬렌이 이토록 끊임없이 아름답지 않았다면 그는 그 말을 내뱉을 수도 있었다.

「헬렌, 담배라도 좀 피워. 내가 무슨 일을 해야 할지 모르겠어.」

「그러면 아무것도 안 해도 돼. 어쩌면 네 말이 옳아. 두 사람은 그냥 결혼하라고 해. 하지만 보상 문제는 남지.」

「내가 그 문제도 판결해 주길 바래? 전문가한테 찾아가는 게 낫지 않을까?」

「이건 우리 사이의 비밀이야.」 헬렌이 말했다. 「메그하고는 아무 상관없으니까 아무 말 하지 마. 보상은...... 내 생각엔 보상금을 댈 사람은 나뿐인 것 같아. 그리고 나는 이미 최소한의 액수를 생각해 두고 있어. 내가 되도록 빨리 네 계좌에 돈을 넣을 테니까, 네가 독일에 있는 나를 대신해서 그 돈을 좀 전해 줘. 티비, 이 일을 처리해 주면 그 은혜는 평생 잊지 않을게.」

「얼마나?」

「5천 파운드.」

「세상에!」 티비의 얼굴이 벌게졌다.

「쥐꼬리만큼 줘서 뭐하겠어? 인생을 살면서 한 가지 정도 일은 하는 것도 좋겠지. 나락에 빠진 한 사람을 건지는 것 말이야. 몇 실링의 돈이나 모포 따위로 암울한 생활을 더 암울하게 만드는 그런 것 말고. 물론 사람들은 나더러 별나다고 하겠지만.」

「사람들이 뭐라고 하건 나는 상관 안 해!」 티비가 소리쳤다. 흥분한 탓에 말투가 전에 없이 남성다워졌다. 「하지만 그건 누나 재산의 절반이잖아.」

「딱 절반은 아냐.」 그녀는 더럼이 묻은 치맛자락 위로 손을 펼쳤다. 「사실 나는 돈이 너무 많아. 지난봄에 첼시에서 한 토론에서 우리는 한 사람이 독립적으로 살아가려면 1년에 3백 파운드가 필요하다는 결론을 내렸어. 내가 준 돈으로는 두 사람한테 연간 150파운드밖에 돌아가지 않을 거야. 그것도 부족해.」

그는 아직도 정신을 차릴 수 없었다. 분노한 것도 아니고 충격받은 것도 아니었다. 그런 뒤에도 헬렌은 여전히 여유롭게 살 수 있다는 것도 알았다. 하지만 사람들이 인생을 그런 식으로 함부로 내던질 수 있다는 사실이 놀랍기만 했다. 평상시의 미묘한 말투로는 아무런 효과가 없을 것 같아서, 그는 그저 5천 파운드는 자신이 개인적으로 다루기에는 너무 큰돈이라고 내뱉었다.

「네가 날 이해해 주리라고는 생각 안 했어.」

「내가? 난 아무도 이해 안 해.」

「하지만 그렇게 해주겠니?」

「그거야 어쨌건.」

「그러면 내가 너한테 두 가지 일을 위임하고 떠나는 거야. 하나는 윌콕스 씨 일로, 그건 네 판단에 따라 행동해. 두 번째 돈 문제는 아무한테도 이야기하지 말고, 그냥 내가 시킨 대로 해줘. 내일 백 파운드를 선금으로 보내 줘.」

그는 그녀를 역까지 바래다주었다. 지나는 거리들의 밀집된 아름다움은 그에게 당혹감도 피로감도 안겨 주지 않았다. 둥근 지붕들과 뾰족 지붕들이 구름 없는 하늘 위로 솟아 있었고, 십자로 주변에 무리진 천박한 풍경들만이 그 유령이 덧없다는 것을, 그것이 영국을 대표한다는 주장이 근거 박약한 것임을 보여 주었다. 헬렌은 자신이 위임한 내용을 재차 설명하느라 아무것도 알아차리지 못했다. 그녀의 머릿속에는 바스트 부부가 있었고, 그녀는 다른 남자들이라면 기이하게 여겼을 법한 태도로 그 위기를 반복해서 이야기했다. 그녀는 그 일들이 유효할지를 확인해 보는 것이었다. 티비가 한번 그녀에게 왜 바스트 부부를 이비의 결혼식 장소까지 데리고 갔는지 물었다. 그러자 그녀는 놀란 동물처럼 멈춰 서서 말했다. 「그게 그렇게 이상해 보이니?」 그녀의 놀란 눈, 손을 입에 댄 모습은 티비의 뇌리에 남아 있다가 집으로 돌아오는 길에 마주친 성모상과 합해졌다. 그는 잠깐 멈춰 서서 그 성모상을 바라보았다.

티비가 이런 의무들을 어떻게 해결해 나갔는지 따라가 보는 게 좋겠다. 마거릿은 이튿날 그를 불렀다. 그녀는 헬렌의 느닷없는 잠적에 어쩔 줄 몰라 했고, 그는 헬렌이 옥스퍼드로 자신을 찾아왔다고 말해야 했다. 그러자 마거릿이 물었다. 「혹시 헬렌이 헨리에 대한 소문 때문에 걱정하지는 않든?」 그가 대답했다. 「맞아.」 그녀가 소리쳤다. 「그럴 줄 알았어! 당장 편지를 써야겠어.」 티비는 마음이 놓였다.

그런 뒤 그는 헬렌이 일러 준 주소로 수표를 보내며, 조만간 지시받은 대로 5천 파운드를 전해 주겠다고 썼다. 답장이 왔는데, 그 어조가 어찌나 공손하고 조용한지 마치 티비 자신이 보낸 답장 같았다. 수표는 반송되었고, 증여는 거절되었으며, 답장을 보낸 사람은 전혀 돈이 필요 없다고 했다. 티비는 이 사실을 헬렌에게 전달하며, 어쨌건 레너드 바스트는 대단한 사람이라고 진심으로 덧붙였다. 헬렌은 극도로 흥분한 답장을 보냈다. 그가 보낸 답장에 개의치 마라. 당장 그 주소로 찾아가서 그녀가 돈을 받으라고 명령했다고 전해라. 그는 갔다. 그러나 그를 기다리는 건 몇 권의 책과 도자기 장식품뿐이었다. 바스트 부부는 집세를 내지 못해서 쫓겨났고, 그들이 어디로 갔는지는 아무도 몰랐다. 그 무렵 헬렌은 재산 관리에 실수를 연발해서, 노팅엄-더비 철도의 주식마저 팔아 버린 상태였다. 몇 주 동안 그녀는 아무 일도 하지 않았다. 그러다가 다시 투자를 시작했고, 주식 중매인의 현명한 조언 덕분에 재산은 전보다 더욱 늘어났다.

31

집들도 나름대로 죽는 방식이 있다. 그 방식은 수세대의 인간들처럼 다양하다. 어떤 집은 비극적 울부짖음 속에 죽고, 어떤 집은 고요하게 죽어서 유령의 도시에서 내세의 삶을 산다. 반면에 다른 집들은 — 위컴 플레이스의 죽음이 그랬는데 — 몸이 소멸하기 전에 영혼이 먼저 빠져나간다. 그 집은 봄에 죽으면서, 두 자매를 그들이 생각하는 것보다 훨씬 크게 흔들어 놓았고, 두 사람 모두 낯선 영역에 다가가지 않을 수 없게 만들었다. 9월이 되었을 때 그 집은 이미 아무 감정이 없는 시체였고, 30년 동안의 행복했던 기억도 죽은 집을 축복해 주지 못했다. 둥근 지붕이 달린 현관으로 가구며 그림이며 책들이 빠져나갔고, 마지막 방까지 모두 비워 내자, 마지막 이삿짐 차가 덜컹거리며 떠났다. 한 주인가 두

주 동안 집은 갑자기 속이 텅 비었다는 사실에 놀란 듯 눈을 크게 뜬 채 서 있었다. 그런 뒤 무너졌다. 인부들이 집을 찢어서 잿빛 티끌로 돌려보냈다. 튼튼한 근육에 술을 좋아하고 성격이 호탕한 인부들은 언제나 인간적 숨결을 지녔던 집, 문화를 목적으로 착각하지 않았던 집을 장사 지내는 일꾼으로 그리 나쁜 편이 아니었다.

가구들은 몇 점을 빼고는 모두 하트퍼드셔로 갔다. 윌콕스 씨가 친절하게도 하워즈 엔드를 창고로 쓸 것을 제안했기 때문이다. 브라이스 씨가 어처구니없이 외국에서 죽고, 그에 따라 집세를 꼬박꼬박 받을 가망이 사라지자, 그는 계약을 취소하고 다시 집을 직접 관리하기 시작했다. 그리고 새 세입자를 찾을 때까지 차고와 1층 방들에 슐레겔 일가의 짐을 보관하는 게 어떻겠느냐고 했다. 마거릿은 반대했지만, 티비는 그 제안을 기쁘게 받아들였다. 그렇게 하면 티비가 앞날에 대해 결정을 내려야 할 필요가 줄어들기 때문이었다. 은식기들과 값어치 있는 그림들은 좀 더 안전한 런던에 보관하기로 했지만, 덩치 큰 물건들은 시골로 내려가서 에이버리 할멈의 관리 아래 맡겨졌다.

그리고 이 이사 직전에 우리의 남녀 주인공은 결혼했다. 그들은 이미 폭풍을 뚫고 지나왔기 때문에, 당연히 이제는 평화가 오리라고 기대했다. 환상을 품지 않고도 사랑한다는 것 — 여자에게 이보다 더한 평화의 보장이 있을까? 마거릿은 남편의 마음뿐 아니라 그의 과거도 보았다. 그녀는 자신의 마음도 평범한 사람들에겐 불가능할 만큼 철저하게 알았다. 감추어진 것은 윌콕스 부인의 마음뿐이었지만, 죽은 사람의 감정을 헤아리는 건 미신적인 일일 것이다. 그들은 조용히 결혼했다. 정말로 조용했다. 결혼식 날이 다가오자 그녀가 어니턴 같은 일을 다시 겪지 않기로 결심했기 때문이다. 티비가 신랑에게 신부를 인도했고, 건강이 좋지 않은 줄리 이모가 조촐한 다과를 주관했다. 윌콕스 측 대표는 부부 재산 계약의 증인이 된 찰스와 캐힐 씨였다. 폴은 축전을 보냈다. 몇 분 후 음악도 없는 가운데 사제가 두 사람을 부부로 만들었고, 그에 따라 부부를 이 세상과 차단하는 유리벽이 내려왔다. 일부일처주의자인 마거릿은 인생의 몇 가지 순수한 향취가 종결된 것을 안타까워했다. 본성상 일부다처주의자인 헨리는 이러한 변화가 도덕적 버팀목이 되어, 과거에 휩쓸렸던 유혹들에 좀 더 강하게 맞설 수 있게 될 거라고 느꼈다.

두 사람은 오스트리아의 인스브루크 근처로 신혼여행을 갔다. 헨리가 그곳에 괜찮은 호텔을 알고 있었고, 마거릿은 거기서 헬렌을 만날 수 있기를 희망했다. 하지만 헬렌 일은 실망이었다. 그들이 남쪽으로 내려왔을 때 헬렌은 브레네르 고개 너머 이탈리아의 가르다 호숫가로 물러가서, 자기 계획은 불확실하니 그녀 생각에서 빼날라는 부성의한 엽서를 한 통 보냈다. 그녀가 헨리를 만나기 싫어하는 건 분명했다. 하지만 아내가 이틀 만에 받아들인 상황이라면 외부인은 두 달이라는 시간 동안 충분히 적응해야 했고, 마거릿은 다시 한 번 헬렌의 자제력 부족을 한탄했다. 그녀는 장문의 편지를 써서 성과 관련된 문제에는 관용이 필요하다는 점을 지적했다. 그에 대해서는 우리가 모르는 것도 너무 많고, 그런 일에 연루되는 사람들도 적절히 판단하기가 어려우니, 사회에서 이러쿵저러쿵 재단하는 건 무익한 일이라고 했다.

〈그렇다고 아무런 기준이 없다는 건 아냐. 그렇다면 도덕이라는 것 자체가 무너지겠지. 하지만 먼저 우리의 충동들을 분류해서 지금보다 잘 이해할 수 있게 될 때까지는 기준이 있을 수 없어.〉

헬렌은 친절한 편지 고맙다고 했는데, 마거릿의 편지에 대한 답장으로는 약간 이상한 것이었다. 그녀는 계속 남쪽으로 내려가더니 나폴리에서 겨울을 보낼까 한다고 했다.

윌콕스는 헬렌과 만나지 못하는 걸 아쉬워하지 않았다. 덕분에 상처에 새살이 돋을 시간이 생겼기 때문이다. 여전히 상처가 고통스러운 순간들이 있었다. 자기 인생에 마거릿 — 그토록 활기차고 지적이면서도 순종적인 — 이 기다리고 있다는 것만 알았어도, 그는 그녀에게 좀 더 적합한 사람이 되기 위해 자제했을 것이다. 그는 과거를 분류하는 능력이 부족했기 때문에 재키의 일을 총각 시절의 다른 일과 헷갈렸다. 그 두 가지 사건은 모두 끓는 피를 주체하지 못해 생겨난 방종의 열매였다. 그는 그 일을 깊이 후회했지만, 다른 사람의 불명예에 뿌리를 내린 행위가 더욱 음침한 열매라는 건 생각하지 못했다. 그에게 방종과 부정(不貞)은 다른 것이 아니었고, 그것은 그의 유일한 도덕 교사인 중세 시대의 생각이기도 했다. 루스(가련한 루스!)는 그의 판단 속에 전혀 발을 들이지 않았다. 가련한 루스는 그의 부정을 몰랐기 때문이다.

현재의 아내에 대한 사랑은 꾸준히 커졌다. 그녀의 총명함은 그에게 아무런 문제를 끼치지 않았고, 실제로 그는 그녀가 시를 읽거나 사회 문제에 대한 글을 읽는 모습을 좋아했다. 그건 다른 남자의 아내들과 차별되는 모습이었다. 그가 부르기만 하면 그녀는 책을 덮고 그가 무엇을 원하는지에 관심을 기울였다. 그런 뒤에는 유쾌한 토론이 이어졌다. 한두 번인가 그녀가 그를 상당히 궁지로 몰아넣은 일이 있지만, 그가 심각한 표정이 되자 곧 굴복했다. 남자는 전쟁을 위한 존재고 여자는 전사의 휴식을 위한 존재지만, 여자가 벌이는 싸움의 시늉을 남자는 싫어하지 않는다. 여자는 신경은 있을

지언정 근력이 없기 때문에 진짜 전투에서 이길 수 없다. 신경이 있으니 여자는 달리는 자동차에서 뛰어내릴 수 있고, 화려한 결혼식을 거부할 수도 있다. 전사는 여자가 그런 일에서 승리하도록 허락해야 한다. 그런 일들은 남자의 평화를 지탱하는 불멸의 초석들을 건드리지 않는다.

마거릿은 신혼여행 중에 이런 신경성 공격을 한 적이 있다. 그가 그녀에게 평소처럼 가벼운 태도로 어니턴 그레인지를 임대했다고 말했을 때였다. 그녀는 불만스러운 표정이 되어 왜 자기하고 상의하지 않았느냐고 약간 화난 듯이 물었다.

「당신이 신경 쓰게 하고 싶지 않았소. 게다가 그게 확실하게 결정됐다는 소식은 나도 오늘 아침에 들었소.」

「그러면 우리는 어디서 사는 거예요?」 마거릿이 웃으려고 애쓰며 말했다. 「내가 그 집을 얼마나 좋아했는데요. 헨리, 당신은 평생토록 한 집에서 사는 게 별로 안 좋은가 봐요?」

그건 오해라고 그는 그녀를 안심시켰다. 영국인을 외국인과 구별시켜 주는 건 바로 안정된 가정생활이다. 하지만 습기 찬 집은 안정된 가정생활을 줄 수가 없다.

「그건 또 금시초문이네요. 어니턴에 습기가 찬다는 말은 못 들었는걸요.」

그러자 그가 손을 앞으로 쭉 뻗으며 말했다.

「이런! 눈하고 피부는 두었다 뭐한 거요? 그런 게 습기 찬 게 아니면 뭐겠소? 우선 집의 지반 자체가 진흙이오. 성채의 해자가 있던 자리였으니까. 그리고 밤새 주전자처럼 김을 뿜는 그 보기 싫은 강이 있지 않소. 지하실 벽에 손을 대보시오. 또 처마 밑을 보시오. 제임스 경이나 아무나 붙들고 물어도 보구려. 슈롭셔 골짜기들은 아주 유명해요. 슈롭셔에서 집을 지을 만한 땅은 언덕 위뿐이오. 그리고 내가 볼 때 런던에서도 너무 멀고 경치도 특별한 게 없는 것 같소.」

마거릿은 이 말을 꺼내지 않을 수가 없었다. 「그러면 왜 거기에 갔어요?」

「그건……」 그는 머리를 뒤로 젖히며 약간 화난 듯한 표정이 되었다. 「그런 걸 따지자면 우리는 지금 왜 티롤 지방에 와 있소? 그런 질문은 하자면 끝이 없소.」

그럴지도 모른다. 하지만 그는 적절한 대답을 찾으려고 시간을 벌고 있을 뿐이었다. 마침내 답이 떠올랐다. 그리고 그 말을 하는 순간, 그것은 그에게 사실이 되었다.

「사실 어니턴은 이비 때문에 샀소. 하지만 다른 사람 귀에는 들어가지 않게 해주시오.」

「그러겠어요.」

「그 아이 때문에 내가 큰 손해를 볼 뻔했다는 걸 알리고 싶지 않아서 그러는 거요. 내가 집을 계약하자마자 그 아이가 약혼을 했지. 불쌍한 아이! 그 애는 그 집을 아주 좋아해서 사냥하기 좋은지 어떤지도 제대로 묻지 않더군. 다른 사람이 잡아채 갈까 봐 걱정이 돼서 말이오. 여자들이란 본래 그렇지 않소? 어쨌건 그래도 손해 본 건 없소. 이비는 원하던 대로 시골에서 결혼식을 올렸고, 나는 예비 학교를 시작하는 친구들에게 그 집을 처분했으니까.」

「그러면 우리는 어디서 살아요, 헨리? 어딘가에서 살아야 할 것 아니에요.」

「그건 아직 결정되지 않았소. 노퍽 주는 어떻소?」

마거릿은 대답하지 않았다. 결혼도 그녀를 정처 없이 유동하는 느낌에서 구해 주지 못했다. 런던은 인간 본성을 심대하게 변화시키고 인간관계에 전에 없이 큰 압박을 안겨 주는 유목적 문명의 예고편이었다. 코즈모폴리턴주의가 실현된다면 우리는 땅에서 아무런 도움도 받지 못할 것이다. 나무와 초원과 산들은 그저 풍경일 뿐이고, 한때 그것들이 인간에게 발휘한 결합의 힘은 이제 모두 사랑이 떠맡게 되었다. 부디 사랑이 그 모든 과업을 감당할 수 있기를!

헨리가 말을 이었다.

「벌써 10월이 다 되어 가는군. 겨울 동안은 듀시 스트리트에서 지냅시다. 그리고 봄에 새집을 알아봅시다.」

「가능하면 오래도록 살 집이었으면 좋겠어요. 저는 예전처럼 젊지 않아서 자꾸 이사 다니는 게 싫어요.」

「하지만 마거릿, 이사와 류머티즘 가운데 택하라면 뭘 택하겠소?」

마거릿이 일어나며 대답했다.

「무슨 말인지 알겠어요. 어니턴이 정말로 습기가 심하다면 거기서 살 수는 없겠죠. 거기서는 어린 소년들이 사는 게 제격일 거예요. 하지만 봄에 잘 생각해 보고 결정하도록 해요. 이비 같은 잘못을 범하지 않도록 당신을 재촉하지는 않겠어요. 이번에는 여유를 갖고 생각해 봐요. 이사를 자꾸 하다 보면 가구도 망가지고 돈도 많이 들잖아요.」

「당신은 정말 실제적이구려! 지금 읽는 책이 뭐요? 신 — 신 — 뭐라고 하는 거요?」

「신지학(神智學)이에요.」

그래서 듀시 스트리트가 그녀의 첫 번째 운명이 되었다. 그만하면 괜찮은 운명이었다. 위컴 플레이스보다 조금 더 큰 그 집은 봄에 약속된 큰 집을 위해 그녀를 훈련시켰다. 그들은 자주 집을 비웠지만, 집에 있을 때는 모든 일이 상당히 규칙적으로 돌아갔다. 아침이면 헨리는 출근을 했고, 그의 샌드위치 — 오랜 옛날의 버릇이 남은 — 는 언제나 그녀의 손으로 준비되었다. 그 샌드위치는 점심용이 아니라, 11시 무렵에 닥칠지 모르는 허기를 대비하기 위한 것이었다. 그가 출근하면 집을 돌보고 하인들에게 인간적 가르침을 주고 헬렌의 재산 일부를 관리하는 일이 그녀를 기다렸다. 바스트 부부를 생각하면 양심에 약간의 가책이 느껴졌다. 그녀는 그들을 보지 못하게 된 것이 안타깝지 않았다. 물론 레너드는 도움을 베풀 만한 사람이었다. 하지만 헨리의 아내가 된 이상 다른 사람을 돕는 게 더 낫다고 생각했다. 극장이며 토론 모임 같은 것은 그녀의 관심에서 멀어졌다. 그녀는 새로운 운동들을 〈놓치기〉 시작했고, 남는 시간은 주로 읽은 책을 다시 읽거나 생각을 하는 데 바침으로써 첼시의 친구들에게 약간의 걱정을 안겨 주기도 했다. 그들은 그녀가 결혼해서 그렇게 변했다고 생각했고, 어쩌면 그녀 안의 깊은 본능이 꼭 필요할 때를 빼면 남편 곁을 떠나 있지 말라고 경고하는지도 몰랐다. 하지만 주요한 원인은 더욱 깊은 곳에 있었다. 그녀는 이제 자극을 추구하는 삶을 넘어서 있었고, 말에서 사물들로 이동해 있었다. 프랑크 베데킨트의 연극이나 오거스터스 존의 회화 작품 신작들을 모르고 지나가는 것은 분명히 안타까운 일이었지만, 서른이 넘고 우리의 정신 자체가 창조적인 힘을 발휘하고자 한다면 인생의 어떤 문들은 닫히기 마련이다.

32

이듬해 봄, 그녀가 설계 도면을 들여다보고 있는데 ─ 그들은 마침내 서섹스 주에 집을 짓기로 결정했다 ─ 찰스 윌콕스 부인이 찾아왔다.

「소식 들으셨어요?」 돌리가 방으로 들어오자마자 소리쳤다. 「찰스는 지금 화가 많이 ─ 그러니까 찰스는 어머님이 분명히 아실 거라고, 아니 모르실 거라고.」

「돌리!」 마거릿이 돌리에게 차분하게 키스했다. 「이렇게 갑자기 찾아오다니! 아이들이랑 아기는 어때?」

아이들이랑 아기는 잘 지냈다. 그리고 돌리는 힐튼 테니스 클럽에서 벌어졌던 소동을 한참 설명하다가 정작 해야 할 말을 잊었다. 엉뚱한 사람들이 클럽에 들어오려고 했다. 그래서 기존 주민을 대표하는 교구 목사가 이렇게 말했고, 찰스가 저렇게 말했고, 세금 징수인이 또 이렇게 말했고, 찰스가 저렇게 말하려고 했지만 애석하게도 미처 못했고……. 그러더니 그녀는 이런 말로 수다를 맺었다. 「어머님은 좋으시겠어요. 미드허스트에 전용 코트가 네 개나 되고.」

「나도 좋을 거라고 생각해.」

「이게 그 도면이에요? 제가 좀 봐도 될까요?」

「되고말고.」

「찰스도 아직 못 봤죠?」

「나도 지금 방금 받은 거야. 이게 1층이야. 아니, 이건 좀 보기 어려우니까 정면도를 한번 봐. 박공을 많이 넣어서 지붕 선을 멋있게 할 계획이야.」

「이건 무슨 냄새죠?」 돌리가 잠깐 들여다보고 말했다. 그녀는 도면이나 지도를 볼 능력이 없었다.

「종이 냄새 같은데?」

「어디가 위쪽이에요?」

「그냥 보이는 대로 이쪽이 위쪽이야. 이게 지붕 선이고 냄새가 가장 심한 부분이 하늘이야.」

「잘 모르겠네요. 아, 내가 무슨 말을 하려고 했더라? 헬렌은 어떻게 지내요?」

「잘 지내.」

「영국에는 다시 안 온대요? 사람들이 다 이상하대요.」

「이상한 일이지.」 마거릿은 난감한 마음을 감추려고 애쓰며 대답했다. 헬렌 문제는 그녀에게 점점 큰 고통이 되고 있었다. 「헬렌은 좀 특이해. 떠난 지 벌써 여덟 달이니.」

「주소도 안 알려 줘요?」

「바이에른 지방의 한 우편 수신처가 주소야. 편지 보낼 거 있으면 말해. 내가 주소를 알려 줄게.」

「아뇨, 그러실 필요 없어요. 떠난 게 분명히 여덟 달 전이죠.」

「맞아. 이비의 결혼식 이튿날 떠났으니까. 여덟 달이야.」

「우리 아기가 막 태어났을 때고요?」

「그렇지.」

돌리는 한숨을 쉬고 부러운 눈길로 응접실을 둘러보았다. 그녀는 예전의 활기와 아름다움을 잃어 갔다. 찰스네 가족은 여유롭지 못했다. 윌콕스 씨는 자식들을 호사스러운 취향으로 키워 놓고서 이제 와서 그들이 알아서 적응할 수 있다고 생각했다. 어쨌건 그는 자식들에게 너그럽지 않았다. 거기다 넷째 아이를 임신했으니 이제는 자동차를 포기해야 될 것 같다고 돌리가 말했다. 마거릿은 동정을 표시했지만 그 말이 매우 형식적인지라 돌리로서는 새시어머니가 윌콕스 씨에게 찰스 가족을 좀 더 너그럽게 대하라고 부탁한다는 사실을 상상하지 못했다. 그녀는 다시 한숨을 쉬고, 마침내 자신이 전하려 했던 슬픈 소식을 떠올렸다. 「아, 맞아요.」 그녀가 소리쳤다. 「그거예요. 에이버리 할머니가 하워즈 엔드에 보관된 짐을 풀고 있어요.」

「왜 그런 일을 하는데? 쓸데없는 일인데!」

「제가 어떻게 알겠어요. 저는 어머님이 시킨 줄 알았어요.」

「나는 그런 일 시킨 적 없어. 하지만 어쩌면 바람을 쐬어 주려고 하는지도 모르지. 집에 이따금 불도 피워 주기로 했으니까.」

「바람을 쐬는 정도가 아니에요.」 돌리가 심각하게 말했다.

「1층 바닥이 온통 책으로 덮여 있어요. 찰스가 무슨 일인지 알아보라고 저를 보냈어요. 찰스 말로는 어머님이 모르실 거라고.」

「책이라고!」 마거릿은 그 신성한 말에 놀라서 소리쳤다. 「돌리, 정말이야? 그 할머니가 우리 책에 손을 댔다는 게?」

「정말이고말고요! 현관 입구가 책으로 꽉 들어차 있어요. 찰스는 어머님도 아실 거라고 그러던데요.」

「그 사실을 알려 줘서 고마워, 돌리. 에이버리 할머니가 어떻게 된 걸까? 당장 내려가서 무슨 일인지 봐야겠어. 거긴 내 남동생 책도 있는데 그건 아주 귀중한 책들이야. 그분이 마음대로 짐을 풀 권리는 없어.」

「제가 볼 때 그 할머니는 머리가 좀 이상한 거 같아요. 아시겠지만, 평생 결혼을 안 했잖아요. 어쩌면 그 책들을 자기한테 결혼 선물로 줬다고 생각할지도 모르죠. 처녀로 늙은 여자들은 그런 착각을 잘하잖아요. 그 할머니는 이비하고 크게 다툰 뒤로 우리를 벌레 보듯 한다니까요.」

「그런 이야기는 못 들었는데.」 마거릿이 말했다. 돌리의 방문에는 나름대로 얻을 것이 있었다.

「작년 8월에 그 할머니가 이비한테 결혼 선물을 줬는데, 이비가 도로 돌려줬다는 이야기 못 들으셨어요? 그랬더니 ─ 아, 세상에! 에이버리 할머니가 어찌나 기가 막힌 편지를 보냈는지.」

「하지만 선물을 돌려보내다니 이비가 잘못한 것 같은데. 그렇게 무심한 일을 하다니 이비답지 않아.」

「하지만 선물이 너무 비싼 거였거든요.」

「그게 무슨 상관이야, 돌리?」

「5파운드를 넘는 선물이라면 상관이 있죠. 나도 못 봤는데, 본드 거리의 가게에서 산 아주 예쁜 에나멜 펜던트였대요. 농장에서 일하는 할머니한테서 그런 선물을 넙죽 받을 수는 없죠. 어머님이라면 그럴 수 있어요?」

「돌리도 에이버리 할머니한테 결혼 선물을 받았지?」

「제가 받은 건 그냥 낡은 질그릇이었어요. 반 펜스도 안 할 거예요. 하지만 이비의 선물은 달랐죠. 그런 선물을 받으면 그 사람을 결혼식에 초대해야 되지 않겠어요? 하지만 퍼시 숙부님이랑 앨버트랑 아버님이랑 찰스는 안 된다고 했어요. 남자 넷이서 안 된다고 하는데 여자 혼자 어떻게 하겠어요? 이비는 분란을 일으키고 싶지 않아서 할머니한테 농담을 섞어 거절 편지를 보내고, 번거로움을 끼치지 않으려고 펜던트는 애초에 그걸 산 가게로 바로 돌려보냈어요.」

「하지만 에이버리 할머니는……」

돌리의 눈이 점점 동그래졌다. 「정말 끔찍한 편지였어요. 찰스는 미친 사람이 쓴 편지 같다고 그랬어요. 결국 할머니는 펜던트를 가게에서 도로 찾아다가 오리 연못에 던져 버렸대요.」

「왜 그랬던 거지?」

「우리 생각에는 어니턴에 초대받고 싶어서 그랬던 것 같아요. 그렇게 해서 사교계에 진입하고 싶었겠죠.」

「그런 걸 바라기에는 나이가 좀 많지 않나?」 마거릿은 생각에 잠겨 말했다. 「혹시 돌아가신 이비 어머니를 생각해서 선물을 준 건 아닐까?」

「그렇게도 생각할 수 있겠군요. 모든 사람을 공정하게 대해야 한다는 거죠? 이제 가야겠네요. 토시 씨, 이제 갑시다. 당신한테 새 외투가 필요한 걸 알지만, 글쎄 그걸 누가 사줄까요?」 그녀는 이렇게 자기 옷에 대고 서글픈 농담을 한 뒤 방을 나갔다.

마거릿은 그녀를 따라 나가서 헨리가 에이버리의 선물 사건을 알고 있느냐고 물었다.

「네, 알고 계세요.」

「그렇다면 헨리는 왜 나더러 그 할머니한테 집을 돌봐 달라고 부탁하라고 한 걸까?」

「어쨌거나 시골 할머니일 뿐이니까요.」 돌리가 말했고, 그녀의 설명이 옳았음이 밝혀졌다. 헨리가 하층 계급 사람을 비난하는 건 그게 자신에게 좋을 때뿐이었다. 그는 에이버리도 참고 크레인도 참았다. 왜냐 하면 그들을 훌륭하게 활용할 수 있었기 때문이다. 「나는 직무를 잘해 내는 사람들에게는 인내심이 있소.」 그는 그렇게 말했다. 그가 인내심을 가진 건 직무지 사람이 아니었다. 그는 역설적으로 예술가다운 데가 있었다. 그에게는 아내를 도울 청소부를 잃는 것보다는 딸에게 가해진 모욕을 참는 편이 더 쉬웠다.

마거릿은 이 사소한 문제는 자기가 직접 해결하는 게 낫겠다고 생각했다. 많은 사람이 그 일에 화가 나 있었다. 그녀는 헨리의 허락을 받고 에이비리 힐밈에게 상냥한 편시를 보내서, 짐들을 건드리지 말아 달라고 부탁했다. 그러고 나서 짬이 나자 자신이 직접 짐을 도로 챙겨서 인근 창고에 맡기기 위해서 지체 없이 하워즈 엔드로 내려갔다. 그 계획은 어설펐고 결국 실패했다. 티비가 함께 가겠다고 하다가 마지막 순간에 안 되겠다고 빠졌다. 그래서 그녀는 다시 한 번 혼자서 그 집에 들어섰다.

33

그곳을 찾아간 날은 매우 아름다웠고, 그 후 몇 달 동안 그녀는 그렇게 구름 한 점 없는 행복을 맛보지 못했다. 헬렌의 이해할 수 없는 도피에 대한 걱정은 아직 잠복 상태였고, 에이버리 할멈과 다투게 될지도 모른다는 가능성은 — 그것은 그저 그날의 여정에 흥미를 더해 줄 뿐이었다. 돌리의 점심 초대도 피할 수 있었다. 그녀는 기차역에서 곧장 걸어서 마을 잔디 광장을 지나고 교회와 이어지는 긴 밤나무 길로 들어섰다. 교회도 한때는 마을 안에 있었다. 하지만 신자들이 너무 많이 모여들자 심술이 난 악마가 교회를 낚아채다가 본래 터에서 4분의 3마일이나 떨어진 불편한 언덕 위에 세워 놓았다. 이 말이 사실이라면, 밤나무 길의 밤나무는 천사들이 심었을 것이다. 믿음이 시들해진 기독교인들을 교회로 불러내는 데 이보다 더 매력적인 길은 있을 수 없었다. 길이 너무 긴 것 아니냐고 누가 불평한다고 해도 악마는 승리하지 못한다. 과학이 찰스의 집 근처에까지 성 삼위일체라는 간이 예배당을 짓고 거기 양철 지붕을 씌워 놓았기 때문이다.

마거릿은 천천히 밤나무 길을 걸어가며 이따금 멈춰 서서 높은 나뭇가지 사이로 빛나는 하늘을 바라보기도 하고, 낮은 가지들에 걸어 놓은 작은 말편자[23]을 어루만지기도 했다. 왜 영국에는 위대한 신화가 없는 걸까? 우리 민속은 아담한 아름다움 이상으로 나가지 못했고, 우리 시골을 노래한 훌륭한 선율은 모두 그리스의 피리를 통해서 흘러나온다. 토착의 상상력이 깊고 진실하긴 하지만, 이 지점에서 실패한 것 같다. 우리는 마녀와 요정에서 멈추어 버렸다. 그것은 여름 들판 한 조각도 선명하게 그려 내지 못하고, 대여섯 개의 별에도 이름을 지어 줄 수 없다. 영국은 아직도 위대한 문학의 순간을 기다리고 있다. 한 명의 위대한 시인이 나타나 영국의 목소리를 내주기를 — 하지만 그보다 더 바람직한 것은 천

---

23 말편자는 서양에서 행운의 부적으로 여겨짐.

명의 작은 시인이 나타나 그 목소리들이 우리 일상의 대화 속으로 스며드는 것이다.

교회 앞에서 풍경이 바뀌었다. 밤나무 길이 끝나고, 평평하고 좁은 길 하나가 인적 없는 시골로 뻗어 있었다. 그녀는 그 길을 따라 1마일 이상을 걸었다. 길의 어물쩡한 모양새가 마음에 들었다. 길은 긴급한 목적지가 없었기 때문에, 기울기나 전망 같은 데 조금도 신경 쓰지 않고 마음 내키는 대로 오르막이 되었다가 내리막이 되었다가 했다. 그런데도 전망은 넓어졌다. 하트퍼드셔 남부를 목 조르는 대지주의 영지들이 여기서는 그렇게 두드러지지 않았고, 땅의 모습은 귀족적이지도 교외적이지도 않았다. 그것을 정의 내리기는 어려웠지만, 마거릿은 거기 없는 속성들은 알았다. 그것은 속물적이지 않았다. 지형은 밋밋했지만, 그 곡선에는 서리 주는 절대 얻지 못할 자유가 깃들어 있었고, 저 멀리 칠턴 구릉 지대의 이마가 산처럼 우뚝했다. 〈간섭하지 않고 두면 하트퍼드셔는 자유당에게 투표할 거야.〉 그녀는 생각했다. 하트퍼드셔는 우리 민족이 지닌 최고의 장점인 열정 없는 동료애를 약속했고, 그녀는 열쇠를 받으려고 들른 야트막한 벽돌 농장 집에서도 그것을 느꼈다.

하지만 농장 집 안은 실망스러웠다. 아주 세련된 젊은 여자가 그녀를 맞았다. 「네, 윌콕스 부인. 아뇨, 윌콕스 부인. 네, 숙모님은 부인께서 보내신 편지 잘 받아 보셨습니다. 숙모님은 지금 그 집에 가 계세요. 하인을 딸려서 거기까지 모셔다 드릴까요?」 그러더니, 「숙모님이 본래 그 집을 돌봐 주시는 건 아닙니다. 그저 이웃에게 무언가 도움을 베풀고 싶다는 마음에서 하시는 거죠. 숙모님의 소일거리도 되고요. 거기서 꽤 많은 시간을 보내세요. 남편은 이따금 저한테 묻죠. 〈숙모님 어디 가셨어?〉 그러면 저는 대답해요. 〈그걸 꼭

물어봐야 아나? 하워즈 엔드에 계시지.〉 네, 윌콕스 부인. 케이크 한 조각 들고 가시는 게 어때요? 지금 잘라 드릴게요.」

마거릿은 케이크를 사양했지만, 불행히도 이 대답은 에이버리 할멈의 조카딸에게는 고상한 품위로 여겨지는 결과를 빚었다.

「부인을 혼자 보내 드릴 수는 없습니다. 그러지 마세요. 절대로 그럴 수 없어요. 제가 직접 모셔다 드리죠. 모자를 가져와야겠어요.」 그러더니 장난치듯이 말했다. 「윌콕스 부인, 제가 들어간 사이 꼼짝하지 마세요.」

마거릿은 어리둥절해서 아르 누보 양식을 본뜬 응접실에서 한 발짝도 움직이지 않았다. 하지만 다른 방들은 시골집 내부 특유의 슬픈 분위기 속에서도 농장 집에 어울려 보였다. 우리가 불안스레 돌아보는 우리의 조상들이 여기에 살았다. 시골은 우리에게는 주말에나 방문하는 곳이지만, 그들에게는 집이었고, 죽음, 이별, 사랑에 대한 갈망 같은 인생의 심각한 측면은 시골 들판 한복판에서 가장 깊이 표현된다. 모든 것이 슬픔은 아니었다. 바깥에는 태양이 빛나고 있었다. 움터 나는 불두화나무 위에서 개똥지빠귀가 두 음절로 이루어진 노래를 했다. 아이들이 황금빛 짚더미 위에서 떠들썩대며 놀았다. 이런 곳에 슬픔이 깃들어 있다는 게 놀라웠지만, 그것은 그녀에게 어떤 완성감을 안겨 주었다. 이런 영국 농장에서는 인생을 집중적이면서도 전체적으로 바라볼 수 있고, 그 덧없음과 영원한 젊음을 한 시야에 담을 수 있고, 아무 쓰라린 느낌 없이 모든 사람이 형제가 될 때까지 서로를 연결할 수 있다. 이런 생각을 자르며 에이버리 할멈의 조카가 돌아왔지만, 그사이 마음이 아주 차분해졌기 때문에 그러한 방해를 기꺼이 참았다.

뒷문으로 나가는 게 더 빨랐고, 적절한 설명이 오고간 뒤

두 사람은 그리로 나갔다. 조카는 먹이를 달라며 발치로 몰려드는 병아리 떼와 부끄러움을 모르는 어미 돼지 때문에 곤욕스러워했다. 그녀는 동물들이 무엇을 원하는지 알 수 없었다. 하지만 그녀의 점잖은 태도는 상쾌한 공기가 닿는 순간 바로 시들어 버렸다. 바람이 일어나서 지푸라기들을 흩뜨리고, 이비의 펜던트 위로 떠다니는 오리 가족의 꽁지깃을 부풀어 올렸다. 움트는 나뭇잎들을 흔드는 부드러운 봄바람이 대지 위로 휘잉 불어가더니 곧 잠잠해졌다. 「조지.」 개똥지빠귀가 노래했다. 「뻐꾹.」 소나무 절벽에서 은밀한 대답이 들렸다. 「조지, 예쁜 조지.」 그러자 다른 새들이 이 의미 없는 노래에 동참했다. 산울타리는 미완성 그림을 이루고 있었는데, 그 그림은 앞으로 사나흘이면 완성될 것 같았다. 산울타리 둑에는 애기똥풀이 자라고, 움푹한 곳들에는 천남성과 앵초들이 있었다. 아직 시든 열매들이 매달려 있는 들장미 덤불은 이제 곧 꽃이 만개할 것을 약속하고 있었다. 봄이 왔다. 고전 이상을 걸치지 않았지만 이 봄은 모든 봄들보다 아름다웠고, 카리테스[24]를 앞에 두고 서풍 제피로스를 뒤에 둔 채 토스카나의 은매화 들판을 걸어가는 봄[25]보다도 아름다웠다.

두 여자는 외면상으로는 예의에 둘러싸여 길을 걸었다. 하지만 마거릿은 이런 날 짐 문제로 속을 썩이란 참 어렵다는 생각을 했고, 조카는 모자들을 생각하고 있었다. 그렇게 각자의 생각에 잠긴 채 그들은 하위즈 엔드에 도착했다. 「숙모님!」 날카로운 외침이 공기를 갈랐다. 대답은 없었고 현관은 잠겨 있었다.

「여기 계신 게 분명한가요?」 마거릿이 물었다.

[24] 그리스 신화에 나오는 미의 세 여신 아글라이아, 에우프로시네, 탈리아.
[25] 보티첼리의 그림 「프리마베라」.

「네, 윌콕스 부인. 분명해요. 날마다 여기 오시는걸요.」

마거릿은 식당 창문 안을 들여다보려고 했지만, 커튼이 단단히 쳐져 있었다. 응접실도 현관 입구도 마찬가지였다. 커튼의 모습이 낯익었지만, 지난번에 왔을 때 커튼을 본 기억은 없었다. 그때는 브라이스 씨가 모든 걸 가지고 가버렸을 거라고 짐작했다. 그들은 집 뒤쪽으로 가보았다. 거기서도 대답은 없었고, 역시 아무것도 보이지 않았다. 부엌 창문은 차일이 내려져 있었고, 식품 저장실과 식기실 앞에는 나무판자들이 세워져 있었는데, 판자들은 불길하게도 짐 상자들의 뚜껑처럼 보였다. 마거릿은 책들을 생각했다. 그리고 함께 목소리를 높였다. 그랬더니 한 번 만에 성공했다.

「좋아요, 좋아!」 집 안쪽에서 누군가 대답했다. 「드디어 윌콕스 부인이 행차했군요.」

「숙모님, 열쇠 있어요?」

「매지, 어서 가.」 에이버리 할멈이 여전히 보이지 않는 곳에서 말했다.

「숙모님, 윌콕스 부인이에요.」

마거릿이 거들었다. 「제가 조카따님이랑 같이 왔어요.」

「매지, 어서 가. 네 모자 챙길 시간은 없어.」

젊은 여인은 얼굴이 빨개져서 성난 듯 말했다. 「숙모님은 갈수록 이상해지세요.」

「에이버리 할머니!」 마거릿이 소리쳤다. 「제 집 문제 때문에 찾아왔어요. 저를 좀 들여보내 주시지 않겠어요?」

「그래요, 윌콕스 부인. 물론 그래야지.」 다시 대답 소리가 들렸지만 그러고는 또 침묵이었다. 다시 불러도 역시 대답이 없었다. 그들은 기운이 빠져서 집 앞쪽으로 돌아왔다.

「숙모님이 아프신 게 아니었으면 좋겠네요.」 마거릿이 실례를 무릅쓰고 말했다.

매지가 말했다.「양해해 주신다면 저는 그만 가봐야겠어요. 농장 하인들을 돌봐야 하니까요. 숙모님은 이따금 아주 이상해지세요.」그녀는 다시 우아한 자세를 취하고는 물러갔는데, 그러자 그게 신호라도 된 것처럼 현관문이 덜컹 열렸다.

에이버리 할멈이 말했다.「들어와요, 윌콕스 부인!」그 목소리는 부드럽고도 차분했다.

「고맙습니다.」그렇게 대답하는 마거릿에게 우산꽂이가 눈에 띄었다. 그것은 그녀의 집에 있던 우산꽂이였다.

「현관 입구로 곧장 들어와요.」에이버리가 말했다. 그녀가 커튼을 걷자 마거릿은 충격을 감추지 못하고 소리를 질렀다. 기막힌 일이 벌어져 있었다. 현관 입구가 위컴 플레이스 서재의 물건들로 가득 차 있었다. 바닥에는 양탄자가 깔리고, 창가에는 커다란 작업 탁자가 놓여 있었으며, 책장들은 벽난로 맞은편 벽을 가득 덮고 있었다. 또 아버지의 칼이 — 이것이 특히 어리둥절했는데 — 칼집에서 뽑힌 채 수수한 장정의 책들 위에 걸려 있었다. 에이버리가 꽤 여러 날 작업했을 게 틀림없었다.

「이건 저희 의도와는 좀 다른 것 같네요.」마거릿이 입을 열었다.「남편과 저는 여기다 짐을 풀어 둘 생각은 전혀 없었어요. 게다가 이 책들은 제 동생 책들이에요. 저희는 제 남동생과 외국에 나간 여동생을 위해서 이 책들을 보관해 주고 있는 중이에요. 할머니께 이 집을 돌봐 달라고 부탁드렸을 때 이렇게까지 하시리라고는 생각 못했어요.」

「이 집은 너무 오랫동안 비어 있었어요.」에이버리가 말했다.

마거릿은 논쟁하고 싶지 않아서 공손하게 말했다.「저희가 제대로 설명을 드리지 못했던 것 같군요. 어쨌거나 이건 잘못된 일이고, 무엇보다 저희 잘못으로 보입니다.」

「윌콕스 부인, 50년 동안 잘못에 잘못이 더해졌어요. 이 집은 윌콕스 부인의 집이에요. 그리고 그분이라면 집이 이렇게 오래 비어 있기를 바라지 않을 거예요.」

에이버리의 기억이 오락가락하는 것 같아서 마거릿이 말했다.

「네, 윌콕스 부인의 집이죠. 찰스의 어머니 말이에요.」

「잘못에 잘못이 더해졌어.」 에이버리가 말했다. 「잘못에 잘못이.」

「정말 모르겠네요.」 마거릿은 자신의 집에 있던 의자에 앉으며 말했다. 「어떻게 해야 할지 모르겠어요.」 그녀는 웃음을 참을 수 없었다.

에이버리가 말했다. 「그래요, 이 집은 즐거운 집이 되어야 해요.」

「모르겠어요. 하긴 그렇겠네요. 어쨌거나 고맙습니다. 네, 괜찮아요. 좋네요.」

「응접실도 보셔야지.」 그녀는 맞은편 문을 열고 가서 커튼을 걷었다. 빛이 쏟아져 들어와 응접실과 위컴 플레이스에서 온 응접실 가구들 위로 물결쳤다. 「그리고 식당도.」 커튼들이 계속 걷혔고, 창문들이 연방 봄을 향해 열렸다. 「그리고 이쪽으로……」 에이버리는 현관 입구로 왔다 갔다 했다. 목소리는 들리지 않았지만, 부엌 차일을 걷는 소리가 났다. 「여긴 아직 못 끝냈어요.」 그녀가 돌아오면서 말했다. 「할 게 얼마나 많은지. 농장 일꾼들이 큰 옷장들을 위층에다 올려다 놓을 거예요. 힐튼에서 돈을 쓸 필요는 없으니까.」

「이건 모두 잘못하시는 거예요.」 마거릿이 단호하게 행동해야 한다는 생각에 말했다. 「오해하신 거예요. 남편과 저는 하워즈 엔드에서 살지 않을 거예요.」

「그래요? 건초열 때문에?」

「서섹스에 새집을 짓기로 결정했어요. 이 짐 일부는 조금 있다 그리로 옮겨질 거예요.」 그녀는 에이버리를 유심히 바라보며, 그녀 머릿속의 특이한 고집을 이해해 보려고 했다. 여기 있는 것은 얼빠진 노파가 아니었다. 그녀의 주름살은 약빠르고 익살스러워 보였다. 그녀에게서는 날카로운 재치와 빼기지 않는 고귀함이 느껴졌다.

「여기 돌아와서 살지 않는다고요, 윌콕스 부인. 하지만 오게 될 거예요.」

「그거야 두고 봐야죠.」 마거릿이 웃으며 말했다. 「지금은 그럴 생각이 없어요. 이보다는 훨씬 큰 집이 필요해서요. 큰 파티들도 열어야 하고. 물론 언젠가는…… 그건 모르는 일이죠.」

그러자 에이버리가 되쏘았다. 「언젠가라고! 쯧쯧! 언젠가라는 말은 하지 마세요. 부인은 지금 여기 살고 있으니까.」

「제가요?」

「부인은 여기 살고 있고, 또 지난 10분 동안 여기서 살았잖아요.」

말도 안 되는 소리였지만, 마거릿은 기묘한 배신감이 이는 것을 느끼며 의자에서 일어났다. 헨리가 은근히 비난받고 있는 듯한 느낌이었다. 그들은 식당에 들어가서 마거릿 어머니의 서랍장 위로 쏟아져 들어오는 햇빛을 보고, 이층에 올라가서는 새 정착지에서 고개를 내밀고 있는 정든 물건들을 보았다. 가구들은 이상할 정도로 잘 어울렸다. 에이버리는 가운데 방 — 현관 입구 위쪽에 있는, 헬렌이 4년 전 묵었던 방 — 에 티비의 낡은 유모차를 가져다 놓았다.

「아기 방이에요.」 에이버리가 말했다.

마거릿은 아무 말 없이 돌아섰다.

이제 집을 다 보았다. 부엌과 복도에는 짐 상자에서 막 나온 가구와 밀짚이 쌓여 있었지만, 지금까지 본 바로는 부서지거나 긁힌 것은 아무것도 없었다. 그 정교한 솜씨가 서글픔을 안겨 줄 정도였다! 두 사람은 정원으로 나가서 다정하게 산책했다. 지난번 다녀간 뒤로 정원은 황폐해져 있었다. 자갈길에는 잡초가 가득했고, 차고 바로 앞까지 풀들이 덮여 있었다. 이비의 바위 정원은 돌무더기가 되었다. 어쩌면 에이버리 할멈의 기이한 행동은 이비 때문인지도 모른다. 하지만 마거릿이 볼 때 거기에는 좀 더 깊은 원인이 있는 것 같았다. 이비의 어리석은 편지는 해묵은 분노를 표출시키는 계기에 지나지 않았는지도 모른다.

「아름다운 초지네요.」 그녀가 말했다. 그곳은 수백 년 전에 조그만 들판들을 합쳐서 만든 일종의 야외 응접실이었다. 가장자리의 산울타리들이 언덕 아래로 계속 직각을 이루며 구불구불 내려가고, 맨 아래쪽에는 작은 부속실 같은 게 있었다. 그것은 소들을 위한 간이 벽장이라고 해도 좋을 것 같았다.

「네, 초원은 이만하면 좋지요.」 에이버리가 말했다. 「재채기 병이 없는 사람들한테는요.」 그러더니 그녀는 짓궂은 웃음을 띠었다. 「건초 철에 찰리 윌콕스가 우리 집 애들을 찾아왔어요. 그러고는 이런 걸 해야지, 그런 건 하면 안 돼, 그러면서 우리 아이들한테 남자답게 행동하는 법을 가르쳐 줬어요. 그런데 그때 재채기가 찾아온 거야. 그것도 다른 것들처럼 자기 아버지한테서 물려받은 거겠지. 6월이 되면 윌콕스 집안의 사람들은 들판에 제대로 서 있지도 못한다니까. 윌콕스 씨가 루스에게 구혼할 때 정말 웃겨서 죽는 줄 알았어요.」

「제 동생도 건초열을 앓아요.」 마거릿이 말했다.

「그 사람들은 이 집이 너무 시골에 있다고 생각하는 것 같아요. 물론 처음에야 좋다고 들어왔지. 어쨌거나 윌콕스네 사람들도 없는 것보다야 나아요. 부인도 벌써 알아챘겠지만 말이에요.」

마거릿은 웃었다.

「하지만 그 사람들은 집을 살렸어. 그야 사실이지.」

「그 사람들은 영국도 살리고 있어요, 제 생각에는요.」

그러자 에이버리는 기분 나쁘게도 이렇게 대꾸했다. 「그리고 토끼처럼 번식하지. 맞아요, 정말로 웃기는 세상이에요. 하지만 이 세상을 만든 분은 자기가 뭘 원하는지 알겠지. 찰리가 넷째를 본다고 우리가 투덜댈 건 없어요.」

「번식도 하고 일도 해요.」 마거릿은 배신을 향해 이끌려 가는 느낌을 받으며 대답했다. 그 배신은 산들바람과 새들의 노래 속에서 다시 한 번 메아리쳤다. 「이 세상은 분명히 웃기는 곳이에요. 하지만 제 남편이나 그 아들들 같은 사람들이 다스리는 한 세상은 그렇게 나쁘지는 않을 거예요. 그러니까 아주 심하게 나쁘지는 않을 거예요.」

「없는 것보다는 낫지.」 에이버리가 그렇게 말하고 우산느릅나무를 향해 돌아섰다.

농장으로 돌아가는 길에 에이버리는 옛 친구에 대해서 아까보다 훨씬 분명하게 말했다. 조금 전에 하워즈 엔드에서는 그녀가 윌콕스 씨의 첫 부인과 둘째 부인을 제대로 구별하는 건지 의심스러웠다. 에이버리가 말했다. 「루스의 할머니가 돌아가신 뒤에는 루스를 별로 많이 못 봤어요. 하지만 우리 사이는 계속 좋았지. 그 집 사람들이 워낙 마음 씀씀이가 좋았으니까. 루스의 어머니 하워드 부인은 남 험담하는 일이 한 번도 없었어요. 그 집에서 음식 대접을 못 받고 가는 사람도 없었고요. 그 시절에는 〈무단 침입 시 고발〉 같은 팻말은 없었고, 있다면 그저 〈공연히 드나들지 말아 주세요〉 정도였죠. 그러니까 하워드 부인은 농장을 경영할 만한 사람이 아니었어요.」

「도와줄 만한 남자가 없었나요?」 마거릿이 물었다.

에이버리가 대답했다. 「어쩌다 보니 그 집안에는 남자가 모두 없어졌어요.」

「그러다가 윌콕스 씨가 온 거고요.」 마거릿은 남편이 정당한 평을 받아야 한다는 생각에 말했다.

「그랬죠. 하지만 루스가 결혼했어야 하는 사람은 — 부인한테 기분 나쁘라고 하는 소리는 아니에요. 내가 볼 때 부인은 어쨌건 윌콕스네 사람이 될 팔자였던 것 같으니까. 루스가 먼저 그 남자를 차지했건 안 했건 간에 말이에요.」

「그분이 누구랑 결혼했어야 하는데요?」

「군인!」 할멈이 소리쳤다. 「진정한 군인.」

마거릿은 할 말을 잃었다. 마거릿 자신도 헨리의 성격에 대해 이토록 통렬한 비판은 하지 못했다. 그녀는 안타까웠다.

「하지만 다 끝난 일이지.」 에이버리가 계속 말했다. 「이제 더 좋은 시절이 오고 있어요. 부인 때문에 내가 아주 오래 기다려야 했지만 말이에요. 두 주일 후면 저녁에 산울타리 틈으로 그 집 불빛이 보일 거예요. 석탄은 주문해 놓았나요?」

「우리는 여기 오지 않아요.」 마거릿이 결연하게 말했다. 에이버리에 대한 존경심이 너무 커져서 듣기 좋은 말로 얼버무릴 수가 없었다. 「오지 않아요. 안 와요, 절대로. 전부 잘못하신 거예요. 짐들은 당장 다시 싸놓으세요. 죄송합니다만 저는 다른 계획을 품고 있어요. 그러니까 열쇠를 돌려 달라고 부탁드려야겠네요.」

「그러세요, 윌콕스 부인.」 에이버리는 미소 지으며 자신의 직무에서 물러났다.

이런 결론에 안도한 마거릿은 매지에게 인사 전해 달라고 말하고 기차역까지 걸어갔다. 처음에는 마을의 창고업자를 시켜서 짐을 꺼내 오라고 할 생각이었지만, 일이 생각보다 혼란스러워서 일단 헨리와 상의해 보기로 했다. 그것은 잘한 일이었다. 이전까지 마을 창고에 짐을 맡기라고 하던 그는 이제 그 일에 강력히 반대하면서, 차라리 짐을 런던으로 가져와서 보관하라고 했다.

하지만 그 일을 실행하기 전에 예기치 못한 문제가 발생했다.

34

그것은 완전히 예상치 못한 일은 아니었다. 줄리 이모는 겨울 내내 건강이 안 좋았다. 감기와 기침을 달고 살았고, 너무 바빠서 제대로 치료할 시간이 없었다. 그러다 마거릿에게 〈이번에는 이 속 썩이는 가슴을 어떻게 해봐야겠다〉는 편지를 보내고 나서 곧바로 감기에 걸렸다가 급성 폐렴으로 번졌다. 마거릿과 티비가 스워니지로 내려갔다. 헬렌에게도 전보를 쳤고, 친절이 넘치는 그 집에 다시 모인 봄의 일행은 즐거웠던 기억들로 가슴이 아팠다. 하늘이 푸른 도자기 빛을 띠고, 소리 죽인 파도가 모래 위를 부드럽게 두드리던 어느 아름다운 날, 철쭉 덤불을 뚫고 달려가던 마거릿은 다시 한 번 죽음의 무표정한 얼굴과 맞닥뜨렸다. 한 번의 죽음은 설명할 수 있다 해도, 그것이 다른 죽음까지 밝혀 주지는 않고, 우리는 다시 한 번 암중모색의 질문을 시작해야 한다. 설교가나 과학자들은 일반론을 들이댈지 몰라도, 사랑하는 사람들에 대해서는 일반론이 소용없는 법이다. 그들을 기다리는 하나의 천국은 없고, 심지어 하나의 망각도 없다. 비극을 감당할 능력이 없는 줄리 이모는 기이한 웃음과 너무 오래 살았다는 자책 속에 인생을 빠져나가고 있었다. 그녀는 매우 약했다. 죽음에 결연히 대처하지도 못했고, 모두가 인정하는 거대한 수수께끼가 자신을 기다린다는 것도 깨닫지 못했다. 그녀는 그저 여느 때보다 기운이 없었고, 매 순간 보고 듣고 느끼는 게 계속 적어져서, 무언가 바뀌지 않으면 곧 아무것도 느끼지 못할 것 같았을 뿐이었다. 그녀는 마지막 남은 힘을 바쳐 몇 가지 일을 계획했다. 마거릿, 증기선을 타고 여행을 좀 다녀 보는 게 어떠니? 고등어 요리가 티비 입맛에 맞니? 헬렌이 식구들 곁을 떠난 것도 걱정했고, 자신의 소식에 헬렌이 돌아와야 하는 것도 걱정했다. 간호사들은 그런 걱정들을 당연하게 여기는 것 같았고, 어쩌면 줄리 이모의 태도는 〈위대한 문〉에 다가가는 평균적인 접근법일지도 몰랐다. 하지만 마거릿은 헛된 로맨스조차 제거된 죽음을 보았다. 죽음의 관념이 무엇을 품고 있건 그 과정 자체는 시시하고 또 보기 흉한 것일 수 있다.

「중요한 일이야 — 마거릿, 헬렌이 오면 럴워스에 가렴.」

「헬렌은 오래 있지 않을 거예요. 전보에서 이모만 보러 온다고 말했거든요. 이모가 일어나시면 곧 다시 독일로 가야 된대요.」

「정말 헬렌은 특이한 아이라니까! 윌콕스 씨는……」

「네?」

「네가 이렇게 오래 떠나 있어도 괜찮다니?」

헨리는 그녀의 문병 길을 기꺼이 허락했고, 지금까지는 매우 친절했다. 그래서 마거릿은 그렇다고 대답했다.

먼트 부인은 죽지 않았다. 그녀의 의지력 바깥에 있는 좀 더 위대한 힘이 그녀의 내리막 행로를 중단시켰다. 그녀는 별다른 느낌 없이 전처럼 안달복달하면서 세상으로 돌아왔다. 나흘째가 되자 부인은 위험에서 벗어났다.

「마거릿 ─ 중요한 일이야.」 그녀의 말은 계속되었다. 「다른 사람이랑 산책도 좀 다니고 그래. 콘더 양한테 부탁해 보렴.」

「콘더 양이랑은 조금 산책해 봤어요.」

「그 친구는 그렇게 재미있지는 않지. 헬렌이 있으면 얼마나 좋을까.」

「티비가 있잖아요, 이모.」

「하지만 그 애는 중국어를 공부해야 하잖아. 너한테는 같이 즐겁게 지낼 만한 동무가 필요한데. 정말, 헬렌은 특이해.」

「헬렌은 많이 특이하죠.」 마거릿이 동의했다.

「외국에 나가 있는 것도 마음에 안 드는데, 왜 왔다가 금방 도로 간다는 거니?」

「우리를 보면 마음이 바뀔지도 몰라요. 그 애는 도무지 종잡을 수가 없으니까요.」

그것은 헬렌에 대해 흔히 하는 비판이었지만, 그 말을 하는 마거릿의 목소리는 떨렸다. 헬렌의 행동은 이제 그녀에게 너무도 큰 아픔이 되어 있었다. 난데없이 영국을 떠난 것도 종잡을 수 없는 일이었지만, 여덟 달 동안 돌아오지 않는 것은 머리뿐 아니라 가슴에도 문제가 있다는 걸 보여 준다. 위독한 병자는 헬렌을 부를 수 있었지만, 그보다 더 인간적인 부름은 무시되었다. 이모를 한번 만나 보고 나면 그녀는 다시 어떤 우편 수신처 뒤에 감추어진 알 수 없는 생활로 물러갈 것이다. 그녀는 지금 세상에 존재한다고도 할 수 없었다. 그녀의 편지는 무미건조했고 그나마 자주 오지도 않았다. 원하는 것도 없고 궁금한 것도 없었다. 그리고 그 모든 것을 오직 헨리의 탓으로 돌리고 있었다! 헨리는 아내에게는 이미 오래전에 용서받았지만, 처제와 인사를 나누기에는 아직도 그 부도덕의 악명이 너무 높았다. 이건 병적이라고 해도 좋앉다. 그리고 걱정스럽게도 이런 병적 행동은 그 기원이 4년 전까지 거슬러 올라가는 것 같았다. 어니턴에서의 갑작스러운 잠적, 바스트 부부에 대한 도를 넘어선 배려, 언덕 위에서 보인 슬픔의 폭발……. 모든 것이 폴과 연결되었다. 눈 깜짝할 시간 동안 헬렌의 입술에 자신의 입술을 포갰던 그 변변찮은 아이. 마거릿과 윌콕스 부인은 그 둘이 다시 키스하게 될까 봐 걱정했지만 그건 쓸데없는 걱정이었다. 진정한 위험은 반발이었다. 윌콕스가에 대한 반발이 헬렌의 인생을 파먹어 들어서 지금 거의 제정신이라고도 할 수 없는 상태에 이른 것이다. 스물다섯의 나이에 그런 고정관념에 사로잡혀 있으니, 늙은 후에는 어떻게 될 것인가?

헬렌에 대해 생각을 할수록 마거릿의 걱정은 커져갔다. 그녀는 여러 달 동안 그 생각을 옆으로 밀쳐 두었지만, 그렇게 하기에는 이제 문제의 덩치가 너무 커졌다. 거의 광기의 그림자까지 느껴졌다. 헬렌의 행동들도 다른 많은 젊은 남자나 여자들의 행동처럼 사소한 불운에 지배되는 것인가? 인간 본성이 그토록 사소한 일 위에 건설될 수 있는가? 하워즈 엔드에서 일어난 그 실수가 결정적이었다. 그것은, 진지한 관계는 열매 맺을 수 없는 곳에서 증식을 거듭했다. 그것은 자매 관계보다 강력했고, 합리적 이성이나 책들보다도 강력했다. 언젠가 헬렌은 자신은 아직도 그때 일을 〈즐긴다〉고 말한 적이 있다. 폴은 사라졌지만, 그 입맞춤의 마법은 남아 있었다. 그리고 과거를 향유하고 있다면, 그에 대한 반발도 있을 수 있다. 증식은 양 방향으로 이루어진다.

어쨌거나 우리 마음이 그런 씨앗을 길러 내는 온상이 된다는 건 기이하고도 슬픈 일이다. 게다가 우리는 스스로 그런 씨앗을 고를 힘도 없다. 하지만 인간은 아직도 기이하고 슬픈 짐승이어서, 땅을 좀도둑질하는 데 정신이 팔린 나머지

자기 안에서 무엇이 자라나는지 관심을 기울이지 못한다. 그들은 심리학 같은 데 신경 쓸 여력이 없어서 그것을 전문가의 손에 맡기는데, 그것은 마치 자기 식사를 증기 기관에게 맡기는 것과 같은 일이다. 그들에게는 자신의 영혼을 소화하는 일조차 번거롭다. 마거릿과 헬렌은 인내심이 있는 편이었고, 마거릿은 그런 일에도 성공이라는 게 적용된다면 성공했다고 볼 수 있다. 그녀는 자신을 이해했고, 자기 안에 자라는 것들을 초보적으로나마 통제했다. 헬렌이 성공했는지는 알 수 없다.

먼트 부인이 기력을 회복한 날, 헬렌의 편지가 도착했다. 뮌헨에서 보낸 편지였는데, 다음 날 런던에 도착한다고 했다. 서두는 애정이 넘치고 분별 있었지만, 전체적으로 심란한 편지였다.

사랑하는 메그.

줄리 이모에게 헬렌의 안부를 전해 줘. 또 내가 기억할 수 있는 아주 어린 시절부터 지금까지 변함없이 이모를 사랑하고 있다는 말도. 목요일에 런던에 갈 거야.

주소는 내 거래 은행을 이용하면 돼. 아직 어느 호텔에 묵을지 결정하지 않았으니까, 거기로 편지나 전보를 보내서 자세한 소식을 전해줘. 줄리 이모가 회복되셨거나 아니면 슬프게도 내가 스완지로 가는 게 아무 소용없어졌다면, 내가 안 간다고 해도 이상하다고 생각하지 말아 줘. 머릿속에 여러 가지 계획들이 있어. 나는 지금 외국에 살고 있고, 가능한 한 빨리 돌아가고 싶어. 우리 집이 어디 보관되어 있는지 알려 주면 좋겠어. 가져가고 싶은 책이 한두 권 있거든. 나머지는 다 언니가 알아서 처리해.

미안해, 언니. 이런 편지 읽는 건 피곤하겠지만, 언제나 언니를 사랑한다는 건 잊지 말아 줘.

헬렌

피곤한 편지였다. 마거릿에게 거짓말하라는 유혹을 던져 주었기 때문이다. 만약 줄리 이모가 아직도 위독하다고 말하면 헬렌은 올 것이다. 불건강함은 전염성이 있다. 병적 상태에 놓인 사람과 접촉하다 보면, 우리 자신도 병의 기운을 피할 수 없다. 〈최선의 결과〉를 고려해서 행동하면 헬렌에게는 좋을 수 있지만 마거릿 자신에게는 상처가 될 테고, 결국 그녀는 나쁜 결과로 이어질지 모른다는 두려움 속에서도 원칙을 지키기로 했다. 그래서 숙모님이 많이 좋아지셨다고 답장을 보낸 뒤 헬렌의 반응을 기다렸다.

티비도 그렇게 쓰는 게 좋다고 했다. 요즘 들어 놀랍게 성숙해 가는 티비는 어느 때보다 마음 편한 상대가 되어 있었다. 옥스퍼드가 그에게 많은 것을 가르쳤다. 그는 까다로운 성격을 잃었고, 사람에 대한 무관심과 먹을 것에 대한 관심을 감출 줄 알았다. 하지만 더욱 인간적인 면모까지 얻지는 못했다. 대부분의 사람들에게 마법 같은 시기인 열여덟에서 스물두 살까지 그는 조용히 소년에서 중년으로 변해 갔다. 그에게는 죽는 순간까지 사람의 마음을 따뜻하게 하고 또 윌콕스 씨에게 영원한 매력을 던져 주는 청년다움이 없었다. 그는 냉랭했지만 그것은 그의 잘못이 아니었고, 그런 차가움 속에 잔인함은 없었다. 그는 헬렌이 잘못했고 마거릿이 옳다고 생각했지만, 이런 집안 문제도 전체적으로 연극 무대에서 벌어지는 일처럼 무덤덤하게 받아들였다. 그가 할 수 있는 제안은 한 가지뿐이었는데, 그 역시 티비다운 것이었다.

「윌콕스 씨한테 이야기해 보는 게 어때?」

「헬렌 일을?」

「어쩌면 그런 일을 겪어 봤을지도 모르잖아.」

「이야기하면 도와주려고 애쓰겠지. 하지만……」

「누나가 판단할 일이긴 해. 하지만 그 사람은 실제적이니까.」

학생들은 그렇게 전문가를 믿었다. 마거릿은 두어 가지 이유로 그 제안에 반대했다. 그러는 사이 헬렌에게서 답장이 왔다. 당장 돌아가야 하니까 짐들이 어디 있는지 주소를 일러 달라는 전보였다. 마거릿이 답장했다. 〈그럴 수 없어. 은행에서 4시에 만나자.〉 그녀는 티비와 함께 런던에 갔다. 헬렌은 은행에 없었고, 은행은 헬렌의 주소를 알려주지 않았다. 헬렌의 종적은 오리무중이었다.

마거릿은 티비에게 한 팔을 둘렀다. 그녀에게 남은 것은 티비뿐이었고, 그런 티비조차 어느 때보다 실체감이 없게 느껴졌다.

「티비, 이제 어떻게 하지?」

그가 대답했다. 「정말 별난걸.」

「티비, 네가 나보다 더 분명하게 생각할 때가 많아. 도대체 왜 이런 일들이 생기는 것 같니?」

「글쎄, 무언가 정신적인 문제가 아니라면 나도 도통 모르겠어.」

「아…… 그건 말도 안 돼.」 하지만 일단 그 말을 듣고 보니, 그녀에게도 금세 그런 가능성이 진지하게 생각되었다. 그게 아니고는 이런 일들이 설명되지 않았다. 그리고 런던도 티비의 생각에 동의했다. 도시의 가면이 떨어져 나갔고, 그녀는 런던의 실체인 〈희화화된 무한성〉을 보았다. 익숙한 장애물들, 그녀가 지나가는 거리들, 오랜 세월 그녀가 찾아다닌 집들이 갑자기 하찮아졌다. 헬렌은 더러운 나무들, 번잡한 교통, 천천히 흘러가는 진흙 덩이들과 하나가 된 것 같았다. 그녀는 포기라는 불쾌한 행동으로 그 하나에게 돌아갔다. 마거릿 자신의 믿음은 굳건했다. 그녀는 인간의 영혼이 무언가와 결합된다면 그 대상은 별들과 바다일 것임을 알았다. 그래도 그녀는 헬렌이 벌써 오래전부터 문제가 있었음을 느꼈다. 천천히 비가 내리는 런던의 오후에 그런 파국이 닥쳤다는 게 상징적으로 느껴졌다.

헨리가 유일한 희망이었다. 헨리는 명확했다. 어쩌면 그는 그들이 찾지 못하는 이 미궁 속의 길을 알지도 몰랐다. 그래서 그녀는 티비가 제안한 대로 그의 판단을 들어 보기로 결정했다. 둘은 헨리의 회사를 찾아가기로 했다. 그가 사태를 더 악화시킬 수는 없을 것이다. 그들은 잠깐 세인트폴 교회로 들어갔다. 교회의 돔 지붕은 형식미의 복음이라도 설파하듯이 혼돈의 거리 위로 우뚝 솟구쳐 있었다. 하지만 교회 내부는 주변 환경과 다를 게 없다. 반향과 속삭임들, 들리지 않는 성가, 보이지 않는 모자이크, 바닥에 어지럽게 뒤엉킨 젖은 발자국들. ⟨*Si monumentum requiris, circumspice*(그의 기념비를 원한다면 주위를 둘러보아라)⟩라는 문구처럼 교회는 다시 런던을 가리켜 보였다. 거기도 헬렌을 위한 희망은 없었다.

헨리는 처음에는 별로 진지하게 듣지 않았다. 그건 그녀도 예상했던 바였다. 그는 마거릿이 스워니지에서 돌아온 걸 지나치게 기뻐했고, 새로운 문제가 생겼다는 사실을 받아들이기 싫어했다. 그들이 헛되었던 추적 사건을 이야기하자, 그는 티비와 슐레겔 일가를 놀리기만 했다. 그러더니 식구들을 그렇게 널뛰게 만든 건 ⟨참으로 헬렌다운 일⟩이라고 말했다.

「우리도 모두 그런 식으로 말해요.」 마거릿이 말했다. 「하지만 그게 왜 꼭 헬렌다운 일이죠? 헬렌은 그렇게 이상한 일을 하면서 점점 더 이상해져도 되는 건가요?」

「나한테 묻지 마시오. 나는 그저 사업하는 사람이오. 너는 너대로 나는 나대로 살 뿐이지. 내가 두 사람에게 해주고 싶은 말은 걱정 말라는 거요. 마거릿, 눈 밑에 또 기미가 꼈구려. 그건 절대 안 되는 일이오. 처음엔 이모님이더니, 이제는 여동생이라니. 이제 그런 일에 계속 신경 쓸 수 없소. 안 그런가, 티비?」 그는 종을 울렸다. 「차를 내올 테니 마시고 곧 듀시 스트리트로 돌아가요. 내 아내가 남편만큼 나이 들어 보이는 건 싫소.」

「어쨌거나 저희 말씀을 잘 이해하시지 못하는 것 같네요.」 티비가 말했다.

헨리는 유쾌하게 응수했다. 「앞으로도 계속 모를 것 같군.」 그는 이 똑똑하면서도 기묘한 남매를 비웃으며 의자 뒤로 몸을 기대앉았다. 아프리카 지도 위로 불빛이 파닥거렸다. 마거릿이 티비에게 계속 말하라고 손짓했다. 티비는 자신은 없었지만 누나의 뜻에 따랐다.

「마거릿의 생각은 이기예요.」 티비가 말했다. 「헬렌이 미쳤을지도 모른다는 거죠.」

안쪽 방에서 일하던 찰스가 고개를 들어 이쪽을 보았다.

「이리 좀 와봐, 찰스.」 마거릿이 다정하게 말했다. 「우리를 좀 도와주지 않겠어? 우리가 지금 또 문제가 생겨서.」

「죄송합니다만 어렵겠네요. 정확한 사실을 말씀해 보시죠. 요즘 같은 세상에는 누구나 조금씩 미쳐 있어요.」

「사실은 이래요.」 때로 학생다운 명료함을 보이는 티비가 대답했다. 「헬렌이 지금 영국으로 돌아온 지 사흘쨌데 우리를 만나려고 하지 않는다는 거예요. 은행 사람들한테도 자기 있는 곳을 알리지 말라고 당부시켜 놓았어요. 뭘 물어도 답을 안 해요. 마거릿에게 보낸 편지들도 중요한 내용은 다 빠져 있어요. 다른 것들도 있지만 가장 황당한 건 지금 말한 거예요.」

「전에는 이렇게 행동한 적이 없었소?」 헨리가 물었다.

「당연히 없었죠.」 마거릿이 얼굴을 찌푸리며 대답했다.

「그러지 마시오. 내가 어떻게 알겠소?」

갑자기 분별없는 분노가 그녀에게 밀어닥쳤다. 「헬렌이 애정을 거스르는 잘못은 저지른 적이 없다는 걸 잘 알잖아요. 그만큼은 이해하고 있었어야죠.」

「그래, 헬렌하고 나는 처음부터 사이가 좋았지.」

「아니에요, 헨리. 무슨 소리예요? 그런 뜻으로 말한 게 아니에요.」

그녀는 냉정을 되찾았지만 찰스는 그녀의 분노를 간파했다. 어리석지만 눈치가 빠른 그는 상황을 유심히 관찰했다.

「그 아이가 예전에 저지른 이상한 일들은 뿌리를 캐보면 언제나 따뜻한 마음이 그 원인이었어요. 다른 사람을 좋아해서라든가 사람들을 돕고 싶어서 말이에요. 그런데 지금은 아무런 이유가 없어요. 그리고 우리를 이렇게 깊은 슬픔에 빠뜨리고 있잖아요. 그래서 우리는 그 아이가 건강에 문제가 있을 거라고 생각하는 거예요. 〈미쳤다〉는 건 끔찍한 말이지만, 지금 그 애가 건강하지 않은 건 사실이에요. 도대체 그 애가 제정신이라고 생각되지 않아요. 헬렌이 건강하다고 생각한다면 이런 일로 당신 심기를 불편하게 하지 않을 거예요.」

헨리는 차츰 심각해졌다. 그는 병에 관한 한 분명한 견해를 가지고 있었다. 그는 건강한 편이라서 사람이 천천히 병에 걸린다는 사실을 깨닫지 못했다. 병자들은 아무 권리가 없었다. 그들은 울타리 밖의 사람들이었다. 그들에게는 거짓말을 해도 양심의 가책을 받을 필요가 없었다. 첫 번째 부인이 병에 걸렸을 때 그는 하트퍼드셔에 데려다 주겠다고 하고, 뒤에서는 입원 수속을 밟았다. 헬렌도 병에 걸렸다. 그러니 그가 헬렌을 포획하기 위해 떠올린 계획은 나름대로 현명했고 또 선의에서 나온 것이기는 했지만, 기본적으로 늑대 무리의 윤리학을 따르는 것이었다.

「헬렌을 잡고 싶다는 거요?」 그가 말했다. 「문제는 그것 같구려. 잡아서 의사의 진찰을 받게 해야 한다는 거 아니오?」

「진찰은 벌써 받은 것 같네요.」

「그래, 그래, 가만 내 말을 들어 보시오.」 그는 자리에서 일어나 골똘히 생각에 잠겼다. 온화하고 망설이던 남자는 사라지고, 대신 그리스와 아프리카에서 돈을 긁어 오는 남자, 진 몇 병으로 원주민의 숲을 사들이는 남자가 나타났다. 「방법이 있소.」 그가 마침내 말했다. 「아주 간단하오. 내게 맡겨 주시오. 우리가 헬렌을 하워즈 엔드로 내려 보낼 테니.」

「어떻게요?」

「책을 내세우는 거요. 직접 가서 짐을 풀어 책을 찾아 가라고 하는 거요. 그런 다음 우리가 그리로 찾아가면 되지.」

「하지만 헨리, 그건 그 아이가 절대 허락하지 않을 일이에요. 그 아이는 ─ 무슨 일일지는 몰라도 ─ 나를 만나려고 하지 않으니까요.」

「그러니까 간다는 말을 하면 안 되지. 헬렌이 책을 찾아 짐을 뒤지고 있을 때, 가만히 들어가면 되지 않소. 만약 헬렌에게 아무 문제가 없다면 더 좋은 일이고. 하지만 집 모퉁이에 자동차를 대기시켜 놓고 있다가 얼른 전문의에게 데리고 갈 수도 있소.」

마거릿은 고개를 저었다. 「그건 안 돼요.」

「왜?」 티비가 끼어들었다. 「안 될 것 같지 않는데. 확실히 불안한 계획이긴 하지만.」

「그게 안 되는 이유는요······.」 그녀는 슬픈 눈길로 남편을 바라보았다. 「이런 말이 이해될지 모르겠지만, 그건 헬렌과 제가 주고받던 고유한 언어가 아니예요. 다른 사람들한테는 좋은 계획일 거 같고, 아무도 나무랄 수 없겠지만.」

「하지만 헬렌이 아무 말 안 하잖아.」 티비가 말했다. 「이 문제들이 다 그래서 생겨난 거 아냐? 고유한 언어고 뭐고 아무 말도 안 하잖아. 그래서 누나도 헬렌이 아픈 게 아닌가 생각하는 거고.」

「아니에요, 헨리. 고맙지만, 그럴 수 없어요.」

「알았소.」 그가 말했다. 「양심의 가책 때문에 그렇겠지.」

「그런 것 같아요.」

「가책에 시달리느니 동생의 고통을 방관하자는 거구려. 당신은 말 한마디로 헬렌을 스위니로 부를 수 있었지만, 양심의 가책 때문에 안 그랬소. 양심의 가책이란 좋은 것이오. 나 또한 누구 못지않게 양심적인 사람이라고 생각하오. 하지만 이런 경우처럼 광기가 문제가 되면……」

「광기는 아니라고 생각해요.」

「당신이 방금 그렇다고 말……」

「당신이 말하는 광기는 아니에요.」

헨리는 어깨를 으쓱해 보이고 한숨을 쉬었다. 「아, 마거릿! 여자들은 아무리 훌륭한 교육을 받아도 논리를 터득하지 못한다니까. 자, 나는 그렇게 한가하지 않소. 내 도움을 바라는 거요, 아니오?」

「그런 식은 아니에요.」

「내 질문에 답해요. 간단한 질문이니까 대답도 간단하게. 당신은……」

그때 놀랍게도 찰스가 끼어들었다. 「아버지, 하워즈 엔드를 그 일에 끼워 들이지 마세요.」

「왜지?」

찰스는 대답하지 않았다. 하지만 마거릿은 찰스와 아주 먼 거리에서 인사를 주고받은 듯한 느낌이 들었다.

「집 전체가 엉망이거든요.」 그는 심기가 불편한 듯 말했다. 「우리는 그 집이 더 어질러지는 게 싫습니다.」

아버지가 물었다. 〈우리〉라니? 얘야, 그게 무슨 말이냐? 〈우리〉가 누구야?」

「죄송합니다.」 찰스가 말했다. 「저는 언제나 방해만 되는군요.」

이쯤 되자 마거릿은 괜히 남편에게 헬렌 문제를 얘기했다는 후회가 들었다. 하지만 이제 물러설 길은 없었다. 헨리는 만족스러운 성과를 얻을 때까지 이 일을 밀어붙이기로 결심했고, 그의 이야기 속에 헬렌의 존재는 사라졌다. 그녀의 흩날리는 머리와 뜨거운 눈은 아무런 의미도 없었다. 헬렌은 병들었고 아무 권리가 없었기 때문에, 그녀를 아는 누구라도 그녀를 추적할 수 있었다. 마거릿은 깊은 우울에 잠긴 채 추적대에 합류했다. 그녀는 남편의 명령에 따라 헬렌에게 거짓 편지를 썼다. 짐이 모두 하워즈 엔드에 있으니까, 다음 주 월요일 3시에 찾아가면 청소부가 문을 열어 줄 거라는 내용이었다. 차가운 편지였고, 그래서 더욱 신빙성이 있었다. 헬렌은 마거릿이 기분이 상했다고 생각할 것이다. 그리고 다음 주 월요일에 마거릿과 헨리는 돌리의 집에서 점심을 먹고 정원에 숨어 기다릴 것이다.

마거릿과 티비가 떠난 뒤 윌콕스 씨가 아들에게 말했다. 「나도 이런 일이 내키는 건 아니다. 마거릿은 너무 착해서 그냥 넘어가 주고 있지만, 나라고 마음이 편한 게 아냐.」

찰스는 대답하지 않았다.

「오늘 무슨 일 있었던 거냐, 찰스?」

「아니에요, 아버지. 하지만 자칫 생각보다 큰일에 말려들지도 몰라요.」

「어떻게?」

「그건 저도 모르겠어요.」

35

 사람들은 봄이 변덕스럽다 말하지만, 봄에 태어난 하루하루는 더없이 한결같다. 봄날들은 일어났다 가라앉는 바람과 지저귀는 새 소리로 가득하다. 새로운 꽃들이 피어나고 산울타리에는 초록색 바늘땀이 늘어가지만, 머리 위에는 언제나 부드럽고 짙푸른 하늘이 우리를 굽어보고 있으며, 덤불숲과 초지에는 친숙한 동물들이 눈앞을 오간다. 마거릿이 에이버리를 만난 그날 아침과 헬렌을 잡으려고 출발한 오후는 한 저울에 달린 두 개의 저울판 같았다. 시간은 흐르지 않았다 해도 좋았다. 그사이 비도 내리지 않았다. 오직 인간만이 스스로의 계획과 질병으로 자연을 괴롭히다 마침내 눈물 가득한 눈으로 자연을 바라보았다.

 그녀는 더 이상 반대하지 않았다. 헨리가 옳건 그르건 그는 힘껏 친절을 발휘하고 있었고, 그녀에게는 그를 판단할 다른 기준이 없었다. 그녀는 그를 전적으로 믿어야 했다. 일을 시작하자 그의 둔감함은 사라졌다. 그는 사소한 사항도 놓치지 않았고, 헬렌을 붙잡는 일은 이비의 결혼식만큼이나 능숙하게 진행될 것이 분명해 보였다.

 그들은 계획대로 아침에 힐튼에 내려가서, 목표물이 그곳에 왔음을 확인했다. 힐튼에 도착하자 그는 마을의 마차 임대업자를 모조리 찾아가서 몇 분씩 심각한 이야기를 나누었다. 그가 무슨 이야기를 하는지 마거릿은 알 수 없었다. 아마 사실 그대로는 아닐 것이다. 어쨌거나 점심을 먹고 난 뒤, 런던발 기차에서 내린 한 숙녀가 마차를 빌려 하워즈 엔드로 갔다는 소식이 전해졌다.

「마차로 갈 게 분명했소.」 헨리가 말했다. 「책을 가지고 가야 하니까.」

「도대체 이해를 못하겠어요.」 마거릿이 벌써 수십 번 한 말을 또 했다.

「커피를 마저 마시구려. 그리고 떠납시다.」

「그래요. 많이 마셔 두세요.」 돌리가 말했다.

마거릿은 커피를 마시려다가 갑자기 한 손을 들어 두 눈을 가렸다. 돌리가 시아버지에게 여러 차례 눈길을 주었지만, 그는 응답하지 않았다. 침묵 속에 자동차가 문 앞에 도착했다.

「당신은 거기 갈 만한 상태가 아닌 것 같소.」 그가 걱정스러운 어조로 말했다. 「나 혼자 가겠소. 어떻게 해야 할지 잘 알고 있으니까.」

「아니에요. 괜찮아요.」 마거릿이 손을 떼면서 말했다.

「그저 너무 걱정이 돼서 그래요. 헬렌이 정말 살아 있다는 게 실감이 안 나요. 그 애가 보낸 편지나 진보도 인세나 다른 사람이 쓴 것 같았거든요. 거기엔 헬렌의 목소리가 담겨 있지 않았어요. 크레인이 역에서 헬렌을 봤다는 것도 믿기지 않아요. 당신한테 아무 말 말걸 그랬어요. 찰스가 아주 언짢아하는 것도 잘 알아요.」 그녀는 돌리의 손에 입을 맞췄다. 「돌리! 날 용서해 주길. 우린 이제 갈게.」

헨리는 그녀를 주시했다. 마거릿이 이렇게 약해진 것이 안타까웠다.

「몸을 다시 단장하고 가면 어떨까 싶은데?」 그가 물었다.

「그럴 시간이 있나요?」

「그럼, 충분하지.」

그녀는 현관 옆의 세면실로 갔다. 그녀가 빗장을 걸자마자 윌콕스 씨가 조용히 말했다.

「돌리, 나 혼자 가겠다.」

돌리의 눈이 값싼 흥분으로 반짝거렸다. 그녀는 자동차까지 까치발로 그를 따라갔다.

「내가 그러는 게 좋겠다고 생각했다고 전해 주렴.」

「네, 아버님.」

「네 마음대로 말해도 좋다.」

자동차는 기분 좋게 출발했고, 평상시 같았으면 무사히 빠져 나갔을 것이다. 하지만 정원에서 놀던 투실이가 하필 이때를 골라 길을 막고 주저앉았다. 크레인이 차를 피하려고 하다가 바퀴 하나가 꽃향무 화단을 뭉갰다. 돌리가 비명을 질렀고, 그 소리를 들은 마거릿이 모자도 쓰지 않은 채 나왔다가 얼른 자동차 승강 발판 위로 뛰어올랐다. 그녀는 아무 말도 하지 않았다. 그가 마거릿을 대한 태도는 마거릿 자신이 헬렌을 대한 태도와 같았을 뿐이다. 그의 거짓에 대한 분노 속에서 그녀는 헬렌이 자신들을 보았을 때 어떤 감정을 느낄지 더욱 잘 이해할 수 있었다. 그녀는 생각했다. 〈이런 일을 당해도 할 말 없지. 원칙을 어긴 벌을 받는 거야.〉 그런 뒤 그녀는 그의 사과를 차분히 받아들여서 헨리를 놀라게 했다.

「내 생각에는 지금도 당신이 거기 갈 만한 상태가 아닌 것 같소.」 그가 다시 말했다.

「점심 식사 때는 그랬을지도 몰라요. 하지만 지금은 모든 게 분명해졌어요.」

「나는 그저 최선의 결과를 위해서 그랬을 뿐이오.」

「목도리 좀 빌려 줄래요? 바람 때문에 머리가 엉망이 되네요.」

「그러리다. 이제 괜찮소?」

「봐요! 이제 손이 안 떨려요.」

「나를 용서한 거요? 그러면 들어 봐요. 헬렌의 마차는 이미 하워즈 엔드에 도착했을 거요. (우리가 좀 늦은 감은 있지만 큰 문제는 아니오.) 가면 가장 먼저 할 일은 헬렌의 마차를 농장으로 보내서 거기서 기다리라고 하는 거요. 가능하면 하인들 앞에서 소동이 벌어지는 일은 막아야 하니까. 저 사람은…….」 그는 크레인의 등을 가리켰다. 「대문 안까지 들어가지 않고 대문 조금 못 미친 곳에 있는 월계수들 뒤에서 기다릴 거요. 그 집 열쇠 아직도 갖고 있소?」

「네.」

「어쨌건 열쇠는 필요 없소. 그 집의 배치를 기억하오?」

「네.」

「헬렌이 현관 앞에 없으면, 우리는 정원으로 들어갈 수 있소. 우리의 목표는…….」

그들은 그 대목에서 차를 멈춰 의사를 태웠다.

「맨스브리지, 지금 막 아내에게 우리의 최대 목표는 헬렌을 놀라지 않게 하는 거라고 설명하던 참이오. 그 집은 알다시피 내 집이니까 우리가 거기 가는 건 당연한 일이지. 그 병은 분명히 신경과 관련된 ─ 당신도 그렇게 생각하지 않소, 마거릿?」

젊은 의사는 헬렌에 대해 여러 가지 질문을 했다. 그분은 정상입니까? 선천적이거나 유전적인 병은 없습니까? 그분을 가족과 단절시킬 만한 사건은 없었습니까?

「아니요.」 마거릿이 대답했다. 그리고 만약 〈제 남편의 부도덕한 행위에 크게 분개한 일은 있지요〉라고 덧붙이면 무슨 일이 일어날까 하고 잠깐 생각했다.

「언제나 좀 예민한 편이었소.」 자동차가 교회 앞을 지날 때 헨리가 등받이에 몸을 기대며 말했다. 「정신적인 데 치우쳐 있기는 했지만 심각하진 않았지. 음악, 문학, 미술 그런 것 말이오. 하지만 내가 볼 때 그 정도는 정상이오. 아주 매력적인 아가씨지.」

마거릿의 분노와 공포가 순간순간 커져 갔다. 이 사람들은 어떻게 이렇게 멋대로 헬렌을 단정한단 말인가! 어떤 끔찍한 일이 일어날 것인가! 과학의 이름 아래 어떤 부조리가 숨어 있는가! 늑대 무리는 헬렌의 인권을 부정하기 위해서 달려가고 있었다. 마거릿은 슐레겔 집안 전체가 위협당하는 느낌을 받았다. 정상이냐고? 어떻게 그런 질문을! 그런 질문을 하는 사람은 인간 본성에 대해 아무것도 모르는 사람들, 심리학을 지겨워하고 생리학을 혐오하는 사람들이다. 마거릿은 헬렌이 아무리 참담한 상황에 있더라도 그녀의 편에 서야 한다는 걸 알았다. 만약 세상이 원한다면 헬렌과 함께 미친 사람의 대열에 설 수도 있었다.

이제 3시 5분을 지나고 있었다. 자동차는 농장 옆에서 속도를 줄였고, 농장 마당에는 에이버리 할멈이 서 있었다. 헨리가 할멈에게 마차 한 대가 지나가지 않았느냐고 물었다. 그녀가 고개를 끄덕였고, 다음 순간 그들은 길 끝에 마차가 서 있는 걸 보았다. 자동차는 맹수처럼 조용히 달렸다. 헬렌은 아무 의심 없이 길을 등진 채 현관 앞에 앉아 있었다. 헬렌이 온 것이다. 보이는 것은 헬렌의 머리와 어깨뿐이었다. 그녀는 포도나무에 둘러싸인 채 한 손으로 싹눈 하나를 만지작거리고 있었다. 바람이 머리카락을 가볍게 흩날렸고, 태양이 거기에 눈부신 빛을 더해 주었다. 예전과 다름없는 헬렌 그대로였다.

마거릿은 자동차 문 옆에 앉아 있었다. 그래서 남편이 말리기 전에 재빨리 차에서 내렸다. 그리고 정원 문으로 달려가 닫힌 문을 밀어 열고 들어간 뒤, 뒤따라오는 헨리의 얼굴을 향해 문을 닫았다. 그 소리에 헬렌이 깜짝 놀랐다. 마거릿은 헬렌이 특이한 동작으로 일어서는 걸 보았다. 그녀는 현관 앞으로 뛰어들면서 그동안 그들을 두렵게 한 모든 일이 간단한 원인에서 비롯되었음을 알았다. 헬렌은 임신 중이었다.

「말썽쟁이 아가씨는 괜찮소?」 헨리가 소리쳤다.

그녀는 간신히 속삭였다. 「아, 헬렌……」 집 열쇠가 그녀의 손에 있었다. 그녀는 하워즈 엔드의 문을 열고 헬렌을 안으로 밀어 넣었다. 「네, 괜찮아요.」 그리고 그녀는 문을 등지고 섰다.

36

「마거릿, 얼굴이 안 좋소!」 헨리가 말했다.

맨스브리지가 따라왔다. 크레인은 대문 앞에 있고, 마부는 마부석에 일어서 있었다. 마거릿은 그들에게 고개를 저어 보였다. 아무 말도 할 수 없었다. 그리고 열쇠에 둘의 장래라도 달려 있다는 듯 열쇠를 꽉 움켜쥐었다. 헨리가 질문을 했다. 그녀는 다시 고개를 저었다. 그의 말을 알아들을 수가 없었다. 그가 왜 헬렌을 안으로 들여보냈느냐고 묻는 소리가 들렸다. 〈당신이 대문으로 내 얼굴 후려칠 뻔한 거 알고 있소?〉라는 말도 들렸다. 잠시 후 그녀가 입을 열었다. 그녀가, 또는 그녀를 대신하는 어떤 다른 사람이 말했다. 「그냥 가세요.」 헨리가 더 가까이 왔다. 「마거릿, 얼굴이 안 좋소. 열쇠를 이리 주시오. 헬렌이랑 어떻게 하려는 거요?」

「아, 제발 그냥 가세요. 제가 알아서 할게요.」

「무얼 알아서 한다는 말이오?」

그가 열쇠를 달라고 손을 내밀었다. 만약 의사만 곁에 없었어도 그녀는 그의 말에 따랐을 것이다.

「아니면 적어도 저거라도 막아 주세요.」 그녀가 애처롭게 말했다. 의사가 돌아서서 헬렌의 마부에게 질문하고 있었다. 새로운 감정이 밀려들었다. 그녀는 여자들을 지키기 위해 남자들에 대항해서 싸우고 있었다. 권리 같은 것은 아무래도 좋았다. 다만 남자들이 하워즈 엔드로 들어서려 한다면 그녀의 시체를 넘지 않고는 안 될 것이다.

「이리 나오시오. 도대체 왜 그러는 거요?」 헨리가 말했다.

그때 의사가 앞으로 와서 윌콕스 씨에게 두 마디 말을 속삭였다. 추문은 누설되었다. 헨리는 넋을 잃고 땅을 내려다보았다.

「어쩔 수 없어요.」 마거릿이 말했다. 「지금은 아닙니다. 내 잘못은 아니에요. 모두 돌아가 주세요.」

그러자 마부가 크레인에게 무슨 말인가 속삭였다.

「우리는 윌콕스 부인의 도움이 필요합니다.」 젊은 의사가 말했다. 「안에 들어가서 동생 분을 데리고 나와 주십시오.」

「무엇 때문에요?」 마거릿이 돌연 의사의 눈을 똑바로 쳐다보며 말했다. 얼버무리고 능치는 게 자기 직분에 충실한 일이라고 생각한 의사는 신경 쇠약이 어쩌고 하는 말을 했다.

「죄송합니다만 그것하고는 상관이 없습니다. 맨스브리지 씨는 제 여동생을 돌볼 수 없어요. 나중에 도움이 필요하면 그때 연락드리죠.」

「원하신다면 더 객관적으로 진단해 드릴 수도 있습니다.」 그가 대꾸했다.

「그렇겠죠. 하지만 진단 안 했잖아요. 그러니까 저 애를 돌볼 수 없어요.」

「제발, 마거릿!」 헨리가 여전히 땅을 보면서 말했다. 「이건 어처구니없고 끔찍한 일이오. 의사가 명령하니 문을 열어요.」

「죄송해요, 하지만 그럴 수 없어요.」

「그러지 말라니까.」

마거릿은 아무 말 하지 않았다.

「어쨌건 마찬가지입니다.」의사가 말했다.「모두 협력해야 해요. 윌콕스 부인께는 우리가 필요하고, 우리에게는 부인이 필요합니다.」

「맨스브리지 씨 말이 맞소.」헨리가 말했다.

「저한테는 두 분이 필요 없어요.」마거릿이 말했다.

두 남자는 초조한 눈길을 주고받았다.

「내 동생도 마찬가지고요. 몇 달은 더 저런 상태로 묶여 있어야 하니까요.」

「마거릿! 마거릿!」

「헨리, 제발 의사를 돌려보내요. 도대체 의사가 무슨 소용이에요?」

윌콕스 씨는 집으로 눈길을 돌렸다. 막연하지만 거기 버티고 서서 의사를 도와야 한다는 생각이 들었다. 문제가 드러난 이상, 자신에게도 도움이 필요할지 몰랐다.

「모두가 애정에 달린 문제예요.」마기릿이 밀했다.「애정요, 모르겠어요?」그녀는 평소의 방법으로 돌아가 그 말을 집에 대고 손가락으로 썼다.「아시겠죠. 저는 헬렌을 아주 좋아해요. 하지만 당신은 별로 그렇지 않죠. 맨스브리지 씨는 아예 헬렌을 모르고요. 그게 다예요. 애정은 서로 주고받을 때 권리가 생기는 법이에요. 맨스브리지 씨, 수첩에 적어 두세요. 유용한 말이니까요.」

헨리가 그녀에게 진정하라고 말했다.

「당신은 자신이 무얼 원하는지 몰라요.」마거릿은 팔짱을 끼면서 말했다.「사려 깊은 말 한마디라도 할 거라면 들여보내 드리겠지만, 당신은 그렇게 못해요. 공연히 헬렌을 괴롭힐 거예요. 그러니까 허락할 수 없어요. 여기 이렇게 하루 종일이라도 서 있을 거예요.」

「맨스브리지.」 헨리가 낮은 목소리로 말했다. 「지금은 안 되겠소.」

늑대 무리는 흩어져 갔다. 주인의 신호를 받고 크레인도 자동차로 돌아갔다.

「헨리.」 마거릿이 부드럽게 말했다. 그녀의 신랄한 태도 가운데 그를 향한 것은 아무것도 없었다. 「지금은 그냥 가세요. 당신의 조언은 나중에 듣겠어요. 제가 과민하게 굴었다면 용서하세요. 하지만 지금은 그냥 가셔야 해요.」

그의 어리석음으로는 그녀를 떠날 수가 없었다. 그때 맨스브리지가 낮은 목소리로 그를 불렀다.

「곧 돌리의 집에 가서 뵐게요.」 마침내 대문이 철커덩 하고 열리자 그녀가 소리쳤다. 마차가 길을 비키고, 자동차는 후진했다가 약간 돌고 다시 후진한 뒤 좁은 길 위에서 다시 돌았다. 농장 수레들이 길 가운데로 줄 지어 오고 있었다. 하지만 그녀는 이 모든 것이 지나갈 때까지 참을성 있게 기다렸다. 서두를 이유가 없었다. 모든 것이 끝나고 자동차가 출발하자 그녀는 문을 열었다. 「아, 헬렌! 헬렌, 나를 용서하렴.」 마거릿이 말했다. 헬렌은 현관 입구에 서 있었다.

37

마거릿은 문 안쪽에 빗장을 질렀다. 그리고 헬렌에게 키스하려고 했지만, 헬렌이 낯설고도 품위 있는 목소리로 말했다.

「아주 쉬운걸! 책들을 꺼내 놓았다는 말은 안 했잖아. 원하는 책을 거의 다 찾았어.」

「너한테 했던 말 전부 거짓말이야.」

「많이 놀라긴 했어. 줄리 이모가 아프긴 했던 거야?」

「헬렌, 내가 그런 것도 꾸며 냈을 거라고 생각하니?」

「그런 것 같진 않아.」 헬렌은 그렇게 말하고 돌아서서 아주 약간 울었다. 「하지만 이런 일이 있고 보면 어떤 일도 믿을 수 없게 돼.」

「우린 네가 병에 걸렸다고 생각했어. 하지만 그렇더라도 내가 훌륭하게 행동한 건 아니지.」

헬렌은 책 한 권을 또 골랐다.

「아무하고도 의논하지 말았어야 했는데. 아버지가 나를 어떻게 생각하실까?」

그녀는 헬렌에게 질문한다거나 헬렌을 꾸짖는다는 건 생각할 수 없었다. 나중에는 그런 일이 필요할지 몰랐다. 하지만 지금은 헬렌이 저지른 그 어떤 죄보다 더 큰 자신의 죄 — 믿음이 부족한 건 악마의 일이다 — 부터 씻어 내야 했다.

「그래, 좀 화났어.」 헬렌이 대답했다. 「내 소망을 존중해 줬어야지. 필요하다면 니 스스로 이런 믿음을 가졌을 거야. 하지만 줄리 이모가 회복되고 나니까 그럴 필요가 없어졌지. 내 인생 계획은, 이제 나는……」

「책들 두고 이리 와. 헬렌.」 마거릿이 불렀다. 「나하고 얘기 좀 하자.」

「이제 아무렇게나 살지 않기로 했다고 말하려던 참이야. 그런 걸 헤쳐 나가려면……」 그녀는 그게 무언지는 말하지 않았다. 「미리 자기 행동을 계획해 두어야지. 6월에 아기가 태어나. 그러니까 무엇보다 지금 나한테 대화, 의논, 흥분 같은 건 안 좋아. 꼭 필요하다면 어쩔 수 없지만 그렇지 않다면 말이야. 그리고 나는 사람들을 괴롭힐 권리가 없어. 그러니까 영국에서는 지낼 수가 없어. 나는 영국 사람들이 절대 용서 못하는 일을 저질렀어. 날 용서한다는 건 그 사람들한테 옳지 않은 일이지. 그러니까 나는 아무도 모르는 곳에서 살아야 돼.」

「하지만 왜 나한테 말하지 않았니?」

헬렌이 차분히 대답했다.「할 수도 있었는데, 좀 시간을 두기로 한 거야.」

「끝까지 말 안 하려고 했던 건 아니고?」

「아냐, 말했을 거야. 우리는 뮌헨의 한 아파트에서 살아.」

마거릿은 창밖을 흘깃 내다보았다.

「〈우리〉라는 건 나하고 모니카야. 모니카만 빼면 나는 계속 혼자였고, 앞으로도 혼자이고 싶어.」

「모니카란 이름은 처음 듣는구나.」

「처음일 거야. 이탈리아 여자야. 어쨌건 태생은 그래. 신문에 글을 써서 살고 가르다 호수에서 만났어. 지금 나를 돌봐 줄 사람으로는 모니카가 최고야.」

「그러면 너는 그 여자를 아주 좋아하겠구나.」

「나를 기막히게 잘 이해해 주거든.」

마거릿은 모니카가 어떤 유형인지 짐작했다. 〈*Italiano inglesiato*(영국적인 이탈리아인)〉라고 불리는 유형. 사람들이 존경하면서도 피하는 남유럽의 거친 페미니스트. 헬렌은 곤경 속에서 그런 사람에게 의존해서 지낸 것이다!

「그렇다고 우리가 다시 못 만나는 건 아냐.」 헬렌이 신중한 친절함을 보이면서 말했다.「언니가 묵을 만한 방은 마련해 놓을게. 오래 묵을 수 있다면 더 좋겠지. 하지만 언니는 아직 이해를 못했고, 물론 이해하기 어려운 일이지. 언니한테는 충격이겠지만 나한테는 안 그래. 벌써 여러 달 동안 우리는 미래에 대해서 생각했으니까. 그리고 그 계획은 이런 사소한 충돌이 있었다고 변하지 않을 거야. 나는 영국에서 살 수 없어.」

「헬렌, 내가 널 속인 걸 아직도 용서하지 않고 있구나. 그랬다면 이런 식으로 말할 리 없지.」

「메그, 왜 우리가 이야기를 해야 하지?」 그녀는 책을 한 권 떨어뜨리고 지친 듯 한숨을 쉬었다. 그러더니 다시 냉정을 되찾고 말했다.

「그런데 이 책들이 왜 다 여기 와 있는 거야?」

「실수의 연발이지.」

「그리고 짐들이 거의 풀려 있어.」

「전부 다 풀렸어.」

「누가 여기 살아?」

「아무도 안 살아.」

「그래도 세는 주고 있겠지?」

「이 집은 죽었어.」 마거릿이 얼굴을 찌푸리며 말했다. 「왜 그걸 걱정하니?」

「하지만 흥미가 생기는걸. 언니는 내가 인생에 모든 흥미를 잃었다고 생각하나 봐. 나는 여전히 헬렌이야. 그리고 이 집은 죽은 집 같은 느낌이 들지 않아. 이 현관 입구는 예선에 윌콕스네 물건들이 놓여 있을 때보다 더 생기가 느껴져.」

「흥미가 생긴다고? 좋아. 이야기해 줄게. 남편이 조건을 걸고 우리한테 이 집을 빌려 주었어. 하지만 중간에 착오가 생기면서 짐들이 모두 풀렸지. 에이버리라는 할머니가…….」 그녀는 잠깐 멈추었다. 「날 좀 봐, 이런 식은 안 돼. 난 못하겠어. 헬렌, 왜 나한테 이렇게 차갑게 구는 거니? 헨리가 너무 싫어서?」

「지금은 안 싫어해.」 헬렌이 대답했다. 「여학생 같은 행동은 그만두기로 했어, 메그, 그리고 차갑게 구는 것도 아냐. 하지만 영국인의 삶에 맞추는 일 ─ 그건 불가능해. 그런 건 생각하지 말아 줘. 내가 듀시 스트리트를 찾아간다고 생각해 봐! 말도 안 되지.」

마거릿은 헬렌을 반박할 수 없었다. 그녀가 조용히 자기 계획을 가지고 움직이는 모습을 보는 것은 가슴 아팠다. 거기에는 쓰라림도 없고 흥분도 없고, 결백의 주장도 죄의 고백도 없었다. 그녀는 그저 자유를 갈망하면서 자신을 비난하지 않는 자들과 함께 있기를 원했다. 그녀는 이미 많은 것을 겪었다. 그게 어느 정도인지 마거릿은 알 수 없었다. 하지만 그 정도면 그녀를 예전 버릇과 예전 친구들에게서 떼어 놓기에 충분했다.

「언니 사는 얘기 좀 해줘.」 헬렌이 책을 다 고르고 짐들을 둘러보면서 말했다.

「별로 할 말이 없어.」

「하지만 결혼 생활은 행복한 것 같은데?」

「그렇긴 해. 하지만 별로 말하고 싶지 않아.」

「나하고 똑같구나.」

「그런 건 아니지만 말할 수는 없어.」

「나도 그래. 성가시고 부질없는 일이야.」

두 사람 사이에 무언가가 끼어들었다. 어쩌면 그것은 앞으로 헬렌을 배척할 사회였다. 어쩌면 또 그것은 이미 정신으로서 힘을 발휘하는 제3의 생명이었다. 둘 사이에는 겹치는 지점이 없었다. 그들은 고통스러웠고, 아직 애정이 살아 있다는 사실도 위로가 되지 않았다.

「여기 좀 봐, 메그, 밖에 아무도 없지?」

「다시 나한테서 떠나려는 거니?」

「그래야 될 것 같아! 여기 있어서 뭐 하겠어. 아무 할 이야기도 없는데. 줄리 이모하고 티비한테 안부 전해 줘. 그리고 내가 말하지 못한 것도 언니가 알아서 전해 줘. 그리고 나중에 꼭 뮌헨으로 날 만나러 와야 돼.」

「그럼, 가고말고.」

「그게 우리가 할 수 있는 전부야.」

그런 것 같았다. 모든 것 가운데 헬렌의 이런 냉정한 상식이 가장 섬뜩했다. 모니카가 그녀에게 기막히게 좋은 영향을 주는 게 분명했다.

「언니도 만나서 반가웠고 또 우리 물건들도 보니까 좋네.」 그녀는 책장에 따뜻한 눈길을 던졌는데, 그 모습은 마치 과거에 안녕을 고하는 것 같았다.

마거릿이 빗장을 풀고 말했다. 「자동차는 갔고 네가 타고 온 마차는 아직 있어.」

그녀는 헬렌을 앞서 걸어가며 나뭇잎과 하늘을 바라보았다. 이토록 아름다운 봄은 처음인 것 같았다. 대문에 몸을 기대고 있던 마부가 소리쳤다. 「부인, 전해 드릴 게 있습니다.」 그러더니 문살 틈으로 헨리의 명함을 건넸다.

「어떻게 된 일이죠?」 그녀가 물었다.

아까 크레인이 그걸 가지고 금방 도로 왔다 갔다고 했다.

그녀는 불쾌함을 느끼면서 명함을 읽었다. 명함에는 간단한 프랑스어로 지시 사항이 적혀 있었다. 동생과 이야기를 끝내면 돌리의 집에 와서 하룻밤 묵으라는 내용이었다. ⟨*Il faut dormir sur ce sujet*(하룻밤 자면서 생각해 봐야 하오).⟩ 그러는 동안 헬렌은 ⟨*une confortable chambre à l'hôtel*(호텔의 편안한 방)⟩을 구해서 머물게 하라고 했다. 마지막 문장은 그녀의 심기를 크게 건드렸지만, 곧 찰스의 집에 남는 방이 하나뿐이라서 손님을 세 명이나 받을 수 없다는 걸 깨달았다.

⟨헨리로서는 최선의 일을 한 거야.⟩ 그녀는 그렇게 해석했다.

헬렌은 그녀를 따라 정원으로 나오지 않았다. 문이 열린 순간 그녀는 떠나고자 하는 의지를 잃었다. 그래서 현관 입구를 벗어나지 않고 책장 있는 곳에서 탁자를 향해 걸어가고 있었다. 무책임하면서 매력적인 그 모습이 옛날의 헬렌과 비슷해졌다.

「이 집은 형부의 집이지?」 헬렌이 물었다.

「너도 생각나지?」

「생각나냐고? 나는 잊는 법이 없어! 그런데 지금 이 집은 꼭 우리 집 같아.」

「에이버리 할머니가 좀 특이한 분이야.」 마거릿이 말했다. 그녀도 기분이 약간 밝아졌다. 다시 한 번 미약한 배신의 감정이 느껴졌다. 하지만 그것이 오히려 마음을 가볍게 해서 그녀는 그것에 굴복했다. 「그분은 윌콕스 부인을 사랑했어. 그래서 이곳을 빈집으로 놓아두느니 우리 물건으로라도 사람 사는 집처럼 꾸며 두고 싶어 한 거야. 덕분에 우리 서재에 있던 책들이 모두 나오게 되었지.」

「책이 다 풀린 건 아니야. 미술 책들은 안 나왔어. 그걸 보면 분별이 있는 분인가 보네. 그리고 우리는 여기다 칼을 두지 않았어.」

「그래도 잘 어울리잖아.」

「멋진걸.」

「정말 그래.」

「피아노는 어디 있어, 메그?」

「그건 런던의 창고에 보관시켰어. 왜?」

「아냐, 그냥.」

「양탄자가 딱 맞는다는 게 신기하지 않니?」

「양탄자는 안 어울려.」 헬렌이 잘라 말했다. 「우리가 런던 집에서 이걸 깔고 지내긴 했지만, 여기는 그냥 맨바닥인 편이 나은 것 같아. 그쪽이 훨씬 아름다워.」

「너는 아직도 가구는 적을수록 좋다고 생각하는구나. 떠나기 전에 식당을 한번 보고 갈래? 거긴 양탄자가 없거든.」

둘은 식당으로 갔다. 두 사람의 대화가 점점 자연스러워졌다.

「어머니의 서랍장을 이런 데 두다니!」 헬렌이 소리쳤다.

「하지만 저 의자들을 봐.」

「정말! 위컴 플레이스는 북향이었지?」

「북서향이었지.」

「어쨌건 저 의자들이 햇볕을 쬐기는 30년 만일 거야. 등받이가 따뜻해.」

「그런데 왜 에이버리 할머니가 의자를 둘씩 짝지어서 놓았을까? 나는……」

「여기 와봐, 메그. 여기다 의자를 놓고 앉으면 잔디가 보일 거야.」

마거릿은 의자를 옮겼다. 헬렌이 거기 앉았다.

「그래. 그런데 창문이 좀 높네.」

「응접실 의자에 앉아 봐.」

「아니, 나는 응접실은 별로야. 대들보가 짜맞춤 판자로 가려져 있거든. 그것만 빼면 참 좋을 텐데.」

「헬렌, 그런 것도 기억하고 있구나! 네 말이 맞아. 응접실은 남자들이 여자들 취향으로 꾸미려다가 망친 방이야. 남자들은 우리가 무얼 원하는지 모른다니까.」

「앞으로도 절대 모를 거야.」

「그렇지는 않아. 2천 년쯤 지나면 알게 될 거야.」

「하지만 의자들이 아주 돋보이는걸. 여기 티비가 흘린 수프 자국 좀 봐.」

「커피 자국일걸. 커피가 분명해.」

헬렌이 고개를 저었다. 「말도 안 돼. 티비는 그때 커피를 마시기에는 너무 어렸어.」

「아버지가 살아 계실 때였나?」
「그래.」
「그러면 네 말이 맞아. 수프 자국이 맞겠다. 내가 생각한 건 훨씬 뒤의 일이야. 줄리 이모가 왔다가 티비가 이제 아이가 아니라는 걸 모르고 계속 실수를 했던 적이 있잖아. 그때는 커피였지. 티비가 일부러 흘렸으니까. 아침마다 이모가 티비한테 불러 주던 노래도 있었어. 〈홍차, 커피 — 커피, 홍차〉 가만, 그게 어떻게 되더라?」
「알아 — 아니, 몰라. 정말 티비는 그렇게 고약했다니까!」
「하지만 그 노래도 아주 괴로웠어. 제정신 가진 사람은 참기 어려웠어.」
「아, 저 자두나무.」 헬렌이 어린 시절의 정원이라도 내다보는 것처럼 소리쳤다. 「왜 저걸 보면 아령이 생각나지? 저기 병아리들도 나오네. 풀도 깎아야 되겠고. 나는 노랑멧새가 좋아.」
마거릿이 헬렌의 말을 잘랐다. 「생각났어.」

  홍차, 홍차, 커피, 홍차,
  아니면 초콜릿.

「이 노래를 3주 동안 매일 아침 불렀으니, 티비가 화가 난 것도 당연하지.」
「지금 티비는 나름대로 사랑스러워.」 헬렌이 말했다.
「그래! 그렇게 말할 줄 알았어. 당연히 티비는 사랑스럽지.」
초인종이 울렸다.
「이게 무슨 소리지?」
헬렌이 대답했다. 「윌콕스 일가가 포위 공격을 시작한 걸

지도 몰라.」

「말도 안 돼. 가만 들어 봐!」

사소한 대화는 끝났지만 그 뒤에 무언가가 남았다. 그들의 사랑이 공통의 것들에 뿌리박고 있는 이상 그들은 헤어질 수 없다는 깨달음이었다. 설명도 호소도 모두 실패했고, 겹치는 지점을 찾으려는 노력은 불편함만을 남겼다. 하지만 그러는 동안 구원은 그들 곁에 있었다. 과거가 현재에 빛을 뿌렸고, 심장 박동을 거세게 울리는 현재는 어쨌건 우리에게는 웃음과 아이들의 목소리가 가득한 미래가 있을 거라고 선언했다. 헬렌은 미소를 잃지 않고 마거릿에게 다가갔다. 「언니는 참 하나도 안 변했어.」 그들은 서로의 눈을 들여다보았다. 내적 생활의 보답이 이루어졌다.

방울이 느릿느릿 울렸다. 현관 앞에는 아무도 없었다. 마거릿이 부엌으로 갔다. 그리고 짐 상자들 틈을 비집고 창가로 갔다. 어린 소년이 양철통을 들고 서 있었다. 다시 사소한 대화가 시작되었다.

「무슨 일이니?」

「우유를 가지고 왔어요.」

「에이버리 할머니가 보내셨니?」 마거릿이 약간 엄한 목소리로 물었다.

「네.」

「그러면 도로 가서 할머니한테 우리는 우유 필요 없다고 말씀드려라.」 그리고 헬렌에게 소리쳤다. 「포위 공격 아니야. 오히려 포위에 대비해서 우리에게 식량을 대주려는 시도 같은걸.」

「하지만 난 우유 좋아해.」 헬렌이 대꾸했다. 「왜 돌려보내려고 해?」

「그래? 좋아. 하지만 우유를 담아 둘 그릇이 없는걸. 아이는 통을 가져가야 할 테고.」

「아뇨, 통은 아침에 와서 가져가도 돼요.」 소년이 말했다.

「그때는 이 집 문이 잠겨 있을 거야.」

「아침에 달걀도 가져올까요?」

「지난주에 내가 여기 왔을 때 짚더미에서 놀던 아이가 너였니?」

아이는 고개를 숙였다.

「그러면 가서 다시 놀렴.」

「귀여운 꼬마야.」 헬렌이 속삭였다. 「이름이 뭐니? 내 이름은 헬렌이야.」

「톰.」

그것도 역시 헬렌다운 일이었다. 윌콕스네 사람들도 역시 아이를 보면 이름을 묻겠지만, 자기 이름을 일러 주는 일은 없었다.

「톰, 여기 이 아줌마는 마거릿이야. 집에는 티비도 있어.」

「우리 집 토끼는 귀가 늘어졌어요.」 톰은 티비를 토끼 이름으로 생각하고 대답했다.

「아주 착하고 똑똑한 아이로구나. 또 오렴. 정말 귀여운 아이인걸.」

「그래, 귀엽구나.」 마거릿이 대답했다. 「아마 매지의 아들 같은데, 매지는 좀 끔찍하지만. 어쨌거나 이 집에는 놀라운 힘이 있어.」

「무슨 소리야?」

「나도 몰라.」

「나도 언니랑 같은 생각을 하는 거 같아서 그래.」

「이 집은 끔찍한 것을 죽이고 아름다운 것을 살리거든.」

「맞아.」 헬렌이 우유를 홀짝이며 말했다. 「하지만 30분 전에 언니는 이 집이 죽었다고 말했어.」

「그건 내가 죽었다는 뜻이었어. 나는 그걸 느꼈어.」

「그래, 이 집은 우리보다 뚜렷한 인생을 살고 있어. 텅 비어 있는 데도 말이야. 30년 동안 우리 가구들이 햇볕을 못 봤다는 걸 생각하면 기가 막혀. 그런 걸 보면 위컴 플레이스는 무덤이었어. 메그, 나 멋진 생각이 하나 떠올랐어.」

「뭔데?」

「우유를 마시고 마음을 진정시켜.」

마거릿은 그 말에 따랐다.

「아니, 아직은 말 안 할래.」 헬렌이 말했다. 「언니가 웃을지도 모르고 또 화낼지도 모르니까. 먼저 위층에 올라가서 집을 좀 환기시키자.」

그들은 방방마다 다니며 창문을 열었고, 집 내부가 봄을 향해 출렁거렸다. 커튼들이 나부꼈고 사진들이 명랑하게 흔들거렸다. 헬렌은 침대들이 적절하게 놓이거나 엉뚱하게 놓인 걸 발견할 때마다 즐거운 비명을 질렀다. 그녀는 에이버리가 옷장들을 2층에 옮기지 않은 것에 화를 냈다. 「그러면 정말로 방 같았을 텐데.」 그녀는 전망에 감탄했다. 그 모습은 4년 전에 그 잊지 못할 편지들을 보낸 헬렌 그대로였다. 둘이 함께 창밖으로 몸을 내밀고 서쪽을 바라보는데, 헬렌이 말했다. 「아까 말한 그 생각인데, 언니랑 나랑 여기서 오늘 밤 같이 자는 게 어떨까?」

「좀 어려울 것 같은데.」 마거릿이 대답했다.

「침대도 있고, 탁자도 있고, 수건도 있잖아.」

「알아, 하지만 지금 이 집은 아무도 살지 않는 집으로 되어 있어. 그리고 헨리의 제안으로는······.」

「나는 제안 같은 거 필요 없어. 내 계획은 조금도 바뀌지 않으니까. 하지만 여기서 언니랑 하룻밤을 같이 보내면 정말 즐거울 것 같아. 두고두고 좋은 추억거리가 될 거야. 메그, 그렇게 해!」

「하지만 헬렌.」 마거릿이 말했다. 「그러려면 먼저 헨리의 허락을 받아야 해. 물론 허락해 주겠지. 하지만 아까 너도 이제 듀시 스트리트에 찾아올 수 없을 거라고 했잖아. 이 집도 거기하고 별반 다르지 않아.」

「듀시 스트리트는 그 사람 집이지. 하지만 여긴 우리 집이야. 우리 짐들이 있고, 우리 같은 부류의 사람들이 찾아오잖아. 그러지 말고 같이 여기 있자, 하룻밤만. 아침이면 톰이 우유랑 달걀을 가져다가 우리를 먹일 거 아냐. 뭐가 문제야? 달도 떴잖아.」

마거릿은 망설이다가 마침내 입을 열었다. 「찰스가 별로 안 좋아할 것 같아. 찰스는 우리 짐이 여기 있는 것도 싫어해. 그래서 짐을 여기서 빼내려고 하던 참에 줄리 이모가 병이 나신 거야. 나는 찰스를 이해해. 여긴 찰스 어머니의 집이니까. 이 집에 대한 찰스의 사랑은 조금 무식해 보일 정도야. 헨리한테는 양해를 구할 수 있지만 — 찰스한테는 안 돼.」

「그 사람은 안 좋아하겠지.」 헬렌이 말했다. 「하지만 나는 그 사람들 인생에서 멀어질 거잖아. 나중에 그 사람들이 〈그 여자가 하워즈 엔드에서 잠까지 자고 갔다는 말이지?〉라고 말한다고 뭐가 달라져?」

「네가 그 사람들 인생에서 멀어질지 어떻게 알아? 우리는 벌써 두 번이나 그렇게 될 거라고 생각했어.」

「내 계획이 있으니까…….」

「그건 언제라도 바뀔 수 있어.」

「그러면 말하지.」 헬렌이 격분해서 말했다. 「내 인생은 크고 그 사람들 인생은 작으니까. 그 사람들은 모르는 걸 나는 아니까. 우리는 이 세상에 시가 있다는 걸 알아. 또 죽음이 있다는 것도 알아. 그 사람들은 그런 걸 풍문으로 알 뿐이야. 집

문서나 열쇠는 그 사람들 소유일지 몰라도 오늘 밤 여기는 우리 집이야.」

「그래, 다시 한 번 너하고 둘이서만 시간을 보낸다는 건 정말 좋은 일일 거야.」 마거릿이 말했다. 「언제 다시 이런 기회가 올지 모르고.」

「그리고 우리는 이야기할 수 있잖아.」 헬렌이 목소리를 낮추었다. 「자랑할 만한 이야기는 아니지만, 바로 저 우산느릅나무 아래서 말이야. 솔직히 내 인생은 앞으로 그렇게 행복할 것 같지 않아. 그런데 오늘 하룻밤도 언니랑 같이 보낼 수 없단 말이야?」

「나도 정말로 그러고 싶어.」

「그러면 그렇게 해.」

「망설일 필요 없을 것 같다. 마차를 타고 힐튼까지 가서 허락을 받아 올게.」

「무슨 허락이 필요해?」

하지만 마거릿은 충실한 아내였다. 상상력과 시가 있다고 해도, 아니 어쩌면 그런 게 있기 때문에, 그녀는 헨리가 취할 기계적인 태도를 이해할 수 있었다. 가능하면 그녀도 기계적으로 처신할 것이다. 겨우 하룻밤의 외박을 허락받는 데 중대 원칙을 운운할 필요는 없었다.

「찰스는 안 된다고 할지 몰라.」 헬렌이 투덜댔다.

「찰스한테는 말 안 할 거야.」

「가고 싶으면 갔다 와. 나 같으면 이런 일에 허락 같은 거 받지 않겠지만.」

그것은 약간 이기적인 투정이었지만, 그걸로 헬렌의 인품이 훼손되지는 않았고 오히려 더 아름답게 느껴졌다. 헬렌 같으면 허락받지 않고 하룻밤을 묵은 뒤 다음 날 아침 독일로 달아났을 것이다. 마거릿은 그녀에게 키스했다.

「어두워지기 전에 돌아올게. 나도 가슴이 뛴다. 이런 아름다운 일을 생각해 내다니 정말 너다운 일이야.」

「아름다운 이별을 위해서일 뿐이야.」 헬렌이 약간 슬픔에 잠겨 말했다. 그리고 집을 나선 마거릿은 무언가 비극이 다가오는 듯한 느낌에 사로잡혔다.

그녀는 에이버리 할멈이 두려웠다. 누군가가 예언한 대로 행동하는 것은 아무리 피상적인 방식이라 해도 유쾌한 일이 아니다. 마차를 타고 농장 앞을 지날 때 그녀는 아무도 자신을 지켜보고 있지 않는 걸 다행으로 여겼다. 꼬마 톰만이 짚더미 위에서 공중제비를 넘고 있었다.

38

비극은 조용히 시작되었고, 많은 대화에서 그렇듯이 그것은 남자의 우월성에 대한 요령 있는 주장에서 비롯되었다. 헨리는 마거릿이 마부와 다투는 소리를 듣고 집 밖으로 나가서 무례한 마부를 꾸짖은 뒤 그녀를 잔디밭에 놓인 의자들로 데리고 갔다. 아무 이야기도 못 〈들은〉 돌리가 차를 대접하겠다고 뛰어나왔다. 그는 차를 거절하고 마거릿과 둘이서만 있고 싶으니 유모차를 다른 곳으로 끌고 가라고 말했다.

「하지만 아기는 들어도 모르는걸요. 아직 9개월도 안 됐잖아요.」 돌리가 말했다.

「내가 말하는 건 그게 아니다.」 헨리가 쏘아붙였다.

아기는 멀찍감치 물러났고, 이 위기 상황에 대한 이야기는 후일에야 듣게 되었다. 이제 마거릿의 차례였다.

「우리가 걱정하던 대로요?」 헨리가 물었다.

「네.」

「마거릿.」 그가 말했다. 「이건 아주 골치 아픈 일이오. 그러니까 아무런 거짓도 없이 모든 걸 솔직하게 말하는 게 도움이 될 거요.」 마거릿은 고개를 숙였다. 「당신이나 나나 건드리고 싶지 않은 일이지만 어쩔 수 없이 당신에게 그 일을 물어야겠소. 알다시피 나는 버나드 쇼처럼 이 세상에 신성한 것이란 없다고 생각하는 사람이 아니오. 이런 이야기를 하는 것 자체가 나한테는 고통스럽소. 하지만 필요하다면 어쩔 수 없는 법이지. 우리는 어린아이가 아니라 남편과 아내요. 나는 세상을 아는 남자고, 당신은 아주 비범한 여자잖소.」

일순 모든 감각이 마거릿을 떠났다. 그녀는 얼굴을 붉히고 고개를 돌려 멀리 봄풀에 덮인 식스힐스를 바라보았다. 그녀의 안색을 눈치 채고 그가 더욱 부드러운 태도로 말했다.

「당신 마음도 내 마음과 같겠지 — 불쌍한 마거릿! 하지만 기운을 내요! 한두 가지만 물어보면 되니까. 헬렌이 결혼반지를 끼고 있었소?」

마거릿이 떠듬떠듬 대답했다. 「이뇨.」

참담한 침묵이 이어졌다.

「헨리, 제가 온 건 하워즈 엔드에 관해서 드릴 부탁이 하나 있어서예요.」

「한 번에 하나씩만 처리합시다. 그러면 나는 이제 헬렌을 농락한 자의 이름을 물어야겠소.」

그녀는 자리에서 일어나 의자 뒤로 갔다. 그녀의 얼굴은 핏기가 모두 사라져 잿빛이 되었다. 그는 이런 식의 반응이 기분 나쁘지 않았다.

「서두를 것 없소.」 그가 그녀를 달랬다. 「하지만 지금 당신보다 내가 더 곤혹스럽다는 걸 생각해 주시오.」

마거릿이 비틀거리자 헨리는 그녀가 기절하는 줄 알고 놀랐다. 마침내 그녀가 말했다. 「농락한 사람요? 몰라요. 그런 사람이 누군지 몰라요.」

「헬렌이 대답 안 했소?」

「누가 농락했냐고 묻지도 않았어요.」 마거릿은 농락이라는 단어에 치를 떨며 말했다.

「것 참 이상하군.」 그러더니 그는 마음을 바꾸었다. 「어쩌면 묻지 않은 게 자연스러운지도 모르지. 하지만 그자가 누군지 알아내지 않으면 아무것도 할 수 없소. 앉아요. 당신이 그렇게 괴로워하는 걸 보니 나도 어찌할 바를 모르겠구려! 당신에게 이런 일은 어울리지 않았소. 당신을 괜히 데리고 왔어.」

마거릿이 대답했다. 「당신만 괜찮다면 저는 서 있고 싶어요. 그래야 식스힐스가 잘 보이니까요.」

「그러면 그렇게 하든지.」

「더 물어볼 것 없어요, 헨리?」

「그러면 이제 당신이 알아낸 걸 이야기해 주시오. 당신은 통찰력이 있는 사람이니까. 나도 때로 당신의 그런 능력이 부럽소. 헬렌이 아무 말 안 했어도 뭔가 알아낸 게 있지 않소? 사소한 거라도 우리한테는 도움이 될 거요.」

「〈우리〉가 누구예요?」

「찰스에게 알려야 할 것 같아서 전화했소.」

「필요 없는 일이었어요.」 마거릿이 더 흥분해서 말했다. 「이런 소식은 찰스한테 엄청난 고통을 줄 거예요.」

「그런 뒤 찰스는 바로 당신 남동생을 찾아갔소.」

「그것도 필요 없는 일이었어요.」

「내 말을 좀 들어 봐요. 나나 찰스가 신사가 아니라고는 생각하지 않을 거 아니오? 우리는 다 헬렌을 위해서 이러는 거요. 아직도 헬렌의 명예를 지킬 시간이 남아 있소.」

마거릿이 드디어 공격에 나섰다. 「헬렌을 농락했다는 그 사람하고 결혼시키겠다고요?」

「가능하다면 그래야지.」

「하지만 그 남자가 이미 결혼한 사람이면 어떻게 해요? 그런 일들도 간혹 있잖아요.」

「그러면 자신의 비행에 대해 호된 값을 치르게 해야지.」

그렇게 해서 그녀의 첫 번째 공격은 빗나갔다. 그녀는 다행이라고 생각했다. 무엇 때문에 두 사람 모두의 삶을 위험으로 몰아넣으려고 했던 건가? 헨리의 둔감함이 그뿐 아니라 그녀도 살렸다. 분노로 탈진한 그녀는 다시 자리에 앉아서, 그가 생각을 이야기하는 모습을 보며 눈을 깜박였다. 마침내 그녀가 말했다. 「이제 제가 질문해도 되나요?」

「그러시오.」

「헬렌은 내일 뮌헨으로 떠나요.」

「어쩌면 그게 옳을지도 모르지.」

「헨리, 제가 먼저 말을 마치게 해줘요. 그 애는 내일 떠나고, 오늘 밤 당신의 허락을 받고 하워즈 엔드에서 자고 싶대요.」

그것은 그의 인생을 위협하는 말이었다. 마거릿은 다시 자신이 내뱉은 말을 후회했다. 조심해서 고른 말이 아니었다. 그녀는 그 말이 그가 짐작하는 것보다 훨씬 대단한 것임을 알려 주고 싶은 열망에 사로잡혔다. 그러는 동안 헨리는 그 말을 사업 제안서처럼 이리저리 곱씹었다.

「왜 하워즈 엔드에서 자겠다는 거요?」 그가 마침내 말했다. 「내가 말한 대로 호텔에서 자는 게 더 편하지 않겠소?」

마거릿은 얼른 이유를 설명했다. 「기이한 부탁이라는 거 알아요. 하지만 당신도 헬렌이 어떤 아이인지 알잖아요. 또 여자가 그런 상태가 되면 어떤지도요.」 그는 얼굴을 찌푸리고 신경질적인 몸짓을 했다. 「그 애는 당신 집에서 하룻밤을 자면 즐겁기도 하고 여러 가지로 좋을 거라고 생각하고 있어요. 저도 거기 동의해요. 그 애도 상상력이풍부한 아이니까, 우리 책이랑 짐들 곁에 있으면 마음의 안정을 느낄 거예요. 그건 분명한 사실이죠. 그걸로 헬렌의 소녀 시절을 끝내는 거예요. 그 애가 아까 나한테 마지막으로 한 말도 〈아름다운 이별〉이라는 거였어요.」

「옛날 가구들을 보고 감상에 젖는다는 거로군.」

「맞아요, 이해하는군요. 헬렌이 그 곁에 있을 수 있는 마지막 기회예요.」

「그건 동의하지 못하겠소! 헬렌은 어딜 가든지 자기 몫의 가구에 대한 소유권이 있소. 어쩌면 자기 몫보다 더 소유할지도 모르지. 당신이 헬렌을 워낙 사랑해서 헬렌이 말만 하면 당신 몫도 척척 내줄 테니 말이오. 물론 그건 반대하지 않소. 그 집이 헬렌이 살던 집이라면 이해할 수 있겠소. 왜냐 하면 집이란, 혹은 주택이란……」 그는 일부러 단어를 바꿨다. 효과적인 논거가 떠올랐기 때문이다. 「왜냐 하면 사람이 한때 살았던 주택은 왜 그런지는 몰라도 어떤 식으로든 신성하게 되니까. 추억이라든가 기타 여러 가지로 말이오. 하지만 헬렌이 하워즈 엔드에서 추억할 게 뭐가 있소. 나하고 찰스하고 이비한테는 그런 게 있지. 나는 왜 헬렌이 거기서 밤을 보내려고 하는지 이유를 모르겠소. 감기만 걸릴 거요.」

「그냥 모르는 대로 허락해 주세요.」 마거릿이 하소연했다. 「환상이라고 생각하세요. 하지만 환상도 과학적인 현상이에요. 헬렌은 환상이 많고 또 그걸 좋아해요.」

그러자 그가 그녀를 놀라게 했다. 그것은 드문 일이었다. 그가 예상치 못한 반론을 펼친 것이다. 「하룻밤 자고 나면 이틀 밤을 자고 싶어 할지도 모르지. 어쩌면 헬렌을 그 집 밖으로 못 내보낼지도 모르오.」

마거릿은 절벽이 다가오는 것을 느끼며 대답했다. 「그래요, 그 애를 집 밖으로 못 내보낸다고 해요. 그게 뭐가 문제죠? 그게 누구한테 해를 끼치는 일은 아니잖아요.」

그가 다시 신경질적인 몸짓을 했다.

「아니에요, 헨리.」 그녀는 숨을 헐떡이며 물러섰다. 「그런 일은 없을 거예요. 우리는 하워즈 엔드에서 오늘 하룻밤만 보내면 돼요. 내일 제가 헬렌을 데리고 런던으로 가겠어요.」

「당신도 그 눅눅한 집에서 자겠다는 말이오?」

「그 애를 혼자 둘 수는 없어요.」

「말도 안 되는 소리! 미친 짓이야. 당신은 여기서 찰스를 만나야 돼!」

「아까 말했지만 찰스한테 연락한 건 공연한 일이었어요. 그리고 저는 찰스를 만나고 싶은 생각이 없어요.」

「마거릿...... 마거릿......」

「이 일이 찰스하고 무슨 상관이 있는 거죠? 나한테 별 상관없는 일이라면, 당신한테는 더 상관이 없고, 찰스하고는 아무 상관이 없는 일이에요.」

「그 아이는 하워즈 엔드의 장래의 주인이오.」 윌콕스 씨가 손가락 끝을 맞대어 둥글게 굽히며 말했다. 「그러니 상관있을 수밖에 없소.」

「어떻게요? 헬렌의 처지 때문에 재산 가치가 떨어지기라도 한다는 말인가요?」

「이런, 당신 지금 자제력을 잃고 있구려.」

「분명하게 말해야 한다고 당신이 말하지 않았나요?」

그들은 얼이 빠진 채 서로를 바라보았다. 절벽은 이제 발밑에 다가와 있었다.

「나도 헬렌에게 연민을 느끼오.」 헨리가 말했다. 「당신의 남편으로서 나는 최선을 다해 헬렌을 도울 거요. 그리고 헬렌이 죄의 당사자가 아니라 피해자임이 밝혀질 거라 믿소. 하지만 아무 일도 없었던 것처럼 대할 수는 없소. 그건 내 사회적 지위에 맞지 않는 일이오.」

그녀는 마지막으로 자신을 다스렸다. 「아뇨, 헬렌의 부탁을 들어주세요. 상식을 벗어난 일이지만, 불행에 빠진 아이의 부탁이에요. 내일 독일로 떠나니까, 이 사회의 심기를 거스르는 일도 더 없을 거예요. 오늘 밤 그 아이가 당신의 빈집에서 나와 함께 자고 싶어 해요. 당신은 그 집을 좋아하지도 않고, 1년이 넘도록 살지도 않았잖아요. 제발 헬렌의 부탁을 들어주세요. 제발 그 애를 용서해 줘요. 당신이 용서를 원했을 때 결국 용서받은 것처럼 말이에요. 오늘 하룻밤만 그 애를 용서해 줘요. 더 이상은 안 바랄게요.」

「내가 용서받은 것처럼……?」

「무슨 뜻인지 곱씹지 말고 내가 물은 말에 대답해 줘요.」

아마도 그는 어렴풋이나마 그녀의 말뜻을 이해했을 것이다. 그랬음에도 그는 묵살했다. 그는 자신의 요새에 들어가서 대답했다. 「내가 융통성이 없어 보이겠지만, 나도 세상을 겪을 만큼 겪었고, 일들이 풀려 나가는 방식을 알고 있소. 나는 헬렌이 호텔에서 자는 게 좋다고 생각하오. 내 아이들도 있고 죽은 아내와의 소중한 추억도 있소. 미안하지만 헬렌을 당장 내 집에서 내보내시오.」

「윌콕스 부인 이야기를 하셨나요?」

「무슨 말이오?」

「특이한 일이군요. 그러면 제가 그에 대한 답으로 바스트 부인을 거론해도 될까요?」

「당신 오늘 당신답지 않군.」 헨리가 흔들림 없는 표정으로 자리에서 일어나며 말했다. 마거릿이 그에게 달려가서 그의 양손을 잡았다. 그녀는 다른 사람이 되어 있었다.

「듣기 싫겠죠!」 그녀가 소리쳤다. 「하지만 헨리, 아무리 끔찍한 일이라고 해도 당신은 두 사건이 어떻게 연결되는지 이해해야 돼요. 당신은 정부가 있었어요. 나는 용서했어요. 헬렌은 애인이 있었어요. 그런데 당신은 그 애를 집에서 내보내라고 해요. 연결이 되나요? 어리석고 뻔뻔하고 잔인한 일이에요. 너무 끔찍해요! 살아 있는 아내를 모욕해 놓고 죽은 아내의 추억을 말하는 남자, 쾌락을 좇아 한 여자의 인생을 망쳐 놓고 그 여자를 버려서 다른 남자들을 망치게 한 남자. 그리고 엉터리 충고를 해놓고 나중에 자기 책임이 아니라고 발뺌하는 남자. 그런 남자가 바로 당신이에요. 당신은 그런 사람들을 알아보지 못해요. 왜냐 하면 연결시키지 못하니까요. 나는 당신의 무분별한 친절을 이미 충분히 겪었어요. 또 당신의 응석도 충분히 받아 주었어요. 당신은 평생토록 그렇게 응석만 부렸어요. 윌콕스 부인도 당신의 응석을 받아 주었어요. 아무도 당신에게 당신의 진정한 모습을 말해 주지 않았어요. 당신은 모든 게 뒤엉켜 있어요. 죄악에 이를 만큼 뒤엉켜 있어요. 당신 같은 사람은 참회도 방패막이일 뿐이니까 참회도 하지 마세요. 그저 스스로에게 이렇게 말하세요. 〈헬렌이 한 일은 나도 한 일이다〉라고요.」

「두 가지는 종류가 다르오.」 헨리가 우물거렸다. 그의 진정한 반격은 준비되지 않았다. 아직 그의 머리가 혼란스러웠기 때문에 그에게는 시간이 필요했다.

「뭐가 다르죠? 당신은 윌콕스 부인을 배신했어요. 헬렌은 그저 자신을 배신했을 뿐이고요. 그런데 당신은 이 사회에 멀쩡히 남아 있는데, 헬렌은 그러지 못해요. 당신은 쾌락을 얻었을 뿐인데, 헬렌은 죽을지도 몰라요. 어쩌면 그렇게도 당당하게 두 가지가 다르다고 말할 수 있는 거죠, 헨리?」

그 얼마나 무용한 시도였나! 헨리의 반격이 준비되었다.

「당신은 지금 나를 협박하고 있구려. 협박은 아내가 남편에게 쓰는 무기로 그리 훌륭해 보이지 않소. 내 인생의 중요한 원칙 하나는 협박에 굴복하지 않는 것이오. 나는 다시 같은 말을 할 수밖에 없소. 당신과 여동생은 하워즈 엔드에서 잘 수 없소.」

마거릿은 손을 놓았다. 헨리는 집으로 들어가면서 손수건으로 양손을 차례로 닦았다. 잠시 동안 그녀는 전사들의 무덤인 식스힐스를 바라보며 서 있었다. 그리고 어느새 다가온 저녁 속으로 들어갔다.

39

찰스와 티비는 요즘 티비가 지내는 듀시 스트리트에서 만났다. 그들의 만남은 짧고 부조리했다. 그들에게 공통된 것은 영어를 쓴다는 점뿐이었고, 둘은 그것을 통해 피차 이해하지 못하는 것을 표현하려고 애썼다. 찰스는 헬렌을 윌콕스 집안의 적으로 보았다. 그는 그녀를 슐레겔 집안의 위험 인물로 선별해 놓고, 분노로 들끓는 가운데에도 자신의 예감이 얼마나 옳았는지를 아내에게 떠벌릴 순간을 고대했다. 그는 즉시 마음을 굳혔다. 헬렌은 자신들의 체면을 더 손상시키기 전에 얼른 떠나야 했다. 기회가 되면 어떤 악당이나 바보를 골라잡아 결혼시킬 수도 있었다. 하지만 그것은 도덕과 타협하는 문제였고, 그게 계획의 요점은 아니었다. 찰스의 혐오는 솔직하고 뜨거웠다. 그리고 증오의 뛰어난 기억력은 그의 눈앞에 과거의 일들을 또렷하게 펼쳐 놓았다. 그는 수첩을 읽듯이 슐레겔 자매의 행적을 하나하나 훑었다. 폴을 망치려 했던 일, 어머니의 유산, 아버지의 결혼, 하워즈 엔드에 짐을 가져다 놓은 일, 또 그 짐을 푼 일. 그는 아직 마거릿과 헬렌이 하워즈 엔드에서 자겠다고 부탁한 사실을 몰랐다. 이후 그 일은 결국 그들의 비책(祕策)이 되고 그 또한 그 사실을 이용하게 되지만, 그때 그는 이미 하워즈 엔드가 목적이라는 걸 느꼈다. 그리고 비록 자신이 싫어하는 집이라 해도 굳게 지키고 말겠다는 다짐을 굳혔다.

반대로 티비는 아무 의견이 없었다. 그는 인습을 초월해 있었기 때문에, 헬렌에게는 자기 생각을 행동으로 옮길 권리가 있다고 생각했다. 인습에 볼모 잡힌 게 없다면 인습을 초월하기는 그리 어렵지 않다. 남자는 언제나 여자보다 인습에서 자유로울 수 있고, 독립적인 수입이 있는 독신 남자는 인습 때문에 곤란을 겪을 일이 없다. 찰스와 달리 티비는 조상들이 물려준 충분한 돈이 있었다. 만약 그가 어딘가에서 충격적인 일을 저지른다면, 그저 다른 환경으로 옮기기만 하면 되었다. 티비의 여유로운 인생에 남들에 대한 공감은 끼어들지 않았다. 그것은 분투하는 자들의 태도만큼이나 치명적인 것이다. 그 위에 차가운 교양은 얼마간 쌓을 수 있을지 몰라도 예술은 불가능하다. 누나들은 그런 문제를 알았고, 자신들이 디디고 선 황금 섬이 그들을 바다 위로 떠받쳐 준다는 사실을 잊지 않았다. 티비는 모든 찬양을 자기에게 돌렸다. 그리고 물 위에서 허우적거리는 자들과 물속에 가라앉은 자들을 경멸했다.

그러니 둘의 만남이 부조리할 수밖에 없었다. 두 사람 사이에 놓인 골짜기는 정신적인 것이자 경제적인 것이었다. 하지만 몇 가지 사실은 전해졌다. 찰스는 대학생들이 참기 힘든 고압적인 태도로 그것들을 물었다. 헬렌이 정확히 언제 외국으로 갔는가? 가서 어디에 있었는가? (찰스는 이 추문을 독일 땅에 묶어 두고 싶어 했다.) 그러더니 전술을 바꾸어서 거칠게 말했다. 「티비 군도 자신이 누나의 보호자라는 건 알고 있을 텐데요.」

「무슨 의미로요?」

「어떤 놈이 내 누이를 희롱한다면 나는 그놈에게 총을 쏴버릴 겁니다. 하지만 티비 군은 별로 신경 쓰지 않는 것 같군요.」

「물론 크게 신경 쓰고 있어요.」 티비가 반박했다.

「그러면 그게 누굴 것 같습니까? 말해 봐요. 의심이 갈 만한 사람이 있을 것 아닙니까?」

「아무도 없어요. 그런 사람은 없어요.」 그는 자신도 모르게 얼굴을 붉혔다. 옥스퍼드 하숙집에서 있었던 일이 떠올랐다.

「아무래도 숨기는 게 있는 것 같군요.」 찰스가 말했다. 회견으로 보자면, 이 회견은 찰스의 승리였다. 「마지막으로 만났을 때 누나가 이름을 말한 사람이 있습니까, 없습니까?」 그가 버럭 소리를 질러서 티비는 깜짝 놀랐다.

「그때 하숙집에 와서 누나는 바스트 가족 이야기를 했어요.」

「바스트 가족이 누굽니까?」

「이비의 결혼식에 함께 간 사람들이라고 하던데요?」

「기억이 안 나는군요. 아냐, 맞아! 생각납니다. 숙모님이 어떤 어중이떠중이들이 왔다는 말을 했어요. 누나가 그 사람들 이야기를 했습니까? 거기 남자가 있었나요? 아니면 ─ 잠깐 ─ 티비 군이 직접 그 사람이랑 접촉한 일은 없습니까?」

티비는 입을 다물었다. 자신도 모르게 누나의 비밀을 누설해 버린 것이다. 그는 인간에 대한 관심이 너무 부족해서, 그런 이야기가 어떻게 이어질지 짐작하지 못했다. 그는 정직함을 존중했고, 지금까지는 약속을 어긴 적이 없었다. 그는 깊이 좌절했다. 헬렌에게 해를 끼쳤기 때문이기도 했지만, 또

한 자기 안의 결함을 발견했기 때문이기도 했다.

「알겠습니다. 티비 군은 비밀을 약속했군요. 두 사람이 티비 군의 하숙집에서 만났어요. 세상에 뭐 이런 가족이 다 있담! 신이시여, 우리 아버지를 도우소서.」

그리고 티비는 혼자 남았다.

40

레너드 — 그는 곧 신문 지상에 떠들썩하게 등장할 운명이었지만, 그날 저녁에는 그리 중요한 인물이 아니었다. 달이 아직 집에 가려져 있어서 우산느릅나무 밑둥에는 그늘이 드리웠지만, 나무 위와 그 오른쪽, 왼쪽, 그리고 길게 뻗은 초지에는 달빛이 흘러내렸다. 그리고 레너드는 사람이라기보다 하나의 원인처럼 보였다.

어쩌면 문제는 헬렌이 사랑을 하는 방식인지도 몰랐다. 그렇게 큰 고통과 헨리에 대한 경멸에 싸여서도 여전히 헨리의 모습을 떠올리는 마거릿에게 그것은 정말로 기이한 방식이었다. 헬렌에게 사람이 누구인가는 중요하지 않았다. 사람은 그녀의 감정을 감싸는 껍데기일 뿐이었다. 그녀에게는 동정심도 있고, 희생정신도 본능도 있었다. 하지만 헬렌이 가장 고귀한 방식의 사랑, 그러니까 남자와 여자가 섹스 속에 자신을 잊고, 그런 뒤 우정 속에서 섹스 자체를 잊고자 갈망하는 그런 사랑을 해본 적이 있을까?

마거릿은 궁금했지만 비난은 하지 않았다. 오늘은 헬렌의 밤이었다. 그녀의 앞길에는 많은 어려움이 있을 것이다. 친구를 잃고 사회적 위신을 잃고, 거기다 아직도 의외로 사람들이 잘 모르는 어머니로서의 격심한 고통을 겪을 것이다.

그러나 지금 이 순간은 그저 달빛이 밝게 비치고, 낮 동안의 질풍이 부드러운 미풍으로 누그러들고, 결실의 대지가 평화를 가져오면 그만이었다. 그녀는 마음속으로도 헬렌을 비난할 생각이 없었다. 헬렌의 일탈을 어떤 도덕적 규준으로 평가할 수 없었다. 그것은 전부거나 아무것도 아니었다. 도덕은 우리에게 살인이 도둑질보다 나쁘다고 말해 주고, 대부분의 죄를 모두가 수긍하는 방식으로 분류해 주지만, 헬렌의 경우는 그 분류의 대상이 되지 않는다. 이 지점에서 분명한 말을 하는 사람일수록, 도덕과 거리가 먼 사람이다. 그리스도 자신도 그런 질문에 확답을 하지 않았다. 연결할 줄 모르는 사람들이 서둘러 돌을 집어 드는 법이다.

오늘은 헬렌의 밤이었다. 엄청난 희생으로 얻은 밤이었고, 다른 사람들의 슬픔으로 훼손될 수 없는 밤이었다. 자신의 비극에 대해 마거릿은 한마디도 하지 않았다.

「한 가지밖에 못 본 거야.」 헬렌이 천천히 말했다. 「내 눈에는 레너드가 그렇게 된 여러 가지 원인들 가운데 오직 윌콕스 씨밖에 안 보였어. 나는 그 사람이 불쌍해서 견딜 수가 없었고 거의 복수심까지 차올랐어. 몇 주일 동안 윌콕스 씨만 비난했는데, 그러다가 언니의 편지를 받으니까……」

「그 편지는 쓰지 말았어야 했어.」 마거릿이 한숨을 쉬었다. 「그걸로 헨리를 보호할 수는 없었어. 남을 위해서라고 해도 과거를 깨끗이 묻어 버리는 건 불가능해!」

「바스트 부부를 떠나보내려고 한 게 언니라는 걸 몰랐지.」

「돌아보면 내 잘못이야.」

「돌아보면 그게 옳았어. 사랑하는 사람을 보호하는 건 옳은 일이야. 나는 이제 정의 같은 것에 그렇게 민감하지 않아. 하지만 그때 레너드하고 나는 언니가 윌콕스 씨의 명령에 따라서 편지를 썼다고 생각했어. 그 사람이 마지막 냉혹함을 보인 거라고 말이야. 편지를 받기 전에 우리는 계속 불안한 상태였고 — 그리고 바스트 부인은 위층에 있었어. 나는 그 여자가 오는 것도 못 봤고, 그때까지 레너드하고 아주 오랫동안 이야기를 했어. 중간에 내가 별 이유도 없이 그를 윽박질렀고, 그게 벌써 내가 위험한 상태라는 신호였지만 난 알아채지 못했지. 그때 편지가 왔고, 나는 레너드한테 언니한테 가서 도대체 왜 이러는지 설명을 듣자고 했어. 그랬더니 그가 이유를 알 것 같다고 그랬어. 자기가 뭔가 아는 게 하나 있는데, 아마도 언니는 모를 거라고. 내가 뭐냐고 말하라고 재촉했어. 그는 말할 수 없다고 했어. 자기 부인과 관계된 일이라고. 그때까지도 우리는 계속 바스트 씨와 슐레겔 양이었어. 레너드한테 내 앞에서까지 그러지 말라고 말하려고 하다가, 그의 눈을 본 순간 깨달았어. 윌콕스 씨가 두 가지 방식으로 그의 인생을 망쳤다는 걸. 나는 그 사람을 붙들고 결국 이야기를 들었어. 그땐 나도 정말 외로웠어. 레너드를 비난하면 안 돼. 그 사람은 계속 내게 고마워하며 지냈을 거야. 횡당하게 들리겠지만, 나는 그 사람을 다시 보고 싶지 않아. 그냥 돈을 주고 끝내려고 했지. 아, 메그, 이런 일에 대해서는 알 수 있는 게 너무 없어!」

그녀는 나무에 얼굴을 댔다.

「그런 게 어떻게 생겨나는지도 말이야! 두 번 다 나는 외로웠고, 밤이었고, 그런 뒤 공포가 찾아왔어. 레너드는 폴한테서 생겨난 걸까?」

마거릿은 잠시 아무 말도 하지 않았다. 너무 피곤해서 사실 그녀의 생각은 이빨들로 흘러가 있었다. 나무껍질에 박혀서 그 나무를 영험하게 만드는 이빨. 그것들이 어둠 속에서 희미하게 빛나는 것 같았다. 그녀는 그 개수를 세어 보려다 대답했다. 「생겨난 게 광증이 아니라 레너드인 게 다행이다. 나는 네가 폴한테 반발하다가 선을 넘어가 버릴까 봐 걱정했어.」

「레너드를 발견하기 전까지는 분명히 반발했어. 하지만 지금은 안정을 찾았어. 메그, 내가 헨리를 좋아하는 일은 없을 거야. 심지어 헨리에 대해 좋은 말도 할 수 없어. 하지만 전과 같은 맹목적인 증오는 없어. 다시는 윌콕스 가족에 대해 길길이 날뛰지 않을 거야. 언니가 왜 그 사람이랑 결혼했는지도 이해해. 언니는 앞으로도 행복하게 잘 살 거야.」

마거릿은 대답하지 않았다.

헬렌이 더욱 부드러워진 목소리로 말을 이었다. 「그래, 이제는 이해해.」

「우리의 이런 행동을 이해하는 사람은 윌콕스 부인밖에 없어.」

「죽었으니까……. 그래 맞아.」

「꼭 그런 건 아냐. 나는 너도 그렇고 나도 그렇고 또 헨리도 모두 루스 윌콕스가 지닌 마음의 조각들 같다는 생각이 들어. 루스는 모든 걸 알아. 그리고 모든 것이야. 이 집이고, 집 위로 드리워진 저 나무야. 사람들은 사는 방식이 제각각이듯 죽는 방식도 모두 달라. 그리고 비록 죽음 뒤에 아무것도 없다 해도 그 없는 방식은 저마다 달라. 루스가 가졌던 종류의 지식은 내 지식처럼 쉽사리 사라지는 게 아니야. 루스는 진실을 알았어. 옆에서 지켜보지 않아도 누가 언제 사랑에 빠졌는지 알았잖아. 헨리가 외도한 것도 분명히 알았을 거야.」

「안녕하세요, 윌콕스 부인.」 누군가의 목소리가 들렸다.

「안녕하세요, 에이버리 할머니.」

「왜 저 할머니가 여기서 일해야 돼?」 헬렌이 웅얼거리며 말했다.

「글쎄?」

에이버리는 잔디를 지나 농장과 잔디를 구분하는 산울타

리 사이로 사라졌다. 윌콕스 씨가 메워 놓은 산울타리의 구멍은 다시 생겨났고, 이슬을 밟고 가는 그녀의 발걸음은 윌콕스 씨가 정원을 운동에 적합하도록 개조할 때 잔디를 입혀 놓은 길 위로 이어졌다.

「이 집은 아직 우리 집이 아니야.」 헬렌이 말했다. 「지금 에이버리 할머니가 불렀을 때 나는 우리가 여기 잠깐 머무는 손님이라는 걸 느꼈어.」

「우리는 어디서나 그럴 거야, 영원히.」

「하지만 애정이 넘치는 손님이지.」

「그리고 머무는 호텔마다 자기 집인 척 시늉하는 손님이고.」

「나는 그런 시늉을 오래 할 수 없어.」 헬렌이 말했다. 「이 나무 아래에서는 모든 걸 잊을 수 있지만, 내일이면 나는 독일에서 달을 보게 될 테니까. 언니의 따뜻한 마음도 그런 사실을 바꿀 수는 없어. 언니가 나랑 같이 간다면 모를까.」

마거릿은 잠시 생각했다. 지난 한 해 동안 영국에 대한 애정이 몹시 커진 마거릿이기에 지금 영국을 떠난다면 몹시 마음이 아플 것이다. 하지만 그녀를 여기 잡아 두는 게 무엇이란 말인가? 헨리는 그녀의 돌연한 행동을 이해할 테고, 계속 허세 부리고 혼란 속에 노년으로 무르익어 갈 것이다. 하지만 그게 무슨 소용인가? 그녀는 차라리 그의 마음에서 사라져 버리는 게 나을 것이다.

「그거 진지하게 하는 부탁이니, 헬렌? 내가 모니카하고 잘 지낼 수 있을 것 같아?」

「잘 지내지는 못할 것 같은데, 내 부탁은 진지한 거야.」

「더 이상 아무것도 계획하지 말자. 옛날을 추억하는 일도 그만 하고.」

그들은 잠시 아무 말도 하지 않았다. 오늘은 헬렌의 밤이었다.

현재라는 시간이 냇물처럼 흘러 두 사람 곁을 지나갔다. 우산느릅나무가 바스락거렸다. 그 나무는 그들이 태어나기 전부터 음악을 만들었고 그들이 죽은 뒤에도 그럴 테지만, 그 노래는 순간의 노래였다. 순간은 사라졌다. 나무는 다시 바스락거렸다. 그들의 감각이 날카로워졌고, 그들은 인생을 이해한 것 같았다. 인생은 지나갔다. 나무가 다시 바스락거렸다.

「이제 자자.」 마거릿이 말했다.

시골의 평화가 그녀에게 밀려 들어왔다. 그것은 기억과 아무 관계가 없으며 희망과도 별 인연이 없다. 특히 다음 5분간의 희망과는 더욱 관계가 없다. 그것은 인간의 이해를 초월하는 현재의 평화다. 그 속삭임은 〈지금〉이라는 말로 다가왔고, 그 〈지금〉은 두 사람이 자갈길을 걸어갈 때, 그리고 달빛이 아버지의 칼 위로 비칠 때 다시 한 번씩 울렸다. 그들은 위층으로 올라가 키스를 하고 그 끝없는 속삭임 속에 잠이 들었다. 나무는 처음에는 집 그림자에 가려 있었지만, 달이 하늘 높이 떠오르자 집과 나무는 분리되었고, 한밤중에 몇 번 정도 또렷한 모습을 보였다. 마거릿은 일어나서 정원을 내다보았다. 레너드 바스트가 그녀에게 이렇게 평화로운 밤을 선물해 주었다는 게 불가사의하기 이를 데 없었다. 그 사람 또한 윌콕스 부인의 마음의 일부인 것일까?

41

레너드의 변화는 전혀 다른 방향으로 전개되었다. 어니턴의 사건 이후 몇 달 동안 그의 마음에는 여러 가지 사소한 문제가 들끓었지만, 그 모든 것을 압도하는 건 엄청난 〈회한〉이었다. 헬렌은 그때 일을 통해서 여러 가지 깨달음을 얻고, 미래를 생각하며 아이를 위해 계획을 세울 수 있었다. 하지만 아이의 아버지가 볼 수 있는 건 자신의 죄밖에 없었다. 몇 주일이 지나고 이런저런 일들에 매달려 지내면서도 그는 이따금 버럭 소리를 질렀다. 「짐승 같은 놈 — 짐승 같은 놈, 세상에 어떻게 내가……」 그리고 두 사람으로 갈라져 대화를 나누었다. 아니면 눈앞에 갈색 비라도 내리는 것처럼 사람들의 얼굴도 하늘도 보이지 않았다. 재키조차 그의 변화를 눈치 챘다. 가장 끔찍한 것은 잠에서 깨어날 때였다. 이따금 밝은 기분으로 깨어났지만, 그러다가도 생각이 시작되면 그 모든 것을 짓누르는 무거운 짐에 압도되었다. 아니면 작은 인두들이 그의 몸을 지졌다. 아니면 칼이 그를 찔렀다. 그는 침대 끝에 앉아서 가슴을 움켜쥐고 신음했다. 「아, 어떻게 해야 하는 걸까, 도대체 어떻게?」 어떤 것도 그에게 평안을 주지 않았다. 그는 자신과 죄를 분리할 수 있었지만, 죄는 영혼 속에서 계속 자라났다.

회한은 영원한 진실에 속하지 않는다. 그리스인들이 회한에 신격을 주지 않은 것은 당연한 일이었다. 회한의 행동은 너무도 변덕스러워서 에리니에스[26]도 특정한 사람과 특정 죄악에만 이 처벌을 내리는 것 같을 정도다. 회한처럼 소모적인 일은 없다. 그것은 병든 조직과 함께 건강한 조직도 베어 낸다. 그것은 죄악보다 더 깊은 곳까지 찌르는 칼이다. 레너드는 회한의 소용돌이 속에 던져졌다가 순수해져서 나왔지만, 동시에 약한 사람이 되어 있었다. 인격은 성숙해서 다시는 자제력을 잃지 않게 되었지만, 그릇이 작아져서 자제할 것 자체가 별로 없어졌다. 그리고 순수함이 평화를 가져다주

---

26 〈에우메니데스〉라는 이름으로 더 잘 알려진 복수의 여신들.

지도 않았다. 자신을 찌르는 일은 때로 열정만큼이나 떼어 내기 어려운 버릇이 되는 법이고, 레너드는 계속해서 소리를 지르며 잠에서 깨어났다.

그는 진실과 거리가 먼 결론들을 굳혀 갔다. 헬렌에게 잘못이 있다는 생각 같은 것은 들지 않았다. 그는 두 사람이 나눈 대화의 강렬함을 잊었고, 진실함이 그에게 덧입힌 매력도 잊었고, 어둠에 잠긴 어니턴과 속삭이는 강물의 마법도 잊었다. 헬렌은 절대적인 것을 좋아했다. 레너드는 절대적으로 무너져서, 그녀 앞에 이 세상과 결별한 고립된 남자로 나타났다. 진정한 남자, 모험과 아름다움을 사랑하고, 스스로 돈을 벌어 부끄럽지 않게 살고자 하는 남자, 그를 깔아뭉개며 지나가는 무참한 운명보다 더 영예롭게 길을 갈 수 있었던 남자. 헬렌은 이비의 결혼식 기억에 둘러싸여 있었다. 뻣뻣한 하인들, 먹지도 않은 음식 더미들, 여자들의 요란한 드레스가 버석대는 소리, 자갈길 위로 기름을 질질 흘리는 자동차들, 겉치레가 요란한 무리가 쏟아 내는 쓰레기. 어니턴에 도착한 그녀는 이 모든 것의 찌꺼기를 마셨고, 어둠 속에서 실패에 맞닥뜨리자 그것들이 던져 주는 환각에 빠졌다. 그녀와 희생자는 비현실의 세상에 외따로 떨어진 것 같았고, 그녀는 그를 절대적으로 30분간 사랑했다.

아침이 되었을 때 그녀는 떠나고 없었다. 그녀가 남긴 쪽지는 부드럽지만 산란했고, 더없이 친절하고자 했지만 레너드에게는 격심한 고통이 되었다. 자신의 손으로 어떤 예술 작품을 깨뜨린 것 같았고, 내셔널 갤러리의 그림이 찢어져서 액자 밖으로 나온 것 같았다. 그녀의 재능과 사회적 지위를 생각하니, 지나가는 아무라도 자신을 총으로 쏘아 죽일 권리가 있는 것 같았다. 그는 호텔 여종업원이 두려웠고 기차역의 짐꾼들이 두려웠다. 처음에는 아내도 두려웠지만 나중에는 그녀에 대한 새로운 애정이 솟아났다. 〈이제 재키와 나 사이에 다른 게 없어졌다〉는 생각이 들었기 때문이다.

슈롭셔 원정은 바스트 부부에게 돌이킬 수 없는 장애를 남겼다. 헬렌은 서두르느라 호텔 숙박료도 지불하지 않고 떠났고, 게다가 바스트 부부의 기차표도 가지고 가버렸다. 그들은 재키의 장신구를 전당잡혀서 겨우 집에 돌아왔고, 며칠 후에는 완전한 파산이 닥쳤다. 헬렌이 5천 파운드를 주겠다고 했지만, 그런 돈은 그에게 아무 의미가 없었다. 그녀가 필사적으로 자신의 잘못을 바로잡으려고 한다는 것도, 5천 파운드로 해결되는 일이라면 그 불행한 사태에서 무언가 구원하려고 한다는 것도 그는 알지 못했다. 하지만 그는 어떻게든 살아야 했다. 결국 가족에게 손을 벌리기로 마음먹고 직업적 거지가 되었다. 그것 말고는 할 수 있는 일이 없었다.

〈레너드가 편지를 보냈군.〉 누나 블란치는 생각했다. 〈이제 와서 말이야.〉 그녀는 남편이 보지 못하는 곳에 편지를 감추었다. 그리고 남편이 출근한 뒤 편지를 읽고 떡한 마음이 들어서 옷값으로 챙겨 둔 돈을 얼마간 떼어 방탕한 동생에게 보냈다.

〈레너드가 편지를 보냈군!〉 다른 누나인 로라가 며칠 후 말했다. 그녀는 남편에게 편지를 보여 주었다. 로라의 남편은 잔인하고 모욕적인 답장을 보냈지만, 블란치보다 많은 돈을 보냈기 때문에, 레너드는 그에게 다시 편지를 썼다.

겨울이 지나는 동안 이런 체계가 점차 자리를 잡아 갔다. 레너드 부부는 굶어 죽을 필요가 없었다. 그런 일은 가족에게 너무 큰 고통이 될 테니 말이다. 사회는 가족에 토대해 있고, 영악한 건달은 이 사실을 무한히 활용할 수 있다. 너그러운 마음을 담지 않은 채로도 돈이 계속 전달되었다. 주는 사람들은 레너드를 싫어했고, 그 또한 그들을 점점 더 혐오했다. 로라가 그의 잘못된 결혼을 질타하자 그는 쓴웃음을 지었다. 〈그 정도를 가지고 그런단 말이야! 진실을 알면 뭐라고 할까?〉 블란치의 남편이 그에게 일자리를 제안하자, 그는 적절한 핑계를 대며 거절했다. 어니턴에 갔을 때만 해도 그는 일자리를 간절히 원했다. 하지만 지나친 긴장으로 깊이 소진된 그는 어느덧 일할 수 없는 자들의 무리에 합류하고 있었다. 평신도 예배 집행자인 형에게서 답장이 없자, 그는 재키를 데리고 직접 마을을 찾아가겠다고 편지를 보냈다. 그걸로 형을 협박할 생각은 아니었지만, 형은 우편환을 보내왔고, 그것 또한 체계의 일부가 되었다. 그렇게 그의 겨울과 봄이 지나갔다.

참담한 지경 속에도 두 가지 밝은 면이 있었다. 그는 과거를 혼동하지 않았다. 그는 계속 살아 있었고, 죄의식 속의 삶이라 해도 살아 있는 자는 복이 있다. 대부분의 사람들이 실수를 얼버무리는 데 쓰는 혼동이라는 진통제는 레너드의 입술을 지나가지 않았다.

> 내가 하루의 망각을 마신다면,
> 내 영혼의 키도 줄어들리라.

가혹한 말이고 가혹한 사람[27]의 말이지만, 모든 인성의 뿌리에 자리 잡은 말이기도 하다.

그리고 또 한 가지 밝은 면은 재키에 대한 애정이었다. 그는 이제 고귀한 마음으로 재키를 연민했다. 어떤 상황에서도 한 여자에게 붙어 있는 남자의 경멸 어린 연민이 아니었다. 그는 신경질을 줄이려고 노력했다. 그녀의 허기진 눈이 무엇

---

27 시인이자 소설가인 조지 메러디스.

을 원하는지를 생각했다. 그녀는 아무것도 표현하지 못했으며, 다른 어떤 남자라도 그것을 구해 줄 수 없었다. 그녀가 자비로운 정의를 받게 될 수 있을까? 이 바쁜 세상이 자신의 부산물들에게 미처 베풀어 줄 틈이 없는 그런 정의를? 그녀는 꽃을 좋아했고 돈 문제에 너그러웠으며, 앙심 같은 걸 품는 일이 없었다. 그녀가 아기라도 낳아 주었다면, 그녀를 좋아할 수 있었을지도 모른다. 결혼하지 않았다면 그는 구걸 같은 것은 하지 않았을 것이다. 그냥 불꽃을 파닥이다 죽었을 것이다. 하지만 세상은 이토록 복잡하게 얽혀 있다. 그는 재키를 부양해야 했기 때문에, 더러운 길을 걸어서 그녀에게 약간의 의복과 입에 맞는 음식을 마련해 주었다.

어느 날 그는 마거릿과 남동생을 보았다. 세인트폴 교회에서였다. 한편으로는 비를 피해서였고, 또 한편으로는 지난날 그를 가르친 그림을 보기 위해서였다. 하지만 채광이 좋지 않은 데다 그림의 위치도 부적절했고, 〈시간〉과 〈심판〉이라는 주제는 이제 그의 안에 있었다. 아직도 그를 매혹시키는 것은 양귀비꽃을 가득 품은 죽음뿐이었다. 모든 사람이 거기서 잠들 것이다. 그는 그림을 힐끗 보고 정처 없이 돌아서서 한 의자를 향해 갔다. 그때 교회 본당 아래쪽에 있는 슐레겔 양과 그 남동생을 보았다. 그들은 오가는 사람들 틈에 서 있었고, 그들의 얼굴은 깊은 수심에 잠겨 있었다. 그들이 헬렌 때문에 고민하고 있다는 건 의심의 여지가 없었다.

하지만 밖으로 나오고 보니 ─ 그는 즉시 도망쳤다 ─ 그는 말이라도 걸어 볼걸 그랬다는 생각이 들었다. 자기 목숨이 뭐 대수인가? 분노에 찬 욕설을 좀 듣는다 한들, 아니 설령 감옥에 간다 한들 그게 뭐 대수인가? 자신은 잘못을 저질렀고, 진정한 공포는 그것이었다. 그들이 어디까지 알건 간에, 자신이 아는 것을 모두 말하리라. 그는 그렇게 생각하고 다시 세인트폴 교회에 들어갔다. 하지만 그사이 그들은 없어졌다. 그들은 윌콕스 씨와 찰스와 그 일을 의논하기 위해 이미 떠났다.

마거릿을 보자 그의 회한은 새로운 방향으로 들어섰다. 그는 고백하고 싶었다. 비록 그 소망은 인간관계의 본질을 잃어버릴 위기에 처한 약해진 내면의 증거였지만, 그래도 추악한 형태를 띠지는 않았다. 그는 고백이 행복을 가져다줄 거라고 기대하지 않았다. 그보다는 그저 뒤엉킨 난마(亂麻)를 풀어 버리고 싶다는 열망뿐이었다. 자살도 그런 것을 열망한다. 두 충동은 서로 비슷하지만, 자살이 죄악인 것은 뒤에 남는 사람들의 감정을 생각하지 않는다는 데에 있다. 고백은 아무도 해치지 않는다. 그것은 분명하다. 별로 영국적인 방식은 아니고 영국 국교회에서 인정하는 것도 아니지만, 레너드는 그렇게 하겠다고 결심할 권리가 있었다.

게다가 그는 마거릿을 신뢰했다. 그에게는 그녀의 확고함이 필요했다. 그녀의 냉정하고 지적인 심성은 설령 잔인할지언정 불공평하지는 않을 것이다. 그는 그녀가 시키는 일이라면 무엇이든 할 것이다. 헬렌을 만나라고 하면 만날 것이다. 그것은 그녀가 내리는 최고의 벌이 될 것이다. 어쩌면 마거릿은 헬렌의 처지에 대해 말해 줄지도 모른다. 그것은 최고의 보상이 될 것이다.

그는 마거릿에 대해 아무것도 몰랐다. 그녀가 윌콕스 씨와 결혼했다는 것도 몰랐다. 그래서 그녀의 위치를 추적하는 데 며칠이 걸렸다. 그날 저녁 그는 비를 뚫고 이제 새 아파트들이 들어서고 있는 위컴 플레이스로 갔다. 자신도 그들이 이사를 떠난 이유가 된 것일까? 자기 때문에 그들이 사회에서 추방당한 것인가? 그런 뒤 도서관에 가보았지만 주소록에서 그들과 일치하는 슐레겔이라는 이름은 찾을 수 없었다. 이튿날 아침 그는 다시 추적을 시작했다. 점심 무렵 윌콕스 씨 회사 바깥에서 서성거리다가 직원들이 나오자 물었다. 「실례합니다만, 여기 사장님이 결혼하셨나요?」 사람들은 그를 황당하다는 듯 바라보았고, 어떤 사람들은 〈그게 당신하고 무슨 상관입니까?〉 하고 쏘아붙였지만, 아직 침묵의 미덕을 배우지 못한 한 사람이 그가 원하는 정보를 일러 주었다. 레너드는 집 주소까지는 알지 못했다. 그것을 얻기까지는 몇 차례의 주소록 탐색과 지하철 여행이 더 필요했다. 그는 월요일에야 듀시 스트리트를 발견했는데, 그날은 마거릿과 남편이 헬렌을 포획하기 위해 하워즈 엔드로 떠난 날이었다.

그는 네시쯤 그곳을 찾아갔다. 날씨가 개어서, 대리석 계단 위에 햇빛이 환하게 쏟아졌다. 레너드는 초인종을 누른 뒤 계단에 박힌 흑백의 삼각형 문양을 내려다보았다. 몸이 이상했다. 몸 안에서 문들이 열렸다 닫혔다 하는 것 같았다. 간밤에는 침대에 앉아서 등을 벽에 기댄 채 자야 했다. 하녀가 나왔지만, 그에게는 그녀의 얼굴이 보이지 않았다. 다시 갈색 비가 내렸다.

「여기가 윌콕스 부인 댁입니까?」 그가 물었다.

「지금 외출하셨는데요.」

「언제 돌아오시나요?」

「여쭤 보고 올게요.」 하녀가 대답했다.

마거릿은 이미 하인들에게 자기를 찾아온 사람은 그냥 되돌려 보내지 말라고 일러두었다. 하녀는 문을 사슬에 걸어 두고 — 레너드의 모양새가 그런 조치를 필요로 했다 —, 티비가 있는 흡연실로 갔다. 티비는 자고 있었다. 점심을 잘 먹었기 때문이다. 아직 찰스 윌콕스가 그 심란한 회견을 요청하는 전화를 하기 전이었다. 그는 잠결에 말했다. 「몰라요. 힐튼의 하워즈 엔드로 갔어요. 누군데요?」

「물어보고 오겠습니다.」

「아뇨, 그럴 필요 없어요.」

「자동차를 타고 하워즈 엔드로 가셨습니다.」 하녀가 말했다.

그는 고맙다고 말하고 그곳의 위치를 물었다.

「궁금하신 게 굉장히 많네요.」 하녀가 말했다. 하지만 마거릿은 자기 행선지를 감추지 말라고도 당부해 두었다. 그래서 하녀는 미심쩍은 마음을 누르고 하워즈 엔드가 하트퍼드셔에 있다고 일러 주었다.

「하워즈 엔드가 마을입니까?」

「마을이냐고요? 거기는 윌콕스 씨의 개인 집이에요. 집은 거기 말고도 여러 곳에 있지만요. 윌콕스 부인의 짐이 거기 보관되어 있어요. 마을 이름은 힐튼이에요.」

「네. 그러면 두 분은 언제 오십니까?」

「슐레겔 씨께 여쭤 보니 모르신다네요. 어떻게 모든 걸 알 수 있겠어요?」 그녀는 문을 닫고, 조금 전부터 요란하게 울리던 전화를 받으러 갔다.

그는 또 한 번의 고통의 밤을 보냈다. 고백은 점점 어려워졌다. 그는 최대한 일찍 잠자리에 들었다. 그리고 달빛 한 조각이 그들이 머무는 숙소 바닥을 가로질러 가는 것을 지켜보았다. 그리고 마음이 극히 피로할 때 이따금 그렇듯이, 방의 나머지 부분에 대해서는 잠들었지만 달빛 조각에 대해서만은 깨어 있었다. 그것은 끔찍한 일이었다! 그런 뒤 분열적 대화가 재개되었다. 그의 한 부분이 말했다. 「뭐가 끔찍해? 저건 평범한 달빛일 뿐이야.」 「하지만 움직이잖아.」 「달도 움직여.」 「하지만 저건 주먹 쥔 손이야.」 「그러면 안 돼?」 「저게 나를 치려고 해.」 「그러라고 그래.」 그리고 달빛 조각은 점점 힘을 모아 그의 이불로 기어올랐다. 잠시 후 푸른 뱀이 나타나더니, 나란히 또 한 마리가 나타났다.「달에도 생명이 있을까?」「물론이지.」「하지만 나는 아무것도 없는 줄 알았는데.」「시간, 죽음, 심판, 작은 뱀들은 안 살지.」「작은 뱀들이라니!」레너드가 벌컥 화를 내며 소리쳤다.「그런 말이 어디 있어!」그는 몸을 찢는 의지력으로 방의 나머지 부분에 대해서도 깨어났다. 재키와 침대와 음식과 의자에 널린 옷들이 천천히 그의 의식 속에 들어왔고, 공포는 물 위의 동그라미처럼 밖으로 퍼지며 사라졌다.

「재키, 나 잠깐 나갔다 올게.」

그녀는 규칙적으로 호흡하고 있었다. 빛 조각은 줄무늬 이불에서 떨어져 나가서, 그녀의 발에 걸쳐진 숄 위로 올라가고 있었다. 왜 두려워했던 걸까? 그는 창가로 가서 맑은 하늘 아래로 내려가는 달을 보았다. 달 표면의 분화구들과 귀여운 착각으로 바다라는 이름이 붙은 밝은 평원들을 보았다. 그것들이 희미해졌다. 그들을 비추던 태양이 이제 지구를 비추러 오고 있었기 때문이다. 맑음의 바다, 고요의 바다, 폭풍의 바다가 한 개의 투명한 방울로 합해져서 영원한 여명 속으로 미끄러져 들어갔다. 그런데 그는 달을 두려워하고 있었다니!

그는 서로 겨루는 두 빛 속에서 옷을 챙겨 입고 가진 돈을 세어 보았다. 돈은 다시 떨어져 가고 있었지만, 힐튼까지 다녀올 만큼은 되었다. 짤랑거리는 소리에 재키가 눈을 떴다.

「렌! 무슨 일이야!」

「재키! 좀 나갔다 올게.」

그녀는 돌아누워서 다시 잤다.

집주인이 코벤트 가든 시장의 상인이라서 집은 잠겨 있지 않았다. 레너드는 대문을 나서서 기차역까지 갔다. 출발 시간이 한 시간이나 남아 있었지만, 기차가 벌써 승강장 끝에 서 있었기에 열차에 들어가 잠을 잤다. 덜컹거려 깨어나 보니 세상은 이미 환했다. 킹스 크로스 역을 출발한 기차는 푸른 하늘 아래를 지나고 있었다. 터널들이 연방 나타났고, 터널 하나를 지날 때마다 하늘은 더욱 푸르러졌다. 핀스베리 파크 제방을 지날 때는 태양도 보였다. 태양은 지는 달과 짝을 이룬 바퀴처럼 동부 지역의 연기들을 등지고 떠올랐는데, 그 모습은 아직 푸른 하늘의 주인이 아니라 하인인 것 같았다. 그는 다시 졸았다. 튜인 호수 위를 지날 때 날이 완전히 밝았다. 왼쪽에는 제방과 그 아치들이 만들어 내는 그림자가 드리워졌고, 오른쪽 멀리로는 튜인 숲과 불멸에 관한 기이한 전설이 있는 교회가 보였다. 튜인 교회 묘지에 있는 무덤 한 곳에서 나무 여섯 그루가 자라났다는 것이다(이것은 사실이다). 무덤에 묻힌 사람은 무신론자였는데, 만약 이 세상에 신이 있다면 자기 무덤에서 나무 여섯 그루가 자라날 거라고 말했다고 한다(이것은 전설이다). 이것들이 하트퍼드셔의 풍경들이고, 앞쪽 멀리로는 세상을 등진 채 예언서를 쓰고 전 재산을 가난한 사람들에게 준 은둔자의 집이 있었다(윌콕스 부인은 그를 알았다). 그 중간에는 인생을 좀 더 견실하게 바라보는 — 그 견실함이 반쯤 감은 눈에서 나오는 것이라 해도 — 사업가의 저택들이 흩뿌려져 있었다. 이 모든 것 위로 태양은 흘러갔고, 이 모든 것을 향해 새들이 노래했고, 이 모든 것을 향해 앵초꽃은 노랗고 꼬리풀은 파랬으며, 사람들이 뭐라고 해석하건 시골은 〈지금〉이라는 외침을 내질렀다. 시골은 아직 레너드를 풀어 주지 않았고, 기차가 힐튼에 가까워지면서 칼은 그의 심장으로 더 깊이 들어갔다. 하지만 회한은 이제 아름다운 것이 되어 있었다.

힐튼은 잠들어 있거나 부지런한 집의 경우 겨우 아침 식사 중이었다. 힐튼을 벗어나 시골로 들어서자 둘 사이의 차이점이 보였다. 시골에서는 사람들이 새벽부터 깨어 있었다. 그들의 시간을 지배하는 건 런던의 사무실이 아니라 작물과 태양의 움직임이었다. 그들이 최상의 부류에 속하는 사람들이라는 건 감상적인 사람들이나 하는 말이다. 하지만 그들은 햇빛에 따른 생활을 지켜 나갔다. 그들이 영국의 희망이었다. 서툴지만 그들은 온 나라가 태양을 움켜쥐기로 마음먹을 때까지 그 횃불을 들고 나갔다. 농부의 무지함과 초급학교 졸업자의 우쭐함이 절반씩 섞인 그들은 더욱 고귀한 혈통으로 돌아가서 자유농민을 번식시킬 수 있었다.

백악 광산 앞에서 자동차 한 대가 그의 앞을 지나갔다. 그 안에는 자연이 선호하는 또 하나의 유형인 〈제국〉이 타고 있었다. 건강하고 움직임을 멈추지 않는 그것은 지구를 물려받고자 한다. 그것은 자유농민만큼이나 빨리 또 확실하게 번식한다. 그러므로 그것을 초(超)자유농민이라고 부르고 싶은 유혹도 강렬하다. 그것은 자기 나라의 미덕을 해외로 가지고 간다. 하지만 제국주의자는 자신의 생각과도 다르고 겉으로 보이는 것과도 다르다. 그는 파괴자다. 그는 코즈모폴리턴주의를 위한 길을 준비한다. 그러나 그의 야망이 채워질 수 있다 해도 그가 물려받는 땅은 잿빛일 것이다.

자신의 죄에 깊이 몰두해 있는 레너드는 다른 곳에는 본질적인 선함이 있을 거라는 확신이 들었다. 그것은 그가 학교에서 배운 낙관주의는 아니었다. 북이 몇 번이고 울리고 고블린들이 우주를 활보한 뒤에야 기쁨 속에서 피상적인 것들을 제거할 수 있다. 그런 깨달음은 약간 역설적이었고, 그건 그의 슬픔에서 솟아나온 것이었다. 죽음은 사람을 파괴하지만 죽음의 관념은 사람을 구원한다. 지금까지 이보다 훌륭한 설명은 없었다. 누추함과 비극은 우리 안에 들어 있는 모든 위대한 것들을 불러낼 수 있고 사랑의 날개에 힘을 줄 수 있다. 불러낼 수 있지만 그렇게 할 것인지는 분명하지 않다. 그것들은 사랑의 노예가 아니기 때문이다. 하지만 어쨌건 불러낼 수는 있다는 놀라운 진실이 그에게 위안을 주었다.

집이 가까워지자 모든 생각이 멈추었다. 그의 마음속에는 모순된 것들이 나란히 서 있었다. 그는 두려웠지만 행복했고, 부끄러웠지만 죄가 없었다. 그는 고백할 말도 알았다. 〈윌콕스 부인, 제가 잘못했습니다.〉 하지만 해가 뜨면서부터 이미 그 말의 의미는 사라졌고, 그는 그저 대단한 모험을 하는 듯한 느낌이었다.

그는 정원으로 들어선 뒤 거기 세워진 자동차에 기대어 마음을 진정시켰다. 그리고 문이 열려 있는 걸 보고 집으로 들어갔다. 그렇다, 그것은 아주 쉬운 일이었다. 왼쪽 방에서 말소리가 들렸고, 그 가운데는 마거릿의 목소리도 있었다. 그러더니 그의 이름이 큰 소리로 언급되었고, 한 번도 본 적 없는 남자가 나타나서 말했다. 「아니, 저자가 그자 아닙니까? 하긴 놀라운 일도 아니지요. 제가 이자를 반쯤 죽여 놓겠습니다.」

「윌콕스 부인.」 레너드가 말했다. 「제가 잘못했습니다.」

남자가 그의 옷깃을 붙들고 소리쳤다. 「어디 몽둥이 같은 거 없어?」 여자들이 비명을 질렀다. 반짝이는 몽둥이가 내려왔다. 아팠지만 몽둥이가 내려온 곳이 아니라 마음이 아팠다. 책들이 소나기처럼 쏟아졌다. 그러고는 끝이었다.

「물을 가져와요.」 찰스가 명령했다. 그는 시종 침착함을 잃지 않았다. 「기절한 척하는 거예요. 당연히 칼몸만 썼어요. 여기, 바깥으로 내가서 바람을 좀 쐬게 해줘요.」

그가 이런 일들을 잘 알 거라고 생각하고, 마거릿은 그 말에 따랐다. 그들은 이미 죽은 레너드를 자갈길에 내놓았다. 헬렌이 그에게 물을 끼얹었다.

「그만하면 됐어요.」 찰스가 말했다.

「그래, 사람이 죽었는데 뭐가 더 필요해?」 에이버리 할멈이 칼을 들고 집 밖으로 나오면서 말했다.

42

찰스는 듀시 스트리트를 나와서 집으로 가는 첫 기차를 탔지만, 밤이 깊어서야 일들이 어떻게 되었는지를 알게 되었다. 그런 뒤 혼자서 저녁을 먹은 아버지가 그를 불러서 무거운 목소리로 마거릿에 대해 물었다.

「어디 계신지 모르겠는데요.」 찰스가 말했다. 「돌리도 그분 때문에 거의 한 시간이나 저녁을 미뤘는걸요.」

「만약 들어오거든 내게 알려 다오.」

한 시간이 흘렀다. 하인들은 잠자리에 들었고, 찰스는 새로운 지시를 듣기 위해 다시 아버지에게 갔다. 윌콕스 부인은 아직 돌아오지 않았다.

「아버지가 원하시면 제가 잠을 자지 않고 기다리겠습니다. 하지만 오실 것 같지 않네요. 여동생이랑 같이 호텔에 있는 게 아닐까요?」

「아마 그런 것 같다.」 윌콕스 씨가 심각하게 말했다. 「아마도……」

「제가 뭐 해드릴 거 없습니까?」

「오늘 밤은 없구나.」

윌콕스 씨는 깍듯한 대접을 좋아했다. 그는 눈을 들어서 아들에게 평소보다 더 다정한 눈길을 보냈다. 그의 눈에 찰스는 어린 소년이자 동시에 강인한 청년이었다. 아내는 믿을 수 없는 존재임이 드러났지만, 아이들은 그의 곁에 있었다.

자정이 지난 뒤 그는 찰스의 방문을 두드렸다. 「잠이 오질 않는구나. 너한테 다 이야기를 하는 게 홀가분할 것 같다.」

그는 집이 너무 덥다고 했다. 찰스가 그를 정원으로 데리고 나갔고, 둘은 실내복 차림으로 정원을 거닐었다. 이야기가 이어지면서 찰스는 조용해졌다. 그는 처음부터 마거릿이 여동생만큼이나 형편없다는 걸 알고 있었다.

「마거릿도 내일 아침이면 생각이 달라지겠지.」 윌콕스 씨가 말했다. 그는 물론 바스트 부인 이야기는 하지 않았다. 「하지만 이런 일을 그냥 조용히 넘어갈 수는 없지. 마거릿은 지금 하워즈 엔드에서 동생이랑 같이 있을 거다. 그 집은 내 집이고 — 그리고 앞으로는 찰스 네 집이 될 거야. 내가 거기서 아무도 살 수 없다고 하면 그래야 하는 거야. 그대로 두지는 않을 거다.」 그는 분노에 찬 눈으로 달을 바라보았다. 「내가 볼 때 이 문제는 아주 큰 문제랑 연결되어 있어. 재산권 자체와 관련된.」

「당연히 그렇죠.」 찰스가 말했다.

윌콕스 씨는 아들의 팔짱을 꼈지만, 이야기를 나눌수록 어쩐 일인지 아들이 점점 더 마음에 들지 않았다. 「그렇다고 나와 마거릿이 전에도 이런 일을 두고 다투었을 거라고 생각하지는 말거라. 지금 마거릿은 지나치게 긴장해 있고, 그야 당연한 일이지. 헬렌에 대해서는 내가 할 수 있는 만큼 해주겠다만, 그러려면 일단 두 사람이 당장 그 집에서 나와야 해. 알겠니? 그게 〈선결 조건〉이야.」

「그러면 내일 아침 여덟시에 제가 자동차를 타고 가볼까요?」

「더 일찍 가는 것도 좋지. 네가 나를 대신해서 온 거라고 말하렴. 물론 폭력은 쓰면 안 된다, 찰스.」

이튿날 아침 찰스가 죽은 레너드를 자갈길에 두고 돌아왔을 때, 그는 자신이 폭력을 썼다고 생각하지 않았다. 죽음은 심장병 때문이었다. 새어머니가 직접 그런 말을 했고, 에이버리 할멈도 그가 칼의 옆면을 사용했다고 인정했다. 그는 마을을 지나는 길에 경찰에 신고했고, 경찰은 그에게 고맙다고 하면서 배심이 있을 거라고 말했다. 집에 가보니 아버지는 정원에서 눈에 손차양을 치고 있었다.

「좀 끔찍했어요.」 찰스가 심각하게 말했다. 「두 자매가 거기 있었고, 그 남자도 같이 있었어요.」

「뭐라고? 그 남자라니?」

「어젯밤에 말씀드렸잖아요. 바스트라는 남자요.」

「어떻게 그런 일이?」 윌콕스 씨가 말했다. 「네 어머니의 집에! 찰스, 거긴 네 어머니 집이야!」

「알아요, 아버지. 제 느낌도 그랬어요. 사실 그 남자는 별문제 없을 거예요. 심장병 말기였고, 제가 본때를 보여 주기도 전에 가버렸거든요. 지금 경찰이 현장을 조사하고 있어요.」

윌콕스 씨는 주의 깊게 이야기를 들었다.

「제가 거기 갔을 때 — 아마 일곱시 반은 넘지 않았을 거예요. 에이버리 할멈이 두 사람에게 불을 지펴 주고 있더라고요. 두 사람은 아직 위층에 있었고요. 저는 응접실에서 기다렸어요. 우리는 모두 예의를 지켰고 침착했어요. 물론 저야 의심을 품고 있었지만요. 제가 아버지 말씀을 전하자 새어머니는 〈그래, 알았어, 그래〉 하고 늘 하던 식으로 말했어요.」

「그게 전부냐?」

「새어머니가 아버지께 인사를 전해 달라고 했어요. 그분은 오늘 저녁에 동생하고 같이 독일로 갈 거래요. 그 정도 말할 시간밖에 없었어요.」

윌콕스 씨는 안심한 것 같았다.

「왜냐 하면 그때쯤 되니까 그 남자가 계속 숨어 있기 피곤해졌는지, 갑자기 새어머니가 그 남자 이름을 부르는 거예요.

저는 바로 낌새를 채고 현관 입구로 나가 봤어요. 제가 잘한 거죠, 아버지? 조금 지나친 것 같다는 생각이 들었거든요.」

「잘한 거냐고? 모르겠구나. 하지만 그러지 않았다면 내 아들이 아니었겠지. 그랬더니 그 남자가 네 말대로 그냥…… 쓰러지던?」 그는 간단한 단어를 피해서 달리 표현했다.

「책장에 걸렸어요. 그래서 책장이 그자 위로 덮쳤죠. 그래서 저는 칼을 내려놓고 정원으로 그자를 끌고 나갔어요. 우리는 모두 기절한 척한다고 생각했어요. 하지만 그때 이미 죽었던 거예요. 정말 황당한 일이에요!」

「칼이라고?」 아버지가 불안한 목소리로 외쳤다. 「무슨 칼을 말하는 거냐? 누구의 칼?」

「슐레겔 집안의 칼이오.」

「그걸로 뭘 한 건데?」

「모르시겠어요, 아버지? 저는 그냥 손에 잡히는 아무 거라도 필요했어요. 승마 채찍도 없고 몽둥이도 없었거든요. 그 낡은 독일제 칼 옆면으로 그자 어깨를 한두 번 내리친 게 전부예요.」

「그다음에는?」

「말씀드린 대로 그자가 책장을 엎었어요. 그리고 쓰러졌죠.」 찰스가 한숨을 쉬었다. 아버지는 좀처럼 만족하는 법이 없었고, 그런 아버지의 심부름을 하는 건 별로 즐거운 일이 아니었다.

「그렇다면 정말 그게 심장병 때문이냐? 그게 분명해?」

「심장병 아니면 발작이에요. 어쨌거나 배심이 있으면 그런 불쾌한 이야기를 지겹도록 듣게 되겠죠.」

그들은 아침 식사를 하러 갔다. 찰스는 식전에 자동차를 타고 돌아다닌 탓에 머리가 깨질 듯 아팠다. 경찰이 배심을 위해 헬렌과 마거릿을 떠나지 못하게 잡아 둘 테고, 또 모든 일을 쑤셔 댈 걸 생각하니 앞날도 걱정되었다. 그는 힐튼을 떠나야 할 것 같았다. 추문의 현장 근처에서는 살 수 없는 법이다. 아내에게 합당한 일이 아니다. 그나마 위안이라면 이제 아버지가 눈을 떴다는 것이었다. 이제 큰 충돌이 빚어질 테고, 아마도 아버지는 마거릿과 헤어질 것이다. 그러면 모든 걸 다시 시작할 수 있고, 어머니가 살아 계실 때와 좀 더 비슷해질 것이다.

「내가 경찰서에 가봐야겠다.」 아침 식사가 끝난 뒤 아버지가 말했다.

「왜요?」 아직도 이야기를 못 〈들은〉 돌리가 소리쳤다.

「그렇게 하세요, 아버지. 어느 차로 가실 거예요?」

「걸어가겠다.」

「반 마일이나 되는데요.」 찰스가 정원으로 나서며 말했다. 「4월치고는 볕이 따가워요. 제가 태워다 드릴까요? 튜인 호수 쪽으로 좀 돌아서요?」

「내가 마음에도 없는 소리를 했다고 생각하는 기냐?」 윌콕스 씨가 짜증스럽게 말했다. 찰스는 입을 꾹 다물었다. 「너희 젊은 친구들은 자동차에 탈 생각밖에 안 하는구나. 나는 걸어가고 싶다. 걷는 걸 좋아하니까.」

「그럼 그렇게 하세요. 저는 집에서 아버지를 기다릴게요. 아버지께서 원하신다면 회사에 안 나갈까도 생각했어요.」

「그래, 그렇게 해라.」 윌콕스 씨가 그렇게 말하고, 아들의 소매에 손을 얹었다.

찰스는 이런 일이 마음에 들지 않았다. 아버지의 모습이 왠지 불안했다. 오늘 아침 아버지는 아버지답지 않았다. 무언가 신경질적인 것이 — 여자 같았다. 아버지가 늙어 가는 신호인가? 윌콕스가에 애정이 부족한 적은 없었다. 그들의 애정은 풍족했다. 다만 그걸 사용하는 법을 몰랐다. 그것은 수건에 싸둔 달란트였다. 찰스는 따뜻한 마음을 지닌 남자였음에도 기쁨을 전달한 적이 거의 없었다. 아버지가 힘없이 걸어가는 모습을 보면서 그는 희미한 후회가 들었고, 그것은 어디선가 무언가가 달랐더라면 하는 소망, (그렇게 표현하지는 않았지만) 어린 시절에 〈나〉라고 말하는 법을 배웠으면 하는 소망이었다. 그는 마거릿의 배신을 자신이 채워 줄 생각이었지만, 어제까지만 해도 아버지가 마거릿의 곁에서 매우 행복했다는 걸 잘 알았다. 그 여자는 어떻게 그렇게 한 걸까? 무언가 음습한 술수가 있었을 거야, 분명해. 하지만 어떻게?

윌콕스 씨는 열한시에 몹시 지친 표정으로 돌아왔다. 내일 레너드의 시신을 검시할 예정이고, 경찰은 찰스의 입회를 요구했다고 했다.

「예상하고 있었어요.」 찰스가 말했다. 「아무래도 제가 가장 중요한 증인이니까요.」

43

줄리 이모의 와병에서 시작해서 레너드의 죽음으로도 끝나지 않은 소동과 참화를 겪으며 마거릿은 이제 다시 건강한 생활로 돌아간다는 게 불가능하다는 생각이 들었다. 사건들은 합리적이되 아무 의미 없는 행렬을 이루어 지나갔다. 사람들은 인간적 면모를 잃었고, 그들이 집어 드는 가치는 카드의 패처럼 우연한 것들이었다. 헨리가 이런 일을 하고 헬렌에게 저런 일을 야기시킨 뒤 헬렌의 행동이 잘못이라고 생각하는 것은 자연스러웠다. 또 레너드가 헬렌이 어떻게 지내는지 알고 싶어서 찾아온 것, 찰스가 그런 레너드에게 화를 낸 것도 자연스러웠다. 자연스러웠지만 비현실적이었다. 이 시끄러운 원인과 결과의 연쇄 속에서 그들의 진정한 자아는 어떻게 되었는가? 레너드는 여기 자연스러운 원인으로 죽어 정원에 누워 있다. 그러나 삶은 깊고 깊은 강이었고 죽음은 푸른 하늘이었다. 삶은 집이었고 죽음은 한 줌의 건초, 꽃, 탑이었다. 삶과 죽음은 전부이자 모두이고, 그 예외는 킹이 퀸을 취하고 에이스가 킹을 취하는 이 질서 정연한 광기뿐이었다. 아, 아니다. 그 뒤에는 지금 발밑에 누운 남자가 열망했던 것과 같은 아름다움과 모험이 있었다. 무덤 이쪽에는 희망이 있었다. 지금 우리를 구속하는 한계들 너머 더욱 진정한 관계들이 있었다. 하늘을 올려다본 감옥의 수인이 별들의 손짓을 읽듯이, 마거릿은 그즈음의 소동과 참화 속에서 더욱 신성한 수레바퀴들을 엿보았다.

공포에 질린 헬렌은 아이를 위해 침착함을 잃지 않으려고 애썼고, 침착한 에이버리 할멈은 부드럽게 중얼거렸다. 「아무도 이 남자한테 그의 이기기 생겼다는 말을 안 해줬이!」 헬렌도 에이버리도 마거릿에게 아직 참화가 끝나지 않았음을 알려 주었다. 우리가 어떤 궁극의 조화를 향해 나아가는지 그녀는 알 수 없었다. 하지만 아기가 세상에 태어날 가능성은 매우 높았고, 세상이 제공하는 아름다움과 모험을 얻을 가능성 또한 매우 높았다. 그녀는 햇빛 가득한 정원을 서성거리며 흰 바탕에 진홍빛 눈이 박힌 수선화를 땄다. 달리 할 수 있는 일이 없었다. 전보와 분노의 시기는 지났고, 이제 레너드의 두 손을 가슴 위에 얹고 꽃을 덮어 주는 게 가장 현명한 일 같았다. 여기 아기 아버지가 있다. 그대로 두어야 했다. 누추함이 비극으로 — 그 눈이 별처럼 빛나고 그 손은 일몰과 여명을 움켜쥔 비극으로 — 변해 가도록 내버려 두어야 했다.

밀어닥치는 공무원들도 다시 돌아온 천박하고 예리한 의사도 영원한 아름다움에 대한 마거릿의 신념을 흔들지 못했다. 과학은 사람을 설명하지만 사람을 이해하지는 못한다. 과학은 뼈와 근육들 틈에서 기나긴 세월을 보낸 뒤, 신경에 대한 지식을 향해 전진해 나갈지 모르지만, 그걸로 사람을 이해하지는 못할 것이다. 사람들이 맨스브리지 씨에게 심장을 열어 보여도 그와 같은 부류의 사람들은 그 안의 비밀을 밝히지 못한다. 그들은 모든 것이 흰 바탕에 검은 글씨로 적히기를 원하고, 결국 그들에게 남는 것도 흰 바탕에 적힌 검은 글씨뿐이다.

그들은 마거릿에게 찰스에 대해 자세히 질문했다. 그녀는 그 이유를 알 수 없었다. 죽음이 찾아왔고, 의사는 그것이 심장병 때문이라고 확인해 주었다. 그들은 아버지의 칼을 보여 달라고 했다. 그녀는 찰스의 분노는 자연스러웠지만 오해였다고 설명했다. 레너드에 대한 참담한 질문들이 이어졌고, 그녀는 모든 것에 대해 흔들림 없이 대답했다. 그런 뒤 다시 찰스 일로 돌아가서 말했다. 「찰스 윌콕스 씨가 죽음을 유발한 것은 분명해 보입니다. 하지만 아시겠지만 그게 아니더라도 다른 원인이 있었을 겁니다.」 마침내 그들은 그녀에게 고맙다고 하고 칼과 시신을 수습해서 힐튼으로 싣고 갔다. 그녀는 바닥에 흩어진 책을 챙기기 시작했다.

헬렌은 농장으로 가 있었다. 그녀 또한 배심이 끝날 때까지 기다려야 했기 때문에 거기 머무르는 게 가장 좋았다. 그런데 그 정도로도 부족하다는 듯 매지와 남편이 문제를 일으켰다. 그들은 자신들이 왜 하워즈 엔드의 뒷감당을 해야 하는지 이해하지 못했다. 물론 그들이 옳았다. 온 세상이 옳은 말을 할 것이다. 그리고 인습에 저항하는 모든 용감한 자들에게 풍성한 복수가 이루어질 것이다. 예전에 슐레겔 자매는 이렇게 말했다. 〈세상에서 중요한 건 자기 자신과 친구들에게 존중받는 것뿐이야.〉 때가 닥치자 그것 아닌 다른 것들이 엄청나게 중요해졌다. 하지만 매지가 양보했고, 헬렌은 하루 낮 하루 밤 동안의 평화를 보장받았다. 그리고 내일이 되면 독일로 돌아갈 예정이었다.

그리고 마거릿도 함께 가기로 했다. 헨리에게서는 아무런 연락도 없었다. 어쩌면 그녀가 사과하기를 기다리는지도 몰랐다. 자신에게 닥친 비극을 찬찬히 생각해 보니, 그녀는 아무런 뉘우침도 들지 않았다. 그녀는 그의 행동을 용서하지 않았고, 용서하고 싶지도 않았다. 그녀가 그에게 한 말은 아무 문제 없어 보였다. 다시 말한다 해도 한마디도 바꾸고 싶지 않았다. 그것은 세상의 기울어짐을 바로잡기 위해 인생에 한 번은 해야 하는 말이었다. 자신의 남편만이 아니라 그와 같은 수천 명의 남자를 향해서, 상업의 시대가 닥치면서 사회의 상층 자리에 생겨난 내적 어둠에 대항해서. 그가 그녀 없는 인생을 계획한다 해도 그녀는 사과할 수 없었다. 그가 인간 앞에 제시되는 가장 명료한 문제들도 연결하기를 거부했으니 그들의 사랑은 그 결과를 받아들여야 했다.

아니, 그것 말고는 할 수 있는 게 없었다. 그들은 절벽에서 떨어지지 않으려고 노력했지만, 어쩌면 추락은 불가피했다. 그리고 어쨌든 미래가 불가피하다는 것은 그녀에게 위안이 되었다. 원인과 결과는 분명히 어떤 목적지를 향해 쩔렁거리며 나아갈 것이다. 하지만 그 목적지가 어디인지는 상상할 수 없었다. 그런 순간에 영혼은 내면으로 물러가서 더 깊은 흐름에 자신을 띄우고 죽은 자들과 친교를 나눈다. 그리고 세상의 영광이 줄어든 게 아니라 자신이 생각하던 것과 종류가 다름을 깨닫는다. 영혼은 사소한 것들이 흐릿해질 때까지 초점을 옮긴다. 마거릿은 겨울 내내 그 방향으로 나아갔다.

그리고 레너드의 죽음으로 그 목적지에 도달했다. 슬프지만 진실이 등장하면서 헨리는 사라져야 했고, 오직 그녀의 사랑만이 꿈에서 깨었을 때 간신히 떠오르는 장면들처럼 희미한 자취를 남겨야 했다.

그녀는 흔들림 없는 눈으로 그의 미래를 살펴보았다. 그는 머지않아 곧 건강한 정신으로 세상에 복귀할 것이다. 그의 중심이 썩었다 한들, 그것이 그에게나 이 세상에 무슨 상관이란 말인가? 그는 돈 많고 유쾌한 노인이 될 테고, 때로 여자들에게 마음이 약해지기도 하겠지만, 누구하고라도 술잔을 비울 수 있을 것이다. 그는 계속 권력을 움켜쥔 채 찰스 무리를 곁에 묶어 두었다가, 나이가 아주 많아진 뒤에야 마지못해 사업에서 은퇴할 것이다. 그리고 정착할 것이다. 하지만 그 모습은 떠오르지 않았다. 그녀의 눈 속에 헨리는 언제나 움직이고 또 다른 사람들을 움직이면서 세상의 끝까지 나아갔다. 하지만 머지않아 그는 피곤해서 움직이기 어려워질 테고 정착할 것이다. 그다음에는? 불가피한 것. 그에게 맞는 어떤 천국으로 방출되는 영혼.

거기서 그들은 만날 것인가? 마거릿은 자신의 불멸성을 믿었다. 그녀에게 영원한 미래란 언제나 자연스럽게 다가왔다. 그리고 헨리도 자신의 불멸성을 믿었다. 그러나 그들이 다시 만날 것인가? 그가 비난하는 이론대로 무덤 너머에도 끝없는 단계가 있을까? 그리고 그의 단계가 높건 낮건 간에 그녀의 단계와 같을 수 있을까?

이런 생각에 잠겨 있는데 그의 호출이 당도했다. 크레인이 자동차를 타고 그의 말을 전하러 왔다. 다른 하인들은 물처럼 흘러 지나갔지만, 버릇없고 제멋대로인 이 운전기사는 남았다. 마거릿은 크레인을 싫어했고 그도 그것을 알았다.

「윌콕스 씨가 열쇠를 달라고 하던가요?」 그녀가 물었다.

「그런 말씀은 안 하셨습니다, 사모님.」
「쪽지 같은 건 없고요?」
「그런 말씀은 안 하셨습니다, 사모님.」

그녀는 잠시 생각해 본 뒤 하워즈 엔드의 문을 잠갔다. 이제 이 집에서 영원히 잠들어 버릴 온기를 바라보는 것은 안타까웠다. 그녀는 부엌에서 타오르던 불을 긁어 내고, 남은 석탄을 마당의 자갈 위에 뿌렸다. 그런 뒤 창문을 닫고 커튼을 내렸다. 헨리는 이제 이 집을 팔려고 할 것이다.

그녀는 그를 용서하지 않기로 결심했다. 그들에게 새로운 일은 아무것도 일어나지 않았다. 그녀의 기분은 어제 저녁 이후 조금도 변하지 않았다. 헨리는 찰스의 집 대문 밖에 서서 손짓으로 차를 세웠다. 아내가 내리자 그가 깊이 잠긴 목소리로 말했다.「당신하고 밖에서 이야기하는 게 더 좋을 것 같소.」

「길에서 이야기하는 게 낫겠어요.」 마거릿이 말했다.「제가 보낸 전갈 받으셨나요?」

「무슨 전갈?」

「저는 헬렌하고 같이 독일로 갈 거예요. 그리고 거기에서 정착할 거예요. 어젯밤 우리의 대화는 당신이 생각하는 것보다 훨씬 중요했어요. 나는 당신을 용서할 수 없고 그래서 떠나겠어요.」

「나는 지금 몹시 피곤하오.」 헨리의 목소리에서 아픔이 묻어났다.「아침 내내 여기저기 돌아다녔고, 좀 앉고 싶구려.」

「그렇게 하세요. 풀 위에 앉는 것도 괜찮다면.」

북부 대로는 시발점부터 종착점까지 농지를 끼고 달리게 되어 있었다. 그런데 헨리 같은 부류의 사람들이 그 대부분을 야금야금 갉아먹었다. 그녀는 길을 건너서 식스힐스 쪽 풀밭으로 갔다. 그들은 찰스와 돌리에게 보이지 않도록 먼쪽에 가서 앉았다.

「여기 열쇠 있어요.」 마거릿이 그렇게 말하며 그에게 열쇠 꾸러미를 던졌다. 꾸러미는 햇빛 비치는 풀밭 사면에 떨어졌고, 그는 집어 들지 않았다.

「당신한테 할 말이 있소.」 그가 부드럽게 말했다.

그녀는 이런 피상적인 부드러움을 알았다. 그것은 급하다는 증거였고, 그 목적은 오직 하나 남자의 우월성을 과시해서 그녀의 존경을 이끌어 내는 것이었다.

「듣고 싶지 않아요.」 그녀가 대답했다. 「헬렌은 이제 간호해 줄 사람이 필요해요. 저는 앞으로 헬렌과 함께 살 거예요. 헬렌과 나, 그리고 태어날 아기, 이렇게 셋이서 어떻게든 해 나갈 거예요.」

「어디로 갈 생각이오?」

「뮌헨요. 배심이 끝나면 떠날 거예요, 헬렌이 기력을 찾으면.」

「배심이 끝나면?」

「그래요.」

「평결이 어떻게 날지 알고 있소?」

「심장병으로 나겠죠.」

「아니오, 과실 치사요.」

마거릿이 손가락들로 풀들 틈을 훑었다. 그녀가 깔고 앉은 언덕이 살아 있는 듯 움직였다.

「과실 치사요.」 윌콕스 씨가 말을 이었다. 「찰스는 감옥에 갈지도 모르오. 그 애한테는 말을 못하겠소. 나도 어찌해야 할지 모르겠고……. 모든 게 무너졌소……. 다 끝났소.」

그녀에게 갑작스레 따뜻한 마음이 일지는 않았다. 어쨌건 그를 무너뜨리는 게 그녀의 유일한 희망은 아니었다. 그녀는 고통스러워하는 헨리를 감싸 안지 않았다. 하지만 그날, 그리고 그다음 날이 지나는 동안 새로운 인생이 움직이기 시작했다. 평결이 내려졌다. 찰스는 기소되었다. 그가 처벌을 받을 이유는 없었지만, 인간의 형상대로 만들어진 법은 그에게 3년의 징역형을 선고했다. 그러자 헨리의 요새는 무너졌다. 그는 아내 외에는 누구하고도 만나고 싶지 않았다. 선고가 내려진 뒤 그는 비틀거리며 마거릿을 찾아가 자신에게 어떤 일이든 해달라고 부탁했다. 그녀는 가장 쉬워 보이는 일을 했다. 그를 데리고 하워즈 엔드로 간 것이다.

44

톰의 아버지가 넓은 풀밭을 베고 있었다. 그는 빙빙 도는 기계 칼날과 향기로운 풀 냄새를 이끌고 풀밭 위를 지나며, 들판의 신성한 중심을 향해 점점 원을 좁혀 갔다. 톰이 헬렌에게 무슨 부탁을 하고 있었다.

「모르겠네.」 헬렌이 대답했다. 「아기가 그래도 될까, 메그?」

마거릿이 바느질하던 손을 멈추고 두 사람을 멍하니 바라보며 물었다. 「뭐를?」

「톰이 아기랑 같이 건초 더미에서 놀고 싶다고 그러거든.」

「글쎄, 모르겠는데.」 마거릿은 그렇게 대답하고 다시 일로 돌아갔다.

「그런데 톰, 아기를 세우면 안 돼. 엎어 놓아도 안 돼. 머리가 덜렁거리게 뉘여도 안 되고, 놀리거나 간지럼 태워도 안 돼. 그리고 저 잔디 깎는 기계에 몸이 동강나도 안 돼. 전부 다 지킬 수 있어?」

톰이 두 팔을 내밀었다.

「저 아이는 아기를 잘 보는걸.」마거릿이 말했다.

「톰은 아기를 좋아해. 그러니까 저렇게 하지!」헬렌이 대답했다.「평생토록 친구가 될 것 같아.」

「여섯 살과 한 살 때부터의 친구?」

「그래. 톰한테도 좋을 거야.」

「아기한테는 더 좋지.」

14개월이 지나갔지만, 마거릿은 여전히 하워즈 엔드에 머물고 있었다. 더 좋은 계획이 떠오르지 않았다. 풀밭은 다시 베어지고 있었고, 정원에는 다시 큰 꽃양귀비가 피어나고 있었다. 7월이면 밀밭에 작은 꽃양귀비가 필 것이다. 8월이면 밀을 벨 것이다. 이런 작은 일들이 해를 거듭하며 그녀의 일부가 될 것이다. 여름마다 그녀는 우물이 마르지 않을까 걱정하고, 겨울마다 수도관이 얼지 않을까 걱정할 것이다. 서풍이 불면 우산느릅나무가 쓰러져서 모든 것이 끝날지도 몰랐다. 그래서 서풍이 부는 동안에는 책도 읽지 못하고 이야기도 못했다. 지금 공기는 고요했다. 그녀와 헬렌은 이비의 바위 정원이 있던 곳에 앉아 있었다. 그곳에서 잔디는 들판과 합쳐졌다.

「무슨 시간이 이렇게 오래 걸리지?」헬렌이 말했다.「도대체 저 안에서 둘이 뭘 하는 거야?」갈수록 말수가 적어지는 마거릿은 대답하지 않았다. 풀 베는 기계 소리가 파도 소리처럼 일어났다 사그라들었다를 반복했다. 옆에서는 한 남자가 정원 구석 움푹한 곳의 잡풀을 베어 내려고 준비하고 있었다.

「헨리도 우리랑 같이 이렇게 나와 있으면 좋을 텐데.」헬렌이 말했다.「날씨가 이렇게 좋은데 집 안에 틀어박혀 있어야 하다니! 안됐어.」

「어쩔 수 없어.」마거릿이 말했다.「여기 살기 싫어한 가장 큰 이유가 건초열이니까. 하지만 지금은 그래도 여기가 좋다고 생각하잖아.」

「메그, 헨리가 아픈 거야 아니야? 난 모르겠어.」

「아픈 건 아니야. 그냥 항상 피곤한 거지. 평생 동안 죽어라 일만 하느라고 그런 걸 알아차릴 틈도 없었어. 그런 사람들은 그런 걸 알아차린 순간 무너지게 되어 있어.」

「이 뒤엉킨 관계 속에서 자기가 맡은 역할 때문에 아주 힘들어하는 것 같아.」

「아주 힘들어하고 있지. 그래서 내가 오늘 돌리가 오지 않았으면 한 거야. 그래도 헨리가 모두 보고 싶어 하니까 오긴 와야지.」

「헨리는 왜 모두 보고 싶어 해?」

마거릿은 대답하지 않았다.

「메그, 내가 한 가지 말해 줄까? 나 헨리 좋아해.」

「안 그러면 이상한 거지.」 마거릿이 말했다.

「전에는 안 그랬어.」

「안 그랬지.」 그녀는 잠시 과거의 어두운 심연을 들여다보았다. 그들은 그 심연을 건넜지만 처음부터 레너드와 찰스는 예외였다. 그들은 새로운 삶을 만들어 가고 있었다. 흐릿했지만 빛나는 평온이 덧입혀진 삶이었다. 레너드는 죽었고, 찰스는 감옥에서 2년을 더 살아야 했다. 이전에는 명확히 알 수 없었지만 지금은 달랐다.

「내가 헨리를 좋아하는 건 그 사람이 힘들어하기 때문이야.」

「헨리가 널 좋아하는 건 네가 힘들어하지 않기 때문이야.」

헬렌은 한숨을 쉬었다. 그리고 부끄러운 듯 두 손에 얼굴을 묻었다. 잠시 후 그녀가 말했다. 「사랑은 말이야.」 난데없는 말 같았지만 그렇게 난데없지는 않았다.

마거릿은 계속 일을 했다.

「남자에 대한 여자의 사랑을 말하는 거야. 나는 내 인생을 거기 한번 걸어야 한다고 생각했어. 그리고 무언가 나를 밀어 대기라도 하는 것처럼 이리저리 쫓겨 다녔지. 하지만 지금은 모든 게 평화로워. 나는 치유된 것 같아. 프리다가 아직도 자꾸 편지에 써보내는 그 산림 감독관은 아마도 훌륭한 사람일 거야. 그래도 그 사람은 내가 누구하고도 결혼하지 않는다는 걸 몰라. 나 자신이 부끄러워서라거나 나를 믿지 못하기 때문이 아니야. 그냥 그럴 수 없어. 나는 끝났어. 전에는 처녀답게 남자의 사랑에 대해 몽상도 많이 했고, 좋건 나쁘건 사랑은 대단한 거라고 생각했어. 하지만 그렇지 않았어. 그것 자체가 꿈이었어. 언니도 그렇게 생각해?」

「나는 그렇게 생각하지 않아.」

「나는 레너드를 내 애인으로 기억해야 해.」 헬렌이 그렇게 말하며 들판으로 들어섰다. 「내가 그를 유혹하고 그리고 죽였어. 그러니까 최소한 그 정도라도 해줘야 돼. 이런 오후에는 내 온 마음을 레너드에게 바치고 싶어. 하지만 그럴 수가 없어. 그런 척해 봐야 소용없어. 점점 그를 잊어 가는걸.」 그녀의 눈에 눈물이 차올랐다. 「세상 모든 게 맞지 않는 것 같아. 어떻게, 내 소중한……」 그녀는 갑자기 말을 끊었다. 「토미!」

「네?」

「아기를 세우려고 하면 안 돼. 나는 뭔가 부족해. 언니는 헨리를 사랑하고 날마다 조금씩 더 이해해 가잖아. 죽음도 언니 부부를 갈라놓지 못할 거야. 하지만 나는 — 이건 너무 참담하고 한심한 결함이 아닐까?」

마거릿이 헬렌의 말을 막았다. 「그건 그저 사람들이 겉보기보다 훨씬 다르기 때문이야. 온 세상 남자와 여자들이 기대대로 변화 발전하지 못하는 걸로 고민해. 어떤 사람들은 그런 문제를 드러내고, 그러면 그 사실이 그들에게 위안이 되지. 초조해할 것 없어. 그냥 네가 가진 걸 발전시키고 네 아이를 사랑해. 나는 아이들을 별로 사랑하지 않으니까, 나한테 아이가 없는 게 다행이지. 아이들이 예쁘고 귀엽긴 한데 그게 다야. 진정한 애정, 누구한테나 있다고 생각하는 그런 게 전혀 없어. 그리고 다른 사람들 — 다른 사람들은 더 멀리 가서 아예 인간 세계 밖으로 나가기도 하지. 장소도 사람처럼 빛을 낼 수 있어. 이 모든 게 결국 위안을 찾아가는 길이야. 그건 〈획일〉에 맞선 싸움의 일부거든. 차이 — 신은 한 가족 안에도 영원한 차이를 심어 놓잖아. 이 세상에 다채로운 색깔이 존재하도록 말이야. 그래서 슬퍼질 수도 있겠지만, 일상의 잿빛 속에 색깔이 생기지. 그러니까 이제 레너드 일로 그만 고민해. 공연히 그 일을 개인적으로 받아들이지 말고, 그냥 그 사람을 잊어버려.」

「그래, 하지만 레너드는 인생에서 무엇을 얻었을까?」

「모험이 아닐까?」

「그걸로 충분했을까?」

「우리에겐 충분하지 않지만, 그 사람에겐 충분해.」

헬렌은 풀을 한 줌 주워 들어서, 거기 뒤섞인 수영과 붉고 희고 노란 클로버와 방울새풀, 데이지, 겨이삭을 들여다보았다. 그리고 그것을 얼굴 앞에 바짝 가져다 댔다.

「벌써 향긋해졌니?」

「아니, 시들었는걸.」

「내일은 향기로워질 거야.」

헬렌은 미소 지었다. 「아, 언니는 정말 대단한 사람이야. 작년 이맘때 그 소동과 고통을 생각해 봐. 하지만 지금은 불행해지려 해도 불행해질 수가 없어. 정말 엄청난 변화고 —

모두 언니 덕분이야!」

「우리는 그저 정착했을 뿐이야. 너하고 헨리는 서로를 이해하고 용서하는 법을 배웠지. 가을과 겨울 동안.」

「그래, 하지만 우리를 정착시킨 사람이 누구냐고?」

마거릿은 대답하지 않았다. 낫질이 시작되었고, 그녀는 코안경을 벗고 그 모습을 바라보았다.

「바로 언니야!」 헬렌이 소리쳤다. 「언니가 이 모든 걸 했어. 그래 놓고도 바보같이 자기는 모르지만 말이야. 여기 사는 게 언니의 계획이었어. 나는 언니를 원했고 헨리도 언니를 원했어. 모든 사람이 그건 불가능하다고 했지만 언니는 알았어. 언니가 없었다면 우리가 어떻게 됐을까? 나하고 아기는 끔찍한 원칙주의자 모니카와 살았을 테고, 헨리는 돌리에게 갔다가 이비에게 인계되었겠지. 하지만 언니가 조각들을 주워 모아서 우리가 살 집을 만들어 주었어. 잠깐이라도 언니 인생이 영웅적이라는 생각 안 들어? 찰스가 잡혀간 다음 두 달 동안의 일 생각 안 나? 그때 언니가 모든 걸 다 처리했잖아.」

「그때는 너랑 헨리 둘 다 아팠어.」 마거릿이 말했다. 「난 너무 당연한 일을 한 거야. 돌볼 환자가 둘이나 되었으니까. 그리고 여기 집이 있었고, 가구도 다 갖춰진 데다 사는 사람도 없었어. 그런 일은 지극히 당연했지. 그러다 결국 하워즈 엔드에 눌러 살게 될 줄은 나도 몰랐어. 물론 얽힌 매듭을 푸는 데 내가 약간 도움은 주었지만, 말로는 설명할 수 없는 것들이 나를 도와주었지.」

「여기서 영원토록 눌러 살았으면 좋겠어.」 헬렌은 그렇게 말하고 다른 생각들로 옮겨 갔다.

「나도 그래. 때로는 하워즈 엔드가 특별한 방식으로 우리에게 속했다고 느껴지기도 해.」

「그래도 런던이 기어오고 있어.」

그녀는 초지 너머를 가리켰다. 여덟 곳인가 아홉 곳의 목초지 너머에 붉은 녹 같은 집들이 보였다.

「저런 게 서리 주에도 있고, 이제는 햄프셔도 그래.」 그녀가 계속 말했다. 「퍼벡 언덕에서도 저걸 볼 수 있어. 내가 무서운 건 런던은 다른 어떤 것의 일부 같다는 거야. 온 세상의 수많은 인생이 하나로 녹아들고 말 것 같아.」

마거릿은 헬렌의 말이 진실임을 알았다. 하워즈 엔드, 어니턴, 퍼벡 언덕, 오데르 산맥은 현재까지 모두 생존해 있었지만, 그것들을 녹일 도가니는 이미 준비되고 있었다. 논리적으로 보면 그것들은 살아 있을 권리가 없었다. 그러므로 희망은 논리가 틀리는 데 있었다. 그것들이 시간을 물리치는 대지인 것일까?

「지금 무언가 강하다고 해서, 그게 영원히 강하리라는 법은 없어.」 마거릿이 말했다. 「움직임에 대한 이 열병은 겨우 지난 백 년 동안 생겨난 거라고. 다음에 올 문명은 움직임 없이 대지에 멈추어 있는 문명일 수도 있어. 지금 돌아가는 걸 보면 그럴 가능성은 희박해 보이지만, 그래도 희망을 버릴 수는 없어. 그리고 아침 일찍 정원에 나가 보면 우리 집은 과거뿐 아니라 미래에도 속했다는 느낌이 들어.」

그들은 고개를 돌려 집을 바라보았다. 이제 그 집에는 그들 자신의 기억도 물들어 있었다. 헬렌의 아이는 아홉 개의 방 중 한가운데 방에서 태어났다. 그러더니 마거릿이 〈아, 저기……!〉 하고 말했다. 현관 창문 앞에서 무엇인가 움직였기 때문이다. 그러더니 문이 열렸다.

「드디어 모임이 끝났나 보네. 내가 가볼게.」

문을 열고 나타난 사람은 폴이었다.

헬렌은 아이들을 데리고 들판 멀리로 갔다. 사람들이 다정한 목소리로 그녀를 맞았다. 마거릿은 일어서서 검고 짙은 콧수염의 젊은이를 맞았다.

「아버지께서 부르십니다.」 그는 적대감을 보이며 말했다.

그녀는 일감을 들고 그를 따라 들어갔다.

「저희는 중요한 일을 의논했습니다.」 폴이 계속 말했다. 「하지만 새어머니께서는 미리 다 알고 계셨지요?」

「그래, 알고 있었어.」

폴은 어색한 동작으로 — 평생을 말안장에 앉아서 보낸 탓에 — 현관문을 걷어찼다. 윌콕스 부인은 기분이 상해서 조그맣게 소리를 질렀다. 그녀는 무엇이고 흠이 생기는 걸 좋아하지 않았다. 그녀는 현관 입구에 멈춰 서서 장식 항아리에 든 돌리의 목도리와 장갑을 꺼냈다.

남편은 식당의 커다란 가죽 의자에 앉아 있었고, 옆에는 이비가 보란 듯이 헨리의 손을 잡고 있었다. 자주색 옷을 입은 돌리는 창가에 앉아 있었다. 식당은 조금 어두웠고 공기가 안 통해서 답답했다. 건초들이 다 치워질 때까지는 그렇게 지내야 했다. 마거릿은 아무 말 없이 거기 합류했다. 다섯 사람은 차 시간에 이미 한 번 만났고, 마거릿은 어떤 이야기가 나올지 잘 알았다. 시간을 낭비하기가 싫어서 그녀는 바느질을 계속했다. 시계가 여섯시를 쳤다.

「너희들 마음에도 맞는 것 같으냐?」 헨리가 피곤한 목소리로 물었다. 어휘와 문장은 예전의 것들이었지만, 말투는 전과 달리 흐릿했다. 「왜냐 하면 너희가 나중에 와서 내가 공평하지 않았다고 불평하는 일이 없었으면 하기 때문이다.」

「맞지 않으면 어떻게 하겠습니까?」 폴이 말했다.

「그건 오해다. 네가 말만 하면 이 집을 너에게 주마.」

폴은 불쾌한 듯 인상을 쓰고 팔을 긁었다. 「저는 적성에 맞는 야외 생활을 버리고 사업을 돌보러 영국에 돌아왔어요.

그러니 여기 정착하는 건 맞지 않아요.」 그리고 덧붙여 말했다. 「여기는 시골도 아니고 그렇다고 도시도 아니잖아요.」

「그래 좋다. 그렇다면 이비 너는 괜찮냐?」

「그럼요, 아버지.」

「너는 어떠냐, 돌리?」

돌리가 핏기 없는 작은 얼굴을 들었다. 슬픔으로 시들었지만 차분함은 깃들지 않은 얼굴이었다. 「진심으로 찬성해요.」 그녀가 말했다. 「저는 찰스가 아이들을 생각해서 이 집을 갖고 싶어 한다고 생각했는데, 지난번에 만났을 때 찰스가 아니라고 했어요. 우리는 이제 이 근방에서는 살 수 없대요. 찰스는 우리가 성도 바꿔야 한다고 말했는데, 뭘로 바꿔야 할지 모르겠어요. 찰스하고 저한테는 윌콕스가 꼭 맞는데 말이에요. 다른 이름은 생각할 수가 없어요.」

그 말에 모두가 침묵했다. 돌리는 자기가 무슨 실수를 했나 불안해서 사람들을 둘러보았다. 폴은 계속 팔을 긁었다.

「그러면 나는 히워즈 엔드를 아내에게 물려주겠다.」 헨리가 말했다. 「모두가 그 점을 분명히 알아 두기 바란다. 내가 죽고 나서 엉뚱하게 탐을 내서 소동을 벌이는 일이 없도록 해라.」

마거릿은 가만히 있었다. 그녀의 승리에는 무언가 섬뜩한 게 느껴졌다. 그녀는 아무런 야심도 품지 않은 채 이 윌콕스 집안으로 정면 돌진해서 그들의 인생을 박살 내버렸다.

「그러므로 나는 아내에게 돈은 한 푼도 남겨 주지 않는다.」 헨리가 말했다. 「이것은 마거릿이 바라는 것이기도 하다. 마거릿 몫의 재산은 모두 너희에게 돌아갈 것이다. 나는 또 너희가 내게서 독립할 수 있도록, 살아 있는 동안에도 상당한 재산을 나누어 줄 생각인데, 이것도 마거릿의 뜻이다. 마거릿도 지금 많은 돈을 처분하고 있어. 그렇게 해서 10년 안에 재산을 반으로 줄이는 게 목표다. 그리고 마거릿이 죽으면 이 집은 조카, 저기 들판에 있는 조카에게 돌아갈 것이다. 복잡한 것 없지? 모두 잘 알아들었겠지?」

폴이 일어섰다. 원주민 방식에 익숙해진 그는 작은 일에도 금방 영국식을 벗어났다. 그는 자신의 남성성과 불쾌감을 표시하고 싶어졌다. 「들판에 있는 아이요? 아버지! 제가 원주민 애들까지 데려오면 온 땅을 차지할 수 있었겠네요.」

캐힐 부인이 속삭였다. 「그러지 마, 폴. 조심한다고 약속했잖아.」 이비는 세상을 아는 여자 같은 태도로 자리에서 일어서서 떠날 준비를 했다.

아버지가 이비에게 키스했다. 「잘 가라, 딸아. 내 걱정은 할 것 없다.」

「안녕히 계세요, 아빠.」

다음은 돌리의 차례였다. 무언가 인사말을 남겨야 한다는 생각에 그녀는 불안하게 웃고 말했다. 「안녕히 계세요, 아버님. 결국 돌아가신 어머님 뜻대로 새어머니가 하워즈 엔드를 물려받다니 신기한 일이에요.」

이비가 숨을 삼키더니 마거릿에게 〈안녕히 계세요〉라고 인사한 뒤 키스했다.

그런 뒤 똑같은 말이 썰물이 지는 바닷물처럼 반복되었다.

「안녕히 계세요.」

「잘 가렴, 돌리.」

「아버지, 다음에 뵐게요.」

「잘 가라, 아들아, 몸조심하고.」

「안녕히 계세요, 어머님.」

「잘 가.」

마거릿은 대문까지 나가 그들을 전송했다. 그런 뒤 남편한테 돌아와서 그의 두 손에 머리를 얹었다. 그는 딱할 만큼 지쳐 있었다. 하지만 마거릿은 돌리의 말이 잊히질 않았다. 마침내 그녀가 물었다. 「헨리, 윌콕스 부인의 뜻대로 내가 하워즈 엔드를 물려받다니 그게 무슨 뜻이에요?」

그가 조용히 대답했다. 「그래, 그랬소. 하지만 아주 오래전 이야기지. 루스가 병에 걸렸을 때 당신이 루스에게 아주 잘해 주지 않았소? 그래서 루스는 당신에게 무언가 주고 싶어서 어느 순간 멍한 정신으로 종이에 〈하워즈 엔드〉라고 썼소. 내가 그걸 깊이 생각해 보았는데, 아무리 봐도 황당하기만 해서 무시해 버렸지. 마거릿이 장래에 내 아내가 될 줄은 꿈에도 모르고 말이오.」

마거릿은 말이 없었다. 마음속 깊은 곳에서 무언가가 그녀의 인생을 세차게 흔들었고 그녀는 몸을 떨었다.

「내가 잘못한 거요?」 그가 고개를 숙이고 물었다.

「아니에요. 잘못한 거 없어요.」

정원에서 웃음소리가 들려왔다. 「헬렌 모자가 왔나 보군!」

헨리기 소리치고 미소 띤 얼굴로 마기릿과 떨어졌다. 헬렌이 한 손에 톰을 잡고 다른 손으로는 아기를 안은 채 컴컴한 집 안으로 뛰어 들어왔다. 세 사람의 떠들썩한 환성이 마거릿과 헨리에게도 번졌다.

「풀베기가 끝났어!」 헬렌이 흥분해서 소리쳤다. 「큰 초지가 말이야! 끝까지 지켜봤거든. 건초가 엄청 나올 것 같아!」

웨이브리지, 1908~1910년

부록
루크네스트

처음 루크네스트에 도착하던 때가 또렷이 기억난다. 적어도 내게 남은 인상은 또렷하다. 기차를 타고 가면서 지나치는 역들의 이름을 물어보았는데, 웰린Welwyn 역을 웰린이라 세대로 읽지 못하고 철자대로 웰퀸이라고 읽었던 기억이 있다. 전세 마차에 올라탄 일, 교회와 농장 집을 지나쳐 간 일, 또 루크네스트를 본 일도 기억나지만, 집에 들어간 순간은 기억나지 않고, 다음 기억은 응접실 바닥에서 벽돌들을 가지고 논 일이며, 그다음은 신경통으로 의사가 찾아온 일, 그다음은 청소부 아줌마가 내 방 벽장을 청소하는 동안 뮤직 박스로 음악을 틀었던 일이다. 그 집으로 이사한 1883년 3월에 나는 네 살이었다. 우리는 그 집에서 3년을 살 예정이었는데, 이사한 뒤 어머니는 곧 그렇게 오래 지내지 않을 거라고 말했다. 하지만 우리는 거기서 1893년 9월까지 지냈고, 그 집을 떠난 것도 떠나지 않으면 안 되었기 때문이었다.

먼저 그 집에 대한 설명부터 시작하는 게 좋을 것 같다. 그 집은 스티브니지에서 도보 길로는 1마일, 마차 길로는 1.5마일 정도 떨어져 있고, 스티브니지-웨스턴 간 도로변에서도 특히 사정이 좋지 않은 곳에 위치했다. 웨스턴은 거기서 3마일을 더 가는 작은 마을이라서 도로의 교통량은 당연히 매우 적었다. 스티브니지는 북부 철도 변에 있고 런던-요크 구간에서 최고로 높은 지역이었는데, 루크네스트는 스티브니지보다도 훨씬 높은 곳에 위치해 있어서 하트퍼드셔 서부와 북서부, 그리고 케임브리지셔의 일부를 내다보는 전망이 아주 훌륭했다. 하트퍼드셔가 볼품없는 주라고 생각하던 사람들은 이 전망에 크게 놀랐다. 전체적으로 집을 둘러싼 정경이 모두 아름다운 편이었는데, 그 가운데 첫손으로 꼽아야 할 것이 바로 그 전망이었다. 북쪽으로는 전나무와 떡갈나무로 이루어진 아담한 숲이 있는 수렵지가 엿보였다. 도로 너머는 높은 산울타리도 서 있고, 그쪽으로 난 창문도 없어서 볼 수 없었다. 집은 남서향이었지만 사람들은 남향이라고 말했다. 내가 집과 정원의 평면도를 그려 둔 게 있는데, 그걸 보면 기억과 달리 집이 정원에 비해 지나치게 컸고 뒤뜰도 너무 작았다.

어떤 것부터 이야기해야 할지 모르겠지만, 아마도 집 이야기를 먼저 하게 될 것 같다. 루크네스트라는 이름은 본래 집 이름이 아니라 우리 집과 아래쪽 농장 집이 포함된 마을의 이름이다. 어머니는 우리 집 이름이 〈치스필드 빌라〉로 명명될 거라는 말을 듣고 거의 기절할 뻔했다. 집은 매우 오래되었다. 어떤 사람들은 200년 되었다고도 했고 어떤 사람들은 500년이라고도 했다. 200년이라고 해도 나는 놀라지 않을 것이다. 모양은 직사각형이었고, 붉은 벽돌로 지어졌지만 애초의 강렬한 색깔은 사라진 지 오래였다. 집의 전면은 장미나무 두 그루와 포도나무로 뒤덮여 있었다. 동쪽 벽도 포도나무에 덮여 있었다. 처음 이사했을 때는 장미나무 한 그루와 포도나무뿐이었지만, 그것들이 아주 크게 자랐고 장미나무 한 그루가 더 심어지자 그 덩굴이 집 두 면의 벽을 가득 덮었다. 포도나무는 언제나 논란의 대상이었다. 올해는 열매를 목적으로 기를 것인가? 아니면 이파리를 목적으로 기를 것인가? 때로는 거기서 난 포도 열매로 포도주를 만들어서 목마른 사람들에게 사랑을 받기도 했지만, 그렇게 하면 집이 너무 허전해 보였다. 동쪽 벽에는 창문이 없었기 때문이다. 그래서 우리는 대개 이파리 쪽을 선택했다. 다른 두 쪽 벽에는 덩굴이 없었지만 집 뒤쪽은 지붕이 아주 특이했다. 그 지붕은 두 개의 큼직한 박공 — 작은 손님 방과 계단 꼭대기 창문으로 연결된 — 이 뒷문 현관을 지나 건물 끝에 이를 때까지 쭉 뻗었는데, 그 처마가 땅 위 6피트 높이까지 내려왔다. 나는 이 지붕 위로 공을 던져서 앞쪽 정원으로 넘겨 보내는 놀이를 아주 좋아했는데, 유리창 두 개를 깨고 나서는 계속 할 수 없게 되었다. 집의 서쪽 벽은 좀 헐벗은 편이었고, 그 쓸쓸함을 덜어 주는 건 큰 고기 저장실 창문과 그 위쪽에 있는 창고 벽장의 창문뿐이었다.

집 내부는 독특했다. 현관문에 딸린 조그만 전실을 지나면 그 집의 자랑인 현관 입구에 이른다. 예전에 집이 농가였을 때 그곳은 부엌이었고, 본래는 커다란 굴뚝이 달린 벽난로가 있었지만 우리가 이사하기 전에 집 주인 윌킨슨 대령이 벽난로를 막고 창살을 쳤으며, 벽난로 옆 공간을 아까 말한 벽장으로 개조했다. 현관 입구에는 문이 다섯 개 나 있었고 그것들은 각각 식당, 응접실, 부엌과 연결된 복도, 현관문 앞 전실, 그리고 계단으로 연결되었다. 계단으로 연결된 문은 주로 닫혀 있었기 때문에 처음 온 사람들은 우리가 어떻게 2층으로 올라가는지 의아해했다. 벽난로는 막혔지만, 그에 딸린 큰 굴뚝은 남아 있었고, 한 번은 굴뚝 청소 중에 그 안에서 꼬마 아이가 나와서 어머니를 기겁시킨 적도 있지만, 아이는 무사했다. 천장에는 들창의 흔적도 있었다. 벽장 끝 쪽에 작은 문이 하나 달려 있었는데 어머니가 어느 날 그 문을 열었다가 발견한 낡은 수반(水盤)은 아직도 우리 곁에 남아 있다. 천장에는 다른 방들처럼 들보가 가로질러 있었다.

식당과 응접실은 훌륭한 방들이었지만, 별로 특징적인 건 없었다. 복도로 난 문을 지나면 왼쪽에 문이 하나 있고, 그 문을 열면 응접실 아래의 지하실로 내려가는 계단이 나왔다. 그리고 세 개의 문이 더 있어서 각각 식품실, 고기 저장실, 부엌으로 연결되었다. 식품실은 작았지만, 고기 저장실은 크고 바닥에 노란 벽돌이 깔려 있었으며 먹을거리들이 쟁여진 큼직큼직한 선반들이 있었다. 그곳은 언제나 서늘했다. 고기 저장실 한 구석에는 커다란 붉은색 단지들이 있었는데, 한 곳에는 빵을 보관했고, 나머지 단지들에는 식수를 보관했다. 부엌은 따뜻했으며, 바닥에는 적색과 청색의 정방형 돌들이 깔려 있었다. 계단 밑 벽장의 문도 부엌으로 나 있었다. 부엌에도 두짝 문이 달린 독립적인 현관이 있어서 떠돌이들을 상대하는 데 편리했다. 집 뒤쪽 창문들은 아래위층 모두 살대가 질러져 있고, 앞쪽의 창문들은 덧창이 달려서 떠돌이나 도둑의 침입을 안전하게 막을 수 있었다.

2층으로 올라가는 계단 꼭대기에는 뒷문 현관 위로 난 창문이 있었고, 2층 전면에는 큰 손님 방, 아이 방, 어머니 방이 각각 식당, 현관 입구, 응접실 위쪽에 자리 잡고 있었다. 어머니의 방은 크고 추웠지만 어머니는 그 방을 좋아했다. 아이 방은 쾌적했다. 거기에는 내 장난감을 보관해 두는 커다란 L자형 벽장이 있었고, 한쪽 벽을 다 차지한 커다란 옷장도 있었다. 큰 손님 방도 좋았지만 나는 거기 자주 들어가지 않았다. 큰 손님 방 맞은편은 작은 손님 방으로 그 아래층은 식기

방이었다. 작은 손님 방은 나중에 만든 것인데, 겨울이 되면 부엌의 굴뚝 때문에 아주 따뜻하고 좋았다. 작은 손님 방과 큰 손님 방 사이의 복도 천장에는 뚜껑 문이 있었는데, 그 문은 서까래로 연결되었고, 서까래에는 우리가 펌프를 쓰기 전까지 날마다 물을 채워 넣던 수조가 있었다. 2층에 있는 다른 방은 어머니 방 옆, 그러니까 고기 저장실 위쪽에 있는 창고 벽장뿐이었다. 그래서 언제나 사과와 생쥐와 잼 냄새가 났다.

그 위에는 세 개의 다락방이 있었다. 양 끝의 방은 침실이었고, 가운데는 창고로 쓰이는 골방이었다. 다락방들은 좀 기이했는데, 각 방의 문이 모두 18인치 높이에 12인치 폭인 나무 들보 위에 얹혀 있었기 때문이다. 새로 온 하녀들은 이 통나무를 건너서 방에 들어가야 한다는 사실에 늘 분개했다. 손님 방 위의 다락에는 L 자 모양의 복도가 있었는데, 그 복도는 큰 굴뚝을 빙글 돌아갈 뿐 아무 곳으로도 연결되지 않았다. 처음에 이 집에 왔을 때 내가 집 꼭대기에 올라갔다가 이 복도로 내려온 일이 있다는 말을 들었다. 쥐들이 서까래를 모두 갉아먹어서 나는 거의 올라가기가 무섭게 내려왔다고 한다.

집에 대해서는 그 정도 해두고, 이제 이웃 이야기를 해보자. 우리 집과 가까운 이웃은 마을 쪽으로 200야드 정도 떨어진 농장 집과 반대 방향으로 역시 같은 거리만큼 떨어진 치스필드 오두막이 전부였다. 오두막에는 플럼 씨라고 하는 사냥터지기와 그의 아내, 그리고 두 아이가 살았다. 플럼 부인은 우리가 이사한 날 아침에 우리 집 뒷문 앞에 장작단을 가져다 놓았고, 그로 인해 우리와 쉽게 말문을 틀 수가 있었다. 부인은 그 집 사내애를 〈시즐〉이라고 불렀지만 우리는 베이비 플럼 또는 베이비 플럼번이라고 불렀다. 내 기억에 따르면 그 아이는 아주 밉살스럽기 그지없어서, 늘 자기에게 없는 것들을 갖고 싶어 했다. 아이의 이런 고집 때문에 우리가 집을 비웠을 때 하녀들은 어쩔 수 없이 플럼 가족에게 현관문을 열어 주어야 했다. 어느 날은 베이비 플럼이 종잡을 수 없는 말을 자꾸 했는데, 대성통곡으로 끝난 그 말은 알고 보니 〈모건이 가진 유리구슬을 보고 싶어〉라는 것이었다. 우리가 아이에게 유리구슬을 보여 준 적이 없기 때문에, 아이가 우리 집 서랍들을 뒤졌던 게 분명했다. 다른 아이는 애니였다. 나는 플럼 부인이 〈시즐, 못된 녀석, 어떻게 어린 애니를 때릴 수 있니? 너 맞고 싶니?〉 하고 고함치는 소리를 수도 없이 들었다. 그럴 때마다 플럼 부인은 오두막 옆 회양목 산울타리를 잡아 뜯었다. 그것 때문에 산울타리가 망가진 건지는 모르겠지만, 그 가족이 오두막을 떠났을 때 산울타리는 잘려 있었다.

농장 집 사람들하고는 훨씬 더 가까웠다. 그 집에는 프랭클린 부부와 뚱뚱한 두 딸과 톰이라는 아들이 있었고, 톰이 결혼해서 낳은 프랭키라는 손자가 있었다. 농장 집은 우리 집보다 조금 더 컸고, 손님의 위신에 따라 구별된 〈접객실〉이 세 개나 되었다. 그 가운데 하나인 〈응접실〉에는 그 집 식구들이 털실로 짠 볼썽사나운 의자 덮개들과 우리 어머니가 준 온갖 선물들, 또 〈골동품〉들과 흉물스런 식탁보가 있었다. 짐작할 수 있겠지만 우리는 이 방을 아주 싫어해서 주로 말총 의자와 커다란 식기장, 그리고 프랭클린 씨가 앉는 흔들의자가 있는 다른 방으로 갔다. 그 방에는 피아노도 있었다. 또 다른 방은 아주 친한 사람들만 들어갈 수 있는 곳이라서 거기 살던 무렵에는 한 번도 가본 적이 없었던 것 같지만, 나중에 내가 다시 그 집에 들렀을 때는 그 방으로 안내되었다. 그 방은 벽을 따라 오배자(五倍子)가 둘러져 있고, 굴뚝도 있었고, 볕이 밝게 들어서 따뜻하고 좋았지만, 우리가 그곳을 떠나 옛 친구의 반열에 오르기 전에는 그 방에 들어갈 수가 없었다.

프랭클린 씨는 아주 〈인색했다〉. 그는 우리에게서 초지를 임차해서 썼고, 우리가 떠나게 되어 어머니에게 작별 인사를 할 때도 〈비싼 초지였어요〉라고 말했다. 그러자 어머니가 말했다. 「제가 조랑말을 위해서 그 초지를 달라고 했을 때도 안 주셨잖아요.」 프랭클린 부인이 대답했다. 「물론 안 그랬죠. 어쨌거나 한번 가져 봤던 것만으로도 충분해요.」 하지만 그 약삭빠른 남자는 루크네스트의 다음번 세입자에게서 더 낮은 가격으로 초지를 임차했다. 프랭클린 부인은 정말로 재미있는 사람으로, 아주 특이한 모자를 쓰고 다녔다. 산이 아주 높고 앞쪽은 리본이 어깨까지 늘어지는 등 굉장했지만, 뒤쪽은 그냥 밋밋해서 매우 볼품없었다. 다른 식구들은 하나같이 재미없었다. 톰은 사람들과 좀처럼 어울리지 못한다고들 말했지만, 우리가 볼 때는 다른 식구들보다 특별히 힘들 건 없었다. 하지만 그 가족 전체가 까다로웠기 때문에 그 일이 그리 쉽지는 않았다. 그들은 침례교도였고, 일부러 저울눈을 속인다거나 우유에 물을 타지는 않았지만, 그런 일이 발생했을 때 그리 미안해하지는 않았다. 그랜은 어느 집도 우리 집처럼 형편없는 우유와 버터를 먹지 않는다고 말했다. 하지만 1마일 가량 떨어진 치스필드 농장도 프랭클린의 집에서 유제품을 사야 할 때가 많았기 때문에 우리에게는 선택의 여지가 없었다. 프랭클린 씨는 프랭키가 우유를 먹여야 하는 새끼 토끼를 데려오면 크게 화냈다.

농장 건물들은 언제나 어수선하고 지저분했지만 프랭클린 씨의 사업은 승승장구했다. 그는 몇 해가 지나도록 가격이 안 맞는다며 농장에서 나는 양모를 팔지 않았다. 그러다 어느 해에 양모 수확량이 격감해서 가격이 뛰자, 그 집에 있던 커다란 보따리들이 모두 밖으로 나와 팔려 나갔다. 지저분하기 짝이 없는 곳이었지만 나는 그곳을 좋아했다. 널찍한 농장 마당 한쪽에 집이 있었고 다른 쪽에는 창고며 축사 같은 것들이 있었다. 축사의 진흙과 배설물 속을 거대한 돼지들이 뒹굴었다. 나는 소나 말은 상관없었는데 돼지들은 아주 무서워서 거기를 지날 때면 늘 덜덜 떨었다. 하지만 축사 맞은편에는 신기한 창고들이 있었다. 나는 곡물이 가득한 창고에서는 옷과 신발에 곡식 알갱이를 잔뜩 묻혔고, 또 다른 창고들에서는 짚을 묻혔지만, 짚은 대개 짚단으로 쌓여 있어서 그런 일은 흔치 않았다. 또 다른 창고들에는 신기한 농기구가 많았다. 그 가운데는 탈곡기가 세상에 나오기 전에 사용된 낡은 타작 기계도 있었고, 깻묵과 건초를 자르는 기계도 있었다. 안쪽에서 칼이 돌아가는 커다란 수레바퀴들도 있었는데, 프랭키는 그 바퀴 바깥쪽에 익시온처럼 팔다리를 펼치고 매달려서 굴러다녔고, 나는 옆에서 그 모습을 지켜보면서 나한테 그만한 용기가 없는 걸 한탄했다. 창고들에는 언제나 〈희미하고 경건한 빛〉이 가득했지만, 때로 큰 문들이 활짝 열리면 창고 전체가 환하게 밝아졌다. 나는 창고들을 쑤시고 다니며 달걀 찾는 걸 아주 좋아했는데, 한 번에 보통 서너 개 정도는 찾았다. 농장 집 정원은 꽃이 가득해서 아름다웠지만, 우리는 언제나 뒤쪽으로 다녔다. 그곳에는 벽난로가 딸린 큰 식기실이 있고 유제품실도 있었는데, 유제품실에서는 우유에서 크림을 떠내는 일이 이루어졌다. 두렵지만 우리가 마신 우유 대부분이 아마도 그런 과정을 거쳤던 것 같다.

프랭클린 가족은 종잡을 수 없는 데가 있었다. 그들은 야박했지만 거지를 물리치는 법이 없었다. 프랭클린 부인은 이렇게 말하곤 했다. 「이제 내 할 몫은 했으니까 그 사람들이 구빈원으로 가게 돼도 나는 몰라.」 또 우리가 짚더미 틈에서 노는 걸 허락해 주었고, 한번은 우리가 짚더미 꼭대기에서 서로를 아래로 던지며 놀다가 작은 짚단 하나를 망가뜨린 적도 있는데, 이 일은 프랭클린 가족 같은 이들에게는 큰 타격이었을 테지만, 그들은 그걸 두고 일언반구도 하지 않았다. 이 사람들에 대해서는 일단 이 정도로 해두겠지만, 나중에 앤셀 이야기가 나오면 다시 할 이야기가 많고, 정말로 나는 농장 집 이야기만으로도 책 한 권을 채울 수 있다.

우리 집 정원은 거의 우리 손으로 만들었다고 할 수 있지만, 사과나무는 처음부터 많았다. 프랭클린 씨네 농장 일꾼들은 그 사과를 무시무시하게 훔쳐갔다. 그들은 우리가 아직 잠에서 깨지 않은 이른 새벽에 정원에 들어와 나무들을 흔들었다. 배나무는 한 그루뿐이었지만, 나무가 커서 배가 아주 많이 열렸다. 벚나무는 두 그루였는데, 한 그루는 모렐로벚나무였지만, 집에 좀 더 가까운 나무에는 식용 버찌가 열렸다. 새들도 그 버찌를 좋아해서 우리는 나무에 종을 매달고 그 끈을 층계참 창문으로 연결했다. 이 방법은 한동안은 효과가 있었지만 새들이 거기 익숙해진 다음에는 소용이 없었고, 한번은 검은방울새 한 마리가 종 위에 올라앉아 버찌를 먹는 모습이 목격되기도 했다. 구스베리도 많았고, 붉은까치밥나무와 검은까치밥나무에 나무딸기도 있었기 때문에 과실은 풍성한 편이었다. 립스턴 피핀 종의 사과나무도 한 그루 있었고, 자두나무도 두 그루 있었다.

내가 그린 지도를 보면 정원을 좀 더 잘 파악할 수 있다. 정원은 대부분이 풀밭이었지만, 집에 조랑말이 있었기 때문에 우리는 상관하지 않았다. 전체적으로 평탄했지만, 앞쪽 정원에는 움푹한 구덩이가 있었다. 그곳은 본래 연못이었지만 어머니가 물을 빼내고 매립했다. 나는 클라크 씨 집에서 올챙이고랭이와 노랑꽃창포에 둘러싸인 연못을 본 뒤 우리 집에 연못이 없어진 걸 두고두고 안타까워했다. 정원 반대쪽 끝에 그런 구덩이가 하나 더 있었지만, 거기에는 물이 가득했다. 정원에서 가장 흥미로운 것은 우산느릅나무였다. 그 나무는 키가 아주 크고 줄기도 두꺼웠는데, 기이하게도 땅에서 4피트 가량 높이의 나무껍질에 서너 개의 송곳니가 깊이 박혀 있었다. 그 나무껍질을 씹어서 치통이 나은 사람들이 거기 봉헌한 것이라고 하는데, 그게 그 사람들 자신의 이였는지는 알 수 없고, 아무리 봐도 사람들이 아픈 이 하나가 나았다고 멀쩡한 이 하나를 빼서 바쳤을 것 같지는 않다.

정원 한쪽 면에는 초지가 뻗어 있었다. 그 초지는 우리 집에 딸린 것이었지만, 우리는 불쾌한 동물을 들이지 말라는 조건을 달고 프랭클린 씨에게 임대했다. 〈불쾌한〉 동물이란 정원을 해칠 동물들을 말한 것이었지만, 결국 우리 정원에는 말을 제외한 온갖 동물이 드나들게 되었다. 정원과 초지의 경계에는 경관을 망치지 않도록 네 줄로 철사 울타리를 둘렀는데, 움푹한 구덩이 근처는 울타리가 약해져서 장작단을 괴어 놓았다. 정원에는 언제나 동물들이 들끓었다. 암탉과 뿔닭들은 늘 있었다. 그런 것들은 그냥 그러려니 하게 되었지만, 그 밖에 초지에 있는 온갖 동물의 표본들도 정원에서 항시 볼 수 있었다. 큰 동물들은 움푹한 구덩이 옆을 뚫고 들어왔고, 작은 것들은 울타리 맨 아래쪽 철사 밑으로 기어들어왔다. 앞의 것들에는 소, 송아지, 양들이 속했고, 뒤의 것들에는 돼지, 새끼 양, 닭, 오리, 뿔닭 등이 속했다. 여기에 이따금 길에서 헤매다 들어오는 동물들이 더해졌고, 뒤뜰에는 사냥터지기의 강아지들도 뛰어 놀았으니, 대충 어떤 모습이었는지 짐작할 수 있을 것이다. 한번은 당나귀가 들어왔는데, 스튜어트 씨가 거기 안장을 얹어서 승용으로 쓰라고 제안하기도 했다. 우리는 초지를 아주 좋아했다. 거기에는 우리 소유가 허락된 훌륭한 자두나무가 세 그루 있었고, 그네를 매달아 놓은 커다란 떡갈나무도 있었다. 초지는 좀 이상하게 생겨서 대충 이런 모양이었다. 〔그림〕 그리고 아래쪽으로 경사졌다. 초지의 산울타리에는 으아리, 앵초, 블루벨, 들장미, 산사나무, 브리오니아, 각종 견과나무들이 가득했고, 산울타리에 으레 들어가는 나무들도 여럿 있었다. 초지 가운데의 작은 구덩이는 뒤뜰의 연못과 통해서 연못에 물이 지나치게 차오르는 걸 막아 주었다. 거기서 바라보는 전망은 매우 아름다웠다. 여름에는 그곳의 풀들로 건초를 만들었다.

다음으로 떠오르는 것은 그곳의 단점들이다. 다른 사람들이 루크네스트에 대해 글을 쓴다면 누구라도 그것부터 이야기를 했을 것이다. 우리 친구들은 지치지도 않고 그 이야기를 자꾸자꾸 했으니까. 우선 우리는 6년 동안 물 없이 지냈다. 집은 애초의 이야기와 달리 우물이 없었는데 윌킨슨 대령은 골짜기에 곧 수도 시설이 들어설 거고, 그러면 자기가 직접 돈을 들여서 우리 집까지 수도를 연결해 주겠다는 말로 추궁을 피했다. 마침내 수도 시설은 들어섰지만, 윌킨슨 대령은 지난 6년 동안 그럭저럭 잘 지냈으니 앞으로도 그럴 수 있지 않겠느냐고 말하는 것이 아닌가! 〈그럭저럭 잘 지내기〉 위해서 우리는 지붕에서 떨어지는 빗물을 모으고 날마다 두 양동이씩 우물물을 길어 오는 대가로 농장 집에 엄청난 돈을 지불해야 했다. 결국 대령은 약속을 실행에 옮겨야 했고, 수도 관계자들이 대단한 구조물을 하나 세웠는데, 그것은 노아의 방주와 높다란 수도관 네 개에 올라선 정어리 상자를 섞어 놓은 것처럼 생겼다. 이것은 특이한 방식으로 우리에게 물을 공급해 주었지만, 동시에 그 위압적이고 탁한 푸른색으로 인근 수 마일의 전망을 망쳐놓았다. 그렇게 물을 확보한 뒤에도 문제는 있었다. 겨울이면 수도가 얼었기 때문이다. 어느 해 크리스마스 아침에도 그 지경이 되어 있었다. 다행히 온수통들에 담아 놓은 물이 있었고 불 위에 얹어 놓은 주전자도 있어서, 그 물들로 크리스마스 식사를 차렸다.

두 번째로는 쥐가 엄청나게 많았다. 야외의 딴채들에 우글거리는 것은 물론이고, 집 안으로도 심심치 않게 들어왔다. 그래서 우리는 고양이를 키웠다. 집에는 언제나 두세 마리의 고양이가 있었고, 그 대부분은 윙키의 자손이었다. 윙키는 런던에 있을 때 누군가에게서 받은 고양이로 〈사랑스런 고양이〉라고 말들 했지만, 실제는 늙고 앙상했다. 그랜은 윙키를 〈만악의 어머니〉라고 불렀다. 새끼를 엄청나게 낳았기 때문이다. 그 일은 굴뚝을 기어오르는 것으로 시작되었고, 이러한 기쁨의 여정은 녀석의 만년에 이를 때까지 계속되었다. 녀석은 한밤중에 그랜 방의 굴뚝 아래로 내려와서 그랜을 기겁시킨 일도 있다. 윙키가 낳은 첫 새끼는 자갈길 색의 샌디였다. 샌디는 일찍 죽었는데, 내 생각에는 덫에 걸렸던 것 같다. 하지만 윙키는 빅토리아 여왕 즉위 50주년 기념일에 마구간에서 그 유명한 새끼들을 낳았다. 그 가운데 살아남은 것은 둘뿐으로 이름은 주디와 리였다. 새끼를 낳은 직후 윙키는 거처에 불만을 품고 새끼들과 함께 지붕 위로 이사해서, 우리는 고양이들이 어디에 있는지 알지 못했다. 하지만 어느 날 리가 지붕에서 뒷문 현관 앞 신발 흙털개 위로 떨어졌는데, 녀석의 지능이 모자랐던 건 아마도 그 사건 때문이었던 것 같다. 녀석은 늘 운이 없었다. 그 후 내가 녀석과 숨바꼭질을 하다가 녀석을 벽장에 넣었는데, 내가 문을 닫으려고 하는 순간 튀어나오는 바람에 꼬리 끝이 문틈에 끼이고 말았다. 고양이는 미친 듯이 비명을 질렀지만, 어쨌건 회복해서 부러진 꼬리 끝을 추처럼 덜렁거리며 다녔는데, 어느 날 어머니가 그걸 과감히 떼어 버렸다. 나중에 리는 핑키라는 새끼를 낳았다. 핑키라는 이름이 붙은 건 연회색 털 밑으로 분홍색 살갗이 보였기 때문이다.

리와 핑키는 장작 창고에서 잠을 잤고, 밖으로 나다닐 수 있는 길은 문을 타넘는 방법뿐이었다. 문 위쪽으로 빈 공간이 있었기 때문이다. 리는 핑키를 데리고 문 꼭대기로 올라갔다가 돌 바닥으로 떨어뜨리곤 했다. 그토록 어리석은 고양이였지만, 매우 사랑스러웠다. 퍼피는 그런 리가 새끼를 제대로 돌볼 수 없다고 생각해서 어느 날 리에게서 새끼를 납치해다가 숨겼다. 하지만 저 자신도 그 일로 마음이 불안해져서 저녁 내내 찡얼거림을 멈추지 않았고, 결국 어머니가 벽에 기대 세운 커다란 다반(茶盤)으로 가보게 되었다. 그랬더니 그 뒤에 핑키가 숨겨져 있었다. 퍼피가 다시 한 번 핑키를 납치하려던 시도는 퍼피 자신에게도 참담한 결과를 낳았다. 고양이들이 물탱크 꼭대기의 돌 위에 조용히 모여 있었는데, 퍼피가 그 가운데로 뛰어들어 핑키를 낚아챘다. 고양이들은 일제히 일어나서(모두 네 마리였다) 퍼피에게 마구 공격을 퍼부었고 퍼피는 도망쳤다.

루크네스트에서 처음 키운 개는 로드란 이름의 콜리 종이었다. 로드는 성미가 사나웠다는 기억밖에 없다. 녀석이 톰 프랭클린의 다리를 물어뜯는 바람에 우리는 녀석을 없애야 했다. 퍼피는 폭스테리어 종이었고, 역시 성미가 사나웠다. 퍼피는 우리하고 오래도록 함께 지냈다. 조랑말도 두 마리 있었다. 하나는 집이라고 불린 검은 놈이었다. 녀석도 끔찍했다. 우리는 조랑말이 아니라 덩치 큰 양이라고 말하곤 했다. 녀석은 가라는 곳으로 가지도 않았고 가만있으라고 해도 가만있지 않았다. 우리가 마을 밖으로 벗어나려 하면 녀석은 뒷걸음질만 쳤고, 때로는 수레 채 아래로 제 몸을 가로놓기도 했다.

그러고 보니 마을에 대한 언급이 없었다는 사실이 떠올라서 조랑말 이야기를 접고 마을 이야기를 해보겠다. 마을은 런던 로와 연결된 길고 어수선한 가로를 중심으로 펼쳐져 있었다. 우리 집은 그 가로의 위쪽 끝과 연결되었는데, 그 부근에는 집들이 가로 양쪽에서 모두 멀찌감치 떨어져 있었다. 그 사이의 공간은 우아하게 볼링 그린이라 불렸지만, 그곳을 제대로 굴러간다면 아주 신기한 공일 것이다. 어쨌거나 볼링 그린의 산뜻한 풀밭은 마을 전체에 아름다움을 더해 주었고, 장이 서거나 횃불놀이 같은 걸 할 때 유용했다. 아래쪽으로 내려가면 집들은 점점 가까워졌고, 가로 중간쯤에 이르면 몇몇 집들이 툭 튀어나와서 길을 가로막는 바람에 볼링 그린은 없어졌다. 그 너머에서 길은 다시 넓어져서 트리니티 교회로 이어지는데, 거기서는 집들이 널찍널찍하게 떨어져서 각기 정원을 거느리고 있다. 이 신축 주택들 때문에 도로는 볼품없어졌지만, 그런 행렬은 1마일도 넘게 이어졌다. 중심 도로변의 건물들은 집 또는 상점들이었으며, 오른쪽으로 난 몇 개의 소로 주변과 백레인, 래치모어 그린이라 불리는 지역에는 가난한 사람들이 모여 살았다.

앞부분을 쓴 지 7년 만에 다시 이어 쓴다. 지금은 1901년이다. 그동안 많은 것을 잊었기 때문에 예전이라면 쓰지 않았을 것을 쓰거나 반대로 썼을 것을 쓰지 않게 될 것이다. 또한 나는 좀 더 신중해졌다. 하지만 앤셀은 이 책을 볼 일이 없을 것이기 때문에, 그의 이야기를 해보겠다. 앤셀은 우리 집 심부름꾼 아이들 중 세 번째인가 네 번째였다. 레이, 윌리엄, 바이블, 앤셀(두 이름의 순서는 나중에 바뀌었음), 필드, 초클리가 그 순서였지만, 내가 알던 아이는 앤셀뿐이다. 앤셀은 수요일 오후 시간을 나에게 바쳤고, 그 밖에도 다른 일들이 많았다. 우리가 특별히 장난꾸러기였던 것은 아니지만,

그래도 여러 가지 말썽을 많이 피웠다. 우리는 주로 집 근처 짚 더미에서 놀았고 우리가 떠드는 소리는 집 안에서도 잘 들렸기 때문에 가정교사였던 허비 씨는 나더러 어린애 같고 품위 없다며 꾸짖곤 했다. 어느 해에는 짚 더미가 산울타리 근처에 놓여서, 우리는 — 그러니까 앤셀이 — 산울타리와 짚 더미 사이에 짚으로 놀이 집을 만들었다. 놀이 집은 입구가 아주 좁아서 우리는 기어서 그 안으로 드나들었는데, 안쪽은 어둡고 답답했다. 앤셀은 쉴 새 없이 〈아유 더워! 벌써 머리가 지끈거려〉라고 말했다. 농장 집 아이들도 놀이 집을 발견했지만 우리를 방해하지는 않았다. 우리는 그 안에 사과를 자주 가져다 놓았는데 사과는 번번이 없어졌고 그때마다 우리는 어떻게 된 일이지 하며 고개를 갸웃거렸다. 우리는 프랭키에게 변덕스러웠던 편이고, 늘 친절하지도 않았다. 프랭키와 같이 놀 때도 있었지만, 그보다는 놀리고 괴롭힐 때가 더 많았다. 그러면 프랭키는 〈집에 가서 너네들이 짚 더미 다 망기뜨린다고 아빠힌데 이를 기야〉라고 말하면서 돌아갔다. 하지만 아무 일도 일어나지 않았다. 때로 앤셀과 나는 싸웠다. 그러면 앤셀은 조용히 모습을 감추면서 모자를 남겨놓아서.〔원고 중단〕

46년이 지난 뒤 다시 이 글을 쓴다. 지금은 1947년이다. 루크네스트와 연결된 사람들은 우리 어머니를 포함해서 대부분 세상을 떠났지만, 나는 아직도 그 집을 찾아가서 내 옛 친구의 두 번째 부인인 포스턴 부인과 그 딸 엘리자베스를 만난다. 그리고 이제 〈어엿하게 성공한〉 심부름 소년 윌리엄 테일러는 곧 나를 만나러 킹스 칼리지에 올 것이다. 그리고 내 방에 루크네스트의 벽난로 장식이 있는 걸 볼 것이다. 그것은 톤브리지로, 턴브리지 웰스로, 웨이브리지로, 웨스트 해커스트로 우리를 끈질기게 따라왔다가 지금은 이 마지막 집에 어느 때보다 효과적으로 자리 잡고 있다. 칼리지는 아마 내가 죽은 뒤에도 이것을 간직해 줄 것이기 때문이다. 스튜어트 부인은 작년에 죽었다. 닐은 살아 있다. 프랭키도 살아 있다. 넬리 숙모와 로잘리 숙모도 살아 있고, 필립 숙부, 그리고 사촌들인 퍼시, 메이 포스턴(미드 부인), 질레스 양도 살아 있다.

하지만 내가 이 글을 다시 쓰는 목적은 옛 편지들에 나오는 그 집과 관련된 대목을 옮겨 적기 위함이다. 날짜들이 뒤죽박죽이지만, 내가 1890년 가을에 이스트본의 학교에 간 것은 분명하다. 의심 많은 내 가정교사 허비 씨는 그 무렵 영국을 떠났다. 그와 함께한 시간은 사랑하는 앤셀과 함께 지낸 시간과 겹치기 때문에, 앞에 적은 심부름꾼 소년들의 순서가 맞지 않는 것 같다는 생각이 든다. 그녀는 91년에〔즉 1891년에〕프랑스로 갔다.

어머니가 나에게 보낸 편지, 189〔연도 마지막 숫자 빠짐〕년 11월. 하녀들이 너도 여기서 함께 게임을 하면 정말 좋겠다고 말하는구나. 지난 이틀 밤 내가 하녀들한테 〈해피 패밀리스〉를 가르쳤는데, 내 평생 그렇게 웃어 보기는 처음이었던 것 같다. 제인은 자꾸만 자기가 갖고 있는 걸 요청했고, 우리가 안 줄 때마다 자꾸만 놀라지 뭐니? 그러면서 계속 〈마님, 아무리 요청해도 사람들이 안 줘요〉라고 말했단다. 내가 이유를 설명해 줘도 알아듣지 못했어. 그런 뒤에 조금 나아져서 목수 칩 씨의 딸을 요청했고 에마는 근엄하게 〈과연 제인〉이라고 말했지. 제인은 내내 조용히 웃었어. 어젯밤에는 조금 나아졌더구나. 가족들 이름을 모두 적어 놓고 열심히 외우고 있어. 오늘 밤에는 그 아이가 이길 것 같다. 굴뚝새가 다시 내 방에 들어와서 커튼 끝까지 올라갔단다.

어머니가 나에게 보낸 편지, 1891년 3월 19일. 내가 집에 없을 때 두 남자가 곰 한 마리를 데리고 나타났단다. 다행히 엘렌이 먼저 보고 문을 열어 주지 않았지. 그 사람들은 퍼피의 목욕 연못 근처의 건초 더미로 물러가서 눈보라가 몰아치던 하룻밤을 거기서 보냈어. 프랭클린네 양치기가 질겁해서 들짐승이 자기를 쫓고 있다며 뛰어갔단다. 곧 프랭클린과 사냥터지기가 총을 들고 나왔어. 바이블도 불렀지만 그 아이는 꼼짝도 안 했어. 사람들이 가보니, 두 사내도 곰을 놓치고 잡으려고 허둥대더란다. 모두 경찰에게 인계되어 마을 밖으로 호송되었다는구나.

어머니가 나에게 보낸 편지, 189 년 무도회에 가서 재미있게 놀았단다. ……드레스가 아주 예뻤고, 메이가 만들어 준 노란색 꽃장식도 달았지. 스튜어트 씨도 예쁜 장미 장식을 보내 주었는데 메이 것이 먼저라서 그건 쓸 수 없었단다. 4인무(四人舞)는 없었어. 그걸 싫어하는 사람들이 있으니까. 스튜어트 씨는 친절하게도 나와 함께 쿼느릴 춤을 춰주고 식사에도 초대해 주었단다. 하지만 그 사람은 이따금 끔찍할 때도 있어. ……자우잇 부인하고 교구를 돌아 다녔단다. 오래 걸리지는 않았지만, 거기서 만난 여자들은 하나같이 마음에 들지 않더구나.

할머니가 어머니에게 보낸 편지. 너희 집 조랑말은 참 골치 아픈 놈이구나. 상처가 없는 곳마저 다쳐 버렸으면 싶을 정도야 — 아니면 기절해 버리던가 — 정말 바보 같은 녀석! — 동물들, 특히 암컷들을 없애기로 했다니 다행이다. 리하고 윙키는 반드시 없애라. 녀석들 때문에 얼마나 문제가 많니. 녀석들을 계속 두면 그 해악은 끝나지 않을 거다.

어머니가 나에게 보낸 편지, 189 년. 이사하는 일에 신경 쓸 것 없어. 너도 새집을 좋아할 테고 나는 언제나 그곳에 있을 테니까. 〔어머니는 그곳을 떠나려고 했지만 그 시도는 실패했다. 몇 년 후 어머니는 루크네스트에서 쫓겨났는데, 지금 생각해 보면 그리 부당한 일은 아니었다.〕

E. M. 포스터의 「하워즈 엔드」[1]

라이어넬 트릴링/이종인 옮김

　작가의 전기적 사실이 문학적 평가에 끼어들어 그 평가의 〈순수성〉을 희석시키는 일이 종종 있다. 우리가 어떤 특정 작품에 대하여 판단을 내리고자 할 때, 오로지 그 작품만이 평가의 대상이 되어야 마땅하다. 하지만 이것은 이론상으로나 가능한 이야기이고 실제로는 그렇지 못하다. 우리가 외부적인 사항이라고 부르는 것들이 우리의 판단 속에 뛰어 들고 또 불가피하게 영향을 미치는 것이다. 우리는 늘 작가의 개인 신상 문제를 의식한다. 실제로 작품 속의 어떤 요소들이 그것을 요구하는 게 아닌데도 그런 문제를 신경 쓰게 되는 것이다. 이처럼 작품 외부에 있는 작가 개인의 사실들을, 우리는 완전히 무시할 수가 없다. 그 외에 문학적인 사실들도 개인적 사실 못지않게 발언권을 주장하고 나선다. 물론 개인

---

[1] 이 에세이는 라이어넬 트릴링의 『E. M. 포스터』(뉴욕: 뉴 디렉션스, 1943, 개정판 1964)에 수록된 「하워즈 엔드」(pp. 113~135)를 번역한 것이다. 『E. M. 포스터』는 미국 내에 E. M. 포스터를 널리 알린 개척자적 연구서로, 이후 포스터 연구의 이정표로 평가받고 있다.

신상의 정보보다는 더 〈타당한〉 발언권을 갖고 있다. 사실, 작가의 문학적 생애는 하나의 전체적 건축물을 이루고 각각의 작품은 그 부분을 형성하는 것이다. 문학적 생애의 윤곽, 그 생애가 발달해 온 성격과 속도, 과거의 실패와 성공, 미래의 실패와 성공, 문학적 생애의 크기, 어떤 작품이 그 전체 구도에서 차지하는 위치, 이런 모든 것들이 특정 작품에 대한 우리의 느낌에 영향을 주는 것이다.

포스터 소설을 읽는 데 있어서, 우리에게 크게 영향을 미치는 두 가지 문학적 사실이 있다. 하나는 장편소설들이 발표된 시간의 간격이고, 다른 하나는 『하워즈 엔드』와 다른 장편소설들과의 관계이다. 우선 시간 간격을 살펴보자. 포스터는 1905년에서 1910년까지 5년 사이에 네 편의 뛰어난 소설들을 발표했다. 그리고 다섯 번째 소설을 내놓는 데 무려 14년이 걸렸다. 그리고 1924년 이후부터 1970년에 사망할 때까지 아예 장편소설을 발표하지 않았다. 아마 후대의 포스터 전기 작가들은 1910년의 『하워즈 엔드』에서 1924년의 『인도로 가는 길』이 나올 때까지의 긴 침묵과 1924년 이후의 영구적인 침묵에 대해서 뭔가 설명해 줄 수 있으리라. 특히 다섯 번째이자 마지막이었던 소설의 커다란 성공 이후에 후속 작이 없다는 것은 미스터리가 아닐 수 없다. 아무튼 이처럼 설명이 부족한 상태이기는 하지만, 이러한 문학적 사실은 작가와 그의 소설 쓰기 사이의 비상한 관계를 설명해 주는 듯하다. 가령 우리가 소설가 헨리 제임스를 대할 때 그가 매우 많은 작품을 발표했다는 사실은 나름대로 의미를 갖는다. 또 프랑스 작가 스탕달이 48세에 이르러서야 첫 번째 대작 『적과 흑』을 발표했고, 또 56세가 되어서야 두 번째 대작 『파르마의 수도원』을 발표했다는 사실도 나름대로 의미가 있다. 따라서 포스터가 소설의 기술을 원숙하게 습득한 뒤 그것을 두 번이나 버렸다는 것은 우리에게 하나의 중요한 문학적 사실이 아닐 수 없다. 그래서 우리는 다음과 같은 두 가지 착잡한 느낌 사이에 사로잡히게 되는 것이다. 아니, 그것은 작가가 의무를 게을리 한 것이 아닌가. 뭐, 뛰어난 작가도 예술을 그다지 중요하게 생각하는 건 아니로구나.

포스터 장편소설에 관련된 또 하나의 중요한 문학적 사실은, 앞에 나온 세 편의 장편소설들이 결국 『하워즈 엔드』를 축으로 하여 움직인다는 것이다. 이렇게 말한다고 해서 다른 소설들을 폄하하거나 작품의 질이 떨어진다고 얘기하려는 것은 아니다. 아무튼 『하워즈 엔드』는 의심할 나위 없이 포스터의 최고 작품이다. 이 소설은 앞의 세 장편소설이 다루었던 주제와 사상들을 원숙하게 발전시키면서 그것들을 새롭고 심오한 관점에서 조망하고 있다. 다시 말해, 좀 더 원숙한 책임 의식 아래 그것들을 서로 연결시켜 정당화하고 있는 것이다.

우리가 『천사들도 발 딛기 두려워하는 곳』, 『기나긴 여행』, 『전망 좋은 방』을 막 읽고 났을 때의 감동에서 시간적으로 약간 벗어난다면, 그 소설들의 전제 사항들이 타당하기는 하지만 너무 안일한 것이 아닌가 하는 느낌을 갖게 된다. 이런 방식으로 혹은 저런 방식으로, 초창기 단편소설들에서 구사된 신화와 환상의 수법이 첫 세 편의 장편소설에 스며들어 있다. 그리하여 신화는 사건을 잘 규정해 주기는 하지만 너무 추상적이라는 느낌이 들고, 환상은 과감하게 문제를 해결해 주지만 너무 손쉬운 방식이라는 아쉬움을 남긴다. 이러한 사건의 규정과 문제의 해결은 타당하기는 하지만, 충분한 반발 세력에 의하여 길항(拮抗)되어 있지 않다. 우리는 세 장편소설에서 자연스러움은 믿을 만한 것이고, 권위와 사회는 어리석은 것 혹은 불성실한 것임을 알게 되었다. 하지만 우화 비슷한 신화적 방식으로, 다시 말해 온갖 이벤트성 〈소란〉과

〈파란〉을 통해 그런 사실을 알았을 뿐, 그런 주장이 냉엄한 현실의 장에서 테스트되는 것은 보지 못했다. 세 장편소설에서 인생의 나쁜 점이 리얼리티를 갖고 있는 반면, 인생의 좋은 점은 신화의 외양을 갖고 있는 것이다.

포스터는 인간관계의 실패들에 대해서는 예리한 눈썰미를 갖고 있고 또 그것들의 원인을 정확하게 짚어 낸다. 그는 진정한 인간관계를 그릇된 인간관계와 대비시킴으로써, 무엇이 인간관계의 나쁜 점인지 잘 보여 주고 있지만, 그 진정한 인간관계가 그리 리얼하게 보이지 않는 것이다. 가령 『천사들도 발 딛기 두려워하는 곳』의 지노는 영국적 허세를 날카롭게 비판하지만, 그는 캐럴라인 애벗의 생활 속의 한 부분이 되지는 못한다. 『기나긴 여행』의 애그니스와 페릴링 부인은 생생하게 살아 있는 인물이지만, 생명의 상징인 리키의 어머니는 죽어서 혼령이 되어 버린 지 오래이다. 스티븐은 행복하게 결혼한 것으로 되어 있지만 우리는 그의 아내를 보지 못한다. 그녀는 그저 배경의 아득한 목소리로 처리되어 있는 것이다. 이 작품은 성적 사랑의 초월적 가치를 줄곧 강조하지만 정말 행복한 결혼 생활은 제시되어 있지 않다. 이것은 의미심장한 사실이다. 우리가 『기나긴 여행』의 작중 인물, 스튜어트 앤셀의 중요성을 감안할 때 그가 결혼을 비난하고 있다는 사실은 결코 무시할 수가 없다.[2] 『전망 좋은 방』의 루시와 조지의 결합은 너무 구체성이 결여되어 있어 상징적 결합이라는 느낌을 준다.

또한 권위(권위자)를 다루는 포스터의 방식에도 약간 의문이 든다. I. A. 리처즈는 포스터가 의사, 교사, 목사를 증오한

---

2 반면에 리키는 희생의 순간을 맞으면서 행복한 결혼은 가능하다고 주장한다. 하지만 리키의 진술은 남녀의 영원한 불일치를 열정적으로 주장하는 앤셀의 경우처럼 강력하지가 못하다 — 원주.

다고 지적한다. 그들은 권위의 표상이고 언제나 어리석고 불성실하다. 리처즈는 이렇게 말한다. 〈포스터의 진정한 청중은 젊은이들이다. 그들은 불편한 관습에 저항할 수 있는 단계에 있기 때문에, 관습을 포기하는 대가가 그리 크다고 생각하지 않는다.〉 하지만 이것은 타당한 지적이 아니다. 왜냐하면 포스터의 청중은 성인들이기 때문이다. 그렇지만 성인들을 소외시키는 힘이 바로 권위라는 리처즈의 지적은 타당하다.

권위에 대한 공격은 그 자체로는 잘못이 아니고 잘만하면 미덕이 될 수도 있다. 하지만 제대로 공격을 하려면 〈올바른〉 권위가 무엇인지 강력하게 주장할 수 있어야 한다. 가령 『인도로 가는 길』의 필딩 씨는 책임 있는 사람의 구체적인 사례이지만, 의미심장하게도 그는 자신이 가장 잘하는 일(식민지 인도에서의 인도인 교육)을 경멸할 때, 존경받는 사람이 된다. 하지만 그 일을 아주 진지하게 생각하기 시작하면 필딩 씨는 그리 믿을 만한 사람이 되지 못한다. 부모의 의무감이 세 장편소설들에서 강조되고 있지만 그것은 서정적 표현, 그 이상의 것이 되지 못한다. 『기나긴 여행』에서 실제로는 등장하지 않는 그림자 인물인 앤셀 씨와 조지에 대한 사랑이 부성애적이라기보다 모성애적인 좀 수상한 에머슨 씨를 제외하고, 이 세 소설에는 아버지의 역할을 효율적으로 해내는 인물이 없다. 지노의 아버지 역할은 신화적 방법으로 처리되어 있는 데다 곧 끝나 버리고, 『하워즈 엔드』의 윌콕스 씨와 찰스의 부자 관계는 원만하지만 너무 형식적이다. 캐럴라인 애벗의 아버지는 잔소리꾼이고, 리키의 아버지는 잔인하고, 그 밖의 아버지들은 상당수가 이미 죽은 상태이다.

물론 나 같은 미국인은 영국적 권위의 전통에 항거하는 것이 무슨 의미인지 정확하게 판단하지 못할 수도 있다. 영국의 아버지는 가정 내에서, 미국의 아버지보다 더 권위적이라고 한다. 영국 학교의 권위는 미국보다 더 강력하고 종종 체벌을 가하기도 한다. 영국에서는 계급 구분이 명확하다는 것도 주목해야 할 사실이다. 그리고 가장 중요한 사실은, 식민 제국을 운영하려면 비록 과도하다는 비판을 들을지언정 권위적인 인사들을 중용해야 한다는 것이다. 이런 반항의 이유들을 모두 감안한다고 할지라도, 포스터의 첫 세 소설에서 주인공들이 관료주의에서 벗어나 원숙함으로 도약한다기보다 청춘의 미숙함으로 이끌려 간다는 느낌을 지울 수 없다. 이 세 소설에서 포스터는 원숙한 주인공을 내놓지 못한다. 『전망 좋은 방』의 조지 에머슨은 〈지성의 관점에서 중요한 것은 젊음입니다〉라고 말한다. 이 말에 대하여 우리는 정신적으로 중요한 것은 젊음이나 늙음이 아니라 올바름이라고 말해 주고 싶어진다. 그러면서 우리는 그의 발언이 어쩐지 무책임하다는 느낌을 갖게 된다.

하지만 어떤 사안이 충분히 긍정적이지 못하다고 말함으로써 어떤 부정적 비판(권위에 대한 비판)을 훼손하려고 하는 것은 전적으로 공정하다고 볼 수 없다. 포스터의 현대 생활 비판이, 더 좋은 생활의 구체적 사례를 제시하지 못한다고 해서, 비판의 기능까지 잃어버리는 것은 아니다. 내가 여기서 지적하고자 하는 것은, 포스터가 첫 세 장편소설에서 소설가로서의 역할을 충분히 수행하지 못했다는 것이다. 그는 진실을 제시하기는 했지만, 그 진실이 획득되는 과정의 어려움은 보여 주지 않았다. 나의 이러한 주장의 타당성은 포스터의 작품을 통해 증명될 수 있다. 바로 원숙한 책임 의식이 돋보이는 소설 『하워즈 엔드』가 그런 증인(진실을 제시하면서 그 진실에 도달하기까지의 어려움을 보여 주는)의 역할을 해내고 있는 것이다. 이 소설의 주제는 〈산문(散文)과 열정(熱情)을 서로 연결하라〉는 것인데, 그런 연결 관계를 정립하는 것이 얼마나 까다로운 일인지를 잘 보여 준다. 포스터의 첫 세 소설은 날카로운 통찰력을 갖추고 있었기 때문에, 마음만 먹었더라면 충분히 이런 경지(진실에 도달하는 과정의 어려움과 대면함)에 도달할 수도 있었을 텐데 그렇게 하지 않았던 것이다.

『하워즈 엔드』는 영국의 운명에 관한 소설로서, 계급 전쟁을 다룬 이야기이다. 그 전쟁은 잠복되어 있지만 실제적인 것이기도 하다. 문자 그대로 칼이 뽑히고 사람이 살해당하는 것이다. 영국이라는 나라는 이 소설에서 구체적 형태로 제시되어 있다. 스토리는 상징의 도움으로 앞으로 움직여 나가는데, 작중 인물들뿐만 아니라 느릅나무, 결혼, 교향악, 학자의 서재 등도 하나의 상징으로 작용하고 있다. 이 책의 제목인 〈하워즈 엔드〉는 영국의 상징이기도 하다. 많은 영국 소설들의 플롯이 그러하듯이,『하워즈 엔드』의 플롯은 재산권, 파괴된 유언장, 적절한 상속자와 엉뚱한 상속자 등을 중심으로 회전하고 있다. 소설은 이런 질문을 던진다. 〈누가 영국을 상속할 것인가?〉

계급 갈등은 계급과 계급 사이의 갈등이 아니라 단 하나의 계급 즉, 중산층 내에서의 갈등이다. 귀족이나 프롤레타리아 계급은 제시되지 않으며 아주 가난한 사람은 아예 배제되어 있다. 〈우리는 아주 가난한 사람들에 대하여 관심이 없다〉라고 소설가는 말한다. 〈그들은 구체적으로 생각해 보기 어려운 대상이고, 통계학자나 시인들만이 접근 가능하다. 이 이야기는 신사 계급 혹은 자신이 신사라고 허세를 부려야 하는 사람들을 다루고 있다.〉 폭이 넓은 중산층의 맨 밑바닥에는 하급 사무원인 레너드 바스트가 있다. 그는 〈신사 계급의 맨 가장자리〉 혹은 가난이라는 〈심연〉의 가장자리에 서 있다.

중산층의 맨 꼭대기에는 사업가이며 점점 더 부자가 되고 있는 윌콕스 씨가 있다. 그 중간에는 단단한 고정 수입에 의거하여 편안하게 살아가고 있는 슐레겔 자매, 마거릿과 헬렌이 있다. 슐레겔 가문의 사람들은 지식인이고 이 소설의 의식(意識)이 펼쳐지는 중심축이다. 이 두 자매를 핵심으로 하여 스토리는 균형을 잡고, 부유한 중산층과 밑바닥 중산층이 서로 접선을 하면서, 결국에는 서로 연결된다.

하지만 소설을 지배하는 인물은 이들의 그룹에 속하지 않는다. 그 인물은 윌콕스 부인인데, 소설에서 차지하는 중요한 위치에도 불구하고 곧 소설의 무대에서 사라진다. 그녀의 이름이 루스라는 것은 의미심장하다.[3] 왜냐하면 그녀는 슬프고, 두고 떠나온 고향이 그녀의 열정의 대상이며, 게다가 낯선 나라의 밀밭에 서 있기 때문이다. 또한 그녀는 포스터가 가장 강력한 동정심을 느끼는 자유농민 계급 출신이다.

소설 속의 어떤 〈현명한〉 캐릭터(애버리 양)는 루스 윌콕스가 군인과 결혼했어야 할 사람인데 그렇게 되지 못했다고 말하고 있고, 군대는 싫어하지만 군인은 좋아하는 마거릿 슐레겔은 그 말뜻을 이해한다. 소설 속에는 플라톤의 『국가론』

---

3 여기서 루스는 구약 성서의 「룻기」에 나오는 룻을 가리키고 있다. 룻은 자신이 처한 서글픈 상황 때문에 유배의 슬픔을 표시하는 전형으로 제시된다. 위의 〈낯선 나라의 밀밭〉은 키츠의 시 「나이팅게일에게」에서 나온 것으로서, 시의 내용은 다음과 같다.

이 밤에 내가 듣는 이 목소리
고대의 황제와 농부가 들었고
아마도 룻이 고향 그리워
눈물에 젖어
낯선 나라의 밀밭에 서 있을 때
그녀의 가슴에 흘러들었을 노래

에 대한 언급은 없지만, 그의 철학이 전편에 스며들어 있다. 마거릿의 아버지는 군인이었다가 나중에 철학자가 된 사람인데, 가족의 내력이 이러한 만큼, 마거릿은 플라톤의 〈감시견(監視犬)〉 개념을 알고 있었을 것이다. 감시견은 무력을 사용하는 〈보호자〉를 말하는 것인데 철학적 보호자도 감시견 중에서 뽑았다. 마거릿은 정의로운 국가는 곧 정의로운 사람으로 번역될 수 있는데, 군인들은 플라톤이 말한, 이성을 도와주는 정신적 요소를 대표한다. 이 정신적 요소는 인간의 의지와 명예와 모든 관대한 것을 사랑하는 마음을 아우른다.

그런데 루스 윌콕스가 결혼한 남자는 그런 정신적 요소는 없는 사람이다. 헨리 윌콕스는 두 번째 아내 마거릿이 격분하여 말한 바 있는 〈잡초를 제거하지 않은 투박한 친절〉을 겨우 줄 수 있을 뿐이다. 하지만 그는 플라톤의 『국가론』 속의 장인이 살아가는 생활 방식, 즉 소득을 올리려 하고 범용하고 별로 자의식이 없는 그런 생활을 살아 간다. 이런 사람과 결혼한 루스 윌콕스는 좌절과 불행의 삶이라기보다 비극의 삶을 살았고 그녀의 죽음에는 냉소주의가 감돈다. 하지만 그 냉소주의는 〈빈정대고 조롱하는 겉치레의 냉소주의가 아니라 정중하고 친절한 냉소주의〉였다. 그녀의 남편은 그녀를 사랑했지만 그가 한 최고의 칭찬이라야 고작 그녀가 〈한결같다〉는 것이었다. 그녀의 자녀들도 그녀로부터 좋은 품성을 물려받지 못했다. 예쁜 딸 에비는 과묵한 성격으로 강아지를 키우는 취미가 있을 뿐 잔인하고 어리석다. 막내아들 폴은 소설 속에서 그림자 같은 인물에 지나지 않는데, 식민지의 유능한 행정관이기는 하지만 심약하고 우둔한 청년이다. 큰아들 찰스는 독선적이고 남을 잘 괴롭히는 실수투성이이다. 그녀가 사랑하고 또 그녀를 사랑해 주는 윌콕스 가문은 낯선 나라의 밀밭이다. 이런 상황이니 그녀는 50대 초반에 사망해도 유감이 없었다.

윌콕스 부인은 똑똑한 여자는 아니다(소설의 한 장면이 그녀를 다소 멍청하다고 생각하는 총명한 사람들을 묘사하는 데 할애되고 있다). 그녀는 통상적 의미로 볼 때 〈민감한〉 사람도 아니다. 하지만 그녀에게는 유서 깊고 전통적인 지혜가 있다.

> 부인은 젊은이들의 세계, 자동차의 세계에 속하지 않고, 대신 이 집과 그 위에 드리워진 나무의 세계에 속한 것 같았다. 누구라도 그녀가 과거를 존중한다는 것, 그래서 과거만이 부여해 줄 수 있는 지혜를 체득하고 있다는 걸 알았다. 그 지혜는 우리가 서툴게 〈귀족 정신〉이라고 부르는 것이다. 설령 고귀한 태생은 아닐지라도, 그녀는 조상을 존경했고 그들에게서 도움을 받았다.(p. 34)

그녀가 〈소속된〉 집은 자그마하지만 아름다운 농가이고 그녀의 조상들은 순박한 자유농민들이다. 포스터는 『기나긴 여행』에서도 그렇고, 이 소설의 다음과 같은 묘사에서도 영국의 농촌에서 일하는 사람들에 대한 믿음을 내보이고 있다.

> 시골에서는 사람들이 새벽부터 깨어 있었다. 그들의 시간을 지배하는 건 런던의 사무실이 아니라 작물과 태양의 움직임이었다. 그들이 최상의 부류에 속하는 사람들이라는 건 감상적인 사람들이나 하는 말이다. 하지만 그들은 햇빛에 따른 생활을 지켜 나갔다. 그들이 영국의 희망이었다. 서툴지만 그들은 온 나라가 태양을 움켜쥐기로 마음먹을 때까지 그 횃불을 들고 나갔다. 농부의 무지함과 초급학교 졸업자의 우쭐함이 절반씩 섞인 그들은 더욱 고귀한 혈통으로 돌아가서 자유

농민을 번식시킬 수 있었다.(pp. 418~419)

하나의 캐릭터로서 루스 윌콕스는 놀라울 정도로 성공적이다. 그녀의 〈리얼리티〉는 다소 기이한 것인데, 통상적 의미의 리얼리티가 없다는 데에서 그 리얼리티를 찾아볼 수 있기 때문이다. 그녀에게는 인성, 기이함, 강력한 카리스마 따위의 리얼리티는 없다. 뚜렷한 특징이 없다는 점, 카리스마의 힘을 갖고 있지 않다는 점, 바로 여기에서 그녀의 힘이 나온다. 그녀는 셰익스피어의 온유한 인물들, 가령 「끝이 좋으면 다 좋다」의 백작 부인, 「심벨린」의 나이 든 이머젠, 제프리 초서의 그리셀다를 연상시킨다. 우리는 그녀와 비슷한 사람을 이처럼 과거의 인물들에서 찾아볼 수 있는데, 그 까닭은 그녀가 영국의 과거를 상징하기 때문이다. 이처럼 당대의 〈리얼리티〉를 결핍하고 있는데도 불구하고 그녀는 하나의 상징이라기보다 하나의 현실적인 인물로서 더 큰 성공을 거두고 있다. 누구나 그녀를 한 번 보면 그녀의 말을 믿게 된다. 그리고 그녀는 죽은 다음에는 스토리의 배후에 어른거리는 유령이 된다. 장편소설 속의 이런 상징적 유령이 늘 그러하듯이, 그녀 역시 사람들에게 다소 시련을 안겨 주는 까다로운 인물이 된다.

윌콕스 부인은 죽기 전에 자신의 하워즈 엔드를 물려줄 상속자를 발견한다. 그녀는 그 집을 가족에게는 물려줄 수 없다고 생각한다. 〈그들에게 하워즈 엔드는 집이었다. 부인에게 하워즈 엔드는 영혼이었고, 그래서 영적 후계자를 찾았다는 걸 그들은 몰랐다.〉 그녀는 임종의 침상에서 그 집을 마거릿 슐레겔에게 남기고 싶다는 연필로 쓴 쪽지를 남긴다. 윌콕스 가문의 사람들에게는 그보다 더 큰 배신이 없었다. 윌콕스가와 슐레겔가는 이미 과거에 거래를 한 번 한 적이 있었다. 폴과 헬렌이 서로 사랑하고 있다고 생각하다가 〈전보

(電報)와 분노〉의 폭풍우 속에서 헤어진 적이 있었는데, 그때 양가는 서로 만났던 것이다. 윌콕스가 사람들은 그 연애 사건에서 완벽하게 사기를 당했다고 생각해 왔다. 이제 루스 윌콕스의 쪽지를 앞에 둔 그들은 다시 한 번 자신을 방어해야 한다. 그들은 그 쪽지는 차라리 쓰지 않느니만 못한 것이라고 생각하면서 찢어 버린다. 그 대신 마거릿에게는 윌콕스 부인의 은제 비네그레트를 유품으로 보낸다.

결국 하워즈 엔드는 마거릿의 소유가 된다. 하지만 그 집은 다시 그녀를 넘어서 계급이 없는 어린아이, 헬렌 슐레겔과 레너드 바스트 사이에서 생긴 아들에게로 넘어간다. 지식인을 자처하는 두 자매는 기이한 방식을 통해, 한 사람(마거릿)은 상류층인 윌콕스 가문으로 손을 뻗어 상승하고 다른 한 사람은 바스트 가문과 연계되어 하향한다. 바로 이것이 소설 속에서 두 자매가 지식인으로서 발휘하는 기능이다.

지식인이 역사적으로 처음 주목을 받게 된 것은 에드먼드 버크(1729~1797, 영국의 정치 사상가)가 프랑스 혁명을 공격하면서부터였다. 보다 구체적으로 말하면 국민 공회에 들어가 있는 무수한 프랑스 변호사와 사제들을 경멸하면서부터였다. 그런 변호사나 사제는 머리만 쓰는 사람일 뿐 국가의 경영에는 적절하지 않다는 게 버크의 지적이었다. 버크는 오랫동안 합리적 지성(머리만 굴리는 것)을 마땅치 않게 생각해 왔고 그것을 사용하는 사람들을 우습게 보았다. 그는 인간의 행동을 통해서만 커다란 변화가 이루어질 수 있다고 생각했다. 프랑스 혁명은 인간의 정신 — 의식적이고 구체적으로 표현된 정신 — 이 국가 정치의 중요한 요소로 등장한 최초의 사건이었다. 물론 계급의 이익과 힘도 작용했지만 이제 정신이 그러한 이익을 일반화하고, 힘을 정당화하는 새로운 기능을 맡았다. 매슈 아널드는 〈사상에 의해 움직이는 프랑스 대중들〉이라는 말을 했는데, 실제로 계급의 이익보다 사상(자유, 평등, 박애)이 대중을 움직였고, 그래서 가장 탄압적이고 모호한 체제는 곧 사상의 체제임이 밝혀졌다.

하지만 지식인 계급은 정치적 성향의 사제나 변호사, 이렇게 두 부류에서만 유래된 것은 아니다. 18세기의 종교 단체에서도 그 기원을 살펴볼 수 있고 더 멀게는 프로테스탄티즘의 초창기까지 소급된다. 어쩌면 에라스무스와 밀턴이 지식인의 진정한 원조인지도 모른다. 하지만 18세기는 종교적 정통성이 크게 혼란을 겪던 시기였고 종교적 소관 사항(정신적, 도덕적, 교육적 사항)이 속세로 많이 이관된 시기였다. 그런 만큼 우리가 요즈음 알고 있는 지식인 계급의 씨앗이 크게 파종되던 때였다. 영국 낭만파 시인들의 1세대 그룹에서 우리는 도덕심, 관대한 마음, 지적인 에너지 등을 발견할 수 있는데, 이런 사항들은 과거에는 주로 종교의 소관이었다.

지식인 전통의 이런 도덕적이고 경건한 측면은 매우 중요한 것이다. 지식인 계급은 사상*idea*만 가지고 살아가는 것이 아니고 이상*ideal*을 가지고 산다. 다시 말해, 그들은 세상이 자기들에게만 좋기를 바라는 것이 아니라 모든 사람에게 다 좋기를 바랐던 것이다. 지난 18세기와 19세기에 인간 생활의 무대에 등장한 것들 중 진정 새로운 사건은 의식적인 이타행(利他行)의 정치가 등장했다는 것이다. 물론 그 이전에도 장검과 단검〔武力〕의 행위가 이러한 이타행의 언어로 보완된 적이 있었다. 그러나 18세기는 새로운 계급의 사람들(지식인들)을 만들어 냈고 19세기에는 그 계급의 사람들이 더욱 늘어났다. 그들은 〈그들보다 못한 지위에 있는 그룹들〉의 자유와 혜택을 위하여 정치를 펼쳐야 한다고 주장했다. 〈그들보다 못한〉이라는 단어는 지식인의 정치적 활동을 이해하는 핵심 용어이다.

따라서 자유주의 지식인들은 자신들이 아주 잘하고 있다는 자기만족의 광휘(光輝) 속에서 움직였다. 그들은 자신들이 선량한 의도를 갖고 있다는 것, 그것 하나로 버텼고 그런 그들에게 의문을 제기하는 사람들은 〈반동〉이라고 몰아붙였다. 자유주의 지식인들은 스스로에 대해 생각할 때 자신의 선량한 의도만 앞세웠지 그 문제점에 대해서는 반성하지 않으려 했다. 가령 선량한 의도도 그 나름대로 잔인함의 문제를 불러일으킬 수 있고, 인류에 대한 사랑도 그 나름의 악덕을 가질 수 있으며, 진리에 대한 사랑이 무감각한 행동으로 이어질 수도 있다는 것을 살피지 않으려 했다. 여기서 강조하거니와 도덕적 노선의 선택이 곧 도덕성의 질을 보장해 주는 것은 아니다. 말하자면, 도덕성을 내세우는 데에도 일정한 도덕성이 전제되어야 하는 것이다.

지식인 생활의 어려운 점 하나는, 지식인 아닌 사람들과 어떤 관계를 맺어야 하는가 하는 문제이다. 말을 분명하게 할 줄 안다는 것과 그러한 논리 정연함을 중요하게 여기는 것, 그것 자체가 지식인과 비지식인을 갈라놓는 장애가 된다. 인간들 중에서 〈가장 자유롭고〉 또 계급으로부터 의식적으로 완전히 해방되었다고 생각하는 지식인들이, 실은 가장 계급 지향적이고 계급 고착적인 사람들이 된다. 지식인이 사업가를 대할 때, 그 관계는 비현실적인 것이 되기 쉽다. 돈을 버는 데 주력하는 사람은 지식인이 자신을 나쁘게 평가하지 않을까 우려하게 된다. 지식인들 사이에는 공평무사함에 대한 존경심이 아주 널리 퍼져 있고 또 어느 정도 그것을 남에게 강압하는 힘을 발휘하기 때문이다. 하지만 지식인들의 심리 상태를 아주 면밀하게 탐구해 보면(이런 탐구는 충분히 자주 이루어지지 않고 있다), 은근히 사업가의 힘을 부러워하는 이들을 발견하게 된다. 지식인의 사회적 기원이 뭐든 간에 지식인은 늘 중산층의 한 구성원이었다. 그 때문에, 그는 자신의 존재가 사업가의 문화 — 그가 두려워하고 경멸하기 쉬운 그 사업가의 문화 — 에 상당히 의존하고 있다는 것을 의식하지 않을 수 없다.

지식인과 하층 계급과의 관계 역시 사업가와의 관계 못지않게 혼란스럽다. 세상에는 그가 〈보호해〉 주어야 한다고 느끼는 엄청난 다수의 사람들이 있다. 이런 사람들과 관련하여 그는 자신이 자비롭고 우월한 존재, 아버지, 교육자, 심지어 성직자 같은 존재라고 막연하게 생각한다. 그는 이 대중이 전적으로 선량하다고 믿어 버린다. 대중이 본질적으로 선량하다고 믿는 것은, 사업가들이 본질적으로 사악하다고 믿어 버리는 것만큼, 지식인에게 필수적 사항이다. 따라서 지식인은 민중에 대하여 아주 자비로운 마음을 가지고 있어야 한다. 예를 들어, 『기나긴 여행』에서 민주주의자이지만 지식인은 아닌 스티븐 원햄이 비천한 사람들에 대하여 분노하는 공격적 감정을 표시하자, 모두들 충격을 빋는다. 그래서 지식인 계급은 이중의 장애에 직면한다. 하나는 논리 정연한 태도 때문에 중산층 및 민중들로부터 자신을 소외시킨다는 것이고, 또 다른 장애는 대중을 자비의 대상으로 바라보아야 한다는 것이다.

이러한 상황은 슬프면서도 우스꽝스러운 것이다. 바로 이것이 『하워즈 엔드』의 슐레겔 자매가 직면하는 상황이다. 헬렌 슐레겔이 윌콕스 가문의 생활 방식에 잠시 매혹되면서 코미디는 시작된다. 그녀는 하워즈 엔드를 방문하여 새로운 친구들이 아주 강력한 사람들이라는 것을 발견한다. 그들이 〈게임에 열중하고〉 또 모든 주변 여건을 적절히 활용하기 때문에, 그녀는 그들을 좋아한다. 그렇게 되자 그녀가 영위해 온 사상의 생활이 갑자기 시들해진다.

그녀는 윌콕스 씨에게, 또 이비에게, 또 찰스에게 굴복하는 게 좋았다. 그녀는 인생에 대한 자신의 견해가 너무 순진하거나 이론적이라는 말을 듣는 게 좋았다. 평등이란 헛소리였다. 여성 참정권도 헛소리였고, 사회주의도 헛소리, 인성 함양을 위해서가 아니라면 문학과 예술도 헛소리였다. 슐레겔가의 사람으로서 지녔던 견해들이 하나둘씩 거꾸러졌고, 헬렌은 겉으로는 그것들을 방어하려 애쓰는 척했지만, 속으로는 즐거웠다. 윌콕스 씨가 건전한 사업가 한 명이 사회 개혁가 열두 명보다 세상에 더 보탬이 된다고 말했을 때, 그녀는 단숨에 그 기이한 주장을 받아들이고는 그의 자동차 쿠션들 틈에 호사스럽게 몸을 묻었다. 찰스가 〈하인들한테는 예의를 갖출 필요가 없어요. 잘해 줘도 모른다고요〉라고 말했을 때, 그녀는 슐레겔 사람답게 〈상대방이 모른다 해도 저는 알아요〉 하고 대꾸하지 않았다. 오히려 앞으로는 하인들한테 그렇게 예의를 지키지 말아야겠다고 결심했다. 〈그동안 나는 번지르르한 말에 둘러싸여 살았어.〉 그녀는 생각했다. 〈여기서 그걸 벗어 버리는 것도 좋을 거야.〉(p. 36)

그러나 헬렌이 존경하는 것은 일련의 사상들이 아니라 남성이라는 성(性)이었다. 그녀는 남성성(男性性)과 사랑에 빠진 것이었다. 세상에 〈중심을 잡고〉, 효율적으로 일하고, 가정을 꾸리고, 가정을 부양하는 남성, 바로 그것을 존경한 것이다. 자동차를 소유한 남성을 존경한 것이다. 1910년에는 자동차가 이미 윌콕스 남성들의 토템이 되었다. 그런 남성성은 소설 전체에 스며들어 있지만 그리 매력적으로 제시되어 있지는 않다. 윌콕스 가문의 운전기사 크레인은, 버나드 쇼의 온화한 에너지 스트라이커(쇼의 희곡 『인간과 초인』에 나오는 운전기사)와는 달리, 다소 사악한 인물로 그려지고 있다. 윌콕스 씨의 흡연실은 남성적 취향을 강조하여 밤색 가죽 의자들로 장식되어 있는데 그 의자는 〈마치 자동차가 낳은 것 같았다〉.

『하워즈 엔드』는 계급 갈등의 소설일 뿐만 아니라 남녀 간의 갈등을 다룬 소설이기도 하다. 마거릿은 헬렌과 마찬가지로 윌콕스의 남성성에 반응한다. 실제로 그녀는 헨리 윌콕스와 결혼한다. 헬렌보다 감각이 뛰어난 마거릿은 윌콕스의 남성성이 구체적으로 무엇인지 잘 안다. 그녀는 그들의 남성성이 완벽하지는 못하다는 것을 알지만 그것을 있는 그대로 받아들이면서 많은 것은 요구하지 않기로 한다. 만약 두 자매의 아버지가 살아 있었거나 남동생 티비가 씩씩한 남자로 성장했더라면, 이 두 여인은 남성성의 매혹에 그리도 성급하게 넘어가지는 않았을 것이다. 하지만 두 여인은 독신으로 보내야 하는 삶을 두려워했고, 그들이 알고 있는 영리한 남자들은 그들에게 빠져나갈 구멍을 주지 않았다. 그래서 헬렌은 하워스 엔드의 정원에서 폴 윌콕스의 키스를 받자 그만 넋이 나가 버린 것이다. 정상적인 생활, 그러니까 육체의 생활이 갑자기 그녀 앞에 활짝 문을 열어 보인 것이었다.

영국인들은 인간 사이의 이런 우연한 접촉을 쉽게 비웃는 경향이 있다. 그렇게 해서 섬나라다운 냉소주의와 섬나라다운 도덕주의를 함께 살찌운다. 또 〈한때의 지나가는 감정〉이라 말하면서, 그것이 지나가기 전에는 얼마나 뜨거웠는지를 쉽게 잊는다. 비웃고자 하는 욕구, 잊고자 하는 욕구는 근본적으로는 좋은 것이다. 우리는 감정이 전부가 아니라는 걸 안다. 남자와 여자가 순간적 방전(放電)에 머물지 않고 지속적 관계를 이어 나갈 능력이 있는 존재들이라는 것도 안다. 하지만 우리는 그 욕구를 너무 높이 평가한다. 이런 사소한 접촉으로 천국의 문이 열릴 수도 있다는 걸 인정하지 않는다. 어쨌건 헬렌의 인생에서 이렇게 아무런 준비도 없이 불쑥 다가온 그 청년의 포옹만큼 강렬한 것은 아무것도 없었다. 청년은 들킬 위험과 빛이 가득한 집을 벗어나 밖으로 그녀를 데리고 나갔다. 그리고 익숙한 샛길로 들어가서 거대한 우산느릅나무 줄기 아래 섰다. 그녀가 사랑을 갈망하고 있을 때 남자가 어둠 속에서 〈사랑해요〉라고 말했다. 시간이 흐르면서 그가 지닌 빈약한 개성은 흐려졌지만, 그가 만들어 낸 장면은 오래도록 남았다. 그 후로 파란 많은 세월을 보내면서도 그녀는 다시는 그와 같은 경험을 하지 못했다.(pp. 37~38)

헬렌은 이 남성적인 원칙에 반응하지만 그것은 전혀 남성적인 게 아닌 것으로 판명된다. 그다음 날 아침, 아프리카에 부임하여 출세를 해야 하는 폴은 갑자기 겁을 먹으며 수줍음을 탄다. 헬렌은 그 광경을 영원히 잊지 못한다. 〈그런 종류의 남자가 겁에 질린 표정이 되다니, 너무 끔찍해. 우리가 겁을 낸다거나 아니면 남자라도 다른 부류라면 괜찮아. 예를 들어 우리 아버지 같은 사람 말이야. 하지만 그런 남자가 어떻게!〉 그녀는 자기가 그 광경을 잊어버렸다고 생각하지만 결코 잊지 못한다. 윌콕스 남자들에 의한 이런 성적 배신은 헬렌의 내부에 윌콕스 정신에 대한 반감을 불러일으키고, 그리하여 그녀는 아주 절망적인, 심지어 광적인 행동을 하게 된다.

성의 주제는 이 소설의 전편을 관통하고 있고 딱 한 군데를 제외하고는 별다른 압력 없이 가볍게 진행된다. 가벼운 만큼 진지함도 별로 없다. 윌콕스 남자들의 문제점은 D. H. 로렌스가 꿰뚫어 본 것처럼 성적으로 결핍되어 있다는 것이다. 두려움을 안고 있는 폴, 어리석은 아내 돌리 ─ 〈그녀는 시시한 여자였고, 자신도 그걸 잘 알았다〉 ─ 를 둔 찰스, 사랑의 농담을 지껄이는 이비, 고상한 도덕성을 내세우며 뒤로는 명백하게 외도를 벌이는 윌콕스 씨 등은 그런 결핍을 보여 주는 것이다.

이러한 성적 결핍은 부수적 효과를 가져오는데, 잘 발달되지 못한 인성이 바로 그 결과이다. 헬렌은 말한다.

> 그냥 그 사람들 머릿속에 〈나〉라고 말하는 작은 장치가 결여된 것뿐인지도 모르죠. 그렇다면 그 사람들을 비난하는 건 시간 낭비일 뿐이에요. 암담한 이론을 하나 들었어요. 장래에 인류를 지배할 특별한 인종은 〈나〉라고 말하는 작은 장치가 결여되어 있다는 거죠. 〔……〕 세상에는 두 종류의 사람이 있다는 거 말이에요. 우리처럼 머리 한복판을 통해서 사는 사람들과 그러지 못하는 사람들요. 그 사람들 머리는 〈한복판〉이라고 할 만한 게 없거든요. 그 사람들은 〈나〉라는 말을 못해요. 그러니까 존재하지도 않는 거고, 〔……〕 피어폰트 모건은 한 번도 〈나〉라는 말을 한 적이 없어요. 〔   〕 초인은 〈나는 원한다〉는 말을 하지 않아요. 〈나는 원한다〉는 건 〈나는 누구인가?〉라는 질문으로 이어지고, 거기서 다시 〈연민〉과 〈정의〉로 나아가니까요. 초인은 그냥 〈원한다〉고만 말해요. 나폴레옹이라면 〈유럽을 원한다〉고 말하겠죠. 푸른 수염이라면 〈아내들을 원한다〉고 할 테고요, 피어폰트 모건이라면 〈보티첼리를 원한다〉고 할 거예요. 〈나〉는 없어요. 초인을 들여다보면 그 한복판에 공포와 허무가 있다는 걸 알 수 있어요.(pp. 304~305)

어쩌면 헬렌은 염증을 느끼며 H. G. 웰스를 읽고 있던 중이거나 아니면 독일인 아버지의 서재에서 낭만주의 철학자들의 책을 가져다 읽고 있었을 것이다. 그녀는 여기서 낭만적 이기주의를 아주 정확하게 옹호하고 있다.

헬렌의 말을 들어 주고 있는 사람은 레너드 바스트인데 그는 비참한 인생의 밑바닥에 처박혀 있다. 레너드는 슐레겔 자매가 연주회 장에서 우산을 잘못 들고 오는 바람에 알게 된 보험 회사 직원이다. 슐레겔 자매는 대성당을 돌아보던 중 윌콕스 사람들을 만났다. 그러나 레너드 바스트는 연주회에서 만났다. 문화가 우스꽝스럽게도 중산층 사람들을 서로 만나게 한 후 떼어 놓는다. 레너드는 자신의 교양을 높여야 한다는 강한 압박을 받고 있다.

이것이 민주주의가 가져온 새로운 의무이다. 그것은 영원히 우리 문명의 한 가지 미스터리로 남을 것이다. 문화는 기업의 세계에서는 별로 도움이 되지 않지만 그 나름의 가치를 갖고 있고 또 그 결과물을 생산한다. 시인과 교수를 바라보는 우리의 태도는 양가적(兩價的)이다. 우리는 그들이 쓸모없는 사람이라는 것을 알지만 동시에 그런 사람을 만나면 우리는 겸손하고 반항적인 사람이 된다. 반면에 자기 자신을 저급한 사람이라고 선언하는 기업가는 누군가가 그런 의견(〈기업가는 저급〉)에 동의하면 기분 나빠한다.

레너드는 〈육체적 생활을 잃어버리고 동시에 정신적 생활마저 획득하지 못한 사람들, 연미복과 몇몇 사상을 위해 동물성의 영광을 버린 사람들, 그런 수천 명의 사람들 중 하나이다〉. 그의 조부모는 농업 노동자였는데 그는 그 사실을 부끄럽게 생각한다. 그의 조부모에게 성령 부흥회가 있었다면, 레너드에게는 러스킨이라는 문화의 위안이 있었다. 그는 갑작스러운 신분 변화, 인생의 비밀 따위를 얻기를 원한다. 예술을 공기와 함께 숨쉬고, 사상을 인생의 신비로 여기지 않는 슐레겔 자매의 세계에 접하자, 레너드는 크나큰 혼란에 빠진다. 마거릿은 레너드를 바라보면서 교육에 대한 19세기적 믿음에 의문을 표시한다.

마거릿은 문화와 잘 어울린 경우였지만, 지난 몇 주일 동안 그녀는 과연 문화가 다수 인류를 인간답게 했는지 의심에 싸여 지냈다. 자연적 인간과 철학적 인간 사이에 놓인 심연은 나날이 그 폭이 넓어져서, 너무나 많은 선량한 사람들이 그것을 건너뛰려다 난파한다. 그녀는 이런 유형의 사람을 잘 알았다. 막연한 열망, 정신적 허영, 책 껍데기들과의 친숙함.(pp. 151~152)

슐레겔 자매가 레너드에게서 바람직하다고 생각하는 것은 가련한 교양의 외피로도 감추지 못하는 저 단단한 정직성의 기질이다. 절반은 타고난 감수성, 절반은 문학적 감상주의가 불러일으킨 충동을 못 이겨 레너드는 밤새 숲을 산책하다가 새벽을 맞는다. 〈하지만 새벽은 멋지지 않았나요?〉 헬렌이 물었다. 그러자 그는 잊을 수 없을 만큼 진실한 태도로 대답했다. 「아뇨.」 그 말은 새총으로 쏜 돌멩이처럼 공중을 가르고 날아갔다. 그기 말한 모든 한심하고 문학적인 것들이 쓰러졌고, 피곤한 스티븐슨과 〈땅에 대한 사랑〉과 그의 실크 중산모자가 쓰러졌다.〉 그러나 레너드는 자기 자신의 그런 점을 이해하지 못한다. 그는 자기 자신의 육체에는 관심이 없고 오로지 영혼에만 관심이 있다. 따라서 슐레겔 자매에 대한 그의 관심은 여자 그 자체에 있는 것이 아니라 그의 교양을 높이기 위한 뜀틀이라는 데 있었다. 이런 점에서 레너드도 윌콕스 남자들과 비슷하다. 왜냐하면 그들과 마찬가지로 레너드도 사람들의 신분과 기능만 의식하기 때문이다. 그는 계급에 집착한다. 심지어 슐레겔 자매도 레너드의 정체를 제대로 알아보지 못한다. 자매는 민주주의에 대한 열정 때문에 레너드라는 사람보다는, 그의 발밑에 있는 심연, 낭비된 삶의 심연, 〈공포와 허무〉(이것은 헬렌이 더 잘 알게 된다) 따위를 더 의식한다. 베토벤 〈5번 교향곡〉의 알레그로를 들으면서 그녀는 그 생생하게 진술된 공포를 듣는다.

음악이 시작되고 고블린 하나가 천천히 걸어 나와서 우주의 끝에서 끝까지 걸어갔기 때문이다. 다른 고블린들이 그 뒤를 따랐다. 그들은 공격적인 생물이 아니었다. 그래서 헬렌은 그들이 끔찍했다. 그들은 이 세상에 찬란함과 영웅주의 같은 것은 없다고 진술했다. 코끼리들의 춤이 끝나자, 그들은 다시 돌아와서 아까와 같은 진술을 했다. 헬렌은 그들을 반박할 수 없었다. 어쨌거나 그녀도 같은 것을 느꼈고, 젊음이라는 든든한 벽이 무너지는 것을 보았기 때문이다. 공포와 허무! 공포와 허무! 고블린들이 옳았다.

티비가 손가락을 들었다. 북소리가 울리는 이행부였다.

그 부분에서 베토벤은 자신이 조금 지나쳤다는 듯이 고블린들을 붙들고 그들에게 자신이 원하는 것을 시켰다. 베토벤 자신이 직접 음악에 나타났다. 그가 고블린들을 살짝 밀치자, 그들은 단조 대신 장조로 걷기 시작했다. 그러다가 그가 바람을 훅 불자 고블린들은 흩어졌다! 찬란한 질풍, 거대한 칼을 휘두르며 싸우는 신과 반신(半神)들, 전쟁터에 흩어진 색깔과 향기, 눈부신 승리, 눈부신 죽음! 이 모든 것이 헬렌 앞으로 터져 나와서, 그녀는 그것을 만지기라도 할 듯 장갑 낀 두 손을 앞으로 내뻗기까지 했다. 모든 운명은 장엄하다. 모든 항쟁은 위대하다. 정복자와 피정복자는 모두 천상의 별에 기거하는 천사들로부터 갈채를 받을 것이다.

고블린들이 거기 정말 나타난 적이 있던가? 그들은 비겁함과 불신의 유령들이었을 뿐이다. 건강한 인간의 충동이라면 그것들을 몰아낼 수 있지 않을까? 윌콕스네 남자 같은 사람들, 루스벨트 대통령 같은 사람들은 그렇다고 말할 것이다.

베토벤은 그렇게 어리석지 않았다. 고블린들은 조금 전까지 분명히 거기 있었다. 그들은 언제 돌아올지 몰랐고, 실제로 다시 돌아왔다. 그것은 마치 인생의 광휘가 끓어 넘쳐서 증기와 거품으로 사라지는 것 같았다. 그런 소멸의 과정에서 끔찍하고 불길한 음정이 일었고, 고블린은 한층 증대한 악의를 품고 우주의 끝에서 끝까지 조용히 걸어갔다. 공포와 허무! 공포와 허무! 이 세상의 빛나는 성벽들마저 쓰러질 것 같았다.

마지막에 이르러 베토벤은 모든 것을 제자리로 돌렸다. 성벽을 세웠다. 다시 한 번 입김을 불어 고블린들을 흩었다. 그리고 다시 찬란한 질풍, 영웅주의, 젊음, 삶과 죽음의 광휘를 불러들인 뒤, 초인적인 기쁨의 포효 속에서 「5번 교향곡」을 끝냈다. 하지만 고블린들은 없어지지 않았다. 그들은 돌아올 수 있었다. 그는 그것을 용감하게 말했고, 그 때문에 우리는 베토벤의 다른 말들도 믿을 수 있다.[4] (pp. 48~49)

공포와 허무는 소설 속의 인물들이 맞이하게 되는 운명을 더욱 끔찍한 것으로 만든다. 그것은 현대의 불운이다. 그것은 세련된 헬렌 슐레겔뿐만 아니라 아직 자신의 정체성을 이룩하지 못한 레너드 바스트마저 위협한다.

레너드는 파괴된다. 그에게 죽음을 가져오는 직접적인 원인은 윌콕스 씨이다. 윌콕스는 슐레겔 자매에게 그가 다니는 회사가 단단하지 못하니 부도가 나기 전에 퇴사하는 게 좋을 것이라고 말한다. 하지만 그 회사는 나중에 아주 단단한 회사인 것으로 밝혀진다. 불운한 레너드는 윌콕스의 조언을 받아들여 다른 회사로 갔다가 그 직장마저 잃고 만다. 레너드

---

[4] 이것은 〈음악은 예술 중 가장 심오한 것이며 예술 그 자체를 초월하는 심오함을 갖고 있다〉라는 포스터의 신념을 잘 드러내 주는 부분이다. 포스터 자신도 피아노를 아주 잘 치는 아마추어 음악가였다 — 원주.

와 그의 아내 재키는 아주 궁금해진다. 헬렌은 레너드 부부가 아주 어려운 상황에 있는 것을 알게 된다. 예전에 폴 윌콕스가 그녀를 배반한 것이 헬렌에게 매우 부정적인 영향을 미쳤다. 그녀는 윌콕스 사람이라면 다 싫어하게 되었고, 헨리 윌콕스와 결혼하려는 언니 마거릿의 결정에도 극구 반대한다. 헨리 윌콕스의 딸 결혼식이 웨일스에 있는 헨리의 영지에서 열리게 되자, 헬렌은 바스트 부부를 데리고 그 영지에 나타난다. 헬렌의 행동은 인간적 동정이라기보다 보복의 성격이 강하다. 여기서 스토리는 오페라 같은 반전을 맞이한다. 불쌍한 재키는 과거 헨리의 정부였던 것으로 밝혀지고, 마거릿은 바스트 부부를 도와줄 수 없다고 거절하는 헨리 윌콕스 편을 든다. 그날 밤, 헬렌은 오로지 정의를 구현한다는 신경질적 심정에 사로잡혀, 아무 기쁨도 없이 레너드에게 자신의 몸을 바친다.

마거릿이 헨리 윌콕스에게 충동을 느끼는 것은, 헬렌이 폴 윌콕스에게 충동을 느꼈던 것과 똑같다. 단지 마거릿의 충동은 덜 노골적이고 또 덜 성적이라는 것만이 다르다. 헨리는 이 세상을 움직이는 종족의 한 사람이고, 또한 매우 남성적이다. 그녀는 〈문학적인 사람들을 이리저리 실어다 주는〉 배와 기차를 통제하는 사람들을 계속 무시할 수는 없다. 마거릿은 말한다. 〈내 몫의 수입은 챙기면서 그걸 만들어 주는 사람들을 조롱하는 일은 이제 점점 더 싫어져.〉 그녀가 곧 결혼하게 될 사람이 돈과 섹스를 지저분한 것이라고 생각한다는 사실은 마거릿을 혼란스럽게 만든다. 그는 돈에 대해서 직접적으로 말하는 적이 없고 또 섹스 얘기를 거북스럽게 생각한다. 그래도 그녀는 헨리를 사랑하고 그와의 결혼에서 어떤 성취감을 얻으려 한다. 리얼리티를 바라는 것이다. 폴과 사랑에 빠진 당시의 헬렌에게 편지를 쓰면서 마거릿은 이렇게 말했다.

분명히 이 세상에는 너하고 내가 가본 적 없는 거대한 외부 세계가 있어 — 그 세계에서는 전보와 분노가 중요한 역할을 하지. 우리한테는 인간관계가 최고지만, 거기서는 그렇지 않아. 그 세계에서 사랑이란 재산의 결합이고 죽음은 상속세야. 여기까지는 분명히 알겠어. 하지만 그다음에 어려운 게 있어. 그 외부 세계가 끔찍해 보이지만, 때로는 그게 진짜 같거든. 그 속에는 어떤 거친 힘이 있고, 그건 강한 인간을 만들어 내. 인간관계를 중시하다 보면 결국 인생이 흐느적거리게 되는 건 아닐까?(pp. 40~41)

외부의 생활은 마거릿을 배신한다. 결국 내면의 생활이 〈보상〉을 해주고 또 외부 생활을 극복하게 해준다. 하워즈 엔드는 잠시 텅 빈 상태로 남아 있다. 슐레겔 자매의 가구와 그들의 아버지의 책을 보관해 두는 장소로 남는다. 이 집의 관리자이며 시빌레(고대의 여자 무당) 같은 존재인 에이버리 부인은 루스 윌콕스의 기억을 소중히 생각하면서 마거릿을 루스와 혼동한다. 에이버리 부인은 가구를 방 안에다 배치해 놓고 책을 선반에 꽂아 놓는다. 이렇게 하여 여자들의 힘에 의해 가장 좋은 영국의 전통은 지성(知性)의 장비들을 갖추게 된다. 그리고 그녀는 책 선반 위에 슐레겔 자매 아버지의 칼을 걸어 둔다.[5] 루스 윌콕스가 군인과 결혼했어야 마땅하다고 말한 것도 그녀이다. 이처럼 설비가 갖추어진 하워즈 엔드에서 오래 헤어져 있던 마거릿과 헬렌이 만난다. 그 전에 헬렌은 갑자기 집에서 몸을 감추면서 앞으로 독일에 가서 살겠다고 선언했었다. 그런 은둔을 이해하지 못하는 마거

---

[5] 이것은 윌리엄 새커리가 바이마르에서 구입했다는 실러의 칼을 연상시킨다. 새커리는 자신의 서재에 그 칼을 걸어 놓았다 — 원주.

릿은 독일로 출발하기 전에 옛 생활의 기념품을 좀 골라 가라면서 헬렌을 하워즈 엔드로 유혹한다. 그 만남에서 마거릿은 헬렌이 레너드의 아이를 임신하고 있다는 것을 알게 된다. 자매의 화해는 마거릿과 헨리의 관계를 위태롭게 만든다. 헬렌은 옛날 물건들 사이에서 하룻밤을 보내려고 하는데, 하워즈 엔드의 소유권에만 관심이 있는 헨리는 헬렌의 존재로 그 집이 더럽혀지는 것을 방치할 수 없다면서 헬렌의 숙박 요청을 거부한다.

마거릿에게 실패를 안겨 주었던 외부의 생활이 이제 붕괴되지만, 내면의 생활이 그 위기를 도와주러 온다. 헬렌과의 관계에 죄책감을 느끼고 있던 레너드는 마거릿에게 고백하기 위하여 하워즈 엔드를 찾아온다. 바스트가 현지에 도착했을 때, 도덕적으로 둔감한 실수투성이 찰스 윌콕스는 서재에 있었다. 레너드가 헬렌의 〈애인〉이라는 것을 안 찰스는 오래된 슐레겔 칼을 꺼내어 칼등으로 레너드를 때리려 한다. 이때 레너드가 사망한다. 칼에 맞아 죽는 것이 아니라 심장마비로 죽는다. 레너드는 쓰러지면서 서가를 움켜쥐는데 그 충격으로 책들이 소나기처럼 그의 위로 쏟아진다. 살아있을 때 그에게 많은 것을 약속했으나 실제로는 별로 도움이 되지 못했던 책들. 찰스는 살인죄로 투옥되고 완전히 상심에 빠진 그의 아버지는 마거릿에게 전적으로 의지하는 존재가 된다. 그리하여 하워즈 엔드에서는 마거릿의 주도 아래 헨리, 헬렌, 헬렌의 아이가 함께 살게 된다.

마거릿과 헬렌이 『파우스트』 2부작의 두 여주인공 이름을 갖고 있는 것은 결코 우연의 일치가 아니다. 한 사람(마거릿)은 실제적 삶의 여주인공이고 다른 한 사람(헬렌)은 이상적 삶의 여주인공인 것이다. 이렇게 본다면 헨리 윌콕스는 파우스트의 기독교식 이름이라고 해도 무방하리라. 헨리(실용적인 사람)와 레너드(경험을 추구하는 사람)를 합치면 이상적인 파우스트가 될 것이다. 헬렌의 아이는 〔헬레나와 파우스트의 아들〕 에우포리온이다. 그는 레너드 바스트뿐만 아니라 헨리 윌콕스의 후계자이기도 하다. 왜냐하면 하워즈 엔드는 마거릿에게로 넘어갔다가 이어 헬렌의 아이에게로 넘어갈 것이기 때문이다. 지금껏 남성적인 외부의 생활이 그토록 엉망진창으로 만들어 놓은 영국을, 〈영원한 여성〉이 완전히 장악하게 되었다.[6] 이 소설의 맨 마지막 장면은 건초 밭에서 사람들이 바쁘게, 또 만족스럽게 수확을 거두는 장면이다. 포스터가 소설을 끝맺는 이 장면은 완벽하게 행복한 그림은 아니다. 남성은 완전히 거세가 되었고, 두 여성 중 헬렌은 자신은 남자를 사랑할 수 없다고 고백하고, 마거릿은 자신은 아이를 사랑할 수 없다고 말한다. 현대 생활의 음울한 예고편인 런던의 얼룩이 〈녹아내려 온 세상에 스며들고〉 그리하여 하워즈 엔드까지 내려온다. 한편 소설 속의 모든 계급을 해소시키는 계급 없는 후계자 에우포리온은 건초 밭에서 뛰어놀면서 희망을 암시한다. 그는 계급 없는 사회의 상징일 뿐만 아니라, 건초 더미에서 바쁘게 일하는 사람들 사이에서 즐거워하는 것을 보면, 〈단지 연결하라!〉의 상징이기도 하다. 마거릿이 훌륭한 인생의 구호라고 생각한 〈단지 연결하라〉를 끝으로 다시 인용해 보면 이러하다. 〈산문과 열정을 연결하라. 그러면 그 양쪽이 모두 고양되고, 인간의 사랑은 정점에 이르게 될 것이다.〉

---

[6] 『파우스트』의 맨 마지막 대사는 〈일체의 무상한 것은 한낱 비유일 뿐. 미칠 수 없는 것 여기서는 실현되고, 말할 수 없는 것 여기서는 이룩되었네. 영원한 여성은 우리를 이끌어 올리노라〉이다.

옮긴이의 말

 80번째 생일을 맞아 BBC 방송과 한 인터뷰에서 포스터는 이렇게 말했다.「내가 소설을 쓰는 이유는 두 가지입니다. 하나는 돈을 벌기 위해서고, 또 하나는 내가 존경하는 사람들의 존경을 빚기 위해서입니다. ……나는 내가 위대한 작가가 아니라는 걸 확신하고 있습니다.」
 그러나 오늘날은 물론이고 동시대의 수많은 독자와 비평가들도 이미 그와 반대되는 평가를 내렸는데, 그런 평가를 촉발시킨 작품이 바로 1910년에 발표한『하워즈 엔드』이다. 이전까지『천사들도 발 딛기 두려워하는 곳』(1905),『기나긴 여행』(1907),『전망 좋은 방』(1908)을 발표해서 문단의 호평을 받은 포스터지만, 그가 영국의 중요 작가로 떠오른 것은『하워즈 엔드』를 통해서이기 때문이다.
 『하워즈 엔드』는 포스터의 작품 가운에 무엇이 최고 걸작이냐를 두고 논할 때『인도로 가는 길』과 더불어 최종 후보작에 오르는 작품이기도 하다. 적잖은 공방 속에 비평계의 평가는 대체로『인도로 가는 길』로 기울었지만, 만년의 포스터는 『하워즈 엔드』를 자신의 최고 작품으로 꼽았다.

> 『하워즈 엔드』는 나의 최고의 소설이며 좋은 소설에 근접해 있다. 정교하고 잘 배어든 플롯은 억지스러운 곳이 별로 없으며, 다채로운 등장인물과 사회의식, 위트, 지혜, 개성이 있다.(비망록, 1958년 1월)

『하워즈 엔드』 발표 당시 영국 문단의 찬사는 대단했다. 〈이 소설을 통해 그는 훌륭한 작가의 반열에 올랐다. 앞으로 그가 한 줄도 더 쓰지 않는다 해도, 그의 자리는 보존될 것이다.〉(『스탠더드』, 1910년 10월 28일) 〈이제 《포스터주의자》라는 말이 필요한 때가 되었다.〉(『새터데이 리뷰』, 1910년 11월 26일) 등. 그리고 이때부터 그의 이름과 함께 〈위대한 great〉이라는 수식어가 쓰이기 시작했다. 그 열기는 포스터 자신이 〈마치 광증처럼 보인다. 왜 다른 책이 아니라 이 책이 그런 대상이 되어야 하는지 모르겠다〉(로스 디킨슨에게 보낸 편지, 1910년 11월)고 썼을 정도였다.

〈단지 연결하라〉는 특이한 헌사로 시작하는 이 이야기는 하워즈 엔드라는 집을 중심으로 펼쳐진다. 그 어떤 등장인물보다 강력한 위의를 떨치는 집 〈하워즈 엔드〉는 그가 어린 시절에 살았던 집 〈루크네스트〉가 모델인데(재미있게도 루크네스트에 한때 살았던 사람들 가운데 하워드라는 가족이 있었다고 한다). 포스터는 이 집을 통해서 현대 사회의 온갖 부서지고 끊어진 것들에 대한 치유를 시도하며, 그것은 바로 〈단지 연결하라〉는 서두의 헌사와 이어진다.

끊어진 것들에 대한 연결을 이야기하다 보니, 이 작품에서는 이분법적 구도가 자주 등장한다. 그 가운데 가장 확연히 드러나는 것은 세속적인 윌콕스 집안과 이상을 추구하는 슐레겔 집안의 차이이다. 하지만 윌콕스 집안에서도 세속적이고 성실한 헨리와 세속적이고 무능한 찰스가 대비되며, 슐레겔 집안에서도 이상을 품되 현실을 인정하는 마거릿과 타협할 줄 모르는 이상주의자 헬렌이 서로 충돌한다. 결국 작가는 마거릿이 헨리를 포용하고, 그것을 헬렌이 인정하는 구도 속에서 화해를 이루어 낸다.

이렇게 화해해야 할 이항(二項)도 있지만, 〈인간과 기계〉처럼 더욱 철저히 분리해서 한쪽을 배격해야 하는 이항도 있고, 〈돈과 죽음〉처럼 기묘한 적대성을 이룬 이항도 있다. (그는 한 편지에서 〈돈과 죽음의 대비를 다루는 소설에 땀을 쏟고 있다. 죽음은 기계적인 것에 대항하는 인간적인 것의 진정한 동맹이다〉라고 쓰기도 했다.)

이렇듯 서로 교차되고 화해하고 갈라지는 수많은 이항들 사이로 포스터 고유의 빛나는 아이러니들이 뿌려지고, 그 위로 영혼의 거처로서의 집과 우산느릅나무라는 상징이 커다란 그림자를 드리우면서, 이 작품은 거대하면서도 촘촘하고 아름다운 직조물을 이루고 있다. 더불어 생생하고 개성 넘치는 등장인물들, 대화 하나하나, 행동 하나하나 사이로 미묘하게 드러나는 내면 심리, 일상의 세목들을 바라보는 통찰력 넘치는 시선은 변함없는 포스터의 미덕이다.

미국의 비평가 라이어넬 트릴링은 〈읽을 때마다 무엇인가 배웠다는 느낌을 주는 유일한 소설가〉라고 말했다는데, 번역을 위해 몇 차례 정독을 하는 동안, 나에게도 끊임없이 터져 오르는 크고 작은 깨달음에 즐거운 전율이 멈추지 않았다. 독자들도 그런 즐거움을 함께 누릴 수 있다면, 번역자로서 더한 기쁨이 없을 것이다.

고정아

E. M. 포스터 연보

1879년 출생 1월 1일 에드워드 모건 포스터, 영국 런던에서 태어남. 아버지 에드워드 모건 루엘린 포스터Edward Morgan Lewellyn Forster는 케임브리지 대학 트리니티 칼리지에서 공부했지만, 아서 블룸필드 경에게서 건축 수업을 받고 건축가가 되었음. 그 직후 큰 이모 메리앤 손턴을 통해 앨리스 클라라 위첼로Alice Clara Wichelo를 만나 1877년 초에 결혼했음. 메리앤 손턴은 앨리스가 아버지를 여읜 직후인 열두 살 무렵 양가의 주치의를 통해 그녀를 알게 되었고, 그 후 가난한 위첼로 집안을 대신해 사실상 그녀를 키우다시피 했음. 에드워드와 앨리스 사이의 첫째 아이는 사산되었고, 둘째 아이가 에드워드 모건 포스터임. 평생 미혼으로 산 메리앤 손턴은 부유한 손턴 집안의 우두머리 역할을 함과 동시에 포스터 집안과 위첼로 집안에도 큰 힘을 발휘했고, 포스터의 인생에도 중대한 영향을 미쳤음.

1880년 1세 10월 아버지가 폐결핵으로 요양지인 본머스에서 사망.

1883년 4세 3월 어머니와 함께 하트퍼드셔의 스티브니지에 있는 집 루크네스트로 이사. 이 집이 『하워즈 엔드*Howards End*』에 나오는 집 하워즈 엔드의 모델이 되었음.

1887년 8세 메리앤 손턴이 사망하면서 포스터에게 8천 파운드의 유산을 남김. 포스터는 나중에 이러한 〈재정적 구원〉을 통해 여행을 하고 글을 쓸 수 있게 되었다고 말함.

1890년 11세 이스트본의 예비 학교 켄트 하우스에 입학해서 기숙사 생활을 시작. 학교생활에 적응하지 못하고 집에 대한 향수에 시달림. 겨울에 학교 근처의 언덕을 산책하다가 중년의 변태 성욕자를 만나 성추행을 당함.

1893년 14세 봄 켄트 하우스 졸업. 여름 학기 동안 그레인지라는 기숙학교에 들어갔지만 심각하게 괴롭힘을 당해 곧 그만둠. 그 뒤 어머니와 함께 톤브리지로 이사해서 톤브리지 스쿨에 통학생으로 입학. 톤브리지 스쿨은 『기나긴 여행 *The Longest Journey*』에 나오는 소스턴 스쿨의 모델로, 포스터는 이곳에서 극도로 불행한 시절을 보냈음. (〈학창 시절은 내 인생의 가장 불행한 시기였다.〉 — 『스펙테이터』지 1933년 7월호)

1897년 18세 라틴어 시(「트라팔가」)와 영문 에세이(「기후와 신체 조건이 국민성에 미치는 영향」)로 학교에서 상을 받음. 가을에 케임브리지의 킹스 칼리지에 입학해서 J. E. 닉슨과 너대니얼 웨드의 지도 아래 고전을 공부함. 특히 형식과 권위를 파괴하고 유미주의에 반대하는 너대니얼 웨드의 영향을 많이 받음.

1898년 19세 어머니가 턴브리지 웰스로 이사. 턴브리지 웰스는 톤브리지 못지않게 영국 교외 생활의 억압적이고 속물적인 성격을 보여 주었고, 포스터는 이를 『천사들도 발 딛기 두려워하는 곳 *Where Angels Fear to Tread*』과 『기나긴 여행』에 나오는 소스턴의 모델로 삼았음. 골즈워디 로스 디킨슨과 가까워짐. 휴 메러디스와 친해져서, 그를 따라 기독교 신앙을 버림.

1900년 21세 『케임브리지 리뷰』와 『베실리오나』(킹스 칼리지 잡지)에 여러 편의 글을 실음. 6월 고전 전공 우등 졸업 시험을 2급으로 통과하고, 메러디스와 함께 4학년을 다니면서 역사를 공부함. 너대니얼 웨드의 권유로 소설을 쓰기 시작함.

1901년 22세 2월 메러디스의 추천을 통해 〈사도회 *Apostles*〉 회원으로 뽑힘. 〈사도회〉는 케임브리지 대학에서 가장 배타적인 지적 동아리로, 그 토론 풍경은 『기나긴 여행』의 첫 장면에 묘사되어 있음. 6월 역사 전공 우등 졸업 시험을 2급으로 통과. 10월 턴브리지 웰스의 집을 처분하고 어머니와 함께 유럽 대륙 여행을 떠남. 밀라노를 거쳐 피렌체에서 5주 동안 머무름. (이때 머문 펜션 시미가 『전망 좋은 방A Room with a View』의 펜션 베르톨리니의 모델이 됨.)

1902년 23세 나폴리에서 피렌체를 배경으로 한 『전망 좋은 방』을 착상. 5월 라벨로에서 단편소설 「목신을 만난 이야기The Story of a Panic」를 씀. 스스로 작가라는 확신을 얻음. 다시 북쪽으로 여행하면서 토스카나 지방의 소도시들을 다님. (이때 들른 산 지미냐노가 『천사들도 발 딛기 두려워하는 곳』의 몬테리아노의 모델이 됨.) 귀국 후 노동자 대학에서 라틴어를 가르치기 시작함.

1903년 24세 겨울 사이에 휴 메러디스와 애인 사이가 됨. (두 사람의 사랑은 『모리스Maurice』에 그려진 모리스와 클라이브의 관계처럼 육체적인 면을 배제한 것이었고, 메러디스는 클라이브의 모델이었음.) 4월 그리스 여행. 이탈리아를 거쳐 8월 귀국. 11월 케임브리지 친구들이 주축이 되어 만든 월간지 『인디펜던트 리뷰』에 에세이 「매콜니아 상점들Macolnia Shops」을 발표하면서 작가로 데뷔. 이후 이 잡지가 발간되던 4년 동안 주요 필자 중의 한 명으로 활동.

1904년 25세 『전망 좋은 방』을 간헐적으로 작업하면서, 새 소설 『천사들도 발 딛기 두려워하는 곳』 집필 시작. 디킨슨을 도와 덴트 클래식 판 『아이네이스』 편집 작업. 케임브리지 대학 로컬 렉처 보드에서 이탈리아 문화에 대한 여러 강의를 함. 8월 『인디펜던트 리뷰』에 단편소설 「목신을 만난 이야기」 발표. 9월 윌트셔의 솔즈베리에 머무는 동안 피그스베리 링스를 방문, 『기나긴 여행』을 착상. 어머니와 함께 웨이브리지의 하넘이라는 집으로 이사. 이후 이 집에서 20년 동안 거주함.

1905년 26세 4~7월 독일 나센하이데의 아르님 백작 가에서 가정교사로 일함. 근처의 독일 풍경이 『하워즈 엔드』에 나오는 포메라니아의 묘사에 사용됨. 10월 5일 『천사들도 발 딛기 두려워하는 곳』 출간, 상당한 호평을 받음.

1906년 27세   6월 메러디스 결혼. 포스터는 자살 충동에 시달림. 옥스퍼드 대학에 입학하기 위해 영국에 온 인도 청년 사이드 로스 마수드를 만나 라틴어 개인 교습을 함. 둘은 곧 친구가 되고, 포스터는 차츰 그를 사랑하게 됨.

1907년 28세   4월 16일 『기나긴 여행』 출간, 호평을 받음.

1908년 29세   10월 14일 『전망 좋은 방』 출간, 역시 큰 호평을 받음.

1909년 30세   12월 프라이데이 클럽에서 발표한 「문학에서 여성적 어조The Feminine Note in Literature」라는 논문이 호평을 받아 블룸즈버리 그룹의 확고한 일원이 됨.

1910년 31세   10월 18일 『하워즈 엔드』 출간하여 큰 호평을 받음. 이후 포스터는 차츰 사회적으로 주목받는 인사가 됨.

1911년 32세   1월 외할머니 루이자 위첼로 사망(루이자는 『전망 좋은 방』의 허니처치 부인의 모델). 이후 어머니가 만성적인 우울증에 빠짐. 5월 소설집 『천국의 합승 마차 Celestial Omnibus』 출간.

1912년 33세   10월 7일 로스 디킨슨과 함께 인도로 감. 귀국해 있던 마수드를 알리가르에서 만나 환대를 받음. 12월 인도레에서 데와스 토후국의 마하라자 토쿠지를 만남.

1913년 34세   1월 반키포르에서 마수드와 재회해서 바라바르 언덕을 방문. 반키포르와 바라바르 언덕은 『인도로 가는 길 A Passage to India』의 찬드라포르와 마라바르 동굴의 모델이 됨. 4월 귀국. 인도를 주제로 한 소설을 착상하고 집필 시작했으나 몇 달 만에 중단. 9월 밀소프의 에드워드 카펜터를 방문. 『모리스』를 착상하고 집필 시작.

1914년 35세   6월 『모리스』 완성. 그러나 출판을 시도하지는 않음. (〈내가 죽거나 영국이 죽기 전에는 출판할 수 없다〉 — 플로렌스 바저에게 보낸 편지.) 7월 1차 대전 발발. 1912년부터 쓰기 시작한 『북극의 여름 Arctic Summer』 중단, 미완성으로 남김. 마수드 결혼.

1915년 36세   블룸즈버리 그룹과 연대가 깊어지고, 특히 버지니아 울프와 친해져서 봄에 울프의 처녀작 『출항』이 출간되자 「데일리 뉴스」에 서평을 씀. 11월 비전투 인력으로 적십자에 지원, 이집트의 알렉산드리아로 가서 〈실종 병사 탐색〉 일을 함. 3개월 예정이었으나 일정이 연장됨.

1916년 37세 3월 영국에서 징병제를 실시해서 전투 가능 연령의 남자들에게 〈입대 선서〉를 하게 했으나, 포스터는 이를 거부. 친구들의 노력과 군의 호의로 입대 선서를 하지 않게 됨.

1917년 38세 그리스 시인 C. P. 카바피와 알게 되어 그의 시를 영국에 소개함. 시내 전차의 차장 모하메드 엘 아들을 만나 친해지고 애인 사이로 발전함. 처음으로 정신적 육체적으로 모두 충족된 사랑을 경험함.

1918년 39세 『이집션 메일』을 비롯한 이집트 잡지에 글을 기고. 10월 모하메드 결혼. 11월 1차 대전 종료.

1919년 40세 1월 귀국. 1920년까지 『애시니엄』 지를 비롯한 여러 신문 잡지에 백 편 가량의 서평과 에세이를 씀. 그러나 소설가로서는 창작력이 고갈됐다고 느낌.

1920년 41세 3월 노동당 기관지인 「데일리 헤럴드」의 문학 편집자가 되지만 2개월 만에 그만둠.

1921년 42세 3월 두 번째 인도 방문, 데와스 토후국 마하라자인 투코지의 비서가 됨. 마하라자의 각별한 신임 아래 임무를 수행하면서 힌두 문화를 관찰함.

1922년 43세 1월 귀국. 5월 모하메드 폐병으로 사망. 『인도로 가는 길』 집필 시작. 12월 『알렉산드리아: 역사와 안내 *Alexandria: A History and a Guide*』 출간.

1923년 44세 5월 15일 이집트 신문 잡지에 기고한 글을 모아서 『파로스와 파릴론 *Pharos and Pharillon*』 출간.

1924년 45세 5월 고모 로라 포스터가 죽으면서 애빙거 해머의 집 웨스트 해커스트를 유산으로 물려줌. 6월 4일 『인도로 가는 길』 출간. 문단의 열렬한 호평과 더불어 처음으로 상업적으로도 성공함.

1925년 46세   조 애컬리를 통해서 알게 된 경찰관 해리 데일리(당시 24세)와 연애(~1928 무렵).

1927년 48세   1~3월 케임브리지 대학 트리니티 칼리지에서 8회에 걸쳐 클라크 연례 강연을 함. 강연은 대성공을 거두었고, 강연 내용은 10월 20일 『소설의 양상 The Aspects of the Novel』으로 출간됨. 킹스 칼리지의 3년 계약 특별 연구원이 됨.

1928년 49세   3월 27일 소설집 『영원의 순간 The Eternal Moment and Other Stories』 출간. 7월 래드클리프 홀의 여성 동성애 소설 『고독의 우물 Well of Loneliness』이 판매 금지를 당하자 버지니아 울프와 함께 맹렬히 항의 활동. 국제 펜클럽 활동에 적극 나서서 〈청년 펜 Young P. E. N.〉 지부의 초대 회장이 됨.

1929년 50세   6월 바저 부부와 함께 영국 학술 협회가 마련한 남아프리카 크루즈 여행에 참가.

1930년 51세   조 애컬리의 파티에서 경찰관 밥 버킹엄(당시 28세)을 만남. 이후 둘은 평생토록 반 연애 상태로 친밀하게 지냄.

1931년 52세   펜클럽 탈퇴.

1932년 53세   7월 로스 디킨슨 사망. 8월 밥 버킹엄 결혼. 극심한 우울증에 빠짐.

1933년 54세   3월 밥 버킹엄의 아들 로버트 모건 출생. 포스터가 대부가 됨.

1934년 55세   4월 19일 전기 『골즈워디 로스 디킨슨』 출간. 파시즘이 대두되면서 공적 활동 시작. 시민 자유를 위한 국민 평의회 NCCL의 의장이 됨. 〈치안 유지 법안〉 반대 운동을 펼쳤으나, 11월에 법안 통과됨. 『타임 앤드 타이드』지에 〈길 위의 메모 Notes on the Way〉라는 제목의 정치 사회 칼럼 4편 기고.

1935년 56세 3월 제임스 핸리의 『소년Boy』이 음란물 판정을 받아 출판사가 벌금을 내는 사건이 발생하자 NCCL을 통해서 항의 운동 전개. 6월 파리에서 열린 국제 작가 회의에 참석. 〈영국의 자유〉라는 제목의 연설을 함.

1936년 57세 3월 19일 에세이집 『애빙거 하비스트Abinger Harvest』 출간.

1937년 58세 7월 마수드 사망. 12월 마하라자 투코지 사망.

1938년 59세 뉴욕의 『네이션』지에 「내가 믿는 것What I Believe」 게재. (〈조국을 배신하는 것과 친구를 배신하는 것 가운데 하나를 선택하라면, 나는 조국을 배신할 용기를 갖기를 원한다〉라는 유명한 구절이 들어 있음.) NCCL의 일원으로 〈공무 비밀법〉 6항 수정 운동 전개, 이의 적용을 엄격히 제한시키는 데 성공. 3월 독일이 오스트리아를 병합. 9월 뮌헨 협정.

1939년 60세 2차 대전 발발 후 정치적 발언을 점점 더 강력하게 수행.

1941년 62세 BBC에서 인도를 대상으로 방송. 12월 태평양 전쟁 발발.

1942년 63세 NCCL이 공산주의 편향이라는 비난을 막기 위해 다시 의장이 됨.

1943년 64세 조 애컬리가 편집하는 『리스너』지에 여러 서평을 실음. 미국의 평론가 라이어넬 트릴링이 포스터에 대한 연구서 출간.

1944년 65세 8월 밀턴의 『아레오파기티카』 출간 3백 주년을 기념해서 열린 런던 펜클럽 대회에서 회장으로 활동.

1945년 66세 3월 11일 어머니 사망. 8월 2차 대전 종결. 10월 인도 펜클럽의 초대를 받아 세 번째로 인도 방문.

1946년 67세 킹스 칼리지의 명예 특별 연구원으로 선임되어 11월 킹스 칼리지로 이주.

1947년 68세 4월 하버드 대학의 초청으로 미국 방문. 〈예술에서 비평의 존재 이유〉강연.

1948년 69세 3월 NCCL의 공산주의적 경향에 항의하여 사직.

1949년 70세 3월 벤저민 브리튼의 오페라 「빌리 버드Billy Budd」의 리브레토 작업. 5월 미국 재방문. 예술원에서 〈예술을 위한 예술〉 강연. 해밀턴 대학에서 명예학위를 받음. 기사 작위를 제안받았으나 거절.

1950년 71세 케임브리지 대학에서 명예 학위를 받음.

1951년 72세 11월 1일 에세이집 『민주주의에 만세 이창Two Cheers for Democracy』 출간. 12월 「빌리 버드」 상연.

1953년 74세 월 명예 훈위 받음. 10월 데와스 토후국 생활을 기록한 『데비의 언덕The Hill of Devi』 출간.

1956년 77세 5월 전기 『메리앤 손턴Marianne Thornton: A Domestic Biography』 출간.

1960년 81세 11월 『채털리 부인의 애인』의 형사 소송에 변호인 측으로 증언.

1964년 85세 월 뇌일혈로 입원. 이후 입원과 퇴원을 반복함.

1969년 90세 1월 메리트 훈장 받음.

1970년 91세 5월 22일 킹스 칼리지 방에서 쓰러짐. 6월 2일 밥 버킹엄의 집으로 옮겨져 그곳에서 7일 새벽 사망, 화장됨.

1971년 10월 『모리스』 출간.

1972년 소설집 『다가오는 생애The Life to Come and Other Stories』 출간.

1980년 미완성 소설 『북극의 여름』 출간.

1984년 데이비드 린 감독이 「인도로 가는 길」 영화화.

1985년 제임스 아이보리 감독이 「전망 좋은 방」 영화화, 아카데미

각색상을 수상함.

1987년 1924~1968년 사이에 쓴 『비망록』 출간. 제임스 아이보리 감독이 「모리스」 영화화. 클라이브역을 맡은 휴 그랜트가 베니스 영화제 남우주연상을 수상함.

1991년 찰스 스터리지 감독이 「천사들도 발 딛기 두려워하는 곳」 영화화.

1992년 제임스 아이보리 감독이 「하워즈 엔드」 영화화, 마거릿 슐레겔역의 엠마 톰슨이 골든 글로브와 아카데미 여우주연상을 수상함.

열린책들 세계문학 098 하워즈 엔드

옮긴이 고정아 1967년 서울에서 태어나 연세대학교 영문학과를 졸업했다. 현재 전문 번역가로 활동 중이다. 지은 책으로는 『똑똑한 아이가 되는 일곱 가지 사고력』, 『슈바이처』, 『숲 속의 날씨 이야기』, 『교과서 속 세계 인물 100』 등이 있으며, 옮긴 책으로는 E. M. 포스터의 『모리스』, 『전망 좋은 방』, 『기나긴 여행』, 『천사들도 발 딛기 두려워하는 곳』과 대실 해밋의 『몰타의 매』, 이디스 워튼의 『순수의 시대』, 캐롤라인 냅의 『술, 전쟁 같은 사랑의 기록』 등이 있다.

지은이 E. M. 포스터 **옮긴이** 고정아 **발행인** 홍예빈
발행처 주식회사 열린책들 **주소** 경기도 파주시 문발로 253 파주출판도시
전화 031-955-4000 **팩스** 031-955-4004
홈페이지 www.openbooks.co.kr **이메일** literature@openbooks.co.kr
Copyright (C) 주식회사 열린책들, 2006, 2010, *Printed in Korea.*
ISBN 978-89-329-1029-1 04840 ISBN 978-89-329-1499-2 (세트)
발행일 2006년 1월 25일 초판 1쇄 2007년 11월 10일 초판 2쇄 2010년 1월 20일 세계문학판 1쇄 2025년 6월 5일 세계문학판 5쇄

이 도서의 국립중앙도서관 출판예정도서목록(CIP)은 서지정보유통지원시스템 홈페이지(http://seoji.nl.go.kr)와 국가자료공동목록시스템(http://www.nl.go.kr/kolisnet)에서 이용하실 수 있습니다.(CIP제어번호:CIP2009004138)

열린책들 세계문학
Open Books World Literature

001 **죄와 벌** 표도르 도스또예프스끼 장편소설 | 홍대화 옮김 | 전2권 | 각 408, 512면

003 **최초의 인간** 알베르 카뮈 장편소설 | 김화영 옮김 | 392면

004 **소설** 제임스 미치너 장편소설 | 윤희기 옮김 | 전2권 | 각 280, 368면

006 **개를 데리고 다니는 부인** 안똔 체호프 소설선집 | 오종우 옮김 | 368면

007 **우주 만화** 이탈로 칼비노 단편집 | 김운찬 옮김 | 416면

008 **댈러웨이 부인** 버지니아 울프 장편소설 | 최애리 옮김 | 296면

009 **어머니** 막심 고리끼 장편소설 | 최윤락 옮김 | 544면

010 **변신** 프란츠 카프카 중단편집 | 홍성광 옮김 | 464면

011 **전도서에 바치는 장미** 로저 젤라즈니 중단편집 | 김상훈 옮김 | 432면

012 **대위의 딸** 알렉산드르 뿌쉬낀 장편소설 | 석영중 옮김 | 240면

013 **바다의 침묵** 베르코르 소설선집 | 이상해 옮김 | 256면

014 **원수들, 사랑 이야기** 아이작 싱어 장편소설 | 김진준 옮김 | 320면

015 **백치** 표도르 도스또예프스끼 장편소설 | 김근식 옮김 | 전2권 | 각 504, 528면

017 **1984년** 조지 오웰 장편소설 | 박경서 옮김 | 392면

018 **수용소군도** 알렉산드르 솔제니찐 기록문학 | 김학수 옮김 | 464면

019 **이상한 나라의 앨리스** 루이스 캐럴 환상동화 | 머빈 피크 그림 | 최용준 옮김 | 336면

020 **베네치아에서의 죽음** 토마스 만 중단편집 | 홍성광 옮김 | 432면

021 **그리스인 조르바** 니코스 카잔차키스 장편소설 | 이윤기 옮김 | 488면

022 **벚꽃 동산** 안똔 체호프 희곡선집 | 오종우 옮김 | 336면

023 **연애 소설 읽는 노인** 루이스 세풀베다 장편소설 | 정창 옮김 | 192면

024 **젊은 사자들** 어윈 쇼 장편소설 | 정영문 옮김 | 전2권 | 각 416, 408면

026 **젊은 베르테르의 슬픔** 요한 볼프강 폰 괴테 장편소설 | 김인순 옮김 | 240면

027 **시라노** 에드몽 로스탕 희곡 | 이상해 옮김 | 256면

028 **전망 좋은 방** E. M. 포스터 장편소설 | 고정아 옮김 | 352면

029 **까라마조프 씨네 형제들** 표도르 도스또예프스끼 장편소설 | 이대우 옮김 | 전3권 | 각 496, 496, 460면

032 **프랑스 중위의 여자** 존 파울즈 장편소설 | 김석희 옮김 | 전2권 | 각 344면

034 **소립자** 미셸 우엘벡 장편소설 | 이세욱 옮김 | 448면

035 **영혼의 자서전** 니코스 카잔차키스 자서전 | 안정효 옮김 | 전2권 | 각 352, 408면

037 **우리들** 예브게니 자먀찐 장편소설 | 석영중 옮김 | 320면

038 **뉴욕 3부작** 폴 오스터 장편소설 | 황보석 옮김 | 480면

039 **닥터 지바고** 보리스 빠스쩨르나끄 장편소설 | 박형규 옮김 | 전2권 | 각 400, 512면

041 **고리오 영감** 오노레 드 발자크 장편소설 | 임희근 옮김 | 456면

042 **뿌리** 알렉스 헤일리 장편소설 | 안정효 옮김 | 전2권 | 각 400, 448면

044 **백년보다 긴 하루** 친기즈 아이뜨마또프 장편소설 | 황보석 옮김 | 560면

045 **최후의 세계** 크리스토프 란스마이어 장편소설 | 장희권 옮김 | 264면

046 **추운 나라에서 돌아온 스파이** 존 르카레 장편소설 | 김석희 옮김 | 368면

047 **산도칸 — 몸프라쳄의 호랑이** 에밀리오 살가리 장편소설 | 유향란 옮김 | 428면

048 **기적의 시대** 보리슬라프 페키치 장편소설 | 이윤기 옮김 | 560면

049 **그리고 죽음** 짐 크레이스 장편소설 | 김석희 옮김 | 224면

050 **세설** 다니자키 준이치로 장편소설 | 송태욱 옮김 | 전2권 | 각 480면

052 **세상이 끝날 때까지 아직 10억 년** 스뜨루가츠끼 형제 장편소설 | 석영중 옮김 | 224면

053 **동물 농장** 조지 오웰 장편소설 | 박경서 옮김 | 208면

054 **캉디드 혹은 낙관주의** 볼테르 장편소설 | 이봉지 옮김 | 232면

055 **도적 떼** 프리드리히 폰 실러 희곡 | 김인순 옮김 | 264면

056 **플로베르의 앵무새** 줄리언 반스 장편소설 | 신재실 옮김 | 320면

057 **악령** 표도르 도스또예프스끼 장편소설 | 박혜경 옮김 | 전3권 | 각 328, 408, 528면

060 **의심스러운 싸움** 존 스타인벡 장편소설 | 윤희기 옮김 | 340면

061 **몽유병자들** 헤르만 브로흐 장편소설 | 김경연 옮김 | 전2권 | 각 568, 544면

063 **몰타의 매** 대실 해밋 장편소설 | 고정아 옮김 | 304면

064 **마야꼬프스끼 선집** 블라지미르 마야꼬프스끼 선집 | 석영중 옮김 | 384면

065 **드라큘라** 브램 스토커 장편소설 | 이세욱 옮김 | 전2권 | 각 340, 344면

067 **서부 전선 이상 없다** 에리히 마리아 레마르크 장편소설 | 홍성광 옮김 | 336면

068 **적과 흑** 스탕달 장편소설 | 임미경 옮김 | 전2권 | 각 432, 368면

070 **지상에서 영원으로** 제임스 존스 장편소설 | 이종인 옮김 | 전3권 | 각 396, 380, 496면

073 **파우스트** 요한 볼프강 폰 괴테 희곡 | 김인순 옮김 | 568면

074 **쾌걸 조로** 존스턴 매컬리 장편소설 | 김훈 옮김 | 316면

075 **거장과 마르가리따** 미하일 불가꼬프 장편소설 | 홍대화 옮김 | 전2권 | 각 364, 328면

077 **순수의 시대** 이디스 워튼 장편소설 | 고정아 옮김 | 448면

078 **검의 대가** 아르투로 페레스 레베르테 장편소설 | 김수진 옮김 | 384면

079 **예브게니 오네긴** 알렉산드르 뿌쉬낀 운문소설 | 석영중 옮김 | 328면

080 **장미의 이름** 움베르토 에코 장편소설 | 이윤기 옮김 | 전2권 | 각 440, 448면

082 **향수** 파트리크 쥐스킨트 장편소설 | 강명순 옮김 | 384면

083 **여자를 안다는 것** 아모스 오즈 장편소설 | 최창모 옮김 | 280면

084 **나는 고양이로소이다** 나쓰메 소세키 장편소설 | 김난주 옮김 | 544면

085 **웃는 남자** 빅토르 위고 장편소설 | 이형식 옮김 | 전2권 | 각 472, 496면

087 **아웃 오브 아프리카** 카렌 블릭센 장편소설 | 민승남 옮김 | 480면

088 **무엇을 할 것인가** 니꼴라이 체르니셰프스끼 장편소설 | 서정록 옮김 | 전2권 | 각 360, 404면

090 **도나 플로르와 그녀의 두 남편** 조르지 아마두 장편소설 | 오숙은 옮김 | 전2권 | 각 408, 308면

092 **미사고의 숲** 로버트 홀드스톡 장편소설 | 김상훈 옮김 | 424면

093 **신곡** 단테 알리기에리 장편서사시 | 김운찬 옮김 | 전3권 | 각 292, 296, 328면

096 **교수** 샬럿 브론테 장편소설 | 배미영 옮김 | 368면

097 **노름꾼** 표도르 도스또예프스끼 장편소설 | 이재필 옮김 | 320면

098 **하워즈 엔드** E. M. 포스터 장편소설 | 고정아 옮김 | 512면

099 **최후의 유혹** 니코스 카잔차키스 장편소설 | 안정효 옮김 | 전2권 | 각 408면

101 **키리냐가** 마이크 레스닉 장편소설 | 최용준 옮김 | 464면

102 **바스커빌가의 개** 아서 코넌 도일 장편소설 | 조영학 옮김 | 264면

103 **버마 시절** 조지 오웰 장편소설 | 박경서 옮김 | 408면

104 **10 1/2장으로 쓴 세계 역사** 줄리언 반스 장편소설 | 신재실 옮김 | 464면

105 **죽음의 집의 기록** 표도르 도스또예프스끼 장편소설 | 이덕형 옮김 | 528면

106 **소유** 앤토니어 수전 바이어트 장편소설 | 윤희기 옮김 | 전2권 | 각 440, 488면

108 **미성년** 표도르 도스또예프스끼 장편소설 | 이상룡 옮김 | 전2권 | 각 512, 544면

110 **성 앙투안느의 유혹** 귀스타브 플로베르 희곡소설 | 김용은 옮김 | 584면

111 **밤으로의 긴 여로** 유진 오닐 희곡 | 강유나 옮김 | 240면

112 **마법사** 존 파울즈 장편소설 | 정영문 옮김 | 전2권 | 각 512, 552면

114 **스쩨빤치꼬보 마을 사람들** 표도르 도스또예프스끼 장편소설 | 변현태 옮김 | 416면

115 **플랑드르 거장의 그림** 아르투로 페레스 레베르테 장편소설 | 정창 옮김 | 512면

116 **분신** 표도르 도스또예프스끼 장편소설 | 석영중 옮김 | 288면

117 **가난한 사람들** 표도르 도스또예프스끼 장편소설 | 석영중 옮김 | 256면

118 **인형의 집** 헨리크 입센 희곡 | 김창화 옮김 | 272면

119 **영원한 남편** 표도르 도스또예프스끼 장편소설 | 정명자 외 옮김 | 448면

120 **알코올** 기욤 아폴리네르 시집 | 황현산 옮김 | 352면

121 **지하로부터의 수기** 표도르 도스또예프스끼 장편소설 | 계동준 옮김 | 256면

122 **어느 작가의 오후** 페터 한트케 중편소설 | 홍성광 옮김 | 160면

123 **아저씨의 꿈** 표도르 도스또예프스끼 장편소설 | 박종소 옮김 | 312면

124 **네또츠까 네즈바노바** 표도르 도스또예프스끼 장편소설 | 박재만 옮김 | 316면

125 **곤두박질** 마이클 프레인 장편소설 | 최용준 옮김 | 528면

126 **백야 외** 표도르 도스또예프스끼 소설선집 | 석영중 외 옮김 | 408면

127 **살라미나의 병사들** 하비에르 세르카스 장편소설 | 김창민 옮김 | 304면

128 **뻬쩨르부르그 연대기 외** 표도르 도스또예프스끼 소설선집 | 이항재 옮김 | 296면

129 **상처받은 사람들** 표도르 도스또예프스끼 장편소설 | 윤우섭 옮김 | 전2권 | 각 296, 392면

131 **악어 외** 표도르 도스또예프스끼 소설선집 | 박혜경 외 옮김 | 312면

132 **허클베리 핀의 모험** 마크 트웨인 장편소설 | 윤교찬 옮김 | 416면

133 **부활** 레프 똘스또이 장편소설 | 이대우 옮김 | 전2권 | 각 308, 416면

135 **보물섬** 로버트 루이스 스티븐슨 장편소설 | 머빈 피크 그림 | 최용준 옮김 | 360면

136 **천일야화** 앙투안 갈랑 엮음 | 임호경 옮김 | 전6권 | 각 336, 328, 372, 392, 344, 320면

142 **아버지와 아들** 이반 뚜르게네프 장편소설 | 이상원 옮김 | 328면

143 **오만과 편견** 제인 오스틴 장편소설 | 원유경 옮김 | 480면

144 **천로 역정** 존 버니언 우화소설 | 이동일 옮김 | 432면

145 **대주교에게 죽음이 오다** 윌라 캐더 장편소설 | 윤명옥 옮김 | 352면

146 **권력과 영광** 그레이엄 그린 장편소설 | 김연수 옮김 | 384면

147 **80일간의 세계 일주** 쥘 베른 장편소설 | 고정아 옮김 | 352면

148 **바람과 함께 사라지다** 마거릿 미첼 장편소설 | 안정효 옮김 | 전3권 | 각 616, 640, 640면

151 **기탄잘리** 라빈드라나트 타고르 시집 | 장경렬 옮김 | 224면

152 **도리언 그레이의 초상** 오스카 와일드 장편소설 | 윤희기 옮김 | 384면

153 **레우코와의 대화** 체사레 파베세 희곡소설 | 김운찬 옮김 | 280면

154 **햄릿** 윌리엄 셰익스피어 희곡 | 박우수 옮김 | 256면

155 **맥베스** 윌리엄 셰익스피어 희곡 | 권오숙 옮김 | 176면

156 **아들과 연인** 데이비드 허버트 로런스 장편소설 | 최희섭 옮김 | 전2권 | 464, 432면

158 **그리고 아무 말도 하지 않았다** 하인리히 뵐 장편소설 | 홍성광 옮김 | 272면

159 **미덕의 불운** 싸드 장편소설 | 이형식 옮김 | 248면

160 **프랑켄슈타인** 메리 W. 셸리 장편소설 | 오숙은 옮김 | 320면

161 **위대한 개츠비** 프랜시스 스콧 피츠제럴드 장편소설 | 한애경 옮김 | 280면

162 **아Q정전** 루쉰 중단편집 | 김태성 옮김 | 320면

163 **로빈슨 크루소** 대니얼 디포 장편소설 | 류경희 옮김 | 456면

164 **타임머신** 허버트 조지 웰스 소설선집 | 김석희 옮김 | 304면

165 **제인 에어** 샬럿 브론테 장편소설 | 이미선 옮김 | 전2권 | 각 392, 384면

167 **풀잎** 월트 휘트먼 시집 | 허현숙 옮김 | 280면

168 **표류자들의 집** 기예르모 로살레스 장편소설 | 최유정 옮김 | 216면

169 **배빗** 싱클레어 루이스 장편소설 | 이종인 옮김 | 520면

170 **이토록 긴 편지** 마리아마 바 장편소설 | 백선희 옮김 | 192면

171 **느릅나무 아래 욕망** 유진 오닐 희곡 | 손동호 옮김 | 168면

172 **이방인** 알베르 카뮈 장편소설 | 김예령 옮김 | 208면

173 **미라마르** 나기브 마푸즈 장편소설 | 허진 옮김 | 288면

174 **지킬 박사와 하이드 씨** 로버트 루이스 스티븐슨 소설선집 | 조영학 옮김 | 320면

175 **루진** 이반 뚜르게네프 장편소설 | 이항재 옮김 | 264면

176 **피그말리온** 조지 버나드 쇼 희곡 | 김소임 옮김 | 256면

177 **목로주점** 에밀 졸라 장편소설 | 유기환 옮김 | 전2권 | 각 336면

179 **엠마** 제인 오스틴 장편소설 | 이미애 옮김 | 전2권 | 각 336, 360면

181 **비숍 살인 사건** S. S. 밴 다인 장편소설 | 최인자 옮김 | 464면

182 **우신예찬** 에라스무스 풍자문 | 김남우 옮김 | 296면

183 **하자르 사전** 밀로라드 파비치 장편소설 | 신현철 옮김 | 488면

184 **테스** 토머스 하디 장편소설 | 김문숙 옮김 | 전2권 | 각 392, 336면

186 **투명 인간** 허버트 조지 웰스 장편소설 | 김석희 옮김 | 288면

187 **93년** 빅토르 위고 장편소설 | 이형식 옮김 | 전2권 | 각 288, 360면

189 **젊은 예술가의 초상** 제임스 조이스 장편소설 | 성은애 옮김 | 384면

190 **소네트집** 윌리엄 셰익스피어 연작시집 | 박우수 옮김 | 200면

191 **메뚜기의 날** 너새니얼 웨스트 장편소설 | 김진준 옮김 | 280면

192 **나사의 회전** 헨리 제임스 중편소설 | 이승은 옮김 | 256면

193 **오셀로** 윌리엄 셰익스피어 희곡 | 권오숙 옮김 | 216면

194 **소송** 프란츠 카프카 장편소설 | 김재혁 옮김 | 376면

195 **나의 안토니아** 윌라 캐더 장편소설 | 전경자 옮김 | 368면

196 **자성록** 마르쿠스 아우렐리우스 명상록 | 박민수 옮김 | 240면

197 **오레스테이아** 아이스킬로스 비극 | 두행숙 옮김 | 336면

198 **노인과 바다** 어니스트 헤밍웨이 소설선집 | 이종인 옮김 | 320면

199 **무기여 잘 있거라** 어니스트 헤밍웨이 장편소설 | 이종인 옮김 | 464면

200 **서푼짜리 오페라** 베르톨트 브레히트 희곡선집 | 이은희 옮김 | 320면

201 **리어 왕** 윌리엄 셰익스피어 희곡 | 박우수 옮김 | 224면

202 **주홍 글자** 너대니얼 호손 장편소설 | 곽영미 옮김 | 360면

203 **모히칸족의 최후** 제임스 페니모어 쿠퍼 장편소설 | 이나경 옮김 | 512면

204 **곤충 극장** 카렐 차페크 희곡선집 | 김선형 옮김 | 360면

205 **누구를 위하여 종은 울리나** 어니스트 헤밍웨이 장편소설 | 이종인 옮김 | 전2권 | 각 416, 400면

207 **타르튀프** 몰리에르 희곡선집 | 신은영 옮김 | 416면

208 **유토피아** 토머스 모어 소설 | 전경자 옮김 | 288면

209 **인간과 초인** 조지 버나드 쇼 희곡 | 이후지 옮김 | 320면

210 **페드르와 이폴리트** 장 라신 희곡 | 신정아 옮김 | 200면

211 **말테의 수기** 라이너 마리아 릴케 장편소설 | 안문영 옮김 | 320면

212 **등대로** 버지니아 울프 장편소설 | 최애리 옮김 | 328면

213 **개의 심장** 미하일 불가꼬프 중편소설집 | 정연호 옮김 | 352면

214 **모비 딕** 허먼 멜빌 장편소설 | 강수정 옮김 | 전2권 | 각 464, 488면

216 **더블린 사람들** 제임스 조이스 단편소설집 | 이강훈 옮김 | 336면

217 **마의 산** 토마스 만 장편소설 | 윤순식 옮김 | 전3권 | 각 496, 488, 512면

220 **비극의 탄생** 프리드리히 니체 | 김남우 옮김 | 320면

221 **위대한 유산** 찰스 디킨스 장편소설 | 류경희 옮김 | 전2권 | 각 432, 448면

223 **사람은 무엇으로 사는가** 레프 똘스또이 소설선집 | 유새라 옮김 | 464면

224 **자살 클럽** 로버트 루이스 스티븐슨 소설선집 | 임종기 옮김 | 272면

225 **채털리 부인의 연인** 데이비드 허버트 로런스 장편소설 | 이미선 옮김 | 전2권 | 각 336, 328면

227 **데미안** 헤르만 헤세 장편소설 | 김인순 옮김 | 264면

228 **두이노의 비가** 라이너 마리아 릴케 시 선집 | 손재준 옮김 | 504면

229 **페스트** 알베르 카뮈 장편소설 | 최윤주 옮김 | 432면

230 **여인의 초상** 헨리 제임스 장편소설 | 정상준 옮김 | 전2권 | 각 520, 544면

232 **성** 프란츠 카프카 장편소설 | 이재황 옮김 | 560면

233 **차라투스트라는 이렇게 말했다** 프리드리히 니체 산문시 | 김인순 옮김 | 464면

234 **노래의 책** 하인리히 하이네 시집 | 이재영 옮김 | 384면

235 **변신 이야기** 오비디우스 서사시 | 이종인 옮김 | 632면

236 **안나 카레니나** 레프 톨스토이 장편소설 | 이명현 옮김 | 전2권 | 각 800, 736면

238 **이반 일리치의 죽음·광인의 수기** 레프 톨스토이 중단편집 | 석영중·정지원 옮김 | 232면

239 **수레바퀴 아래서** 헤르만 헤세 장편소설 | 강명순 옮김 | 272면

240 **피터 팬** J. M. 배리 장편소설 | 최용준 옮김 | 272면

241 **정글 북** 러디어드 키플링 중단편집 | 오숙은 옮김 | 272면

242 **한여름 밤의 꿈** 윌리엄 셰익스피어 희곡 | 박우수 옮김 | 160면

243 **좁은 문** 앙드레 지드 장편소설 | 김화영 옮김 | 264면

244 **모리스** E. M. 포스터 장편소설 | 고정아 옮김 | 408면

245 **브라운 신부의 순진** 길버트 키스 체스터턴 단편집 | 이상원 옮김 | 336면

246 **각성** 케이트 쇼팽 장편소설 | 한애경 옮김 | 272면

247 **뷔히너 전집** 게오르크 뷔히너 지음 | 박종대 옮김 | 400면

248 **디미트리오스의 가면** 에릭 앰블러 장편소설 | 최용준 옮김 | 424면

249 **베르가모의 페스트 외** 옌스 페테르 야콥센 중단편 전집 | 박종대 옮김 | 208면

250 **폭풍우** 윌리엄 셰익스피어 희곡 | 박우수 옮김 | 176면

251 **어센든, 영국 정보부 요원** 서머싯 몸 연작 소설집 | 이민아 옮김 | 416면

252 **기나긴 이별** 레이먼드 챈들러 장편소설 | 김진준 옮김 | 600면

253 **인도로 가는 길** E. M. 포스터 장편소설 | 민승남 옮김 | 552면

254 **올랜도** 버지니아 울프 장편소설 | 이미애 옮김 | 376면

255 **시지프 신화** 알베르 카뮈 지음 | 박언주 옮김 | 264면

256 **조지 오웰 산문선** 조지 오웰 지음 | 허진 옮김 | 424면

257 **로미오와 줄리엣** 윌리엄 셰익스피어 희곡 | 도해자 옮김 | 200면

258 **수용소군도** 알렉산드르 솔제니친 기록문학 | 김학수 옮김 | 전6권 | 각 460면 내외

264 **스웨덴 기사** 레오 페루츠 장편소설 | 강명순 옮김 | 336면

265 **유리 열쇠** 대실 해밋 장편소설 | 홍성영 옮김 | 328면

266 **로드 짐** 조지프 콘래드 장편소설 | 최용준 옮김 | 608면

267 **푸코의 진자** 움베르토 에코 장편소설 | 이윤기 옮김 | 전3권 | 각 392, 384, 416면

270 **공포로의 여행** 에릭 앰블러 장편소설 | 최용준 옮김 | 376면

271 **심판의 날의 거장** 레오 페루츠 장편소설 | 신동화 옮김 | 264면

272 **에드거 앨런 포 단편선** 에드거 앨런 포 지음 | 김석희 옮김 | 392면

273 **수전노 외** 몰리에르 희곡선집 | 신정아 옮김 | 424면

274 **모파상 단편선** 기 드 모파상 지음 | 임미경 옮김 | 400면

275 **평범한 인생** 카렐 차페크 장편소설 | 송순섭 옮김 | 280면

276 **마음** 나쓰메 소세키 장편소설 | 양윤옥 옮김 | 344면

277 **인간 실격·사양** 다자이 오사무 소설집 | 김난주 옮김 | 336면

278 **작은 아씨들** 루이자 메이 올컷 장편소설 | 허진 옮김 | 전2권 | 각 408, 464면

280 **고함과 분노** 윌리엄 포크너 장편소설 | 윤교찬 옮김 | 520면

281 **신화의 시대** 토머스 불핀치 신화집 | 박중서 옮김 | 664면
282 **셜록 홈스의 모험** 아서 코넌 도일 단편집 | 오숙은 옮김 | 456면
283 **자기만의 방** 버지니아 울프 지음 | 공경희 옮김 | 216면
284 **지상의 양식·새 양식** 앙드레 지드 지음 | 최애영 옮김 | 360면
285 **전염병 일지** 대니얼 디포 지음 | 서정은 옮김 | 368면
286 **오이디푸스왕 외** 소포클레스 비극 | 장시 옮김 | 368면
287 **리처드 2세** 윌리엄 셰익스피어 희곡 | 박우수 옮김 | 208면
288 **아내·세 자매** 안톤 체호프 선집 | 오종우 옮김 | 240면
289 **폭풍의 언덕** 에밀리 브론테 장편소설 | 전승희 옮김 | 592면
290 **조반니의 방** 제임스 볼드윈 장편소설 | 김지현 옮김 | 320면
291 **의무론** 마르쿠스 툴리우스 키케로 지음 | 김남우 옮김 | 312면
292 **밤에 돌다리 밑에서** 레오 페루츠 지음 | 신동화 옮김 | 360면
293 **한낮의 열기** 엘리자베스 보엔 장편소설 | 정연희 옮김 | 576면
294 **아바나의 우리 사람** 그레이엄 그린 장편소설 | 최용준 옮김 | 392면